CW00538362

13

4

Monte del Quirinal

Quirinal

14

27

28

33

itolio

Foro
Romano

Monte Esquilino

Coliseo

Palatino

Circo de
Majencio

no

Termas
Caracalla

16

26

N

O · E

S

LA PRINCIPESSA

Peter Prange

LA PRINCIPESSA

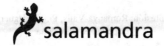

salamandra

Título original: *Die Principessa*

Traducción: Beatriz Galán Echevarría

Publicaciones y Ediciones Salamandra, S.A.
Mallorca, 237 - 08008 Barcelona - Tel. 93 215 11 99
www.salamandra.info

ISBN: 84-7888-955-8
Depósito legal: B-23.012-2005

1ª edición, junio de 2005
Printed in Spain

Impresión: Romanyà-Valls, Pl. Verdaguer, 1
Capellades, Barcelona

para Serpil, mi mujer
«... per restituire meno del rubato...»

«El tiempo revela la verdad.»
LORENZO BERNINI, alegoría incompleta

Prólogo: 1667

«En el nombre del Padre, del Hijo y del Espíritu Santo.» Fue a primera hora de la mañana, al romper el alba, cuando la noche expele toda su maldad. El reloj de Santa Maria della Vittoria dio sutilmente la hora y convocó a los fieles al ángelus. En la oscura iglesia aún no había un alma; tan sólo la figura de una distinguida dama, escondida entre las sombras de una de las capillas laterales. Un velo de transparente y delicado encaje le cubría el rostro y el pelo canoso como si se tratara de un aura: el aura de su antigua y perfecta belleza. Su nombre era lady McKinney, de soltera Clarissa Whetenham, pero los romanos la llamaban «la Principessa».

Había pasado en Roma casi toda su vida, y, sin embargo, seguía considerando aquella pequeña iglesia como su refugio; su hogar en el extranjero. Lanzó un suspiro largo y profundo e hizo la señal de la cruz antes de empezar a orar.

¿Por qué había huido hasta allí a aquella hora tan intempestiva? ¿Para rezar?

Abrió los ojos. Frente a ella, en el altar, el rostro de mármol de una mujer relucía a la luz de las velas. Reflejaba una santa devoción, y su cuerpo, reclinado hacia atrás, parecía rendirse ante un ángel que la apuntaba con una saeta. Hubo un tiempo en que Clarissa fue adorada como una santa a causa de aquella imagen. Y hubo un tiempo en que el Papa la consideró una ramera por culpa de aquella figura.

Porque el rostro de aquella mujer era su propio rostro; el cuerpo, su propio cuerpo.

Unió las manos para rezar, sola en presencia de Dios, pero no pudo. Sus labios se movían suavemente, recordando las ideas de otra persona.

—Una flecha me traspasa el corazón... y me llega a las entrañas —susurró, parafraseando las palabras de aquella mujer de mármol en cuya imagen estaba eternizada también su juventud—. Es tan grande el dolor, y tan excesiva la suavidad que provoca...

La asustó de pronto el ruido de unos pasos apresurados.

—Le ruego que me disculpe, Principessa, pero me han dicho que podría encontrarla aquí.

Frente a ella había un joven con el pelo revuelto, el jubón desabrochado y un trozo de camisa por fuera de los pantalones, como si hubiera pasado la noche vestido con aquella ropa. Era Bernardo Castelli, ayudante y sobrino de su amigo; de su único y verdadero amigo. Al ver el semblante angustiado de Bernardo, sintió que se confirmaban sus peores sospechas.

—¿Tan mal están las cosas?

—¡Aún peor! —dijo Bernardo, mientras se mojaba los dedos en la pila bautismal.

En el exterior los esperaba la carroza de Clarissa. Avanzaron al trote por los callejones de la ciudad, que poco a poco iba despertándose. Aquí y allá se abrían las primeras ventanas, en los marcos de las puertas asomaban rostros adormecidos, y algunos chiquillos corrían hacia las panaderías en las que trabajaban. En aquel momento apareció una enorme plaza ante los ojos de Clarissa, y la catedral de San Pedro se elevó hacia el cielo como una enorme montaña nevada sobre la que brillaban las últimas estrellas.

Aquella imagen hizo que le diera un vuelco el corazón. Allí había disfrutado su mayor triunfo el hombre al que amó y a la vez odió más que a nadie en el mundo. En la *piazza* aún quedaban infinidad de detalles que recordaban la celebración. Habían acudido más de doscientas mil personas. Clarissa intentó concentrarse en las palabras de Bernardo, que no dejaba de hablar precipitadamente y explicar cosas sin sentido. Decía algo de unos demonios que habían poseído a su señor, pero no logró entenderlo del todo. A ella sólo le preocupaba una cosa: ¿habría estado él también en la plaza?

Por fin, la carroza giró hacia Vicolo dell'Agnello. Cuando Clarissa puso los pies en tierra, una bandada de gorriones trinó en el techo inclinado de un edificio, sobre el que una franja de color gris pálido anunciaba la llegada del nuevo día. El portal de la casa estaba abierto. Ella se recogió la falda y se agachó un poco al pasar por el pequeño marco de la puerta. Inmediatamente sintió un intenso olor a quemado.

—¡Virgen Santa!

Parecía que en la cocina se hubiera librado una batalla. La mesa y las sillas estaban patas arriba, en el suelo yacían los restos chamuscados de infinidad de manuscritos y pergaminos, y en el horno abierto crepitaba un fuego enorme.

—¿Qué es todo esto?

Clarissa contuvo el aliento. Desde el piso de arriba les llegó un gran estrépito, y a continuación un golpe seco. Unos segundos más tarde oyeron un chillido, como si alguien hubiera partido en dos a un animal. Clarissa miró a Bernardo, desesperada. Éste se santiguó y murmuró una oración. Ella lo apartó de un empujón y subió a toda prisa la escalera que conducía al dormitorio.

Cuando giró el pomo y entró en la oscura habitación, oyó el sonido de una respiración dificultosa y entrecortada. Abrió una ventana para poder ver lo que tenía a su alrededor, y, de pronto, la pálida luz del nuevo día se coló en la estancia.

Al ver a su amigo, Clarissa tuvo que apoyarse en una pared: tenía la cara blanca como el papel y sus ojos oscuros la miraban inertes, como los de un fantasma. Durante unos segundos creyó que iba a desmayarse.

—¡Dios mío! ¡No!

Su amigo del alma yacía en el suelo, y su cuerpo, en otro tiempo fuerte y atlético, estaba doblado sobre sí mismo, indefenso como el de un recién nacido aún sujeto por el cordón umbilical. Su camisa de dormir estaba cubierta de sangre, y tenía el pecho atravesado por una espada que sostenía con las dos manos, como si no quisiera soltarla. Clarissa tuvo que hacer acopio de todo su valor para superar el desconcierto y el dolor que le produjo aquella imagen.

—¡Bernardo, ven a ayudarme! ¡Rápido!

Temblando de pies a cabeza, se inclinó sobre el herido e intentó separarle las manos de la empuñadura. Los ojos de él no la perdían de vista; era como si siguiera todos sus movimientos, pero sin llegar a verla de verdad. Tenía la boca abierta. ¿Respiraba? Sus manos aún estaban calientes, igual que la sangre que lo empapaba. Con la ayuda de su asistente, Clarissa le arrancó la espada del pecho. Sintió como si la cuchilla traspasara su propio cuerpo. Luego lo levantaron con todo el cuidado de que fueron capaces y lo tendieron sobre la cama. Él no opuso la menor resistencia. Parecía que la vida ya lo hubiese abandonado.

—¡Corre, ve a buscar al médico! —le indicó a Bernardo, tras cubrir la herida con unas gasas—. ¡Dile que se dé prisa! Y... llama también a un sacerdote.

Cuando se quedó sola, se sentó en la cama. ¿Era aquél el hombre al que conocía desde hacía tantos años? Estaba tan pálido como si no le quedara una sola gota de sangre bajo la piel.

—¿Por qué lo has hecho? —le susurró.

El rostro de él parecía más delgado que nunca, deformado, con las mejillas pegadas a los huesos, y sus ojos, hundidos en sus oscuras cuencas, miraban fijamente al vacío. Sin embargo, algo en su gesto hacía que pareciese relajado. ¿Acaso estaba ya entre los ángeles, conversando con Dios? Hasta cierto punto, Clarissa tuvo la sensación de que al fin había encontrado la paz que había buscado sin éxito durante toda su vida. Ni siquiera tenía ya la persistente arruga que solía atravesarle la frente.

—¿Por qué lo has hecho? —susurró de nuevo, mientras le cogía la mano.

De repente notó que él respondía a su gesto, muy débilmente, con suavidad, pero sin dejar lugar a dudas. Después movió los ojos y la miró. ¡Estaba vivo, consciente! Se le contrajo el rostro como si desease decir algo. Clarissa se inclinó hacia él, acercó el oído a sus labios y escuchó las palabras que él quiso decirle haciendo un último esfuerzo:

—Yo... Estuve en la plaza... Vi el milagro... Es... es perfecto.

Clarissa cerró los ojos. ¡Había descubierto el secreto! Volvió a sentir el aliento de él junto a la oreja. Quería decirle algo más:

—Una idea extraordinaria... La mía... Me la robó... ¿Cómo... cómo pudo saberlo?

Ella abrió los ojos y lo miró. Él le sostuvo la mirada, tranquilo, escudriñándola, como si quisiera atravesarle el alma. ¿Conocía ya la respuesta a esa pregunta? Sea como fuere, su expresión cambió de pronto: su boca esbozó una sutil sonrisa y en sus oscuros ojos brilló una especie de satisfacción, un pequeño y frágil triunfo.

—Lo he quemado todo... —susurró—. Todos los planos... Él... nunca volverá a robarme.

Clarissa le besó la mano llena de sangre y le acarició el pálido rostro, que parecía seguir sonriendo.

Había hecho todo lo posible por cambiar el destino de aquel hombre, se había inmiscuido en sus asuntos con una intensidad que sólo podía igualarse a la de la Providencia divina, y él se había clavado una espada en el pecho. Ningún ser humano podría cargar con una culpa mayor que aquélla. Ésa era la simple e insoportable verdad.

Mientras se esforzaba por devolverle la sonrisa, se hizo una pregunta terrible: ¿valía la pena sacrificar una vida como la suya por una obra de arte, aunque fuera la más perfecta del mundo?

LIBRO PRIMERO

El dulce veneno de la belleza
(1623-1633)

1

El calor del mediodía caía inclemente sobre la ciudad de Roma. Ardía en los callejones desiertos, se colaba entre las rendijas de los muros y hervía en las piedras milenarias. No corría ni gota de aire y parecía como si el sol, en aquel cielo libre de nubes, quisiera convertir el mundo en un desierto. Hasta la poderosa cúpula de la catedral de San Pedro, bajo la que los cristianos de toda Roma encontraban refugio, parecía doblegarse bajo aquel calor sofocante.

Era el 6 de agosto de 1623. El cónclave llevaba tres semanas reunido en la Capilla Sixtina para elegir al nuevo papa. El problema era que muchos de los ancianos cardenales estaban enfermos de malaria —algunos, incluso, se debatían entre la vida y la muerte—, de modo que en aquellas votaciones no se pretendía escoger al candidato más pío y devoto para suceder a san Pedro, sino al más fuerte y sano. Sea como fuere, por aquel entonces la elección parecía aún muy lejana; tanto, que en la gran plaza de la catedral, por lo general atestada de fieles que solían permanecer allí expectantes durante todo el tiempo que estaba reunido el cónclave, no se veía más que a un chiquillo descalzo que jugaba con su tortuga bajo aquel sol de justicia. El pequeño llevaba a su mascota cogida con una cuerda, y estaba haciéndola caminar por la plaza cuando se detuvo de golpe. Se llevó una mano a los ojos, a modo de visera, miró hacia lo alto y, mientras su boca iba abriéndose cada vez más, contempló con admiración la delgada columna de humo blanco que se elevaba desde la chimenea de la Capilla Sixtina.

—*Habemus Papam!* —gritó con su aguda voz infantil, rompiendo en dos el pesado silencio de la plaza—. ¡Viva el Papa!

Un ama de casa que estaba asomada a su ventana sacudiendo un mantel oyó al chico, miró al cielo y se sumó a su grito, que no tardó en extenderse como un eco por todo el vecindario, por las calles adyacentes y por el barrio entero, hasta convertirse en la expresión de infinidad de bocas en toda la ciudad. «*Habemus Papam!* ¡Viva el Papa!»

Pocas horas después todas las calles y plazas de Roma estaban abarrotadas de gente. Los peregrinos avanzaban de rodillas por la ciudad y alababan al Señor con oraciones que declamaban en voz alta, mientras los adivinos, astrólogos y echadores de cartas intentaban predecir el futuro. Pintores y dibujantes emergieron como de la nada con retratos e imágenes del Papa recién elegido. Sus gritos de reclamo quedaban ahogados por los de los vendedores ambulantes, y por pocas monedas se podía conseguir ropa y artículos religiosos que, según decían, había llevado el día anterior Su Mismísima Santidad.

En medio de toda aquella turba de gente corría un joven de espesos rizos oscuros y fino bigote: se llamaba Gian Lorenzo Bernini, y, pese a su juventud —apenas tenía veinticinco años—, era ya un apreciado miembro del gremio de escultores. Emocionado y nervioso como si estuviera a punto de vivir su primera noche de amor, iba apartando con impaciencia a todo aquel que se interponía en su camino. Y no era para menos, pues el hombre que lo había hecho llamar no era sino el propio Maffeo Barberini, el cardenal que aquel mismo día había sido elegido para ocupar la sede de san Pedro con el nombre de Urbano VIII.

En la sala de audiencias del palacio papal reinaba un tenso nerviosismo. Prelados y obispos, príncipes y ministros se inclinaban para cuchichear sin perder nunca de vista la enorme puerta batiente que quedaba al final de la sala, con la esperanza de ser recibidos por el Santo Padre. Al ver tanta riqueza en las vestimentas y tanta profusión de joyas, Lorenzo, siempre orgulloso de llevar el negro y austero hábito de *cavaliere di Gesù*, se sintió como un pobre vagabundo. Se secó el sudor de la frente y se sentó en una silla que no quedaba muy lejos de la salida. Seguro que pasarían varias horas antes de que le llegara el turno. Sin duda tendría que esperar hasta medianoche.

¿Para qué lo habría requerido el Papa? Ni siquiera tuvo tiempo de pensar en la respuesta, pues en cuanto tomó asiento se le acercó un lacayo del palacio y le pidió que lo acompañara. El hombre lo condujo hasta una puerta camuflada y lo precedió por un largo y frío pasillo. ¿Adónde lo llevaba? Sus botas resonaban con fuerza sobre el suelo de mármol, pero aquel sonido le parecía débil comparado con el de los latidos de su corazón. Maldijo su nerviosismo e intentó tranquilizarse.

De pronto se abrió una segunda puerta, y antes de que pudiera entender lo que ocurría, se encontró cara a cara con él. Lorenzo se inclinó haciendo una profunda reverencia.

—Santo Padre —murmuró, totalmente desconcertado, mientras un caniche le lamía la cara.

En aquel mismo momento comprendió lo que sucedía: ¡el Papa en persona lo había llamado a sus aposentos privados, mientras todos aquellos cortesanos arrogantes e interesados tenían que esperar fuera!

Una mano con guante blanco se acercó a su boca para que él la besara.

—Has tenido mucha suerte, *cavaliere*, de que Maffeo Barberini haya sido nombrado Papa. Claro que nosotros también hemos tenido suerte de tenerte en nuestro pontificado.

—No soy sino el más humilde de los vasallos de Su Santidad —dijo Lorenzo, bajando aún más la cabeza tras haber besado el anillo y los zapatos del Papa, como exigía el protocolo.

—Ya conocemos tu humildad —respondió Urbano con un brillo burlón en sus despiertos ojos azules; mientras el caniche saltaba a su regazo, cambió rápidamente de tono y pasó a uno más cordial—: No creas que he olvidado cómo intentaste ganarme al galope en nuestro último encuentro.

Lorenzo se relajó un poco.

—No lo hice por soberbia, Santo Padre; mi montura pudo conmigo.

—¿Tu montura o tu carácter, hijo mío? Creo recordar que espoleaste a tu yegua en lugar de intentar frenarla, ¿no? Pero ¡levántate, por favor! No te concedí la capa de *cavaliere* para que me limpiaras el suelo con ella.

Lorenzo se incorporó. Aquel hombre, que era el doble de alto que él, odiaba sin duda alguna la falsa modestia, pero aún más que no obedecieran sus órdenes al momento. Él lo había conocido como mecenas. Desde el día en que, con ayuda de su padre, Pietro, restauró la capilla familiar de los Barberini en Sant' Andrea, Maffeo lo había ayudado de muchos modos, e incluso le había concedido la capa de *cavaliere* y se la había puesto con sus propias manos, como símbolo del afecto que sentía por él. Aun así, en presencia de aquel hombre tan poderoso prefería no bajar la guardia: sabía que su paternal cordialidad podía transformarse en ira en cuestión de segundos, y no creía que Maffeo Barberini fuera a cambiar lo más mínimo por el simple hecho de llevar la blanca mitra de papa sobre su ancha y cuadrada frente.

—Espero que Su Santidad siga encontrando tiempo para montar a caballo por los bosques del Quirinal.

—Me temo que se me han acabado las salidas a caballo —dijo Urbano con un suspiro—; por ahora tendré que dejar a un lado cualquier momento de ocio. Para estar a la altura de mi cargo y cumplir con mis nuevas obligaciones, dejaré inacabadas hasta las odas que comencé a escribir no hace mucho.

—Eso es una fatalidad para la poesía —dijo Lorenzo—, pero una suerte para el cristianismo. Quiero decir —se apresuró a añadir, al ver que Urbano arqueaba una ceja, receloso— que los cristianos deben sentirse afortunados porque, a partir de ahora, Su Santidad se dedicará en cuerpo y alma al servicio de su Iglesia.

—Dios te oiga, hijo mío. El caso es que quiero que me ayudes en mi cometido. —Con aspecto pensativo, se puso a acariciar al perro que tenía en el regazo—. ¿Sabes por qué te he llamado?

Lorenzo dudó al responder:

—¿Para hacer un busto de Su Santidad, quizá?

Urbano arrugó la frente.

—¿No te has enterado de la resolución que tomó el pueblo romano? ¡Está prohibido erigir estatuas de papas vivos!

«¡Menudo hipócrita!», pensó Lorenzo. Claro que conocía la ley, todo el mundo la conocía, pero, al fin y al cabo, ¿para qué estaban las normas, sino para romperlas? ¡Y los papas también eran humanos!

En lugar de eso dijo:

—Una resolución como ésa no debería ser válida para un papa como Su Santidad. El pueblo tiene derecho a disponer de un retrato suyo.

—Lo tendré en cuenta —le respondió Urbano, mientras a Lorenzo le parecía oír ya el sonido de los escudos con los que el Papa remuneraría su trabajo—. Quizá tengas razón. Pero no te he convocado por eso. Tengo otros planes para ti. Más importantes.

Lorenzo aguzó los oídos. ¿Más importantes que realizar un busto? ¿De qué estaría hablando? ¿De un sarcófago para el Papa recién fallecido, quizá? Se mordió la lengua para no preguntarle de qué se trataba. Conocía a Urbano y sabía lo mucho que le gustaba dar verdaderas clases magistrales antes de llegar al fondo de un asunto, así que hizo acopio de toda su paciencia y se dispuso a escuchar atentamente mientras el Papa le hablaba de cosas que no le interesaban lo más mínimo: de los herejes protestantes que, siguiendo a Martín Lutero, pretendían declarar la guerra contra la única religión que nos hace felices y bienaventurados; del opresivo ambiente que reinaba en la ciudad de Roma; de la disminución de los ingresos en las arcas públicas; de la mala gestión de los antiguos papas; de la decadencia de la agricultura, la producción de lana y las fábricas de tejidos; de la inseguridad que provocaban las bandas nocturnas que merodeaban por las calles, y de la falta de moral de ciertos prelados indisciplinados. Le habló incluso del hedor que emanaba de ciertos callejones de Roma y de las inmundicias que se acumulaban en los retretes públicos.

—Sin duda estarás preguntándote —dijo al cabo— qué tiene que ver todo esto contigo, ¿no? Al fin y al cabo, tú eres artista y escultor.

—El respeto que siento hacia Su Santidad me impide hacerle preguntas.

El Papa dejó al perro en el suelo.

—Queremos construir un símbolo —anunció, volviendo de pronto al registro oficial mediante el uso del plural mayestático—; un símbolo como ningún otro en el mundo. Queremos que Roma recupere su antigua grandeza como capital del cristianismo y como fortaleza contra los peligros que nos llegan del norte. Hemos decidido convertir esta ciudad en la antesala del paraíso, un ejemplo terrestre de la riqueza del reino de Dios, un paradigma de la fe católica. No debemos dejar piedra sobre piedra. Y tú, hijo mío —añadió, señalando con el dedo a Lorenzo—, serás el encargado de llevar a cabo este proyecto; ¡serás el principal artista de Roma, el Miguel Ángel de la era moderna!

Urbano tomó aire para seguir explicándole sus planes. Una hora después, cuando por fin acabó su discurso, a Lorenzo le zumbaban los oídos, y se sentía tan mareado que hasta veía borroso el rostro de su interlocutor. Casi deseó no haber sabido nada de todo aquello.

Porque en aquel caso no se trataba de ganar unos cuantos escudos y algo de fama. En aquel caso se trataba de la eternidad.

2

—¡Qué aventura, William! Lo hemos conseguido: ¡estamos en Roma!

—¿Aventura? ¡Esto es una locura! Por el amor de Dios, ¿por qué no me habré quedado en Inglaterra? ¡Ay de nosotros cuando ese tipo descubra que nuestros pasaportes no son válidos!

—¿Y cómo va a enterarse? ¡Si no sabe leer! ¡Se limita a sostener los documentos a la altura de los ojos!

El sol del ocaso iluminó la Puerta Flaminia, la entrada norte de la ciudad de Roma, tiñéndola de oro, mientras dos ciudadanos británicos se abrían camino hasta allí: uno de ellos era un joven sorprendentemente atractivo, que llevaba un sombrero de ala ancha y tenía un aspecto aristocrático y seguro de sí mismo; el otro, que respondía al nombre de William, era un tipo larguirucho y huesudo, con la nariz aguileña y roja, un solterón empedernido que debía de triplicar en edad a su acompañante, del que por lo visto era vasallo. Los dos habían desmontado de sus caballos, que iban cargados con infinidad de sacos y jubones, porque un subteniente de la *gabella*, un oficial de aduanas con un bigote tan espeso que no tenía nada que envidiar al plumero de su casco, había salido a cerrarles el paso. El hombre echó un vistazo a sus pasaportes —sin los cuales nadie podía entrar en la ciudad— y los observó con una expresión que pretendía ser seria pero evidenciaba ignorancia. Mientras, otros dos soldados sometían todo su equipaje al obligado escrutinio aduanero. Con una impertinencia cargada de aburrimiento, hurgaron en los sacos, abrieron los jubones que colgaban de las sillas de montar e incluso miraron bajo la cola de los caballos, como si allí pudiera esconderse algo más que las arrugas del ano de los animales.

—¿Cuánto tiempo hace que soy su maestro y tutor, señor? —le preguntó el anciano a su joven acompañante, mientras el agente de aduanas volvía a doblar sus documentos con indignación—. Da igual, esto es sin duda lo peor por lo que me ha hecho pasar. ¡Mire que obligarme a venir a la capital de los papistas, vulnerando las órdenes del rey! Si la gente del pueblo nos descubre y nos delata a los gobernadores, jamás podremos volver a nuestra patria. ¡Eh, tú, bandido! ¿Qué estás haciendo? ¡Las manos quietas!

Furioso, empezó a mover los brazos como un loco para apartar al oficial de aduanas, que en aquel preciso momento se disponía a cachear el cuerpo de su discípulo.

—No te preocupes, William, ya sé lo que está buscando —le dijo en inglés su joven señor. Y luego, dirigiéndose al oficial en un italiano perfecto y casi sin acento, preguntó—: ¿Cuánto tenemos que darte para que nos dejes pasar?

Para su sorpresa, el oficial ni siquiera se dignó mirarlo, sino que se dio media vuelta hacia William y le dijo con brusquedad:

—¡Desvístete!

Pese a que también dominaba el italiano, William tardó un buen rato en comprender el significado de aquellas palabras.

—¡Desvístete! —repitió el oficial, y mientras decía aquello empezó a desabrochar sin ningún reparo los botones y cordones de la ropa del tutor.

—En nombre del rey de Inglaterra, ¡protesto enérgicamente! —gritó William con la voz temblorosa, mientras varios transeúntes se giraban para mirarlo y se reían al observar sus esfuerzos por proteger sus vergüenzas.

—¡Y ahora tú! —ordenó el oficial al joven caballero—. ¡Vamos a registraros!

—¡No te atrevas a tocarme! —gritó él, sintiendo que la sangre le hervía en las mejillas—. ¡No tengo nada que declarar!

—¿Y qué es esto?

El hombre agarró la cruz dorada que el joven llevaba colgada al cuello.

—¡No la toques! ¡Esta cruz ha sido bendecida por el Papa!

—¿Por el Papa?

En aquel instante la expresión del oficial cambió de un modo radical. Si hasta hacía unos segundos parecía dispuesto a acabar con todos los británicos del mundo, ahora les sonreía como si fuera un padre que acabara de encontrar a su hijo perdido.

—¿Así que no sois herejes? ¡Alabado sea el Señor! —Antes de que ellos pudieran reaccionar, los abrazó y les frotó la cara con su espeso bigote—. ¿A qué estáis esperando, amigos? ¡Subid a vuestras monturas y entrad en la ciudad! ¡Tenéis mucho que festejar con nosotros! ¡Viva Urbano VIII, el nuevo Papa!

Antes de que acabara la frase, los dos ingleses habían montado ya y estaban huyendo de allí.

—¡Buf! ¡Al final ha salido bien! —dijo el joven al llegar al otro lado de la muralla, y se rió mientras besaba su cruz.

—¿Bien? ¿Cómo que bien? ¡Nos hemos librado por los pelos! ¡Todo esto podría haber acabado en catástrofe! —farfulló William, aún concentrado en recomponerse la ropa—. Imagínese que hubiera tenido que desvestirse de veras. ¿Qué habría pasado entonces? ¡Vaya desastre de país, esta Italia! ¡Llena de bandidos y estafadores!

—¡Vamos, William, deja ya de quejarte y mira a tu alrededor! ¡Estamos en una ciudad preciosa! —Su voz, sorprendentemente aguda, se cargó de emoción mientras iba señalando en distintas direcciones—. Mira aquel jardín. ¿Habías visto alguna vez unas plantas como ésas? ¿Y las casas? ¡Si parecen palacios! ¡Y qué me dices del atuendo de las mujeres? ¡Van más elegantes que nuestra reina! ¡Y fíjate, huele este aire! ¡Seguro que el paraíso no huele mejor!

—Sí, así es el dulce veneno de la belleza —masculló William—. El rey sabe bien por qué impide a sus súbditos la entrada a esta ciudad. Entre estas murallas parecen encontrarse los tesoros más maravillosos del mundo, pero ¿qué se esconde detrás, realmente? ¡Nada más que ruinas y corrupción! ¿Y los romanos? ¡Todos unos jesuitas! Sólo abren la boca para decir mentiras, y sólo sonríen cuando piensan en la muerte. Cantos de sirenas, cuya única finalidad es despistar a los mejores hombres y alejarlos del mástil de la cristiandad. ¡Pero, ay del pobre que se deje engañar! ¡Acabará gruñendo en las piaras construidas por Circe, la hechicera!

—¡Oh, mira eso!

El joven detuvo su caballo y se quedó observando a dos mujeres, que avanzaban entre la multitud con los labios pintados de rojo intenso, los ojos negros como el carbón y unos peinados que se elevaban hacia el cielo como torres.

—Flores venenosas que crecen en la ciénaga de una lascivia aparentemente mojigata —bufó el hombre.

—¡Qué porte más orgulloso...! —Se interrumpió y señaló en otra dirección—. Pero ¿qué pasa ahí? En las casetas, ¿por qué hay tanta gente?

—Adivinos, supongo. —El tutor resopló desdeñosamente con su nariz roja y aguileña—. Aquí la gente va a la iglesia tres veces al día, pero en el fondo todos creen en la magia.

—¿Adivinos? —preguntó el joven, entusiasmado, mientras espoleaba a su caballo—. ¡Eso tengo que verlo!

—¿Cómo? ¿Se burla usted de mí? —gritó William, furioso—. Me he pasado todos estos años intentando educarlo y guiarlo por la senda de la razón, ¿y todo para que ahora se deje confundir por semejantes tonterías?

—¡Sólo quiero saber lo que me depara el destino en esta ciudad!

—¡Se acabó! ¡Ya basta! —William tiró de las riendas del caballo de su señor, haciendo que el animal se encabritara y relinchara—. ¿Ve usted la posada que hay al otro lado de la plaza? Pues allí es adonde iremos, ni más ni menos. ¿O acaso pretende presentarse ante su prima de esa guisa?

En la taberna de la posada no había más que unos pocos clientes. A William no le sorprendió. Los italianos, como todos los pillos del mundo, cenaban a altas horas de la noche, cuando las personas respetables ya se habían retirado a dormir. Mientras su joven señor desaparecía en una de las habitaciones con una de las bolsas, William le pidió al posadero que se ocupara de los caballos. Él quería aprovechar aquel rato para escribir un poco, pero no pudo: apenas había sacado sus bártulos, cuando aquel hombre le dio unos golpecitos en el hombro y le dijo:

—*Scusi, signore*, ¿puedo preguntarle de dónde es usted?

—¿De dónde voy a ser? —le respondió William, escupiendo en el suelo, que estaba cubierto de virutas de madera—. Del país de la gente respetable. De Inglaterra.

—¡Oh! ¿De Inglaterra? —Al hombre se le iluminó la cara. No se habría emocionado más si la propia Virgen María le hubiera confesado el secreto de su inmaculada concepción—. ¡Adoro Inglaterra! ¡Un pueblo valiente y grandioso! Y dígame, ¿ha tenido usted un buen viaje?

—¿Buen viaje? ¡Ha sido un infierno! —William suspiró teatralmente—. ¿Sabe usted lo que son los Alpes?

—Sí, *signore*, las montañas más altas del mundo.

—Exacto. Pues le aseguro que los hombres no han sido creados para escalar semejantes alturas.

—Las personas normales quizá no, *signore*, pero los ingleses... ¡Los ingleses son capaces de todo!

25

William lo miró sorprendido. Vaya, vaya, aquel hombre parecía un tipo sensato.

—¡Por favor, *signore*, explíqueme su viaje! —le rogó—. ¿Cómo lo consiguió? ¿Iba usted en carro?

Los demás clientes de la taberna acercaron también sus sillas para escuchar su historia, y William se sintió en la obligación de ilustrarlos y explicarles de lo que son capaces los ingleses. Seguro que aquellos pobres diablos no habían visto en su vida una persona civilizada.

—Por supuesto que no —gruñó—. ¿Cómo quiere que fuera en carro si no hay calles? No, no, tuvimos que ponernos zapatos con clavos para escalar a pie las montañas, a cuatro patas, saltando rocas y piedras como si fuéramos cabras montesas, atravesando hielos y nieves eternas hasta las nubes, que flotaban entre las cimas como si fueran pudin inglés. Pero todo esto podrán leerlo en mi libro dentro de poco. —Al decir aquello dio unos golpecitos en su diario con sus huesudos dedos—. Se titulará *Adentrarse en Italia, prestando especial atención a las múltiples tentaciones y seducciones que acechan en ese país...*

—¿Pudin inglés, *signore*? —preguntó el dueño de la posada algo confuso, repitiendo la única palabra que había logrado retener de aquella larga disertación—. ¿Qué es eso?

—Una especie de pastel. ¡Está buenísimo!

—Oh, ¿tiene hambre? *Eh, Anna, ascolta, il signore vuole una pasta! Sbrigati!* —El hombre se dio media vuelta con diligencia, pero a medio camino hacia la cocina, se detuvo en seco y se quedó como petrificado—. *Porca miseria! Che bellissima donna!*

William alzó la vista. Todas las miradas estaban fijas en la puerta de la habitación por la que pocos minutos antes había desaparecido su joven señor. Sólo que ahora, bajo la débil luz del ocaso, quien salía de allí era una preciosa muchacha ataviada con un vestido largo de mangas abombadas; una figura ligera y vaporosa hecha de muselina, encaje y lazos, en cuyo centro brillaba una cruz dorada.

—Bien, William, ahora ya podemos ir a ver a mi prima —dijo la chica.

—¿No les decía yo que los ingleses son capaces de todo? —dijo el dueño de la posada, mientras se frotaba los ojos.

William levantó los brazos con impotencia.

—¡Oh, Dios mío! Me temo que nuestros problemas no han hecho más que empezar...

26

En aquel momento la joven se acercó más hacia ellos, echó atrás su rizada melena dorada y, mirándolos a todos con sus profundos y desafiantes ojos verdes, preguntó:

—¿Alguno de ustedes podría indicarnos el camino hacia el palacio Pamphili?

3

El palacio Pamphili se encontraba en la plaza Navona, una de las más importantes de la ciudad. Construida sobre la planta del antiguo circo Domiciano, la plaza era, desde hacía siglos, no sólo el emplazamiento de uno de los mercados más populares de la urbe, plagado de comerciantes por el día y de rameras por la noche, sino también el escenario de las fiestas más fastuosas. En la plaza Navona se celebraban torneos de hípica y carreras de caballos, se festejaban carnavales y se representaban obras de teatro religioso y profano.

En sentido estricto, el *palazzo*, que se encontraba en la cara oeste de la *piazza*, no era tanto un verdadero palacio cuanto una serie de casas que habían ido anexionándose a lo largo de los años. Dispuestas tras una misma fachada, las casas creaban un espacio que podría llegar a considerarse realmente señorial, si no fuera porque las ostentosas construcciones que lo rodeaban hacían que sus cuatro pisos parecieran más bien humildes y discretos. El revoque de sus paredes empezaba a desmoronarse en muchos sitios —en demasiados—, y cuando hacía mal tiempo, el pozo resultaba demasiado pequeño y los malos olores llegaban hasta los aposentos del *piano nobile*. Y es que la familia Pamphili no se encontraba ni mucho menos entre las más ricas de Roma, por mucho que aquella noche pudiera verse luz en todas y cada una de sus ventanas, como si tras los muros de aquella vivienda estuviera celebrándose una fiesta.

—No deja de sorprenderme —dijo *donna* Olimpia— que tus padres te hayan permitido hacer semejante viaje. Alemania, Francia, Italia. ¡Hay que tener valor! ¿Estuviste en Venecia?

—Oh, sí, una ciudad maravillosa —exclamó Clarissa con los ojos brillantes—. Basta con ver la iglesia de San Marco. ¡La escalera que lleva a la torre es tan grande que hasta los caballos pueden subir por ella!

—Es una ciudad absurda —farfulló William, a su lado—; los edificios no están separados por calles, sino por ríos pestilentes, las mujeres llevan zapatos con alzas para no mojarse los pies y en los sótanos se pudren los barriles.

—Y en Florencia fuimos a la catedral, donde un científico demostró que la Tierra gira sobre sí misma. ¡Imagínese! ¡La Tierra no deja de dar vueltas, pero nosotros no nos caemos! El hombre que ha dicho eso se llama Galilei.

—¡Qué envidia me das! —dijo *donna* Olimpia—. Una mujer que viaja sola desde Inglaterra hasta Italia. Creo que nunca había oído nada igual.

Los elogios de su prima emocionaron tanto a Clarissa que creyó que reventaría de orgullo, y hubo de hacer un verdadero esfuerzo para no perder la compostura. Pese a que su corazón latía con fuerza, mantuvo las manos unidas frente a sí sobre la mesa, con aparente tranquilidad, mientras los sirvientes les servían la cena. A sus treinta años, *donna* Olimpia no era más que doce años mayor que ella, pero parecía mucho más adulta, más segura de sí misma, más madura en todo lo que hacía y decía. Su rostro claro y de rasgos dulces, rodeado de bucles oscuros que bailaban al compás de sus palabras, le aportaba ese toque altanero y majestuoso que Clarissa tanto admiraba en las italianas, pues no mermaba en lo más mínimo su belleza genuinamente femenina y lograba que a los hombres les resultara imposible dominarla u obedecerla.

—En Inglaterra todos los hombres jóvenes viajan en alguna ocasión al continente —dijo Clarissa—, así que, ¿por qué no íbamos a hacerlo las mujeres? ¡Nosotras también queremos saber lo que sucede en el mundo! Además, desde que tengo uso de razón he oído a mi madre deshacerse en elogios sobre Italia. Sus paisajes, sus ciudades, sus tesoros artísticos... Y especialmente el sol, que brilla durante todo el año. ¡Pobre mamá! No logra acostumbrarse al clima inglés.

—Tú madre y yo éramos muy buenas amigas —dijo Olimpia—. ¡No te imaginas lo que odié a tu padre cuando se la llevó a Inglaterra!

—Creo que mamá todavía lo odia por ello algunas veces —respondió Clarissa, y se rió—. ¡Sobre todo en invierno! Ella lo convenció para que me dejara venir. Y al enterarse de que William, que ya había estado en Italia en dos ocasiones, estaba dispuesto a acompañarme...

—El mayor error de mi vida —se quejó el tutor, poniendo los ojos en blanco.

—... mi padre no tuvo más remedio que acceder. Pero ¿qué es esto? ¡Qué artilugios tan útiles! —se interrumpió Clarissa, mientras trataba de imitar a Olimpia, cogiendo el pequeño tenedor de plata que se encontraba junto a su plato y utilizándolo para pinchar la carne, que a continuación cortó con el cuchillo—. En Inglaterra no tenemos estos utensilios. Allí comemos con las manos, y por desgracia no todo el mundo tiene los dedos limpios. Antes de volver a casa compraré varias docenas.

—No hace falta que los compres, serán mi regalo de boda. Tu madre me escribió y me dijo que te casas dentro de poco, ¿no? ¿Cuándo será la ceremonia?

Olimpia la observó atentamente. Clarissa se había puesto seria de pronto.

—¿La boda? Oh, en cuanto vuelva a Inglaterra.

—Entonces debes de estar impaciente por regresar, ¿no?

—Sí, claro, *donna* Olimpia.

—¡Te he dicho ya mil veces que no me llames *donna*! ¡No es preciso que me trates de usted! Pero dime, ¿por qué te has puesto tan seria al hablar de tu enlace? Casi parece que no te haga ilusión.

De nuevo esa mirada atenta y escrutadora. De pronto Clarissa dejó de sentirse a gusto. ¿Debía decirle la verdad a su prima? En realidad se moría de ganas. Pero ¿era sensato hacerlo? Seguro que Olimpia desaprobaría su comportamiento. Apenas se conocían; aquélla era la primera vez que se veían en persona. Se decidió a responder con una verdad a medias.

—Bueno —dijo, obligándose a sonreír—, es sólo que me gustaría quedarme aquí más tiempo. Es decir, se necesitan varios años para ver todo lo que hay que ver en Roma: las ruinas, las iglesias, las galerías de arte... ¡Y yo desearía conocerlo todo! ¡Todo! ¡Quién sabe cuándo podré volver a este país!

—¿Y dónde tiene pensado hospedarse?

Por primera vez, el príncipe Pamphilio Pamphili, esposo de Olimpia, se dignó tomar parte en la conversación. Desde la llegada de Clarissa, el príncipe, un hombre apuesto y de aspecto altivo, apenas le había prestado atención y se había limitado a sentarse a la mesa, llevándose la comida a la boca en un silencio sólo interrumpido por algún que otro comentario de descontento, con una expresión avinagrada en el rostro, como si le costara un verdadero esfuerzo tener que compartir la cena con William y la joven.

—Bueno..., había pensado que... —balbució Clarissa, mientras el príncipe la observaba con un gesto tan serio que casi olvidó su italiano.

¿Eso era lo que los romanos entendían por hospitalidad? ¡Porque, de ser así, ya podía ir renunciando a sus planes! Alzó la cabeza e hizo un esfuerzo por recurrir a su mejor acento.

—Alquilaré dos habitaciones en la ciudad. Quizá ustedes puedan recomendarme alguna posada. ¿*Donna* Olimpia?

—¿Un albergue, señorita Whetenham? —protestó William, dejando caer sobre el plato el trozo de carne que sujetaba con los dedos—. ¿Y cómo pretende que yo trabaje en un albergue? —Se dio media vuelta y dirigió su nariz aguileña a *donna* Olimpia—. Sepa usted, mylady, que soy escritor, y que sólo he accedido a realizar este lamentable viaje con la intención de crear una pieza literaria que los eruditos ingleses ya esperan con impaciencia. Se titulará *Adentrarse en Italia, prestando especial atención a las múltiples tentaciones y seducciones que acechan en ese país...*

—Lo que está claro es que aquí no pueden quedarse —lo interrumpió Pamphili—. ¡Una mujer soltera que viaja disfrazada de hombre! —Al decir aquello movió la cabeza en señal de desaprobación, sin apartar los ojos de Clarissa—. Seguro que también sabe leer y escribir, ¿verdad? Estoy seguro de que en Inglaterra las mujeres también aprenden esas cosas.

—¿Cómo? ¿Acaso aquí no? —preguntó Clarissa.

Olimpia arqueó las cejas.

—¿Pretendes decirnos que sabes leer y escribir? —Su rostro evidenciaba a un tiempo asombro y admiración.

—¡Pues claro que sí!

—¿Como un hombre? —Olimpia dudó unos segundos, como si acabara de ocurrírsele algo—. ¿Y... también en italiano?

—Por supuesto. Hablo italiano, ¿no? Además, no es sino una divertida variación del latín —añadió la joven, lanzando una mirada triunfal al príncipe—, y esa lengua me la enseñó William cuando yo apenas tenía diez años.

El rostro de Olimpia se iluminó con una amplia y casi afectuosa sonrisa.

—Me recuerdas tanto a tu madre... —dijo, poniendo su mano sobre la de Clarissa—, y también a mí misma, cuando era joven. Me encantaría ser tu vieja amiga, igual que tu madre lo fue para mí. Te quedarás con nosotros. Aquí tenemos más de treinta habitaciones.

Algunas apenas son habitables, pero seguro que encontraremos dos adecuadas para ti.

—¿Y qué hay de su pasaporte? —le preguntó Pamphili a su esposa—. ¿Ha olvidado usted que a su prima no le está permitido permanecer en Roma? Cuando los regidores ingleses descubran que la tenemos aquí alojada, puede que nos enfrentemos a una situación de lo más desagradable, sobre todo para mi hermano.

—¡Ya me ocuparé yo de su hermano! —le respondió Olimpia—. Estoy segura de que no pondrá ningún reparo. ¡No! ¡Está decidido! —anunció, dirigiéndose a Clarissa, que parecía tener intención de protestar—. ¡La familia es algo sagrado para los romanos! Además, si las mujeres no nos cuidamos entre nosotras, ¿quién va a hacerlo? De joven quisieron meterme en un convento, y tuve que pelear como una leona para oponerme a ello y que Pamphili pudiera casarse conmigo. Lo cual nos hizo felices a ambos, ¿verdad, mi *caro* esposo? —añadió, cogiendo en brazos al bebé que le acercó una de las nodrizas.

Mientras Pamphili, con evidente disgusto, se concentraba de nuevo en su comida, *donna* Olimpia acunó a su hijo, susurrándole palabras llenas de ternura para tranquilizarlo. Y cuando el pequeño cayó dormido, le cubrió la cara de besos. ¡Qué mujer más maravillosa! Clarissa casi sintió remordimientos por no haberle dicho toda la verdad, pero decidió no dar más vueltas al asunto y dedicarse a disfrutar de los futuros meses en compañía de su prima. ¡Seguro que se harían buenas amigas! Sólo tenía que mirar el gesto enojado de Pamphili para saber que estaba en lo cierto.

—Así pues, ¿estamos de acuerdo? —preguntó Olimpia—. ¿Te quedarás con nosotros?

—Sí, mylady —respondió William, antes de que Clarissa pudiera abrir la boca.

4

Era la hora del descanso en la catedral de San Pedro, la obra más ambiciosa y significativa de toda Roma. Los albañiles y picapedreros dejaron a un lado sus herramientas, se secaron el sudor de la frente, se sacudieron el polvo y fueron a sentarse en una de las capillas laterales de la catedral, que era enorme, para tumbarse a la sombra y tomarse su tentempié del mediodía. Sólo uno se mantuvo apartado del resto: Francesco Castelli, un joven cantero de Lombardía que, en lugar de vino, pan y queso, sacó de su jubón una libreta y un carboncillo.

—Eh, Miguel Ángel, ¿qué estás dibujando?

—¡Por la cara que pone, seguro que son ángeles desnudos!

—¿O quizá Eva con la serpiente?

—¡Qué va, hombre! ¿Qué sabrá ése del paraíso?

Francesco hizo caso omiso de los comentarios. Le daba igual que los demás se burlaran de él y lo llamaran Miguel Ángel: sabía lo que hacía. Invertía todas las horas que tenía libres, hasta la del descanso del mediodía, para estudiar la arquitectura de San Pedro. Con paciencia y concentración se dedicaba a copiar todos y cada uno de los arcos y columnas, para acercarse cada vez más al pensamiento de su mayor modelo, aquel de cuya mente habían surgido las secciones más extraordinarias de esa iglesia: la capilla gregoriana, en la que Francesco también había trabajado, y la poderosa cúpula, que cubría la intersección de la nave como si de un cielo de piedra se tratara. Francesco no estaba dispuesto a pasar el resto de su vida como picapedrero y acabar muriendo de una infección pulmonar en el más absoluto anonimato, como había sucedido ya con tantos colegas suyos que habían dedicado sus días a tallar piedra, decorar balaustradas y realizar bustos y estatuas por encargo de otros, sin poder tomar sus propias decisiones. No, él, Francesco Castelli, quería ser arquitecto; estaba tan seguro de ello como de su fe en el Dios trino. ¡Llegaría a ser un arquitecto famoso y algún día diseñaría sus propios palacios e iglesias! Por eso huyó de Lombardía, su hogar, en una noche de niebla; llenó un saco con sus cosas y abandonó Bissone sin despedirse siquiera de sus padres, y viajó primero a Milán y después a Roma para aprender todos los secretos de la arquitectura.

—¡Esto es una impertinencia! ¡Le ordeno que abandone mi obra inmediatamente!

—¿Su obra? ¡No me haga reír! ¿Desde cuándo es usted el Papa?

Los gritos sobresaltaron a Francesco y lo sacaron de su ensimismamiento. Las acaloradas voces provenían del altar mayor e iban subiendo de tono por momentos. Recogió sus bártulos y se escondió tras una columna para observar lo que sucedía en la nave central.

Bajo la cúpula, en la zona más sagrada de toda la iglesia, sobre la tumba del apóstol san Pedro, Carlo Maderno, el anciano maestro de Francesco, elevaba los brazos al cielo con indudable indignación. Había bajado de la litera en la que a diario lo acercaban a la obra para evitar que se cansara, pues estaba ya muy débil, y se enfrentaba a un joven que iba vestido como un pavo real, plantado con las piernas separadas, los brazos cruzados, la barbilla alzada y un gesto de desprecio tan absoluto que parecía que fuera a escupir en cualquier momento.

Como todo el mundo en la ciudad, Francesco conocía a aquel hombre, que no debía de ser mucho mayor que él: se trataba de Gian Lorenzo Bernini, un escultor cuyas obras habían causado verdadera sensación en el mundo del arte. Mientras, él mismo, Francesco, no había hecho más que empezar su formación. Maderno se lo presentó en una ocasión, aunque Bernini ni siquiera se dignó responder a su saludo.

—¡Yo soy el constructor de la catedral! —gritó Maderno con voz temblorosa—. ¡Y le prohíbo terminantemente tocar una sola de sus piedras!

—Usted no puede prohibirme nada —le respondió Bernini—. El papa Urbano me ha encargado la creación del altar mayor.

Francesco se mordió los labios. De modo que era cierto el rumor que hacía días corría entre los trabajadores de la catedral: el nuevo Papa había decidido confiar la decoración de la iglesia de San Pedro al joven artista. ¡Toda una humillación para el viejo constructor!

—¿Usted? ¿Usted va a construir un altar? —preguntó Maderno—. ¿Y cómo piensa hacerlo, niño prodigio? ¡Para eso hay que ser arquitecto! ¡Ingeniero! ¿Sabe usted siquiera cómo se deletrea la palabra estática?

—No —respondió Bernini sonriendo y mirándolo de arriba a abajo—, pero sí sé cómo se deletrea necio: ¡M-a-d-e-r-n-o!

El anciano se quedó helado, se puso blanco de golpe, dejó caer la mandíbula inferior como si ni siquiera tuviese fuerzas para sujetarla, y durante unos segundos Francesco temió que fuera a morirse allí mismo. Habían herido a su maestro donde más dolía, y él sabía por qué. Sin embargo, y con la misma brusquedad con la que segundos antes había enmudecido, el constructor se dio media vuelta y, con lágrimas en los ojos y el pelo gris sobre los hombros, se subió a su litera y ordenó a dos trabajadores que lo sacaran de allí.

—Este edificio —exclamó con voz temblorosa—, e incluso el mayor edificio del mundo, es demasiado pequeño para que quepamos en él este hombre y yo.

Francesco tardó en comprender lo que sucedía. ¿Era posible que Maderno, su maestro e instructor, abandonara aquel lugar con el rabo entre las piernas como un chucho asustado? ¿Aquel hombre, que había contribuido a diseñar y levantar la catedral de San Pedro, el atrio y la fachada, retrocedía ante un pavo real arrogante y presuntuoso que no había construido ni un solo muro de piedra, y que probablemente no sabía lo que era un palustre? Paralizado por la rabia, Francesco se quedó observando al anciano Maderno; el hombre que le había enseñado todo lo que sabía y lo que era capaz de hacer. Pero de pronto su mirada recayó en un dibujo que estaba desplegado sobre una de las mesas de trabajo. Y en aquel mismo instante se quedó sin aliento y olvidó toda la ira que acababa de sentir.

Se trataba de un borrador del altar mayor: cuatro columnas monumentales que se enroscaban hacia el cielo con la fuerza de la resurrección pascual, coronadas por un baldaquino sobre el que Jesucristo emergía triunfante de su tumba, con su estandarte y su cruz. ¡Era sublime! Francesco llevaba años observando los planos de Maderno para el nuevo altar mayor, e inmediatamente comprendió que ese boceto solucionaba de golpe todos los escollos con los que el viejo constructor no dejaba de toparse una y otra vez: problemas con la organización, la decoración y las proporciones, que ahí parecían haberse solucionado con toda facilidad, en un admirable ejercicio de armonía y genialidad.

¿Quién habría diseñado aquello?

—Sorprendido, ¿eh? —le preguntó Bernini, apartando el dibujo de sus narices—. Éste es el altar que voy a construir. Pero dime —exigió, mirando a Francesco escrutadoramente—, ¿no eres el *assistente* del viejo cabrón? ¡Sí, sí, ahora me acuerdo! —Esbozó una amplia sonrisa y le puso una mano sobre el hombro—. Bueno, esto es perfecto, seguro que podrás ayudarme. En fin, ¿qué me dices? ¿Te apetece?

Indignado, Francesco se esforzó por recuperar el habla.

—Pero..., pero... ¿qué se ha creído?

Dicho aquello se volvió y salió corriendo de la catedral; a la calle, al aire libre.

A lo lejos se oyó el canto de un gallo.

5

Lorenzo cogió una manzana —siempre tenía unas cuantas en su estudio— y la mordió.

—El vicio de los napolitanos —dijo, masticando a dos carrillos—. Si hubiera estado en la piel de Adán, seguro que yo tampoco habría podido resistir la tentación.

Delante de él, sentada en un taburete y mirándolo por encima del hombro, estaba Costanza Bonarelli, la esposa de su primer ayudante, Matteo. Su hermosura era tal que hasta Eva habría palidecido de envidia a su lado. Sobre su piel inmaculada no llevaba más que una camisa amplia y abierta, de modo que Lorenzo tenía que hacer verdaderos esfuerzos para concentrarse en su trabajo: reproducir la belleza de aquella mujer en el bloque de mármol que tenía entre sus manos y que estaba esculpiendo tal como le había enseñado su padre, Pietro, desde el mismo momento en que fue capaz de sostener un cincel por sí solo.

—Tengo la impresión de que hoy no estás por la labor —dijo Costanza, y luego añadió, con una sonrisa—: Por ninguna de las dos labores.

—¡No te muevas! —gruñó él—. Necesito tu perfil.

El pecho casi estaba acabado. Con la manzana en la boca, Lorenzo dio dos pasos hacia atrás, entornó los ojos y ladeó la cabeza para comparar su obra con el original. ¡Por Dios, aquella mujer era una verdadera belleza! Y de su cuerpo, como si de un perfume se tratara, emanaba una sensualidad inocente pero al mismo tiempo acechante. Con la frente algo fruncida, Costanza separó sus labios carnosos, como si acabara de ser descubierta por un hombre invisible al que ella no quitaba los ojos de encima. Era imposible no tener ganas de besarla. Lorenzo engulló impaciente el resto de la manzana y volvió a coger el cincel para plasmar aquella expresión en el rostro de su figura.

—¡Maldición! —gritó de pronto, llevándose un pulgar a la boca.

—Pero ¿qué te pasa? —le preguntó ella—. ¿Cuándo fue la última vez que te hiciste daño? ¿Qué es lo que te preocupa?

—¿Lo que me preocupa? —Lorenzo suspiró—. ¡Preocupar es poco! El papa Urbano, sabio entre los sabios, ha decidido que, durante el tiempo en que él dirija la Iglesia, la ciudad de Roma deberá contar con un segundo Miguel Ángel. ¡Y a ver si adivinas en quién ha pensado!

—¡En ti, por supuesto! Pues sí que es un hombre inteligente, este Papa. ¡Estoy segura de que no encontraría a nadie mejor en toda Roma! ¿Acaso no estás de acuerdo?

—¡Sí, claro que lo estoy! —respondió Lorenzo, sacándose el pulgar de la boca—. Pero la idea me parece una locura. No se puede nombrar a un genio como si se escogiera a un obispo o un cardenal. Y el caso es que ahora espera que le presente continuamente proyectos brillantes y maravillosos.

—Bueno, ahora mismo se me ocurre un par de cosas en las que eres realmente genial...

—No, en serio. Me ha organizado un plan como si estuviera de nuevo en la escuela. Quiere que haga esculturas, que pinte y que me dedique a la arquitectura; quiere que domine las tres artes como hizo Miguel Ángel. Como si los días tuvieran cuarenta y ocho horas. Y, por si fuera poco, me convoca a sus aposentos casi todas las noches y se pone a hablar durante horas de la nueva Roma, su Roma. Ni siquiera se calla al meterse en la cama, y sigue hablando hasta que se le cierran los ojos. Y yo no puedo marcharme hasta que corro las cortinas de su lecho.

—¿Cómo? ¿Estás diciéndome que tú acuestas al Papa? —Costanza lo señaló burlonamente con el dedo índice.

—Vamos, no le veo la gracia. ¿Cómo voy a poder con todo? ¡Ese hombre no me deja pegar ojo! ¿Sabes lo que me pidió ayer? ¡Quiere que el altar mayor sea de bronce! Cualquier entendido en la materia se llevaría las manos a la cabeza al oír algo así. Con el peso del bronce hundiríamos el suelo, y el maldito altar se desmoronaría sobre la cripta de san Pedro. Además, ¿de dónde se supone que voy a sacar toda esa cantidad de bronce?

—¿Y por qué no te niegas?

—¿Qué? ¿Que me niegue? —Lorenzo resopló—. Aunque realmente fuera el nuevo Miguel Ángel, o alguien tres veces mejor que él,

38

¡el Papa es el Papa! —Dicho aquello cogió de nuevo las herramientas, y se puso a modelar el busto de Costanza con un ritmo tan frenético que parecía querer acabar la estatua aquella misma tarde—. Además —farfulló al cabo de un rato—, ese altar es la oportunidad de mi vida. Si lograra hacerlo... —En lugar de acabar la frase, continuó trabajando en silencio—. Pero ¡maldición! ¿Cómo se supone que voy a conseguirlo? ¿Quién podría darme las bases para cimentar una construcción semejante? ¡Si sólo el baldaquino ya pesará casi tanto como media cúpula! —En un arrebato de indignación, tiró al suelo el cincel y el martillo—. Maderno tiene razón. El maldito viejo tiene razón. ¡Toda la razón! No puedo hacerlo. Y, aunque pudiera, tampoco quiero. ¡Yo soy escultor, caray, no ingeniero!

—Mi pobre Lorenzo —dijo Costanza, levantándose del taburete—. ¿Te parece bien si dejamos el trabajo por hoy?

Se acercó al joven y le acarició la mejilla mientras le dedicaba una mirada tan seductora que él casi perdió el aliento. De pronto parecía otro.

—¿No te da miedo que tu marido sospeche algo? —le preguntó con una sonrisa.

—¿Matteo? ¡Él sólo desea que yo sea feliz!

—Costanza, Costanza. Si no existiera el pecado, estoy seguro de que tú lo inventarías.

—¡Chist! —dijo ella, poniéndole un dedo en los labios.

Después le sonrió como debió de hacer Eva en aquella otra ocasión, y se desprendió de la camisa. Completamente desnuda, como Dios la trajo al mundo, se inclinó sobre la cesta de fruta, cogió una pieza y se incorporó para mirar al escultor.

—Dime, querido —le susurró—. ¿Te apetece una manzana?

6

Roma, 22 de septiembre de 1623

Mis queridos padres:

Hace ya seis semanas que llegué a Roma, pero hasta hoy no he encontrado un instante de calma para escribirles. Les aseguro que tengo por ello verdaderos remordimientos, pero me han sucedido tantas cosas en tan poco tiempo que no dudo que sabrán perdonarme.

Atravesar los Alpes fue una experiencia que nunca olvidaré. Al llegar al cantón de los Grisones tuvimos que detenernos y esperar a que dejara de nevar. Aprovechamos ese tiempo para desmontar en pequeñas piezas nuestro carro, atarlo y cargarlo en los mulos con el resto de nuestro equipaje. Después de aquello, nuestros guías (campesinos sencillos pero de gran corazón) nos cubrieron con pieles, gorros, guantes y calcetines de castor —no se imaginan el frío que llega a hacer allí arriba—, y por fin reemprendimos la marcha.

La habilidad de los guías de montaña es indescriptible. Hasta disponen de zapatos con clavos en las suelas para poder caminar sin resbalarse por la nieve y el hielo. Equipados de tal modo, escalaron con nosotros el monte Cenis como si fueran gamuzas, llevando siempre las literas entre dos. William se pasó todo el trayecto tiritando, no sé si de frío o de miedo, y lanzando un montón de improperios que yo no podría repetir sin sonrojarme. Además, mantuvo los ojos cerrados todo el rato para no marearse, tal como nos aconsejaron los guías, aunque yo no pude contenerme y los abrí de vez en cuando.

En realidad, los escarpados precipicios y los abismos no dan tanto miedo. Al fondo, en el valle, las casas se veían tan pequeñas que apenas podía reconocerlas, y en alguna ocasión me pareció que estábamos a punto de tocar el cielo.

Por cuanto hace a mi vida en Roma, pueden estar ustedes tan tranquilos como William, quien siente un temor irracional ante la posibilidad de que en Inglaterra se enteren de dónde estamos. Pues bien, eso es totalmente imposible, pues Pamphili me trata como a una presa. No me deja poner un pie en la calle si no es para ir a misa, cubierta de arriba abajo como una mora. ¡Pero yo sé que más allá de los muros del palacio hay infinidad de aventuras y misterios a la espera de ser resueltos! Me encantaría visitar las ruinas, los palacios y las iglesias, sobre todo las obras de Miguel Ángel Buonarroti, ese artista del que habla todo el mundo. Cuando me paro a pensar que pronto tendré que marcharme de esta ciudad sin haber visto nada de su esplendor, me entran ganas de llorar. Mi carcelero me tiene prohibido hasta mostrarme en público. ¡Todo lo contrario que *donna* Olimpia! En el poco tiempo que llevo aquí nos hemos hecho ya buenas amigas, aunque todavía me cuesta tratarla de tú. Se interesa mucho por mí y no deja de preguntarme cómo van las cosas en Inglaterra. Ahí es donde comprendo lo tonta e inexperta que soy, pues la mayoría de las veces no tengo una respuesta razonable para sus preguntas. (¿A qué se debe, por ejemplo, que el rey desee mi matrimonio con lord McKinney?) Precisamente por todo ello, hay algo que me produce mucha alegría; algo con lo que puedo ayudarla. Imagínense: ¡mi prima no sabe leer ni escribir! Pero tiene unas ganas enormes de aprender, y es muy atenta y curiosa. Le basta con oír o ver algo una sola vez para recordarlo siempre. Cada día dedicamos varias horas a las clases, aunque ella debe ocuparse también del palacio y, por supuesto, de su hijito Camillo, un bebé precioso con el pelo rizado y redondos ojos negros, al que cuida con absoluta ternura.

A mi carcelero, Pamphili, sólo lo veo durante las comidas, pero mentiría si les dijera que lo lamento. Lo único que desea ese hombre es tener a una mujer sumisa a su lado, y las pocas veces que abre la boca es para quejarse de nosotras: dice que nos falta humildad, algo para él imprescindible, y que solemos meternos donde no nos llaman en lugar de dedicarnos a las tareas que nos corresponden. ¡Como si la pobre *donna* Olimpia hiciera alguna vez algo incorrecto!

Al menos una vez al día Olimpia recibe la visita de su cuñado, un verdadero *monsignore*, que regenta un monasterio a las afueras de Roma. Es el hombre más feo que he visto en mi vida, con una cara horrible y toda marcada de cicatrices, pero parece que tiene un gran corazón. Mientras su hermano, el príncipe arrogante, no encuentra ni un momento para hablar con Olimpia, el abad la tiene en tan alta estima que no toma ni una sola decisión sin comentársela antes. Sí, nunca abandona el palacio sin que ella le dé los consejos que necesita. De hecho es por él por lo que *donna* Olimpia desea aprender a leer y a escribir (por supuesto, a escondidas de su marido): en los próximos días el abad será nombrado nuncio y enviado a España por orden del Papa, y ambos desean mantener el contacto por carta. Así pues, y dado que para Olimpia no hay nada más importante que el bienestar de la familia Pamphili, ha decidido esforzarse por aprender a toda costa y sin lanzar una sola queja.

Pero ya va siendo hora de que los deje. Acaban de llamar a la puerta, y seguro que es ella. Hoy ha organizado una fiesta para despedir a su cuñado, y si mi oído no me engaña, diría que están llegando los primeros invitados y yo aún tengo que cambiarme. ¿Qué opinan ustedes? ¿Creen que debo ponerme el vestido con los ribetes de encaje que me regalaron por mi decimoctavo cumpleaños? No hace ni medio año de aquello y, sin embargo, parece que ha pasado una eternidad.

Los saluda con todo su amor y respeto,

Clarissa Whetenham,
su hija siempre sumisa

P.D. ¿Les importaría enviar una pequeña suma de dinero al Banco Inglés de Roma para que pueda adecuarme mejor a la vida en palacio? Preferiría no tener que incomodar a *donna* Olimpia con esos temas. Ella se pasa la vida ahorrando hasta la última moneda para poder pagar a los numerosos sirvientes que precisa para poder gobernar una casa tan grande como ésta.

7

Clarissa no se equivocaba. Cuando al fin se presentó en la sala de fiestas del palacio Pamphili —tras haber optado al final por otro vestido, uno muy elegante de color oscuro y con ribetes de brocado, que, con el recogido de su pelo, en un moño, le daba un aspecto recatado y maduro—, había ya reunidas varias docenas de invitados.

—¡Ya iba siendo hora de que llegaras! —le susurró Olimpia mientras se le acercaba—. Tengo una sorpresa para ti.

—¿Una sorpresa? ¿Para mí? ¿Qué es?

—Ya lo verás —le respondió su prima con una sonrisa cargada de misterio—. Ten un poco de paciencia, ahora debo ocuparme de mi cuñado.

¿De qué podía tratarse? Clarissa se puso muy nerviosa. Quizá Olimpia tenía pensado presentarla a sus huéspedes e introducirla así en la alta sociedad romana... ¡Cómo se alegraba de haberse puesto el vestido oscuro! Con un hormigueo de felicidad en el estómago, se imaginó rodeada de todos aquellos invitados, respondiendo a sus preguntas acerca de su patria y de sus experiencias durante el viaje.

Pero no sucedió nada de eso. Los invitados no rodearon a Clarissa, sino a *monsignore* Pamphili, quien, con Olimpia siempre al lado, había tomado asiento en una butaca y escuchaba con expresión malhumorada las oscuras palabras de un astrólogo —un hombre gordo y mofletudo al que, según decían, pedía consejo hasta el propio Papa—, que estaba contándole cómo iba a ser su futuro en España. Habló de la mitra y de la púrpura de cardenal que Pamphili acabaría obteniendo gracias a sus esfuerzos en la misión española, y aseguró que así estaba escrito en las estrellas. Sin salir de su asombro, Clarissa pudo comprobar que también Olimpia estaba muy concentrada en las palabras del astrólogo, como si temiera perderse algo de lo que decía.

—¡Qué superstición tan infantil! —masculló una voz masculina en inglés.

—Desde luego, William, tienes toda la razón —respondió ella también en su idioma materno.

Entonces se giró y se mordió la lengua, pues quien le había hablado no era su maestro y tutor, como ella había creído, sino un caballero de edad indefinida al que nunca había visto. Tenía el pelo gris, el rostro gris y los ojos grises. Parecía un paisaje inglés en un día de lluvia.

—Clarissa Whetenham, imagino.

—¿Quién... quién es usted? —balbució ella en italiano.

—Lord Henry Wotton —respondió, con la mayor indiferencia del mundo—; embajador de Su Majestad Jacobo I, rey de Inglaterra.

Clarissa deseó que se la tragara la tierra. Acababa de suceder lo que William siempre había temido: ¡la habían descubierto! ¡Y quien lo había hecho no era ni más ni menos que el propio embajador inglés! Por el amor de Dios, ¿cómo se le había ocurrido la estupidez de hablar en su idioma? Desesperada, intentó atraer a su prima con la mirada, pero ésta no parecía tener la menor intención de separarse de su cuñado y se limitó a hacerle un gesto con la cabeza y dedicarle una sonrisa de oreja a oreja. Clarissa ya no entendía nada. Si aquélla era la sorpresa que Olimpia le tenía preparada, estaba claro que se trataba de una mala sorpresa.

—¿Cómo ha podido ser usted tan insensata y venir a este país? —le recriminó lord Wotton—. ¿O es que no ha tenido tiempo de leer su pasaporte, en el que se indica claramente que está prohibido pisar Roma o cualquiera de los territorios italianos que se encuentren bajo dominio español?

—Pero... Yo sólo he venido a visitar a mi prima, *donna* Olimpia.

—¿Sólo a su prima? —preguntó el hombre con tono de aburrimiento, como si ya hubiera tenido antes esa conversación—. ¿Y qué pasa con los jesuitas que hay por aquí? ¿Y con los católicos británicos que preparan una revolución? ¿Qué me dice de ellos? Y, por supuesto, también están las costumbres de los papistas, a las que usted acabará habituándose y al final se llevará de vuelta a nuestro hogar. *Inglese italianato è un diavolo incorporato!* Créame, sé muy bien de qué le hablo —dijo, resignado—. Pasar una temporada en Roma significa irremediablemente traicionar al rey de Inglaterra.

Clarissa se sintió de pronto muy pequeña.

—¿Y qué van a hacerme ahora? —preguntó con un hilo de voz.

Wotton se encogió de hombros.

—No me queda más remedio que denunciarla ante el rey. Es mi deber.

—¿Quiere decir... que me meterán en la cárcel? —Tuvo que hacer un esfuerzo para pronunciar la frase.

Lord Wotton suspiró.

—Mire usted, la política no es más que un enorme caos, y la gracia consiste en lograr que ese caos acabe favoreciendo a nuestro partido. ¡En fin, muchacha, ya puede dar gracias a Dios de que su prima conozca este mundo casi tan bien como el propio rey Jacobo! —Escrutó a Clarissa con sus ojos grises, y en su rostro apareció una extraña expresión, como si sintiera un dolor indescriptible—. *Donna* Olimpia es una diplomática admirable. Por suerte no ha sido hombre. Tiene madera de papa. ¿Por qué está tan interesada en que se quede usted en Roma?

—Estoy enseñándole a leer y escribir. Pero me temo que ésa no es la respuesta a su pregunta, ¿verdad? ¿Qué tendría que ver una cosa con la otra?

—Más de lo que se imagina —le respondió Wotton, mientras la acompañaba hasta un banco—. Pero sentémonos, está usted muy pálida.

Agradecida, Clarissa lo tomó del brazo y se dejó caer sobre un cojín. Se sentía tan mareada como cuando atravesó el monte Cenis en los Alpes.

—Creo que debería usted saber algunas cosas —le dijo lord Wotton, tomando asiento frente a ella—. Lo mejor será empezar por el principio. ¿Tiene usted alguna idea, jovencita, de la cantidad de tendencias religiosas que hay en nuestro país? ¿Quiero decir, alejadas de la Iglesia de Inglaterra?

—No, señor, ni la más remota.

—Yo tampoco —admitió él, suspirando de nuevo—. Y ése es precisamente el problema. Tenemos demasiadas religiones, y todas ellas afirman ser la que nos hace bienaventurados. De ahí que sus seguidores no hagan otra cosa que atacarse continuamente unos a otros. Lo llaman conversión, y resulta que gracias a ella la gente puede pelearse y matarse en nombre de Dios. —Se detuvo y sacó ceremoniosamente un pañuelo de su chaqueta. Mientras lo desdoblaba retomó el hilo de sus palabras—. Para evitar todo esto, el rey Jacobo ha casado a su sucesor, Carlos, con Enriqueta María de Francia, una mujer católica y sin duda bellísima, y a su hija Elisabeth, mucho menos hermosa que la otra, esto que quede entre nosotros, con el gran príncipe elector Federico, de Pfalz. ¿Me sigue usted?

Clarissa asintió con vehemencia.

—Bien, aquí es donde entra usted en juego. Quizá a estas alturas entienda ya por qué debe casarse con lord McKinney...

—¿Qué? ¿Cómo sabe que voy a casarme? —preguntó ella, estupefacta.

—Los políticos lo sabemos todo, o al menos más de lo que muchos quisieran —le respondió lord Wotton—. Pero volviendo a nuestra pregunta: si el rey Jacobo promueve el matrimonio de Clarissa Whetenham, una inglesa católica, con el escocés presbiteriano McKinney, no es sólo porque desea ofrecer una muestra de conciliación entre las religiones, sino también, y sobre todo, porque espera utilizar los lazos del amor, por así decirlo, a favor de su vieja obsesión, que es la unión entre Inglaterra y la terca Escocia. Una obsesión que es, en mi opinión, tan irreal como el propio amor. En fin, jovencita —concluyó, secándose las enormes gotas de sudor que le perlaban la frente, como si acabara de realizar un enorme esfuerzo—, yo diría que ahora ya está más o menos al corriente de la situación.

Clarissa necesitó varios segundos para digerir lo que acababa de escuchar. Sintió que empezaba a dolerle la cabeza, pero de pronto brotó en su interior una ligera y frágil esperanza que poco a poco fue cobrando fuerza y decisión.

—¿Y qué sucedería si advirtiera usted al rey de mi presencia en Roma? —preguntó con mucho cuidado, como si desconfiara de sus propias palabras.

—Bueno —respondió Wotton, suspirando por tercera vez—, en principio usted tendría que aplazar un tiempo su regreso a Inglaterra. Habría que esperar, por ejemplo, a que remitiera un poco la agitación que hay en la corte en torno a su persona, o bien a que muriera el rey, cosa que, Dios lo quiera, aún tardará en suceder.

—¿Está diciéndome que por el momento debo quedarme en Roma?

—Lo mejor será que se entretenga visitando las ruinas y las iglesias de la ciudad, que no son pocas —le indicó Wotton torciendo el gesto, como si fuera un profesor al que su alumno ha tardado demasiado en darle la respuesta adecuada. Y dicho eso volvió a meterse el pañuelo en la chaqueta, con el mismo cuidado y delicadeza con que lo había sacado—. ¿No le había dicho que su prima es una mujer sorprendentemente astuta?

En aquel preciso instante, como si lo tuviera todo calculado, Olimpia se acercó hasta ellos.

—¿Y bien? ¿Te ha gustado mi sorpresa? —le preguntó.

—¡William me matará! —exclamó Clarissa—. Pero, por lo que a mí se refiere, ¡es lo mejor que podría pasarme!

Y rodeó a su prima con los brazos y le dio un beso, llena de felicidad.

—¿Te has vuelto loca? —la increpó Olimpia, con aspecto enojado, aunque inmediatamente cambió de expresión y adoptó el tono amable con el que siempre le hablaba—. Una mujer no debería dejarse llevar por sus sentimientos. ¿De qué te sirve lucir un moño tan sobrio si no eres capaz de contener tu corazón? Pero ahora que lo pienso, aún no te he presentado como corresponde. *Signore e signori!* —dijo, dirigiéndose a sus invitados—, es para mí un verdadero placer presentarles a mi prima. Como podrán apreciar, no es italiana, sino que ha venido a vernos desde un país muy lejano. Por motivos que no me está permitido revelar —añadió, lanzando una mirada cómplice a lord Wotton—, debo mantener su nombre en secreto, pero les aseguro que se trata de una dama de orígenes nobles y sangre azul. Así pues, les ruego que cuando deseen dirigirse a ella, lo hagan llamándola... ¡Principessa! —exclamó tras una breve pausa.

Principessa. Aquel título aún resonaba en los oídos de Clarissa cuando fue a acostarse, varias horas más tarde. Demasiado emocionada para dormir, empezó a recordar una y otra vez todo lo que había sucedido en aquella velada. Fue ella, y no el feo Pamphili, quien se convirtió en el centro de todas las miradas. Principessa por aquí, Principessa por allá... ¡Hasta recibió media docena de ofertas de matrimonio! Y no sólo la acosaron los hombres jóvenes, no; también el resto de los invitados, obispos, princesas y demás, la rodeó hasta altas horas de la noche, mientras el pobre *monsignore* permanecía solo y malhumorado en su butaca. Todos los allí presentes querían charlar con ella, deseosos por descubrir de dónde provenía. Pero ella supo guardar silencio, y no reveló su nombre ni su identidad. ¡Fue un juego apasionante!

Con un suspiro cerró los ojos. Quién sabe, quizá a aquellas horas alguno de sus admiradores estuviera trazando un plan para secuestrarla... Un carruaje en plena noche, con cortinas en las ventanillas, traqueteando a toda prisa por las calles más oscuras de la ciudad... Ésa era su idea de felicidad. Roma parecía ser la ciudad más adecuada para cumplir sus sueños. ¡Y ahora, gracias a Olimpia, iba a poder quedarse allí durante varios meses, quizá incluso años!

Saltó de la cama cuando apenas empezaba a romper el alba. Con un poco de suerte, las cocineras ya se habrían levantado y podrían prepararle algo para desayunar. Se puso una capa a toda prisa y salió de la habitación. Temblando de frío, anduvo descalza sobre el mármol de aquellos interminables pasillos, pero de pronto se detuvo en seco. Desde la oscura capilla del palacio le llegaron unas voces muy quedas, un sorprendente y comedido murmullo. ¡Qué extraño, a aquellas horas!

Sin pensarlo dos veces, Clarissa se acercó a la puerta entreabierta y, sin hacer ruido, observó lo que sucedía en el interior. Al principio no pudo ver nada porque la capilla estaba a oscuras, pero al cabo de unos segundos distinguió la silueta de dos figuras sentadas en el banco del confesionario. Estaban sorprendentemente juntas; parecían abrazadas.

—Sin ti —oyó decir a una voz masculina— soy como un barco a la deriva en alta mar. Te escribiré todos los días.

—Y yo te responderé a diario —dijo entonces una voz de mujer—. Así podremos seguir aconsejándonos, como hemos hecho siempre.

Clarissa se quedó de una pieza. ¡Ésa era *donna* Olimpia, sin duda! Pero la otra voz, la del hombre..., ¿de quién era? Justo en aquel momento la enorme silueta se giró, y durante un breve instante Clarissa pudo ver el rostro poco agraciado y encapuchado de un monje. ¡*Monsignore* Pamphili! Asustada, la joven regresó corriendo a su habitación. En algún lugar del palacio se oyó llorar a un niño. El pequeño Camillo debía de haberse despertado.

Un minuto más tarde Clarissa volvía a estar acostada en su cama, aunque sabía perfectamente que no podría conciliar de nuevo el sueño. ¿Qué significaba todo aquello? ¿Una despedida en la capilla? ¿Entre *donna* Olimpia y *monsignore* Pamphili? ¿A aquellas horas de la mañana? No lograba sacarse de la cabeza aquella imagen confusa, al mismo tiempo alarmante y seductora, de las dos figuras fundidas en un abrazo.

—¿Has dormido bien, Principessa?

A la hora del desayuno, con Camillo en los brazos, Olimpia la saludó con tanta naturalidad que Clarissa no pudo evitar preguntarse si la escena de la capilla podía haberse tratado de un sueño, pero durante la misa de la mañana, en Sant' Andrea della Valle —no muy lejos de la plaza Navona—, supo que había sido real: la imagen la perseguía con tanta fuerza que apenas le permitía pronunciar las oraciones. En su interior ardía un deseo, una avidez imprecisa pero imperiosa que nunca antes había sentido; un apremio y un anhelo de todo y de nada a la vez; un presentimiento de desasosiego y una incierta excitación. Aquel sentimiento no se parecía en nada a la opresión y la angustia que siempre sentía al pensar en su matrimonio con lord McKinney. ¿Tendría algo que ver con los secretos que siempre arrastraban los casados? ¿Aquellos de los que sus padres nunca habían querido hablarle?

También William, su acompañante aquella mañana, parecía especialmente nervioso, aunque sus motivos eran muy diferentes: tras la misa, de camino al palacio Pamphili, el hombre no dejaba de preguntarse con quién debía estar más enfadado, si con la imprudente Clarissa o bien con *donna* Olimpia, por descubrirlos en sociedad con toda su mala intención. Se hacía cruces por la picardía de aquella mujer, que había frustrado su inminente regreso a la adorada patria y los obligaba a permanecer en Italia durante un tiempo aún indefinido, y juró por el pudin de su madre y el éxito de su libro que no le quitaría un ojo de encima.

Mientras tanto, y aprovechando esos segundos de descuido, Clarissa se alejó de William y escapó de su tutela.

Sin importarle adónde ir, movida sólo por ese extraño deseo que la apremiaba, la joven se internó en las laberínticas calles de la ciudad, que la esperaba con miles de placeres y, por supuesto, también de peligros.

8

Con la seguridad que le proporcionaba el haber participado tantos años en proyectos situados en Milán y Roma, Francesco se subió al andamio para poder finalizar desde allí arriba el querubín en el que llevaba varios días trabajando, siempre que lograba romper con la monotonía de cincelar el mismo tipo de blasones, angelotes o festones. Había creado ya varias docenas de ellos, tanto en la fachada de la catedral como en el atrio de entrada, pero ése era diferente. Mientras todos los demás querubines resultaban iguales —simples e inocentes caritas de ángel, santurrones irreales y sin ninguna expresión diferencial—, ése estaba tan arriba que se libraba del escrutinio de su maestro, y Francesco había decidido esculpirlo a su gusto.

Se arrodilló en el andamio y empezó a cincelar. ¡Si Maderno le dejara hacer todo lo que quería! Tenía ideas maravillosas y un montón de planos, varios de los cuales estaban ya acabados, pero nunca le dejaba llevarlos a cabo, ni allí, en San Pedro, ni en el palacio Barberini ni en ninguna otra obra. El hombre no cesaba de repetirle que aún tenía mucho que aprender, que debía copiar a los viejos maestros —sobre todo a él mismo, por supuesto—, y jamás le permitía realizar sus propios proyectos, sino que se empeñaba con verdadera testarudez en obligarlo a seguir sus indicaciones al pie de la letra y sin alejarse de ellas en lo más mínimo. Pero sus propuestas eran tan aburridas y repetitivas que Francesco ya ni siquiera tenía que mirar para hacerlas.

No le extrañaba, pues, que el nuevo Papa hubiera encargado el altar mayor a Bernini. Desde que viera su diseño, Francesco no había logrado sacárselo de la cabeza. Comparados con él, los bocetos de Maderno parecían insuficientes, inseguros, infantiles. Deliciosamente ligero y elegante, el altar de Bernini parecía transparente, pues no restaba ni un ápice de la intensidad espacial que se obtenía con la cúpula y la intersección de la nave, pero al mismo tiempo mantenía su propia identidad. En secreto, Francesco no pudo evitar hacer unos cálculos relacionados con la estática de los cimientos y el baldaquino, y descubrió que había varios problemas para los que el proyecto de Bernini aún no tenía solución.

¿Debía enseñar sus resultados al artista? ¿No sería eso una traición?

El sonido de unos pasos que se acercaban por el andamio lo sacó de su ensoñación. ¡Por Dios, se retiraba apenas unos minutos y ya iba alguien a molestarlo!

Cuando se dio la vuelta, sintió que se le paraba el corazón. Como un ángel bajado del cielo, una joven de pelo rubio y ondulado caminaba hacia él, sonriéndole de un modo tan extraordinario que ni el propio Miguel Ángel habría podido retratarla jamás. Aquel rostro tenía un tono tan delicado y una gracia tan especial que parecía llegado de otro planeta.

Se quedó petrificado, de rodillas, con el martillo en una mano y el cincel en la otra, incapaz de mover un solo músculo del cuerpo. Era sin duda la primera vez que se encontraba con aquella mujer, pero tenía la sensación de conocer ya su semblante: se le apareció muchos años atrás, en una nevada noche de invierno. Tenía que ser ella. La soñó en el preciso momento en que fue consciente de su masculinidad y el río de su vida se convirtió en una fuente de voluptuosidad y a la vez de espanto. Desde aquel preciso instante de dulce y confusa felicidad, Francesco había esperado la llegada de aquella mujer, casto como un monje. Y ahora, con una seguridad que no dejaba lugar a dudas, supo que ella era la mujer de su vida; la que el destino le tenía reservada.

Y sintió que sus manos empezaban a temblar.

9

«¡Por fin lo he encontrado!», pensó Clarissa. Así que ése era el aspecto de aquel hombre tan famoso. La sorprendió comprobar lo jovencísimo que era: debía de tener veinticuatro años, veinticinco a lo sumo. Se lo había imaginado mucho mayor. Se sacudió el polvo del vestido y se pasó las manos por la tela.

—¿Qué... qué demonios está usted haciendo aquí arriba? —le preguntó él mientras se ponía de pie, con una voz al mismo tiempo cálida y masculina.

—Los trabajadores me han dicho que lo encontraría aquí —respondió.

—¿Que me encontraría? No... no la entiendo... —balbució—. ¿Me buscaba?

—Desde luego. ¡Estaba deseando conocerlo desde el mismo día que llegué a Roma! —le dijo, acercándose—. Sólo que hasta ahora no había tenido la oportunidad...

—¡Cuidado! —exclamó, cogiéndola del brazo—. ¡Podría caerse!

—Pero ¡qué tonta soy! —dijo ella, mirando hacia abajo y dando involuntariamente un paso atrás—. No me había dado cuenta de que estábamos tan altos. ¡Gracias! —le susurró—. Creo que acaba de salvarme usted la vida.

—Tonterías —respondió con cierta rudeza—. Pero sí podría haberse roto algún que otro hueso...

Durante unos segundos permanecieron muy cerca el uno del otro. La mano de él sujetaba con fuerza la muñeca de ella, y sus ojos castaños la observaban con tanta intensidad que se le marcó una profunda arruga vertical entre las cejas. Cuando ella le devolvió la mirada, él la soltó inmediatamente, y en su rostro apareció una expresión apocada, casi de timidez.

—Los tablones están sueltos —le advirtió—, así que pueden moverse y...

No acabó la frase. Con la cara tan roja como si la hubiera sumergido en un tarro de pintura, se giró, cogió el martillo y el cincel, y se arrodilló de nuevo para seguir con su trabajo y concluir la imagen que estaba esculpiendo. Parecía dar por acabada la conversación. Clarissa estaba desconcertada. Ahora que por fin lo había encontrado y hasta se había subido al andamio con aquel vestido sólo para hablar con él, ¿le daba la espalda? ¿Qué se suponía que tenía que hacer?

Abajo, a la entrada de la iglesia, los trabajadores que le habían indicado el camino miraban hacia ellos con curiosidad.

—Qué figura más extraña —dijo ella al fin.

—¿Así que no le gusta? —respondió, sin mirarla.

—No, no quería decir eso. Es sólo que... —Buscó la palabra adecuada en italiano—. Es especial, distinta a todo lo que he visto hasta ahora. ¿Qué es?

—¿Acaso no lo ve? Un querubín.

Mientras él golpeaba el cincel con una expresión tan huraña como si Clarissa le hubiese roto algo, ella se le acercó un poco más. Sí, bueno, quizá aquello pretendiera ser un querubín, pero no mostraba ni rastro de júbilo o alegría. Su cara era más fea que graciosa, tenía la boca torcida y el pelo se le enroscaba en la cabeza como si fuera un montón de serpientes.

—Si es un ángel —dijo—, ¿por qué no sonríe? ¡Más bien parece a punto de ponerse a gritar de dolor!

Él interrumpió su trabajo y se volvió para mirarla.

—¿Se ha dado cuenta? —le preguntó, sorprendido y al mismo tiempo indudablemente orgulloso.

—¡Es imposible no verlo! Está claro que algo lo tiene muy atormentado. Dígame, ¿de qué se trata?

—Uf, le aburriría saberlo.

—¡Seguro que no! Por favor, dígamelo. ¿Por qué tiene esa expresión tan rara?

—Porque... —Dudó unos segundos y entrecerró los ojos—. Porque no soporta su destino. Ése es su gran tormento; lo que le impide sonreír y le da ganas de gritar a todo pulmón.

—¿Un querubín que no soporta su destino? ¡Qué idea más extraña! Yo creía que los querubines son los ángeles preferidos de Dios y los que están siempre a su lado, de modo que les es imposible no ser felices.

—¿Eso cree, de veras? —le preguntó, observándola seriamente, y esa vez sin desviar la mirada al cruzarse con los ojos de ella—. ¿Cree que les hace felices estar siempre tan cerca de Dios? ¿No cree que eso puede ser un martirio? Por muy perfectos que sean, mucho más que el resto de las criaturas celestes, está claro que en comparación con Dios no son más que unos seres incompletos. ¿Cómo se supone que tienen que aguantar la presencia de la perfección divina durante toda la eternidad? ¿No le parece que eso es una crueldad terrible y espantosa, pensada sólo para recordarles con especial morbosidad su ridícula y lamentable insignificancia?

Al tiempo que hablaba sus ojos fueron tiñéndose de una tristeza infinita, y Clarissa tuvo la sensación de que, en el fondo, no estaba hablando del querubín. ¿Estaría creando con aquel ángel un reflejo de su propia alma? Y si así fuese, ¿qué lo torturaba tanto? ¿Qué se escondía tras su carácter tímido y reservado?

Le sonrió, pero aquel gesto pareció desconcertar al joven, pues bajó la vista. ¿Por qué no le devolvía la sonrisa? Clarissa se sintió algo molesta, aunque no por mucho tiempo, pues de algún modo, y sin saber muy bien por qué, percibió una oleada de aprecio hacia aquel hombre y la imperiosa necesidad de arrancarle como fuera una sonrisa. Incluso se le ocurrió cómo hacerlo: él era un artista, y para hacer feliz a un artista, nada mejor que un cumplido.

—¿Sabe usted lo famoso que es en mi país? —le preguntó.

—¿Yo? ¿Famoso yo? —preguntó él a su vez, más desconcertado aún—. Creo que me confunde. No soy más que un simple picapedrero.

Dicho aquello, retomó su trabajo y le dio la espalda con una buena dosis de descortesía.

—¡A mí no me engaña! —le dijo ella, sonriendo—. En Inglaterra cualquier persona más o menos erudita conoce su nombre: ¡Miguel Ángel Buonarroti!

Pronunció aquel nombre en voz tan alta que hasta los muros retumbaron. Entonces el joven dejó en el suelo sus herramientas y la miró, atónito.

—Lo he sorprendido, ¿verdad? —añadió ella, feliz—. Pues quiero que sepa que no ha sido tan difícil encontrarlo. Sólo he tenido que preguntar a sus trabajadores dónde se encontraba el famoso Miguel Ángel...

En aquel momento la interrumpieron unas sonoras carcajadas que llegaban desde la nave de la iglesia. Confundida, Clarissa miró hacia abajo, y vio a los operarios retorciéndose de risa y sujetándose la barriga como si estuviera a punto de explotarles, mientras la señalaban. En aquel instante supo que había cometido un error.

—Oh, discúlpeme, me temo que he sido una estúpida. —Desesperada, se puso a pensar en el mejor modo, si es que había alguno, de salir airosa de aquella situación. ¿Qué más podría decir?—. Seguro... seguro que tiene usted un nombre mucho más bonito que Buonarroti. ¿Querría decírmelo?

—Castelli —respondió el joven, sin demostrar la menor emoción—, Francesco Castelli.

No había acabado de pronunciarlo cuando su rostro se contrajo; empezó a toser de un modo tan intenso que hasta se puso rojo y se dobló hacia delante, como si estuviera a punto de vomitar.

—¿Puedo ayudarlo? —preguntó ella, acercándose apresuradamente.

Él alzó las manos como si Clarissa fuera precisamente quien le provocara aquella tos, y, no sin esfuerzo, le dijo:

—No..., mejor..., mejor váyase. Por favor..., déjeme..., déjeme usted solo.

¿Qué había hecho? El joven la miraba como un animal herido, y sus ojos, algo salidos de sus órbitas por culpa de aquella terrible tos, escondían al mismo tiempo algo de orgullo y de vergüenza. Al observar aquella mirada comprendió que sólo podía hacer una cosa para ayudarlo. Se dio la vuelta, descendió del andamio con la mayor celeridad de que fue capaz, y salió de la iglesia, dejando atrás el ataque de tos de aquel hombre y las risas del resto de los trabajadores.

Durante el camino de regreso a casa le fue imposible pensar en algo que no fuera él. ¿Cómo podía decir que no era más que un picapedrero? Alguien capaz de construir una figura como la de aquel querubín debía considerarse un artista, quizá hasta un arquitecto. Por desgracia jamás volvería a verlo.

¿Y cómo había dicho que se llamaba?

10

—¡Habrá un levantamiento! ¡Los romanos no lo aceptarán!

—¡Por Dios, no me vengas ahora con más problemas! Te aseguro que ya tengo suficientes.

—Pero los romanos adoran ese templo. ¡Es su santuario!

—¿Santuario? ¿He oído bien? ¿Qué eres tú? ¿Cristiano o pagano?

Junto con Pietro, su padre, Lorenzo Bernini supervisaba las obras de demolición del Panteón. Consciente de que necesitaba una enorme cantidad de bronce para construir el altar mayor de San Pedro, y tras comprobar que las nervaduras que había logrado extraer de la cúpula de la iglesia no bastaban, se le había ocurrido fundir las vigas de bronce del entramado superior del atrio del Panteón. Por motivos inexplicables —quién sabe si para humillar a su adversario o sólo por demencia senil—, fue precisamente Maderno quien advirtió al Papa sobre la posibilidad de saquear el templo pagano para poder decorar la mayor iglesia del mundo. Como humanista que era, Urbano consideró que aquella opción era un verdadero disparate, aunque como cabeza visible de la Iglesia no le pasó por alto la enorme fuerza simbólica que comportaba un acto como aquél, así que acabó dándole su bendición.

—¡Vamos, no me salgas ahora con ésas! —dijo Lorenzo, pasando un brazo por los hombros de su padre, un hombre de baja estatura y pelo ralo que había cruzado ya la frontera de los sesenta—. Mejor dime que has encontrado una solución para el problema del sobrepeso en los cimientos.

Pietro movió la cabeza en señal de negación.

—No, hijo mío, lo siento.

—¿Y por qué diablos no? —se encolerizó Lorenzo—. ¡Te he dicho mil veces que necesito urgentemente una respuesta!

—La respuesta es muy simple: no puedo darte una solución porque no la hay.

—¡Tonterías! ¡Eso es absurdo! ¡Es ridículo! —Se separó de su padre y empezó a caminar arriba y abajo por la habitación—. ¡Tiene que haber una solución! ¡Tiene que haberla! Imagínate que al final hundo la tumba de san Pedro. ¡Urbano me mataría! O peor aún —añadió deteniéndose de golpe, como paralizado por la fuerza de lo que estaba a punto de decir—. ¡Supón que descubrimos que no hay ninguna tumba! ¡Que su adorada catedral está emplazada en un lugar incorrecto! ¡Entonces me haría despellejar y descuartizar!

—Por fin empiezas a comprenderlo —dijo Pietro—. Te lo suplico: ¡abandona! Toda esta idea está irremediablemente condenada al fracaso.

—¿Que abandone? —Lorenzo le lanzó una mirada llena de fuego—. ¡Eso ni lo sueñes! ¿Qué pretendes que haga? ¿Quieres que me presente ante el Papa y le diga: «Disculpe, Su Santidad, lo lamento terriblemente, pero mi padre es incapaz de cuadrar los cálculos»? ¡Por el amor de Dios! ¿Te has vuelto loco? Urbano ya ha ordenado redactar un documento y lleva días instándome a que lo firme.

—¿Y qué le has dicho?

El joven se encogió de hombros.

—¿Qué quieres que le diga? Voy dándole largas y enredándolo para que no pierda la confianza.

—¡Pues déjalo ya! —Pietro cogió a su hijo por los hombros y lo miró directamente a los ojos—. Créeme, a mi edad he aprendido mucho de la vida. Tienes que reconocer tu fracaso antes de que sea demasiado tarde y destroces media Roma por culpa de esta locura.

—No voy a dejarlo, ¿crees que he perdido la cabeza? —Los ojos de Lorenzo volvieron a llenarse de fuego y en su rostro apareció una expresión terca y obstinada, aunque de pronto desapareció, con la misma rapidez con la que cambia el tiempo en abril—. Vamos, no puedes dejarme en la estacada. Tú siempre encuentras soluciones para todo. ¿Recuerdas la primera vez que me presentaste al Papa? —le preguntó con una cálida sonrisa—. ¿Y lo orgulloso que te sentiste de mí cuando le regalé el busto de su santo patrono y todos los cardenales prorrumpieron en aplausos de admiración? Por entonces no tenía ni diez años.

—Pues claro que me acuerdo —afirmó Pietro, con el rostro radiante—. ¿Cómo voy a olvidarme de eso? He hecho cuanto he podido para que llegaras a hacerte un nombre. Te he enseñado todo lo que sé. Incluso he presentado algunas de mis obras como si fuesen tuyas para que tu fama se extendiera más rápidamente. —Suspiró y tomó aliento—. Pero ahora ya no puedo ayudarte. ¡Ahora debes aprender a ser adulto!

—¿A ser adulto? —exclamó Lorenzo, indignado—. ¡No tengo tiempo para eso! —Y de pronto, con la misma brusquedad con la que segundos antes había transformado su disgusto en ternura, sus palabras se volvieron sibilantes y casi amenazadoras—: Te lo advierto, si el Papa arruina mi carrera, será culpa tuya. ¿Puedes aceptar semejante responsabilidad?

Lo miró con la esperanza de obtener de él un gesto conciliador, pero Pietro no se dejó amedrentar.

—No, hijo, no, por más que lo desee. —El anciano movió la cabeza y levantó los brazos en señal de impotencia—. Esta vez no puedo ayudarte. No puedo.

Lorenzo oyó aquellas palabras, pero necesitó varios segundos para comprenderlas. Entonces dio media vuelta y salió precipitadamente de allí.

¿Cómo era posible que su padre lo decepcionara de aquel modo? Cuando montó en su caballo para dirigirse a la catedral, estaba tan indignado que ni siquiera podía pensar, así que, sin tener en cuenta la animación que reinaba entre los tenderos del mercado situado sobre el puente del Tíber, espoleó al animal para que cabalgara hacia el otro lado del río y pasó por encima de un afilador y de su carro, dejándolos tirados en el suelo.

Maldijo el contrato que le había ofrecido el Papa. ¿Qué malvado demonio le había propuesto aquellas condiciones? A cambio lo esperaba un salario de doscientos cincuenta escudos... ¡al mes! Eso lo convertiría inmediatamente en un hombre rico. Pero el contrato especificaba también la fecha exacta —día y año— en que debía tener concluidos todos sus trabajos. Los gastos derivados de un posible retraso en el cumplimiento del acuerdo tendría que pagarlos de su propio bolsillo, y, de ser así, quedaría arruinado para el resto de su vida.

Detuvo su caballo frente al portal de San Pedro, se apeó y entregó las riendas a uno de sus trabajadores. Cruzó la nave central mientras el ruido de sus pasos rebotaba en las paredes de la iglesia y, a grandes zancadas, se dirigió hacia el altar mayor, donde pasó el brazo por encima de su escritorio para tirarlo todo al suelo, desenrolló los planos de su obra y se inclinó sobre ellos para estudiarlos.

En cuanto tuvo delante sus bocetos, olvidó toda la rabia y la desazón que lo atormentaban, del mismo modo que un creyente olvida las miserias del mundo al acercarse a un altar, donde se siente protegido y acompañado por la presencia de Dios. De pronto no hubo más que percepción e inspiración, un examen llevado a cabo con todos los sentidos, con todos los poros de su cuerpo, focalizado en las líneas y las rayas que tenía delante y que en el futuro deberían adquirir consistencia eterna gracias al bronce y al mármol. Y todo lo demás, el mundo que lo rodeaba pero quedaba más allá de su creación, desapareció en la densa niebla de lo irrelevante. En algún lugar, escondida en ese laberinto de construcciones que él mismo había creado, tenía que encontrar la solución a sus problemas. Pero ¿dónde?

En aquel momento, alguien carraspeó detrás de él.

—¡No me molestéis! —dijo Lorenzo, sin levantar la vista de sus planos—. Estoy enamorado.

Y dicho aquello, se sumergió de nuevo, inmediatamente, en sus pensamientos. Pero al cabo de unos segundos advirtió que la persona en cuestión seguía estando allí.

—¿No has oído lo que he dicho? ¡Estoy trabajando!

Al darse la vuelta se quedó con la boca abierta. ¡Aquel tipo era Castelli, el *assistente* de Maderno! ¿Qué demonios estaba haciendo? ¿Miraba los planos por encima de su hombro? ¿Ahora trabajaba de espía? Involuntariamente, tapó sus dibujos con una mano.

—Creo —dijo Castelli, tras carraspear de nuevo— que tengo la solución.

—¿Qué? Pero ¿de qué estás hablando?

—De la estática. Tal como lo ha dibujado ahora, su proyecto es inviable.

—¡Tú no estás bien de la cabeza! —gritó Lorenzo, más sorprendido que enfadado—. ¿Qué sabes tú de estática, listillo? ¡Vamos, desaparece de mi vista! Maderno te necesita más que yo.

Pero Castelli no se movió de allí. Pese a que sus ojos pestañearon por los nervios, estaba decidido a no dejarse intimidar.

—El problema es el coronamiento —dijo en voz baja pero firme—. Si lo quitara, funcionaría.

—¡Tú has cogido una insolación! —exclamó, lanzando una carcajada—. Ahí es precisamente donde está representado Jesucristo, el Salvador. ¿Qué pretendes? ¿Que elimine a Dios de la iglesia para ceñirme a la estática?

—¿Me permite? —Mientras decía aquello, Castelli desplegó un papel sobre la mesa del escritorio, y lo hizo con tal decisión y seguridad que Lorenzo no pudo evitar apartarse—. He hecho un alzado del altar. Mire. —Señaló su dibujo con el dedo—. En realidad no se pierde tanto. Desde abajo la figura del Salvador apenas podría verse, y, en cambio, su peso resultaría excesivo, no sólo para los cimientos sino también para las columnas, que irían tensándose hacia fuera y acabarían doblegándose bajo semejante carga. —Miró al escultor—. ¿Qué problema ve en sustituir esa figura por otra más ligera, como por ejemplo una cruz?

Lorenzo lanzó un silbido.

—No está mal —murmuró, completamente inmerso en aquel boceto—, no, no está nada mal. ¡Por el amor de Dios, quizá tengas razón! —Sonrió a Francesco de forma aprobatoria—. Pero dime, ¿a qué se debe este cambio de opinión? ¡Creía que estabas a favor de Maderno!

—Yo sólo dependo de mí mismo —respondió Castelli, pestañeando de nuevo.

—¡Estupendo! Entonces, ¿quieres enseñarme el resto de los planos? Veo que has traído unos cuantos.

Juntos se inclinaron sobre los dibujos y los cálculos que había preparado Castelli, y a medida que el *assistente* de Maderno iba pasando páginas y explicándole con paciencia y concentración el modo en que las cargas afectaban a los cimientos y a la construcción del baldaquino, Bernini sentía que aquel peso terrible que llevaba sobre los hombros iba volviéndose cada vez más y más ligero.

—Eres un enviado del cielo —dijo, cuando Castelli hubo recogido el último de sus bocetos—. Sin ti habría tenido que darme por vencido y renunciar a todo el proyecto. Hace apenas media hora estaba a punto de enviarlo todo al garete, pero ahora, con tu ayuda, estoy seguro de que lo conseguiré. —Se puso de pie y le ofreció la mano—. En fin, genio, ¿te gustaría ser mi *assistente* en este proyecto? —Dudó unos segundos, y luego añadió—: ¿Mi *assistente* y mi amigo?

Esa noche, entre los entrantes y un plato de pasta *diavolo* picante, Lorenzo Bernini firmó el contrato con el papa Urbano, y se comprometió a realizar el altar mayor de la iglesia de San Pedro.

11

—¡El *signor* Francesco Castelli!

El mayordomo se apartó hacia un lado y Francesco, con la cabeza gacha y el sombrero en la mano, entró en el austero y sobrio recibidor del palacio Pamphili, del que emergía un ligero hedor a champiñones podridos. No tenía ni la más remota idea de quién lo había hecho llamar. ¿Qué querían de él? ¿Se trataría de un error?

—En esta casa hay varias cosas que deben ser renovadas —empezó diciendo *donna* Olimpia, a modo de saludo—; en realidad tenía pensado contratar los servicios de Pietro da Cortona, pero alguien me recomendó que hablara con usted.

—¿Conmigo? ¿Quién fue?

—Eso ahora no importa —respondió ella—. Dígame, ¿para quién ha trabajado usted hasta el momento?

—Hace tres años me hice cargo del taller de canteros de mi tío Garovo, el primero del gremio, y desde entonces he estado a las órdenes de Maderno, arquitecto y constructor de la catedral.

—¿Quiere decir que usted no es arquitecto? —le preguntó *donna* Olimpia, arrugando la frente.

El corazón de Francesco empezó a latir a toda prisa. Estaba claro que lo habían requerido como jefe de obra, el sueño de su vida, pero tal como estaban las cosas, si ahora decía la verdad, aquella mujer lo pondría de patitas en la calle. ¿Qué debía responder?

—Durante mis años de formación ideé y llevé a cabo varios proyectos —dijo al fin—, propios de un arquitecto. Sé dibujar, realizar cálculos y dirigir a los trabajadores.

—¿Ah, sí? ¿Y dónde ha demostrado usted semejantes habilidades?

—Yo diseñé la linterna de la cúpula de Sant' Andrea della Valle. Quizá la conozca, está aquí cerca. Y también proyecté las ventanas del palacio Peretti.

Donna Olimpia se encogió de hombros.

—¿Qué palacios ha construido? ¿Qué iglesias?

Para aquellas preguntas no tenía respuesta. No había dirigido las obras de ningún proyecto porque Maderno no le dejaba. Sintió que los ojos empezaban a parpadearle, e hizo un esfuerzo por contener un ataque de tos.

—Mis iglesias y palacios son como mis hijos —dijo en voz queda—. Están concebidos, pero aún no han nacido. Sería para mí un honor que la familia Pamphili me encargara la construcción de mi primer edificio. Si me lo permite, estaré encantado de mostrarle mis bocetos.

—¿Bocetos? —*Donna* Olimpia movió la cabeza de un lado a otro, y sus rizos oscuros se pusieron a bailar a derecha e izquierda—. No, no, me temo que no puedo contratar sus servicios. Giuseppe —dijo, dirigiéndose al mayordomo que había permanecido junto a la puerta desde la llegada de Francesco—, acompañe al signor... ¿Cómo ha dicho que se llamaba?

—Castelli.

—¡Eso es! ¡Acompañe al *signor* Castelli a la calle!

—Entonces permítame que me despida —dijo Francesco—, pero antes..., ¿puedo hacerle una observación, sin ánimo de resultar irrespetuoso?

—A ver, ¿qué quiere ahora? —le preguntó *donna* Olimpia, que por entonces ya le había dado la espalda.

—Cuando contrate los servicios de alguien, sea quien sea, asegúrese de que no utilice madera muerta, como en esta habitación.

—¿Madera muerta? ¿A qué se refiere?

—La mampostería está infectada de moho. Está claro, pues, que el constructor de esta estancia no prestó ninguna atención al tipo de madera que utilizaba: el moho sólo ataca la madera de árboles muertos. Un descuido que conlleva grandes consecuencias.

—¿Dice que tenemos moho? —preguntó *donna* Olimpia, volviéndose de nuevo hacia él—. ¿Y usted cómo lo sabe?

—¿No lo huele? ¿No nota un ligero olor, como a champiñones? Son los hongos —dijo, retrocediendo hacia la puerta que el mayordomo mantenía abierta—. Me despido; que pase un buen día.

—¡Espere! —Ella dio un paso adelante y lo miró con curiosidad—. El moho puede destruir toda una pared, ¿no?

—Una pared... ¡y hasta una casa!

Dio un golpecito en el muro, y luego otro, y otro, hasta que cayó un pedazo de revoque.

—Pero ¿qué hace? ¿Se ha vuelto loco?

Sin prestarle atención, Francesco continuó golpeando.

—¡Aquí está! ¡Mire! —dijo entonces, señalando el musgo fungoso que apareció bajo las capas de revoque que se iban desprendiendo.

—¡Por todos los santos! —gritó ella, asustada—. ¿Qué podemos hacer contra eso?

—Hay que arrancar toda la mampostería, así como el material de relleno y el revoque de las paredes. De no ser así, irá teniendo cada vez más moho, pues los hongos se autoabastecen del agua que necesitan para vivir.

—¡Eso es horrible! —exclamó *donna* Olimpia. Sin embargo, no tardó en recuperar la compostura, y su semblante volvió a reflejar la fría superioridad que había mostrado minutos antes—. Parece saber de lo que habla. Suponiendo que le encargara el trabajo..., ¿cuáles serían sus honorarios?

—Ninguno —respondió él, con voz suave y firme a la vez—. Me conformaría con aceptar lo que tuvieran a bien pagarme.

Donna Olimpia se quedó pensativa unos segundos.

—¿Sabe? —dijo entonces—, creo que es usted la persona adecuada para este trabajo. Además, le pediré que diseñe un pequeño *appartamento*. Ni siquiera Miguel Ángel —añadió con una sonrisa— empezó construyendo la cúpula de San Pedro, ¿no? Quién sabe, quizá algún día la familia Pamphili pueda tener el honor de decir que fue la primera en ofrecer un trabajo al *signor* Castelli. Pero acompáñeme, quiero enseñarle la casa.

Juntos subieron al primer piso. *Donna* Olimpia parecía de pronto otra persona, amable y deliciosa. Se interesó por la vida de Castelli, por su trabajo en la catedral, le aseguró que estaría encantada de presentarle a los más altos dignatarios de la ciudad y de la Santa Sede, e incluso se refirió a la posibilidad de recomendarlo a los Barberini, la familia del Papa, con la que mantenía unas excelentes relaciones.

—Sólo espero —dijo, al llegar a una puerta que se encontraba al final del pasillo— que el trabajo que le he propuesto no le resulte demasiado insignificante.

—No me importa que un trabajo sea grande o pequeño —respondió él—, siempre que se me dé carta blanca para realizarlo a mi gusto.

—Entendido. En fin, ahora le presentaré a la persona para la que tiene que construir el *appartamento*. Debe usted estarle agradecido, pues es ella quien me habló de usted.

Cuando *donna* Olimpia abrió la puerta, Francesco creyó que estaba soñando: frente a sí tenía a un ángel rubio, el mismo que se le había aparecido en la catedral.

12

Las calles de Roma hervían de agitación. El viejo Bernini había dado en el clavo: la gente no estaba dispuesta a aceptar la demolición del Panteón. Aquélla era la única obra de la ciudad que se remontaba a tiempos del César y que no había sido destruida por los saqueos bárbaros, ¡y ahora resultaba que el Papa, ese Barberini, había decidido desmantelar el entramado de bronce del techo para decorar con él su catedral! Con boñigas de caballo y de vaca, melocotones podridos y tomates maduros, los romanos empezaron a atacar a los trabajadores encargados de arrancar las vigas de bronce del techo del atrio y de depositarlas en enormes carruajes, que poco después recorrerían los estrechos callejones de la ciudad hasta llegar a la nave que se alzaba en el monte del Vaticano, donde se procedería a su fundición. Y por toda la urbe resonaba el mismo grito; un grito cargado de rabia e indignación:

—¡Lo que no destrozaron los bárbaros, lo destrozan los Barberini!

Aunque Lorenzo Bernini sólo podía moverse bajo la protección de la guardia papal, él mismo supervisaba todo el trabajo, desde la extracción de las vigas hasta su introducción en los hornos, pasando por la cobertura de las columnas del altar. Trabajaba como nunca antes lo había hecho, las veinticuatro horas del día, con las lluvias más torrenciales o bajo el sol más abrasador, corriendo de una obra a otra para estar en todas partes a la vez: el Panteón, San Pedro, el taller de fundición. Y es que el tiempo apremiaba: en menos de un año la fundición debía contar con metal suficiente para crear la primera columna; algo que el general Carlo Barberini, hermano del Papa y capitán de las tropas papales, quería presenciar en persona.

Así pues, solía ser más de medianoche cuando Lorenzo caía en la cama, agotado, tras la dura jornada. ¡Cómo echaba de menos aquellos días felices en los que no hacía otra cosa que divertirse despreocupadamente y disfrutar de la compañía de bellas mujeres! Ahora, en lugar de abandonarse a la buena vida y entregarse a la ternura de unos brazos, se había convertido en un esclavo de su contrato con Urbano; en lugar de saborear la dulzura de los besos, contaba los doscientos cincuenta escudos que obtenía al final de cada mes; en lugar de acariciar pechos turgentes, modelaba toneladas de cera de abejas para fundir el bronce; en lugar de olvidarse de todo y dedicarse al placer, capitaneaba un ejército de trabajadores rebeldes.

¿Qué había hecho para merecer aquello? ¡Gracias a Dios que, al menos, contaba con Francesco Castelli! A esas alturas Lorenzo trabajaba más estrechamente con el silencioso e introvertido *assistente* de Maderno que con su propio padre, quien no hacía más que ver problemas y dificultades por todas partes, y desde luego más que con su hermano Luigi, cuya absoluta falta de talento sólo se veía superada por su desmesurada ambición de aventajar a Lorenzo en sus conquistas femeninas.

Francesco era una bendición divina, el ayudante perfecto. Sabía pintar y realizar todos los cálculos necesarios. Lo único que no sabía era dirigir a los trabajadores. Para eso era demasiado estricto, demasiado exigente, demasiado inflexible. Pero lo que exigía a los demás se lo exigía también a sí mismo, multiplicado por dos o por tres. Su entrega rozaba la renuncia personal, y su diligencia, el sacrificio de su vida privada. Por las mañanas llegaba a la obra antes que Lorenzo y casi siempre era el último en salir de allí por las noches. Y, aunque a veces su estilo concienzudo y hasta pedante, así como su inconformidad ante cualquier respuesta que no fuera absolutamente perfecta, ponían a prueba la paciencia de Lorenzo, lo cierto es que éste no podía imaginarse aquel proyecto sin su ayuda. Se completaban a la perfección: Lorenzo era la cabeza pensante, quien tenía las ideas, y Francesco era la mano que las hacía realidad.

Todo eso pudo verse ya en el Panteón. Los trabajos de derribo del techo requerían una gran destreza técnica, esmero y precisión, características de las que Lorenzo carecía y, en cambio, Francesco poseía como el que más. Pero más significativos aún eran sus conocimientos sobre la fundición del bronce. Hasta la fecha, Lorenzo había confiado el tema a su padre, pero en aquel caso la magnitud de la obra le resultaba excesiva. ¡Las columnas del altar tenían que alcanzar los once metros de altura! ¡Era absurdo!

La idea de crear las columnas dividiéndolas en cinco partes (base, tres bloques de fuste y capitel) provino, por supuesto, de Francesco. Juntos diseñaron los modelos, crearon un molde de barro para cada sección, lo recubrieron con una capa de cera de abejas (calculando exactamente el grosor del futuro cuerpo de bronce y repartiendo la cera en función del mismo, pues el metal fluido que acabaría rellenando el espacio de la cera se enfriaría más lentamente en las zonas gruesas que en las finas), y por fin lo cubrieron todo con una capa de arcilla, cuya cara interior debía reproducir milímetro a milímetro todas las formas, curvas y rectas de la cera.

Pese a todo, a Lorenzo le aterraba pensar en la primera fundición. Todo el trabajo de aquel mes daría su fruto en un único y determinado momento: cuando diera la orden de verter el bronce fundido en el molde. Sólo entonces podrían saber si la capa de arcilla aguantaba y si había calculado bien la cantidad de metal que tenía que fundir. Si la capa se rompía o el bronce resultaba insuficiente, todo su trabajo habría sido en vano y tendrían que volver a empezar desde el principio.

Y por fin llegó el gran día. Lorenzo se sentía como si tuviera fiebre y sudaba por todos los poros de su cuerpo, no sólo debido al calor del taller de fundición, sino también, y sobre todo, a su propio nerviosismo, una mezcla de la más absoluta tensión y la más voluptuosa pasión; un sentimiento parecido al que precede al abrazar a una bella mujer.

—No puedo quedarme más.

La observación de Francesco sorprendió a Lorenzo como un rayo caído del cielo. El enorme horno de reverbero, alto como una casa, estaba encendido desde primera hora de la mañana, y su ardiente estómago rojo oscuro deshacía las vigas de bronce como lonchas de queso bajo el sol de agosto. En cualquier instante aparecería el general Barberini para supervisar el gran momento.

—¿Te has vuelto loco? ¡Te necesito en la piquera!

—La sangría pueden hacerla tu padre o tu hermano.

—¡Qué va! Mi padre es demasiado mayor, y en Luigi no se puede confiar. Se pasa el día pensando en mujeres, y, aunque se encargara de la piquera, no haría otra cosa que aprovechar el rato para soñar con el modo de superarse a sí mismo esta noche.

Justo cuando Francesco estaba a punto de replicar, les llegó un gran alboroto desde el taller de fundición. Por la entrada apareció el general Barberini, ataviado con todos los ornamentos que testimoniaban su condición de *generale della Santa Chiesa* y con una docena de eclesiásticos a sus espaldas. Se trataba de un hombre de aspecto frágil y enfermizo, del que se decía que había renunciado a ser papa en favor de su hermano, precisamente porque no poseía la robustez física necesaria para la Sede. Ahora avanzaba hacia ellos de evidente mala gana.

—¡Corre, Francesco, a tu puesto! —susurró Lorenzo—. ¡Date prisa, si no quieres despedirte de tu trabajo para siempre!

El *assistente* lo miró con expresión pétrea, terco como una mula.

—¡Por Dios! ¡No puedes hacerme esto ahora! ¡Eres mi mejor hombre!

A Lorenzo no le pasó por alto el efecto que causaron en Francesco aquellas palabras, y, sin embargo, no vio ninguna muestra de que cambiara de opinión. ¿Tendría que llamar de verdad a su padre?

—¡Por favor! ¡Te lo suplico! —Dudó unos segundos antes de pronunciar las siguientes frases—: Te necesito. Sin ti no saldrá bien.

Por fin, Francesco cogió la vara de hierro y se dirigió con ella hacia el horno. ¡Gracias a Dios! Lorenzo ordenó a un peón que fuera a buscar unos refrescos para sus invitados y se apresuró a recibir al general, que en aquel momento observaba el horno de reverbero con indudable desconfianza.

—Ruego a Su Eminencia que me permita comenzar con la fundición.

Barberini asintió, y entonces Lorenzo dejó de sentirse nervioso. De pronto no era más que concentración en estado puro, con todo el cuerpo vibrante de atención. La cera ya se había derretido bajo la capa de arcilla, y todas las aberturas habían sido cerradas con tapones del mismo material. A su señal, dos hombres se dieron la vuelta hacia el enorme cabestrante, con el que empezaron a abrir, poco a poco, las puertas de piedra del horno. Lorenzo se cubrió el rostro con el sombrero para protegerse del calor que le llegó de pronto. En aquel momento una llama verde emergió por encima de las brasas. Perfecto: el cofre de la aleación se había derretido.

—¡Añadid el carbón!

Una docena de hombres empezó a lanzar paladas de carbón, mientras otros tantos se dedicaban a accionar los fuelles para avivar el fuego. Dos hombres por cada instrumento, que eran altos como ellos mismos. Lorenzo lanzó una viga al horno y removió el bronce fundido, que ardía como si fuera lava a la espera de ser volcada en el interior del molde, y finalmente lanzó también varios bloques de cinc, plomo y estaño que tenía preparados junto al horno, mientras dos trabajado-

res se servían de otro fuelle para limpiar el canalón de cenizas y porquería, y evitar así que bloquearan el paso de la fluida mezcla. Por fin
ordenó que se cerraran las puertas del horno, hizo una señal de asenti-
miento a su padre y a Luigi para que retiraran la estopa que bloqueaba
los canales de aire y la arcilla que taponaba los tubos de fundición,
respiró hondo y gritó:

—¡Ahora, Francesco!

Era el momento de golpear la piquera. El instante más decisivo.
Pero Francesco no reaccionó. Se quedó parado, con la barra de hierro
en la mano. ¿Qué le pasaba? ¿Se había vuelto sordo de repente? Lorenzo corrió hasta él para quitarle la barra, pero entonces se oyó un estallido que estremeció todo el taller; un viento huracanado atravesó la
habitación y se vio brillar un fuego que parecía el producto de un rayo
terrible. Lorenzo dio un salto para alejarse del horno, como si fuera
un animal rabioso que estuviera a punto de atacarlo. Horrorizados, el
general y todo su séquito soltaron sus copas y se precipitaron hacia la
salida, con Luigi y varios trabajadores pisándoles los talones.

—¡Todos a vuestros puestos!

El bramido de Lorenzo fue tal que se oyó por encima de aquel es-
truendo. Ahora veía lo que había sucedido: la tapa del horno había ex-
plotado y se había elevado por los aires, de modo que el bronce fundido brotaba por la pared superior del mismo. Sin perder un minuto se
lanzó de nuevo a golpear la piquera, pasando por encima de un trabajador que había quedado enterrado bajo una de las vigas caídas. Pero
antes de llegar al horno, Francesco, que por fin parecía haber vuelto en
sí, arrancó de una vez los tapones con su barra de hierro. Sólo que
ahora —¡maldición!— el metal salía demasiado despacio. Si se solidifi-
caba en los canalones, ya podían despedirse de todo el trabajo. Con una
prisa febril, Lorenzo empezó a arrojar a la mezcla fuentes y platos de estaño que aquella mañana habían amontonado junto al horno por si se
encontraban en un momento de necesidad como aquél. Echó docenas,
cientos de ellos, a los canalones y al horno para intentar licuar la masa,
mientras Francesco se arrancaba la camisa y cogía un rascador para
arrastrar la mezcla hacia la boca del horno, y de allí hacia el molde de
fundición, que se mantenía firme, recto y bien sujeto al suelo.

Lorenzo se agachó, puso una oreja sobre uno de los canales de
aire y escuchó; del interior del molde le llegó un leve murmullo, parecido al de un trueno constante y regular que cada vez estaba más
cerca.

—*Bravo! Bravissimo!*

El general Barberini y su séquito estaban asomados a la puerta y aplaudían apasionadamente con sus manos enguantadas. Lorenzo se incorporó, agotado pero feliz, como si acabase de pasar una noche con una amante, y se secó el sudor de la frente.

¡Lo habían logrado! El molde aguantaba, y eso que ya estaba lleno de bronce hasta los topes.

—Por los pelos —le dijo a Francesco, y cogió una de las manzanas que también se había llevado al taller, mientras sus trabajadores tapaban con tierra el metal sobrante que aún salía del horno—. ¡Eh, Luigi! —gritó entonces, señalando al peón que había quedado apresado bajo la viga y ahora se retorcía de dolor—, ¡saca de ahí a ese pobre hombre y llévalo a su casa! —En aquel preciso momento se dio cuenta de que el sujeto en cuestión era Matteo, su primer ayudante, el marido de Costanza, e indignado lanzó la manzana al suelo y se giró para hablar otra vez con Francesco—: ¿Qué demonios te ha pasado? ¡Has estado a punto de echarlo todo a perder!

—No te he oído.

—Estabas ahí de pie, como paralizado. En fin, qué más da; al final todo ha salido bien. —Puso una mano sobre el hombro de Francesco y con la otra le dio unas palmaditas en la mejilla—. ¿Sabes qué? ¡Ahora vamos a celebrarlo! Fuera, en el cobertizo, hay un barril lleno de vino.

—No tengo tiempo —le dijo, liberándose de su abrazo—. Todavía he de ir a la catedral.

—¿A la catedral? —preguntó Lorenzo, sorprendido—. ¿Hoy? ¿Qué vas a hacer? ¡No, hombre, no! ¡Tú te vienes conmigo! ¡Y sin protestar!

—Celébralo con los demás; de verdad, ya te he dicho que no puedo.

—¡Por Dios! Pero ¿qué te pasa? Primero intentas escaparte apenas un minuto antes de que empiece el espectáculo y ahora no quieres venir a celebrarlo.

—Es algo importante, y tengo que hacerlo hoy.

—¿Te has vuelto loco? ¿Qué puede ser más importante que una fiesta?

De pronto se detuvo y observó a Francesco, que al notarlo parpadeó y comenzó a toser.

Lorenzo lanzó un silbido y dijo:

—¡Vaya, vaya, pobre diablo! ¡Te has enamorado! Vamos, confiesa, vas a ver a una mujer, ¿no?

—¿Puedo irme ya?

—¡Ya veo que no quieres compartirla conmigo! —exclamó entre risas—. ¡Desagradecido! Vale, está bien, márchate, no hay que hacer esperar a una dama. ¡Pero no olvides lavarte antes de presentarte ante ella! —le gritó, mientras Francesco corría ya hacia la puerta—. ¡Tienes la cara negra como la noche!

Poco después, cuando Bernini salió del taller de fundición, el general Barberini estaba preparándose para la marcha. Por lo visto, el capitán de las tropas papales consideraba que aquel lugar no era del todo seguro. Ya a lomos de su caballo le lanzó a Lorenzo un saquito lleno de monedas y, al tiempo que espoleaba al animal, le dijo:

—Por cierto, Su Santidad está esperándote. Te aconsejo que vayas a verlo inmediatamente.

Lorenzo suspiró. En lugar de celebrarlo bebiendo, tal como debe hacerse en esos casos, iba a tener que soportar una nueva charla de Urbano, o quizá incluso la lectura de sus odas. Sólo con pensarlo se estremeció: ¡los versículos bíblicos en metros horacianos! ¡El canto de alabanza del viejo Simeón en estrofas sáficas!

De pronto se sintió vacío, como sucede tras pasar una noche en un prostíbulo. Pero al notar en su mano el saquito rebosante de monedas, el sentimiento se desvaneció con la misma rapidez con la que segundos antes había aparecido. Urbano lo felicitaría por la exitosa fundición, y tenía claro que iba a aprovechar la oportunidad: si Francesco se había enamorado, necesitaría dinero, y él debía ayudarlo a conseguirlo. De no ser así, acabaría dejándolo y trabajando por cuenta propia.

Pero el Papa tenía otras preocupaciones.

—El levantamiento del pueblo nos preocupa sobremanera —le dijo Urbano, tras aprobar el relato de la fundición con un movimiento de mano—. ¡Lo que no destrozaron los bárbaros, lo destrozan los Barberini!

—No es más que un juego de palabras, Su Santidad. ¡Los romanos adoran a su Santo Padre!

—Los romanos adoran Roma, y no quieren que saqueen sus reliquias.

—¿Debo recordarle que fue el constructor de la catedral, Maderno, quien propuso que extrajéramos las vigas de bronce del Panteón? —dijo Lorenzo, a quien el curso que iba tomando la conversación no le gustaba lo más mínimo.

—Ya, pero a ti no te preocupó en modo alguno poner la propuesta en marcha —respondió Urbano, con dureza—. Quizá fue un error ofrecerte el trabajo. Eres joven y ambicioso, y no respetas nada ni a nadie. Nos han informado de que en tu taller ha muerto un hombre.

—Sólo se ha roto una pierna, Beatísimo Padre.

—Una cosa así altera los ánimos y provoca discordias. —Urbano movió la cabeza de un lado a otro—. Lo último que necesitamos ahora es un alboroto —dijo, con un énfasis que hizo que Lorenzo se estremeciese—. En Francia tenemos al cardenal Richelieu, que es cada día más descarado y no deja de atribuirse derechos sin consultarnos previamente; en Alemania hace ya veinte años que están en guerra, y no parece que la cosa vaya a acabar pronto; y quién sabe lo que será de Inglaterra, ahora que Jacobo I ha muerto: su hijo Carlos parece ser un hombre de lo más voluble.

—¿No está casado con una católica? —preguntó Lorenzo con prudencia—. ¿Con Enriqueta?

—¿Y qué significa eso en Inglaterra? Mañana mismo puede hacer que la bauticen en otra religión.

—Tendríamos que lisonjearla, Su Santidad. Si me permite —añadió, al ver que Urbano arqueaba las cejas, enojado—, le diré que a las mujeres les encanta que lo hagan. ¿Qué tal si le enviáramos un regalo?

—¿Un regalo? ¿En qué estás pensando?

—Bueno, supongo que Enriqueta ama a su esposo. Quizá Su Santidad podría encargar un busto del monarca inglés y mandárselo a la reina. Seguro que aquí en Roma no le costará encontrar a un artista capaz de hacer la escultura...

Por primera vez en toda la conversación, el Papa esbozó una sonrisa.

—Si Su Santidad tuviera algún retrato del joven rey —continuó Lorenzo—, el artista en cuestión podría empezar a trabajar esta misma tarde. Por lo demás, en lo referente a las manifestaciones populares, quizá haya también una solución. El campanario del Panteón está en ruinas, ¿no? Pues bien, podría sustituirse por dos torres nuevas. Estoy seguro de que semejante mejora externa consolará inmediatamente a los romanos por la pérdida interna.

La sonrisa de Urbano se había convertido en una expresión radiante de felicidad, y sus despiertos ojos azules brillaban de contento.

—Está claro que no nos equivocamos contigo —dijo—. ¡Que Dios nos conceda a todos tu creatividad, y a ti mi salud!

13

En la catedral de San Pedro se entonaba un cántico tan limpio y puro, y de una belleza tan celestial, que parecía salido de un coro de ángeles. Clarissa se removía de un lado a otro en su banco, nerviosa, mirando a diestro y siniestro, con la esperanza de descubrir un rostro determinado entre la oleada de creyentes que, en incesantes procesiones, se acercaba a la figura del santo apóstol, hacía la señal de la cruz, se inclinaba ante la imagen y le besaba los pies desnudos, brillantes ya y pulidos a base de tantos e interminables besos.

¿Qué estaba haciendo allí? Clarissa había iniciado su salida de la iglesia una docena de veces, pero todas había regresado al cabo de pocos minutos. Sabía que lo que hacía no era correcto; no se lo había dicho a nadie, ni siquiera a Olimpia, y, sin embargo, no podía evitarlo. ¿Sería porque aquel día su carcelero, el príncipe Pamphili, se encontraba fuera de Roma y ella había querido aprovechar la oportunidad para escapar de su mazmorra? Tal vez. Lo único que sabía era que había vuelto a sentir aquel anhelo, aquel apremio que ya en otra ocasión la había empujado hasta allí. Casi deseó que apareciera William y se la llevara. Pero su tutor estaba en cama, con fiebre, sudando un resfriado que, curiosamente, había cogido en pleno verano.

El cántico se interrumpió de pronto y la magnífica basílica se llenó de un silencio sepulcral. Clarissa se levantó y dejó su banco, dispuesta a marcharse definitivamente, cuando oyó un carraspeo detrás de ella.

—Le ruego que me disculpe, Principessa, me ha sido imposible llegar antes.

Se dio la vuelta. Frente a ella estaba Francesco Castelli, con la cara enrojecida como si acabara de lavársela con arena, y dedicándole una mirada seria y casi triste. Clarissa deseó con toda el alma poder pintar una sonrisa en aquel semblante tan grave.

—Quería usted enseñarme la catedral, ¿no? —le dijo a toda prisa, como para evitar que cambiara de opinión—. Estoy deseándolo.

—Si me lo permite —respondió él—, comenzaremos por lo más importante.

Sin añadir una sola palabra la guió hacia la intersección de la nave. ¡Qué hombre más extraño! Ni una excusa ni una explicación por su retraso. Durante los últimos meses habían coincidido en varias ocasiones en el palacio Pamphili, pero siempre lograba sorprenderla. ¿O era más bien su propia reacción la que la sorprendía? En realidad debería estar indignada porque la había hecho esperar más de dos horas, y ella no soportaba los malos modales, pero no era así: no estaba enfadada. Algo le decía que su comportamiento no tenía que ver con la falta de educación. Era demasiado tímido para eso. Y, sobre todo, era demasiado orgulloso.

Francesco se detuvo frente a una pila enorme y abrió una puerta tras la que apareció una pequeña y estrecha escalera de caracol.

—Si es usted tan amable de seguirme...

Clarissa dudó unos segundos, pero al ver que él la precedía con la mayor naturalidad del mundo, no lo pensó dos veces. ¿Adónde la conducía? Fueron subiendo la escalera peldaño a peldaño; llevaban ya más de cien cuando llegaron a una modesta sacristía y Castelli abrió una segunda puerta que estaba cerrada con llave.

Cuando ella cruzó el umbral detrás de él, casi se quedó sin aliento.

—Es... como si estuviéramos en el cielo —susurró.

Se encontraban en la galería interior de la cúpula. Aquel gigante redondo se arqueaba por encima de ellos como una enorme carpa de piedra, que envolvía esa sala inmensa e impresionante como un firmamento lleno de infinidad de estrellas, desde el cual los observaban ángeles y dioses mientras la luz caía hacia ellos a raudales, con una intensidad tan sorprendente que Clarissa creyó que iba a ahogarse en ella.

—Durante cientos de años —dijo Castelli en voz baja, casi como si rezara— todos los arquitectos del mundo soñaron con construir aquí, sobre la tumba de san Pedro, una cúpula que estuviera a la altura de la del Panteón. Pero nadie consiguió hacerla... hasta que llegó Miguel Ángel.

Ella lo miró. Mientras hablaba, desaparecieron de su rostro toda esa dureza y seriedad tan propias de él, y sus oscuros ojos brillaban llenos de entusiasmo y pasión.

—En esta cúpula —añadió— se funden el cielo y la tierra, Dios y los hombres, todo el círculo de la creación. Todo tiene un orden y un lugar. ¿Ve usted la linterna, ahí arriba? —dijo, señalando el vértice, desde el que parecía surgir un brillo aún más claro que el de las ventanas superiores del tambor—. Dios emerge allí entre las nubes para bendecir su obra. A sus lados, entre las vigas doradas, Jesucristo y la madre de Dios reinan sobre los ángeles. Todos ellos forman el ejército celestial.

Clarissa no lograba apartar la mirada de aquella imagen. Mientras sus ojos se recreaban con aquella profusión de formas y colores, su mente olvidó cualquier preocupación. Tenía ante ella una fiesta, un éxtasis, un banquete de extraordinaria belleza que, pese a todo su esplendor y magnificencia, le pareció tan sencillo y bien ordenado como si no pudiera ser de otro modo. De allí provenía sin duda el cántico que había oído entonar a los ángeles.

—¿Así que la cúpula es realmente el cielo? —preguntó.

Castelli asintió.

—Sí, y se sostiene por estas cuatro columnas, que son increíblemente fuertes. Ésta, ésa, aquélla y aquella otra de más allá. Son los pilares de la fe; en ellos se basa el orden divino. La misión de la Iglesia consiste en anunciar esta fe y darla a conocer a todo el mundo; por eso sobre cada una de las columnas, en el lugar en que la bóveda se apoya en ellas, aparecen representados los cuatro evangelistas.

—¿Los rostros de los círculos? —preguntó Clarissa, quien poco a poco empezaba a comprender el orden escondido tras las majestuosas piedras.

—San Marcos, san Lucas, san Mateo y san Juan —confirmó él—. Cada uno de ellos está acompañado de un símbolo: el águila, el león...

—Pero —lo interrumpió Clarissa— ¿dónde está la gente?

Apartó la vista de la cúpula y miró hacia la sala que tenían a sus pies. Allá lejos, en el suelo, los fieles parecían hormigas minúsculas, tan pequeños y lejanos que ni siquiera podían oírlos.

—¿Qué le parece? —añadió—. ¿Cree que es así como nos ve Dios? Desde aquí arriba apenas puede reconocerse a las personas...

—¿Y qué? —le preguntó él a su vez—. ¿Acaso las personas son importantes? La gracia de Dios es sin duda mucho más importante. Al enviarnos a su hijo, nos libró de la culpa y el pecado con los que nacimos. Esta cúpula da testimonio de todo ello, piedra a piedra.

Pronunció aquellas palabras con tanta seriedad que a Clarissa casi le pareció inquietante.

—En Inglaterra tenemos muchas religiones diferentes, y cada una afirma algo distinto. ¿Cómo... cómo podemos estar seguros de que Dios nos ha perdonado? Es más, ¿cómo podemos estar seguros de que existe?

Asombrada por sus propias palabras, que habían brotado de sus labios sin pensarlas siquiera, Clarissa enmudeció, pero Castelli no pareció sorprenderse lo más mínimo.

—Comprendo sus dudas —respondió, y en sus ojos volvió a intuirse unos instantes aquella tristeza infinita que despertaba en ella el deseo de arrancarle una sonrisa—, aunque ¿no cree que aquí deberían desaparecer? ¿No le parece que esta obra es una muestra de la omnipotencia y la bondad divinas? Si los hombres, aquejados de innumerables vicios y defectos, capaces de maldecir, mentir, romper sus matrimonios y hasta matar, tienen también el talento de construir una obra de semejante belleza y grandeza inmortal..., ¿no debemos pensar que se trata de un reflejo de la gracia y el amor divinos? ¿Quizá la única prueba indiscutible e irrefutable de su existencia y su poder?

—Tiene razón —dijo Clarissa—: es perfecta.

—No —dijo Castelli con aquella voz suya tan cálida y a la vez tan masculina—; es más que perfecta. Es como si, sirviéndose de Miguel Ángel, Dios hubiese querido volver a completar la creación.

Aquellas palabras impresionaron tanto a Clarissa que se quedó un buen rato callada, empapada de la santidad de aquella estancia... y de su propio asombro. Sí, allí todo tenía un sentido y un lugar, no había nada casual; cada piedra, cada ranura, tenía su razón de ser. Ahora lo comprendía, gracias a Francesco. Con sus palabras fue encendiéndose una luz en su interior. De pronto veía cosas que nunca había visto, pese a haberlas tenido ante sus propias narices. Era casi como cuando escribía una frase para que la leyera su prima Olimpia, y ésta iba descifrando el código de palabras, letra a letra, hasta que de pronto entendía su sentido global y lo vivía como una revelación.

—Hasta ahora siempre había pensado que la arquitectura no era más que un techo con el que cubrirse. Pero ahora lo comprendo: todo tiene un significado. Es como... —Dudó mientras buscaba la comparación adecuada—. Como un alfabeto.

Sorprendido, Francesco se giró hacia ella, y durante unos segundos Clarissa creyó intuir en su rostro una pequeña y tímida sonrisa que le hizo sentir una oleada de calor.

—Sí, tiene razón. La arquitectura es un alfabeto. Un alfabeto de gigantes.

Entonces la miró directamente a los ojos y ella sintió que el calor le cubría el alma como una suave manta.

—¡Vamos! —añadió, mientras empezaba a toser—. Ya hemos visto lo más importante.

La precedió en silencio. Clarissa lo siguió de mala gana, pues le habría encantado continuar escuchándolo. Era extraño: pese a su sequedad y reserva naturales, Francesco se había transformado al hablar de la construcción de la cúpula. Con cada palabra que pronunciaba iba ganando en seguridad, fortaleza y virilidad, y sus rudos modales se volvían más tiernos.

—Admira usted mucho a Miguel Ángel, ¿no? —preguntó Clarissa, de nuevo en la parte baja de la catedral.

—Intento aprender de él, pero no, no lo admiro. Los ídolos nos convierten en esclavos.

—Oh —exclamó, impresionada. Entonces se le ocurrió una pregunta que fue incapaz de reprimir—: ¿Ha creado usted alguna cosa más en esta iglesia? Quiero decir, ¿además del querubín? Me encantaría verlas.

Francesco hizo una mueca como si acabaran de pegarle una bofetada.

—No —respondió con brusquedad—. Yo no soy arquitecto, sólo picapedrero.

—¿Y qué me dice del altar? —preguntó Clarissa, señalando la intersección de la nave, donde se alzaba un modelo de madera de la altura de un hombre—. Toda la ciudad habla de ello, y yo sé perfectamente que está trabajando en él.

—El altar no es obra mía. Lo ha proyectado el *cavaliere* Bernini, y yo me limito a poner sus planos en práctica. Lo único que yo he diseñado y construido —añadió con terquedad— es la verja de hierro que hay allá lejos, frente a la capilla.

—¡No es posible! —exclamó ella, casi indignada—. ¡Deberían darle la oportunidad de colaborar en la construcción de esta iglesia!

—Para eso están el arquitecto Maderno y el *cavaliere* Bernini.

—¡Tonterías! El trabajo debería estar en manos de alguien que amara esta iglesia, y no me cabe la menor duda de que usted la ama más que nadie. No —continuó, antes de que él pudiera añadir una palabra—, no me mienta. He visto cómo le brillaban los ojos. El Papa debería sentirse avergonzado de no haberle dado aún un trabajo en la catedral. —De repente se le ocurrió algo—: ¡Si todavía no puede enseñarme nada concluido, muéstreme al menos sus bocetos!

—¿Y por qué piensa que dispongo de bocetos? Ya le he dicho que no soy arquitecto.

—Entonces, ¿qué me dice de los que está haciendo para mi *appartamento*? Pequeñas torres que se elevan hacia el cielo como espirales, adornos que simulan la existencia de galerías donde no las hay... Ideas que yo nunca había visto. —Dio un paso hacia él—. Yo sé que es usted arquitecto, y estoy segura de que usted también lo sabe. Por favor —insistió—, ¡muéstreme sus planos! Me encantaría verlos. —Lo miró, pero él se limitó a parpadear—. ¡Por favor! —repitió una vez más.

Por fin Francesco se atrevió a devolverle la mirada, con la cara llena de manchas rojas.

—Está bien —concedió. Fue hacia su escritorio, que estaba montado cerca del altar, y sacó un rollo de papel de debajo de la mesa—. Es la primera vez que le enseño esto a alguien —dijo mientras desplegaba el rollo, como si quisiera disculparse—. Pero no lo malinterprete; no es más que un pasatiempo, un ejercicio para aprender a dibujar.

Cuando Clarissa miró el papel, estuvo a punto de ponerse a gritar de alegría. Reconoció inmediatamente lo que había plasmado: la fachada de San Pedro. ¡Pero estaba maravillosa! Castelli no se había limitado a copiarla, sino que le había puesto un rostro completamente nuevo: al contrario de lo que sucedía en la realidad, en el dibujo despuntaban dos campanarios cuadrados a derecha e izquierda de la fachada.

—¡Lo sabía! —dijo, fascinada—. ¡Y se atreve a decir que no es usted arquitecto! Esto es una maravilla. Con las torres queda todo mucho más ligero, más armónico que ahora. Pero —añadió de pronto, casi escandalizada—, ¿cómo se atreve a dejar aquí un diseño tan valioso? ¿No teme que alguien se lo robe?

—¿Por qué querría alguien robar un diseño mío?

—¿Y por qué querría alguien robar un lingote de oro? —dijo ella, riéndose—. ¿Acaso cree que a un ladrón le preocupa saber si la persona a la que ha robado es famosa o no? —Movió la cabeza en señal de negación—. ¿Sabe qué, *signor* Castelli? Estoy orgullosa de conocerlo, y espero de todo corazón poder quedarme en Italia el tiempo suficiente para ver con mis propios ojos esas torres alzadas en la fachada de la catedral.

—Sus esperanzas son en vano, Principessa. Estas torres nunca se edificarán.

—Diga usted lo que quiera, *signor* Castelli, yo sé que sí.

Clarissa dejó el papel sobre la mesa y le rozó la mano. De nuevo intuyó esa sonrisa tímida en su semblante, por segunda vez en pocos minutos, y una vez más volvió a sentir ese calor que le cubría el alma, lo cual la desconcertaba y la hacía sentirse feliz a un tiempo.

—Debería dejar a su maestro y dirigir sus propias obras.

—Ya tengo mi propia obra.

—Sí, lo sé, pero es como cantero, y eso no basta. Demuestre al Papa y a sus cardenales que es usted más que un artesano. ¡Vamos! Lo lleva en la sangre; ¡ha nacido para ser arquitecto! Está claro que es su verdadera vocación, y no le queda más remedio que seguirla para poder hacer lo que debe: ¡tiene que construir sus propios edificios: iglesias y palacios!

Le apretó la mano para enfatizar lo que estaba diciendo, e inmediatamente olvidó todo lo que quería decirle. De pronto no sintió nada que no fuera aquella mano, grande y fuerte pero a la vez suave y delicada. Tenía que ser fantástico sentirse acariciada por ella. Y él volvió a sonreír.

—¡Señorita Whetenham! —jadeó una voz a sus espaldas—. Dios bendito, ¡por fin la encuentro!

—¿William? —Clarissa soltó la mano de Castelli, asustada—. ¿Qué haces aquí? ¡Pensaba que te hallabas enfermo y en cama!

Allí estaba su tutor, con la cabeza envuelta en una enorme bufanda que sólo dejaba al descubierto su nariz roja y aguileña, de cuya punta colgaba una pequeña gotita.

—¡Y lo estaba! —dijo él, resoplando y secándose la gota de la nariz—. ¡¡Italia!! ¡Aquí los jesuitas dominan hasta el clima! El sol arde en el cielo con tanta fuerza que te chamusca el cerebro, pero al mismo tiempo te acatarras como si estuvieras en el invierno londinense. Aquí tiene —dijo entonces, entregándole una carta—. Es de sus padres.

—Cerró los ojos y añadió con un suspiro—: De la querida y vieja Inglaterra.

14

Whetenham Manor, 29 de agosto de 1625

Querida Clarissa:

Te saludo en nombre del Padre, y del Hijo y del Espíritu Santo.

El dolor y la amargura llenan hoy mis palabras, hija mía. Jacobo, nuestro amado rey, ya no está entre nosotros. Que Dios bendiga su alma y la llame a compartir con Él la vida eterna.

Pese a la congoja que me ha producido la muerte de ese gran hombre, es mi deber, ahora que mis ojos al fin se han secado, enfrentarme de nuevo al futuro. Sabes lo mucho que irritó a Jacobo tu premeditado viaje a Italia. Sea como fuere, ahora ya nada impide tu retorno al hogar. El tío Graham, que tendrá un cargo en el nuevo Consejo de Ministros, me ha garantizado tu bienvenida a la corte del rey Carlos. Incluso se baraja la posibilidad de convertirte, una vez desposada, en dama de compañía de la reina Enriqueta.

¡Así pues, no lo dudes más y regresa a tu hogar! Tu futuro marido, ese hombre excelente que es lord McKinney, está deseoso de estrecharte en sus brazos. Para que dispongas de todo el efectivo que necesites durante tu viaje, he ingresado un generoso importe a tu favor en el Banco Italiano. Con la orden de pago adjunta podrás hacer uso de ese dinero en cualquier ciudad importante del mundo.

¡Apresúrate, hija mía, y ponte en camino antes de que llegue el invierno!

Que Dios bendiga tu viaje a casa.

Tu padre amantísimo,
lord Whetenham, conde de Brackenhamshire

Cuando acabó de leer la carta, las manos le temblaban de tal modo que hasta la firma de su padre se difuminó ante sus ojos como tinta mojada.

—Ahora seguro que no podré ver sus torres —dijo en voz baja, y suspiró.

Pero Castelli ya no estaba allí.

—Se ha esfumado —resopló William—; se ha marchado sin despedirse. ¡Los modales italianos!

Pese a sus esfuerzos por mostrarse indignado, lo cierto es que no habría logrado convencer a nadie. La vuelta a Inglaterra le hacía sentirse tan feliz que olvidó no sólo su fiebre, sino hasta la meteorología jesuítica. ¡Por fin tenía a la vista el último capítulo de su obra! Se acabó eso de *Adentrarse en Italia, prestando especial atención a las múltiples tentaciones y seducciones que acechan en ese país...* ¡Y a él lo esperaba la fama inmortal! Antes incluso de subirse al carruaje que los llevaría desde San Pedro a la plaza Navona, William empezó a comentar los preparativos para su regreso y a comparar las diferentes rutas que podían seguir, escogiendo siempre las más cómodas y menos largas, mientras Clarissa hacía verdaderos esfuerzos por reprimir las lágrimas.

—Pero ¿qué es esta cara? ¿Qué te ha pasado? —le preguntó *donna* Olimpia, asustada, al verla llegar al *palazzo*—. ¿Estás enferma? —continuó, después de haber ordenado salir de la habitación a la niñera con el pequeño Camillo.

Cerró la puerta y abrazó a Clarissa. En aquel momento la joven apenas pudo contener el llanto.

—Tengo que volver a Inglaterra —dijo, mostrándole la carta.

Mientras traducía al italiano las palabras de su padre, apenas con un hilo de voz, Olimpia le pasaba cariñosamente la mano por el pelo para consolarla.

—Vamos, ya sabías que este día tenía que llegar...

—Sí, claro, pero ahora... Me parece todo tan rápido, tan repentino...

—¡Pero ése no es motivo para estar triste! Te marcharás a Londres, y puede que te conviertas en dama de compañía de la reina Enriqueta. Serás la envidia de todo el mundo. ¡Y, además, te casarás!

Clarissa alzó la vista. Al ver que Olimpia la miraba con expresión escrutadora, se sintió incapaz de mantenerse en silencio más tiempo.

—¡No quiero casarme con ese hombre! —explotó—. Es que... ni siquiera lo conozco. ¿Cómo voy a querer casarme con él?

—Tonterías, mi niña. Si tus padres consideran que ese hombre es apropiado para ti, será por algo. Deberías estarles agradecida. Créeme, seguro que serás muy, muy feliz. El matrimonio es el destino natural de la mujer.

—¡Ay, Olimpia! —exclamó Clarissa—. Es que tengo tanto miedo... Me imagino sola en un castillo con un hombre al que nunca he visto. Sólo sé que es un lord, que es más viejo que Matusalén, tiene como mínimo treinta años, y que vive en algún lugar de Escocia.

Escondió la cara en el pecho de su prima y se echó a llorar. Olimpia le acarició la espalda y le susurró palabras en italiano; palabras que eran como la seda, dulces y suaves, hasta que Clarissa se calmó. Entonces se sacó un pañuelo de la manga y le enjugó las lágrimas.

—¿Qué has hecho hoy en la catedral?

—Yo... he visitado la cúpula, por encima de la galería...

—¿Por encima de la galería? ¿Y cómo has llegado hasta allí? Para eso hace falta una llave. —Olimpia cogió la barbilla de Clarissa y le levantó el rostro—. ¿Quién te ha enseñado la cúpula?

La joven dudó unos segundos. ¿Por qué le costaba tanto pronunciar su nombre?

—Tienes que decírmelo, mi niña.

—El *signor*... el *signor* Castelli.

—¿Castelli? ¿El picapedrero? —preguntó, sin dar crédito a sus oídos.

Clarissa tragó saliva.

—Sí, el *signor* Castelli —repitió, en esa ocasión fuerte y claro—. Pero no es picapedrero, sino arquitecto. Él me ha mostrado la cúpula. Eso, el altar y las pinturas del techo —dijo de corrido, sin detenerse a tomar aire—, y también la linterna, los pilares y los cuatro evangelistas y sus símbolos. Me lo ha explicado todo, y lo ha hecho del modo más maravilloso que puedas imaginarte. Nadie me había explicado nunca nada así. Es tan inteligente, tan culto, y a la vez tan humilde, casi tímido, que a veces puede parecer que está enfadado contigo, pero entonces sonríe y... A mí me ha sonreído dos veces y...

Pero entonces se interrumpió y se quedó callada, con la misma brusquedad con la que había empezado a hablar. De pronto se sentía tonta y fuera de lugar, como una niña pequeña.

Olimpia asintió.

—Cuando llegaste aquí, te hice una promesa —dijo muy seria—. Te dije que intentaría ser tu amiga, igual que tu madre lo fue para mí. ¿Lo recuerdas?

—Sí, Olimpia.

—Pues para eso ahora tengo que hacerte unas preguntas, y tú debes prometerme que responderás con sinceridad. ¿Lo harás? —Cuando Clarissa asintió, la tomó de la mano—. ¿Te alegras cuando ves al *signor* Castelli?

—Lo que más me gustaría —respondió en voz baja— sería verlo todos los días.

—¿Alguna vez has pensado en él al acostarte?

—Al acostarme... y al levantarme.

—Y cuando lo ves, ¿qué sientes? ¿Un hormigueo en la nuca? ¿O un escalofrío en la espalda?

Clarissa sacudió la cabeza.

—¿Se te acelera el corazón? ¿Se te reseca la boca? ¿Te mareas? ¿Te tiemblan las piernas?

—No, no siento nada de eso.

Olimpia arqueó las cejas, sorprendida.

—Pues entonces..., ¿qué?

—Es algo diferente. Un sentimiento muy cálido y dulce. Y... me siento tranquila cuando lo tengo cerca y habla conmigo. En esos momentos estoy tan a gusto que olvido todo lo demás y sólo deseo que no se marche nunca.

Olimpia asintió por segunda vez, más seria que antes.

—Entonces es peor de lo que imaginaba —dijo, y apretó la mano de Clarissa—. Mi pobrecita niña.

—¿Por qué dices eso? Estás asustándome. —Separó su mano de la de su prima—. Pareces un médico hablando con una paciente enferma de gravedad.

—Es que tú estás realmente enferma. Tienes la peor enfermedad que puede atacar a una mujer.

—¿Qué? ¿De qué enfermedad hablas? Yo no siento nada, excepto... excepto... —Intentó encontrar la palabra adecuada, pero pudo.

—¿Excepto que lo amas? —dijo Olimpia, concluyendo su frase—. ¿Es lo que querías decir?

¿Lo era? Estaba tan desconcertada que ni siquiera podía responder. Quizá fuese eso, o quizá no. En cualquier caso, si así era, ¿es que el amor era algo malo? ¿Una enfermedad? Ella amaba a Dios, y todo el mundo la elogiaba por eso; amaba a sus padres y a *donna* Olimpia, y también aquello era bueno. Así que, ¿por qué tenía que ser malo amar a un hombre? ¿Sería porque aquel amor era diferente del que podía sentir por Dios, sus padres o su prima?

—¿Qué... qué voy a hacer ahora? —preguntó, asustada.

—Ya sabes la respuesta —le dijo Olimpia.

—¿Yo? ¿Cómo quieres que la sepa?

—Tienes que escuchar a tu mente. ¡A tu mente, Clarissa, no a tu corazón! Eso es lo más importante.

Clarissa miró el preocupado rostro de su prima, y de pronto la asaltó un recuerdo que tenía olvidado: Olimpia y *monsignore* Pamphili en la capilla del *palazzo* al romper el alba, abrazados sobre el banco del confesionario, el día que él partió hacia España. ¿Era ése el gran secreto entre hombres y mujeres? Cerró los ojos y respiró hondo.

—Sí —dijo al fin—, tienes razón. Nos marcharemos en cuanto William se recupere de su resfriado.

15

Carlo Maderno, el anciano constructor de la catedral de San Pedro, que desde hacía algún tiempo sólo podía desplazarse en silla de manos, murió un oscuro día de enero, a la edad de setenta y tres años, tras haber dedicado más de un cuarto de siglo a la construcción de las iglesias más grandes y significativas del cristianismo. Como en Roma hacía frío, la descomposición del cadáver no preocupaba excesivamente, y sus restos mortales no fueron enterrados hasta seis días después de su muerte, en el cementerio de San Giovanni dei Fiorentini, no muy lejos de la cadena de puentes situada a la derecha del Tíber.

El general Barberini, el enfermizo hermano del Papa, presidió el cortejo fúnebre, acompañado del triste sonido de las campanas y seguido a paso lento por los cuatro caballos que tiraban del carruaje con los restos mortales, los canteros, albañiles y carpinteros, con las banderas de sus respectivos gremios colgando empapadas y mustias en sus astas, así como los escultores y constructores: el anciano Pietro Bernini, con la espalda arqueada por el peso de los años, seguido de su hijo Luigi, en quien se apoyaba, y por supuesto también Francesco Castelli, principal alumno y colaborador de Maderno, que en los últimos años había ido adquiriendo cada vez más responsabilidades en las obras. Bastante más atrás iban el joven y ambicioso Pietro da Cortona, tan diestro con el pincel como con el cincel, y Alessandro Algardi, autor de las figuras de estuco de San Silvestre del Quirinal de las que hablaba todo el mundo. Junto a él iba Martino Longhi, quien trabajaba en la realización de los bocetos que su padre, muerto hacía ya diez años, había realizado para Santi Ambrogio e Carlo. Lo seguía François Duquesney, un flamenco que se había hecho famoso por sus retratos de santos, siempre sorprendentemente ostentosos. Todos ellos acompañaron a la tumba a un hombre que, como primer constructor de Roma, se atrevió a alabar al Dios trino con unas formas de mármol y piedra tan sorprendentemente exuberantes que parecían estar en movimiento y reflejar por sí solas toda la fuerza de su creación, y que, además, fue colaborador personal de Giacomo della Porta, el último pupilo de Miguel Ángel.

Sólo faltaba una persona en aquel último adiós a Maderno: Gian Lorenzo Bernini. Éste hizo su aparición en el cementerio cuando el féretro ya estaba siendo enterrado, y ni siquiera se detuvo a saludar a su padre y a su hermano, con los que se encontró en la entrada del camposanto. Avanzó a toda prisa hacia el hombre que andaba buscando, Francesco, que se había quedado solo frente a la tumba del maestro, con las manos unidas en señal de oración.

—¡Ahórrate las lágrimas! —le susurró—. Vengo de ver al Papa; acaba de nombrarme arquitecto de la catedral... ¡de por vida! ¡Seré rico! ¡Me pagarán incluso los gastos de desplazamiento hasta el trabajo!

—¿No puedes esperar a que lo sepulten? —preguntó Francesco, sin darse la vuelta.

—¡Vamos, no te hagas el santo! Mi nombramiento también te favorece, hombre. ¿Es que no lo entiendes? ¡No nos faltará de nada! —Señaló la fosa y añadió—: ¿De qué ha muerto el viejo cabrón?

—¡Haz el favor de callarte o te mato! —le dijo Castelli, indignado.

—¡Caray, no te pongas así! ¿Qué te pasa? ¿Tienes remordimientos porque en los últimos meses has colaborado más en mis proyectos que en los suyos?

Francesco no le respondió, y Lorenzo lo miró de reojo. Aquello que resbalaba por sus mejillas, ¿eran gotas de lluvia o es que estaba llorando?

—¡Mira que eres raro! —exclamó, cogiéndolo del brazo—. Estoy diciéndote que tenemos el porvenir asegurado. Imagínate, de Maderno no he heredado sólo la catedral, sino también el palacio Barberini. Y tú serás mi *assistente* en ambas obras, y en todas las que vengan después, te lo prometo.

—Olvídalo. Será mejor que te busques a otro.

—¿Cómo dices? ¿Te has enfadado?

—No. Voy a fundar mi propio taller. Como arquitecto.

—¿Que vas a hacer qué? ¿Y de qué vas a vivir?

—Puedo encargarme de unos trabajillos que me dejó Maderno. Él siguió recomendándome cuando ya estaba en su lecho de muerte.

—¡Vas a hacerme llorar! —bufó Bernini, furioso—. ¿Y qué me dices de mí? ¿Cómo se supone que voy a poder con todo el trabajo sin tu ayuda? El altar, el *palazzo*, las nuevas torres del Panteón que tengo que construir porque a tu querido Maderno se le ocurrió la brillante idea de vaciarle el techo... ¡Y todo eso sin hablar del busto del rey de Inglaterra que me ha endosado Urbano!

—Lo conseguirás. Siempre has conseguido todo lo que te has propuesto. Además, tienes a tu padre y a tu hermano, ¿no?

—¡Eres un desagradecido! ¿Quién te consiguió el trabajo en el Panteón y en la catedral? ¡Fui yo! ¡Yo, yo, yo! Sin mi ayuda os habríais muerto todos de hambre. —De pronto se interrumpió y se dio una palmada en la frente—. Pero ¿qué estoy haciendo? ¿Acaso yo también me he vuelto loco? No, no quiero enfadarme contigo. ¡Eres mi mejor amigo!

Se quitó el sombrero, se arrodilló frente a la tumba y se santiguó antes de rezar un padrenuestro por el muerto. Aquellas palabras, repetidas ya en infinidad de ocasiones, aplacaron su alma. Las repitió una y otra vez, hasta llegar a la docena, y cuando al fin se tranquilizó, se levantó, cogió la pala que estaba tirada en el suelo junto a la sepultura, y echó un poco de tierra sobre el ataúd antes de volver a unir las manos como Francesco, que se despidió de Maderno con una silenciosa reverencia.

—Está bien, lo admito, fue un gran arquitecto —murmuró Lorenzo, conmovido un instante mientras observaba el ataúd cubierto de tierra y flores—. Créeme, habría venido antes, pero es que no soporto los entierros. Cuando me paro a pensar que llegará un día en que yo también acabe en una caja de madera y convertido en comida para los gusanos... —Se sacudió, como si de ese modo pudiera ahuyentar sus pensamientos, y miró a Castelli—. Ahora dime la verdad: ¿por qué no quieres seguir trabajando conmigo? ¿Te he exigido demasiado? ¿Te he pagado demasiado poco?

Francesco se comportó como si no lo hubiera oído. Con la cabeza descubierta y el pelo empapado, siguió allí de pie, mirando más allá de la tumba, como si buscara algo escondido en el cielo gris. Era el hombre más extraño que Lorenzo había visto en su vida, y desde luego no tenía nada que ver con él: terco como una mula, nunca se reía y parecía siempre encerrado en sí mismo; a veces con verdadera obstinación, y siempre orgulloso e irascible. Pese a todo, Lorenzo le tenía un gran cariño; más del que sentía por su propio hermano. Él era el único al que permitía que le llevase la contraria. ¿Y por qué? ¿Quizá porque tenía cualidades que a él le faltaban? No, el motivo iba más allá de su destreza técnica, esmero y entrega al trabajo. Era algo más profundo, más decisivo, algo que los unía inevitablemente, como a dos gemelos cuyas vidas están ligadas para siempre.

—Hay una mujer —dijo Francesco al fin, como si hablara consigo mismo—. Me he pasado la vida esperándola, y ahora, por fin, la he encontrado. Pero ella me desprecia porque soy cantero. Prefiere evitarme.

—¡Así que es eso! —dijo Lorenzo, lanzando un silbido—. Bueno, al menos se trata de un motivo que comprendo. Pero ¿de verdad crees que te respetará más sólo por encargarte de completar todo aquello que Maderno dejó a medias? —le preguntó con todo el tacto que pudo—. ¿Levantar un muro por aquí y eliminar un poco de moho por allá? Las mujeres aman a los héroes, no a los zapateros remendones. Quieren admirar a sus hombres. —Le pareció que su colaborador se quedaba desconcertado—. Vamos —añadió, aprovechando el momento—, sellemos nuestro pacto, aquí, junto a la tumba de tu maestro. ¡Hagámonos socios y construyamos las iglesias y los palacios más impresionantes del mundo!

—Te aseguro que valoro tu oferta, Lorenzo, pero...

—¡No hay pero que valga!

—Sí, sí lo hay —insistió—. Tengo que conseguirlo yo solo.

—¡Tonterías! ¿Acaso crees que nos hemos conocido por casualidad? No, ha sido... ¡Ha sido voluntad divina! —exclamó, como si de pronto le hubiese llegado la inspiración—. Dios quiere que trabajemos juntos. Por separado no somos más que dos mosquitos en el universo, pero juntos... ¡Juntos podemos hacer cosas realmente grandes! El altar no es más que el principio. Reconstruiremos toda la maldita catedral: la fachada, la plaza...

—¡No metas a Dios en esto, Lorenzo! Tú sólo crees en el Papa, y él te ha nombrado a ti constructor de la catedral, no a mí.

—¡Pero piensa en las torres que dibujaste para la iglesia de San Pedro! ¡Son maravillosas! Y ahora tienes la posibilidad de hacerlas realidad. —Lo cogió por los hombros y lo sacudió—. ¿Quieres renunciar a tus torres para poder construir algún día una birria de casa y poder decir que la has hecho siendo tu propio jefe? ¿De verdad crees que vale la pena? —Le ofreció la mano y le dijo—: ¡Vamos, no seas tonto! ¡Dame la mano!

Francesco dudó. En aquel momento se abrió el cielo, y de entre las oscuras nubes surgió un enorme y brillante arco iris que iluminó con sus colores el cementerio.

—¿Lo ves? —dijo Bernini, sonriendo—. ¡Es una señal! ¿A qué esperas? ¡Hazlo por la mujer a la que has estado esperando toda tu vida!

Pero Castelli seguía sin poder decidirse.

—¿Me prometes que construiremos las torres? —preguntó.

—¡Desde luego! Y, si quieres, podrás decorarlas con tus estrambóticos querubines, igual que la fachada, de arriba abajo.

—¿Y no harás pasar mis bocetos como si fueran tuyos?

—¡Te doy mi palabra! Maderno es testigo.

Por fin, Francesco le estrechó la mano.

—Entonces hagámoslo, con la ayuda de Dios.

—¡Estupendo! —dijo Lorenzo, zarandeando la mano que el otro le ofrecía—. ¡Caray, cuánto me alegro! Y para que veas que voy en serio, quiero que sepas que ya he hablado con el Papa. Urbano está dispuesto a pagarte veinticinco escudos al mes por tu trabajo en el altar de la catedral. ¡Eso son casi diez escudos más de los que me da a mí, que soy el arquitecto! —Atrajo a Francesco hacia sí y lo besó en las mejillas—. ¡Sí, tú y yo lo conseguiremos! ¡Construiremos la nueva Roma, la antesala del paraíso! Miguel Ángel parecerá un principiante a nuestro lado.

16

Metieron los sacos de lona y los jubones en grandes arcas de madera, y junto a ellos una docena de tenedores de plata, que era el regalo de boda de *donna* Olimpia para Clarissa. Esa vez volverían a Inglaterra en carro, no a caballo. Pasarían por Milán y el lago Maggiore y avanzarían hacia Lyon por la costa francesa, evitando Flandes y Alemania, donde todavía existía el peligro de caer en el embrollo de una guerra de religión que parecía no querer tener fin.

Al final, en contra de su voluntad, Clarissa había tenido que quedarse en Roma todo el invierno. Fue precisamente William, que se moría de ganas de regresar a su adorada patria, quien provocó el retraso. Por culpa de su impaciencia, que lo hizo saltar de la cama cuando estaba enfermo y salir corriendo a la catedral, su resfriado se había convertido en una infección pulmonar con la que le habría resultado imposible atravesar los Alpes en pleno invierno.

Hombres de negro encapuchados le pusieron lavativas, le realizaron sangrías y torturaron su achacoso cuerpo con ventosas y sanguijuelas, sin conseguir otra cosa que ir debilitándolo cada vez más. Estaba claro que las artes curatorias de los romanos iban camino de acabar con su vida; y así habría sido si él no hubiese hecho acopio de sus últimas fuerzas para coger el enorme diario con tapas de piel de cerdo que pertenecía a un incompetente profesor de medicina y lanzárselo a la cabeza después de que el hombre le hubiese administrado una buena copa de aguardiente condimentada con pimienta. Con aquel ataque, William consiguió alejar de su cama no sólo al profesor en cuestión, sino al resto de sus colegas.

¿Y Clarissa? ¡Pobre Clarissa! Había decidido escuchar a su mente y no a su corazón, y no había vuelto a ver a Francesco Castelli ni una sola vez en todo el invierno. Rezaba el ángelus tres veces al día, por la mañana, al mediodía y por la noche, y cada vez que Castelli iba a visitar el *palazzo* para supervisar el trabajo de sus colaboradores y la evolución del moho de la mampostería, ella abandonaba la casa acompañada de su prima o su tutor. Visitó la Capilla Sixtina, en la que se encontraba *El juicio final* de Miguel Ángel, así como la basílica de San Juan de Letrán, más sagrada aún que la catedral de San Pedro, y también la colección de antigüedades del Vaticano, el circo Máximo y el Coliseo. En el foro romano se detuvo frente a la estatua a cuyos pies Brutus acuchilló a Julio César, atravesó el puente en el que un solo soldado romano fue capaz de detener a todo un ejército enemigo, subió de rodillas la Escalera Santa, aquella que condujo a Jesús a su juicio en el palacio de Poncio Pilatos en Jerusalén, y paseó en su carruaje por las siete colinas de Roma, desde las que se tenía la mejor vista de la ciudad, de modo que no tardó en reconocer de lejos todos los monumentos importantes y llamarlos por su nombre.

Pero ¿acaso la satisfacían esas salidas? ¡No, ni mucho menos! Todos aquellos lugares y las maravillosas vistas la conmovían tan poco como la expresión con la que el príncipe Pamphili la recibía siempre en su *palazzo*. Ante las iglesias y los palacios, ella pensaba en Castelli. ¡Habría dado lo que fuera por poder conocer la ciudad junto a él! Le habría encantado escuchar sus explicaciones, descubrir con su ayuda el orden que subyacía entre el caos de callejones, avenidas y plazas. ¡Cómo añoraba su compañía! El cálido tono de su voz. El brillo entusiasmado de sus ojos. Su intensidad, su seriedad, su orgullo. Y sobre todo su sonrisa...

En aquellos días, Clarissa no regresaba a casa hasta estar segura de que Castelli se había marchado, aunque en realidad encontrarse con él era lo que más deseaba en el mundo. Lo tenía tan cerca y a la vez tan lejos... ¿Volvería a ser feliz alguna vez? A aquellas alturas Olimpia ya podía leer y escribir tan bien como ella y no necesitaba recibir clases, de modo que Clarissa dedicaba las largas y oscuras tardes de invierno a pasar a limpio los informes del viaje escritos por William, más que nada para distraerse y apartar de su mente los dolorosos pensamientos y las preguntas que tan a menudo le llenaban los ojos de lágrimas. Así las cosas, al final del invierno, incapaz ya —según le parecía— de volver a esbozar una sonrisa, Clarissa se sintió aliviada de poder abandonar Roma, aquella ciudad a la que había llegado con tanta curiosidad y tan llena de esperanzas.

Su partida tenía que ser un lunes. Pero antes de aquello le quedaba algo por hacer. A petición de su prima debía sumarse al embajador británico y rendir honores a un artista italiano en nombre de los monarcas ingleses. Clarissa había oído hablar de ese hombre —cuyo talento había sorprendido y maravillado a los romanos desde su más tierna infancia— más de lo que habría deseado, y había visto muchas de sus obras, aunque lo cierto es que no sentía ningún interés por conocerlo: la fama que tenía era tal que daba la sensación de ser el único artista de toda la ciudad (cosa que, como ella sabía mejor que nadie, distaba mucho de ser verdad y, además, era una tremenda injusticia).

—La gente dice que el arte sirve para comer —dijo lord Henry Wotton con un suspiro al recibirla en el palacio de los reyes de Inglaterra—, pero, en mi opinión, la realidad es justo al revés. ¡Seis mil escudos! ¡Es un regalo excesivo para un escultor! —Mientras le decía aquello, le pasó un cofre abierto, en cuyo interior forrado de terciopelo negro brillaba un anillo con una esmeralda del tamaño de una nuez—. ¡Pero aquí llega el *cavaliere*!

Todos los presentes giraron la cabeza. Dos mayordomos vestidos con librea mantenían abiertas las puertas batientes de la entrada, y por allí hizo su aparición un hombre joven, que avanzó con la cabeza erguida, el sombrero en la mano y el cabello ondeando. Con un séquito similar al de un monarca en funciones, se dirigió directamente hacia Clarissa. Las conversaciones se interrumpieron de pronto, sólo se oía «Oh» y «Ah» por todas partes, y hasta las figuras de mármol que se habían instalado en la legación para tal acontecimiento parecían inclinarse ante él. Así era exactamente como se había imaginado a ese tal Bernini.

—Me postro ante la nación inglesa. Ante su poder y su belleza.

Saludó primero a lord Wotton y después a Clarissa, y lo hizo con una sonrisa burlona, disimulada bajo el adorno de su delgado bigote. ¡Qué hombre tan arrogante! Hasta su reverencia había sido más bien una muestra de su soberbia. Y eso que no era mucho más alto que ella... Pero es que, además de sus pantalones de media pierna y sus medias a la última, Bernini llevaba unos de esos zapatos con hebillas que se habían puesto de moda en Francia, con las alzas más altas que Clarissa había visto jamás en un hombre. Deseó con toda su alma que aquello acabara lo antes posible.

—En nombre de mi soberana debo darle las gracias por el busto que ha hecho de su esposo, el rey Carlos I —le dijo al homenajeado—. Es sorprendente el parecido que ha logrado reflejar valiéndose tan sólo de los retratos del señor Van Dyck.

—Le ruego me disculpe ante Su Majestad por las pequeñas motas oscuras que, debido a la naturaleza del mármol, han quedado en la frente de su esposo. En cualquier caso puedo asegurarle que desaparecerán en el mismo instante en que el rey se convierta al catolicismo.

¿Cómo podía ser tan impertinente? En aquel momento Clarissa decidió omitir el resto de los cumplidos con los que debía obsequiarlo y concluir su breve discurso con las palabras que el rey Carlos había enviado junto con el anillo a Italia:

—¡Que esta piedra corone la mano con la que se ha construido la obra!

—Aquí debe de haber un error, Principessa —le respondió Bernini—; la piedra tiene el color de sus ojos. ¡No cabe duda de que a usted le quedaría mucho mejor que a mí! Y, no obstante, me temo que no puedo renunciar al presente sin ofender a la reina...

Con la agilidad de un ladrón, cogió el anillo de esmeralda y su caja, que desaparecieron en su chaqueta con bordados dorados. Lord Wotton hizo una señal a la orquesta, que se había situado sobre un podio cerca de la puerta, y al sonar los primeros compases, los invitados se prepararon para bailar. Resignándose ante lo inevitable, Clarissa levantó la mano para ofrecérsela a Bernini, pero para su sorpresa éste no se la cogió, sino que invitó a bailar a *donna* Olimpia.

—¡Qué modales! —exclamó, sin poder reprimirse.

—Lamento no poder enmendar la situación —respondió Wotton, suspirando—. Soy tan mal bailarín que tenerme de pareja le parecería un castigo. Le ruego que me disculpe. Voy a ocuparme de los invitados.

Perpleja e indignada, Clarissa aceptó la copa de vino que le ofrecía uno de los camareros. Al llevársela a la boca comprobó que le temblaban las manos, y mientras bebía miró por encima del borde y vio a Bernini y a su prima dirigiendo la zarabanda. ¿Por qué estaba tan enfadada? ¿Porque se había reído de la fe de su rey o porque su deber era bailar con ella? ¡Bah, él no podía ofenderla! En realidad se alegraba de haberse ahorrado el baile con ese engreído pavo real. Bastaba con ver el modo en que movía los pies, subido a esos tacones: afectado como una mujer. Al tiempo que bailaba iba abanicándose, y no dejaba de hacer bromas y de reírse con Olimpia sin perder ni una sola vez el compás. Bueno, todos los italianos sabían bailar. Pero ¿de qué podían estar hablando durante tanto rato?

Entonces se cruzaron sus miradas. Antes de que él tuviera tiempo de saludarla con una inclinación de cabeza, Clarissa le dio la espalda.

Dos grandes ojos la miraron llenos de esperanza; eran los ojos de mármol de una mujer. Con el entrecejo ligeramente fruncido, Clarissa separó sus carnosos labios, sorprendida. La expresión de aquel rostro la turbó y fascinó al mismo tiempo. Aunque aquella mujer no se le parecía en nada, tuvo de pronto la sensación de estar mirándose en un espejo.

—¿Le interesa mi trabajo?

Clarissa se giró con tanta brusquedad que derramó el contenido de su copa. Allí estaba Bernini, sonriéndole.

—Sería para mí un honor que fuera a visitarme a mi taller —añadió.

—Me marcho del país pasado mañana. Para siempre.

—Bueno, entonces dispone de todo un día para ir a verme.

—¡Le aseguro que no lo haré! —contestó. Justo entonces reparó en que había vertido el vino sobre la figura de mármol, cubriendo su rostro con un velo rojizo—. ¡Oh, lo siento! Le pagaré los desperfectos. Dígame a cuánto ascienden.

—¿Desperfectos? —exclamó él—. ¡Me humilla usted! ¡Es ahora cuando esta imagen resulta perfecta! Observe con qué gracia se sonrojan sus mejillas. Como si acabaran de pillarla cometiendo una falta. Debería abofetearme por no haber pensado yo mismo en la idea del vino.

Bernini volvió a sonreír. ¿Estaría riéndose de ella? Por algún extraño motivo, a Clarissa el corazón empezó a latirle con más fuerza y se le secó la boca. ¿Qué significaba aquello? En realidad no estaba nerviosa. Cogió otra copa de vino y se la bebió de un trago.

—Así pues, ¿seguro que no quiere ir a visitarme? —preguntó él, abanicándose.

Clarissa decidió cambiar de tema.

—¿Todas las esculturas que hay aquí son suyas?

—¿Con «aquí» quiere decir en el palacio o en Roma?

Ella fingió no haber oído esa nueva muestra de arrogancia y le dijo, con toda la frialdad de que fue capaz:

—Debe de ser agotador esculpir una estatua como ésta.

—¿Agotador? ¡En absoluto! —Se rió—. Piense que en realidad la figura ya está hecha. Sea lo que sea lo que represente, bien un cardenal bendiciéndonos o una mujer bañándose, el bloque de mármol contiene ya todas las figuras que pueda usted imaginarse.

—¿Cómo dice?

—¡Lo que oye! Lo único que hay que hacer es eliminar los trozos de piedra que sobran.

Al oír aquello Clarissa no pudo evitar reírse. ¿Habría bebido demasiado rápido? Dejó su copa sobre una mesa sin perder de vista a

Bernini. ¡Con qué frescura le sonreía! Y el caso es que, para su sorpresa, no le molestó que lo hiciera.

—¿Y ese querubín? —preguntó, señalando el busto de un hombre que parecía estar gritando, desesperado—. ¿También estaba escondido en el mármol?

—¿Querubín? —preguntó él, perplejo—. ¿Cómo se le ocurre llamarlo así? Los querubines son las criaturas más dichosas que existen. Se pasan la vida felices y entusiasmados con todo.

—Pensaba que sufrían por la cercanía de Dios; por saberse imperfectos...

—¡Qué absurdo! No, ese busto representa un alma condenada al infierno, así que lo mejor será dejar que siga cociéndose solita. Pero dígame, ¿cuál es la imagen que más le gusta?

Clarissa echó un vistazo a su alrededor. Tenía claro que no era el Príapo que se mostraba en toda su indecencia frente a una ventana, ni tampoco la cabra que estaba dando de mamar a un niño. ¿Quizá el David que había al final de la sala? No, tampoco; su rostro se parecía demasiado al de su creador.

—¿Quiénes son esa pareja de allá? —preguntó.

—¿Se refiere a Dafne y Apolo? ¡Tiene usted un gusto excelente!

Bernini cerró el abanico y se lo escondió en el hueco de la manga. Luego le ofreció el brazo a Clarissa y la condujo por una puerta lateral a una de las habitaciones contiguas, desde la que al principio sólo pudo ver la espalda de Apolo y los cabellos al viento de Dafne, además de unas manos que poco a poco iban transformándose en ramas de laurel.

—Los coloqué así a propósito, para que fueran descubriéndose poco a poco.

Desde donde se encontraba, justo en medio de la habitación, Clarissa pudo ver al fin los rostros de las figuras. Parecía como si quisieran salir corriendo al jardín por la ventana. En el pie había escritos dos versos.

«El amante que desea apresar la belleza, que es efímera, recoge los frutos más amargos y se queda sólo con las hojas secas.»

—¿Qué significa eso?

—Es un poema del papa Urbano —dijo Bernini, riéndose—. Para que los observadores más castos no se escandalicen. Resulta que un cardenal dijo que no quería tener esta escultura en su casa porque la visión de una mujer tan bella y desnuda le impedía conciliar el sueño.

¡Y volvió a reírse! ¡Desde luego, ese hombre era un sinvergüenza! Pero si creía que iba a intimidarla con sus maneras, estaba muy equivocado.

—¿Puede ser que ya haya visto a ese Apolo en otro sitio? —preguntó—. Me recuerda al que hay en el patio del Belvedere del Vaticano.

—¡Pues claro que se lo recuerda! —exclamó Bernini—. ¡Lo copié directamente de aquél! ¿Por qué iba a perder el tiempo intentando mejorar algo que ya es perfecto? Aunque ¿reconoce también las diferencias? El semblante tranquilo que pudo ver usted en el Belvedere está aquí sin aliento por el esfuerzo de cazar a la amada. Y mírelo, ¡está atónito! Claro que no es para menos, puesto que la ninfa a la que perseguía con tanto celo está convirtiéndose en laurel delante de sus narices para escaparse de él. ¡Pobre Apolo! Las mujeres pueden ser tan crueles...

—Qué historia más extraña —dijo Clarissa—. ¿Y dice que todo eso estaba ya escondido en el bloque de mármol?

—Sí, desde el principio. —Bernini asintió, y sus ojos brillaron de entusiasmo—. En potencia. Como idea. Corresponde a ese instante en el que todo se decide: si vencerá su virtud o sus deseos. Cuando comprendo la respuesta, no me queda más que coger el cincel y... la piedra que no sirve va cayendo sola. Me dedico a devorar el mármol y no doy ni un solo golpe en falso. Sí, como idea —repitió—. Esa ocurrencia sorprendente. De ella depende todo.

La condujo de escultura en escultura, le explicó las pautas que había seguido para conseguir cada una de ellas y cuáles eran las ideas que lo habían movido a hacerlo. Sin poder evitarlo, Clarissa recordó a Francesco Castelli y el modo en que le hablaba de su trabajo. ¿Cómo era posible que dos artistas fueran tan diferentes? Castelli le había mostrado la voluntad divina en la cúpula de San Pedro y le había hablado del orden de la creación en el alfabeto de la arquitectura con una seriedad y una sublimidad adecuadas a la eternidad celestial; en cambio, con las esculturas de Bernini no sentía nada más que ganas de vivir y una humana y mundana felicidad. En ese momento todo parecía sencillo y fácil, como si el arte no fuera más que un enorme juego.

—El arte —dijo Bernini, como si le hubiese leído el pensamiento— es una mentira que nos permite conocer la realidad. Es lo único serio que hay en el mundo. Por eso es imposible que sea serio.

Una vez más, ella no pudo evitar reírse. Sólo entonces se dio cuenta de que hacía meses que no reía tan a menudo como en la última media hora. ¿Cómo era posible? Casi lamentó tener que marcharse sólo dos días después. ¿Debía tener remordimientos por eso?

Regresaron hacia la estatua femenina con la que habían empezado la ronda. Clarissa se sacó un pañuelo de la manga para limpiar el vino que había quedado en el rostro de mármol de aquella mujer, y al mirarla a los ojos no pudo evitar un estremecimiento.

—¿Qué sucede? Se ha quedado usted de piedra, ¡como Dafne ante Apolo!

Clarissa estaba paralizada. Ahora comprendía qué era lo que le había llamado tanto la atención de aquel rostro. Los ojos de la mujer de mármol transmitían el mismo desasosiego, el mismo anhelo incansable que ella misma había sentido en tantas ocasiones; un apremio y a la vez una nostalgia de todo y de nada. Eso era lo que daba vida a aquella faz lisa y reluciente. ¡El autor de esa obra tenía que ser capaz de llegar hasta el fondo del alma de una mujer! Clarissa tuvo la imperiosa necesidad de hacer una pregunta a Bernini, y, aunque sabía que no era nada decorosa, se la hizo igual:

—¿Quién es la modelo?

—La esposa de un ayudante. ¿Por qué?

No le respondió. Estaba tan desconcertada que ni siquiera podía hablar; y es que de pronto sintió un deseo que de inmediato relacionó con una peligrosa amenaza: deseó haber estado en la piel de aquella desconocida.

Sin despedirse siquiera, se dio media vuelta y dejó a Bernini allí plantado.

Cuando regresó aquella noche al palacio Pamphili, William estaba esperándola con una carta.

—Un mensaje urgente —le dijo, con expresión trascendental—. De Inglaterra.

Clarissa echó un vistazo al remitente: era de lord McKinney, su futuro marido. Rompió el sobre y devoró las líneas que contenía. Cuando llegó al final, arqueó las cejas y volvió a leer desde el principio. ¿Qué estaba diciéndole McKinney?

... el rey Carlos ha decidido reinar en lo sucesivo sin Parlamento. Nadie sabe lo que sucederá a partir de ahora. El futuro de su familia, y el de la mía, es, pues, incierto. Habrá sin duda destierros y expropiaciones. Como católica será considerada disidente,

igual que yo como presbiteriano. Quédese un tiempo más en Roma, se lo suplico; sólo hasta que se aclare la situación...

No podía dar crédito a lo que veían sus ojos. Estaba desconcertada, aunque al mismo tiempo sintió que se quitaba un peso de encima.

—Disculpe, Principessa...

Clarissa se giró. Frente a ella había un mayordomo con una cesta enorme, repleta de fruta.

—Acaban de enviarla. Es para usted. Con los mejores deseos del *cavaliere* Bernini.

17

¡Qué sabiduría tan suprema la de la divina Providencia! El cónclave de los cardenales, inspirado por el Espíritu Santo, podía cuando menos reivindicar la elección del papa correcto en las últimas votaciones. Y es que, mientras Urbano VIII seguía gozando de una excelente salud en el séptimo año de su pontificado, su hermano Carlo, siempre más achacoso que él y obligado por ello a cederle el puesto y conformarse con el de comandante de las tropas papales, se despidió de este mundo el 25 de febrero de 1630, a la edad de sesenta y ocho años.

—Casi envidio a mi hermano —dijo Urbano al encargar a Lorenzo Bernini la organización de los funerales correspondientes—. Los romanos son capaces de perdonar cualquier cosa a un papa..., menos la longevidad. Y nosotros estamos aquí desde hace ya demasiados años.

A Lorenzo le habría encantado renunciar al trabajo que ahora se le presentaba. Tendría que pasar semanas y meses enteros ocupándose de la caducidad de la vida y del carácter efímero de la humanidad. ¡Qué horror! No cabía duda de que él era un verdadero apasionado de la vida, tanto que ni siquiera soportaba pensar en la muerte, e incluso había abandonado la sala en alguna que otra ocasión al oír que alguien pronunciaba esa palabra. Hasta la imagen de la cruz de Jesucristo le producía verdaderas náuseas.

¡Gracias a Dios que Francesco Castelli también iba a ayudarlo con aquello! El tiempo apremiaba: los funerales debían celebrarse en agosto para compensar al pueblo, lo antes posible, el que se hubiera visto privado de sus fiestas de carnaval por la terrible amenaza de peste que aquel año había azotado la ciudad. Y Lorenzo, aunque para ello se viera obligado a trabajar día y noche, había decidido dejar a todo el mundo estupefacto con alguna idea fantástica. Dado que lo obligaban a festejar el fin de la vida, al menos quería hacerlo con un espectáculo sin parangón. Para el catafalco en el que iba a exponerse la urna con los restos mortales del cardenal diseñó un túmulo cuya cúpula estaba presidida por la muerte, representada por un esqueleto que se agitaba al viento como una bandera. La idea fue suya, pero dejó su realización en manos de Francesco y de todo un ejército de pintores, ebanistas, orfebres, sastres y estucadores.

El 3 de agosto se celebró el réquiem en Santa María de Aracoeli. Lorenzo concedió tal pompa a la celebración que, al final, el funeral se convirtió en un festivo y grandioso triunfo de la vida sobre la muerte. La cabalgata de los Barberini, compuesta por más de mil jinetes, iba seguida de los carruajes —lujosamente adornados— de la familia del cardenal, formada por varios cientos de miembros; una comitiva de varias millas de largo contemplada con admiración por ciudadanos y vagabundos, juglares y mendigos, en su camino a la iglesia, convertida en un verdadero mar de flores y envuelta en una nube de incienso. Algunos daban discursos, otros representaban obras teatrales, había coros cantando, y hasta el eunuco Bonaventura, la mejor voz de toda Roma, entonó una pieza musical compuesta especialmente para la ocasión por Claudio Monteverdi, director de orquesta de la iglesia de San Marco de Venecia.

Mientras la festividad de aquella jornada sustituía y hacía olvidar durante unas horas los enfrentamientos callejeros diarios, una parte de la comitiva funeria se citó en el Capitolio, el palacio del Senado y el pueblo romano, que se encontraba apenas unos escalones encima de la iglesia. El prefecto de la ciudad de Roma, hijo del prelado muerto y sobrino de Urbano, había dispuesto premiar a Lorenzo Bernini por su trabajo en las exequias, sobre todo el catafalco en honor de su padre, y concederle los derechos de ciudadanía, además de una retribución especial de quinientos escudos.

—Si la muerte es la puerta de la vida —dijo el prefecto, mientras le entregaba la cadena dorada que simbolizaba la adquisición de su nuevo rango—, tiene que ser un placer cruzarla con tu ayuda.

Cuando Lorenzo se incorporó de nuevo con la cadena de oro colgada al cuello, sintió que casi se le paraba el corazón. A lo lejos, un rostro tan bello que dolía con sólo mirarlo le sonreía dulcemente. Desconcertado, dio las gracias balbuciendo, dejó plantado al prefecto y empezó a abrirse camino entre la multitud; pasó junto a los obispos y cardenales que iban acompañados de sus familiares, los Barberini y Borghese, Chigi y Ludovisi, Rospigliosi y Aldrobandini, e incluso junto al papa Urbano, que lo saludaba desde su trono rodeado de sus protegidos, y avanzó casi hasta el final de la sala, donde estaban los Pamphili.

—Le estamos muy agradecidos por la deliciosa fruta que nos envió —dijo *donna* Olimpia a modo de saludo—. Permítame que le presente a mi cuñado, *monsignore* Pamphili, que acaba de volver de España con el título de nuncio.

Bernini no le devolvió el saludo ni prestó la menor atención a aquel hombre tan feo que tenía delante. Estaba hechizado por los ojos de color verde esmeralda que seguían mirándolo sin pestañear.

—Me alegro mucho de verla de nuevo, Principessa. Pensaba..., qué digo: temía que hubiese regresado usted a su país, Inglaterra.

Clarissa abrió la boca para contestarle, pero su prima se le adelantó.

—Lo felicito por la cadena de oro que acaban de entregarle, *cavaliere*, es el complemento perfecto para su anillo. Parece que los dioses están de su parte.

—¿Los dioses? —respondió Lorenzo, sin dejar de mirar a Clarissa—. ¿Quién sabe? Le aseguro que no me quejaré ni un segundo mientras continúen de mi parte el dios de los dioses y su representante en la tierra.

—¿Se refiere usted al Papa y al colegio eclesial? —preguntó *donna* Olimpia.

—Me refiero a Eros, dios del amor, y a su mensajero terrestre.

El rostro de Clarissa se cubrió de un rosa tan suave como el de la luz del alba. Era tan bonita que ni siquiera al propio Lorenzo se le ocurría el modo de retratarla más bella de lo que era en realidad.

—El dios del amor no se llama Eros, sino Jesucristo —replicó el nuncio con el entrecejo fruncido—. Y predica la humildad. ¡Vaya usted con cuidado, *cavaliere*, no sea que un día descubra que la cadena de oro que le rodea el cuello se ha convertido en una corona de espinas!

—*Monsignore* —lo interrumpió *donna* Olimpia—, ¿me acompaña a presentar nuestros respetos a la *famiglia* del Papa?

Con una breve e iracunda mirada en dirección a Lorenzo, Pamphili le ofreció el brazo a su cuñada. Bernini se quitó el sombrero, y durante un segundo, mientras la pareja se perdía entre la multitud, sintió un cierto desasosiego. ¿Había sido un error menospreciar al nuncio de aquel modo? Todo el mundo le vaticinaba un gran futuro en las altas esferas eclesiales, y de *donna* Olimpia se decía que era el único «hombre» de verdad que había en Roma, así que... ¡quién sabe lo que podría llegar a ser aquella familia! En cualquier caso, apenas un instante después olvidó por completo todo aquello. ¿Y a él qué más le daba la política? ¡Lo importante era que se había quedado solo con la Principessa!

Su sorpresa fue mayúscula cuando, al mirar de nuevo hacia la joven, vio que Castelli, su *assistente*, estaba haciéndole una reverencia, y que ella parecía encantada con aquel gesto, pese a que Francesco se comportaba con la misma elegancia que un saco de patatas.

—Vaya, veo que ya conoce a mi ayudante.

Francesco se sonrojó hasta la médula.

—Quería informarte... —le dijo a Bernini, mientras empezaba a toser— de que, fuera, la plebe... Ya he avisado a mi gente... —Un nuevo ataque de tos lo obligó a interrumpirse.

—Nos conocimos en la catedral hace mucho tiempo —explicó Clarissa—. El *signor* Castelli tuvo la amabilidad de mostrarme todo lo que es digno de ver.

—Oh —dijo Lorenzo, encantado—, entonces habrá visto usted mi altar. Con toda humildad, Principessa, cuando esté acabado, se convertirá en la octava maravilla del mundo. Me permito decírselo con tanta rotundidad porque no es tanto mi obra cuanto la de mi *assistente*. —Mientras hablaba pasó un brazo por los hombros de Francesco—. Sepa usted que sin el *signor* Castelli estaría tan indefenso como un bebé. Una idea fantástica no sirve para nada sin una buena realización técnica. Hasta el catafalco que toda Roma ha admirado hoy no habría podido ver la luz sin su ayuda.

—Así pues, ¿por qué no han condecorado también al *signor* Castelli junto con usted? —preguntó entonces Clarissa, arrugando la frente de un modo tan encantador que Lorenzo se habría enamorado de ella en aquel preciso instante, si no fuera porque hacía ya mucho tiempo que lo estaba—. ¿O acaso lo han hecho antes de que yo llegara?

—El mundo es injusto. Sólo se valoran las ideas brillantes, y no el trabajo con el que llegan a hacerse realidad. Pero —dijo, dirigiéndose a Francesco antes de que éste pudiera añadir nada al respecto— ¿qué querías decirme? ¿Qué le pasa a la plebe?

—La gente está manifestándose con antorchas por la calle, y si no vigilamos, acabarán incendiando el catafalco. Me he visto obligado a instalar guardias.

—Bien hecho, amigo mío. Pero me sentiría mucho más tranquilo si fueras tú mismo a echar un vistazo. Ya sabes que eres el único en quien confío.

—Iba a hacerlo de todos modos. Principessa —dijo Castelli, inclinándose ante Clarissa—, ha sido un gran honor volver a verla.

—Para mí ha sido una alegría, y me encantaría poder disfrutar una vez más de su compañía cuanto antes. ¡Tiene que ir usted a visitarme, *signor* Castelli! Dado que al final parece ser que sí me quedaré una temporada más en Roma, quizá podríamos poner manos a la obra y retomar sus planes para mi *appartamento*.

—Nada me gustaría más —respondió él, sintiendo que la sangre se le agolpaba de nuevo en las mejillas—. Será para mí un honor y un placer.

—Entonces, ¿puedo contar con su visita?

—En cuanto haya realizado un proyecto que sea digno de usted, Principessa.

Con una tímida sonrisa, en la que se intuía, no obstante, una absoluta felicidad, esa que sólo los favores de una bella dama logran despertar en un hombre, Francesco se dio la vuelta y se marchó. Lorenzo estaba tan sorprendido que ni siquiera pudo articular palabra.

—¿Francesco Castelli es... su arquitecto? —logró decir al fin, sin dar crédito a lo que acababa de oír.

—Sí —contestó, como si aquello fuera lo más natural del mundo—. En mi opinión es un artista genial, igual que usted.

¿Igual que él? Lorenzo volvió a quedarse sin palabras. ¿Qué quería decir con eso? ¿Que compartía su opinión acerca de Francesco o que consideraba que ambos estaban a la misma altura? Lo primero sería una exageración; lo segundo, un insulto. Y, para colmo, ella no dejaba de mirarlo sonriendo, como si estuviera burlándose de él. Una sonrisa como ésa en un rostro tan encantador... De pronto lo asaltó una pregunta: ¿sería ella la mujer de la que Francesco...? Antes de concluirla, se le ocurrió una idea.

—Me deja admirado su buen juicio, Principessa —dijo con una sonrisa que nada tenía que envidiar a la de ella—. Pero, ya que le gusta tanto el arte, ¿no querría hacer algo en su favor?

18

¡Lo había invitado a su casa! ¡Quería verlo! Francesco no cabía en sí de gozo. Después de tantos meses evitándolo, después de haberlo esquivado una y otra vez, de haber desaparecido siempre que él acudía al palacio Pamphili, ¡la Principessa le había hablado! Y eso que el miedo que había sentido al pensar que aquella mujer que llevaba años apareciéndosele en sueños, en una nevada noche de invierno, y que al final había resultado ser real, aquella mujer que había estado esperando durante toda su vida, en Bissone, en Milán, en Roma, pudiera despreciarlo por el hecho de no ser arquitecto sino un simple cantero, se había convertido en una certeza tan espantosamente dolorosa, que había acabado creyendo en ella con el mismo fervor con el que creía en la pasión del Salvador.

Pero tras aquel tropiezo casual (en el palacio del Capitolio se encontraron tan de cerca y de un modo tan inesperado que ninguno de los dos pudo escaparse o disimular), todo había cambiado. La vida que llevaba en la casa inclinada de Vicolo dell'Agnello, que había pertenecido a su tío y en la que él vivía desde la muerte de Garovo, con la única compañía de una criada, se había transformado como un paisaje bajo un cielo encapotado cuyas nubes hubieran desaparecido de pronto, bañando de sol los campos, caminos y bosques que hasta hacía apenas unos minutos habían estado envueltos de oscuridad. Si hasta entonces había aprovechado las pocas horas de ocio que le quedaban libres entre el trabajo y el sueño leyendo la Biblia o los escritos de Séneca a la luz de una vela, para ahuyentar de su corazón los oscuros caprichos de Saturno, de pronto sólo tenía ganas de hacer bocetos, proyectos y planes. ¿Sería casualidad que, gracias a esa mujer, fuera a cumplirse de veras el sueño de toda su vida? ¿Podría, gracias a ella, dejar atrás el humillante trabajo de picapedrero y convertirse en arquitecto? Sí, seguro que no era casualidad. El destino lo llamaba por su nombre, y lo hacía desde la figura de esa mujer.

No se la quitaba de la mente; pensaba en ella día y noche. Su faz era tan radiante y encantadora como la de la bella Helena, tan limpia y pura como la de la Virgen María, tan sagaz y atenta como la de Palas Atenea. Castelli pensaba en ella cuando trabajaba, cuando comía y cuando bebía, al despertarse y al acostarse. Se imaginaba conversaciones con ella, le pedía consejo, la consolaba cuando estaba triste y se reía cuando la imaginaba feliz. Y siempre que su trabajo se lo permitía, se dedicaba a dibujar con grafito, y en el mejor papel, los esbozos y planes de su *appartamento*, pues no quería visitarla hasta tener un boceto concluido y perfecto. Deseaba realizar para ella el trabajo más maravilloso de su vida, quería aplicar las leyes de la perspectiva para ampliar aquellos espacios en los que actualmente reinaba la estrechez y la oscuridad; y dado que las habitaciones del palacio Pamphili en las que debía trabajar le ofrecían pocas posibilidades de reestructuración y distribución, se inventó expresamente para ella un sistema ilusionista con una serie de columnas toscanas en el centro, que daban la impresión de amplitud. Era un fantástico efecto óptico que confundía realidad y ficción, esencia y apariencia, en un desconcertante juego visual.

Francesco revisó aquel boceto una y mil veces, y tardó una semana en darse por satisfecho. Por fin, un martes por la tarde, salió hacia el *palazzo*. Cuando llamó a la puerta con la cabeza de león de bronce que hacía de aldaba, estaba, para su sorpresa, completamente tranquilo y relajado. Había temido que los nervios no lo dejaran ni hablar, pero en aquel momento no sentía nada más que alegría ante la idea de volver a ver el radiante rostro de Clarissa cuando él le mostrara los planos.

—Ha venido usted en vano —le dijo el mayordomo que le abrió la puerta—. *Donna* Olimpia no se encuentra en casa y no regresará hasta medianoche.

—No he venido a ver a *donna* Olimpia —respondió Francesco—. Le ruego que anuncie mi presencia a la Principessa.

El sirviente lo observó con el entrecejo fruncido, y luego lo dejó entrar y lo condujo por la escalera hasta el primer piso. Al llegar arriba le pidió que esperara allí y desapareció tras una puerta.

Pasaron varios minutos. ¿Es que el criado no la encontraba? De pronto se oyó una voz femenina cargada de frescura, que en aquel momento estaba riéndose a carcajadas. ¡Era ella, no había duda! Su voz provenía de una habitación situada a pocos pasos de donde él se encontraba y que tenía la puerta ligeramente entreabierta. Sin duda el mayordomo había ido a buscarla por el lado equivocado. Francesco decidió no esperar más y fue hasta la puerta.

Cuando asomó la cabeza y miró hacia el interior de la estancia, lamentó aquella decisión más de lo que nunca había lamentado nada. Sintió como si alguien le clavara un puñal en el corazón y le sacara la sangre.

19

—Discúlpeme —dijo Bernini—; me temo que voy a tener que secuestrarla.

Con los ojos entornados, como un cazador que avista su presa, la miró por encima de su libreta mientras plasmaba con rasgos firmes su imagen en el papel.

—¿Se refiere usted a mi imagen? —le preguntó Clarissa, sonriendo—. De acuerdo, pero sólo si me la devuelve.

—Nada me gustaría más, Principessa, pero me temo que lo que pueda devolverle será mucho menos de lo que secuestre. ¡Por favor, no se mueva!

Ella se giró, de modo que se le escurrió el manto que llevaba en la cabeza. Durante unos segundos le pareció ver asomarse a alguien por el resquicio de la puerta, que había dejado abierta para no quedarse a solas en una habitación con Bernini. ¿Quién podría haber sido? *Donna* Olimpia no estaba en casa y William se había retirado a su aposento para corregir un capítulo de su libro de viajes.

—Con su permiso... —Sin darle tiempo a reaccionar, Lorenzo volvió a cubrirle el pelo—. Me gustaría interpretar las palabras de los santos con esa fidelidad que sólo el mármol puede ofrecernos. ¿Puedo pedirle que alce un poco más la cabeza? —le preguntó, mientras sostenía sus hombros cuidadosamente, para mostrarle cuál era la posición correcta—. ¡Póngase usted en el lugar de santa Teresa! Ella tuvo una visión en la que un ángel la apuntaba desde arriba con una saeta. Así fue como lo describió: «Una flecha me traspasa el corazón... y me llega a las entrañas. Es tan grande el dolor, y tan excesiva la suavidad que provoca...» Perfecto, perfecto, ¡quédese así!

—Qué modo de hablar más extraño —dijo Clarissa, molesta, mientras él volvía a su libreta de dibujo—. ¿A qué flecha se refiere?

—A la flecha del amor. Sólo espero que santa Teresa esté mirándonos en este mismo momento. Debe de estar encantada con su sustituta. ¿Sabe lo que le dijo Jesús en una de sus visiones?

—Nunca he leído sus escritos. En Inglaterra no son muy conocidos...

—¿Cómo? —preguntó él, sorprendido, mientras pasaba un dedo por el carboncillo para crear el efecto de las sombras—. ¿No ha leído *Camino de perfección* y, en cambio, se parece a su protagonista como si fueran dos gotas de agua?

—¿Pretende decirme que sabe qué aspecto tenía santa Teresa?

—Si no lo supiera, ¿cree acaso que le habría pedido que ocupara su puesto?

Clarissa no supo si reír o enfadarse por aquel cumplido.

—*Camino de perfección* —dijo al fin, por decir algo—. ¿Así es como se titula su libro?

—Sí. Un título magnífico, ¿no cree? —exclamó, entusiasmado—. Como si los seres humanos hubiéramos venido al mundo para ser perfectos. ¡Qué delirio más encantador! Las estrellas son perfectas, la luna es perfecta, quizá incluso el sol que nos ilumina a diario; pero nosotros..., los hombres...

—Iba usted a contarme lo que le dijo Jesús a santa Teresa.

—¡Cierto! El Redentor sabía que si en la tierra había algún tipo de perfección, tenía que ser en la figura de una mujer, y le dijo... —Lorenzo levantó la vista de su libreta y miró a Clarissa, como si las palabras que estaba a punto de pronunciar estuvieran dirigidas a ella y no a la santa—. «Si aún no hubiera creado el cielo, lo haría sólo por tenerte a ti.»

Clarissa sintió un escalofrío. ¿Qué palabras eran aquéllas? Hasta entonces nadie le había hablado así. Y, aunque Bernini no estaba sino citando las palabras de otro, ¿debía permitirle que utilizara aquel tono? Mientras tanto, él seguía mirándola directamente a los ojos, sin ningún reparo, y un segundo escalofrío le recorrió la espalda. ¿Por qué se había dejado convencer para hacer de modelo? ¿Y por qué lo había invitado precisamente aquel día que su prima no estaba en casa?

—Por favor —dijo en voz baja—, le ruego que no siga hablando en ese tono.

—¿Cómo puede pedirme algo así? ¿Quiere impedir que el ruiseñor siga cantando? ¿O que el creyente deje de rezar?

—¿Qué tiene eso que ver con la fe?

—¿Y usted lo pregunta? ¿Usted, que es una diosa?

—¡No debería decir esas cosas! No soy más que una mujer.

—¡Exacto, una mujer! ¿Y qué hay mejor y más valioso que una mujer?

Apartó su libreta de dibujo y la miró tan directamente, con tanto descaro y rotundidad, que Clarissa se sintió de pronto como si estuviese desnuda. Creyó que el corazón se le saldría por la boca, y se le secó la garganta. Consciente de lo absurdo de su gesto, se cruzó el manto por los hombros, como si así pudiera protegerlos de su mirada. Pero estaba claro que ninguna tela era lo suficientemente gruesa para aquellos ojos, que convertían el tejido más tupido en un simple y transparente velo.

—Hay dos tipos de mujeres, Principessa —le dijo Bernini entonces, tan serio como si estuvieran en la iglesia—. Unas son como las vasijas antiguas: preciosas, pero tan frágiles que se convierten en polvo en cuanto las tocas; las otras son como la grapa: te queman la garganta, pero se abren como mariposas al llegar a tu pecho. —Dicho aquello, dio un paso hacia ella sin quitarle la vista de encima—. ¿A qué tipo de mujer pertenece usted?

20

Lorenzo salió del palacio Pamphili de excelente humor. ¡No cabía duda de que la vida era bella! Tarareando una canción, cruzó la plaza Navona y emprendió a pie el camino hacia el palacio Barberini. Tenía pensado echar un vistazo a las obras del *palazzo* papal antes de revisar el baldaquino de madera y cartón piedra que serviría de modelo para el que iba a coronar las columnas del altar de la catedral. Maderno, aquel viejo cabrón, había contratado a un verdadero ejército de trabajadores de Lombardía para asegurar a sus compatriotas un empleo a largo plazo, y todo aquel grupo de milaneses no hacía más que topar continuamente con los colaboradores toscanos de Lorenzo, de modo que entre ellos había incesantes peleas, y tenía que estar muy atento a todo.

Francesco lo esperaba a la puerta del patio del palacio Barberini.

—He decidido dejar de trabajar para ti —le dijo.

—¿Te has vuelto loco? ¿Se te ha derretido el cerebro o algo así?

Su ayudante movió la cabeza de un lado a otro sin decir una palabra. Su cara mostraba aquella expresión terca tan propia de él.

—Ya sé —aventuró Bernini—. Hoy es día festivo y me había olvidado.

—Abandono la obra. Mi gente ya lo sabe. Han empezado a recoger sus cosas.

—¿Quieres decir que dejas esta obra para ir a ayudarme con la de la catedral?

—Quiero decir lo que ya has oído: que ya no voy a trabajar para ti. Se acabó.

Lorenzo bajó de la nube en la que se encontraba. ¿Cómo era posible? ¿Su *assistente*, su principal colaborador, se negaba a trabajar para él, así, sin previo aviso, de la noche a la mañana? Sólo con pensar en las consecuencias que tendría todo aquello empezó a sentirse mal.

—¿Puedes decirme cuál es el motivo de esta locura?

—No tengo por qué darte ninguna explicación.

—Las cosas no funcionan así. Tenemos un contrato.

—Los contratos no son más que papeles.

—¡Y un cuerno! Te haré responsable de los daños que conlleve todo esto. Perderás todo lo que posees.

Castelli se encogió de hombros, como si aquello no le importara lo más mínimo. ¡Y esa maldita expresión de terquedad! Lorenzo tuvo que hacer un esfuerzo para no saltarle a la yugular.

—Dime por qué —le pidió una vez más.

Francesco le lanzó una mirada cargada de desprecio.

—Porque eres un traidor.

—¿Yo? ¿Un traidor? —Desenvainó su espada—. ¿Cómo te atreves a insultarme?

—Sí, un traidor —repitió—. Presentas como tuyo el trabajo de otros. Si a tu padre no le importa aceptarlo, por mí perfecto, ¡pero yo no estoy dispuesto a hacer lo mismo!

—¡Así que es eso! Ahora lo entiendo. ¡Te has enfadado porque el prefecto me ha concedido los derechos de ciudadanía!

—¡Eso, y la cadena dorada y quinientos escudos!

—¿Y qué pretendes que haga yo? —Bernini soltó la espada—. Si es por el dinero..., dime, ¿cuánto quieres? ¿Cincuenta escudos? ¿Cien?

—No se trata de eso. Es que ocultas mi trabajo. Te comportas como si el catafalco lo hubieses construido tú solo.

—Bueno, la idea fue mía.

—¿Y la puesta en práctica? No tolero que se burlen de mí.

—¡Vamos, no seas ridículo! ¿Quién se ha encargado de que Urbano te pague como a un príncipe? ¡He sido yo, yo, yo!

—Sí, ¡tú y el Papa! Me despacháis con veinticinco escudos, con los que, además, he de pagar a mi gente, mientras que tú solito recibes doscientos cincuenta para el altar. ¡Al mes!

—¿Quién te ha dicho eso? —preguntó Lorenzo, sorprendido.

—¡Vamos! ¡Lo sabe todo el mundo! ¡Y pretendías hacerme creer que cobraba más que tú! Doscientos cincuenta escudos..., ¡además de tus honorarios extras por ser el capataz!

Lorenzo se mordió la lengua. ¡Qué idiota había sido! Seguro que en alguna ocasión se le había escapado fanfarronear ante algún obispo o alguna puta acerca del sueldo que recibía de Urbano para el altar de la catedral. ¿Y qué podía responder ahora?

—Bueno —dijo al fin, encogiéndose de hombros—, ésa es precisamente la diferencia entre un arquitecto y un picapedrero.

Francesco lo miró como si acabara de recibir un puñetazo en la cara.

—Así que con ésas andamos —dijo en voz tan baja que Lorenzo apenas pudo oírlo—. ¡Y eso que sabes perfectamente que nunca habrías podido acabar el altar sin mi ayuda! —Hizo una pausa, y luego añadió, tocándose la frente con la mano—: Aquí, en esta cabeza, nacieron los planos que posibilitaron la construcción de los cimientos y el coronamiento del proyecto. Todas las líneas, todos los ángulos.

Bernini sabía que tenía razón. Pero ¿debía admitirlo en voz alta?

—Me decepcionas —dijo con frialdad—, eres igual que los demás. En cuanto os dedican una alabanza, os da por creer que sois imprescindibles. ¡No olvides quién eres ni cuál es tu oficio!

—¡Soy tan arquitecto como tú!

—¡Por favor! No eres más que un ridículo e insignificante trabajador que no hace sino tragar polvo; un infeliz pedante y engreído que sólo es capaz de realizar las ideas de otros. —Sabía que estaba equivocándose al hablar así, pero no podía evitar sentirse más indignado cada vez—. ¡Tú nunca podrás tener un proyecto propio o dirigir una obra, y está claro que no eres arquitecto, ni mucho menos! ¡No, no, no!

Lo interrumpió un ataque de tos de Francesco.

—¿Lo ves? —continuó, triunfal—. Hasta tus pulmones me dan la razón. ¡Eres y serás siempre un picapedrero!

Castelli se puso rojo como un tomate y empezó a retorcerse por culpa de aquella tos. Mientras se desesperaba por obtener algo de aire, empezó a hincharse de tal modo que parecía estar a punto de explotar en cualquier momento.

—Dios mío, ¿qué he hecho? —gritó Lorenzo, asustado—. ¡Por favor, Francesco! No pretendía decir lo que he dicho; ya sé que eres arquitecto, de verdad. Uno de los mejores que conozco. ¡Pero, por el amor de Dios, deja de toser así o acabarás reventando!

Cuando por fin se le pasó el ataque, Castelli tenía los ojos humedecidos, y la boca le temblaba como si fuese un niño a punto de llorar. Bernini se arrepentía profundamente de sus palabras, y con mucho cuidado, como si tuviera miedo de herirlo, le tocó el hombro.

—¿Por qué no quieres seguir trabajando para mí? ¿Cuál es el verdadero motivo? Sé que no es por el dinero, te conozco, tiene que haber algo más.

Francesco lo miró a la cara, en silencio. Sus ojos negros ardían como el carbón.

—¡Por todos los santos! ¡Habla de una vez! ¿Se trata de la fama? ¿Del honor? Te prometo que si me he equivocado en algo, haré todo lo posible por enmendarlo. —Lorenzo dudó unos segundos. Se le había ocurrido una idea, y, aunque le supuso un esfuerzo terrible, se decidió a expresarla en voz alta—: Si quieres, puedo pedirle al Papa que te nombre segundo arquitecto de la catedral. Él come de mi mano, seguro que no podrá negarse. Dime, ¿quieres que lo haga?

Respiró profundamente y con dificultad, como si acabara de tragarse una piedra. Nadie se resistiría a una oferta como ésa... Sin embargo, Francesco negó con la cabeza.

—No espero tu ayuda —dijo, recuperando aquella expresión suya de terquedad—. Ni la deseo ni la necesito.

—¡Virgen Santa! ¿Cómo puedes ser tan cabezota? Estoy ofreciéndote una oportunidad única. Cualquier arquitecto vendería a su madre por conseguir algo así, ¡y tú reaccionas como si te hubiera insultado! ¿Qué quieres que haga para que me perdones? ¿Te beso los pies?

—No quiero nada de ti —respondió, mientras empezaba a recoger sus cosas—. Maderno tenía razón. No hay ningún lugar en el mundo lo suficientemente grande para acogeros a ti y a otro.

Bernini no pudo soportarlo más. Mientras Castelli ordenaba sus herramientas y las metía en su bolsa con movimientos lentos y concentrados, empezó a caminar de un lado a otro del palacio, entre las montañas de arena y piedra que lo ocupaban. Se sentía perdido, traicionado y vendido. ¿Cómo se suponía que iba a realizar ahora la renovación de la fachada y la conexión entre el edificio central y los colindantes? ¿Cómo hacerlo sin ayuda? Y más ahora, que se le echaba encima el asunto del altar mayor y Urbano no dejaba de preguntarle cuándo iba a poder inaugurarlo todo. Lo peor era que, en el fondo, sabía perfectamente que él no era arquitecto, sino artista, y que no podía renunciar a Francesco de ningún modo. Sería como si Dios renunciara al Papa. O un hombre a una mujer.

De pronto tuvo una idea. Como un hombre a una mujer... ¡Sí, aquélla era la solución! El mejor modo de demostrarle a Francesco que era su amigo; el mayor sacrificio que un hombre puede hacer por otro. Se dio media vuelta y se esforzó por sonreír a su *assistente*.

—¿Conoces a Costanza, la mujer de Matteo?

Castelli lo miró sin comprender.

—Sí. ¿Por qué?

—¿Qué te parece? ¿No es una criatura divina?

—¿Qué tiene que ver Costanza contigo y conmigo?

Pronunciar aquella oferta le costó más de lo que había imaginado, pero decidió que no le quedaba otra opción.

—Si quieres, puedes tenerla esta noche. Yo... te la regalo.

Francesco se quedó mudo. Miró a Lorenzo con la boca abierta y los ojos teñidos de incredulidad. De incredulidad, vergüenza, repugnancia y horror, como si tuviera ante sí al diablo en persona. Con verdadero asco escupió ante él.

—¡Eres un cerdo!

Se echó la bolsa al hombro y se marchó de allí inmediatamente.

Bernini se quedó mirándolo desfallecido y lo vio cruzar la puerta del patio. ¿Eso era lo que obtenía por su amistad? ¡El mundo estaba lleno de desagradecidos!

—¡Pues bésame el culo! —gritó de pronto, ya fuera de sí—. ¡Largo de aquí, idiota! ¡Vete al infierno! —Cogió una piedra del suelo y la lanzó contra Francesco—. ¡Sí, vete al infierno, y no se te ocurra volver por aquí! ¿Me oyes? ¡No vuelvas nunca, nunca!

21

Clarissa dudó unos instantes, mientras la mirada reprobatoria de William, que se había quedado en el carro por obedecerla, pero en contra de su voluntad, le quemaba la espalda con tanta fuerza como el sol del mediodía. Pero entonces se decidió y llamó a la puerta. Le contestó una voz que parecía más bien un grito para ahuyentar a los visitantes:

—¿Quién viene a molestarme?

No se dejó intimidar. Él no podía saber que era ella. Así que se recogió la falda y se inclinó para poder pasar por la estrecha y baja puerta de entrada.

Dentro olía a fuego apagado; a brasas.

—Principessa..., ¿usted?

La miró como si se tratara de una aparición. Castelli estaba sentado frente a una mesa de madera, con un libro en las manos y rodeado por cuatro paredes blancas. Era como un monje en su celda.

—He ido a buscarlo a la catedral. Un trabajador me ha dicho que ha dejado usted la obra. ¿Qué ha sucedido?

—Eso es sólo cosa mía —respondió con rudeza, y se levantó.

—Pues a mí me ha preocupado. ¿Lo molesto?

Clarissa miró a su alrededor. No había alfombras en el suelo, ni cuadros en las paredes; sólo la mesa y dos sillas, una estufa y varias estanterías con cuadernos de dibujo y libros. ¿Cómo era posible que un hombre que deseaba construir iglesias y palacios viviera en un sitio así?

—¿Qué desea? —le preguntó él, sin ofrecerle asiento.

—Me prometió usted unos planos.

—¿Planos?

—Sí, para mi *appartamento*. ¡No me diga que lo había olvidado! ¡Me decepcionaría usted terriblemente!

—He tenido mucho trabajo. Además, ¿por qué me los pide a mí? Será mejor que hable con un arquitecto, por ejemplo, el *cavaliere* Bernini. Lo conoce usted bastante bien.

—¿Qué he hecho para que me trate así, *signor* Castelli? He recorrido media Roma bajo este sol de justicia para encontrarlo, ¿y así es como me recibe?

—Lo siento, Principessa, sus esfuerzos son en vano.

Clarissa no reconocía a aquel hombre. ¿Era el mismo que le había enseñado la catedral? ¿Dónde estaba el brillo de sus ojos? ¿Y su sonrisa? No le había ofrecido nada para beber, ni siquiera una silla; la trataba como si fuera una desconocida. De pronto se le cayó la venda de los ojos: aquello sólo podía ser un ataque de orgullo; debía de darle vergüenza recibirla en una casa tan pobre como aquélla. Aliviada por haber encontrado un motivo para aquel comportamiento, decidió pasarlo por alto.

—Pero es que yo quiero que sea usted quien construya mi *appartamento, signor* Castelli, no el *cavaliere* Bernini —insistió—. Y para que vea que hablo en serio, indíqueme cuánto cobraría el *cavaliere* por el trabajo, y yo le daré a usted el doble.

Castelli cogió el libro de la mesa y dijo:

—Si me lo permite, desearía volver a quedarme a solas con mi amigo. Ha interrumpido usted nuestra conversación.

—¿Su amigo? —preguntó Clarissa, sorprendida—. Aquí no hay nadie.

Sin decir una palabra, Francesco levantó el libro que tenía en las manos. Ella leyó el nombre de su autor.

—¿Séneca? ¿Es ése su amigo?

—El mejor de todos. Por eso me gustaría no tener que hacerlo esperar.

Clarissa avanzó un paso hacia él.

—Si tanto valor concede a la amistad, *signor* Castelli, ¿por qué rechaza la que yo le ofrezco?

En lugar de responder, Francesco le dio la espalda. ¿Qué podía hacer ella entonces? Con cualquier otra persona se habría dado inmediatamente la vuelta y se habría marchado de allí, pero en aquella ocasión decidió esperar. Mientras el silencio llenaba por completo la habitación, Clarissa contó hasta diez. Consciente de su impaciencia, decidió contar hasta treinta, y después hasta cincuenta. Cuando ya casi había llegado a los cien, él se levantó, fue hasta una estantería y cogió unos planos.

—Tenga, lléveselos —dijo—. Haga con ellos lo que quiera.

Al abrirlos, Clarissa se mordió los labios de alegría. ¡De modo que sí se había acordado! ¡Había hecho el proyecto! ¡Y era buenísimo! Reconoció su sala de visitas en el palacio Pamphili, pero en el plano todo parecía más grande, más amplio que en la realidad. El balcón se había alargado hasta el jardín con una hilera de columnas, que iban haciéndose más pequeñas y estando más juntas cada vez, de modo que daban la sensación de formar parte de una larguísima columnata, pese a que en realidad, según podía verse en la tabla de medidas adjunta, no ocupaban más que unos pocos metros; en el centro había unas estatuas decorativas que en verdad eran minúsculas, pero a primera vista parecían del tamaño de un hombre, cuya única función consistía precisamente en confirmar esa falsa impresión de grandeza.

—¡Es una idea magnífica! —exclamó—. Me muero de ganas de que empiece a construirla.

—He intentado abrir el espacio —explicó él—. Quería romper con su estrechez.

Clarissa levantó la vista de los planos. En el rostro de Francesco pudo distinguir una sonrisa cargada de orgullo y a la vez de timidez. Por fin volvía a ser el hombre que ella había conocido.

—Pues no cabe duda de que lo ha conseguido, *signor* Castelli. La gente se quedará con la boca abierta al descubrir que no es más que un juego óptico, que la realidad es muy distinta de lo que creen ver. ¡Me alegro mucho de haber venido! —De pronto sintió la necesidad de regalarle algo. Cogió la cruz que llevaba colgada al cuello, aquella con la que había realizado su viaje a Roma, y se la puso en la mano—. Aún tengo que pedirle otra cosa que para mí es muy importante. —Se detuvo unos segundos y luego continuó—: ¡Vuelva a la catedral, retome su trabajo! —Notó que él quería responderle algo, pero antes de darle tiempo a hablar, le sujetó la mano y se la cerró en torno a la cruz—. ¡Debe hacerlo! ¡El altar es obra suya! Si lo deja ahora, ¿cómo sabrá la gente que lo hizo usted?

Castelli observó la cruz que tenía en la mano y después miró a Clarissa.

—¿Es ése el verdadero motivo de su visita? —preguntó—. ¿La ha enviado Bernini?

—¿Bernini? ¿Enviarme? ¿De qué está hablando? ¿Cómo se le ocurre algo así?

El rostro de Francesco volvió a oscurecerse, y una arruga le cruzó la frente.

—Una flecha me traspasa el corazón... y me llega a las entrañas —dijo, casi en un susurro—. Es tan grande el dolor, y tan excesiva la suavidad que provoca...

Ella se sobresaltó al oír aquellas palabras. Sin poder evitarlo, comenzó a parpadear.

—Así que... fue usted quien me pareció ver en la puerta.

—Conozco los escritos de santa Teresa. Aquel día fui a verla para enseñarle mi proyecto.

Clarissa se quedó sin habla. Ahora lo entendía todo: por qué no había ido a verla en todas aquellas semanas, por qué la había recibido de aquel modo tan grosero, por qué rechazaba su amistad... Por qué se había mostrado tan distante, en definitiva. Y se sintió tan desconcertada que no fue capaz de pronunciar palabra.

—Está claro que la envía él —dijo Castelli, devolviéndole la cruz—. Por favor, márchese, déjeme solo.

Clarissa hizo acopio de todo su valor y lo miró. Su semblante tenía una expresión pétrea y de sus ojos emanaba una tristeza infinita. Al verlo así comprendió que había cometido un error terrible. Pero ¿cómo podría enmendarlo?

22

Las campanas de la catedral de San Pedro ya habían anunciado la hora del ángelus, pero ningún trabajador o constructor de la obra se atrevió a dejar sus herramientas. Los martillazos de los obreros y picapedreros, que se destrozaban las manos para cumplir con los deseos de Urbano, resonaban como una sincopada tarantela, mientras los dibujantes arqueaban la espalda sobre las mesas de dibujo. Y es que el Papa no se cansaba de idear proyectos para su artista preferido.

Lorenzo se sentía más solo que nunca. Su padre había fallecido pocas semanas después de que Francesco renunciara a su puesto, y sólo ahora, tras su muerte, el joven reconocía todo lo que Pietro había hecho: pese a su avanzada edad, el hombre se había ocupado hasta el último momento de controlar a los dibujantes, conseguir el mármol para las obras, dirigir a los escultores y picapedreros que, según los bocetos de su hijo, adornaban las esculturas para el palacio Barberini y la iglesia de San Pedro; incluso, cuando el tiempo apremiaba, había cogido él mismo un cincel y se había puesto a trabajar. Pero, sobre todo, había estado siempre a su lado, dispuesto a darle los mejores consejos cuando ya no sabía qué hacer.

Era como una maldición. Desde que construyó el catafalco para el general Barberini, Lorenzo sentía que la muerte no dejaba de perseguirlo. Lo esperaba tras el rostro de la gente como la podredumbre tras una pared mal pintada, y le sonreía desde la boca de cualquiera. Ni siquiera lo dejaba tranquilo ante el Santo Padre. En poco tiempo se habían cometido dos conspiraciones contra la vida de Urbano: primero un sacerdote llamado Tomaso Orsolini había intentado envenenarlo con una hostia consagrada; después, unos frailes mendicantes, que consideraban que el afán de ostentación de Urbano no era un intento

119

de alabar a Dios, sino una muestra de arrogancia humana, construyeron un retrato en cera de Su Santidad y lo deshicieron a fuego lento entre salmos y juramentos, con la idea de destruir también la vida de quien representaba. Los únicos que murieron por culpa de aquello fueron los propios traidores, a quienes *monsignore* Pamphili mandó decapitar tras descubrirlos, pero, en cualquier caso, aquellos incidentes sirvieron para recordarle al Papa que ni siquiera él viviría eternamente, y antes de cumplir los sesenta años ordenó la construcción de su tumba.

Pese a que el altar mayor distaba mucho de estar acabado, Urbano exigió a Bernini que le presentara un proyecto aquel mismo mes. Por suerte, Castelli ya había hecho un boceto para las partes más importantes de los nichos del altar mayor, incluidos el zócalo y el frontispicio, para los que el Papa había llegado incluso a sacrificar su trono ceremonial como obispo de Roma, de modo que a Lorenzo sólo le restaba diseñar el sepulcro. Algo alejado del resto de los dibujantes y delineantes, se sentó a esbozar la estatua del Santo Padre. Lo eternizó repartiendo su bendición a diestro y siniestro, flanqueado por dos figuras alegóricas, la Justicia y la Misericordia, y puso en el centro la figura de la Muerte, a un tiempo recatada y orgullosa. ¡Si Francesco estuviera allí! Cada día lo extrañaba más; añoraba su exactitud, su entrega, su testarudez, incluso aquella expresión suya de terquedad absoluta. Y es que Francesco era la única persona, aparte de su padre, a la que se sentía íntimamente ligado. El único amigo que había tenido en su vida.

De pronto se hizo el silencio en la carpa de la catedral. Los martillos enmudecieron como si todos los músicos de una orquesta hubieran dejado de tocar sus instrumentos a la vez.

—¿Cómo os atrevéis a detener el trabajo? —espetó Lorenzo, levantando la vista de su libreta—. ¡Oh, *donna* Olimpia! ¡Qué alegría y qué gran honor! —Se levantó a toda prisa de su silla para saludar a su visitante y gritó—: ¡Luigi! ¡Matteo! ¡Una silla!

—¿Está trabajando en la tumba del Papa? —preguntó *donna* Olimpia, echando un vistazo a sus dibujos—. Espero que Su Santidad vuelva a estar en perfecta forma.

—El Santo Padre hizo que el médico de cámara le abriera ayer la fontanela para ahuyentar a los malos espíritus —respondió—, pero a la hora de comer ya volvía a hablar con verdadero entusiasmo, sobre todo de su cuñado. Está muy agradecido a *monsignore* Pamphili por haber descubierto la conspiración de los juramentos, y ha expresado su deseo de concederle cuanto antes el título de cardenal.

—Podría ser —repuso ella, sin alzar la vista de los dibujos—. Pero ¿qué es eso? ¿Abejas sobre la sepultura? ¿Son las abejas del blasón de los Barberini? Parecen desorientadas, como si buscaran a su amo. —Dirigió su rostro, enmarcado por su bonita cabellera negra, hacia Lorenzo, y añadió—: ¿Estaría también dispuesto a dibujar palomas?

—¿Se refiere al Espíritu Santo?

—Me refiero al blasón de los Pamphili —respondió con una sonrisa, mientras tomaba el asiento que Matteo y Luigi le ofrecían—. Pero dejemos ese asunto; el motivo de mi visita es otro muy diferente. —Esperó a que los dos colaboradores se alejaran de allí y prosiguió—: Quería pedirle un favor, *signor cavaliere*. Un favor muy especial.

—Pida usted lo que quiera, *donna* Olimpia —dijo Lorenzo, llenándole un vaso con el zumo de naranja que había preparado uno de los aprendices—. En nuestro último encuentro apenas tuvimos tiempo de hablar.

—Quizá haya oído —dijo ella, tras dar un trago— que los conservadores de la ciudad de Roma están buscando un arquitecto para la Sapienza. Se han propuesto lograr que la ciencia, y por tanto la universidad en la que se estudia, florezca en nuevos campos.

—Una empresa admirable que merece todo el apoyo que pueda dársele —concedió, con una reverencia—, pero no estoy seguro de disponer del tiempo necesario para encargarme de ello como correspondería...

—No, no —lo interrumpió con una sonrisa, mientras sus oscuros tirabuzones subían y bajaban a derecha e izquierda de su cara—. Ya sé que está usted muy ocupado, y por eso he pensado en otro arquitecto. Sólo quería saber cuál era su opinión.

—¿Pietro da Cortona? —aventuró, mientras se preguntaba si debía sentirse aliviado o enfadado.

—Sería una buena opción, sin duda, pero no la única. —Hizo una breve pausa y lo miró con sus astutos ojos—. Yo había pensado en su *assistente*.

Bernini se quedó tan sorprendido que ni siquiera pudo reaccionar.

—¿Quiere decir... Francesco Castelli? —preguntó al fin.

—Sí. Si intercede usted a su favor ante el Santo Padre, estoy segura de que éste lo escuchará y dará las órdenes adecuadas.

—¿Y por qué habría de hacer algo así, *donna* Olimpia? —estalló—. ¡Castelli acaba de dejarme plantado!

El simple recuerdo de aquella traición hizo que le hirviera la sangre.

—Me parece un arquitecto excelente. Ha realizado ya varios trabajos en el palacio Pamphili y con todos ellos he quedado más que satisfecha.

—Con todos mis respetos, si quiere que le sea sincero, le diré que Castelli es un intrigante ambicioso y envidioso que se cree mucho más de lo que es.

—Dicho con otras palabras —apuntó, sin dejar de sonreír—, es su mayor rival, y la simple idea de interceder en favor de un rival lo saca de quicio, ¿no es así? Es comprensible, de veras, pero le aconsejo que piense en esto: si recomienda usted a Castelli para la Sapienza, seguro que se hace un favor a sí mismo, más que a él.

—Admiro su astucia, *donna* Olimpia, pero disfrutaría mucho más si pudiera compartirla con usted y entender adónde quiere ir a parar.

—Es muy sencillo. —Hizo un gesto para indicarle que se sentara frente a ella—. Proponga a Castelli para la Sapienza y acepte su dimisión en el palacio Barberini. De este modo matará dos pájaros de un tiro: alejará a su rival de la esfera en la que se encuentra su máximo mecenas, la familia del Papa, y obligará moralmente a su *assistente* a proseguir con el trabajo del altar mayor de San Pedro. Según tengo entendido, el tiempo se le echa encima...

¡Vaya si lo hacía! A Lorenzo los días se le escapaban como arena entre las manos, y no dejaba de pensar en la penalización que le habían impuesto por contrato, según la cual se comprometía a pagar todos los gastos de la obra en caso de que ésta no fuera acabada a tiempo.

—¿Me permite una pregunta, *donna* Olimpia? —dijo al fin—. ¿A qué viene tanto interés por un artista tan poco importante como yo?

Ella se levantó y observó los dibujos una vez más.

—Tiene usted unas ideas maravillosas, *cavaliere* —dijo, sin responder a su pregunta—. Pero dígame, ¿quiénes son esas dos figuras que aparecen junto al Papa?

—La Justicia y la Misericordia —respondió Bernini, levantándose a su vez—. Las he representado con cuerpo de niño para simbolizar el desamparo de la humanidad.

—¡Fantástico! Es increíble: están desconsoladas por la pérdida del Santo Padre. —De pronto pareció asustarse—. Y ésa es la Muerte,

¿no? Sostiene un libro en las manos, como si quisiera escribir algo en él. ¿El nombre del fallecido, quizá? —Se inclinó sobre el boceto—. ¡Ah, si supiéramos el nombre del siguiente en la lista! —Después se dio media vuelta y observó a Lorenzo—. Quiero probar su lealtad —dijo de pronto, sin más preámbulos—. Es posible que en el futuro la familia Pamphili tenga que pedir importantes encargos. Además...

No acabó la frase, sino que lo miró directamente a los ojos.

—¿Además? —preguntó él.

—Además, mi prima ha puesto mucho interés en que yo hablara con usted sobre este asunto. Ella desea que Castelli se encargue del trabajo.

23

Con ayuda de una varilla, Clarissa encendió las velas de la capilla del palacio Pamphili, y con cada nueva llama que prendía veía con mayor claridad las figuras que formaban los relieves del altar, como si, poseídas por la luz, quisieran salir del mundo de las sombras y entrar a formar parte de la realidad.

Clarissa había ido sola a las oraciones vespertinas. En la soledad de su corazón y con gran recogimiento, la joven se arrodilló e hizo la señal de la cruz para ponerse en presencia de Dios. Como todas las tardes se preparó para rezar, y, como haría si fuera a presentarse ante algún personaje importante, se concentró y reflexionó sobre lo que quería decir y el modo en que debía expresar sus deseos.

—Dios Padre Todopoderoso —empezó en voz queda, con los ojos fijos en el altar—, concédeme la gracia, ilumina mis pensamientos y rige mi corazón para que pronuncie esta plegaria en tu honor y mi provecho, por mediación de Jesucristo, nuestro Señor y Redentor...

—Amén —la interrumpió una voz masculina.

Sorprendida y molesta, Clarissa alzó la vista. Frente al confesionario de la pequeña iglesia estaba Lorenzo Bernini, con una sonrisa en los labios. ¡Vaya sorpresa! Hacía semanas que no lo veía, e inmediatamente olvidó todo recogimiento. Llena de alegría, se levantó para saludarlo.

—Para Dios tiene que ser un placer escuchar sus oraciones, Principessa —dijo él, mientras se inclinaba para besarle la mano—. Estoy seguro de que ni siquiera el Papa es capaz de pronunciar unas palabras que deleiten tanto sus oídos. Sí, Dios valora el entusiasmo, y le place nuestra humildad.

Aquellas frases le provocaron un cosquilleo, como si la hubiesen acariciado con una pluma de cisne.

—Me limito a rezar como mi madre me enseñó —dijo con toda la humildad de que fue capaz, y se colocó bien el velo sobre el cabello, que llevaba recogido, mientras sentía un agradable escalofrío por la espalda.

—Entonces dé las gracias a su madre por sus enseñanzas, pues sus oraciones han sido atendidas.

Clarissa notó que el corazón empezaba a latirle con más fuerza.

—¿Significa eso que ya ha concluido usted mi retrato en piedra? Quiero decir —se corrigió rápidamente—, el de santa Teresa...

—¿Era eso por lo que pedía, Principessa? —preguntó Bernini arqueando una ceja—. Me encantaría poder decirle que sí, aunque me temo que voy a tener que defraudarla, por más que me aflija. Pero no me mire así, se lo ruego, pues creo que le traigo noticias que la alegrarán mucho más.

—¿Noticias? ¿Para mí?

Ella le ofreció la mano para que la ayudara a levantarse del banco.

—Hoy he estado con el Santo Padre. Los conservadores de la ciudad de Roma nombrarán al *signor* Castelli arquitecto de la Sapienza.

Clarissa sintió que la alegría le inundaba el corazón.

—Eso... ¡es fantástico! —exclamó, incapaz de expresarse adecuadamente debido a su entusiasmo—. ¡Gracias, *cavaliere*! Es usted... ¡Es usted un ángel! —le dijo; y antes de darse cuenta de lo que hacía, se acercó a él y lo besó en la mejilla.

—Principessa...

Al ver su expresión de sorpresa, ella comprendió de repente lo que acababa de hacer. ¿Cómo había podido? ¿Acaso se había vuelto loca? ¡Si Olimpia la hubiese visto...! Se avergonzó como una niña a la que acabaran de pillar en plena travesura. ¿De qué le servía el traje oscuro y el severo recogido de su pelo si se comportaba así?

—Le... le ruego que me disculpe —balbució, sintiendo que las mejillas se le teñían de rojo.

Los oscuros ojos de Lorenzo se posaron en ella, y su boca esbozó una sonrisa.

—Su forma de rezar es absolutamente fascinante, pero mucho más lo es su manera de dar las gracias.

Y antes de que ella pudiera pensar o decir nada, la atrajo hacia sí y la besó.

Clarissa tuvo la sensación de caer en un remolino que cada vez giraba más deprisa. Sintió los labios de Lorenzo, la respiración de él sobre su piel, sus brazos y sus muslos contra su cuerpo. Se sintió poseída por algo que nunca había sentido: algo cargado de fuerza y de dulzura, un ataque de alegría en el centro del corazón, como si estuviera a punto de tocar el cielo, y al mismo tiempo una pasión tan intensa que creyó que después de aquello ya podía morir.

—Aunque mañana sea el fin del mundo —le susurró Bernini al oído—, ahora ya sé lo que Dios quiso decir...

¿Cuánto tiempo tardaron en separar sus labios? ¿Un segundo? ¿Una eternidad?

Cuando volvió a abrir los ojos, Clarissa miró a Lorenzo. Todo su rostro brillaba de emoción.

—Ahora ya sé quién eres —dijo él—. Eres Eva, la mujer que Dios creó con sus propias manos. Por todos los santos del cielo, que Castelli tenga su Sapienza. ¡Se la regalo! Sacrificaría cualquier palacio o iglesia para poder tenerte en mis brazos.

En la entrada se oyeron unos pasos. Clarissa despertó de su sueño.

—¡Virgen Santa! —exclamó, zafándose de aquel abrazo—. ¡Váyase ya, por favor!

En menos de un segundo, el joven le cogió el velo, que se había caído al suelo, y desapareció. Ella se recompuso el peinado a toda prisa y se reclinó de nuevo en su banco. Una vez de rodillas notó que su respiración estaba tan acelerada que su corsé parecía a punto de estallar. Volvió a hacer la señal de la cruz y miró al altar.

Había visto el relieve del tabernáculo ya miles de veces, pero lo había hecho de aquel modo en que la gente ve las cosas que tiene frente a ella, mirando sin mirar, y sólo ahora, de pronto, reconoció en él el milagro de santa Inés. Los soldados arrastraban a la infeliz mujer por el suelo para ultrajarla, pero entonces, gracias a la fuerza y la pasión de su fe, tenía lugar el milagro: su cuerpo se cubría por completo con una coraza de pelo y así escapaba de su tortura.

En el pasillo oyó la voz de Bernini confundiéndose con la risa de *donna* Olimpia.

¿Dónde estaba ahora su fe?

24

¡Lo había besado! ¡Clarissa lo había besado! En pleno delirio, como si acabara de tomarse una botella entera de vino espumoso, Lorenzo se marchó del palacio Pamphili, temblando de pies a cabeza con el simple recuerdo de aquel instante.

¿Era posible que hubiese sucedido aquello entre los dos? ¿Acaso la amaba? Pero qué pregunta: ¡la había conquistado!

La plaza Navona era un hervidero de actividad. Bajo la luz de numerosas antorchas los caballeros deambulaban con sus damas entre las casetas que se montaban todas las tardes, para que les leyeran el futuro en la mano o tomar algún refresco. Había hombres que se tragaban antorchas encendidas y después escupían el fuego hacia el cielo estrellado, y funambulistas que hacían equilibrios sobre sogas de seda muy tensas, mientras algunos caballeros ostentosamente engalanados avanzaban por la *piazza* a lomos de caballos encabritados y se abrían camino entre la multitud seguidos de sus lacayos, vestidos con librea y arrastrando sus voluminosos equipajes.

¡Qué noche más fantástica! En principio tenía pensado visitar a su madre, que vivía, anciana y sola, en la enorme casa de sus padres, en la parroquia de Santa María la Mayor, y cenar con ella. Desde la muerte de Pietro iba a verla una vez por semana, cosa que no hacía su hermano Luigi, quien sólo tenía mujeres en la cabeza. Pero pensándolo bien, aquélla era una noche demasiado especial para agriarla en compañía de su madre.

De pronto tuvo una idea, y en ese mismo momento notó que la sangre empezaba a correrle por las venas con más fuerza. ¡Sí, ése era un modo mil veces mejor de acabar un día como aquél! Quería experimentar algo más, así que, en lugar de dirigir sus pasos hacia

Santa María la Mayor, giró en una callejuela que conducía hacia el Tíber.

Inspiró profundamente el cálido aire nocturno, cargado de secretos y aventuras. La humedad putrefacta de las casas y las iglesias se confundía con el dulce aroma de los girasoles y el olor a hierbas y especias, jamón y parmesano, perfumes, licores y cuerpos sudorosos; un ambiente impregnado de efluvios humanos y animales, un olor persistente y cálido, intensificado por el calor del sol que había brillado durante todo el día, capaz de hacer que brotaran las plantas más exuberantes y de despertar las almas y prepararlas para la llegada de la noche. A medida que se acercaba al Tíber, las calles iban volviéndose cada vez más estrechas y oscuras, y la risueña algarabía de la *piazza* se extinguía en el anochecer, suplantada por las voces roncas de los hombres y las mujeres que bebían en las pequeñas tabernas de la zona, hasta que ya sólo podía oírse un misterioso susurro, un secreto murmullo en aquel barrio oscuro como la noche.

Poco después, Bernini cruzó el puente Sisto. Iluminadas por la plateada luz de la luna, las olas se mecían lentamente. Las ratas corrían por el adoquinado, y olía a inmundicias y orines. Apretó el paso y puso la mano en el mango de su espada. Allí en Trastevere, al otro lado del Tíber, el destello del acero de las armas era algo tan propio de la noche como la sonrisa de una bella mujer.

Por fin divisó la casa a la que se dirigía. Una antorcha flameaba sobre la puerta; los postigos estaban abiertos. Buena señal: significaba que Matteo aún no había vuelto. Como si hubiese intuido su llegada, Costanza abrió la puerta en ese preciso instante. Iba vestida sólo con una camisa y dio un paso al exterior. ¡Por Dios, qué bella era! Todo su cuerpo emanaba placer y sensualidad, y parecía estar buscándolo en plena noche.

Pero ¿qué era aquello? De un salto, Lorenzo se escondió tras un muro y aguzó la vista en la oscuridad, como si quisiera atravesarla. Costanza no estaba sola; la acompañaba un hombre. ¡Maldición! ¿Así que Matteo ya había vuelto? Pero entonces, ¿por qué demonios miraba ella a derecha e izquierda de la calle, como hacía cada vez que él, Lorenzo, se marchaba de allí?

Cuando el sujeto en cuestión salió de la casa, Bernini sintió que se quedaba sin aliento. ¡Aquél no era Matteo! Tras el accidente en la obra, el pobre hombre seguía cojeando de una pierna, y aquel tipo caminaba perfectamente. Costanza le pasó los brazos por los hombros, y ambos se fundieron en un beso.

—¡Alto! ¡Ésta me la pagas!

Lorenzo salió de entre las sombras con la espada desenvainada y reluciente. Se oyó un chillido y Costanza desapareció en el interior de la casa; mientras, el extraño se giró a toda prisa y empuñó su espada. Un segundo después, los filos de ambas armas chocaron. Bernini obligó a su adversario a moverse de un lado a otro como un perro, lo hizo subir la calle, cruzar la *piazza* y llegar hasta el río. Dominaba el arte de la espada desde la infancia, y tenía un buen ejemplar, que sujetaba como si se tratara de un pájaro: lo suficientemente suelto para no ahogarlo, pero al mismo tiempo fuerte para que no se le escapara. Aun así, el otro se defendía como un tigre y sus movimientos eran rápidos e inesperados. Estaba claro que no tenía ni idea de esgrima, pero lograba detener todas las ofensivas, y de vez en cuando atacaba también. Lorenzo probó con el cuarto, con el tercio, con la primera. Alzó el arma sobre la cabeza y se preparó para propinar el peor de los golpes, pero en ese preciso momento resbaló y cayó al suelo, circunstancia que el otro aprovechó para darse la vuelta y salir corriendo de allí.

Con la espada en la mano, Bernini empezó a perseguirlo por las oscuras callejuelas, reconociendo a veces sólo su sombra, y lo siguió después por toda la ciudad, subiendo escaleras y atravesando plazas y calles, hasta llegar de nuevo a Santa María la Mayor. Allí el desconocido intentó refugiarse en la iglesia dormida, pero el portal estaba cerrado.

—¡Te tengo! ¡Ahora no escaparás! —gritó.

El hombre tenía la espalda pegada a la pared, y se apretaba contra ella como un animal acorralado en el fondo de su jaula. Lorenzo sintió verdaderas ansias de matar; el mismo deseo que se apoderaba de él poco antes de penetrar a una mujer. No sentía dolor ni cansancio ni falta de respiración: sólo una excitación febril. Lanzando un grito se abalanzó sobre su adversario. El metal de su espada brilló en la oscuridad. En un último intento desesperado, el otro se agachó para evitar un nuevo ataque, pero no le sirvió de nada: al cabo de unos segundos volvió a incorporarse, y entonces Lorenzo se precipitó hacia él, escurridizo como una serpiente, dispuesto a atravesarle el corazón.

—¡Misericordia, Lorenzo! ¡Ten compasión!

En aquel momento la luna emergió tras unas nubes, y pudo ver el rostro del extraño: dos ojos que lo miraban transidos de miedo y desesperación.

Al ver aquellos ojos, Bernini se quedó helado. Su brazo se volvió de pronto pesado como el plomo y soltó la espada.

Eran los ojos de Luigi. Los ojos de su hermano.

25

Fue durante la celebración de las fiestas de san Pedro y san Pablo, aquel año de 1633, justo una semana después de que el hereje Galilei renegara oficialmente de su error ante el Santo Oficio de la Inquisición y admitiese que la Tierra no era redonda y no giraba sobre sí misma. Una procesión festiva, encabezada por el máximo representante de la Iglesia en la tierra, Su Santidad el papa Urbano VIII —quien, acompañado por los cantos que entonaban infinidad de gargantas, avanzaba meciéndose sobre los hombros de sus soldados de guardia—, y compuesta por los máximos dignatarios eclesiásticos, se dirigía hacia la catedral de San Pedro. A los cardenales, vestidos de rojo púrpura, los seguían los obispos y arzobispos, de morado, y los prelados, con el negro de la austeridad. Había gente de todo el mundo; representantes de la verdadera fe, la del catolicismo, llegados de todos los puntos del planeta para presenciar la inauguración del nuevo altar mayor de la catedral de Roma, que en aquel momento estaba cubierto por una enorme sábana blanca que se alzaba sobre la tumba del primer apóstol.

Cuando, a una señal del Papa, se apartó la tela para descubrir el altar, el aire se llenó de los cantos de júbilo de un coro, que fueron propagándose entre los allí presentes como las olas del mar. Decenas de miles de ojos se quedaron mirando aquella maravilla, sin dar crédito a lo que tenían ante sí. Fue como si el sol acabara de salir de pronto. El altar se elevaba noventa pies hacia la cúpula, y cuatro columnas construidas en espiral se enroscaban colosalmente, como lo hicieron en su día las columnas del templo de Salomón. Encima de ellas, coronaba el altar un baldaquino de bronce brillante, que, pese a lo enorme que era y lo mucho que debía de pesar, parecía flotar sin ningún problema sobre la construcción. Triunfo de la voluntad y de la fe, alabanza a Dios hecha de luz y alegría, demostración de la capacidad creativa del hombre y de su fuerza vital, realizada en nueve años por un grupo de desconocidos: arquitectos y dibujantes, escultores y fundidores, picapedreros y albañiles, carpinteros y torneros; y todo por la increíble suma de ciento ochenta mil escudos, casi lo mismo que ingresaba el Vaticano en un solo año.

Los cantos enmudecieron y un oficial de la guardia papal llamó al silencio golpeando tres veces el suelo con su alabarda.

—¡El *cavaliere* Lorenzo Bernini! —anunció.

Mientras las voces de los soldados de la guardia se extinguían en el interior de la basílica, el hombre que acababa de ser anunciado apareció, vestido con el hábito negro de *cavaliere di Gesù*, y se acercó al trono del Papa avanzando entre las filas de cardenales. Cuando hizo su reverencia ante Urbano y le besó los pies y el anillo, se produjo un silencio tan absoluto que hasta podía oírse el crujido de sus ropajes.

—Roma ha presenciado ya varios milagros —dijo el Papa, alzando la voz—, pero éste es uno de los más grandes, sin duda digno del propio Miguel Ángel.

Clarissa, que estaba sentada junto a *donna* Olimpia entre los representantes de la *famiglia* Pamphili, creyó que iba a explotar de orgullo. El hombre que había realizado aquella maravillosa obra de arte, el que había logrado esa majestuosa y al mismo tiempo delicada construcción que había dejado a todos sin habla, el hombre que acababa de ser comparado a Miguel Ángel por el mismísimo Papa..., ¡la había besado! Le habría gustado poder gritarlo a los cuatro vientos para que el mundo entero supiera que entre ella y el creador del altar existía un vínculo invisible, y así, considerando que el Papa la felicitaba también a ella al felicitar a Bernini, miró ufana a su alrededor, asintió dirigiéndose a *donna* Olimpia, como si ésta tuviera que comprender el orgullo que sentía, e incluso se atrevió a sonreír al cuñado de su prima, quien, digno y malhumorado, lucía su nuevo tocado de cardenal. Después recorrió con la vista los rostros de los creyentes allí reunidos, hasta que sus ojos se detuvieron de pronto en un punto determinado. No muy lejos de ella, a los pies de una columna, vio a una mujer arrodillada que le resultó extrañamente familiar, aunque no sabría decir cuándo ni dónde la había visto antes. Era una mujer de gran belleza, pero tenía la cara terriblemente marcada por golpes y cicatrices, sin duda recientes.

La voz del Papa la hizo volver en sí.

—Como recompensa a tus servicios —dijo Urbano dirigiéndose a Bernini, que seguía arrodillado ante él—, te nombramos *uomo universale* de nuestro pontificado; primer artista de Roma.

—Dicho de otro modo —susurró *donna* Olimpia—, el Santo Padre acaba de regalarle ocho mil escudos como bonificación especial.

En el mismo instante en que su prima mencionó aquella cifra, Clarissa sintió que una pregunta le atravesaba el corazón. ¿Dónde estaba Castelli? De pronto olvidó toda su satisfacción, toda su alegría, y le entró un ataque de rabia. ¿Por qué nadie mencionaba el trabajo y los logros de Castelli? ¿Por qué no alababan y retribuían también su colaboración? Estiró el cuello y buscó con la vista las banderas gremiales de los artesanos que habían trabajado en el altar.

No tardó en encontrarlo, a la entrada de la capilla gregoriana. Tenía los brazos cruzados sobre el pecho y seguía la ceremonia sin mostrar ninguna emoción. Pese a estar rodeado de gente, parecía tan solo como si no hubiera en el mundo nadie más que él.

Aquella imagen traspasó el corazón de Clarissa, que sintió una vergüenza infinita. Fascinada por el triunfo de Bernini, había olvidado a Castelli, como el resto de los allí presentes.

En aquel momento Castelli giró la cabeza y sus miradas se encontraron. Clarissa le dedicó una sonrisa, pero él cerró los ojos.

26

—¡Ocho mil escudos! —repitió *donna* Olimpia mientras salían de la catedral una vez concluida la celebración—. Si los sumamos al resto de los pagos y retribuciones, tiene que haber recibido más de veinte mil. ¡El *cavaliere* Bernini es ahora un hombre rico! ¡Vamos, acerquémonos a felicitarlo!

Lorenzo se encontraba frente al portal de la basílica, rodeado de los familiares del Papa. El sol lo iluminaba de pleno, como si brillase sólo para él.

—Sí —dijo Clarissa—, acerquémonos a felicitarlo, y recordémosle de paso que no ha construido el altar él solo.

A esas alturas Lorenzo ya las había visto y sus ojos brillaban de alegría. Se quitó el sombrero y las saludó.

—Lo felicito encarecidamente, *signor cavaliere* —dijo *donna* Olimpia—. Pero confiéseme un secreto: ¿cómo ha logrado establecer las medidas para una obra de semejantes dimensiones?

—Tengo buen ojo —respondió él, echando atrás la cabeza—. Es así de sencillo.

—¿Así de sencillo? —preguntó Clarissa—. ¿No ha habido nadie que lo haya ayudado?

De pronto un murmullo atravesó el espacio y a Bernini se le heló la sonrisa en los labios. Una dama llegó arrastrándose desde la iglesia, se postró en el suelo ante él y se aferró a sus botas mientras gritaba con desesperación:

—¡Perdóname! ¡Por favor, Lorenzo! ¡Misericordia! ¡Perdona mis pecados! ¡Olvida mi vergüenza!

Clarissa dio involuntariamente un par de pasos atrás. ¿Qué le pasaba a esa mujer? ¿Estaba poseída por el demonio? Ella nunca había visto a un poseso, pero dado el modo en que se comportaba... Entonces le vio el rostro: estaba lleno de cicatrices. ¡Virgen Santa! ¡Era la misma mujer que le había llamado la atención a los pies de la columna! Una vez más tuvo la sensación de haberla visto antes en alguna parte. Pero ¿dónde? ¿En qué circunstancias? De pronto reconoció aquella cara, pese a las heridas: la había visto hacía tiempo en el palacio del embajador de Inglaterra, y se había mirado en ella como en un espejo; era un rostro de mármol con los ojos enormes y llenos de esperanza.

—Por Dios, ¿qué le ha sucedido a esta mujer? —susurró.

—¿Cómo? ¿No lo sabes? —preguntó *donna* Olimpia, atrayéndola hacia sí—. En toda Roma no se habla de otra cosa. Es Costanza Bonarelli, la mujer del primer ayudante de Bernini. Engañó al *cavaliere* con su propio hermano, y él la mandó castigar por ello. Un trabajador a sueldo la sorprendió mientras dormía. Se dice que lo hizo con una cuchilla de afeitar. —Su voz parecía teñida de aquiescencia—. Pero no te preocupes —añadió rápidamente, al ver la expresión desencajada de Clarissa—, el Papa ha perdonado al *cavaliere* y no lo juzgarán por ello. El único castigado ha sido el sirviente, al que han desterrado.

Clarissa a duras penas podía oírla. Mientras *donna* Olimpia seguía explicándole los detalles de aquella historia, ella miró por encima del hombro a Bernini y a la mujer que tenía a sus pies, y el pensamiento que apenas unas horas antes la había llenado de orgullo le atravesó ahora el corazón provocándole verdadero horror. Ella había besado a aquel hombre; sus labios habían rozado los de él, habían acariciado la misma boca que había ordenado destrozar el rostro de aquella mujer y acabar con su belleza para siempre.

Un sudor frío empezó a recorrerle la espalda y sintió un miedo espantoso; tan terrible como el que sentía por la eterna perdición.

27

—¡Ciento ochenta mil escudos por una mesa! —farfulló William—.
¡Cuánta ostentación! ¡Qué locura! Pero ahora al menos sé cómo pueden permitirse sus magníficos altares: ¡a costa de la gente decente!
¡Ladrones! ¡Bandidos!

Habían dejado ya muy atrás la Puerta Flaminia, la entrada septentrional de Roma, pero William no lograba calmarse. El oficial de aduanas se había pasado varias horas revolviendo en sus equipajes y había encontrado los pretextos más disparatados para sacarles dinero. Sólo por la docena de tenedores de plata que *donna* Olimpia le había dado a su prima para el viaje les había obligado a pagar una fortuna.

Se marcharon de Roma diez días después de la inauguración del altar mayor de San Pedro. Nadie entendió a qué se debía esa repentina decisión de Clarissa: ni William ni *donna* Olimpia ni lord Wotton. Ella les dijo que ya no soportaba aquel clima tan cálido y que echaba de menos su país, así que el embajador británico no tuvo más remedio que firmar sus pasaportes, lanzando un suspiro, eso sí.

Sin escuchar las quejas de William, Clarissa miraba por la ventanilla. Avanzaban por la Vía Flaminia. Un cielo azul oscuro iba encapotándose sobre los montes, cuyas pendientes estaban cargadas de vides. Aquí y allá se veían los plateados destellos de las ramas de los olivos, y en el río, a lo lejos, el viento hinchaba las desplegadas velas de los barcos. Sí, aquel paisaje era tan bonito como su madre siempre le había dicho. El paisaje, las ciudades y los edificios. Pero tras tanta belleza acechaba el pecado, como una serpiente bajo un árbol frutal.

Clarissa se inclinó hacia delante y volvió la vista hacia la ciudad. De entre todas las iglesias y palacios, ya sólo se reconocía la catedral de San Pedro con su enorme cúpula. El resto de los edificios había pasado a formar una masa única y difuminada, un mar de ligero oleaje formado por piedras de color ocre. Había vivido tantos años en aquel lugar que casi había sucumbido al dulce veneno de su belleza.

¿Cómo era posible que un hombre capaz de crear cosas tan hermosas como el propio Dios pudiera ser al mismo tiempo autor de un delito tan horrible?

Clarissa corrió la cortina de la carroza. Ahora lo único que deseaba era volver a Inglaterra, a su hogar, y encontrar la paz. Antes de fin de año sería una mujer casada.

—¡Gracias a Dios que nos vamos de esta Gomorra! —farfulló William en su rincón.

LIBRO SEGUNDO

Grietas en la fachada
(1641-1646)

1

Desde la colocación del obelisco en la plaza de San Pedro en el año 1586, el pueblo romano no había vuelto a ver una construcción más espectacular. Todos los seres vivos de la ciudad acudieron a presenciar el acontecimiento, y una vez allí, se quedaron inmóviles y contuvieron el aliento. ¿Se produciría el milagro?

A lomos de su caballo, un semental napolitano de pelaje blanco como la nieve, Bernini iba de un lado a otro, dando órdenes, látigo en mano, como un general en plena batalla. Mientras, en uno de los campanarios recién construidos junto a la fachada de la basílica por su cara norte, docenas de trabajadores se ayudaban de polispastos para izar hacia el cielo estival el modelo de madera —hecho a tamaño real— del futuro cimborrio de la torre y situarlo encima de todo, a una altura de vértigo.

Era el 29 de junio de 1641. Así como el papa Urbano VIII regía el cristianismo, Lorenzo Bernini regía a los artistas y arquitectos de Roma. Admirado por el pueblo, valorado por príncipes y cardenales, era considerado *urbi et orbi* como el mayor genio de la historia después de Miguel Ángel. Hacía tiempo que había dejado de ser el joven prodigio de otrora para convertirse en el máximo organizador de las grandes empresas artísticas, con las que pretendía determinar para siempre el aspecto de la ciudad eterna.

El papa Urbano y sus protegidos sobrecargaban a Bernini con tantísimos encargos, que éste no podía sino decepcionar una y otra vez al resto de las familias que también deseaban contratar sus servicios, pese a que aquello no hiciese más que potenciar el encono que sentían hacia su persona todos los linajes de la nobleza. Y es que, desde que Barberini había empezado a aprovechar el paso de los años

139

para monopolizar los cargos más importantes y lucrativos de la ciudad del Vaticano, todos sus hermanos y sobrinos requerían los servicios de Bernini con la misma afición que el propio Urbano. Poco a poco, el entramado de sus contactos y favores fue extendiéndose como el moho en las paredes de los edificios de la ciudad, y, aunque el pueblo cada vez se quejaba más de la imparable subida de impuestos a que lo sometían el Papa y sus familiares para poder permitirse sus construcciones —una subida que afectaba incluso a los alimentos más imprescindibles, como los cereales, la sal y la leña—, ellos no dejaban de encargar a su artista favorito nuevas muestras de poder y magnificencia hechas en piedra y metal.

Así pues, Bernini a duras penas lograba afrontar tanto trabajo, y su fama no dejaba de crecer, al igual que su riqueza. Junto a monumentos y efigies para el Papa y los suyos y el trabajo en la tumba de Urbano, que arrastraba desde hacía una década, Bernini impulsaba, en otras muchas obras en las que trabajaba simultáneamente, la visión de Urbano de la nueva Roma, esto es, la antesala del paraíso. En cuanto acabaron las obras del altar mayor de San Pedro, comenzó a convertir en capillas las paredes de las enormes columnas que sostenían la cúpula de la catedral, con la intención de que cada una de ellas conservara una de las cuatro santas reliquias que pertenecían al tesoro de la Iglesia: la cruz de Cristo, el velo de la Verónica, la lanza de Longinos y la cabeza del apóstol Andrés. Al mismo tiempo ideó y construyó el altar mayor de San Agustín, la capilla Raimondi en San Pietro de Montorio y, como complemento, la capilla de Allaleona en Santo Domingo de Magnanapoli. Mientras, ni a los trabajadores que se ocupaban del palacio Barberini ni a los que estaban en el *palazzo* de Propagada Fide (donde se restauraba la fachada principal y una capilla en honor de los Tres Reyes Magos, que otro hermano del Papa con rango de cardenal, Antonio Barberini, había creado por todo lo alto a instancias de Urbano) les estaba permitido detenerse un solo instante.

Pero la obra que indiscutiblemente predominaba por encima de cualquier otra, tanto en importancia como en trascendencia, era la construcción de los campanarios de San Pedro, para cuya financiación el pontífice había impuesto una capitación de sus propios ingresos, así como una reducción de los intereses en los fondos del Estado. Se suponía que las torres solucionarían un problema derivado de la unión de la obra principal de Miguel Ángel y la casa de Maderno: el efecto de la cúpula. Si bien desde la distancia dominaba la imagen de la catedral, lo cierto era que, al acercarse por la plaza, daba la impresión de que la cúpula desaparecía tras la fachada por culpa del enorme pórtico de entrada. Un desequilibrio que hacía que la iglesia más importante del mundo pareciera más bien un torso. Para subsanar ese defecto, los campanarios debían enmarcar y acentuar la imagen de la cúpula de cerca, pero sin restarle efectividad en la distancia.

Cuando aún vivía el papa Pablo V, Carlo Maderno realizó los primeros bocetos y comenzó con los cimientos, elevándolos hasta la altura del ático, pero Urbano no confiaba demasiado en el arquitecto de su predecesor y fue aplazando el proyecto una y otra vez, hasta que Maderno acabó muriendo. Por fin, en 1637, la congregación de constructores decidió continuar con la edificación de las torres, utilizando los cimientos de Maderno, pero erigiéndolas según la idea de su sucesor, Bernini. A diferencia del primero, que había pensado en unas torres sobrias y austeras, este último imaginó una obra soberbia, imponente, que con sus tres pisos se elevaría trescientos pies hacia el cielo, y que, en lugar del presupuesto original de treinta mil escudos, acabaría costando más del doble. En ese sentido, en 1640 Urbano ordenó a la congregación que pusiera todos los materiales de la *fabbrica* a disposición de Bernini para la construcción de los campanarios. El Papa quería vivir para verlos concluidos. A cualquier precio. Para acallar las objeciones que los envidiosos adversarios de Bernini pudieran hacer al respecto, Urbano obligó al arquitecto a realizar una maqueta en madera del último piso de las torres, para comprobar y valorar *in situ* el efecto que éstas tendrían una vez concluidas.

—*Ecco! Ecco!* ¡Es un milagro!

Cuando, entre sacudidas y crujidos, el cimborrio de madera se situó en lo alto del muro, los gritos de entusiasmo resonaron por toda la plaza. Todos los presentes se pusieron de puntillas y estiraron el cuello para ver mejor la torre, en la que peones y carpinteros trabajaban ahora con afán para asegurar la construcción a base de martillazos, mientras el *cavaliere* Bernini galopaba con su corcel de un lado a otro de la plaza, comprobando el efecto de su obra desde todos los puntos de vista posibles.

Algo apartado de la multitud y vestido todo de negro como un sacerdote español, un hombre observaba el espectáculo con tensa expectación. Se hacía llamar Borromini en honor del santo milanés Borromeo, pero no era otro que el propio Francesco Castelli, quien, desde que lo habían nombrado arquitecto, había decidido cambiar de nombre y olvidar el de quien fuera un simple picapedrero, *assistente* de Bernini. Había llegado a la plaza a primera hora de la mañana, pues no deseaba perderse aquel acontecimiento a ningún precio. Él más que nadie quería comprobar el trabajo que se escondía tras aquel espectáculo y saber lo que supondría todo aquello para el conjunto de la catedral.

Sin apartar ni un segundo sus ojos oscuros de aquella imagen, Borromini quedó tan hechizado por la visión de la torre que casi olvidó el odio que sentía hacia su constructor, quien en aquel momento estaba bajando de su caballo para recibir al representante de Dios en la tierra, solemnemente vestido de púrpura para la ocasión. ¡Qué construcción más fantástica! El encuadre de la poderosa fachada de la catedral proporcionaba equilibrio y armonía a todo el conjunto, y eso que la torre era transparente como un vestíbulo abierto. Las hileras de columnas se elevaban dos pisos, ligeras y diáfanas, y reducían su tamaño al llegar al tercero, el cual, decorado con varias estatuas, colmaba todo el trabajo con una serie de cúpulas maravillosamente abombadas. Gracias a su osada masa y disposición, la estructura armonizaba admirablemente con la imponente fachada y el pesado ático. ¡Y qué impresionante se veía la cúpula! Majestuosa y sublime, se arqueaba sobre el conjunto como un símbolo de protección y dominación a un tiempo. Sí, era un trabajo increíble...

De pronto, Borromini contuvo el aliento. En el portal de la catedral, una mujer que salía en aquel momento de la iglesia le llamó la atención. Entonces ella se detuvo para colocarse bien el velo, y él pudo verle el rostro brevemente. Era el rostro de un ángel... Sintió que casi se le paraba el corazón. ¿Cómo podía ser? ¡Hacía años que se había marchado de Roma! Sin lanzar siquiera una mirada al espectáculo del campanario, la mujer levantó la cabeza y observó la plaza como si buscara algo. Después se dio media vuelta y su cara volvió a desaparecer tras el velo. Se pasó las manos por la falda para alisarla y bajó a toda prisa las escaleras en dirección a un carruaje que la esperaba con la portezuela abierta.

Todo aquello no duró más que unos segundos, pero a Borromini le parecieron una eternidad. Era como si el tiempo se hubiese detenido en aquel instante.

En ese momento un murmullo recorrió la plaza, y Borromini despertó de su ensoñación. Sin saber muy bien lo que hacía, empujó a dos hombres que le bloqueaban el paso y desoyó sus protestas mientras salía corriendo hacia la basílica. No perdió de vista aquel rostro cubierto, como si pudiera obligarlo a detenerse sólo con la fuerza de su mirada, y se abrió paso entre la masa de gente con la única intención de verla de cerca. De tenerla cara a cara.

Estaba a punto de llegar al carruaje cuando un segundo murmullo recorrió la plaza, esa vez con más intensidad que el primero, como si saliese de un millón de gargantas a la vez, y fue haciéndose cada vez más y más fuerte. Sin poder evitarlo, Borromini alzó la vista y vio inmediatamente lo que tanto asustaba a todo el mundo: dos grietas, zigzagueantes como rayos, estaban abriéndose paso en el muro de la catedral. ¡Grietas en la fachada de San Pedro!

Durante un instante, olvidó lo que estaba haciendo y se sintió invadido por una amarga satisfacción. Así que había sucedido. Lo había imaginado; lo había temido y deseado a un tiempo: los fundamentos de la iglesia no eran lo suficientemente fuertes para soportar el peso de toda aquella construcción...

Sólo se detuvo unos segundos, pero cuando se giró de nuevo para seguir con su persecución, resultó ser demasiado tarde. Desesperado, casi desfallecido, vio cómo la mujer subía a su carroza en medio de toda aquella confusión. El cochero golpeó el látigo, los caballos emprendieron la marcha y, mientras la gente se apartaba para abrirle paso, el vehículo desapareció.

2

Hacía ya varios siglos que los papas aprovechaban el verano para huir del asfixiante calor de la cuenca del Tíber y pasar los meses más sofocantes del año en el monte del Quirinal, situado sobre la ciudad y en el que, en tiempos de Julio César, se erigió un templo de salud. Pero, pese al clima de aquel lugar, tan alabado desde la Antigüedad, aquel atardecer de agosto el papa Urbano no se sentía nada bien. Durante la cena apenas probó bocado y se retiró pronto a sus aposentos para descansar. Sólo exigió que lo acompañara el *cavaliere* Bernini, y después de que sus sirvientes lo hubiesen acostado sobre sus almohadas de seda, se quitó la mitra de la cabeza y, pensativo, se pasó la mano por el despejado cráneo, cuya fontanela permanecía abierta desde hacía años por orden de su médico de cabecera, quien aseguraba que así podrían librarlo en cualquier momento de los malos espíritus. En cuanto Lorenzo tomó asiento en una silla acolchada que quedaba junto a la cama, *Vittorio*, el caniche de Su Santidad, se le subió al regazo de un salto.

—¿Quién te ha dado permiso para sentarte? —preguntó Urbano de pronto.

—Discúlpeme, Excelencia —dijo a toda prisa, mientras se levantaba sujetando al perro en brazos—. Sólo quería que *Vittorio* estuviera cómodo.

—Pues sería mejor que te ocuparas de tu propia comodidad —respondió, mientras se inclinaba en su cama y cerraba los ojos—. Hoy hemos ordenado detener las obras de los campanarios.

—¡Pero Santidad! —exclamó, sorprendido—. Ya sabe lo mucho que admiro su prudencia, mas, si me permitiese manifestar mi opinión al respecto...

—¡Cierra la boca y no hables! —lo cortó.

Bernini enmudeció y bajó la cabeza. Conocía al Papa lo suficiente para saber cuándo debía insistir y cuándo era mejor callar. Y esa vez, aunque sólo fuera por la expresión de su rostro, era evidente que el silencio era la mejor opción.

—Hemos pedido que nos expliquen lo que ha sucedido —dijo Urbano con voz cansada—, y, aunque nos hemos dejado informar por los arquitectos más diversos, todos nos han dado la misma respuesta: pusiste demasiado peso en el cimborrio, y eso provocó las grietas en la fachada de la catedral. ¿Por qué no hiciste caso a quienes te lo advirtieron?

—Me limité a actuar siguiendo los deseos explícitos de Su Santidad. Si me permite que se lo recuerde, yo mismo le señalé que íbamos a construir sobre una base complicada. Ya durante la creación de los cimientos, mi predecesor se vio obligado a detener las obras en varias ocasiones por culpa de escapes de agua, y eso sin hablar de las malas condiciones del suelo...

—Sí, sí, lo sabemos —lo interrumpió una vez más—. Pero confiábamos en ti, y por eso te preguntamos: ¿has abusado de nuestra confianza? —Dicho aquello, levantó un párpado como si fuese un reptil y lo miró sin parpadear.

—Si así fuera, sería el primero en solicitar que me privaran de mi obra, pero le aseguro que actué según mi leal saber y entender, y no tengo ningún reparo en afirmar que el problema al que nos enfrentamos no es irreparable. Piense en el magnífico plan que pretende conseguir Su Santidad: ¡está construyéndose la nueva Roma!

—¿La nueva Roma? —dijo Urbano, lanzando un suspiro—. ¡Pero si a duras penas me quedan fuerzas para mantener la antigua! Llevamos muchos años esquivando la guerra con el Norte, pero ahora el desastre parece inminente. Mis súbditos aún no han olvidado a los lasquenetes de Carlos V y tienen miedo de un nuevo saqueo. Tendría que sustituir todos los monumentos de mármol por otros de hierro...

Lorenzo había contado con que la conversación derivara hacia esos derroteros. Ahora el Papa comenzaría a quejarse de su hermano Taddeo, que se había pasado al bando de Odoardo Farnese, príncipe de Castro. Éste había entrado en la Romagna después de que Urbano le hubiese denegado el derecho a subir los impuestos, y ahora sólo le faltaba cruzar los Apeninos con sus tropas para volver a reducir la ciudad de Roma a escombros y ceniza. Conocía ya aquella historia con pelos y señales, y escogió su expresión de máxima preocupación para escuchar de nuevo la letanía de lamentos que llegaría a continuación.

Sin embargo, Urbano decidió no concederle aquel favor.

—Ahora no podemos permitirnos ningún error —dijo lacónicamente—, y está claro que tus torres no son sólo un error, sino un verdadero escándalo. Un símbolo de la debilidad y la vulnerabilidad de Roma.

Cansado, se detuvo a tomar aliento. Bernini no supo si había acabado de hablar o no, así que, por si acaso, se dedicó a acariciar a *Vittorio*, que seguía en sus brazos. Mientras el perro del Papa siguiera lamiéndole la mano, no tenía nada que temer.

—Bueno, ¿a qué esperas? —preguntó Urbano con impaciencia—. ¡Di algo de una vez!

Al levantar la cara, Lorenzo se encontró con los débiles ojos azules del Papa fijos en los suyos.

—Cuando construimos el altar mayor de San Pedro —comenzó a decir, balbuceante—, también tuvimos que enfrentarnos a escepticismos. ¿Deberíamos haber prestado atención entonces a las advertencias de los pusilánimes? Ahora el altar se alza tan firme y seguro como la propia catedral.

—Ésos eran otros tiempos —dijo Urbano, suspirando—. Por entonces teníamos dinero y tú contabas con ayudantes y consejeros muy válidos. Los problemas a los que nos enfrentamos ahora son mucho mayores, y, además, estás solo. ¿Cómo piensas solucionarlos?

Bernini estaba a punto de ponerse a recitar sus muchas habilidades cuando sintió que *Vittorio* se hacía pipí en sus brazos. *Porca miseria!* En aquel momento le habría encantado lanzar aquel chucho asqueroso por la ventana, pero sabía que Urbano quería a aquel bicho más que a los apóstoles Pedro y Pablo juntos, así que se obligó a contenerse y, mientras notaba que la mancha caliente iba agrandándose poco a poco en su pecho, se limitó a decir:

—¿Me permite que le recuerde, con toda humildad, que desde entonces he construido también alguna que otra obra de importancia, y que lo he hecho yo solo, sin ayuda de nadie? El palacio de su familia, el de Propaganda Fide...

—Sí, sí —lo interrumpió Urbano por tercera vez—. Pero ¿de qué te sirve todo eso si al final la gente te pierde el respeto? No son pocos los que me han aconsejado que nombre a un nuevo arquitecto para las obras de la catedral. Según me han dicho, en San Carlos está trabajando uno fantástico; el mismo que se encarga de la Sapienza. Si mal no recuerdo, tú mismo me lo recomendaste hace varios años, ¿no?

Lorenzo palideció. Aquello era, evidentemente, una amenaza. Y si lo admitía, sólo conseguiría desacreditarse.

Haciendo caso omiso a los asustados ladridos de *Vittorio*, dejó al perro en el suelo y dijo:

—El rey Luis de Francia me ha enviado un mensaje. No quería importunar con ello a Su Santidad, pero dadas las circunstancias...

—A ver, ¿qué dice ese ateo?

—Su Majestad —empezó, alzando la cabeza— agradece el busto de su primer ministro Richelieu, que realicé por orden de vuestro hermano, y me invita a visitarlo a París. Su deseo es que le haga uno también a él. De modo que si Roma ya no precisa de mis servicios, me gustaría pedirle permiso a Su Santidad para...

Dejó la frase sin concluir y miró a Urbano directamente a los ojos. El rostro del Papa no traslucía ninguna emoción, y, mientras *Vittorio* gimoteaba a los pies de Lorenzo y no cesaba de dar saltos junto a sus piernas, los segundos se convirtieron en angustiosos minutos. Bernini sabía que en aquel instante estaba jugándose el futuro, la vida: en Roma era un verdadero dios, mientras que en París, por mucho que lo hubiese llamado el propio rey, no era absolutamente nadie.

Por fin, Urbano abrió la boca.

—Nos alegra saber que el rey de Francia admira el trabajo de nuestro primer artista —afirmó, y en sus ancianos ojos brilló una chispa de sarcasmo—, pero te prohibimos aceptar la invitación. Eres el arquitecto del conjunto de la catedral, y, como tal, te necesitamos en Roma. ¡Tú estás hecho para esta ciudad, hijo mío, igual que ella para ti! Sea como fuere —añadió con dureza, al ver que Lorenzo respiraba aliviado—, respecto a las torres de los campanarios, quiero que por ahora se detengan todas las obras. Este mes lo dedicaremos a reparar la grieta. No soportamos verla ahí.

De aquel modo se dio por acabada la audiencia. Lorenzo se arrodilló para recibir la bendición; cuando se levantó, *Vittorio* lo precedió hasta la puerta corredera con adornos de oro que había en el aposento y que dos sirvientes mantenían abierta para él. Fue hacia allí sin dar la espalda a Su Santidad y con la cabeza inclinada; ya casi había salido cuando volvió oír la voz de su señor:

—Has olvidado correr las cortinas.

Sorprendido, Bernini alzó la vista.

—Un error imperdonable, Santo Padre, ahora mismo lo corrijo. Regresó a toda prisa junto a la cama de Urbano y desató el nudo dorado que sujetaba la cortina de seda roja del lecho imperial, mientras notaba en la nuca el peso de la mirada del Papa.

—¿Tienes idea de lo que significa sentirse solo? —le preguntó en voz baja.

Lorenzo se quedó quieto. El rostro de Urbano estaba tan blanco que casi no se distinguía de la funda de su almohada. Tenía el mismo aspecto que su padre cuando yacía en el lecho de muerte. Sintió una oleada de afecto hacia aquel hombre.

—Todos los cristianos lo adoran, Santidad —dijo, con la voz quebrada por la emoción—, y por supuesto también sus hermanos...

—¿Mis hermanos? —preguntó Urbano con una sonrisa llena de amargura—. Taddeo es un caballero que ni siquiera sabe empuñar la espada; Francesco quizá podría llegar a ser santo, pero no hace ningún milagro, y Antonio seguro que sería un buen monje, si no fuera por su impaciencia. —Cansado, hizo una pausa para tomar aire antes de continuar hablando—. No, hijo mío, pese a tener una familia numerosa, en realidad sólo te tengo a ti.

—Me halaga usted en demasía, Santo Padre, me siento avergonzado.

Urbano lo hizo callar con un gesto de la mano. Parecía agotado.

—¿Cómo llevas el tema de mi tumba? ¿Avanzas?

—He vuelto a revisar la estatua. Ahora el gesto de su brazo expresa al mismo tiempo el dominio de un rey y la bendición de un sacerdote.

—¿Y cómo está la Reina de las Tinieblas? ¿Ya ha sacado punta a su lápiz?

—Bueno, ya ha abierto su libro, pero la página aún está vacía, sin ningún nombre.

—Bien, hijo, bien —dijo Urbano, asintiendo con la cabeza—. Mejor que espere un poco más. Pero ahora déjame solo, tengo que rezar mis oraciones. Vete en paz.

Dio unos golpecitos en la colcha con su pálida mano, y mientras *Vittorio* saltaba a una silla y de allí a la cama, junto a él, Lorenzo echó las cortinas y abandonó la habitación. Cuando los dos sirvientes cerraron las puertas detrás de él, sintió un escalofrío. Avanzó tiritando por el largo pasillo de mármol y deseó con todas sus fuerzas respirar de una vez por todas el cálido aire del anochecer.

Frente al palacio lo esperaba un lacayo con su semental. Su desazón desapareció en cuanto sintió entre las piernas los músculos del inquieto animal.

Urbano VIII llevaba muchos años siendo papa, e iba a serlo muchos más.

3

Monsignore Virgilio Spada se encontraba en el mejor momento de su vida; era bajito de estatura y tenía una agradable presencia. Pese a vestir el hábito de la severa orden hispánica de los filipinos, Spada sólo pedía ayuda a Dios cuando era estrictamente necesario, y prefería actuar por cuenta propia siempre que le fuese posible. Monje de profesión y arquitecto por vocación, era el encargado de dirigir todos los proyectos arquitectónicos de su orden. Como prior de la congregación de San Felipe Neri, Spada conocía a todos los arquitectos de la ciudad: al ambicioso Pietro da Cortona, a Girolamo Rainaldi y su condición de *Architetto del Populo Romano*, y por supuesto al famoso Gian Lorenzo Bernini. Pero a quien más admiraba era a Francesco Borromini, un antiguo cantero al que había conocido algunos años atrás y al que desde entonces no había dejado de recomendar, con todo su empeño, para que pudiera salir adelante como profesional independiente, no sólo por el fervor con el que se enfrentaba al trabajo, sino, sobre todo, por su indiscutible talento.

Mientras se dirigía hacia su congregación para revisar con Borromini la evolución de las obras, el *monsignore* recordó con una sonrisa de satisfacción la cara de sorpresa que pusieron todos cuando, en 1637, escogió a aquel desconocido para construir el oratorio de su floreciente orden religiosa, y no a cualquier otro de los artistas que se ofrecieron a realizar el trabajo, y eso que no fueron pocos, pues habían convocado a tal efecto un certamen que se anunció en las esquinas de todas las calles de las grandes ciudades de Italia. Pero Spada sabía lo que hacía. La vida de Felipe Neri, fundador de la orden y santo popular, había estado marcada por la relación entre lo sencillo y lo sublime, y ningún arquitecto podría ser capaz de reflejar esa relación en el lenguaje de la construcción mejor que Borromini. Además, él unía a la perfección genialidad y austeridad.

En aquella ocasión, Borromini se encontraba en una situación extremadamente crítica: los conservadores de la ciudad de Roma lo habían nombrado arquitecto de la Sapienza, para ampliar la universidad con las facultades de Teología, Filosofía y Medicina, pero, pese a su promesa de lograr que la obra dejara de ser una *«piazza morta»*, el inicio del trabajo se había visto aplazado año tras año. De ese modo, los únicos que por aquel entonces se dignaron contratar a Borromini fueron, pues, los monjes de la estricta y pobre orden española de la Redención de los Esclavos de Cristo, para quienes debía construir, no muy lejos del cruce de las *quattro fontane*, el claustro de San Carlos y su iglesia en un espacio francamente reducido. El proyecto se puso en marcha con un presupuesto tan mínimo que los hermanos descalzos sólo se atrevieron a afrontar aquel gasto confiando en la divina Providencia.

Con un fervor sorprendente, Borromini comenzó a trabajar de inmediato en el proyecto que Spada le había confiado, y lo cierto es que no lo decepcionó. Pese a que le habían señalado que debía preservar el estilo humilde que caracterizaba a los monjes, quienes, sin ir más lejos, ni siquiera querían que se utilizara mármol en sus construcciones, no dejó de impresionarlos con sus continuas y novedosas ideas. Realizaba infinidad de bocetos para cada detalle de la obra y preparaba maquetas de cera. La fachada que propuso para el oratorio tenía una forma semejante a la del cuerpo humano, como si el propio San Felipe en persona recibiera a sus creyentes en la iglesia.

A Spada le gustó tanto aquella idea que poco después volvió a contratarlo para que construyera el palacio que su hermano quería para su familia, y nadie se alegró más que el propio *monsignore*, cuando, en 1641, Borromini se hizo famoso de la noche a la mañana por su trabajo en San Carlos. Si al principio fueron muchos los que se burlaron del proyecto, cuyos caprichosos arcos y bóvedas se combinaban de un modo nunca visto hasta el momento para evitar a toda costa el ángulo recto, y se dijo que aquella opción parecía más bien propia de un enfermo mental, lo cierto era que poco después arquitectos de todo el mundo se esforzaron por imitar los planos de aquella iglesia, cuya construcción había costado menos de diez mil escudos, esto es, la mitad del presupuesto que se había calculado. Un milagro que motivó que a Borromini acabara conociéndoselo como «Miguel Ángel el pobre».

Spada aminoró el paso. ¡Gracias a Dios, a su arquitecto la fama no se le había subido a la cabeza y no había perdido ni un ápice de su afán laboral! Dado que tanto el oratorio como el refectorio de San Felipe estaban a punto de concluirse, ya iba siendo hora de encargarse de la biblioteca. Borromini le había prometido que ese día le entregaría los planos, y *monsignore* Spada estaba encantado, sobre todo al cruzar la plaza del Monte Giordano y ver la fachada llena de andamios del oratorio. Aquel día iban a dar por inaugurado el edificio. Sí, si san Felipe, allá en el cielo, se sentía la mitad de feliz de lo que se sentía su humilde e indigno súbdito al ver el claustro, entonces todo aquello había valido la pena.

Pero ¿qué era eso? ¿De dónde provenía aquel ruido? No sería de la iglesia, ¿verdad?

Se recogió la sotana y subió a toda prisa los escalones que llevaban a la casa del Señor. Lo que vio al llegar a la puerta le pareció tan horrible que hasta olvidó santiguarse con el agua bendita.

—¿Qué está pasando aquí? —gritó, precipitándose hacia el altar.

A sólo unos pasos de la escalera que subía al púlpito, dos hombres sujetaban a un tercero medio desnudo, que intentaba zafarse por todos los medios y gemía de dolor como un animal, mientras que Borromini, el arquitecto de la iglesia, le propinaba unos azotes terribles, rojo de ira y completamente fuera de sí.

—¿Ha perdido usted el juicio, *signor*? ¡Va a matarlo!

Spada rugió como un león, pero Borromini ni siquiera lo oyó. Sin demostrar la menor compasión, siguió abatiendo el látigo sobre el trabajador, cuyo torso estaba cubierto por completo de heridas y sangre. Acababa de levantar el brazo para propinar un nuevo latigazo, cuando Spada se abalanzó sobre él y le asió la muñeca con tal fuerza que le impidió acabar el movimiento.

—¿Se puede saber qué ha hecho este hombre para que lo trate así?

Borromini lo miró con sus ojos oscuros como si acabara de despertarse de un sueño. En aquel momento, el trabajador cayó desmayado al suelo.

—Se ha negado a obedecer mis órdenes.

—¡Pero eso no le da derecho a matarlo a golpes, y menos en la casa del Señor!

—Como si estuviéramos en la catedral: ¡éste es mi proyecto! Y no tengo por qué aguantar que nadie me amenace con echar abajo toda la obra.

—¿Echar abajo la obra? —preguntó Spada, sin dar crédito a lo que oía—. Por el amor de Dios, ¿y por qué motivo?

—Los albañiles dicen que mis planos para el palco del cardenal son irrealizables. ¡Ignorantes! ¡No tienen ni un ápice de imaginación, son incapaces de construir nada, y creen que lo único que pretendo es hacerles la vida imposible! Pero es que las balaustradas tienen que ser más anchas por arriba que por abajo para que los cardenales puedan ver a través de ellas. ¿Y qué han hecho? Han levantado un simple muro que más parece propio de una prisión. Y este de aquí —dijo con una voz cargada de desprecio, señalando al hombre que tenía a sus pies— es el cabecilla, un holgazán inútil que lleva varias semanas intentando amotinar a los albañiles y haciendo todo lo posible por socavar mi autoridad...

Los nervios le produjeron un ataque de tos tan fuerte que ni siquiera pudo continuar su discurso.

—Llevaos a este hombre de aquí y curadle las heridas —ordenó Spada a los dos trabajadores, que se apresuraron a coger en brazos al desmayado—. Y nosotros... —añadió dirigiéndose a Borromini—, lo mejor será que nos pongamos a trabajar de inmediato. ¿Ha traído los bocetos para la biblioteca?

Mientras el arquitecto se alejaba de allí en busca de los planos, Spada se quedó mirándolo con el entrecejo fruncido. A ver si al final iban a tener razón todos los que le hablaban mal de él... Pero en cuanto los planos estuvieron abiertos sobre la mesa de dibujo, Borromini se convirtió en un hombre completamente diferente. Si hasta hacía unos segundos se había comportado como un verdadero poseso, ahora, mientras le explicaba sus bocetos, parecía estar muy tranquilo y concentrado, y los ojos le brillaban como si estuviera enamorado. ¡Qué hombre más extraño! Spada no dejaba de sorprenderse. ¿Sería aquel fervor una forma de locura no castigada por Dios? ¿Y sería el brillo de sus ojos un reflejo del fuego inmortal que el Espíritu Santo había avivado en él? ¡Sus ideas eran absolutamente maravillosas! Había dibujado mesas y asientos en los nichos de las ventanas para que los estudiantes, más cerca de Dios y alejados del mundanal ruido, pudieran concentrarse mejor en sus estudios y al mismo tiempo disfrutaran de una magnífica vista del monte Gianicolo. ¡Práctico y simbólico a un tiempo! Spada asintió. Sí, si había en la tierra un arquitecto capaz de encontrar soluciones para cualquier idea, no cabía duda de que era aquél.

—Ya sabe lo mucho que lo aprecio —le dijo—, no sólo como trabajador, sino como amigo. Pero —continuó, poniéndose serio— ¿cómo es posible que se deje llevar por la cólera de tal modo? ¡Ha olvidado que la ira es uno de los siete pecados capitales que Dios castigará con la maldición eterna?

Borromini esquivó su mirada con el semblante serio.

—Mis planos... ¿resultan de su agrado? —inquirió, sin responder a su pregunta.

—¿Que si resultan de mi agrado? ¡Me encantan! Pero permítame que le diga una cosa: si no teme por el destino de su alma, piense al menos en la justicia terrena. No quisiera levantarme un día y enterarme de que lo han metido en la cárcel.

—¿Me devuelve los planos, por favor? —dijo Borromini, cogiendo sus bocetos.

Spada le puso la mano en el brazo.

—¿Qué le sucede, *signor*? ¿Tiene problemas? Aquel que provoca miedo suele hacerlo porque tiene miedo.

El semblante de Borromini se oscureció aún más, y en su frente apareció una intensa arruga. De pronto parecía tan atribulado como uno de sus querubines.

—Le ruego que me disculpe, respetable padre —dijo en voz baja—, pero es que llevo días sin dormir.

—¿Por el trabajo o por algún otro motivo?

Lo miró atentamente a los ojos, pero Borromini no le respondió. Se limitó a doblar sus dibujos en silencio.

—Si me lo permite, *monsignore* —dijo al cabo de un rato—, iré a comprobar si los trabajadores levantan las balaustradas tal como las habíamos ideado.

Y, sin esperar una respuesta, dejó al monje allí y se marchó hacia el palco.

Con la cabeza llena de preguntas, Virgilio Spada emprendió el camino de vuelta. Sabía lo intransigente que era su arquitecto en lo referente al trabajo, y sabía lo cabezota que podía llegar a ser si no se aceptaban sus opiniones, y el mal genio que eso podía provocarle, pero tenía la sensación de que el asunto de los trabajadores rebeldes no era ni mucho menos toda la verdad. Tras aquel ataque de cólera que casi había costado la vida a un hombre se escondía sin duda otra cosa, y como confesor experimentado que en nombre de Dios había escuchado y perdonado infinidad de pecados, Virgilio Spada conocía el corazón de los hombres lo suficiente para tener una idea de lo que podría tratarse.

«*Nulla fere causa est, in qua non femina litem moverit* —se dijo, recordando un pasaje de las *Sátiras* de Juvenal, que admiraba tanto como los propios escritos del padre de la Iglesia—. No existe una sola disputa que no haya sido provocada por una mujer.»

Sí, dijera lo que dijese santo Tomás de Aquino, el deseo carnal es el mayor peligro para el alma humana, y la lujuria, el peor de los pecados —peor aún que la soberbia y la envidia, la codicia y la desmesura, la ira y la desidia—, pues tras ella llegan todas las demás, del mismo modo inevitable que el mareo y el dolor de cabeza siguen al excesivo consumo de alcohol, y su única misión es afligir al ser humano en vida y dificultar su entrada en el reino de los cielos.

4

—Los muros de la ciudad miden trece millas —informó Giulio—, y Roma tiene más de ciento veinte mil habitantes...

Clarissa casi había olvidado lo enorme que era esa ciudad. Si alguien quería esconderse, no tenía más que internarse en su laberinto de avenidas y callejuelas y desaparecer sin dejar rastro. Llevaba toda la mañana dando vueltas por Roma, incansable y decidida en su carruaje sin techo, pese a que aquel día hacía un calor terrible. Había contratado a Giulio, un guía de menos de veinte años que se ganaba la vida enseñando la ciudad a los extranjeros a cambio de unas monedas, para que le mostrara todas las construcciones que se habían realizado en Roma desde el día en que ella se fue.

—Pero la gente siempre prefiere ver las cosas antiguas —dijo él, sorprendido—; las iglesias de peregrinaje, las tumbas de los mártires, las catacumbas en las que se escondieron los primeros cristianos... ¿Está segura de que no es eso lo que le interesa?

¿Es que el chico se dedicaba también a leer el pensamiento? ¿Cómo podía saber qué era lo que en verdad le habría gustado visitar? Molesta, Clarissa apartó de sí aquella idea.

—Sí —exclamó, casi con brusquedad—, quiero ver las construcciones nuevas.

¡Cuánto había cambiado Roma! Parecía como si en medio de la vieja ciudad que Clarissa conoció años atrás, hubiese surgido una nueva, igual que dos especies distintas de plantas que conviven y crecen en un mismo terreno. ¿Era posible que se hubiese edificado tanto en tan poco tiempo? ¿O era más bien que la otra vez había visto muy poco porque William casi no la dejaba salir a la calle? Su anciano tutor seguro que habría hecho cuanto estuviese en sus manos para impedir que diera aquel paseo, pero estaba demasiado débil para acompañarla a Roma por segunda vez, y se había quedado en Inglaterra, disfrutando de la fama que le había reportado su obra literaria *Adentrarse en Italia, prestando especial atención a las múltiples tentaciones y seducciones que acechan en ese país...*

—¿No quiere que paremos un rato, Principessa? Llevamos ya seis horas dando vueltas.

—No estoy cansada, Giulio, y todavía queda mucho por ver.

Giulio conocía la ciudad como las palmas de sus rugosas manos. Mostró a Clarissa los palacios más lujosos, las iglesias más impactantes y los monumentos más maravillosos, y lo hizo gesticulando como si los hubiera construido él mismo, pero nada parecía despertar el interés de aquella mujer. Sólo escuchaba a medias sus prolijas explicaciones, y en cada parada se limitaba a observar unos minutos antes de pedirle que siguiera adelante. Estaba claro que no encontraba lo que andaba buscando. Pero ¿qué podía ser? ¿Lo sabría ella misma?

De pronto pareció tener una idea.

—¡Giulio, llévame a los lugares que estén en obras! ¡A los más importantes!

—¿A las obras? —La miró como si no la hubiera entendido bien—. ¿Y qué quiere hacer allí? ¡En esos sitios no hay más que polvo y suciedad! Lo mejor será que la lleve a la taberna de mi cuñada María, que hace la mejor pasta de la ciudad y no queda muy lejos de aquí.

—¿Es que no me has oído? ¡Enséñame las obras!

Mientras los caballos se ponían en marcha, Clarissa lanzó un suspiro. ¡Ah, si su alma tuviera al menos la mitad de la decisión que tenía su voz! En realidad no era más que un mar de dudas. ¿Estaba actuando correctamente? Al regresar a Roma se había prometido que no intentaría ver a ninguno de los dos hombres que había dejado en la ciudad la primera vez. Aquél era un viaje de peregrinaje. Su intención era visitar las iglesias, las tumbas de los mártires y los lugares santos de Roma, y rezar por su marido, lord McKinney. Aquélla era su misión, el motivo de su nueva estancia en la ciudad. Pero el día anterior, al ver el modelo del campanario de San Pedro, la había asaltado una sospecha que no la había dejado dormir. Si era cierto lo que temía..., ¿podía quedarse callada?

Mientras su carruaje iba de obra en obra, Clarissa no dejaba de analizarlas. ¿Sería capaz de reconocer la mano de Castelli? Ahora casi todos trabajaban de aquella manera que en su última estancia en la ciudad le había parecido tan innovadora: edificios con formas extraordinariamente exuberantes, como si no existieran la pobreza ni la miseria. Pero en ninguno de aquellos lugares le pareció distinguir el método de él, esa indiscutible originalidad que lo diferenciaba de los demás arquitectos. ¿Se habría ido a vivir a otra ciudad? O, peor aún, ¿sería posible que nadie requiriese de sus servicios?

De pronto, cuando los muros y las puertas tenían ya sombras alargadas, su corazón empezó a latir más deprisa.

—¡Detente! —gritó, y saltó del carruaje.

Aunque la fachada de la iglesia estaba cubierta de andamios, a Clarissa no le costó nada reconocer su estilo: tenía forma de cuerpo humano y, como tal, parecía recibir con los brazos abiertos a cuantos entraban en la casa del Señor. ¡Tenía que ser obra suya! ¿A quién si no a él se le ocurriría algo semejante? Cruzó la calle a toda prisa y se dirigió a un joven carpintero que estaba trabajando allí.

—Disculpe, ¿cuál es el nombre del arquitecto que dirige esta obra? ¿Es quizá...? —Se atragantó antes de acabar con la frase—. ¿Castelli?

—¿Castelli? —repitió el carpintero. Se quitó la gorra y se secó el sudor de la frente con el dorso de la mano—. Aquí no trabaja nadie que se llame así.

Y dicho aquello desapareció en el interior de la iglesia. Clarissa lo siguió con la vista, decepcionada. ¿Podía haberse equivocado? Examinó de nuevo la fachada: ese arco, esas bóvedas... ¡No, estaba segura de que aquello era obra de Castelli! En algunas zonas algo torpe, poco hábil quizá, pero en otras audaz y con una capacidad creativa e imaginativa sin precedentes, igual que su propia personalidad.

—Disculpe, *eccellenza* —le dijo una voz—. ¿Está buscando usted al arquitecto Castelli?

Frente a ella vio a un cantero con la barba llena de polvo.

—Sí —dijo, esperanzada—. ¿Puede ayudarme?

—Quizá. Hace unos años trabajé para él. Creo que ahora está construyendo un *palazzo* en Borgo Vecchio, junto a la Puerta Castello. Quizá pueda llegarse hasta allí y preguntar.

Clarissa le puso unas monedas en la mano y corrió a su carruaje. En menos de cinco minutos había cruzado el Tíber y avanzaba junto al castillo de San Ángel, que a la débil luz del atardecer ofrecía un aspecto tan oscuro y amenazador que sintió un escalofrío.

Cuando al fin encontró la obra, no pudo dar crédito a lo que veían sus ojos. El edificio era tan lúgubre que a su lado el castillo de San Ángel parecía una residencia de recreo. Pero su sorpresa fue aún mayor cuando, al preguntar a uno de los trabajadores, le confirmó que el arquitecto que dirigía aquella horrible obra era Castelli.

—¿Por qué no habla con él directamente? —le dijo también—. Ahí lo tiene.

Mientras se dirigía hacia el hombre que le había indicado el albañil, Clarissa notó que se le humedecían las palmas de las manos. Lo tenía de espaldas a ella y en aquel momento estaba dando órdenes a sus asistentes.

—¿*Signor* Castelli?

El hombre se giró lentamente. Clarissa contuvo el aliento. Aquel tipo le resultaba completamente desconocido. Tenía las cejas arqueadas, los labios muy finos y una pinta de bobo que quitaba el hipo.

—¿En qué puedo servirla?

Sin responderle siquiera, ella se dio la vuelta y se marchó. Se sentía profundamente aliviada, pero al mismo tiempo notó que empezaba a perder las esperanzas. ¿Dónde podría buscarlo? A esas alturas, sólo se le ocurría una opción.

—¡A Vicolo dell'Agnello! —le dijo a Giulio cuando volvió a subir al carruaje.

Ya de lejos reconoció la casa inclinada. Al verla la asaltó el recuerdo de su último encuentro con Castelli, su rostro inexpresivo y la tristeza infinita que delataban sus ojos, y de pronto se sintió incapaz de seguir adelante. Al fin y al cabo, ¿por qué lo hacía? ¡Ah, tenía más motivos de los que querría! Quizá ella era la única persona en toda la ciudad que conocía la verdadera historia del campanario de la catedral. Sí, tanto si quería como si no, tenía que encargarse de que la verdad saliese a la luz. Bajó del vehículo y llamó a la puerta, pero nadie le contestó. Llamó una vez más y nada, ninguna respuesta.

—¿Busca a alguien? —le preguntó una joven que, estirando el cuello e inclinándose sobre el alféizar de su ventana, la miraba desde la casa de al lado.

—Sí —dijo Clarissa—. ¿Vive aquí el señor Castelli?

La joven movió la cabeza en señal de negación.

—¿Está segura? Hace unos años residía aquí.

—Lo siento, pero ese nombre no me dice nada, y hace ya cinco años que vivo aquí.

—¿Nos vamos a la taberna de mi cuñada? —preguntó Giulio, cuando Clarissa regresó al carruaje.

Agotada, ella se desplomó en el asiento. Fuera, la oscuridad iba apoderándose de Roma. Las fachadas de las casas, todas antiquísimas, los observaban con seriedad y repulsa, como si quisieran impedirles el paso a su interior, o como si quisieran mantener lejos de su alma los secretos que se escondían tras sus muros. Clarissa cerró los ojos. ¿Y si se lo preguntaba directamente a Olimpia? Quizá ella hubiese oído hablar de él. No, su prima no lo entendería; sólo le pondría dificultades y le diría que se fuera de casa. En aquellos años había cambiado mucho. Desde la muerte de su marido iba siempre con un rosario en la mano, y ahora era su cuñado, el cardenal Pamphili, quien llevaba las riendas de la casa. Y por Dios que lo hacía con la misma severidad que la directora de un convento.

Clarissa hizo un esfuerzo por incorporarse y se recompuso el velo. No, sólo conocía a un hombre que pudiera decirle dónde se encontraba Castelli.

5

Era ya negra noche cuando llegó a la casa de Vía della Mercede, muy cerca del *palazzo* de Propaganda Fide. El portal, alto y ancho, estaba flanqueado por antorchas del tamaño de un hombre. Mientras llamaba a la puerta, Clarissa creyó que el corazón iba a estallarle en el pecho. Allí, en aquel palacio señorial que se elevaba cuatro pisos hacia el oscuro cielo nocturno, vivía el hombre que había pecado al mismo tiempo contra Dios y la belleza, y que había hecho que ella huyese de Roma; el último hombre del mundo al que desearía ver y, en cambio, el único al que en ese momento podía dirigirse.

Un mayordomo vestido con librea le abrió la puerta y la condujo a una sala iluminada con miles de velas y decorada con espejos y ornamentos diversos. En ella jugaban varios niños, media docena, vigilados por una mujer joven, alta y delgada, que llevaba un bebé en brazos. Tenía una preciosa melena de color castaño, y el rostro tan terso y perfecto que parecía hecho de cera, y la miró sorprendida con unos ojos redondos y dulces.

—Le ruego que me disculpe por molestar a tan altas horas, *signora* —dijo Clarissa—, y más aún sin conocerla, pero es que...

—¿Principessa? ¿Es usted?

Antes de que le diera tiempo a acabar la frase, vio abrirse una puerta y aparecer a Lorenzo Bernini, que se acercó hacia ella con los brazos extendidos y una sonrisa en la boca. Llevaba un abrigo abierto y largo hasta los pies.

—¡Qué sorpresa más maravillosa! —dijo mientras se inclinaba a besarle la mano—. En realidad nunca dudé que volveríamos a encontrarnos. ¿Desde cuándo alegra usted nuestra pobre y vieja ciudad con su presencia?

—Llegué hace tres semanas.

—¿Cómo? ¿Hace tanto? ¿Y hasta ahora no ha querido venir a visitarme? —le preguntó fingiendo estar enfadado—. Desde luego, ahora mismo debería estar muy disgustado con usted. Por cierto —añadió inmediatamente—, permítame que le presente a mi esposa, Caterina Tezio. Un regalo del cielo. O mejor dicho, del Papa.

Su mujer movió la cabeza de un lado a otro con una sonrisa cargada de paciencia.

—Ya sabe, *cavaliere*, que no me gusta que diga esas cosas.

—¡Pero si es la verdad! —protestó él, besándole la mano—. Hace unos años el papa Urbano me obligó a dejar mi mala vida —explicó, dirigiéndose a Clarissa—. ¡Y gracias a Dios que lo hizo! ¿Se acuerda usted del incidente con mi hermano? El pobre Luigi tuvo que marcharse a Bolonia, pues tanto mi madre como el Papa consideraron que lo mejor era separarnos durante unos años, y a mí me propusieron que me casara con esta criatura maravillosa. Sí, Principessa, lo admito, he cometido muchos errores en mi juventud, pero le sorprendería ver cuánto he cambiado. Voy a misa todos los domingos y días de precepto, y me confieso una vez por semana. No creo que haya un solo obispo más decoroso que yo.

Clarissa lo miró. Era un hombre apuesto y seguro de sí mismo, consciente del efecto que causaba en los demás..., y aparentemente inmune al paso de los años: no había ni una sola cana en sus oscuros cabellos rizados, y las pequeñas arrugas que se formaban en torno a sus ojos no eran más que una señal de lo mucho que reía. ¿Se habría equivocado al juzgarlo? ¿Era posible que aquella terrible historia de entonces no hubiese sido más que un rumor y que con el tiempo se hubiese descubierto que era falsa?

—Parece que su matrimonio goza de la bendición divina, *signor* Bernini.

—¡Desde luego! Como ya le he dicho, Caterina es un regalo del cielo. No deja de intentar que sea cada día mejor, pero cuando cometo alguna falta, sabe siempre perdonarme y olvidar mis pecados.

—¡No le haga caso! —dijo Caterina—. Últimamente el *cavaliere* escribe piezas de teatro cómicas, y de vez en cuando cree que tiene que hablar como sus personajes.

—¿Cuándo dejarás de desvelar mis secretos, por Dios? En fin, Principessa, no puedo enfadarme con ella. Es la madre de mis hijos y ellos son lo más importante de mi vida. Ésta de aquí —añadió, cogiendo al bebé que su mujer llevaba en brazos— tiene tres meses. Se llama Chiara. ¿No le parece igual que su madre?

—Se llama Carla, *signor*—lo corrigió Caterina con un tierno movimiento de cabeza—. ¿Cuántas veces voy a tener que decírselo?

—Sí, sí; me hago mayor —respondió sonriendo, mientras le devolvía el bebé—. Pero creo, Principessa, que será mejor pasar a mi estudio. Allí podremos hablar sin interrupciones. Me muero de curiosidad por saber cómo le han ido estos años en su país, *the good old England* —apostilló, con pésimo acento. Después dio unas palmadas y exclamó—: *Avanti, avanti, bambini!* ¡Todos a la cama!

Mientras los niños se arremolinaban en torno a su madre como polluelos junto a la gallina, Clarissa se despidió de la mujer de Bernini y lo siguió a la habitación de al lado. ¡Por suerte no estaba sola con él en la casa! El estudio le recordó el interior de su joyero: las paredes estaban cubiertas de terciopelo y brocados, por todas partes se veía oro y cristal, y la alfombra persa del suelo era tan mullida que casi le pareció hundirse en ella. ¡Cuánta ostentación! Pero ella no había ido a verlo para admirar su palacio, junto al que el Pamphili parecía más bien una humilde cabaña. Sin detenerse siquiera a pensar en lo que decía, se puso a hablar en cuanto él cerró la puerta de la habitación.

—¿Dónde está el *signor* Castelli?

—¿Castelli? —preguntó él, sorprendido, mientras la invitaba a tomar asiento en un sillón lacado en oro—. ¿Necesita un picapedrero?

Clarissa se quedó de pie.

—He visto los campanarios —dijo, con toda la calma de que fue capaz—. El proyecto era de Francesco Castelli; él mismo me lo enseñó. Ha robado usted su idea. La torre no es obra suya.

Bernini parpadeó imperceptiblemente, y la sonrisa se le borró del rostro.

—¿Es posible que acabe de hablarme usted en inglés? —dijo con frialdad—. Es que creo que no he entendido el sentido de sus palabras. —Alargó la mano para coger una de las manzanas rojas que había sobre la mesa en una artística pirámide y la observó atentamente. Poco después añadió—: En cualquier caso, y en lo que respecta a su pregunta sobre mi antiguo *assistente*, creo que puedo servirle de ayuda. —Se dio la vuelta hacia ella y la miró—. En Roma ya no hay ningún Francesco Castelli.

Mientras Bernini mordía la manzana, Clarissa notó que se ponía blanca.

—¿Y eso qué significa? ¿Se ha ido de Roma?

—¿Quién sabe?

—¿O le ha pasado algo? —Hizo una pausa—. ¿Algún accidente?

—¿Accidente? —Se encogió de hombros—. Él se lo ha buscado, si no, no lo habría hecho. Fue su propia elección.

—Pero ¿qué es lo que ha hecho? ¡Por el amor de Dios, dígame qué le sucede!

—¿Acaso soy yo su protector? —dijo, mordiendo de nuevo la manzana—. Le aseguro que tengo muchas más cosas que hacer antes que ocuparme de ese hombre.

Clarissa sintió un miedo incierto y difuso, muy parecido al que la asaltaba cuando era niña y se perdía entre la niebla en el enorme jardín de la casa de sus padres. ¿Qué quería decir Bernini con aquellas frases? ¿Habría dejado Castelli de trabajar? ¿Se habría mudado a otra ciudad? ¿O quizá —le costó una barbaridad enfrentarse a aquella idea— se había agredido a sí mismo y había abandonado este mundo?

—Si no lo encuentro —susurró—, nunca podremos reparar el daño.

Bernini dejó la manzana sobre la mesa y miró a Clarissa. Sus ojos, que apenas unos segundos antes le habían parecido tan fríos y distantes, se llenaron de dulzura. Contra su propia voluntad, ella sintió que le temblaban las rodillas y se le secaba la boca.

—¿Por qué me abandonaste? —le preguntó él en voz baja, acercándosele—. Te fuiste sin despedirte, sin una palabra. Yo te amaba...

Ella tuvo que tragar saliva antes de contestar.

—Sabías que tenía que casarme —le dijo, con la mayor entereza que pudo, aunque las palabras ya habían salido de su boca cuando se dio cuenta de que había pasado al tuteo, como él—. Debía volver a Inglaterra.

—¿Y qué has venido a hacer aquí? ¿Por qué no estás con tu esposo?

—Eso no es cosa tuya.

—¿Ah, no? —Le tomó la mano y se la llevó a los labios—. ¿Acaso has olvidado lo que hubo entre nosotros?

—Entre nosotros no hubo nada...

La miraba con tanta intensidad que Clarissa empezó a temblar.

—¿Y el beso? —insistió—. Daría toda mi vida a cambio de aquel beso.

Intentó librarse de él, pero le fallaron las fuerzas. Bernini le cogió la barbilla y la miró a los ojos.

—Dime que has olvidado aquel beso. Dímelo y te creeré.

Clarissa quiso hablar, pero no le salió la voz. Fue incapaz de articular palabra, y se quedaron mirándose en silencio durante un segundo infinito. Después no pudo aguantarlo más, cerró los ojos y se marchó.

6

—¿Qué significa esto?

Clarissa estaba bajando la escalera cuando *donna* Olimpia la sacó de sus pensamientos. Había pasado la tarde en su pequeño observatorio, situado en el piso de arriba del palacio Pamphili, donde, tras su llegada de Inglaterra, había instalado su nuevo y recién adquirido telescopio. Le gustaba mirar el cielo estrellado para encontrar su propio equilibrio interior. La bóveda terrestre era la expresión del orden divino y de las leyes eternas que lo gobernaban, y nada la reconfortaba más que sentirse parte de aquel orden.

—Acaban de enviarla. De parte del *cavaliere* Bernini —dijo *donna* Olimpia, señalándole una enorme cesta de fruta que su hijo Camillo, un joven más bien rechoncho, se había quedado mirando con la misma expresión arrogante y boba que siempre ponía su padre—. ¿Puedes darme una explicación?

—Pues... no, no tengo ni idea... —respondió con la voz temblorosa.

Olimpia la miró atentamente.

—¿Has vuelto a ver al *cavaliere*? —preguntó, con el rosario en la mano, como siempre, mientras Camillo cogía un melocotón de la cesta y lo mordía con tanta ansia como si llevara dos días sin probar bocado—. ¿Eh?

Olimpia la miraba con una expresión tan seria que, instintivamente, Clarissa quiso decirle que no. Pero ¿acaso era necesario mentir? A aquellas alturas ya no era una chiquilla que tuviese que pedir permiso para salir de casa, sino una mujer adulta y casada de treinta y siete años.

—Hablé con el *cavaliere* y le pregunté por los campanarios de San Pedro. Ya sabes lo mucho que me interesa la arquitectura.

Los ojos de Olimpia brillaron de ira.

—¡Las mujeres decorosas no se encuentran con extraños sin estar acompañadas! ¡No sé cómo lo hacéis en Inglaterra, pero aquí es así!

—El *cavaliere* no es un extraño. El embajador británico me lo presentó en el palacio del rey de Inglaterra. Tú misma estuviste allí.

—¡Eso no importa! ¡No quiero que vuelvas a hablar con ese hombre!

—Pero ¿por qué no? —preguntó Clarissa, testaruda—. Pensaba que te gustaba. Antes siempre hablabas de él con admiración.

—Insultó a la familia Pamphili. Se negó a construir el mausoleo para mi marido, pese a que yo misma se lo pedí personalmente. Como si hubiese vendido su alma a Urbano y a su familia.

Su delicado rostro reflejaba una mezcla de ira y dolor. Clarissa comprendía bien a su prima, cuyo marido había muerto de fiebre hacía menos de seis meses. Las heridas eran aún demasiado recientes.

—Lamento lo que te ha sucedido.

—¡Era la voluntad de Dios! —respondió Olimpia, haciendo la señal de la cruz. Después pasó el brazo por los hombros de su hijo, que en aquel momento tenía la boca llena y miraba su melocotón con recelo, y lo abrazó como si estuviera enfermo y quisiera protegerlo—. Ahora mi única función consiste en preocuparme del bien de la familia Pamphili. Y respecto a tu estancia en esta ciudad —añadió—, recuerda que estás aquí por un único motivo: rezar por tu marido, para que no acabe igual que el mío.

Al decir aquello movió la cabeza tan bruscamente de un lado a otro que sus hermosos tirabuzones, por aquel entonces ya surcados por alguna que otra línea plateada, bailaron enmarcándole la cara. Clarissa bajó la cabeza, avergonzada. Sabía que volver a Roma no había sido una buena idea, y menos teniendo en cuenta lo mucho que le había costado olvidarla la otra vez —olvidar la ciudad y todos los recuerdos que arrastraba con ella—, así que se opuso firmemente a salir de Inglaterra, pero su marido, lord McKinney, la obligó a hacerlo. Había contraído una extraña y poco estudiada fiebre biliar, y quiso que ella fuera a Roma para rezar por él. En realidad no creía en los milagros, pero en aquella ocasión se empeñó en que así fuese y no hubo modo de hacer que cambiara de opinión.

En aquel momento a Clarissa le habría encantado estar con él en Moonrock, el castillo que tenían junto al pantano escocés y al que se mudaron justo después de su boda, dado que la reina, debido a las tensiones políticas, ya no quería tener a ninguna dama escocesa en la corte de Londres. Con el paso del tiempo, y en compañía de McKinney, Clarissa aprendió a valorar esa soledad que hasta entonces tanto había temido. Incluso aprendió a apreciar cada vez más a su marido, y en los últimos tiempos hasta llegó a amarlo. McKinney era muy atento y siempre la trataba con delicadeza y respeto. Durante el día montaban a caballo para controlar a los hombres que trabajaban en sus terrenos, una vasta parcela que se extendía varias millas alrededor de Moonrock, y por las tardes se quedaban leyendo frente a la chimenea, o pasaban horas enteras en el observatorio que tenían en el piso superior y que contaba con los más modernos telescopios. Allí, McKinney, que había conocido a Galileo en Padua, en uno de los viajes que realizó por Italia como caballero, la introdujo en los secretos de la astronomía. Y con qué ternura la consoló cuando ella tuvo un aborto —¿un castigo por su veleidad previa a la boda?—, perdió al hijo que esperaba y tanto deseaba, y el médico le informó de que ya no podría ser madre. Por ella desatendió incluso a sus tres mejores amigos, un cura presbiteriano del pueblo, el administrador de sus bienes, y un baronet que vivía cerca de ellos y con el que solía reunirse una vez a la semana para conversar y discutir en un dialecto del que Clarissa no comprendía ni una palabra. McKinney era un hombre muy sensato y equilibrado que jamás perdía los estribos, excepto durante aquellos debates en los que —y eso era lo único que ella sabía— conversaba sobre política, sobre la batalla que mantenía el rey con el Parlamento, y especialmente sobre un libro de oraciones que el rey pretendía obligar a utilizar a todos sus súbditos. Que McKinney la enviara de peregrinación era algo tan extraño, chocaba tanto con su forma de ser y con sus creencias, que Clarissa acabó creyendo que se trataba sólo de un pretexto. Pero ¿un pretexto para qué?

La voz de Camillo la devolvió de nuevo al presente.

—Si el *cavaliere* es nuestro enemigo, ¿tengo que tirar el melocotón? —preguntó, mirando a su madre con sus ojos oscuros, grandes y redondos como si fuera un niño.

Olimpia tardó unos segundos en reaccionar, pero después sonrió encantada.

—¡Qué jovencito más listo eres! —le dijo, mientras le acariciaba el pelo con cariño—. Sí, llévate el cesto a la cocina y dile al cocinero que dé la fruta a los cerdos.

Mientras Camillo cogía la enorme cesta y se marchaba de allí con la cara roja de orgullo, Olimpia volvió a mirar a Clarissa y le dijo con voz seria:

—Y tú, niña, haz el favor de rezar. Si eso no salva a tu marido, al menos te salvará a ti.

7

A la mañana siguiente Clarissa salió muy temprano de casa. Sí, quería ir a rezar. Al cruzar el portal se cubrió la cara con un velo y empezó a caminar en dirección a Sant' Andrea della Valle, aquella iglesia teatina que quedaba cerca de la plaza Navona y a la que tantas veces había acudido en su primera estancia en Roma para rezar en la misa de primera hora de la mañana. Pero de pronto, y sin saber bien por qué, cambió de opinión. En medio de la plaza se dio la vuelta, se subió al carruaje que estaba preparado frente al portal del palacio Pamphili, y le indicó al cochero que la llevara en otra dirección, hacia el puente que cruzaba el Tíber.

Le ordenó que se detuviese frente a la catedral. El nuevo campanario tenía un aspecto mágico que llamaba la atención. ¡Cuántas veces había soñado con poder ver aquella torre con sus propios ojos, y cuánta desesperación sentía ahora que al fin la tenía frente a sí! No podía dejar de mirarla. Se apeó y se dirigió hacia la basílica. El campanario parecía no tener paredes: sólo columnas y pilares que acababan confluyendo, como una cebolla, en un mismo pilar. El efecto que producían en realidad era mucho mayor que el que suponían los planos que Clarissa había visto hacía años. Y, pese al impresionante tamaño de la iglesia, todo parecía sorprendentemente ligero y armónico.

De pronto oyó una voz a sus espaldas. Era una voz cálida y al mismo tiempo masculina, tan lejana como si llegase de otro planeta y a la vez increíblemente conocida.

—Sabía que era usted, Principessa.

Clarissa se giró tan deprisa que se le cayó el velo de la cara. Frente a ella había un hombre vestido de negro riguroso.

—¡*Signor* Castelli! —exclamó—. ¡Por Dios! ¿Está en Roma?

—¿Dónde si no? Nunca me he ido de la ciudad.

—¡Si supiera lo preocupada que he estado! ¡No puedo creer que lo tenga ahora ante mí! —Se recompuso el velo e hizo un esfuerzo por calmarse—. Temía que le hubiese sucedido algo, o que estuviera muerto. Ay, pero ¿qué estoy diciendo? Pensará que me he vuelto loca. Es que me dijeron que ya no había ningún Castelli en la ciudad.

—¿Muerto? —dijo él, mientras le dedicaba una sonrisa tímida y vergonzosa—. No, es sólo que he cambiado de nombre. Ahora me llamo Borromini.

—¿Y por qué lo ha hecho?

—Había demasiados Castelli en Roma —dijo él, encogiéndose de hombros—. Además, mi padre ya utilizaba este otro nombre.

Mientras hablaban, Clarissa tuvo la sensación de que el tiempo se había detenido. Allí estaba él, frente a ella, sin preguntarle por todos los años pasados y conversando con tanta naturalidad como si no hubiera dejado de formar parte de su vida. Pese a llevar otro nombre, vestirse como un cura español y acusar en su rostro la inclemente huella del paso del tiempo, seguía siendo el mismo de siempre: orgulloso y frágil, presuntuoso y tímido. Ella le ofreció su mano y él se la estrechó con expresión seria.

—Su corazón lo ha traído hasta aquí, ¿no? —dijo Clarissa, tras una larga pausa.

La miró, desconcertado.

Ella señaló el campanario con la cabeza.

—Es obra suya, ¿verdad?

El rostro de Borromini se contrajo.

—¿El campanario? No quiero ni verlo.

—¿Por qué no? —La mano de él continuaba siendo suave y fuerte a la vez. Ella siguió apretándola—. ¿Su corazón se entristece al verlo?

—¿Mi corazón? —dijo él, esbozando una sonrisa de desprecio y soltándole la mano—. ¿Por una chapuza semejante?

—Si no está contento con la torre —le dijo ella, sin saber de dónde procedía aquella seguridad al hablar—, arréglela. ¿Para qué ha venido, si no?

—Pura casualidad. Siempre paso por aquí para ir al trabajo.

—No, no es casualidad —lo contradijo—. Hace muchos años me enseñó usted sus planos, *signor* Borromini. ¿Acaso cree que lo había olvidado? Aún recuerdo a la perfección cómo le brillaban los ojos al mirarlos.

Él se aclaró la garganta y empezó a pestañear, pero no dijo nada. Clarissa sabía que tras aquella expresión distante se escondía un alma buena y hermosa. ¿Qué podía hacer para liberarla?

—¡Arréglela! —le repitió, cogiéndole la mano de nuevo—. ¡Por favor, *signor*, prométame que lo hará!

8

¿Tenía que hacerlo o no? Obstinada y pesada como una mosca, aquella sencilla y tentadora pregunta no dejaba de rondar a Lorenzo mientras dirigía a los trabajadores de la fundición. Llevaba desde el miércoles acudiendo al horno de reverbero para fundir el bronce que
necesitaba para construir las abejas-Barberini que tenían que adornar
la tumba del papa Urbano VIII. Pero si estaba tan nervioso como
aquella otra vez, poco antes de la creación de las columnas para el altar
de San Pedro, en esta ocasión se debía a causas muy distintas. El encuentro con la Principessa lo había dejado muy impresionado y le había hecho perder el equilibrio. Por una parte se moría de ganas de salir
a buscarla, y por otra... ¡tenía la vida tan bien organizada! Lo dejaban
trabajar tranquilo, hacía esculturas, construía edificios, podía ser in-
fiel a su mujer de vez en cuando... ¿Debía poner en peligro aquella
vida tan fantástica para rendirse ante unos sentimientos que quizá al
día siguiente ya no fueran los mismos?

No había sido nada fácil lograr que su vida funcionara de un modo
tan perfecto. Tras el enfrentamiento con su hermano Luigi, como todo
el mundo supo, Urbano se mostró indignado con él. Mientras el pueblo aún creía que Lorenzo seguía siendo el preferido del Papa, lo cierto es que éste le puso una multa de tres mil escudos y durante todo un
mes se negó a ofrecerle ningún tipo de trabajo. Paralizado por un terrible ataque de apatía nada propio en él, Lorenzo se sintió incapaz de
tomar medidas en el asunto y reaccionar de algún modo, y si al final
Urbano acabó perdonándolo, fue sólo gracias a la intervención de su
madre: ésta se dirigió al hermano del Papa, el cardenal Francesco Barberini, y le pidió que intercediera en favor de su hijo y solicitara la reducción del castigo. Al final Urbano accedió a la súplica a cambio de

que Lorenzo se desposara con la hermosa y casta Caterina Tezio, hija de un procurador de la corte papal, y de que Luigi desapareciera de allí un tiempo y se fuera a Bolonia a dirigir las obras de la iglesia de San Paolo Maggiore.

—¿A qué esperas, Lorenzo? ¿Qué te pasa? ¡Hoy no estás por el trabajo!

Luigi se encontraba ya en la piquera y esperaba impaciente la señal de su hermano. Distraído, éste levantó la mano para dar la orden de hacer la sangría, pero antes de que el bronce incandescente cayera en los canales, su mente ya había vuelto a llevárselo lejos de allí. Veía a Clarissa frente a sí, en su último encuentro, agachando la cabeza y sin responder a su pregunta. ¿Sería quizá una promesa?

¿Y qué pasaba con él? ¿Estaba sólo enamorado de la Principessa o la amaba realmente? Hasta entonces, siempre que le había gustado una mujer, se había limitado a alargar la mano hacia ella y cogerla como si de una fruta se tratara. Pero jamás había sentido la llama de ese amor que, en cambio, había sabido encender en el corazón de tantas mujeres. Ni siquiera había amado a Costanza. Su reacción al saberse traicionado fue más bien un reflejo de su orgullo. Ni ella ni ninguna otra le quitaron el hambre o el sueño, y de ahí que se sintiera tan desconcertado por las reacciones que Clarissa le provocaba. No se dio cuenta de lo mucho que la deseaba hasta que volvió a encontrarse con ella, y aquel deseo parecía esconder otro sentimiento más fuerte y profundo que poco a poco empezaba a salir a la luz. Porque ahora, cuando pensaba en ella, se sentía nervioso, febril, como si estuviera enfermo. Por las noches se pasaba horas enteras despierto, y en la mesa se olvidaba a menudo de comer. ¿Era eso el amor?

Aquella noche, cuando Lorenzo salió del trabajo, fue sudando bajo su ostentoso traje tanto como lo había hecho durante todo el día en la fundición, pues el aire seguía siendo cálido y húmedo en las calles, pese a que el sol hacía tiempo que se había puesto y en el cielo se observaba ya el reflejo plateado de la luna. Le había dicho a su mujer que el Papa lo había invitado a cenar para hablar de su tumba, pero en lugar de dirigir su caballo hacia el Quirinal, se encaminó a pie hacia la plaza Navona. Para alejar de su cabeza el sonido de las risas de sus hijos antes de volver a ver a Clarissa, decidió dar un rodeo por Santa Maria sopra Minerva, y mientras evocaba los ojos verdes de la Principessa y la sonrisa de sus labios, empezó a pensar en el mejor modo de comenzar la conversación. Las primeras palabras eran siempre deter-

173

minantes, pues en el arte del amor, como en cualquier otro, el factor sorpresa era de una importancia vital.

Estaba cruzando la plaza del Collegio Romano cuando unos gritos furiosos lo sacaron de su ensimismamiento. A la luz de la luna pudo ver a unos hombres que, rojos de ira y armados con palos, aparecieron corriendo por una calle lateral y se dirigieron directos a la estatua del papa Urbano, un modelo para la futura tumba hecho con arcilla por el propio Lorenzo, que se encontraba frente al Collegio. Sin pensarlo dos veces, desenvainó su espada y se enfrentó al grupo.

—¡Vaya, vaya! ¡Mirad quién está aquí! ¡El *cavaliere* Bernini! ¡Vamos, lárguese de aquí! ¡Coja su cincel y márchese! ¡Seguro que tiene más estatuas por esculpir!

Lorenzo no reconoció inmediatamente al tipo que le gritó de aquella manera, rodeado del resto de los bandidos como si de una manada de lobos se tratase, pero sí al cabo de unos segundos: era *monsignore* Cesarini, un secretario del gremio de arquitectos que ya le había llamado otras veces la atención por la impertinencia de sus modales.

—¿A qué se debe su comportamiento, *monsignore*?

—¿O qué le parecería la figura del Redentor para el ábside de San Pedro, para que cuelgue junto a su pastor, Urbano? —continuó Cesarini—. ¡Vamos, amigos! —añadió dirigiéndose a los demás hombres—. ¡Acabemos con él!

Antes de que pudiera darse cuenta de lo que estaba pasando, Cesarini levantó una barra de hierro. Lorenzo se agachó para protegerse, pero el golpe no fue contra él, sino contra el busto del Papa. Entonces empuñó su espada y se interpuso entre el atacante y la estatua, como si la vida de Urbano corriera verdadero peligro. Sin prestar atención a los otros tipos, que también habían alzado sus barrotes, se precipitó, espada en mano, contra el cabecilla de la banda, y, lanzando un grito y abatiendo el arma que sujetaba sobre la cabeza con ambas manos, le arrancó con un solo golpe la barra de hierro, que cayó al suelo tintineando. Cesarini se inclinó para cogerla, pero antes de que pudiera hacerse con ella, Lorenzo le pisó la mano y le puso la punta de la espada en el cuello.

—Roza esa estatua —le susurró indignado— y eres hombre muerto.

—¡Misericordia, *cavaliere*! ¡Perdóneme la vida en nombre del Salvador!

Lo miraba con ojos de puro terror. Tenía la cabeza echada hacia atrás, y en su cuello se veía perfectamente el modo en que le subía y bajaba la nuez. Sin perderlo de vista un solo segundo, Lorenzo lanzó una mirada a su alrededor. Al ver que los demás dejaban caer sus armas y, paso a paso, empezaban a retroceder, supo que ya no corría peligro. Con verdadero desprecio, escupió a Cesarini en la cara.

—¡Desaparece de mi vista! —le dijo, dándole una patada en el trasero mientras el *monsignore* se alejaba de allí a cuatro patas, como un perro callejero, seguido por los demás bandidos.

Esperó a que la banda desapareciera por la misma calle por la que había llegado, y entonces volvió a envainar la espada. Al darse la vuelta para mirar el rostro del papa de arcilla que mantenía alzada la mano sobre él para bendecirlo, le pareció oír de nuevo la voz de Cesarini, extendiéndose por la oscura plaza como la voz de un fantasma.

«¡Jajaja! ¡Sí, *cavaliere* Bernini, salva una estatua! Urbano te lo agradecerá cuando estéis en el infierno. Hace apenas una hora que el diablo se ha llevado su alma. ¡Jajaja!»

Mientras la voz seguía resonando en su interior, Lorenzo comprendió al fin lo que había sucedido. El papa Urbano había muerto. Su protector, su mecenas, el hombre que se había preocupado por él desde que lo vio coger un cincel por primera vez, ya no estaba en este mundo. Empezó a sentir un miedo íntimo y secreto que poco a poco fue creciendo y envolviéndolo por completo, y sus manos, las mismas que hacía unos minutos habían sostenido con fuerza y seguridad la espada, comenzaron a temblar mientras las acercaba a la escultura.

—Padre —susurró, sintiendo que los ojos se le llenaban de lágrimas—, ¿por qué me has abandonado?

Abrazó el cuerpo frío y macizo de la figura, la acarició como si de ese modo pudiera insuflar vida al inerte material —algo que había hecho con su arte en numerosas ocasiones—, y besó a Urbano VIII en la frente y las mejillas. Pero de pronto sucedió algo increíble. A través del velo de lágrimas, creyó ver que el rostro de arcilla del Papa se transformaba; los ojos se alargaban, la boca se arqueaba, y de pronto, en aquellos rasgos tan conocidos, en aquellos trazos tan estudiados para poder eternizarlos en bronce y piedra, apareció una sonrisa malvada, abyecta y desagradable, en lugar de la bondadosa serenidad a la que lo tenía acostumbrado. Era como si todos los cuidados que aquel hombre le había prodigado en vida no hubiesen sido más que una inmensa mentira. Como si el Papa hubiese esperado hasta el momento de su muerte para mostrarle su verdadero rostro y burlarse de él desde el más allá. En cuestión de segundos el miedo de Lorenzo se convirtió en ira, y gritó, fuera de sí:

—Pero ¿qué te has creído? ¿Cómo te atreves a abandonarme así? ¡Maldito seas! ¿Cómo has podido? —Ciego de ira, cogió la barra de hierro que Cesarini había dejado en el suelo y, mientras golpeaba con ella la estatua, siguió vociferando sin parar—: ¿Qué? ¿Has decidido morirte? ¡Pues toma! ¡Muérete, muérete, muérete de una vez!

Levantó la barra infinidad de veces y la descargó sobre la estatua hasta romperla en mil pedazos. Hasta que las manos se le llenaron de sangre y cayó al suelo, agotado, llorando y temblando de pies a cabeza como un bebé.

9

En el palacio Pamphili reinaba un ambiente de nerviosismo y tensión. No pasaba un cuarto de hora sin que alguien golpeara el pomo de bronce de la entrada. Los mayordomos se habían pasado todo el día anunciando las visitas de los más altos dignatarios de la ciudad: cardenales y obispos, prelados y abades, banqueros y embajadores de otros países. Todos iban a ofrecer sus respetos a *donna* Olimpia, que los recibía con exquisita educación. Se retiraba con uno o varios de sus visitantes a su salón particular, y en la mayoría de los casos pasaban varias horas conversando antes de salir, serios y significativamente callados unos, cuchicheando y sorprendentemente animados otros. Y es que el cuñado de *donna* Olimpia, el cardenal Pamphili, que por entonces tenía setenta años, era uno de los nombres que más se barajaban para suceder a Urbano, y la dueña de la casa se había propuesto hacer todo cuanto estuviese en sus manos para lograr que así fuera.

Urbano VIII murió el 29 de julio de 1644. Diez días después se convocó el cónclave para dar el ínterin por finalizado. Clarissa llegó a casa justo en el momento en que *donna* Olimpia se despedía de su cuñado, poco antes de que éste se retirara a la Capilla Sixtina junto a sus colegas para esperar la decisión sobre quién sería el elegido para suceder a Urbano.

—Vaya con Dios —dijo Olimpia—. Él quiera que no tarde en convertirse en papa. Ya nunca volveré a verlo como cardenal.

—Si yo llegara a ser papa —le respondió Pamphili, sosteniéndole una mano entre las suyas—, ¡usted debería ser papisa!

Daba la sensación de que le costaba un esfuerzo terrible separarse de ella. Pero *donna* Olimpia se dirigió resuelta hacia la puerta, la abrió y lo invitó a salir. Cuando regresó al vestíbulo y vio a Clarissa, su rostro se contrajo brevemente en una mueca de disgusto, pero lo cierto es que duró sólo unos segundos.

—Recemos al Espíritu Santo para que el cónclave tome la decisión adecuada.

—Me encantaría que el cardenal Pamphili lo consiguiera —dijo Clarissa—. De ese modo tu familia pasaría a ser la más importante de la ciudad.

—Aquí no se trata de que las cosas salgan bien para la familia Pamphili —respondió Olimpia con seriedad—, sino para el cristianismo.

—¡Pero piensa en tu hijo! Si su tío se convierte en papa, tendrá muchísimas más facilidades.

Al oír nombrar a su hijo, los ojos de Olimpia se iluminaron unos instantes y en sus labios se dibujó una tierna sonrisa, pero su rostro recuperó enseguida su dureza habitual.

—Urbano VIII pecó contra Dios y contra el mundo y provocó en ambos heridas irreparables. Sólo podemos esperar que su sucesor se muestre más piadoso y sensato. Te aconsejo que en los próximos días no salgas de casa, Clarissa. Los tiempos del cónclave suelen ser peligrosos.

Ese mismo día *donna* Olimpia ordenó tapiar con tablas de madera la entrada principal del *palazzo* para protegerlo de posibles ataques, y al mismo tiempo utilizó la salida posterior para sacar de allí todos sus objetos de valor —oro y plata, adornos y porcelana, tapices y cuadros— y enviarlos, protegidos por las sombras del atardecer y cargados en diversos mulos, al monasterio en el que vivió su cuñado hacía años. Y es que, además de la gentuza que merodeaba por las calles desde que el trono del Papa había quedado vacío, estaban también los soldados borrachos que atemorizaban a los ciudadanos buscando botines de guerra por las calles, después de haberse pasado cinco años luchando contra el duque de Castro a las órdenes de Taddeo Barberini, y haber llegado a una paz ambigua que no satisfacía a ninguna de las partes enfrentadas.

Así pues, Clarissa permaneció todo aquel mes encerrada tras los gruesos muros del palacio Pamphili, como hiciera en los peores momentos de su primera estancia en Roma. Varias veces al día acudía a la capilla del palacio y rezaba por su marido ante el altar de santa Inés. Y por las noches pasaba horas y horas observando el firmamento con su telescopio, y preguntándose continuamente si el *signor* Borromini, es decir, Francesco Castelli, habría dado algún paso para cumplir la promesa que le había hecho. Pero lo que más deseaba en aquel momento era que el cónclave tomase al fin una decisión, en parte porque quería ver feliz a su prima y sabía que lo sería si el escogido era Pamphili —por más que a ella no le gustara nada el feo y antipático cardenal—, y en parte también porque aquel encierro forzoso le resultaba cada día más insoportable.

—Una ciudadana de Roma —le advirtió *donna* Olimpia— no tiene nada que hacer en las calles, y menos en estos tiempos.

—No entiendo estas medidas —le respondió Clarissa—, pero me alegro de conocerlas. Siempre es bueno saber lo que no debe hacerse.

—¿Para poder hacerlo tú? —preguntó su prima, con toda la intención.

—Para poder escoger lo que deseo hacer.

—¿Escoger? —*Donna* Olimpia frunció el entrecejo—. En una mujer, la elección sólo conduce a tener pensamientos pecaminosos.

—¿Y no crees que es más fácil tener ese tipo de pensamientos cuando estás encerrada como en un monasterio?

—¿Acaso crees que Dios no nos observa porque no llevamos velo? —dijo Olimpia, moviendo la cabeza hacia los lados—. No, para agradar al Señor tenemos que ser como monjas.

Con un suspiro, Clarissa decidió que lo mejor era resignarse y conformarse con su destino. Mientras, el rostro de Olimpia iba reflejando más inquietud a medida que pasaban las semanas. Aquello le provocaba un sufrimiento y una tensión asombrosos. ¿Lo conseguiría Pamphili? El cónclave no dejaba de darle vueltas al asunto, cada día se barajaban nombres nuevos, que rápidamente se rechazaban y se sustituían por otros más nuevos aún. Se consultó a astrólogos y adivinos para pedirles consejo, y con ellos se extendieron por el palacio los rumores más contradictorios.

El mandato de Urbano seguía haciendo mella tras su muerte. Entre los cardenales de la Capilla Sixtina se encontraban cuarenta y ocho de los suyos. Jamás había existido una fracción tan fuerte en un cónclave. Pero, aun así, no lograron imponer al candidato que ellos querían: el cardenal Sacchetti. Los escrutinios les eran cada día más desfavorables, lo cual, a su vez, beneficiaba a Pamphili, pese a que tenía en su contra su conocida predilección por lo español, y eso hacía que los cardenales franceses no votaran a su favor. Así pues, y en definitiva, si quería ganar, necesitaba el apoyo de los Barberini. Pero ¿cómo iba a conseguirlo?

—Pamphili es ante todo un hombre de bien —dijo *donna* Olimpia enojada, mientras iba de un lado a otro del salón—. Lo que le convendría es ser un poco más astuto, no enseñar siempre sus cartas ni ir tan de frente.

—Pero ¿está permitido que un cardenal se haga pasar por lo que no es con la única intención de ser nombrado papa? —preguntó Clarissa.

—En ocasiones ésa es la voluntad de Dios. El papa Sixto, por ejemplo, era un hombre extraordinariamente culto y erudito, pero se fingió bobo para que lo escogieran.

Por fin, un día de septiembre en el que Olimpia se había retirado a conversar con uno de los protegidos de Urbano, Clarissa tuvo la oportunidad de huir unas horas de su encierro. Al salir a la calle se sintió de pronto como alguien que vuelve a ver la luz del sol tras un largo y oscuro invierno. Era maravilloso poder respirar aire puro en lugar de ese ambiente enmohecido que emanaba de todos los muros del palacio Pamphili.

Olimpia le había dicho que se retiraría hasta la tarde para hablar con el prelado e intentar llegar a un acuerdo con los Barberini, así que Clarissa disponía de medio día para ella sola. ¿Qué podía hacer para aprovecharlo? No lo pensó demasiado: decidió ir a la catedral. Quién sabe, quizá se encontrara con el *signor* Borromini. Y, si no, allí podría rezar sus oraciones como en cualquier otra iglesia de la ciudad.

Cruzó la plaza Navona y giró por una calle que conducía hacia el Tíber. ¡Cómo había exagerado Olimpia! No se veía ni rastro de soldados borrachos o maleantes; mirara hacia donde mirase, no vio más que trabajadores y amas de casa que caminaban felices por la ciudad. Sólo al final de la calle, en una plazoleta en la que unos campesinos habían montado sus puestos de fruta y verdura, pudo ver un grupo de gente reunida junto a una sastrería. Pero eso no era una novedad, pues allí se encontraba *El Pasquino*, un torso de mármol ya muy erosionado y cubierto de notas y comentarios. Los romanos tenían por costumbre expresar de ese modo las opiniones y observaciones sobre los hechos de actualidad que, por lo visto, no se atrevían a manifestar en público. En ese momento todos los allí reunidos estaban riéndose con ganas.

Muerta de curiosidad, Clarissa decidió acercarse un poco más. Vio a un farmacéutico bajito y con gafas que estaba leyendo una de las notas.

—¡Mirad! ¡Aquí tenemos algo sobre *donna* Olimpia! —exclamó, ajustándose los quevedos—: «Su nombre es Olimpia, pues *olim* fue *pia.*»

Clarissa aguzó el oído. ¿Era posible que estuviesen hablando de su prima? Mientras el farmacéutico y sus oyentes se retorcían de risa, ella reflexionó sobre el juego de palabras: en latín, *olim* significaba «una vez, en el pasado», y *pia*, «devota». Sabía el suficiente latín como para entenderlo, pero no acababa de comprender a qué se debía aquella frase. Enfadada, se abrió paso entre la gente y arrancó la nota de la figura de mármol.

—¡Esto es intolerable! ¡Olimpia es una mujer honrada y decorosa! —exclamó.

—¿Honrada y decorosa? —respondió el farmacéutico—. ¡Sí, claro, igual que Cleopatra!

La gente volvió a reír. Clarissa ya no entendía nada.

—¡Es un lobo con piel de cordero! —dijo el sastre desde la ventana de su negocio—. Primero envenena a su marido y luego se mete en la cama de su cuñado.

—¡Pero todo por la gloria de Dios!

—¡Para que Pamphili conozca el canto de los ángeles antes de convertirse en papa!

Clarissa se quedó muda. Aquello era lo más terrible y repugnante que había oído en su vida. ¿Que Olimpia había envenenado a su marido? ¿Cómo se atrevían aquellos hombres a decir algo así? En aquel momento vio a dos esbirros al otro lado de la plaza. Estaba a punto de llamarlos para que la ayudaran a acabar con aquellas horribles acusaciones, pero antes de que recuperara el habla, un herrero alto y fuerte como un árbol levantó el brazo hacia el cielo y señaló una columna de humo blanco que se alzaba en la distancia.

—¡Allí, allí, allí! —gritó como un tonto.

El farmacéutico se arrodilló y juntó las manos.

—*Habemus Papam! Deo gratiam!* —exclamó.

Durante un segundo, la plaza se llenó de un silencio sepulcral. Todos miraban hacia arriba con la boca abierta, sin dar crédito a lo que veían sus ojos.

El primero en volver en sí fue un afilador.

—¡Rápido, al palacio Pamphili! —gritó. Después cogió un cuchillo de los que llevaba en su carro y salió corriendo.

Fue como si hubiera dado la señal de salida para una carrera. Las mujeres soltaron las cestas que llevaban en las manos, los vendedores abandonaron sus puestos, y todo el mundo, sin excepción, dejó a medias lo que estaba haciendo y fue tras el afilador.

—¡Al palacio Pamphili! ¡Al palacio Pamphili!

Miles de gargantas pronunciaron a la vez aquel grito. Alguien empujó a Clarissa con tanta fuerza que se dio contra un muro. Hombres, mujeres y niños salieron de sus casas como si en ello les fuera la vida. Se agolpaban en las puertas de cuatro en cuatro, de cinco en cinco, a docenas, y Clarissa temió incluso que acabaran tirándola al suelo y pasándole por encima. Todos se apretujaban y precipitaban hacia la plaza Navona, sin prestar la menor atención a los demás, lanzando miradas desafiantes y maldiciones en voz alta. Parecían haber perdido el juicio de repente.

Clarissa se escondió en un portal, pero cada vez eran más; a cada minuto que pasaba iba llegando más gente, un torrente de cuerpos delirantes que confluía en la misma callejuela y arrasaba todo lo que encontraba a su paso.

No sabría decir cuánto tiempo transcurrió hasta que se atrevió a salir de aquel portal. Vio a un vagabundo que se había caído arrollado por la gente y que no dejaba de lamentarse mientras buscaba sus muletas, que habían quedado apresadas bajo un carrito de verduras derribado en el suelo. Todavía había gente corriendo en la misma dirección y repitiendo los mismos gritos:

—¡Al palacio Pamphili! ¡Al palacio Pamphili!

Pero ¿qué iban a hacer todos allí? Clarissa intentó desviarse hacia otra calle, pero estaba tan llena como la primera, y en la siguiente había un carromato volcado que impedía el paso. Con los ojos transidos de miedo y abiertos como platos, los caballos no dejaban de encabritarse en sus arneses.

Era ya media tarde cuando consiguió llegar a la plaza Navona. Frente al palacio Pamphili había cientos de personas hablando, gesticulando y señalando con rabia el portal de la casa, de la que no dejaba de salir gente que Clarissa no había visto en su vida. La mayoría llevaba bolsas o sacos vacíos en las manos. Las maderas que Olimpia había ordenado poner frente a la puerta habían sido destrozadas y estaban repartidas por el suelo, rotas en mil pedazos, mezcladas con montones de trastos y trapos viejos que hombres y mujeres toqueteaban y analizaban con avara desesperación.

—¿Qué está pasando aquí? —le preguntó Clarissa a un cura que vestía una desaliñada sotana y llevaba en las manos un candelabro de bronce—. ¿Están robando en el palacio?

—Claro —respondió el hombre—, ya lo ve, ¿no?

—Pero ¿por qué nadie hace nada por evitarlo? —chilló.

—Porque no es un delito robar en el palacio del cardenal que acaba de ser nombrado papa, ¿no lo sabía? El problema —añadió, visiblemente decepcionado— es que en esta ocasión *donna* Olimpia se nos ha adelantado.

Clarissa se quedó sin habla.

—¿Quiere decir que el cardenal Pamphili es el nuevo papa? —preguntó al fin, mientras su desconcierto iba convirtiéndose en alegría.

El sacerdote asintió.

—Es la voluntad de Dios —dijo, y luego agregó, con voz triste y el rostro serio—: Quiera también que *donna* Olimpia no vacíe la Iglesia como ha hecho con su propia casa.

10

Si el Profeta no va a la montaña, la montaña vendrá al Profeta...

No era nada normal que Lorenzo Bernini buscara refugio en la Biblia, pero lo cierto era que cada vez se sentía más solo y desamparado. Hacía ya más de dos horas que el papa Inocencio X, como había decidido llamarse Giambattista Pamphili, lo tenía esperando en aquella habitación. Y antes de aquel momento había tenido que luchar durante semanas enteras y solicitar la ayuda de *monsignore* Spada para conseguir al menos una audiencia. ¡Cuánta impertinencia!

Ese papa parecía no tener más preocupación que provocar al primer artista de Roma. Aunque todo el pueblo pensaba que las arcas del Estado se encontraban tan vacías como los graneros de Egipto tras la llegada de las siete plagas, Inocencio se gastó una verdadera fortuna para celebrar su subida al trono papal. Lorenzo aún tenía las imágenes en su mente, tan vivas y claras como si las hubiera dibujado él mismo. El estúpido de Rainaldi había organizado toda la fiesta en la plaza Navona; sobre una colina artificial que se suponía que debía representar el monte Ararat, había colocado un arca monumental sobre la que estaba representado Noé, con los brazos abiertos, para recibir una paloma que salía del palacio Pamphili y, sujeta por unos hilos transparentes, se le acercaba volando con una rama de olivo en el pico. ¡Vaya idea más penosa! A Lorenzo le entraron ganas de vomitar al ver aquello, y ahora, al recordarlo, todavía sentía escalofríos.

Por el amor de Dios, ¿iba a tener que esperar todo el día? Bajo el estucado techo abovedado, la quietud parecía haberse adueñado definitivamente de aquella habitación fría y cuadrada. No se oía ni un solo ruido. La enorme puerta batiente que conducía a la sala de audiencias estaba custodiada por un único lacayo, que llevaba una alabarda e intentaba por todos los medios no moverse lo más mínimo, pese a que una mosca pesada no dejaba de posársele en la nariz. Lorenzo observaba el insecto con una verdadera sensación de melancolía. ¡Ah, qué feliz era cuando se encargaba de decorar su obra con las abejas del blasón de los Barberini!

¿Le darían la misma suerte las palomas de los Pamphili? Todo dependía del tipo de hombre que fuera el nuevo papa. Él sólo lo había visto una vez, y su encuentro fue breve. Quizá incluso demasiado breve.

—*Monsignore* Spada nos ha hecho saber que Luis, el niño que ocupa el trono de Francia, ha ordenado a su primer ministro que te invite a su país. ¿Quieres aceptar su invitación?

Cuando al fin lo tuvo ante él, Lorenzo se quedó sorprendido de lo feísimo que era Inocencio. Con su estrecha frente, sus pequeños ojos, su gruesa nariz, su temblorosa perilla y sus enormes pies, que asomaban por debajo de la sotana, parecía el modelo perfecto de un sátiro o un fauno, creado para asustar a los niños que le salieran al paso.

Escogió prudentemente sus palabras antes de responder:

—En mi humilde opinión, Santo Padre, considero que, pese a que ésta es la segunda vez que el rey de Francia me invita a su país, no soy digno de semejantes honores. Ése fue el motivo por el que rechacé la propuesta en la primera ocasión. ¿Cree usted que sería una falta de respeto negarme una vez más?

—Son los demás quienes deben decidir si eres digno de tal invitación —respondió Inocencio con el semblante serio—. A nosotros sólo nos interesa conocer el verdadero propósito que se esconde tras ella. Durante el tiempo del cónclave, los cardenales franceses hicieron cuanto estuvo en sus manos para evitar que resultáramos escogidos. Y ahora, en cuando accedemos al trono, ese tal Mazzarini osa invitar a Francia al primer artista de Roma. ¡Eso es sin duda una provocación!

Lorenzo bajó modestamente la cabeza.

—Yo no soy importante, Santidad. No entiendo nada de las cuestiones políticas. Lo único que me mueve son los intereses artísticos.

—¿Pretendes decirme que querrías ir a París?

—La empresa que me propone la corte francesa es indudablemente atractiva. Desean que haga una estatua de Su Majestad. —Observó con verdadero placer el enfado que se reflejó en el rostro de Inocencio al oír aquello—. Para un artista sólo hay una cosa —añadió, tras una pausa perfectamente calculada— que pueda resultar más interesante que ésa.

—¿Y es...? —preguntó el Papa.

Lorenzo calló unos segundos, en parte para vengarse de lo mucho que lo había hecho esperar, y en parte porque le suponía un verdadero esfuerzo formular aquella propuesta, que parecía estancarse en sus labios, apresada por los nervios y por la emoción de lo que, quizá, estaba a punto de conseguir.

—¿Y bien? ¿A qué empresa te refieres?

Miró al Papa a los ojos. ¡Era tan feo que asustaba! Pero tenía que ganárselo a toda costa. El campanario no le dejaba otra opción. Así que tragó saliva y dijo:

—Una estatua de Su Santidad.

El rostro de Inocencio se iluminó con una indudable expresión de vanidad. Mientras observaba el modo en que se le transformaba el gesto, Lorenzo pensó que debería lavarse la piel con agua de llantén. Meditabundo, Inocencio se mesó la perilla, que pretendía —sin lograrlo— esconder las horribles pústulas que tenía en el mentón, y llamó a uno de sus sirvientes, al que susurró algo al oído.

—No queremos tomar solos esta decisión —dijo mientras el lacayo abandonaba la estancia.

Lorenzo miró hacia la puerta de reojo. ¿A quién habría llamado para que le diera consejo? ¿A Virgilio Spada? Sería perfecto, porque aquel hombre le resultaba muy simpático. Pero en lugar del pequeño *monsignore*, quien entró en la sala fue una mujer de porte majestuoso; un par de ojos oscuros y despiertos, a los que no parecía escapárseles ni un detalle, lo miraron desde el centro de un rostro de piel clara enmarcado por unos bucles morenos. ¡*Donna* Olimpia! Angustiado, recordó el mausoleo que ella le pidió tras la muerte de su marido y el modo en que él se negó a construirlo. ¡Qué estúpido había sido! ¡Qué poco previsor! Mientras seguía insultándose por aquello, Olimpia se acercó a él con una sonrisa en los labios, cosa que lo tranquilizó, y hasta le ofreció la mano a modo de saludo. Una distinción semejante a la que le hicieron desde la corte francesa.

—Permítame que le exprese lo mucho que lamento el pillaje al que fue sometido el palacio Pamphili —dijo, mientras se inclinaba a besarle la mano—. La gente no debe de estar en su sano juicio...

Donna Olimpia se encogió de hombros.

—No es más que una vieja costumbre, *cavaliere*, y comprendo que tiene una justificación, pues implica la idea de que el nuevo Papa debe separarse de sus bienes materiales. Además —añadió, con toda la intención—, no cabe duda de que el palacio familiar necesitaba una renovación urgente.

186

Lorenzo aguzó el oído. ¿Estaría indicándole *donna* Olimpia que iba a ofrecerle un contrato? Por cuanto hacía a su separación personal de los bienes materiales, estaba claro que no había sido nada del otro mundo. Toda la ciudad sabía que la mujer no había dejado nada de valor tras los muros del viejo palacio, pese a que, mientras el cónclave estuvo reunido, había repetido por activa y por pasiva que entregaría al pueblo todo su patrimonio en caso de que Pamphili saliera escogido. Algunos incluso decían que al hablar con ciertos cardenales, se había ofrecido a sí misma como botín..., lo cual, en opinión de Lorenzo, seguía siendo una oferta muy atractiva, por mucho que sus mejores primaveras ya hubieran quedado atrás.

—Aun así, *eccellenza*, las pérdidas tienen que haber sido terribles. Quizá podría consolarla una estatua del Santo Padre... Para mí supondría un verdadero honor; si me concedieran tal deseo, rechazaría con gusto la invitación que me ha hecho el rey de Francia para ir a visitarlo a su país.

—¿Eso haría, *cavaliere*? —le preguntó Olimpia, arrugando la frente.

—Sin dudarlo un segundo —respondió, mientras alzaba su mano derecha—. Le juro que no pondré un pie en suelo francés si Sus Excelencias así me lo ordenan.

—¿Es necesario que se lo ordenemos?

—Seré fiel a mi promesa; sin excepciones.

Donna Olimpia lo miró atentamente y después asintió, como dándose por satisfecha.

—La familia Pamphili valora y agradece su disposición, y no dudará en recompensar su amabilidad en cuanto tenga ocasión.

Lorenzo tuvo que hacer un esfuerzo por reprimir una sonrisa. ¡Estaba hecho todo un diplomático! Y ahora el tema del campanario no le preocupaba ni la mitad que antes de la audiencia.

—¿Cuándo desean que empiece a trabajar en el retrato del Santo Padre? —preguntó.

—Lo antes posible —respondió Inocencio, que desde la aparición de su cuñada había permanecido callado.

—¿La semana que viene, quizá?

—Estupendo. —El Papa le tendió la mano en la que llevaba el anillo—. Enviaré a un secretario para que le confirme el día y la hora.

Lorenzo se acercó a besar el anillo, pero en cuanto se disponía a arrodillarse, oyó que *donna* Olimpia decía:

—Pero... ahora que lo pienso... No puede ser.

La miró desconcertado.

—Perdone, *eccellenza*, no entiendo...

—Si no me equivoco —respondió ella, con una expresión en la que había desaparecido cualquier rastro de sonrisa—, el pueblo romano cuenta con una ley que impide retratar a un papa en vida.

Lorenzo tomó aire. Conocía aquel argumento. Ya lo había neutralizado en una ocasión, de modo que sabía lo que tenía que decir.

—Esa ley no debería ser válida para un Papa como éste. El pueblo tiene derecho a contar con una imagen de Su Santidad.

Sin embargo, pese a su sorpresa, *donna* Olimpia movió la cabeza en señal de negación.

—Es posible que ése fuera el pensamiento de algunos de los predecesores de Su Santidad, pero en este nuevo pontificado se recuperará el respeto por la ley y el orden.

—Bueno, siempre puede hacerse una pequeña excepción, ¿no?

—No, desde luego que no —respondió ella—. Queremos renovar Roma, y para eso necesitamos limpiar de arriba abajo la pocilga en la que se había convertido. Sin excepciones.

Dicho aquello, le lanzó a Inocencio una mirada tan furibunda que éste suspiró y dijo:

—Parece que *donna* Olimpia tiene razón. Tenemos las manos atadas.

—Así pues —preguntó Lorenzo, sin dar crédito a lo que estaba oyendo—, ¿de verdad quiere privar al pueblo de una imagen de Su Santidad?

Inocencio asintió de mala gana. Lorenzo esperó unos segundos, confiando en que el Papa cambiara de idea, pero él volvió a ofrecerle la mano para que se la besara, y comprendió que no le quedaba más opción que irse de allí.

—No sabe lo mucho que me entristece esta decisión, *cavaliere*, pero la ley es la ley. Ninguno de los mortales debería intentar pasarla por alto.

Olimpia pronunció aquellas palabras en un tono de tristeza y contrición, pero en sus ojos podía verse un brillo triunfal que desvaneció toda la esperanza de Lorenzo. ¿Y había creído que era un buen diplomático? ¡Un perfecto estúpido, eso es lo que era! Estaba claro que aquella mujer no había olvidado el desprecio que le hizo en otros tiempos, y aquél era el precio que tenía que pagar.

Con la cabeza inclinada, se dirigió a la puerta caminando hacia atrás, y a cada paso que daba para alejarse del trono papal sentía que se alejaba de los cálidos rayos del sol.

Estaba a punto de llegar a la puerta, que un lacayo ya le había abierto, cuando *donna* Olimpia volvió a dirigirle la palabra. Lorenzo se asustó. ¿Qué querría ahora? ¿No lo había castigado ya lo suficiente?

—Por cierto —dijo ella, como quien no quiere la cosa—, el Santo Padre ha decidido crear una comisión. Su función consistirá en estudiar los desperfectos que se produjeron en San Pedro con motivo de la construcción de su campanario. Es decir, de la amenaza que supuso su trabajo para la magnífica fachada de Maderno.

Dicho aquello, *donna* Olimpia le dio la espalda.

11

No hacía ni un mes que el papa Inocencio había subido al trono y *donna* Olimpia ya estaba más que entregada a la tarea de limpiar la pocilga que Urbano les había dejado en herencia: una misión que le exigía una gran entrega y fuerza hercúlea. Y es que Roma, la ciudad en la que confluían todos los hilos de la misión mundial desde la muerte de Cristo en la cruz, donde la Iglesia católica dirigía, en nombre de Dios, toda la humanidad desde el pasado, el presente y el futuro, aquella en la que el cielo se abría o cerraba a su libre albedrío, regalando a los creyentes la dicha eterna o bien la maldición eterna, esa Roma era al mismo tiempo la capital de un reino pequeño y mundano, cuyos dirigentes, dominados por los intereses de sus respectivos partidos, no eran capaces de ver más allá de la catedral de San Pedro.

Insatisfecho, al parecer, con los doce millones de escudos que costó a los Estados Pontificios la guerra contra Castro, el único afán de Urbano parecía haber pasado por el enriquecimiento de sus familiares. En ese sentido superó con creces a todos sus predecesores, pues durante su largo pontificado llegó a regalar a sus protegidos la increíble suma de ciento cinco millones de escudos; una fortuna tan sensacional que hasta él mismo acabó considerándola alarmante, y por la que, hacia el final de su vida, preocupado por la salvación de su alma, decidió organizar un consejo que valorara y decidiera la legitimidad de su proceder. (El resultado, obviamente, fue que el Papa había tenido razón en todas sus decisiones.)

Lo que nadie osó decir en ningún momento fue si el juez divino estaría o no de acuerdo con esa sentencia. Ni siquiera su representante femenina en la tierra. Como un castigo del Antiguo Testamento, la ira de *donna* Olimpia cayó sobre toda la gentuza que rodeaba a Urbano;

los privó de sus cargos y les exigió la devolución de las prebendas —cargadas de intereses— que durante tantos años habían ido recaudando sin la menor compasión. El resultado fue que tanto los cardenales Francesco y Antonio Barberini como toda una serie de protegidos del fallecido Papa se vieron obligados a abandonar Roma y buscar refugio en Francia. *Donna* Olimpia, por su parte, empezó a ser considerada la verdadera reina de la ciudad, y muchos comenzaron a referirse a ella como el «único y verdadero hombre de Roma».

El director de la congregación papal de constructores, uno de los muchos favoritos de Urbano, también sintió el efecto del nuevo gobierno eclesial, pues Inocencio lo sustituyó por el excelente prior de la congregación de San Felipe Neri, *monsignore* Spada, a quien nombró *elemosiniere* y máximo responsable de las obras que se realizaran en su corte. El fiel seguidor del partido hispánico, a quien Inocencio debía su elección, contaba con la absoluta confianza del Papa, de modo que no fue ninguna sorpresa que le concedieran no sólo ese nuevo cargo, sino también el de director de la comisión encargada de investigar el proceso de construcción del campanario de San Pedro.

A Spada no le cabía la menor duda de que aquélla era una tarea endiabladamente delicada, pues la investigación de la torre implicaba al mismo tiempo la puesta en tela de juicio de su constructor, el famoso *cavaliere* Bernini. Sea como fuere, Spada aceptó el cargo sin ninguna queja, porque tenía un objetivo muy claro por el que no le importaba pagar el precio que fuera. Junto con su torre gemela, aún por levantar en la cara derecha de la catedral, el campanario significaba el verdadero perfeccionamiento de San Pedro, y la convertía, por fin definitivamente, en la iglesia más admirable y representativa del cristianismo. Pese a sus defectos técnicos, no cabía duda de que la torre era una verdadera obra de arte desde el punto de vista estético; tanto, que había que hacer todo lo humanamente posible por mantenerla. Pese a que Spada, como hombre piadoso que era, conocía perfectamente las restricciones a las que estaba sometido su trabajo, no tenía ni la más mínima duda de que, dadas las diferentes posturas e intereses que confluían en ese proceso, y supuestas las luchas e intrigas que provocaría, sólo había un hombre en toda Roma capaz de realizar con éxito ese trabajo: él mismo.

¿Quién debía integrar la comisión? El Papa contaba con que le entregara la lista de nombres ese mismo invierno. Tenía decidido que llamaría al arquitecto Rainaldi y al constructor de las murallas de Roma, Cipriano Artusini, que era un dotado matemático. Como representante de los jesuitas convocó a Antonio Sassi, y, por su fama y sus conocimientos de estática, a Pietro Fontana, Martino Longhi y Andrea Bolgi. Sólo había un nombre que no acababa de ver claro y que, por el momento, había incluido en la lista con un enorme signo de interrogación al lado, pese a que tanto *donna* Olimpia como el propio Papa abogaban por él: Francesco Borromini.

¿Sería una buena idea? Spada no solía arredrarse jamás ante una decisión, aunque también era cierto que muy pocas veces se había enfrentado a una tan difícil como aquélla. Por una parte, Borromini era sin lugar a dudas uno de los mejores arquitectos e ingenieros que conocía, y en ese sentido, nadie mejor que él para buscar una solución al problema de los campanarios; pero por otra, tenía una personalidad tan complicada e imprevisible que resultaba prácticamente imposible predecir cómo se comportaría en ese trabajo. Quizá aún no hubiese superado el sarcasmo y el desprecio con el que tantos compañeros suyos lo habían tratado por culpa de sus atrevidas ideas... Pese a que Borromini podía afirmar con toda rotundidad que su trabajo era absolutamente desinteresado, resultaba evidente que en el fondo siempre subyacía en él la arrogancia, el pecado mortal de la *superbia*. ¿No le parecería una humillación que lo obligaran a contribuir a la preservación de la obra de Bernini antes de que se agrietase la fachada? Todo el mundo conocía la rivalidad que enfrentaba a los antiguos compañeros. ¿No se sentiría infravalorado una vez más, como sucedió durante la construcción del altar mayor de San Pedro, que tan injustamente se consideró obra exclusiva del *cavaliere*, sin mérito alguno para Borromini? ¿No era de suponer que podría utilizar su papel en la comisión para vengarse de su rival y desbancarlo, en la medida de lo posible, como constructor de la catedral?

Para responder a esas preguntas, Spada decidió poner a prueba a Borromini.

—Suponga —le dijo— que el hijo de su peor enemigo cae a un torrente de aguas bravas y amenaza con ahogarse ante sus ojos. ¿Qué haría?

—Pues lo mismo que cualquier hombre respetable: intentaría por todos los medios salvar la vida del niño.

—¿Aunque su padre hubiera sido injusto con usted? ¿Aunque se hubiese quedado con todos sus bienes y lo hubiese decepcionado en todo lo que a usted le parece importante y digno de consideración?

—Sí, también. ¿Qué culpa tiene el niño del comportamiento de su padre?

192

—¿Y si ese hombre hubiese secuestrado y desfigurado al niño, a su propio hijo? —dijo *monsignore* Spada, mientras se santiguaba—. ¿Qué haría entonces?

Borromini reflexionó durante unos segundos, y al final dijo con voz firme:

—Ni siquiera en ese caso podría hacer otra cosa que no fuera ayudar al pequeño en todo lo posible. El derecho a la vida que Dios le concedió no tiene por qué verse afectado por los errores de su padre. Pero ¿por qué me pregunta estas cosas tan extrañas, *monsignore*?

—Para asegurarme de que es usted el hombre que yo pensaba —dijo Virgilio Spada con una sonrisa en los labios, poniéndole una mano en el hombro.

Pese a todo, el 27 de marzo de 1645 Spada acudió a la primera asamblea de la comisión con sentimientos contradictorios. El asunto era de tal importancia que, además de los expertos y el propio inculpado, se presentaron allí una docena de cardenales y hasta el mismo papa Inocencio en persona. Sin andarse demasiado por las ramas, Spada decidió afrontar la pregunta que de verdad les importaba: ¿tenía que haber sabido el constructor de la torre, Lorenzo Bernini, que los fundamentos de la iglesia no podrían soportar todo ese peso? Como era de esperar, el acusado negó toda responsabilidad. Visiblemente nervioso, sobre todo al principio, dijo que él mismo había advertido del problema al papa Urbano, pero que éste no le había prestado ninguna atención. Cuando Inocencio X asintió al oír sus palabras, Bernini cobró algo de confianza, y concluyó su discurso de un modo más elocuente y seguro de sí mismo. A continuación el resto de los expertos manifestó su opinión. En general todos acusaron a Bernini de negligencia y no dudaron en llamar a las cosas por su nombre, aunque —para alivio de Spada— no se limitaron a señalar su culpa, sino que prefirieron dedicarse a buscar posibles soluciones. Todas las propuestas pasaban por fortalecer los cimientos de la torre, con el fin de mantenerla como estaba. Nadie mencionó siquiera la grieta.

Sólo hubo un experto que no abrió la boca durante toda la reunión: Francesco Borromini. Completamente vestido de negro, estaba sentado al final de la mesa y seguía con atención los comentarios de sus colegas. Cuando la comisión se aplazó para el día siguiente, todas las miradas cayeron sobre su persona.

La próxima vez le tocaría a él expresar su opinión. ¿Cuál sería su voto?

12

Esa misma pregunta perseguía también a Clarissa en sus ratos de soledad, que no eran pocos. Hacía ya más de tres años que había emprendido su peregrinación, y durante todo aquel tiempo no había hecho apenas otra cosa que rezar por la salud de su marido. Visitó las cinco basílicas: en San Pedro rezó en la tumba del apóstol; en la basílica lateranense, frente al altar del Papa; en Santa María la Mayor, ante la cripta de Jesús; en Santa Cruz de Jerusalén, bajo la cruz de Cristo; y en San Pablo Extramuros, frente al lugar de ejecución de san Pablo. Oró en las siete iglesias de peregrinaje; en las catacumbas de la Vía Appia; en las Escaleras Santas, que subió de rodillas y con el corazón arrepentido. Incluso viajó a la lejana Loreto, a la Santa Casa en la que, en una ocasión, cuando Galilea no quedaba muy distante, un ángel había anunciado a María la buena nueva. Pero, pese a todos sus esfuerzos, la salud de McKinney parecía no mejorar.

¿Cómo era posible? ¿Estaría realmente enfermo? Las dudas le roían cada vez más el alma, y no sólo en la Santa Casa de Loreto, en la que una simple inscripción, «NON EST IMPOSSIBILE APUD DEUM» («Nada es imposible para Dios»), bastaba para explicar el misterio que había llevado al ángel desde Tierra Santa hasta la casa de María. Fuera como fuese, lo que sí hacía McKinney era enviarle regularmente cartas desde Inglaterra. Una cada mes, sin olvidarse nunca, con la puntualidad de la luna llena en la nocturna bóveda celeste. Pero no hablaba nunca de su mejoría ni le pedía que volviera al hogar, pese a que en sus propias cartas ella no dejaba de rogárselo, cada vez con más insistencia. Claro que, en el fondo de su corazón y por mucho que quisiera ocultárselo a sí misma, Clarissa albergaba la esperanza de poder quedarse en Roma hasta que concluyeran los enfrentamientos por el tema del campanario de la catedral.

¿Sería eso pecado? ¿Estaría asumiendo de ese modo que el sufrimiento de su marido no iba a tener fin? Ah, ella sólo quería que el pueblo alabara a Borromini en la medida en que le correspondía, sin que Bernini tuviera que sufrir por ello.

Su espíritu estaba tan confuso que empezó a refugiarse en la capilla de santa Inés del *palazzo*. Allí, frente al altar —que había sobrevivido al saqueo popular—, se arrodillaba y unía las manos para rezar. Pero mientras observaba el milagro de la santa, cuyo cuerpo desnudo se cubría por entero de pelo para protegerse de los abusos de los soldados, lo único que sentía en realidad era un miedo cada vez mayor. Miedo de esos dos hombres que una vez desterró de su vida y ahora volvían a formar parte de ella, y sobre todo miedo de sí misma.

—¿Qué te pasa?

Clarissa se asustó y olvidó su recogimiento. Frente a ella, *donna* Olimpia la observaba con el entrecejo fruncido.

—Sé que hay algo que te preocupa desde hace tiempo. ¿Qué es? ¿Qué sucede?

—¡Ay, Olimpia, ojalá lo supiera!

Dudó unos segundos. ¿Tenía que abrirle su corazón? Su prima era una mujer con experiencia y quizá pudiese aconsejarle... Pero no, también era muy estricta y eso le daba miedo.

Por suerte, Olimpia pareció contentarse con su respuesta.

—Esa mala costumbre inglesa de arreglarlo todo a solas con Dios no te sienta nada bien. Si quieres saber mi opinión, creo que sé lo que necesitas: un confesor.

—¿Un confesor? —preguntó, desconcertada—. Yo... hace muchos años que no me confieso. McKinney opina que eso no es más que un intento de delegar y rehuir las propias responsabilidades.

—¿Eso piensa? —Sacudió la cabeza—. En Roma no lo vemos así. Al fin y al cabo, en la vida siempre hay algún momento en el que precisamos la ayuda de alguien para que nos escuche y nos ayude a sincerarnos con nosotros mismos.

¿Es que Olimpia podía leer el pensamiento? Porque eso era precisamente lo que Clarissa necesitaba. Sólo con la idea de poder confiar en alguien se sintió mucho más aliviada.

—Quizá tengas razón —dijo al fin—. ¿Y tú podrías recomendarme un sacerdote?

—Desde luego —le contestó entre risas—. ¡Sería una calamidad que la cuñada del Papa no pudiera aconsejarte un confesor!

Sin más dilación, Clarissa salió al día siguiente para confesarse. Desde el palacio Pamphili hasta la casa del sacerdote había apenas unos minutos. El carruaje se detuvo frente a un edificio grande y completamente renovado, cuya fachada estaba decorada con figuras de estuco y esculturas.

Cuando llegó a la entrada, Clarissa sintió un cierto desasosiego. ¿Qué tipo de hombre sería su confesor? De niña no había dudado en confiarse a cualquier voz que le susurrara a través de la reja del confesionario, desde la misteriosa oscuridad, como si no perteneciera a nadie en particular, sino a un espíritu bueno enviado del cielo. Pero ¿ahora, como adulta?

El mayordomo que le abrió la puerta la condujo por un patio lleno de luz y una columnata cubierta por una bóveda en cañón que parecía ir a parar a un segundo *cortile*, en el que vio la estatua de un guerrero a tamaño natural. Pero ¿qué era eso? Mientras avanzaba por la galería, Clarissa no podía dar crédito a lo que veían sus ojos: el suelo, que desde la entrada le había parecido perfectamente regular, se elevó de pronto bajo sus pies, las columnas eran cada vez más cortas y todo el pasillo se estrechó a su paso. La columnata no era más que un efecto óptico de falsas dimensiones. El corazón le dio un vuelco de alegría. ¡Eso ya lo había visto antes! Era la columnata ficticia que el *signor* Borromini había diseñado para su *appartamento* cuando aún se llamaba Francesco Castelli.

Un hombre bajo y regordete vestido con una sotana de seda negra se acercó hasta ella sonriendo. Su paso atlético y sus ojos despiertos bajo las espesas cejas hicieron que le resultara simpático desde el primer momento.

—¿*Monsignore* Spada? —preguntó, ofreciéndole la mano.

—Y usted debe de ser lady McKinney —respondió él en perfecto inglés—. ¡Bienvenida, Principessa!

—Qué modo tan maravilloso de recibir a los invitados —dijo Clarissa, señalando las columnas—. Nada es lo que parece.

—Estupendo, ¿verdad? —Asintió apasionadamente—. La columnata es mi lugar preferido. Confunde los sentidos y abre los ojos de la razón. Nos da a entender, de una forma extraordinaria y evidente, que el mundo está lleno de mentiras y traiciones. Además —añadió, lanzando una mirada a la figura del guerrero, que en realidad apenas le llegaba al pecho—, nos recuerda lo pequeños e insignificantes que somos en realidad. Pero ¿qué la trae hasta aquí, Principessa? *Donna* Olimpia me dijo que parecía usted angustiada...

El pequeño *monsignore* la recibió de un modo tan espontáneo y amistoso, que desde el primer momento Clarissa se sintió cómoda y a gusto en su compañía, como si hiciese años que se conocían. Además, durante toda la conversación Spada fue planteándole las preguntas con la naturalidad de un doctor que cuida de su paciente, así que, para su sorpresa, no le costó lo más mínimo confiar en él y abrirle su corazón. ¡Y eso que durante todo aquel rato estuvieron sentados en un banco, a plena luz del día! Pero en ningún momento sintió la necesidad de protegerse tras las sombras de un confesionario. Una hora después le había declarado prácticamente todo lo que guardaba en el corazón.

—Me he sentido atraída por dos hombres, padre —dijo, para concluir su confesión—. Dos arquitectos a los que Dios quiso poner en el mismo camino para que juntos construyeran la nueva Roma. Pero yo provoqué su separación. ¿Cree que he atentado contra los planes divinos?

—Los caminos del Señor son inescrutables, Principessa —respondió Spada, pensativo—, pero nuestra tarea consiste siempre en intentar interpretarlos. Como dijo san Agustín: «*Credo quia absurdum.*» Creo porque es absurdo. Quizá todo esto sea precisamente Su voluntad y tras sus preocupaciones se esconda la mano de Dios.

—Pero ¿qué sentido puede tener todo esto? ¿Cree que debo quedarme en Roma mientras mi marido sufre su fiebre biliar?

—Si Dios la ha hecho venir a Su ciudad por segunda vez, seguro que tiene Sus motivos. —Spada calló durante un buen rato—. Quizá —dijo al fin— la fiebre de su marido no sea más que una excusa. Quizá sólo pueda ayudarlo si desde aquí colabora con la obra del Todopoderoso.

—No lo entiendo, *monsignore*.

—No hace falta que lo entendamos todo. Quizá Dios la haya enviado a Roma por segunda vez para que subsane su antiguo error.

—¿Y cómo quiere que lo haga?

—Logrando que los dos hombres a los que separó, Borromini y Bernini, llamémoslos tranquilamente por sus nombres, decidan reconciliarse y concluyan juntos sus proyectos. ¡Una lo que ha separado! Quizá sea ése el precio que Dios quiere que pague antes de atender a sus peticiones por la salud de su marido.

—¿Eso cree? —preguntó Clarissa, sorprendida por aquella visión de las cosas.

—*Credo quia absurdum* —respondió Spada con una sonrisa—. En cualquier caso, Principessa, ¿no cree que vale la pena intentarlo?

13

Acabada su primera junta, la congregación papal de constructores llegó a dos conclusiones: en primer lugar, se ordenó al *cavaliere* Bernini que estudiara en profundidad la resistencia de los fundamentos de sus campanarios, con el fin de que el edificio de la catedral no sufriera ningún nuevo desperfecto; y en segundo lugar, el papa Inocencio X realizó una proclama pública en la que animaba a todos los arquitectos de la ciudad de Roma a proponer nuevas ideas para renovar o modificar las torres de San Pedro, y dijo que de entre todos los proyectos se escogería uno por concurso.

Tras el anuncio, que tuvo lugar en junio de 1645, Francesco Borromini se puso manos a la obra sintiendo una amarga satisfacción. Quería aprovechar la oportunidad para someter a un análisis crítico no sólo la torre de Bernini, sino también su propio boceto de la misma. Todo lo que hicieran los humanos era siempre susceptible de ser mejorado.

La mayoría de las veces trabajaba de madrugada, a la luz de las velas, cuando ya no se oía ningún ruido en la calle y nada enturbiaba el silencioso interior de su vivienda monacal. Realizaba sus correcciones a pulso, sin reglas ni plantillas, trabajando directamente sobre aquellos planos de Bernini que, salvando los retoques efectistas propios del *cavaliere*, no hacían sino reproducir sus propias ideas sin la menor vergüenza.

Borromini estaba decidido a depurar la obra de toda pompa innecesaria. Así como en la Antigüedad se crearon iglesias cristianas a partir de las ruinas de templos paganos, él, repasando con carboncillo los antiguos bocetos de color rojo, se propuso crear un nuevo campanario a partir de los cimientos de Bernini; una construcción infinitamente más ligera que la original. Pese a su escasa estatura, parecía alta y delgada, y, libre ya del peso del cimborrio, tendía hacia lo alto con la facilidad y ligereza de una columna de humo.

¡Ja, cómo le apetecía enseñárselo a todo el mundo! Dio un trago a su copa de vino. No, no había olvidado la cantidad de burlas que tuvo que soportar durante años, sólo porque sus compañeros no tenían ni pizca de imaginación ni un asomo de la necesaria creatividad. Todavía seguía oyendo aquellas risas... Le dijeron que estaba enfermo, que era un demente, pero ahora que había empezado a crear sus propias obras resultaba que no se cansaban de mirarlas y admirarlas. Cuántas veces había podido observar ya, desde la tribuna de San Carlos, el modo en que arquitectos llegados de todo el mundo se dislocaban el cuello para poder examinar —con la boca y los ojos abiertos como platos— la fluida y dinámica construcción de alguno de sus edificios: en ellos todos los elementos exigían la colocación del siguiente y mantenían alerta la mirada de todos aquellos idiotas que los contemplaban en una especie de muda adoración, como si se tratara del propio trabajo de Dios. Y todos querían ver sus planos. Alemanes, flamencos, franceses..., incluso un indio le había pedido uno de sus bocetos en una ocasión. Podría haberse hecho rico vendiendo copias de sus creaciones, pero en lugar de eso prefirió esconderlos. Conocía a ese tipo de gente: no querían sus planos para aprender de ellos, sino sólo para robarle las ideas.

Corrigió el proyecto de las torres una y otra vez, con seriedad y tesón, quitando una voluta de aquí y poniéndola allá para ir mejorando el conjunto. ¿Y el mundo creía que los campanarios de Bernini eran perfectos? ¡Pobres diablos, no tenían ni idea de lo que decían! Borró con un trapo la pretenciosa disposición de las columnas del tercer piso que había previsto Bernini y la sustituyó por un frontal liso. ¡Se acabó toda esa pompa! La arquitectura debía estar al servicio de Dios, en ella se reflejaban las leyes eternas de la creación. Ésa era la única verdad. Todo lo demás era afán de protagonismo.

Después se dedicó a la planta con el mismo cuidado con el que había estudiado la torre. Allí se escondía la solución para el tema de los cimientos... Había que disponer los pisos superiores sobre una superficie menor para que el muro travieso que los cruzaba hasta el suelo no estuviera sobrecargado. Por supuesto, el gran Bernini no tenía ni idea de todas esas cosas. ¡Había que ver los pretextos que había presentado a la congregación! Según él todos eran culpables: Maderno, el papa Urbano, incluso el anciano Calarmeno, que trabajó en los cimientos de la catedral durante la época del papa Pablo. Todos menos él. Pero ¿quién había decidido crear una torre al menos tres veces más alta y seis veces más pesada de lo previsto sin plantearse siquiera la posibilidad de fortalecer los fundamentos? ¿Qué se había creído ese gallito? ¿Que era el amo del mundo? ¿Que los dioses le habían puesto en el dedo un anillo mágico para que pudiera modelar a su gusto la piedra y el mármol? ¿Que bastaba con imaginar un edificio para poder construirlo, sin necesidad de trabajarlo, estudiarlo y luchar por su integridad? ¿No sabía que Dios echó al hombre del paraíso y lo condenó a tener que ganarse el pan con el sudor de su frente? ¡Cuánta arrogancia! ¡Qué frivolidad!

A Borromini le entró un ataque de tos tan fuerte que tuvo que dejar de dibujar. Con los pulmones ardiendo, empezó a hacer verdaderos esfuerzos para conseguir el aire que necesitaba para respirar. Era como si, después de tantos años de burlas y escarnios, cuando al fin empezaba a obtener aquel reconocimiento que tanto había anhelado, alguien se empeñara en recordarle una vez más que había empezado siendo un simple cantero, y que por eso tenía que esforzarse el doble y trabajar más y mejor que los demás. ¡Cómo envidiaba a sus rivales y las fáciles vidas que habían tenido! Sí, por el amor de Dios, sabía que era la envidia la que lo carcomía por dentro, una y otra vez, sin descansar jamás, colándose en su corazón todos los segundos de su maldita vida, como un veneno terrible y mortal cuya única finalidad fuera atizar su ira. Sí, sí, lo sabía y se odiaba por eso. Pero, por Dios y por todos los santos del cielo, ¿acaso no tenía razón? ¡La tenía, una y mil veces!

—¡Pero esperad! —dijo en voz alta, cuando pudo volver a respirar con normalidad.

El mismísimo papa Inocencio X le había pedido que se encargara de la conservación de San Pedro. Había sido elevado, pues, a la altura del arquitecto principal de la obra, y, además, por cuenta del representante de Dios en la tierra. Tomó otra copa de vino y se secó la boca con la manga. ¡Quién sabe, quizá hasta podría destituir a Bernini de su puesto! Tenía todos los ases en la mano. Lo único que le faltaba era aprovechar la siguiente asamblea de la congregación para exponer sin miramientos todos los fallos de Bernini y servirse de sus propios bocetos e ideas para presentarlo como a un miserable charlatán. Sabía lo que había que hacer para aligerar las estructuras y reforzar los fundamentos. Y el mundo entero comprendería que él, Francesco Borromini, era el único capaz de salvar la torre del campanario.

¿Qué opinaría la Principessa al respecto? ¿Lo defendería? Como siempre que pensaba en ella, como siempre que la soñaba frente a sí, y veía sus ojos y sus labios, y la oía hablar y reír, Francesco se calmó. Era como si alguien vertiera aceite sobre el encrespado mar de sus sentimientos y asentara las tensiones de su interior. Una vez más, volvió a sorprenderse por el poder que ejercía en él, aun cuando sólo estaba presente en sus pensamientos. ¿Por qué lo dominaba de aquel modo? ¿Cuál era el secreto? Sólo estaba seguro de una cosa: en sus encuentros con ella no debía dejarse llevar por sus sentimientos; ni por el odio ni por la envidia. Con la Principessa lo único que contaba era el arte.

¿Y el amor?

Se prohibió pensar en ello. Lady McKinney era una mujer casada.

Cerró los ojos. Conocer a la Principessa había sido una suerte, un regalo del cielo... Ella era la única persona del mundo en quien confiaba, la única a la que se sentía unido, la única a la que quiso mostrarle en su momento su primer boceto del campanario. ¿Cuánto tiempo había pasado? ¿De verdad hacía ya más de veinte años? Recordaba perfectamente lo contenta que se había puesto ella entonces, y la ilusión que había mostrado por ver realizado aquel proyecto. Tenía una sensibilidad admirable para la arquitectura. Sería maravilloso poder discutir con ella sobre sus nuevos planos antes de presentarlos a concurso, charlar como aquella otra vez en San Pedro, para ver las cosas más claras...

De pronto se oscurecieron sus pensamientos, y la paz que lo embargaba se transformó en miedo. ¿De verdad era buena idea presentar sus planos en el concurso y dejar que los vieran sus contrincantes? Atemorizado, recorrió su habitación con la mirada como si ya estuviera siendo espiado por unos ojos invisibles, e inconscientemente puso una mano sobre sus dibujos, para protegerlos. Esos planos eran sus hijos. ¿Debía exponerlos públicamente? En aquel tipo de convocatorias casi nunca se valoraba el buen hacer, sino que el resultado estaba determinado por toda una serie de sobornos y corrupciones. Así que, ¿y si al final ganaba otro? ¿Qué les impediría copiar su trabajo?

Aquella idea le hizo sentir verdadero pánico. Ya le habían robado sus ideas en una ocasión, así que... ¿quién le decía que no podían volver a hacerlo?

14

Las excavaciones de prueba en los fundamentos de la iglesia de San Pedro comenzaron sin más dilación. Se redistribuyó a un centenar de trabajadores del proyecto de la catedral y se los puso a cavar cada vez más profundo, y el *cavaliere* Bernini, el primer artista de Roma, estuvo encantado de dirigirlos personalmente. Poco a poco fueron vaciando de piedras y gravilla las fosas que Maderno había tardado media vida en construir para asegurar los cimientos de la fachada en aquel suelo tan complicado y tan lleno de conductos de agua.

Impaciente, Lorenzo se quitó la chaqueta y la camisa, bajó al foso y, con el torso desnudo, cogió un pico y se puso a trabajar para dar ejemplo. Tenía que cerciorarse: ¿era aquel suelo lo suficientemente seguro para soportar el peso de la nueva torre que había dibujado tras la congregación de constructores? Para reducir la carga, había sustituido la pesada construcción del tercer piso por una ligera arcada con un delicado cimborrio, y se había esforzado sobremanera para lograr que todo resultara lo más liviano posible, aunque, en el fondo, sabía perfectamente que la torre pesaba mucho más de lo que aparentaba sobre el papel, en el que casi parecía flotar.

Trabajó con tanto ahínco que la frente se le empapó de sudor y las manos se le llenaron de ampollas. Cuando llegaron a los setenta pies de profundidad, dieron con una hondonada llena de tierra algo más suelta, bajo la que descubrieron unos fosos en los que sólo quedaba el suelo arcilloso, que había sido llenado con guijarros y cal. Lorenzo empezó a sentirse más optimista. ¡Maderno había hecho un buen trabajo! Pero cuando, ocho pies más abajo, vio los puntales de madera con los que su predecesor había intentado afirmar los fundamentos de la fachada y trasladar su peso al suelo caudaloso, comprendió que sus esperanzas eran vanas: las vigas y los maderos estaban tan podridos y desgastados que si los golpeara con el pico, se desharían como el moho.

Lanzó al suelo su herramienta y subió por una escalera hasta el aire libre. ¡Era desesperante! Si no controlaba todo aquello, estaba perdido. El maldito campanario era sólo una muestra del descalabro, y estaba claro que podría tener para él terribles consecuencias, entre las cuales estaba, sin duda, su ruina. Inocencio X le había dado a entender con una claridad meridiana que estaba muy descontento, y no dudaría en convertirlo públicamente en el hazmerreír de Roma.

Las cosas estaban así: aunque el nuevo Papa no era ni mucho menos amante de las artes, quería, como todos sus predecesores, estampar su sello histórico en Roma con ayuda de la arquitectura. Pero no se limitaría a edificar iglesias y monasterios. Incitado por su ambiciosa cuñada, planeó una construcción enorme para el palacio Pamphili, que por aquel entonces estaba medio derruido: la plaza Navona pasaría a ser, como su estancia personal, el *teatro* mundial de los príncipes regentes de la Iglesia y de sus familias. Se animó a todos los arquitectos de la ciudad a que realizaran sus propuestas para la plaza, en cuyo fastuoso centro estaba previsto colocar una fuente de inigualable belleza. El único arquitecto al que, por expreso deseo del Papa, no se le permitió participar en el concurso fue precisamente el primer artista de la ciudad, el *cavaliere* Lorenzo Bernini, pese a que desde tiempos de Urbano había sido el intendente de las fuentes de la ciudad. ¡Toda una humillación!

Lorenzo sabía que todo aquello era cosa de *donna* Olimpia y, la verdad, no se hacía ilusiones: mientras tuviera como enemiga a aquella mujer, ya podía hacer lo que fuese, que nadie en toda Roma le ofrecería un proyecto que valiera la pena. ¿Tendría que romper su promesa y aceptar la invitación de la corte francesa? El primer ministro, Mazarin, le había escrito diciéndole que en Francia lo recibirían como a un rey...

—¿Qué haces ahí parado, mirándome? —dijo de pronto, al ver a su hermano frente a él—. Será mejor que te pongas a pensar, maldición, porque si no se nos ocurre algo pronto, acabaremos los dos igual de mal...

—¿Y qué tal si te ocuparas de tus visitas en lugar de cargarme con tu mal humor? —respondió Luigi.

—¿Visitas? —Lorenzo se dio la vuelta, sorprendido—. ¡Principessa! —Durante unos segundos fue incapaz de articular palabra. Luego se puso la chaqueta a toda prisa y añadió—: Le ruego que me disculpe, pero el trabajo apremia...

—Lo sé —lo interrumpió ella—. Ése es el motivo de mi visita. Quiero proponerle algo. Quizá haya una solución.

—¿Eso cree? —dijo, mientras se abrochaba el último botón—. Mire, mientras el papa Inocencio siga levantándose por la mañana y viendo una cara tan horrible en el espejo, me parece imposible que sea capaz de valorar adecuadamente una obra de arte.

—Entiendo cómo se siente —afirmó ella, mientras se acomodaba en la silla que Luigi le ofrecía—, pero ¿cree que el cinismo le servirá de algo?

—¿Se le ocurre algo mejor?

—Desde luego. Usted es arquitecto, *cavaliere*, un artista, los problemas técnicos no son su especialidad. Creo que lo que necesita es un ingeniero.

—Ah, ya tengo unos cuantos. En este proyecto trabajan más de una docena de ingenieros sabelotodo cuya única misión es aconsejarme y ayudarme, pero me temo que ninguno es capaz de hacer milagros.

Clarissa sacudió la cabeza.

—No me refiero a un ingeniero cualquiera, *signor* Bernini, sino a un hombre que lleva tanto tiempo como usted trabajando intensamente en el proyecto del campanario, y por eso puede ayudarlo más y mejor que nadie.

Lorenzo creyó intuir a quién se refería, pero con la esperanza de estar equivocado, quiso que ella mencionara aquel nombre con sus propios labios.

—¿Y a quién se refiere, si puede saberse? ¿Quién me salvará? —preguntó.

—Francesco Borromini —dijo ella, sin dudar ni un segundo—. Su antiguo *assistente*.

—¿Él? ¿Ayudarme a mí? —Lanzó una carcajada—. ¡Ese envidioso preferiría vender su alma al diablo antes que ayudarme! ¡Lo que él quiere es convertirse en el único arquitecto de la catedral!

—El *signor* Borromini es un hombre honrado.

—Sí, pero sólo si él no sale perjudicado. No existen los hombres honrados, Principessa, y él no es mejor que los demás.

—¿Y si yo le aseguro que sí?

—Él no tardaría en demostrarme lo contrario. Aguarde y verá: sólo está esperando el mejor momento para atacarme.

204

—Quizá sea cierto que quiera atacarlo —admitió Clarissa—, pero estoy segura de que hará cuanto esté en sus manos para proteger su obra.

—¿Cómo que su obra? ¿A qué se refiere?

—Ya sabe a qué me refiero, *cavaliere.* —Se levantó de la silla y se acercó a Lorenzo—. Reconozca usted en público que el campanario fue idea de Borromini, y estoy convencida de que él hará lo posible por salvarlo.

Lorenzo respiró hondo.

—¿Y por qué quiere que reconozca algo así? ¡El proyecto salió de mi taller!

—Sí, claro, pero la idea fue de Borromini, ¿no?

—¿Y eso qué importa? Los arquitectos tienen derecho a utilizar los bocetos de sus ayudantes como les plazca.

—¿Al precio que sea? —Clarissa lo miró directamente a los ojos—. Dada la situación, en estos momentos el señor Borromini es el único que puede ayudarlo. ¿De verdad quiere arriesgarse a que destruyan el campanario sólo para no compartir el éxito?

Lorenzo cerró los ojos. Lo que más deseaba en el mundo era negarse a aquella oferta. Pero el descubrimiento que había hecho en los cimientos lo había dejado destrozado. Santo Dios, ¿qué debía hacer?

—¿Y bien, *cavaliere*?

En aquel instante sus ojos se cruzaron con los de Clarissa. ¡*Madonna*, aquella mujer era preciosa! La decisión cayó entonces por su propio peso.

—Si ése es su deseo, Principessa, haré cuanto pueda por satisfacerla.

—¡No puede ni imaginarse lo feliz que me hace! —Con el rostro radiante, Clarissa le ofreció la mano—. Ahora mismo me voy a ver al señor Borromini para hablar con él.

Se recogió la falda y corrió hacia la *piazza*, donde la esperaba un carruaje.

Mientras Lorenzo la seguía con la mirada y empezaba a preguntarse si había hecho bien en tomar aquella decisión, una segunda cuestión empezó a taladrarle el cerebro: ¿por qué se esforzaba tanto la Principessa? ¿Era para ayudarlo a él o —casi no se atrevió a plantearse aquella pregunta— más bien a Francesco Borromini?

Entonces ella se volvió y le gritó:

—Por cierto, *cavaliere, donna* Olimpia quiere organizar algún divertimento para el próximo carnaval, pero no se le ocurre nada. ¿Tiene usted alguna idea?

15

—¡No puede votar en su contra! En el fondo se perjudicaría a sí mismo. Lo que tiene que hacer es esforzarse por salvar la catedral. ¡Al fin y al cabo también es su obra!

Clarissa llevaba un cuarto de hora tratando de convencer a Francesco Borromini, pero era como si hablase con una pared. Él le había dado la espalda y tenía los brazos cruzados. Ni siquiera le había ofrecido asiento.

—¿Mi obra? —refunfuñó—. Toda Roma ha admirado el campanario y lo ha celebrado como un ejemplo más del sorprendente genio artístico de Bernini. Y ahora que se han formado las grietas y el mundo entero se pregunta asombrado cómo es posible que haya sucedido algo así, ¿pretende que salte a la palestra y diga que el proyecto era mío? ¿Para qué? ¿Para que la gente se ría de mí?

—Nadie se reirá de usted. Al contrario, los romanos le estarán agradecidos.

Se hizo el silencio. Clarissa comprendía lo que Borromini quería decir, y sabía que tenía todo el derecho del mundo para hablar en aquel tono. Fuera empezaba a oscurecer, y las ventanitas de la habitación dejaban entrar tan poca luz que los lomos de los libros que había en las estanterías parecían apenas un oscuro relieve sobre la pared encalada. Clarissa cogió el candelabro que había sobre la mesa y lo llevó hasta la estufa que había al otro lado de la estancia.

—Precisamente por eso tiene que dar la cara, *signor* Borromini —dijo, mientras tomaba una tira de papel y encendía las velas—. No debe permitir que vuelva a suceder lo del altar mayor. Nadie sabe lo mucho que trabajó usted en aquel proyecto, ¿verdad? ¿Y quiere que vuelva a repetirse tamaña injusticia?

Él se giró para mirarla, y ella reconoció en su rostro, iluminado por la débil luz de las velas, la vieja tristeza de antaño.

—¿Por qué hace esto? —preguntó—. ¿Ha vuelto a pedírselo él?

Sus ojos oscuros se contrajeron mientras hablaba, como si no se conformara con herirla con sus palabras y quisiera hacerlo también con la mirada. ¿Por qué se mostraba tan distante? Clarissa presentía que en el fondo él no deseaba comportarse de aquel modo, pero era como si estuviese poseído por un demonio que lo obligaba a actuar justo al revés de lo que quería. ¿Qué podía hacer ella para calmarlo y suavizar su comportamiento?

—Vi la columnata del palacio Spada —dijo entonces—. Imagínese, yo misma caí en el juego óptico, pese a que ya había visto antes su boceto. Es una obra maravillosa. Como dijo el propio *monsignore*, confunde los sentidos y abre los ojos de la razón.

—¿Ha estado en el palacio Spada? —preguntó él, entre sorprendido y desconfiado—. ¿Y qué ha ido a hacer allí?

—Estuve hablando sobre usted con *monsignore* Spada. Sobre usted y sobre el *signor* Bernini. El *monsignore* opina que usted y el *cavaliere* deberían...

—¿Cómo se atreve a inmiscuirse en mis asuntos? ¿Acaso cree que necesito su ayuda?

—Desde luego que no —respondió ella, dejando el candelabro de nuevo en la mesa—, pero si me atrevo a inmiscuirme en sus asuntos es porque me intereso por su trabajo. No lleve siempre las cosas tan lejos. Debe encontrar la manera de acercarse a Bernini o, si no, sucederá con la torre lo mismo que con su columnata: los romanos creerán estar observando algo que no tiene nada que ver con lo que es en realidad.

—¿Y por eso quiere que trabaje como peón de un charlatán del calibre de Bernini?

Clarissa sacudió la cabeza.

—Sé lo injustos que han sido todos con usted. La gente no está dispuesta a soportar a hombres de su talla, hombres que no quieren acomodarse, que no se resignan, que no se conforman con nada que no sea la perfección.

—¿Y a mí qué me importa lo que piensen los demás?

—Ha llegado usted tan lejos, *signor* Borromini... Empezó siendo cantero y ahora es un hombre famoso. Pero si se empeña en mantenerse siempre en sus trece, algún día perderá todo lo que ha logrado.

—¡Vamos, eso es absurdo!

—Ojalá lo fuera. ¿Cree que la grieta de la catedral es su gran oportunidad? No, *signor*, será su sentencia de muerte. La gente lo odiará por eso, acabará con usted, y le aseguro que yo no tengo ninguna gana de ver algo así. Pero ¿qué es esto? —Se interrumpió de repente, al ver unos planos que había abiertos sobre la mesa, junto al candelabro—. Es la torre...

—Es algo privado, no quiero que lo vea nadie —dijo, y tapó los dibujos con un gran libro encuadernado en cuero.

—No creo que su amigo estuviera muy de acuerdo con eso —replicó, apartando el tomo—. Y no me mire con esa cara; durante los últimos años he leído a Séneca y conozco su doctrina: todo aquel que desee permanecer fiel a sí mismo debe evitar dejarse llevar por sus sentimientos y sólo debe hacer caso a su razón. Pero ¿qué estoy diciendo? Resulta que usted ya tiene hecho lo que yo quería pedirle que hiciera. —Acercó el candelabro y se inclinó sobre los bocetos. Sí, no cabía duda de que aquello era un estudio de la torre. Las correcciones habían sido cuidadosamente marcadas con carboncillo para que destacaran sobre el color rojo de los dibujos originales—. He esperado tanto este momento... ¿Por qué no me ha dicho enseguida que ya había hecho el trabajo?

—No son más que apuntes; no significan nada. —Enfadado, cogió los papeles de la mesa, los enrolló y los dejó en un estante.

—¿Ah, no? No lo creo. —Clarissa lo miró—. Supongamos que el papa Inocencio X anunciara públicamente que usted y el *cavaliere* Bernini tienen los mismos méritos sobre el campanario y son igual de responsables de su construcción. ¿Estaría dispuesto a colaborar en su mantenimiento?

—¿Y por qué habría de anunciar el Papa algo así?

—Yo podría convencer a *donna* Olimpia de que lo hiciera. Estoy segura de que si se lo pido...

—¿Quiere usted pedírselo a *donna* Olimpia? ¡Ah, no, eso sí que no! ¡Se lo prohíbo! No le he pedido nada a nadie en toda mi vida, y menos aún si se trata de algo que me corresponde.

—Por el amor de Dios, *signor* Borromini, ¿no puede olvidar su orgullo, aunque sea un momento?

—No quiero limosnas, sino justica.

—¿Y qué pasa con sus sueños? —exclamó ella—. Cuando lo conocí, tenía usted grandes expectativas. Con el *signor* Bernini. ¡No, no me interrumpa! —dijo, al ver que él abría la boca—. Juntos querían construir la nueva Roma, la antesala del paraíso; incluso querían superar a Miguel Ángel. Y ahora tienen la oportunidad de convertir ese sueño en realidad. Son ustedes los mejores arquitectos de la ciudad, quizá incluso del mundo, y si estuvieran dispuestos a colaborar en lugar de seguir enfrentándose, estoy segura de que nada podría pararlos. ¡La torre es una señal divina! ¡Deje ya de dudar y haga lo que debe hacer!

Francesco la miró con una expresión tan vacía como si ella le hubiese hablado en inglés. Sólo la profunda arruga de su frente delataba que había entendido sus palabras.

«Si no fuera tan endiabladamente orgulloso... —pensó ella—. Eso es lo peor que tiene este hombre, y a la vez lo que más me atrae de él.»

Por fin, se decidió a cogerlo de la mano y decirle:

—Haga las paces con Bernini, se lo ruego. ¡Si no quiere hacerlo por sus propios sueños, hágalo usted por mí! No se imagina lo mucho que me importa...

16

El 9 de octubre de 1645 tuvo lugar la segunda reunión del consejo papal de constructores. Inocencio X saludó brevemente a los cardenales allí presentes, así como a todos los miembros de la comisión, y después de aquello se hizo en la sala un silencio tan absoluto que tras las ventanas cerradas podía oírse el canto de los pájaros.

Todas las miradas estaban dirigidas a Francesco Borromini, que en ese día debía dar su opinión sobre la torre. Con el rostro muy serio comenzó a ordenar sus papeles. Su voto decidiría el futuro del campanario.

—Si es tan amable de empezar... —dijo Virgilio Spada, concediéndole la palabra.

Lorenzo Bernini, en apariencia un miembro más del consejo, pero en realidad separado de él por aquel muro invisible que divide al mundo en acusadores y acusados, estaba sentado al final de la larga mesa, junto al resto de los expertos, y era observado por todos los cardenales que estaban al servicio del Papa. Tenía los nervios a flor de piel. El castigo que podía caerle era de diez mil escudos, y, además, en caso de que lo declararan realmente culpable, debería hacerse cargo de los gastos de construcción de la torre, que se elevaban a ciento cincuenta mil escudos. Estaría arruinado para el resto de su vida.

Y ya había hecho lo que había podido. Sabía que tenía de su parte a Artusini y a Rainaldi, que ya habían presentado sus informes en la primera reunión, y estaba seguro de que Fontana, Longhi y Bolgi, todos ellos artistas, se regirían por criterios estéticos y votarían a su favor. Pero había algunos que lo tenían más despistado, como Marischello, Mola y Moschetti. La buena noticia era que tanto Mola como Moschetti sufrían problemas económicos crónicos, y Lorenzo se había encargado de ofrecer quinientos escudos a cada uno antes de la reunión. Pero ¿sería suficiente? Elevó una oración a Dios, en quien creía sin ninguna duda, al menos en aquel preciso momento, y le rogó que intercediera en su favor.

—Empecemos por los fundamentos —dijo Borromini, tomando la palabra—. El suelo que queda bajo el campanario está compuesto por arcilla compacta, y la presión del edificio no es mayor aquí que en cualquier otro lugar. Es cierto que, a un determinado nivel, la cal se ha separado de la argamasa, pero el estrato más bajo se encuentra en un estado relativamente bueno.

Lorenzo tomó aire. Borromini hablaba en un tono calmado y objetivo, sin realizar ninguna referencia personal o atacarlo directamente. Desde luego, no escatimaba las críticas, y evidenciaba todos los errores que se habían producido en la construcción, errores de los que él tendría que haberse hecho responsable, con la misma falta de escrúpulos con la que se había puesto a dirigir la obra. Pero al mismo tiempo —y ése era un dato determinante—, proponía soluciones que parecían perfectas para mantener la torre en pie.

—El cimborrio se añadió al campanario con vigas de hierro y muros de piedra. Los cimientos eran excesivamente blandos para soportar ese peso, y por ello se produjeron en el suelo unos esfuerzos de tracción que irremediablemente pasaron a la fachada por los anclajes, y fue así como surgieron las grietas. La pregunta ahora es: ¿cómo podemos lograr una fuerza proporcionalmente inversa? Se trata de buscar un modo de reforzar y apuntalar mejor los fundamentos encarados al sur.

Parecía como si Dios hubiese escuchado sus oraciones. Lorenzo se sintió invadido por una oleada de afecto hacia aquel hombre que se encontraba justo al otro lado de la mesa, y que en aquel momento estaba demostrándole que no era sólo su rival, sino también su antiguo compañero de fatigas. Cuanto más hablaba Francesco, más se enternecía Lorenzo, remontándose a los viejos tiempos: era como aquella vez con el altar mayor de San Pedro, cuando él ya no sabía qué hacer ni cómo alterar el baldaquino para que las columnas pudiesen sostener su peso, y la intervención de Francesco lo salvó de aquella pesadilla y le permitió volver a respirar tranquilo. Sintió que se le llenaban los ojos de lágrimas y tuvo que hacer un esfuerzo para no ponerse a llorar. En el fondo siempre lo había sabido: el destino había unido sus caminos, el de Francesco y el suyo, como unos gemelos a los que la Providencia relaciona íntimamente para toda la eternidad.

—¿Cuáles son, pues, sus conclusiones? —preguntó el Papa desde su trono, en una ocasión en que Francesco se detuvo a tomar aire.

El propio Inocencio parecía aliviado. Sin hacer referencia a las particularidades técnicas, indicó a *monsignore* Spada que se ocupara de la puesta en práctica de las medidas más necesarias.

Por segunda vez en aquella mañana, Lorenzo suplicó a Dios interiormente, y juró por todos los santos que si las cosas salían bien, se ocuparía personalmente de curar con llantén la escrofulosa piel de Inocencio X. Pero entonces, con una expresión repentinamente endurecida, el Papa se dirigió a él y le dijo:

—Así pues, ya no tienes ningún motivo para abandonar Roma, ¿no es así, *cavaliere* Bernini?

Profundamente arrepentido, Lorenzo inclinó la cabeza y anunció:

—Haré todo cuanto esté en mis manos, Padre, para reparar lo antes posible los errores que en uno u otro momento haya podido cometer.

—¿Abandonar Roma? —preguntó Borromini, sorprendido—. No comprendo, la verdad.

—La corte francesa ha solicitado la presencia del *cavaliere* en París —explicó Virgilio Spada.

—Querían un retrato del rey —añadió Lorenzo, moviendo la cabeza de tal modo que los rizos le acariciaron la nuca—. La invitación la realizó el primer ministro.

Al ver la expresión de Francesco comprendió que habría hecho mejor quedándose callado. Borromini estaba blanco como la leche, y sus ojos brillaban de pura rabia.

—Ah, no, eso sí que no —dijo, poniendo su vieja cara de pocos amigos—. Aquí nadie se va de Roma hasta que se haya aclarado el asunto del campanario. En caso contrario corremos el riesgo de que el acusado intente zafarse de su castigo.

—¿Yo? —exclamó Lorenzo, indignado—. ¿Zafarme de mi castigo? Pero ¿a qué castigo se refiere? Si acaba de decir en su informe que...

—No importa —lo interrumpió Francesco, tratándolo como a un colegial—. ¡La corte francesa tendrá que esperar!

—¡No creo que mi antiguo *assistente* tenga potestad para decidir al respecto! —explotó Lorenzo, quien por segunda vez en pocos segundos maldijo su precipitación.

Por Dios, ¿qué le pasaba? ¡Si ni siquiera quería ir a París! Al contrario, estaba encantado de poder quedarse en Roma. Pero no estaba dispuesto a que le dijeran lo que podía hacer y lo que no.

—¡Iré a donde me plazca! —añadió.

—La corte francesa tendrá que esperar —insistió Francesco—, o bien llamar a otro artista. Al fin y al cabo, el *cavaliere* Bernini no es el único escultor del mundo.

Aquella impertinencia era sin lugar a dudas una provocación. Lorenzo se calmó de pronto y dijo con frialdad:

—Está bien, está bien. Y dígame, ¿se le ocurre a usted algún otro nombre, *signor* Borromini? Si en su opinión el primer artista de Roma no debe dejar la ciudad, ¿a quién podríamos enviar a Francia? —Hizo una pausa breve e intencionada antes de continuar—. ¿A un picapedrero, quizá?

—Creo que deberíamos volver al tema que nos ocupa —intervino *monsignore* Spada.

—Estoy de acuerdo —dijo Francesco—. Así que, si me lo permiten, me gustaría acabar con mi exposición.

—¿Acabar? —preguntó Spada, sorprendido—. Pensaba que hacía rato que había acabado.

—En absoluto. Queda lo más importante.

Lorenzo se dejó caer en una silla. ¡Había sido un idiota! Sabía lo que sucedería ahora... Y eso fue precisamente lo que ocurrió: Borromini continuó con su discurso, que fue clavándose en el corazón de Bernini a modo de pequeñas pero certeras puñaladas. Según él, la torre era tres veces más alta y seis veces más pesada de lo que habían previsto sus predecesores, y los fundamentos no se habían preparado para aquel cambio ni reforzado en modo alguno. Como si eso no fuera suficiente, había, además, otro problema básico, y era que la estructura no se había construido en función de las subestructuras de Maderno. Dicho con otras palabras, el cimborrio no se asentaba exclusivamente sobre los travesaños de la torre, sino que traspasaba su peso a la esquina meridional de la fachada y el muro interior cruzado del patio. Para ilustrar su tesis, Francesco repartió un boceto entre todos los allí presentes, en el que podía verse la planta de la torre meridional aplicada sobre el primer estrato de los cimientos. Bastaba un simple vistazo para comprender que los fundamentos de la catedral habían sido sometidos a una sobrecarga excesiva.

—En resumen —dijo al fin—: el campanario podría derrumbarse en cualquier momento. Hay que quitarle el cimborrio. Es el único modo de salvar la catedral y su fachada.

—¡Maldito hipócrita! —gritó Lorenzo, incapaz de quedarse quieto en su silla—. ¡A mí no me engañas! Ya sé por qué estás diciendo todas esas tonterías: quieres construir la torre tú solito y que te nombren arquitecto de la catedral.

Sin mover un solo músculo de la cara, Francesco le devolvió la mirada y le dijo fríamente:

—Se equivoca usted, *cavaliere*, como tantas otras veces en su vida. No tengo ni la menor intención de presentar a concurso mis proyectos. Estoy aquí sólo en calidad de juez, y no como posible constructor del campanario.

Después de aquello el silencio llenó la sala durante unos segundos. Nadie se atrevía a decir nada. Los cardenales arqueaban las cejas bajo sus sombreros anchos y planos, y el resto de los expertos miraba perplejo hacia delante, o bien de soslayo, estudiándose unos a otros. Cipriano Artusini tosió cubriéndose la boca con la mano, y Andrea Bolgi garabateó algo en un papel.

—¿Y ahora qué hacemos? —preguntó Inocencio X con voz ronca, rompiendo el silencio.

—Propongo —dijo *monsignore* Spada con un suspiro— que pospongamos el veredicto para la próxima sesión.

17

Aquel invierno fue duro para el pueblo romano. A medida que fuera, en las calles, los días iban haciéndose más cortos y las noches, más oscuras, en el interior de las casas iban creciendo la miseria y la escasez. Las cosechas del año anterior habían sido tan malas que ya en noviembre se habían acabado todas las reservas de grano, y puesto que Inocencio, dado el maltrecho estado en que se encontraba el tesoro público tras la guerra de Urbano y su furor constructivo, no se vio capaz de eliminar los odiados impuestos sobre alimentos tan imprescindibles como la harina o el aceite, resultó que al llegar la Navidad no había una sola mujer en toda Roma que no tuviese problemas para dar de comer a su familia. La hambruna afectó también a los carnavales de Año Nuevo, que en aquella ocasión fueron más modestos que nunca. El papa Inocencio ordenó que se renunciara a los actos ostentosos, las carreras de carros y las cabalgatas, que solía ser lo que más entretenía al pueblo, y redujo la celebración a los divertimentos baratos o definitivamente gratuitos. El primer lunes del carnaval de 1646, pues, comenzó con la tradicional ejecución pública de los malhechores condenados, y también, como cada año, se realizó el lanzamiento de mutilados, ancianos y judíos por el río Corso para regocijo de los romanos. Se organizó asimismo una carrera de hombres que acabó despertando más expectación que las de caballos. Las majestuosas representaciones teatrales, en cambio, que en años anteriores habían atraído a más público que el lanzamiento de lisiados y judíos, se prohibieron en toda la ciudad. O mejor dicho, en casi toda, pues había una excepción: el palacio Pamphili, hogar de *donna* Olimpia.

El martes de carnaval se representó allí una función que el *cavaliere* Bernini había inventado y llevado al teatro especialmente para aquella ocasión, con la que logró dejar admirados a los espectadores. El escenario, montado en el gran salón de fiestas, representaba el punto medio entre dos teatros: el real, en el que se encontraban los actores, y otro ficticio, dibujado al lado, en el cual, a través de unas ventanas abiertas, se incluía en la trama la iluminada plaza Navona, de modo que realidad y ficción apenas podían distinguirse. La trama de la comedia, titulada *Fontana de Trevi*, era tan complicada que al cabo de unos minutos la mayoría de los espectadores ya había perdido el hilo, pero seguía disfrutando de los ingeniosos diálogos y, sobre todo, de los maravillosos efectos con los que Bernini lograba confundir los sentidos. Las inundaciones que se precipitaban en cascadas desde el escenario parecían tan reales y naturales que el público levantaba inconscientemente los pies para no mojarse; los rayos caían sobre la plaza del mercado, que, con docenas de carros y casetas, se había montado sobre la tarima; aún no se había extinguido el amenazador rugido de los truenos, cuando el cielo empezó a vomitar llamas de fuego y, para mayor sobresalto del público, que estaba aterrorizado, toda la plaza del mercado pareció arder en llamas, pero en cuestión de segundos —y acompañada por exclamaciones de alivio y admiración— resurgió convertida en un precioso jardín iluminado por el sol y animado por el murmullo del agua de una fuente.

Sólo hubo una persona que no disfrutó con aquel espectáculo: Clarissa McKinney, prima de la anfitriona. Mientras las escenas de la obra iban sucediéndose frente a sus ojos, ella sólo tenía una pregunta en el pensamiento: ¿cómo era posible que el *signor* Borromini hubiese abogado por la demolición de la torre de San Pedro? ¿Acaso no había hecho ella todo lo posible por convencerlo? Intentó concentrarse en el teatro, pero no pudo. Una segunda inquietud la atormentaba: las noticias que todos los meses llegaban religiosamente desde Inglaterra habían empezado a reducirse aquel invierno, y las pocas cartas que ahora recibía estaban cargadas de oscuras indirectas, con las que McKinney se refería a circunstancias especiales —nunca del todo aclaradas— que hacían necesaria su permanencia en Roma hasta nuevo aviso.

¿A qué podía deberse aquel extraño comportamiento de su marido? Clarissa ni siquiera creía que siguiera enfermo, pero ¿qué motivo podía tener para no querer volver a verla? ¿Es que ya no la amaba? ¿O había encontrado a otra mujer, más joven que ella y capaz de darle descendencia?

—No ha aplaudido usted, Principessa. ¿No le ha gustado mi comedia?

Clarissa volvió de pronto a la realidad. Frente a ella tenía a Bernini, que la miraba con una sonrisa de oreja a oreja.

—Perdón, ¿cómo ha dicho?

Donna Olimpia, que estaba sentada junto a ella en la primera fila y acababa de levantarse, acudió en su ayuda:

—Su comedia ha sido fantástica, *cavaliere*. No tenía ni idea de que compusiera usted también piezas de teatro.

—Sólo de vez en cuando, para divertirme —respondió él—. Hasta ahora la única que lo sabía era mi mujer, y creo que jamás me habría decidido a representarlas si la Principessa no me hubiese mencionado su situación.

—Qué suerte para nosotros que no se mueva usted por principios —dijo Olimpia, cogiéndolo del brazo—. Pero vamos, creo que la comida está servida. ¿Me hace el honor de acompañarme a la mesa?

La comida estaba servida, sin lugar a dudas. La larga mesa del comedor casi parecía doblegarse bajo el peso de las bandejas y fuentes de plata, que varias docenas de camareros iban rellenando continuamente con nuevos manjares. Tomaron fricasé de ternera y de pollo, perca y salmón rehogado, becada y codorniz asada, cerceta y pavo, paté de jabalí y chuletas a la parrilla, pastel de médula y lengua de vaca, y todo ello acompañado de montañas de verdura y ensaladas preparadas de todas las maneras posibles. Camillo Pamphili, a quien pocas semanas antes su tío había nombrado cardenal (el más joven del colegio), apelando a su impotencia sexual como muestra de que había sido elegido por Dios para dedicar su vida a la Iglesia, iba vestido con su traje púrpura recién estrenado, y, sentado a la cabeza de la mesa, flanqueado por su madre y por Clarissa y representando al papa Inocencio como cabeza de familia, comía con tanta ansia como si, igual que los pobres de su diócesis, hubiera estado pasando hambre durante todo el invierno.

—Al principio he creído que toda esta comida era de mentira, pura decoración —le dijo Bernini a *donna* Olimpia, que estaba sentada a su lado, cuando al fin llegaron a los membrillos y mazapanes—. ¡Sorprende ver tanta ostentación y abundancia en estos tiempos!

—Dado que yo, al contrario que usted, soy incapaz de jugar con las artes ilusorias —le respondió su anfitriona con una sonrisa encantadora—, me he visto obligada a reunir lo poco que aún podía encontrarse en el mercado y ofrecérselo a mis invitados.

—Pues tiene que haberle costado una fortuna —opinó Bernini, mientras hacía chocar su copa con la de ella—. ¡A su salud, *eccellenza*!

—¡Mejor que no hablemos de eso, *cavaliere!* —dijo *donna* Olimpia con un suspiro, mientras su semblante se oscurecía—. ¡Si supiera lo que cuesta mantener una casa como ésta! Con los pocos medios de que dispone el Santo Padre es prácticamente imposible salir adelante. ¡Y, además, tenemos que encargarnos de la renovación del *palazzo* y de la *piazza!* Ya sólo la fuente va a costar una barbaridad. No se imagina la de noches que paso en vela meditando sobre todo eso. Lo único que me consuela es pensar que estamos cumpliendo con la voluntad de Dios.

—¿Está diciendo que es voluntad divina que pase usted las noches en vela? —dijo Bernini, indignado—. Pues, aunque ofenda a la divina Providencia, *donna* Olimpia, me niego a quedarme de brazos cruzados y permitir que eso siga sucediendo.

—Por Dios, *cavaliere,* ¿qué está diciendo? —preguntó, mirándolo directamente a los ojos—. ¿Cómo pretende ayudarme a conciliar el sueño?

Él le sostuvo la mirada con una sonrisa en la boca y le dijo:

—Podré hacer menos de lo que desearía, pero seguramente más de lo que usted ose esperar.

—Está despertando mi curiosidad. Sus palabras son tan misteriosas como los efectos de su teatro.

—Pues me explicaré mejor —afirmó Bernini, dejando su vaso sobre la mesa—. Si el Santo Padre me concediera el privilegio de construir la fuente de la *piazza,* estaría dispuesto a cargar yo mismo con los gastos, y no sólo los de la fuente, sino también los de las cañerías.

Olimpia arqueó una ceja, sorprendida.

—¿De verdad estaría dispuesto a hacer algo así?

—No sería más que una insignificante aportación a la gloria de la familia del Papa..., y sobre todo a la de su encantadora representante —dijo Bernini, con una provocadora sonrisa.

Clarissa escuchó aquella conversación con una extraña mezcla de sentimientos. Por una parte se alegraba de que su prima hubiese perdonado al *cavaliere,* al menos aparentemente (al fin y al cabo, ella misma había intervenido en favor de la reconciliación), pero por otra..., no sabría decir qué era lo que le molestaba del comportamiento de ambos, pero estaba claro que había algo que le fastidiaba..., y mucho. De algún modo le recordaban a dos cachorros de perro jugueteando en la calle, olisqueándose, al parecer incluso mordiéndose, pero sin hacerse ningún daño, por el mero placer de divertirse. Le incomodaban las miradas que intercambiaban Olimpia y el *cavaliere,* como si estuvieran solos en la mesa, sus sonrisas exageradas, el leve y efímero roce de sus manos... Una infinidad de pequeñeces que se le clavaban como alfileres en el corazón. La voz de Bernini la devolvió a la realidad.

—Y usted, *donna* Olimpia, ¿estaría dispuesta a interceder por mí ante el Santo Padre para que el consejo no me condene con excesiva precipitación?

Antes de responder, Olimpia brindó con él y dio un pequeño sorbo a su copa.

—Quizá, *cavaliere* —le dijo, sin apartar la vista de él—. Quizá.

18

¿Qué decidiría la comisión? Durante aquellos días en Roma no se hablaba de otra cosa. *El Pasquino* estaba lleno de dichos del oráculo, por las calles de la nueva y la vieja *borgo* circulaban todo tipo de rumores, en las tabernas de la orilla del Tíber se sucedían las peleas entre los defensores de ambas posturas, y, aunque los romanos seguían inmersos en la miseria económica, todo el mundo hacía sus apuestas: ¿se mantendría en pie el campanario de San Pedro, la nueva obra de arte del *cavaliere* Bernini, o se mandaría derruir?

Eran las once de la mañana del 23 de febrero de 1646 cuando los cardenales de la congregación de constructores y los arquitectos del comité de investigación se reunieron en el palacio del Vaticano para mantener su última y definitiva sesión. Los asientos de los expertos estaban todos ocupados..., menos uno: Francesco Borromini no se encontraba entre los presentes. Lo esperaron hasta las once y cuarto, y al ver que no llegaba, Inocencio ordenó al director que iniciara la reunión.

—Antes de resumir las conclusiones a las que hemos llegado —anunció *monsignore* Spada—, quisiera poner de relieve la humilde y comedida intervención del *cavaliere* Bernini ante esta comisión. Creo que hablo por boca de todos al decir que este comportamiento ha tenido una magnífica aceptación, y más teniendo en cuenta que otros han preferido utilizar un tono indiscutiblemente agresivo, que sólo ha servido para poner en entredicho la credibilidad de sus argumentos...

Todos los allí presentes supieron de inmediato a quién estaba refiriéndose con aquella alusión, y Lorenzo Bernini, que acababa de realizar una reverencia para agradecer el cumplido, se sentó y, algo más relajado, se dispuso a escuchar el discurso de Spada. Tenía buenos motivos para sentirse optimista. Con palabras claras y bien escogidas, que acompañaba con movimientos discretos y circulares de sus delicadas manos, *monsignore* Spada sopesó las diferentes maneras de concluir aquel asunto para el bien de todos. Metido hasta el fondo en su papel de intermediario, intentó evitar el peligro de una catástrofe sin que ninguno de los implicados perdiera su prestigio, y para ello no dejó de referirse a la necesidad de tener en cuenta la situación de las finanzas papales, incluso en el caso de que los desperfectos provocados por una reflexión precipitada amenazaran no sólo el vestíbulo y la capilla bautismal de la iglesia de San Pedro, sino también las reliquias de la catedral y el mosaico de la Navicella, símbolo de la Iglesia católica. A esas alturas del discurso de Spada, Bernini volvió a estremecerse brevemente y miró de soslayo al papa Inocencio, que escuchaba desde su trono con expresión malhumorada. Pero al ver que el Santo Padre asentía varias veces con energía ante la siguiente advertencia del *monsignore*, respiró aliviado de nuevo.

—Las causas de los desperfectos en la construcción —concluyó al fin Virgilio Spada, tras más de media hora— son sin duda los fundamentos de la esquina sur de la fachada, así como el muro diagonal. Y en ambos casos el único y exclusivo responsable es el antiguo arquitecto de la catedral, Maderno. El *cavaliere* Bernini no supo ver que se precisaban más vigas y refuerzos para estabilizar adecuadamente los cimientos, ni que éstos también presentaban carencias considerables, pero, aun así, repito que, tras estudiar todos los datos que poseemos, considero que las posibilidades de que la fachada se derrumbe son mínimas. Por ello propongo que esperemos a que la torre se haya asentado por completo y por ahora no invirtamos más dinero en su construcción. Después, cuando pase algún tiempo, podremos retomar el proyecto del *cavaliere* Bernini, revisado, y proceder a su conclusión.

No había acabado de pronunciar la frase cuando se abrió la puerta y Francesco Borromini apareció en la sala, rojo como un tomate y casi sin respiración.

—Pido disculpas por el retraso —dijo jadeando, justo después de besar el anillo del Papa e inclinarse ante los cardenales—. Tenía que resolver unos asuntos de vital importancia que no podían esperar, y me ha sido imposible llegar antes.

—Su comportamiento es sin lugar a dudas sorprendente —le respondió Virgilio Spada con dureza—. Esperamos que nos dé una explicación.

Sin tomar asiento, Borromini recorrió la sala con la mirada y sintió que su respiración empezaba a relajarse. Al notar que todos los ojos estaban fijos en él, decidió tomar la palabra.

—He estado en San Pedro.

—¿Y? —preguntó Spada.

—Han salido nuevas grietas en el muro. Hay peligro de que se derrumbe. —Un murmullo llenó la habitación. Francesco esperó a que se calmara y después repitió—: Sí, de que se derrumbe. —Hizo una breve pausa y continuó—. Y no me refiero sólo a la fachada de Maderno, sino también a la cúpula.

Durante todo un segundo reinó el más absoluto silencio. Nadie podía dar crédito a lo que Borromini acababa de anunciar. Lo miraron con asombro, algunos movieron la cabeza en señal de negación. Spada fue el primero en recuperar el habla:

—¿Peligro de que se derrumbe?

Y de pronto todos rompieron a hablar a la vez.

—¿Qué cúpula?

—No se referirá a la cúpula principal, ¿verdad?

—¡Por el amor de Dios! ¿La de Miguel Ángel?

Nadie se quedó sentado. Rainaldi, Bolgi, Moschetti, Mola, Fontana, Longhi y Sassi, incluso el tranquilo de Artusini, se levantaron de un salto y rodearon a Borromini mientras lo bombardeaban con preguntas. Se formó un lío descomunal, un caos babilónico que amenazaba con degenerar en un claro disturbio, cuando de pronto se oyó la chirriante voz del Papa, elevándose como nunca para acabar con aquel barullo.

—¡Calma!

Todos se callaron de inmediato y miraron a Su Santidad.

—Ordenamos ir al lugar exacto de los hechos para comprobar con nuestros propios ojos la veracidad de las afirmaciones del *signor* Borromini.

Aquella orden fue como un puñetazo para Lorenzo Bernini, y durante unos instantes se encontró tan mal que tuvo que cogerse a los brazos de su silla para no marearse. Medio desmayado, observó cómo el Papa hacía una señal a sus sirvientes para que lo sacaran de la sala en el trono, y cómo Spada y el resto de los expertos de la comisión se marchaban con Borromini hacia San Pedro. Cuando los cardenales abandonaron también la habitación, Lorenzo se sintió inmerso en una pesadilla. Intentó salir corriendo, pero estaba paralizado y se vio incapaz de dar un solo paso; las piernas le pesaban como el plomo y parecían haberse pegado al suelo, como si tuviera ventosas bajo los pies.

Pero ¿qué era una pesadilla en comparación con la realidad?

Tres días después, Inocencio anunció la decisión. Con su firma y el sello papal dispuso que se procediera de inmediato a derruir el campanario, y obligó al *cavaliere* Bernini a pagar una multa de treinta mil escudos, además de a hacerse cargo de todos los gastos de construcción y destrucción de la torre. Para asegurarse del cumplimiento de esas medidas, bloqueó directamente el uso de los bienes inmuebles y materiales del acusado.

19

—Hemos decidido confiarte la reconstrucción de San Juan de Letrán.

—Haré cuanto esté en mis manos, Santidad, para que no se arrepienta de haber confiado en mí.

Fue la primera audiencia privada que el Papa concedió a Francesco Borromini, y en menos de cinco minutos ya le había hecho un encargo que equivalía casi a su nombramiento como arquitecto de la catedral. La basílica lateranense era la segunda iglesia más importante del cristianismo después de San Pedro, y en rango teológico superaba incluso a la catedral, pues era la sede episcopal de Roma.

—En esta ciudad —continuó Inocencio— no faltan arquitectos que estarían más que capacitados para realizar la gran tarea que hoy te encomendamos, pero en este caso hemos preferido fiarnos de los datos y conocimientos objetivos. Confiamos en ti más que en ningún otro para que concluyas el trabajo antes del Año Santo.

—Pero para eso faltan menos de cuatro años, Santo Padre. Es muy poco tiempo.

—Lo sabemos. Precisamente por eso te hemos escogido a ti.

Francesco aceptó aquella distinción con la cabeza muy alta. ¿Cuánto tiempo había esperado aquel momento? Por fin recibía el trato por el que había luchado inútilmente durante tantos años, y dejaba de estar a la sombra de su maldito rival.

—Y también queremos decir —añadió Inocencio— que no se nos pasó por alto tu intervención en el asunto de San Pedro y tu perseverancia para evitar que se produjeran males mayores.

Lo había logrado. Pero, curiosamente, ahora que alcanzaba aquello por lo que había luchado y soñado durante toda su vida, no sentía más placer que el que podría provocarle una recompensa concertada por contrato. ¿Dónde estaban los maravillosos sentimientos que se suponía que debía sentir en un instante como aquél? Orgullo, alegría, felicidad... ¿Dónde estaba todo aquello que tan a menudo había envidiado en los demás? Lo único que él sentía era satisfacción, nada más, y el vacío que le produjo aquel descubrimiento acabó cargándose de rencor. ¿Por qué demonios era incapaz de sentir una felicidad pura y completa en aquel momento de triunfo personal? ¿Por qué no podía disfrutar de todo aquello, al menos por una vez?

—Me esforzaré en no decepcionarlo.

—Lo que más nos decepcionaría sería que no te ajustaras a los parámetros adecuados.

Mientras Inocencio le recordaba que por nada del mundo debía olvidar el capital del que disponía, Francesco se llevó la mano al pecho para tocar el sobre que llevaba en la chaqueta. La carta ardía en su corazón como sal en una herida. La había recibido aquella mañana, mientras estaba vistiéndose para acudir a su audiencia con el Papa. Era de la Principessa. En apenas dos líneas le pedía que fuera a hablar con ella y lo invitaba a visitarla al palacio Pamphili.

¿Tenía que aceptar la invitación? Francesco intuía por qué quería verlo: para pedirle explicaciones por lo sucedido con el campanario. Pero ¿era culpa suya que fueran a derribarlo? No, él había hecho lo que tenía que hacer, ni más ni menos; había sido fiel a su maldito deber y se había basado exclusivamente en consideraciones objetivas, tal como le exigía su conciencia. Y nadie, ni siquiera la Principessa, tenía derecho a recriminarle nada. ¿Por qué ella no lo veía así? Empezó a respirar con dificultad y tuvo que hacer un verdadero esfuerzo para reprimir un ataque de tos ante el Papa.

—Esperamos —estaba diciendo Inocencio— que comprendas la importancia de este encargo. La iglesia episcopal es la madre de todas las iglesias *urbi et orbi*. Ningún lugar en el mundo es más santo que el lateranense, y tú, hijo mío, serás el encargado de renovarlo.

Aquellas palabras llegaron a los oídos de Francesco, pero no a su corazón. Durante unos segundos llegó incluso a dudar de encontrarse realmente frente al Papa. ¿Y si todo aquello no era más que un sueño? ¿Cómo era posible que se le concediese un honor semejante y que él, en lugar de alegría y satisfacción, sintiera sólo la angustiosa asfixia que le provocaba su maldita alergia al polvo? Volvió a sentir la carta en su chaqueta. ¿Por qué querría la Principessa aguarle aquel momento de felicidad? Maldijo a su propia imaginación, que lo llevó a visualizar a la Principessa incluso años antes de haberla conocido. ¡Qué tremendo absurdo, creer que el destino había creado aquella mujer para él!

Apretó los labios y decidió borrar para siempre la imagen de Clarissa de su memoria. Él no estaba en aquel mundo para ser feliz. Su misión era construir iglesias y palacios, y nada debía apartarlo de aquel camino. Aquélla era la misión que le había encomendado Dios nuestro Señor. Y eso era precisamente lo que estaba diciéndole en aquel instante su representante en la tierra.

—Para que puedas trabajar sin preocupaciones, te investimos con una prebenda que te aportará anualmente seiscientos ochenta y cinco escudos. Puedes retirarte. —Inocencio le ofreció la mano a modo de despedida y, mientras Francesco se inclinaba para besarle el anillo, añadió—: Por cierto: *donna* Olimpia desea verte. Quiere conocer tus propuestas para la plaza Navona. ¡Preséntate en el palacio Pamphili!

20

Pasaron días y semanas enteros, y Borromini no se presentó en el palacio Pamphili. Clarissa estaba profundamente decepcionada. ¿Acaso no había cambiado sólo el nombre, sino también su personalidad? Estaba segura de que Francesco Castelli jamás se habría comportado como lo había hecho Francesco Borromini en el asunto del campanario. Y ahora, no contento con haber promovido la destrucción del cimborrio, pese a que ella le había suplicado lo contrario, se negaba a visitarla, haciendo caso omiso de la petición que le enviara por carta. Era como si estuviese poseído por un demonio que lo obligaba a actuar según su voluntad, y estaba claro que ella no podía hacer nada para librarlo de él.

¿Y Bernini? ¿Cómo habría encajado la humillación a la que lo había sometido su rival? Parecía que se lo hubiese tragado la tierra: llevaba semanas sin aparecer en público y ya comenzaban a circular rumores de lo más preocupantes acerca de su posible paradero. Se decía, por ejemplo, que el escándalo lo había deprimido profundamente y que había enfermado de bilis negra; o bien que yacía moribundo en su *palazzo*, a la espera de que le embargaran la casa y lo echaran a la calle con toda su familia; algunos decían incluso que se había quitado la vida en un ataque de desesperación.

A Clarissa le horrorizaba la idea de que al *cavaliere* pudiera haberle sucedido algo, y cada vez que se encerraba a orar en la capilla del palacio Pamphili se sentía terriblemente culpable. ¿Era posible que él hubiese atentado contra su propia vida? ¿No tendría que salir a buscarlo para asegurarse de que estaba bien? Estuvo dudando una semana, dos semanas, un mes, totalmente incapaz de decidirse. ¿Por qué se preocupaba tanto por él? Apenas lo conocía; no era más que un hom-

227

bre famoso con el que había coincidido algunas veces. Ésa era la realidad..., y al mismo tiempo una mentira. En medio de tanta desesperación, Clarissa sólo esperaba noticias de Inglaterra. ¿Cuándo se decidiría McKinney a pedirle que volviera a su país? Hacía casi medio año que no tenía noticias de su marido. Al mes siguiente, al ver que continuaba sin recibir una sola carta, resolvió ponerse en camino.

El sirviente que aquella noche le abrió la puerta en la Vía della Mercede la recibió con un candelabro en la mano. El vestíbulo, que en su primera visita la había recibido con las risas y los gritos de los niños, estaba ahora oscuro y vacío. Mientras seguía al criado por el pasillo, Clarissa tuvo la sensación de que las sombras, moldeadas por la débil luz del candelabro, le saltaban encima como duendecillos. A lo lejos pudo oír un martilleo constante que iba aumentando de intensidad a medida que se acercaban.

Dio un respiro. ¡Estaba vivo!

El estudio estaba muy iluminado. Bernini se hallaba de espaldas a la pared, trabajando con un cincel y un martillo en la figura de una mujer sentada. Se giró cuando el sirviente carraspeó para dar cuenta de su presencia. Estaba muy serio, algo pálido, y en lugar de sus siempre ostentosas vestiduras llevaba una sencilla bata de trabajo. Pero no parecía estar enfermo.

—¡Principessa! —La miró sorprendido; casi asustado.

—¿Está usted solo, *cavaliere*? ¿Dónde está su familia?

—Mi mujer se ha ido con los niños al campo. Necesitaba estar solo.

—Entonces me marcharé pronto. Únicamente quería asegurarme de que estuviera usted bien.

—¡Por favor, quédese! —dijo él—. Me alegro mucho de que haya venido. No tenía ni idea de lo duro que es estar solo.

Sonriendo, dejó las herramientas a un lado y se acercó a ella. ¡Qué distinto le resultaba en aquella ocasión! Hablaba sin adoptar ninguna pose, tranquilo y amable, y en su rostro se había borrado cualquier atisbo de orgullo o ironía. Lo único que emanaba de él al mirarla con sus ojos oscuros era puro afecto y cariño. Parecía como si un pintor hubiese repasado su retrato y le hubiese quitado un par de manchas molestas.

—Me alegro de haber venido —dijo Clarissa en voz baja. De pronto tuvo la sensación de que ya no podía sostener más su mirada y, con un movimiento de cabeza, señaló la figura y preguntó—: ¿Qué representa esa mujer?

—La virtud más hermosa del mundo, que al final será revelada por el tiempo... O eso espero.

Clarissa tardó en comprender. ¿A qué virtud se refería? ¿La justicia? ¿La valentía? ¿O quizá —ojalá se equivocara— la venganza? Sintió que, fuera lo que fuese, debía de tener algo que ver con la terrible derrota que él acababa de encajar. Con su orgullo herido. La figura femenina, hermosa y con una sonrisa radiante, estaba algo elevada sobre una bola del mundo, y sostenía el sol en una mano mientras un velo le caía del rostro. El velo tenía que significar el tiempo, pero ¿y la mujer? De pronto lo vio claro.

—Se refiere a la verdad, ¿no? ¿Es ésa la virtud que se revelará al final?

—Sí —afirmó él, y ella sintió un alivio enorme—. El tiempo revela la verdad. Es un juego alegórico. Para consolarme —añadió, con una sinceridad que la sorprendió—. Y quizá también para recuperar la fe en mi buena estrella.

—Lamento muchísimo cómo han ido las cosas.

—Quién sabe, quizá el hecho de perder durante un tiempo el reconocimiento del mundo tenga también su parte positiva. De pronto se piensa de un modo diferente, y se comprende que muchas de las cosas que se anhelaban no valen la pena. Que en el fondo lo que cuenta es muy poco.

—La torre forma parte de ese poco. Quise ayudarlo a rescatarla, pero no pude. Fracasé.

Bernini movió la cabeza hacia los lados, pensativo.

—No, Principessa. Una mujer como usted nunca fracasa. Si Dios existe, no cabe duda de que es todo un artista y dio un golpe maestro cuando la creó. Todo lo que usted hace forma parte de un éxito. Sí, sí —insistió, al ver que ella intentaba contradecirlo—, un éxito; aunque es posible que no sepa ni cómo ni cuándo acabará. —Abrió un armario y sacó algo de su interior—. Quiero regalarle esto —dijo, ofreciéndole un cofrecillo—. Quiero darle las gracias por existir.

Al abrir el cofre, Clarissa tuvo que hacer un esfuerzo para no gritar.

—¡No puedo aceptarlo!

Sobre un lecho de terciopelo negro brillaba una esmeralda del tamaño de una nuez. Era el anillo que Bernini había recibido años atrás de parte del rey inglés.

—¡Por favor! Sería para mí un verdadero honor. En aquella ocasión ya le dije que le sentaría mucho mejor que a mí. En realidad ha sido creado para usted: tiene el color de sus ojos.

—Le aseguro que valoro mucho su generosidad, *cavaliere*, pero no puede ser. No puedo. —Cerró el cofre y lo dejó sobre una mesa—. No es correcto. Los dos estamos casados.

Se dio la vuelta para no tener que seguir viéndole los ojos, y de pronto se sobresaltó: frente a sí había un rostro con sus mismos rasgos. Era el retrato de santa Teresa, recostada sobre un lecho de nubes mientras un ángel la amenazaba con una saeta.

—¿Se reconoce? —preguntó él.

Clarissa sintió que las manos empezaban a temblarle. El parecido era impresionante, no sólo por los rasgos externos, sino también, y sobre todo, por esas pequeñas cosas que no se pueden ver con los ojos y son las que hacen que una obra de arte, al igual que un ser humano, cobre valor; algo que queda más allá de las líneas visibles. Lo que podía verse en aquel rostro de piedra era ni más ni menos que el secreto de su alma, de su espíritu, su propia y desnuda realidad.

—Una flecha me traspasa el corazón... y me llega a las entrañas. —Sus labios susurraron las palabras que creía haber olvidado hacía tiempo—. Es tan grande el dolor, y tan excesiva la suavidad que provoca...

Fascinada y horrorizada a un tiempo, se quedó mirando su retrato. ¿Qué valor tenía un diamante en comparación con aquello? Ningún tesoro del mundo podía igualar aquel milagro. Bernini había vuelto a crearla, había descubierto su alma y había iluminado hasta sus zonas más oscuras. La había reconocido como nunca nadie lo había hecho. ¿Qué debía de sentir por ella si era capaz de llegar tanto a su interior?

—La amo —dijo él, cogiéndole la mano—. La amo más de lo que he amado a ninguna otra mujer. Llevo tiempo queriendo ocultármelo, incluso pensé que podía ser algo pasajero, pero cuando la he visto entrar en esta habitación, he sabido que jamás dejaré de amarla.

Sorprendida por aquella declaración, Clarissa permaneció inmóvil frente a él, sintiéndose desnuda e indefensa. Quiso irse, pero no lo hizo. ¿Por qué? Deseó impedirle que siguiera hablando, pero no intentó interrumpirlo. Se limitó a quedarse quieta, temblando y muerta de miedo. Estaba tan confusa, tan fuera de sí, que no entendía ni una sola palabra, aunque sí comprendía los matices que él utilizaba. Bernini habló durante mucho rato sin atosigarla, con un cariño, una ternura y una pasión en la que se mezclaban la tristeza y la resignación, y ella no retiró las manos, pese a que estaban envueltas por las de él. Antes de que pudiera darse cuenta, Bernini se había arrodillado ante ella.

—Sí, Principessa, la amo, la amo con todo mi corazón. Y si usted me odiara por ello, incluso si me matara, no lograría que yo dejase de amarla.

La atrajo hacia sí, la abrazó, la besó en los labios. Ella quiso negarse, gritar, apartarlo de su lado, pero entonces vio que él estaba llorando, y de pronto sólo sintió aquel deseo que la había acosado muchos años antes en las calles de Roma: un deseo incierto e inevitable que parecía abarcarlo todo y nada a la vez; un sentimiento de desasosiego y una incierta excitación. Y en aquella estancia, en aquel momento, supo que por fin encontraría la respuesta a aquel anhelo tan antiguo que no admitía resistencia ni oposición. Y mientras repetía que no, haciendo acopio de sus últimas fuerzas, abrió los brazos, lo estrechó y fundió sus labios con los de él para beber de su plenitud.

—¿Dónde estás? —susurró Bernini.

—Estoy aquí, aquí, aquí...

Cuando despertaron de aquel beso, el eco de su lujuria resonaba en la habitación como debió de resonar la voz de Dios al llamar a sus hijos en el Edén. Y, al igual que hiciera aquella primera pareja, ellos miraron hacia el cielo y se dieron cuenta de que estaban desnudos.

21

Las calles estaban vacías. La ciudad aún dormía. Sólo un ligero soplo de viento, el primero de la mañana, una inspiración ante el nuevo esfuerzo de la vida, recorría el *borgo*, que poco a poco iba llenándose de ruidos y de gente.

—¡Llévame a donde quieras!

El cochero se giró para mirar a Clarissa, sorprendido, después de que ella subiera al carruaje tras salir del *palazzo* de Bernini a primera hora de la mañana. Pero cuando ella le repitió la orden, agarró las riendas encogiéndose de hombros y puso los corceles en movimiento.

Clarissa cerró la portezuela de la carroza, se dejó caer en el asiento y escondió la cara entre las manos. Lo único que deseaba era estar sola. Quería estar tranquila, pensar, reflexionar sobre lo que había sucedido, los hechos y los sentimientos. Al trote de los caballos, el carruaje iba avanzando por las calles y los paseos, que esperaban el calor del futuro día aún protegidos por la neblina matinal del estío. Pasó por la Vía della Mercede y Sant' Andrea delle Fratte, y siguió avanzando hacia el Quirinal, aunque Clarissa no reparó en nada. Ni oyó el traqueteo de las ruedas de hierro al golpear el adoquinado ni sintió los empujones y sacudidas de los caballos, mientras recorría con la vista perdida las hileras de árboles y de casas de la ciudad. Inmóvil y aturdida, como paralizada, no lograba sacarse de la mente la certeza de que ya no podía dar marcha atrás y deshacer lo hecho. Quiso pensar, pero no pudo. En lugar de eso, hizo todo lo posible por reprimir, o cuando menos aplazar, la terrible pregunta que se había colado en su cerebro sin su consentimiento y cada vez le resultaba más amenazadora, como si temiera que lo acontecido sólo fuese a volverse real en cuanto ella la pronunciara.

—¿Qué he hecho?

De pronto se sintió más alterada que nunca. Todo lo que el día anterior le había parecido sencillo y evidente se le antojaba ahora enloquecedor. Deseó estar muerta. ¿Qué derecho tenía a vivir, después de todo lo que había sucedido? Había pecado; había cometido el peor pecado para una mujer. Mientras el carruaje cruzaba la *piazza* frente al palacio papal, el mundo que tenía ante sus ojos fue cobrando vida y volviéndose cada vez más real, pero cuantas más calles y plazas reconocía, cuanta más gente veía apresurando el paso para ir a la misa de la mañana o a trabajar, más desconcertante y ajena le parecía aquella realidad hasta ese día tan cotidiana. ¿Cómo era posible que naciese un nuevo día si en su interior ya nada era como antes?

—¡Qué he hecho!

El carruaje dejó atrás el monte del Quirinal y se encaminó hacia el Tíber pasando junto a la *cancelleria*, y cuando vieron el palacio dei Filippini con su iglesia nueva, Clarissa divisó en la distancia el castillo de Sant' Angelo. Poco a poco fue sintiéndose capaz de pensar con mayor claridad, y empezó a hacerse reproches. ¿Cómo había podido ser tan irresponsable e ir a buscar a aquel hombre? ¡Y, además, sola y tarde! Ya lo conocía, sabía de lo que era capaz. Ya la había besado una vez. Sintió que le hervía la sangre. Estaba indignada por su propia ceguera y debilidad. Había caído, y ahora merecía todo el desprecio y la vergüenza. Las imágenes de la noche pasada empezaron a danzar frente a ella como fantasmas, y la inundó un pudor tan intenso que creyó que iba a ahogarse. Pero ¿no sentía también algo más?

—Qué he hecho...

Cerró los ojos y escuchó su propio interior. El corazón le latía lenta y regularmente, como si no le afectara el desconcierto de su alma y su espíritu. ¿Cuánto tiempo había pasado en sus brazos? ¿Un segundo? ¿Una eternidad? No podía decirlo. Los segundos y la eternidad le parecían de pronto indistinguibles. Nunca antes había llegado a estar tan cerca de una persona como lo había estado de él en ese tiempo sin tiempo. Todo lo que sintió —placer y dolor, alegría y tristeza, felicidad y desesperación— estaba resumido en aquel preciso instante, como un perfume compuesto de infinidad de esencias diferentes, de hierbas y de flores, reunidas para formar un único aroma.

Aquella idea la atravesó como un rayo y le hizo ver las cosas con mayor claridad. Sí, eso era: en aquel único instante había vivido toda su vida; en aquel breve segundo en que creyó morir de pasión, percibió la eternidad de su alma en todas las fibras de su cuerpo, perfectamente ausente y presente a la vez, como nunca antes había estado... ni volvería a estar. ¿Acaso le habría cedido a santa Teresa algo más que su propio rostro? Recordó las palabras de Lorenzo: «Si Dios existe, no cabe duda de que es todo un artista, y de que dio un golpe maestro cuando la creó..., aunque es posible que no sepa ni cómo ni cuándo acabará.» ¿Es que santa Teresa era su hermana? ¿Acaso no compartían la misma experiencia, la de un instante que todo lo abarca? Al pensar en eso Clarissa se tranquilizó de pronto. Había encontrado la respuesta a su pregunta. Mientras el carruaje avanzaba ante el castillo de Sant' Angelo, sonrió, y con la sonrisa aún en los labios tomó una decisión: guardaría aquel instante en su corazón como un precioso perfume en un frasco, y lo llevaría consigo para siempre, independientemente de lo que le tuviera deparado la vida.

Al llegar a San Pedro corrió la cortina y miró al exterior. El campanario aún estaba en pie, pero los trabajos de derrumbe ya habían empezado. En los andamios, docenas de hombres formaban cadenas humanas con las que iban retirando las piedras, una a una. Subido a una tribuna y completamente vestido de negro, Francesco Borromini iba indicándoles qué hacer con gritos y gestos enérgicos y decididos.

Un carruaje bloqueó el paso del de Clarissa y el cochero tuvo que detener precipitadamente los caballos.

Borromini se dio la vuelta. Durante unos instantes sus miradas se encontraron. Clarissa lo miró directamente a los ojos. ¿Por qué no había ido a verla? Ella le dedicó una inclinación de cabeza y, sin decir una palabra, apartó la vista. Esperó unos segundos y después se estiró hacia delante y le dijo al cochero:

—¡Al palacio Pamphili!

Cuando se encontró con su prima, poco después, se sorprendió al ver la despreocupación y naturalidad con que podía comportarse ante ella. Acababa de acostarse para descansar y estar sola hasta la hora de comer, cuando Olimpia entró en su habitación.

—¿Has vuelto a pasar toda la noche con tus estrellas? —le preguntó.

—Sí —respondió, incorporándose en el diván—. Se veían muy claras y luminosas.

¡Con qué facilidad le salió aquella mentira de los labios! ¿Sería quizá porque no era del todo una mentira?

Donna Olimpia le entregó un sobre.

—Acaba de llegar esta carta para ti. De Inglaterra.

Clarissa rasgó el sobre y sintió una oleada de alivio al reconocer la letra de su padre. Le pareció algo más pequeña y torcida de lo normal, como si le hubiera temblado la mano al escribirla. Sí, sin duda había envejecido en aquellos años.

Desplegó el papel y empezó a leer:

Mi queridísima hija:
    Te saludo en el nombre del Padre, del Hijo y del Espíritu Santo.
    Mi mano quiere negarse a escribir estas líneas. Mas, aunque mi corazón se resiste a provocarte semejante dolor y mis manos parecen aferrarse a mi cuerpo y paralizarse en él, es mi amargo deber informarte de la terrible prueba a la que Dios —alabado sea Su nombre— quiere someter a tu corazón antes de llamarte a Su Reino: tu marido, lord McKinney, hombre noble y yerno bondadoso, ha fallecido. La vida le ha sido arrebatada...

Clarissa se sintió tan mareada que no fue capaz de seguir leyendo. Levantó los ojos de la carta y miró a *donna* Olimpia, que movía la cabeza con el entrecejo fruncido. El claro rostro de su prima empezó a difuminarse como si estuviera oculto tras un velo, y sus bucles oscuros bailaron cada vez con más energía junto a sus mejillas...

Entonces Clarissa perdió el mundo de vista y cayó al suelo desmayada.

LIBRO TERCERO

El Fénix
(1647-1651)

1

En cuanto el papa Inocencio X accedió a la sede de San Pedro, su cuñada *donna* Olimpia empezó a acaparar, uno tras otro, todos los edificios vecinos al antiguo palacio cardenalicio, y a anexionarlos a la vieja vivienda de la familia Pamphili. De ese modo, igual que hiciera Jesús al expulsar a los mercaderes del templo de Jerusalén para devolverle el sentido a la casa de Dios, ella expulsó a los comerciantes y prostitutas de la plaza Navona para poder construir en ella —libre ya de las capas más mundanas de la población— el foro Pamphili, testigo de piedra de la grandeza e importancia de la nueva dinastía.

Aunque *donna* Olimpia había nombrado al viejo Girolamo Rainaldi arquitecto personal del Papa, Francesco Borromini no se hacía ninguna ilusión de que lo contrataran como arquitecto de aquel enorme proyecto. El caso es que contaba con la experiencia necesaria para ello, y sus últimas obras demostraban que estaba más que capacitado para dirigir ese tipo de trabajos tan ambiciosos y complicados. Acababan de pedirle que fuera el arquitecto de Propaganda Fide, una academia en la que estudiaban miles de misioneros y que se encontraba justo frente al *palazzo* de su rival, Bernini, a quien le habían denegado la dirección de aquella obra tras el asunto del campanario; antes de eso, Francesco se había encargado de la renovación de uno de los *palazzi* más ostentosos de la ciudad, por encargo del príncipe Carpegna, y había comenzado con las obras de la Sapienza, la nueva universidad.

Pero lo que más impresionó al Papa fueron sus avances en la construcción de la basílica lateranense. Francesco había propuesto varias opciones para la renovación de San Juan: en todas ellas partía, tal como le habían ordenado, de la conservación de la estructura del edificio, y a partir de ahí iba avanzando hacia una remodelación cada vez más completa del mismo y de sus naves laterales. Tras considerar el asunto detenidamente, el Santo Padre aceptó sus propuestas; al contrario que su impulsivo predecesor, era un hombre muy serio que solía tomar sus decisiones partiendo de consideraciones básicamente objetivas. A Francesco le gustaba aquel papa; lo consideraba muy parecido a él. Ambos sabían que no eran más que instrumentos del Señor y que su misión en la tierra consistía en llevar a cabo, de la mejor manera posible, los planes que el Todopoderoso les había encomendado. De ahí que, al saber que Inocencio requería su presencia, Francesco olvidó las dudas y titubeos que llevaba semanas soportando, y decidió no hacerse esperar en el palacio Pamphili.

El viejo edificio seguía emitiendo un débil olor a moho y champiñones podridos. Mientras un mayordomo lo conducía a la sala de recepciones, Francesco se dio cuenta de que empezaban a sudarle las manos. ¡Cuántas veces había recorrido ya esos pasillos con el corazón en un puño, esperando encontrarse con su rostro, o con el sonido de su voz! Una pregunta empezó a arder en su corazón más que ninguna otra. ¿Podría hacérsela al Papa?

—¿Cómo van tus trabajos en la iglesia de San Juan, hijo mío? —preguntó Inocencio, después de que Francesco le hubiera besado los pies.

—*Monsignore* Spada está contento. Yo no tanto —respondió, incorporándose—. Quizá Su Santidad desee ver el lugar con sus propios ojos para convencerse de cómo están las cosas. Sería un gran honor para mí.

—Me temo que carecemos del tiempo necesario para ello —replicó *donna* Olimpia adelantándose a Inocencio. Estaba sentada en un sillón junto a su cuñado, a la misma altura que él, como una reina al lado de su esposo—. Tenemos cosas más importantes por resolver.

—¿Qué puede ser más importante que la sede episcopal del Papa?

—Nada, por supuesto —respondió, molesta—. Pero, aun así, ahora debemos ocupar todos nuestros esfuerzos en el palacio Pamphili. ¿De qué le sirve al Santo Padre tener la mejor sede episcopal del mundo si su residencia en la tierra queda detrás de los edificios de las familias más vulgares de la ciudad? ¿No cree que semejante humillación del representante de Dios podría considerarse una ofensa al Señor de los cielos y su santa Iglesia?

—¿Debo inferir de sus palabras que los planos de Rainaldi no satisfacen las expectativas de Su Santidad?

—Si sólo hubiésemos tomado en consideración la capacidad artística —dijo *donna* Olimpia encogiéndose de hombros—, nos habríamos decantado por el *cavaliere* Bernini. Pero tras el desdichado incidente con el campanario, que, como bien sabemos, algunos de sus rivales manipularon en su propio y exclusivo interés, es evidente que la elección del preferido de Urbano podría afectar negativamente a la reputación de la familia Pamphili.

—Bernini, Bernini —la interrumpió Inocencio, malhumorado—, ya estamos cansados de oír ese nombre. No me gusta ese individuo. Me parece engreído y poco riguroso.

—Sea como fuere —continuó *donna* Olimpia—, nuestros planes pasan por convertir la plaza Navona en un lugar que se adecue a su nueva importancia. En ese sentido, el Santo Padre desea que se construya la mayor y más maravillosa fuente de toda Roma. Mejor incluso que la de la plaza de San Pedro.

—Según tengo entendido —dijo Francesco—, se ha convocado un concurso para ese proyecto, ¿no es así?

—Vaya —respondió ella—, de modo que al final resulta que San Juan no es lo suficientemente importante como para que la basílica ocupe todo su interés...

—En resumidas cuentas —la cortó Inocencio, dirigiéndose a Francesco—, nos gustaría que tomaras parte en el concurso. Te tenemos en gran estima y estaríamos dispuestos a estudiar tu propuesta con especial interés.

Asintió al mirarlo, y en sus ojos quedó bien claro que creía sinceramente en lo que estaba diciendo. Francesco notó que se le secaba la boca por la emoción. Cierto que sólo se trataba de la construcción de una fuente, pero en el fondo era la oportunidad que podría cambiar su vida para siempre. La fuente estaba pensada para convertirse en el símbolo personal de Inocencio, y la familia Pamphili pretendía servirse de su pompa y suntuosidad —*donna* Olimpia acababa de dejarlo bien claro— para levantar la residencia papal por encima de la sede de los príncipes de la Iglesia. El arquitecto en quien recayera la realización de ese proyecto contaría para siempre con el respeto y la confianza de Inocencio y de su cuñada. No obstante, al afirmar que Bernini habría sido en realidad su favorito, *donna* Olimpia no había hecho sino humillarlo expresamente. Para ella, él no era más que la segunda opción, o, peor aún, la tercera, porque también estaba Rainaldi...

—¿Y bien, hijo mío? —le preguntó Inocencio, obligándolo a responder.

Francesco carraspeó.

—Le ruego humildemente que me disculpe, Santo Padre, pero me es del todo imposible participar en el concurso. Hace tiempo que no confío ninguno de mis bocetos a nadie.

—¿Qué quiere decir? —espetó *donna* Olimpia—. En este certamen participan los mejores arquitectos de Roma: los dos Rainaldi, Pietro da Cortona, Algardi... Y considero que ninguno de ellos es inferior a usted, la verdad, más bien al contrario.

—Mi decisión es una cuestión de principios —insistió Francesco, terco como una mula—. Sólo construiría la fuente si me ofrecieran el trabajo al margen de cualquier concurso.

—¿Tiene miedo de que lo comparen? ¿O se trata de pura arrogancia? Debo decirle que su respuesta me parece francamente provocadora. ¡No olvide quién es ni de dónde viene! Según tengo entendido, hasta la fecha sólo ha dirigido usted dos o tres grandes obras. Me da la impresión de que no ha comprendido el honor que está concediéndole el Papa al ofrecerle la posibilidad de participar en el concurso.

—Tus exigencias son realmente excesivas —dijo Inocencio, secundando a su cuñada—. Pretendes que confiemos ciegamente, y de antemano, en tus habilidades.

—Si no me viera capaz de satisfacer su confianza, Santo Padre, yo mismo sería el último en comprometerme a ello.

—¿Pretende alzar su voz por encima de la del Papa, *signor* Borromini? —lo increpó *donna* Olimpia—. El concurso ya ha sido convocado. ¿Cómo pretende que le otorgue a usted el trabajo si no presenta su proyecto como los demás? ¿No cree que el pueblo lo consideraría injusto y deshonesto?

—Permítame una pregunta —dijo Inocencio, mientras levantaba la mano en un gesto conciliador y se dirigía a Francesco con expresión seria—: Suponiendo que te concediéramos el trabajo en señal de agradecimiento por tu buen hacer en la iglesia lateranense, ¿tendrías de verdad una idea de cómo debería ser la fuente? ¿Algún proyecto, ocurrencia o similar?

Ésa era la pregunta que Francesco había estado esperando.

—Si Su Santidad quisiera verlo con sus propios ojos...

Mientras Inocencio se levantaba de su trono seguido de su cuñada, Francesco abrió los planos que había llevado consigo y los expuso sobre la mesa. ¿Que si tenía una idea? ¡Vaya si la tenía! De pronto se sintió tan nervioso que casi se atragantó al empezar a explicarla.

—La cosa es muy sencilla —dijo, señalando el papel con el dedo—. Un obelisco, símbolo de la cruz, con dos figuras alegóricas dobles que representan los grandes ríos de las cuatro partes del mundo. De este modo la fuente que se encuentra frente al domicilio papal pasaría a simbolizar el dominio del cristianismo sobre la tierra.

Se calló con la esperanza de que su proyecto hablase por sí mismo. Inocencio se mesó la perilla con aspecto pensativo, asintió varias veces y murmuró repetidamente «Ajá» y «Vaya vaya»; su cuñada, en cambio, no mostró ninguna reacción que pudiera dar cuenta de lo que pensaba. Se inclinó sobre el papel en silencio, lo giró varias veces para mirarlo desde la izquierda y la derecha, dio un paso atrás y volvió a inclinarse una vez más hacia la mesa.

Francesco observaba su rostro con verdadera expectación. ¿Qué estaría pensando? ¿Qué le había parecido su boceto? ¿La había satisfecho tanto como él esperaba? ¿La había sorprendido, desconcertado, impresionado? ¿O más bien la había dejado fría e indiferente? ¿O quizá incluso la aburría? A fin de cuentas, lo cierto era que en Roma ya había algún que otro obelisco. En la plaza de San Juan de Letrán, sin ir más lejos. ¿Acaso habría intuido la relación secreta que él pretendía establecer entre ambas plazas? ¿Habría comprendido que los obeliscos debían ir unidos entre sí, pues remitían el uno al otro? La sede episcopal del Papa recordaba a su residencia privada, y viceversa; se trataba de establecer un lazo simbólico entre el poder religioso y civil del pontífice. Francesco sabía perfectamente que no importaba lo que Inocencio pensara de aquel proyecto; sin el visto bueno de *donna* Olimpia jamás le ofrecerían un trabajo como aquél.

—Esto no tiene nada que ver con lo que habíamos imaginado, señor Borromini —dijo ella al fin, deteniéndose en cada palabra—. Nosotros ya habíamos pensado en una fuente con un obelisco, y también habíamos sopesado la posibilidad de representar los ríos del mundo, pero desde luego nunca nos habíamos planteado relacionar ambas ideas. —Hizo una significativa pausa y después continuó—: ¡Es una idea realmente brillante, fantástica! El propio *cavaliere* Bernini se sentiría orgulloso de que fuera suya. ¡Lo felicito!

—Sí, desde luego —gruñó Inocencio—. Estamos de acuerdo en que se trata de una idea estupenda. Muy, muy buena...

Francesco se sintió como si la enorme mano que hasta hacía unos segundos había estado a punto de retorcerle el pescuezo se relajara de pronto y lo dejara en paz.

—¿Les gusta? ¿De verdad les gusta? —preguntó, como si tuviera que asegurarse una vez más de aquella opinión—. Si les parece que el dibujo no es del todo bueno, les ruego que consideren que no es más que el primer boceto. Y por cuanto hace a los gastos de construcción —añadió a toda prisa, sin que nadie le hubiera preguntado al respecto—, me permito informarles de que en la Vía Appia, en el circo de Majencio, hay un obelisco en perfecto estado de conservación. Está roto en cuatro trozos...

—Cuanto más pensamos en ello, más nos gusta tu proyecto —dijo Inocencio—. Está claro que no nos has decepcionado.

—... pero no creo que sea demasiado difícil unirlos y levantar el monumento sin peligro.

—Tengo una pregunta que me parece de vital importancia —intervino *donna* Olimpia, sin levantar la vista del dibujo—: ¿Con qué piensa coronar el obelisco?

—Lo normal sería poner una cruz, pero había pensado en una bola del mundo.

—No —dijo ella, moviendo la cabeza—; tiene que ser una paloma, una paloma con una rama de olivo en el pico. El emblema de los Pamphili y al mismo tiempo el símbolo de la paz. Para que Roma y el mundo entero recuerden al Papa que acabó con la guerra de religión que azotó Alemania durante toda una época, y también a la que nos afectó a nosotros, promovida innecesariamente por Urbano contra Castro.

—¡Amén! —exclamó Inocencio con voz aguda, mientras le alargaba la mano a Francesco a modo de saludo—. ¡Que así sea! ¡Sí, hijo mío, queremos que tú construyas esa fuente!

—Santo Padre —murmuró Francesco, arrodillándose ante él y sintiéndose embargado de orgullo y agradecimiento.

¡Lo había conseguido! Inocencio le había dado el trabajo sin tener que participar en el concurso. Y lo que más le satisfacía, sin lugar a dudas, era que no había tenido que servirse de ninguna artimaña técnica, sino que lo había logrado, simplemente, con el valor artístico de su boceto. Con la genialidad de su idea. Atrás quedaban los días en los que se reían de él por ser un simple cantero. ¿Sería cierto, al fin y al cabo, que existía la verdadera y pura felicidad?

—¿Recuerda usted nuestro primer encuentro? —le preguntó *donna* Olimpia cuando lo acompañó a la puerta.

Aunque hacía muchos años de aquello, Francesco aún recordaba todas y cada una de las palabras que intercambiaron.

—En aquella ocasión, *eccellenza*, me encargó que eliminara el moho que estropeaba las paredes de su *palazzo*.

—Exacto —dijo ella, sonriendo—. Igual que hemos hecho después eliminando las excrecencias de los Barberini que quedaban en los muros de los edificios públicos. Pero recuerdo que también le dije algo más, y estoy segura de que no lo ha olvidado. —Le dedicó una hermosa sonrisa, y lo miró al añadir—: «Ni siquiera Miguel Ángel empezó construyendo la cúpula de San Pedro. Quién sabe, quizá algún día la familia Pamphili pueda tener el honor de decir que ella fue la primera en ofrecerle un trabajo digno.» ¡Cuánta razón tenía yo en aquel momento!

—Hablamos de un *appartamento* para lady Whetenham, su prima inglesa —dijo Francesco, dándole la mano.

Carraspeó un poco antes de continuar hablando. ¿Se atrevería a hacer la pregunta que le quemaba en los labios desde que había llegado?

Donna Olimpia continuaba sonriéndole. Francesco hizo acopio de todo su valor y dijo:

—¿Puedo permitirme el lujo de preguntarle, *eccellenza*, dónde está ahora la Principessa? ¿Continúa en Roma o ha regresado ya a su país?

2

El silencio nocturno llenaba el gran *palazzo* de la Vía della Mercede. Hacía ya mucho rato que los niños se habían ido a la cama, y Caterina también se había retirado a dormir. Lorenzo abrió la ventana de su estudio y miró hacia la calle vacía y oscura. El mundo parecía estar ensimismado en sus propios sueños, dispuesto a renacer una vez más de sus cenizas. Antes él solía deambular durante horas por las calles bañadas por la luz de la luna, con la única compañía de sus pensamientos, sin rumbo fijo, por el mero placer de caminar, de respirar, de soñar... Pero de eso hacía ya varias semanas, y ahora la idea era impensable. De hecho se sentía incapaz de salir de aquella casa, que se había convertido al mismo tiempo en su refugio y prisión. Sin darse demasiada cuenta de lo que hacía, cerró la ventana del estudio y empezó a caminar de un lado a otro de la habitación, sobrecogido por una extraña inquietud.

¿Qué le pasaba? Nunca se había sentido igual que entonces; aquella situación le resultaba incomprensible. Al principio, en las semanas posteriores a la sentencia, se había mostrado colérico y había puesto el grito en el cielo una y mil veces, durante horas y días enteros, e incluso había tenido verdaderos ataques de ira en los que había quemado bocetos y destrozado esculturas; hasta que de pronto había caído en aquel estado de terrible abatimiento y depresión para el que no parecía encontrar solución. Las paredes se elevaban frente a él como si quisieran apresarlo. En su interior estaba encerrada toda su vida artística y personal. Dibujos en las mesas, modelos de arcilla en las esquinas... Todo le recordaba hechos del ayer. Allí había ideado sus construcciones más audaces, había cincelado sus mejores esculturas... y había comprendido, entre los brazos de la Principessa, para qué había creado Dios al hombre.

Se sentó en un taburete y escondió el rostro entre las manos. ¿Por qué había tenido que conocer la felicidad? ¿Era para sentirse ahora, en la soledad de la derrota, doblemente desgraciado? Repasó el camino que había recorrido y le pareció tan vacío y absurdo como un desierto. ¿Dónde estaban ahora sus triunfos, sus éxitos, los hechos que durante tiempo lo tuvieron embriagado? Pertenecían al pasado, de donde le llegaban ahora llenándole la memoria como los restos de columnas de unas ruinas. Había perdido el anillo de la suerte que los dioses le habían puesto en el dedo; su estrella se había apagado para siempre; su fama se había extinguido. Y también había perdido para siempre la felicidad del amor completo que pudo disfrutar en una noche única e irreal. La Principessa le había abierto el corazón con infinita dulzura —ese corazón que él no había querido acercar a ninguna mujer—, y ahora no tenía modo de cerrarlo. ¿Había vivido alguna vez un hombre que hubiese sufrido dolor más intenso o hubiese caído a mayor profundidad? La muerte, que en su juventud tanto lo asustaba, había pasado a parecerle una dulce tentación.

¿Y si enviase una carta a la Principessa? Se levantó decidido, cogió papel y pluma y empezó a escribir. Llenó páginas y páginas con palabras ardientes y apasionadas; las mejillas enrojecidas, como si tuviera fiebre. Pero las fuerzas lo abandonaron con la misma intensidad con que habían llegado, y detuvo la mano. ¿Por qué paraba? ¿Le daba vergüenza acercarse a ella en aquel estado de ánimo? No, la realidad era mucho peor. ¡No podían, no debían volver a verse! Su amor se había consumado, pero sería sólo una vez, igual que las flores llamadas trompetas, que se abren y florecen para mostrar toda su belleza en una única noche y se marchitan irremediablemente el día después. Había sido un juego maravilloso: al principio Clarissa se le adelantó, pero él logró alcanzarla al cabo de un rato, y juntos avanzaron por la montaña hasta llegar a la cima y tomarla por asalto, y, de pronto, como surgido de la nada, un abismo se abrió bajo sus pies, el abismo de la felicidad absoluta, que los llamaba por su nombre. Y ellos saltaron juntos, sin miedo alguno, y se hundieron cada vez más...

Lorenzo sacudió la cabeza. No, aquello jamás podría repetirse. Si volvieran a encontrarse, se decepcionarían mutuamente como seres sedientos ante un mar de sal. Así que rompió aquella carta como había roto todas las otras; las que había escrito en los días y semanas precedentes y jamás había llegado a enviar.

Dos ojos de piedra lo miraban sin perderlo de vista. Lorenzo sentía su presencia como la del calor abrasador sobre la piel. Santa Teresa.

¿Qué emergía de aquellos ojos? ¿Una pregunta? ¿Un reproche? Incapaz de soportar más tiempo aquel dolor, se levantó de su escritorio y cruzó la habitación, inseguro, dudoso e irremediablemente cubierto por aquella mirada. Tenía que observar aquel retrato; enfrentarse a él por primera vez desde su noche de amor, pues aquél era el único modo de superar el dolor, aunque sólo fuese el de su mente. Pero al mirar aquella figura a los ojos, comprendió que su obra era aún imperfecta. Sin pararse a pensar en lo que hacía, cogió cincel y martillo y se puso a trabajar de nuevo en aquel retrato que durante tanto tiempo había creído acabado.

Al fin y al cabo, ella no fue su verdadera modelo hasta aquella noche de amor, aquel instante irrepetible que ahora él se empeñaba en apresar en un bloque de mármol, recuperándolo de algún modo tras el eco de su recuerdo, intentando reflejar aquel semblante que lo había mirado un único y eterno segundo, y luchando por convertirlo en parte de la eternidad. Fue en aquella ocasión cuando pudo ver hasta el fondo de su alma y sentir lo que ella sintió; porque ambos fueron uno. Un solo cuerpo y espíritu.

Trabajó sin darse cuenta de que lo hacía. Olvidó todo lo que lo rodeaba, excepto aquella piedra blanca que bajo sus golpes rítmicos y precisos vio renacer el rostro de ella una vez más. Lorenzo había absorbido su esencia como una esponja, y ahora su rostro fluía como una ola de su memoria a sus brazos, sus manos, sus herramientas. El cincel acariciaba el mármol, lo adoraba, y éste se transformaba a su gusto como la cera; mientras los rasgos de aquella piedra iban pareciéndose cada vez más a la imagen que él guardaba en su interior, empezó a percibir aquel alivio que deben de sentir los enfermos tras una larga y dura enfermedad, al enfrentarse, al fin, al momento de su muerte, a la extinción de su ser.

Se detuvo un instante para soplar el polvo que se había acumulado en los ojos de santa Teresa y oyó el ruido de unos pasos. Asustado, dejó el cincel y el martillo, como si lo hubiesen descubierto haciendo algo indebido, saltó del taburete y se puso a trabajar en otra figura que tenía al lado. Apenas había dado un par de golpes cuando se abrió la puerta y apareció Caterina, su mujer, vestida sólo con un camisón.

—¿Es que no vas a acostarte nunca? —le preguntó.

—Tengo trabajo, ya lo ves —respondió, sin levantar la vista.

—Sería mejor que trabajaras de día y descansaras de noche. —Sacudió la cabeza y observó la figura en la que trabajaba su marido—. ¿Crees que así solucionarás tus problemas?

En lugar de contestar, siguió modelando con fervor y absoluto silencio.

—¿Te importaría dejar de trabajar cuando te hablo?

Por fin él dejó sus herramientas y la miró. Los ojos de Caterina estaban bañados de lágrimas.

—Ya no sé qué hacer. Te escondes en tu estudio, pasas horas aquí metido, no duermes, vas de un lado a otro de la casa como un tigre encerrado, no me hablas, no quieres ver a los niños y ni siquiera me pasas algo de dinero. ¿Cómo quieres que alimente a la familia? Carla tiene fiebre y necesita un médico, pero no sé cómo pagarlo. Lo único que nos queda es la esmeralda del rey inglés, pero te empeñas en guardarla, pese a que yo podría conseguir por ella seis mil escudos.

—El tiempo revela la verdad —respondió él, mientras seguía trabajando.

Ella le quitó el cincel de la mano, indignada, y lo lanzó al suelo.

—¿Tienes la menor idea de lo que estás haciendo? —gritó—. ¡Si quieres hundirte, por mí adelante, pero no arruines también a tu familia! Mientras tú te autocompadeces, Borromini te ha arrebatado el contrato para construir Propaganda Fide, justo aquí enfrente, y los vecinos rumorean que con la excusa hará destruir nuestro *palazzo*. ¡Si sigues así, nos echarán de nuestra propia casa!

Se llevó las manos a la cara y se dio la vuelta. Sollozaba con tanto desconsuelo que le temblaba todo el cuerpo. Lorenzo no pudo soportar aquello ni un segundo más. Se acercó a ella y le pasó el brazo por los hombros.

—No temas, todo se arreglará.

—Vamos, Lorenzo, eso no son más que palabras —dijo, con un hilo de voz—. Nada se arreglará si no te decides a hacer algo.

—Pero ¿qué quieres que haga, Caterina? —le preguntó, acariciándole el pelo—. Haré todo lo que me pidas si dejas de llorar.

Al fin ella bajó las manos y lo miró. Tenía el rostro empapado por las lágrimas, pero sus ojos volvían a estar serenos y su voz dejó de temblar.

—Se me ocurren dos cosas, Lorenzo. La primera es buscar un nuevo mecenas, una persona influyente que te dé encargos, y la segunda es que busques el modo de llamar de nuevo la atención, de reivindicarte como artista, para que la gente vuelva a hablar de ti.

—¿Y cómo quieres que lo haga? Es como si me dijeras que tengo que caminar sobre las aguas o hablar con los pájaros. El papa Inocencio el Ciego ha dado órdenes de que no se me confíe ningún proyecto, así que ya nadie quiere saber nada de mí.

Caterina movió la cabeza con energía.

—¡Tonterías, Lorenzo! Tenemos la casa llena de esculturas a las que no sacas ningún provecho, y hay varias que son realmente buenas. Es una pena que se queden aquí sin más finalidad que cubrirse de polvo. Tienes que exponerlas, demuestra al mundo que sigues siendo el primer artista de Roma. —Echó un vistazo a su alrededor, y, sin pensarlo demasiado, señaló la primera figura que encontró—. ¿Qué me dices de ésta, por ejemplo? Estoy segura de que si le encuentras el lugar adecuado, el mundo entero volverá a aclamarte como antes.

3

—Principessa, tiene visita.

—¿Visita? ¿Yo? —Clarissa miró sorprendida al sirviente que se encontraba en la puerta del observatorio y esperaba instrucciones. Después movió la cabeza hacia los lados—. Di que no estoy.

—El hombre ha dicho que era importante.

—¿Importante? No, no quiero ver a nadie.

El mayordomo hizo una reverencia y se retiró cerrando la puerta suavemente. Clarissa volvió entonces a su telescopio y miró el nocturno cielo invernal. El fulgor de las estrellas le llegaba límpido y claro. Llevaban allí cientos de miles de años, cada una en su puesto, aparentemente firmes e inamovibles. Vio la Osa Mayor y la Menor, Casiopea y Andrómeda, el Cometa y el Auriga con su brillante cuádriga... Había pasado infinidad de noches contemplándolas, así que las conocía bien. Pero al mismo tiempo le parecían tan extrañas como si las viera por primera vez.

Ajustó el objetivo de su telescopio. ¿Estaban las estrellas tan unidas como parecía desde la Tierra? ¿O era arbitrariedad, profana arrogancia, la tendencia a relacionarlas entre sí a una distancia tan increíble? ¿Existía en realidad un orden celeste y eterno? Aquel hombre, Galilei, decía que las cosas no son lo que parecen: que la Tierra no está quieta como nos hacen creer nuestros sentidos, que no es ella la que se encuentra en medio del cosmos, sino el Sol, y que la Tierra gira alrededor de él y de sí misma. Pero entonces, si ni siquiera existía un orden válido en el cielo estrellado, ¿cómo podía haber uno para los hombres y sus espíritus?

¿Seguro que su marido había muerto? ¿O ni siquiera había existido? A veces tenía la sensación de que sólo lo había conocido en sue-

ños, pues los años pasados con él en Moonrock le parecían lejanos e
irreales, pero otras veces pensaba que la vida sin él no era más que una
enorme farsa, una ilusión, un artificio creado por un mago malvado
que se recreaba desconcertándola sin compasión. Ella jamás había
sentido por McKinney la llama de la pasión, jamás se le había acelera-
do el corazón al verlo tras haber estado separados, no le había robado
ni un solo minuto de sueño en todos los años que vivieron juntos;
pero a su lado se sentía segura y afrontaba los días con confianza y optimismo. Él había sido la estrella Polar de su vida. No el lucero grande
y brillante del firmamento, sino el polo estático y permanente hacia el
que podía orientarse. Y ahora que había desaparecido, Clarissa se sentía perdida en medio del mar, incapaz de reconocer las constelaciones
que se esfumaban como una niebla clara y difusa en la infinidad del
cosmos.

Desde que le informaron de la muerte de McKinney sólo había
deseado una cosa: volver a Inglaterra, huir de aquel lugar en el que
había probado el dulce veneno de la belleza y sufrido sus duros efectos. Pero aquel deseo era irrealizable: la carta en la que su padre le
anunciaba la triste noticia iba acompañada de otra del propio McKinney, en la que se despedía de ella y le explicaba los verdaderos motivos
de su larga estancia en Roma.

En aquellas páginas, todo lo que ella había intuido y temido resultó ser real. Su marido nunca había estado enfermo; sólo utilizó aquella excusa para enviarla lejos de Inglaterra. Pero el motivo no fue otra
mujer, como ella creyó, sino el amor que sentía por ella y su voluntad
de protegerla del caos de la guerra civil, en la que él mismo acabó cayendo. Como presbiteriano escocés, McKinney no sólo había luchado
contra la introducción del *Book of Common Prayer* —ese maldito libro de oraciones que el rey inglés pretendía imponer a la fuerza a todos sus súbditos—, sino que, al estallar la guerra, se puso del bando de
los puritanos que luchaban contra el monarca movidos por la fe, que
les decía que debían escuchar más a Dios que a los hombres. Aquella
convicción lo condujo a la muerte. Y en su carta de despedida, le roga-
ba a Clarissa que no volviera a Inglaterra bajo ningún concepto, al
menos hasta que la situación se hubiese calmado. El mero hecho de
ser su esposa la convertía en blanco para la prisión y la muerte.

Clarissa había leído tantas veces aquella carta, la última que escribió la mano de su marido, que la sabía de memoria..., y, sin embargo,
no lograba entender su contenido. McKinney le había ocultado la verdad para protegerla de la cruda realidad, y de la muerte, y ella, a cam-

bio... Ahora necesitaba hacer penitencia, que alguien la castigase; estaba dispuesta a cualquier cosa para pagar su error. Pero ¿qué podía hacer? Ni siquiera *monsignore* Spada, a quien reveló sus pecados en confesión, supo qué aconsejarle.

De modo que sólo le quedaba la oración. Pasaron días y semanas, y ella permaneció en el más absoluto aislamiento, lejos del mundanal ruido, acudiendo sólo a las iglesias de peregrinaje que no hacía tanto había visitado para pedir por su marido. Pero ¡cómo habían cambiado sus plegarias! Avergonzada, tuvo que reconocer que antes sólo se había esforzado en mover los labios sin pensar en lo que decía, y que no rezaba por amor, sino por obligación, como un soldado al que le toca hacer guardia frente a la tienda de su general. Pero ahora que su marido había muerto y sus oraciones ya no podían ayudarlo, Clarissa rezaba para ella misma, y en la soledad de su corazón llamaba a Dios como un enfermo a un médico.

—Disculpe, Principessa, pero el señor no quiere retirarse.

Mientras ella se apartaba del telescopio, el mayordomo dio un paso atrás y dejó entrar al visitante. Al reconocer su rostro, Clarissa sintió que la habitación perdía algo de su frialdad.

—¡*Signor* Borromini!

—Le ruego que disculpe mi insistencia, Principessa, pero tenía que verla para expresarle mi más sentido pésame. —Le cogió la mano y se la apretó—. *Donna* Olimpia me ha hablado de su dolor.

—Me alegro de que haya venido —dijo ella, devolviéndole el saludo.

Las manos de Francesco seguían siendo como siempre, grandes y fuertes, pero al mismo tiempo cálidas y suaves, y su roce estaba tan cargado de compasión que ella no pudo sino agradecer su presencia.

—¡Ojalá hubiese venido antes, *signore*! —añadió.

—He estado terriblemente ocupado..., pero tiene usted razón, Principessa, no venir a visitarla ha sido un error imperdonable. —Parpadeó al soltarle la mano, y desvió la mirada. Entonces vio el telescopio y cambió de tema—. ¿Observa usted las estrellas?

—Sí, mi marido me enseñó. La astronomía era su pasión. La conoció de joven, en un viaje que realizó a Italia y en el que conoció al *dottore* Galilei. Pero eso fue mucho antes de conocerme a mí...

—Creo que comprendo lo que siente —le dijo él con suavidad, al ver que a ella se le quebraba la voz—. Yo... conozco esos sentimientos.

Sin más explicación, Borromini calló y se hizo el silencio. En su rostro apareció reflejada aquella extraña tristeza que Clarissa conocía tan bien. ¿Era ése el motivo por el que ahora siempre iba vestido de negro? Hasta entonces había creído que la razón de aquel color era ir a la moda española, básicamente para mostrar su afinidad con su mecenas en San Carlos, pero ahora ya no estaba segura de eso. «Sí —pensó—, quizá tenga razón y compartamos los mismos sentimientos.» Sin saber por qué, de pronto tuvo la necesidad de darle algo de sí misma, de compartir algo con él.

—¿Ha mirado alguna vez por un telescopio? —le preguntó.

—¿Por un telescopio? —repitió, sorprendido—. No, nunca.

—Estoy segura de que le encantaría. ¿Quiere probarlo?

Él asintió, y en su rostro apareció una sonrisa.

—¡Pues venga!

Tuvo que agacharse para mirar por el objetivo. Tocó el aparato con mucho cuidado, como si temiera estropearlo con sus manos.

—¿Reconoce algo? —preguntó ella.

—¡Dios mío! —susurró él—. ¡Es como si estuviera en el cielo!

Clarissa se sobresaltó. ¿No habían sido ésas también sus palabras? ¿Las que dijo cuando, hacía ya muchos años, Borromini le mostró la cúpula de la catedral?

—¡Qué maravilla, cuánto esplendor! —exclamó, devoto, como en una iglesia—. Jamás creí que pudiera haber tantas estrellas. Al menos hay varios centenares, ¿no?

—Muchas más, *signor* Borromini, quizá varios miles. Ni siquiera con el telescopio podemos verlas todas. Pero dígame, ¿hay alguna estrella que le gustaría ver en especial?

—Sí, Saturno —respondió él sin pensarlo dos veces. Se apartó del visor y, como si tuviera que disculparse por su respuesta, añadió—: He nacido bajo su signo.

—Saturno..., ¿no es ése el dios de la fertilidad? —preguntó Clarissa—. Según tengo entendido, los romanos solían celebrar grandes fiestas en su honor.

—Así es, en efecto. —Asintió y se incorporó—. Banquetes opíparos en los que no se hacía otra cosa que beber y comer durante días enteros, en honor a aquella época dorada en la que, bajo el gobierno de Saturno, se suponía que sólo habían reinado la paz y la alegría. Pero los hombres olvidaron algo de aquel delirio festivo: supuesto el caso de que realmente hubiese existido aquella época dorada, no podía pasarse por alto que tenía también una cara oscura, mucho más pesada que la del brillante sol. ¿Conoce usted el nombre griego de Saturno?

—Cronos, ¿no?

—Sí, Cronos —dijo él, mientras su rostro se cubría una vez más de aquella extraña tristeza—, el dios del tiempo. A él debemos agradecerle todos los minutos y segundos de nuestra vida. Pero si nos regala algo de tiempo, es sólo para quitárnoslo después, para su disfrute y nuestra desesperación. ¿Sabe lo que hizo Cronos cuando le predijeron que uno de sus hijos le arrebataría el poder? Se los comió, los devoró en cuanto nacieron. Y eso —añadió en voz baja— es lo que hace con todos nosotros: nos devora. Creemos que estamos en la plenitud de la vida, trabajamos y disfrutamos de nuestra existencia como si no existiera un final, como si fuéramos inmortales..., y de pronto nos deshacemos en su garganta. —Se interrumpió de pronto—. Discúlpeme, ha sido torpe e indiscreto por mi parte hablar así de este tema.

Clarissa sacudió la cabeza.

—Está usted hablando de la vida, y ella nunca nos pregunta si la queremos o no. Además..., me gusta hablar con usted. Pero dígame —agregó, al observar su turbación—, ¿quiere que le muestre dónde está Saturno?

—Sí, me encantaría.

Se acercó al telescopio y enseguida localizó la estrella en el firmamento. Orientó el aparato y animó a Borromini a que mirara.

—Es muy fácil distinguirlo de las demás estrellas: es el único que está rodeado de anillos. ¿Lo ve?

—¡Sí, sí, ahí está! —exclamó él, emocionado—. Un disco amarillento; veo el anillo perfectamente. Es como una taza con dos asas. Madre de Dios...

—Después de Júpiter, Saturno es el planeta más grande del cielo. Hasta tiene una luna propia, que por desgracia no se puede ver con el telescopio.

Él la escuchaba atentamente sin separar la vista del telescopio, para poder ver con sus propios ojos todo lo que ella iba diciendo. Clarissa le explicó la situación de Saturno en el cosmos, le describió su importancia en comparación con otras estrellas, le presentó diferentes constelaciones, y, mientras le mostraba los planetas del cielo, igual que hizo él en otra ocasión con el cielo de la fe, descubrió para su sorpresa que, a medida que iba hablando, reencontraba aquel orden celeste que hacía un momento creía haber perdido para siempre.

—Ahí está, mirando a sus hijos desde lo alto —susurró Borromini con devoción—. ¿Sabe a qué distancia lo tenemos?

—Sólo podemos saberlo aproximadamente, pero según los cálculos de los astrólogos, tiene que ser entre setecientos cincuenta y mil millones de millas.

—Tan lejos y al mismo tiempo tan cerca —se sorprendió él—. ¿No le parece un milagro que pueda provocar ese dolor en las almas?

—¿Se refiere usted... a la melancolía? —preguntó Clarissa, comprendiéndolo de pronto—. ¿Es ésa la enfermedad que sufren sus hijos?

—Sí, la melancolía. El dolor del alma por la futilidad del cuerpo. —Se incorporó bruscamente, como si no pudiera soportar más tiempo aquella imagen—. No sé hasta qué punto es bueno disponer de un instrumento como éste. Parece como si sirviera para espiar los secretos de Dios sin su permiso.

—Quizá tenga razón. Pero... ¡es que usted no lo hace? En una ocasión, lo recuerdo perfectamente, fue en la cúpula de Miguel Ángel, usted mismo me dijo que la arquitectura imita la creación de Dios, y que podemos detectar el orden divino en el alfabeto de la construcción.

—¿Todavía lo recuerda? ¿Después de tanto tiempo? —dijo él, sonriendo, con una mezcla de vergüenza y orgullo en el rostro, y con los ojos brillantes como estrellas—. ¿De qué podría tratar el arte, si no? No sirve para alimentar la petulancia y la vanidad, sino para consolar las almas. Es un don de Dios. Él nos ha hecho capaces de crear el arte para que lleguemos más allá de lo que nos permite nuestra efímera vida. Ése es el mayor logro del arte, nuestro mayor consuelo, y por eso cada obra de arte vale mil veces más que su creador.

—¡Me sorprenden sus ideas, *signor* Borromini! ¿Cree que puede exigirse tanto a un hombre? ¿Que se ponga en cuerpo y alma al servicio de su obra?

—Un artista no tiene otra opción. ¡Eso es lo que debe hacer! —exclamó—. ¿Cómo es posible, si no, que Júpiter brille más y parezca mayor que Saturno en el cielo? ¿O cree que las estrellas mienten y todo es pura casualidad?

Hablaba tan apasionadamente que ella no se atrevió a contradecirlo.

—Pensaré en ello —se limitó a decir—. ¡Ah, por cierto! —recordó de pronto—, he oído decir a *donna* Olimpia que construirá usted la fuente de la *piazza*. No se imagina cuánto me alegro. ¿Tiene ya alguna idea de lo que hará?

—Todavía no he acabado los planos, pero sí tengo una idea, sí.

—¡Oh, entonces debe contármela!

—¿Eso cree? No es más que un boceto...

—¡Por favor! ¡Se lo ruego! —Lo condujo hasta una mesa sobre la que había un pliego de papel y le entregó un carboncillo—. Sólo un esbozo. Me haría usted muy feliz.

Dudando, Francesco cogió el carboncillo que ella le ofrecía. Pero en cuanto empezó a realizar los primeros trazos sobre el papel, dejó a un lado toda su timidez. Con calma y concentración comenzó a dibujar su fuente, explicó el significado del obelisco y su relación con la representación de los cuatro ríos del mundo. Su voz era cálida y segura, y se articulaba como si, al ir desgranando sus ideas y explicándolas en presencia de ella, él mismo fuera comprendiéndolas más y mejor. De pronto se interrumpió y la miró con sus ojos oscuros y brillantes.

—¿Me permite que le haga un regalo, Principessa?

—¿Un regalo? —preguntó ella, sorprendida.

—Me gustaría dedicarle la fuente con este dibujo.

—¡Pero eso es lo más grande que podría regalar usted!

—Por eso mismo. Se lo ruego. Como recuerdo de este momento.

Dijo aquello con tanta sencillez y naturalidad que ella no pudo resistirse más tiempo y aceptó el dibujo.

—Se lo agradezco, *signor* Borromini. Y créame, le aseguro que valoro mucho su regalo.

El resplandor de sus ojos se convirtió en un brillo cegador. Al verlo, ella se sintió tan conmovida que tuvo que tragar saliva, y percibió de nuevo aquella conocida oleada de cariño, la sensación de que algo natural e inevitable la relacionaba con aquel hombre. Nunca había tenido un hermano. ¿Lo habría encontrado aquella tarde? En ese momento se sintió como si al fin estuviera en casa, aunque medio continente la separaba de su verdadero hogar. Le acudió a la mente el rostro de McKinney, pero no vio ningún reproche en él. Y Clarissa sonrió por primera vez en muchas, muchas semanas.

—¿Cree usted realmente, *signor* Borromini, que sólo el arte puede consolarnos? —preguntó en voz baja—. ¿No cree que hay momentos en los que somos conscientes de nuestra alma?

—Yo sólo conozco el arte. —Carraspeó y le devolvió el carboncillo—. ¿Qué otra cosa podría consolarnos? ¿La religión?

—¡Por favor, quédese con el lápiz! Yo también quiero regalarle algo.

Tampoco él se negó a aceptar el regalo.

—Gracias, Principessa —se limitó a decir, y rozó brevemente la mano de ella al cogerlo de nuevo—. Lo utilizaré para dibujar todos los esbozos de la fuente. —Se levantó e hizo una reverencia. Casi parecía feliz—. Pero se ha hecho tarde —añadió—, creo que debería marcharme.

—Tiene razón, ya son casi las nueve. —Clarissa se levantó también y lo acompañó a la puerta, donde le ofreció la mano y le dijo—: Le agradezco mucho su visita, mi querido amigo. Por favor, vuelva siempre que lo desee. Aquí siempre será bien recibido.

4

En las calles reinaba un alboroto tremendo; era como si hubiesen liberado a todos los demonios. Aunque *donna* Olimpia había hecho cuanto estaba en sus manos para mantener los desfiles y celebraciones alejados del palacio de la familia papal, los romanos bebían, cantaban y bailaban, organizando un desorden infernal, mientras se acercaban a la plaza Navona iluminados por la luz fantasmal de infinidad de antorchas. Protegidos por sus máscaras, los hombres y mujeres se dejaban llevar por el placer y la rabia que habían ido acumulando a lo largo de todo el año. Al fin y al cabo era carnaval, el preludio anual de la Cuaresma, que precede a las fiestas de la resurrección de un modo tan inevitable como la vida antecede a la muerte.

Ajeno por completo al baile de máscaras que se sucedía frente a sus ojos, Francesco Borromini corría por las calles y los pasajes, embriagado exclusivamente por los sentimientos de su interior. Sí, existía la felicidad pura y perfecta, la alegría de la que hasta entonces sólo había oído hablar, la dicha en la que un segundo pasaba a significar una eternidad. Él la había conocido. Intentó recordar el nombre de las personas a las que en algún momento de su vida había envidiado por su suerte, pero no se le ocurrió una sola que en aquel instante pudiera ser más feliz que él. La Principessa le había abierto los ojos. ¡Júpiter brillaba con más fuerza que Saturno! ¡Cuánta razón tenía!

De pronto tuvo la sensación de que amaba a toda la gente con la que iba encontrándose, aunque no la conociera, y se preguntó cómo había podido vivir antes de aquella noche. O más aún: ¿de verdad había vivido? Las palabras que acababa de intercambiar con la Principessa lo habían llenado de tanta felicidad que se vio incapaz de volver a casa. Su vivienda era demasiado pequeña para tanta alegría. Se detuvo y miró a su alrededor. Una alborotadora banda de dominós se abalanzó sobre un muchacho y le arrancó la máscara, dejando al descubierto una pálida y arrugada cara de anciano. El viejo se encolerizó e increpó a los niños con su babeante boca sin dientes.

Francesco se dio la vuelta. ¿Hacia dónde podía ir? Las calles que conducían al Tíber estaban abarrotadas de gente. Decidió dar un rodeo y se dirigió hacia el Quirinal. Con el sonido de las risas y los gritos de la gente a sus espaldas, se marchó rápidamente de allí. Quería estar a solas con su felicidad.

Ella lo había llamado amigo; querido amigo. ¡Qué distinción más maravillosa! Quizá la mejor que pudiera hacerle. ¿Qué mensaje se escondía en aquellas palabras? ¿Que lo amaba? No había terminado de pensarlo cuando se prohibió considerarlo. ¡La Principessa acababa de perder a su marido! Y si ahora, pese a su dolor, le regalaba su amistad, era mil veces más de lo que podía esperar, y le estaba tan agradecido por ello que sus deseos y esperanzas no necesitaban nada más. Se conformaría para siempre con su amistad. Sí, quizá la amistad era lo más adecuado, lo que les tenía deparado el destino, pues en sus corazones estaban tan cerca el uno del otro que cualquier expresión corporal impediría su relación espiritual.

Pero ¿realmente era eso lo que sentía? ¿De dónde salían entonces aquellos celos terribles que percibía por todo lo que llamaba la atención de ella? ¿Y las pequeñas punzadas de dolor cuando ella descubría algo, lo admiraba o lo deseaba? Llevaba ya muchos años sufriendo por ello sin admitirlo. Demasiados. Había tenido celos de todos los que compartían algún rato con la Principessa en lugar de él, de todas las cosas que ella tocaba y cogía con las manos, incluso de las estancias en las que se movía y las horas que pasaba sin su compañía.

Sí, lo que Francesco sentía por la Principessa era más que amistad, y quizá llegara el día en que ella también sintiera algo así por él. Su rostro brillaba cuando él le explicó su proyecto para la fuente, y estaba seguro de que brillaría aún más cuando le comentara cómo quedaría toda la *piazza*. Él era el único que intuía lo maravillosa que era aquella mujer. Nadie había sido capaz de mirar tan dentro de su corazón. Aunque... ¿estaba seguro de que aquel sueño que tuvo en la nevada aldea montañosa de su hogar, aquella noche en que fue consciente de su masculinidad, no lo había engañado?

Se detuvo de camino hacia Porta Pia, frente a una pequeña e insignificante iglesia. En la calle no se veía apenas un alma, sólo unos pocos enmascarados que parecían haberse perdido, y por eso se sorprendió especialmente al ver la enorme agitación que reinaba a la entrada del templo, donde un buen grupo de trabajadores estaba manos a la obra. ¿Un lunes de carnaval? ¿A aquellas horas de la noche? Sin pensarlo dos veces, Francesco entró en la iglesia.

Sus ojos tardaron varios segundos en acostumbrarse a la débil luz de las velas que iluminaba el interior. En la pared de una capilla lateral, hacia la izquierda, se veía el reflejo luminoso del mármol recién pulido. Francesco reconoció el contorno de una palestra, sobre cuya barandilla se inclinaban espectadores de piedra que, como en un teatro, parecían prestar atención a lo que acontecía abajo, en la capilla, desde donde llegaban quejas y maldiciones, y ruido de hierro sobre piedra. No cabía la menor duda de que allí había gente trabajando.

—¡Vamos! ¡Daos prisa! ¡No quiero pasarme aquí toda la noche!

Francesco se sobresaltó al oír aquella voz. La conocía casi tan bien como a la suya propia: era la de Lorenzo Bernini. Dio un paso atrás en las sombras. Así que era cierto lo que se rumoreaba, ¿eh? El *cavaliere* había vuelto a trabajar. Entornó los ojos para ver mejor. En el púlpito, varios hombres levantaban una escultura y la ponían en su lugar.

—¡Cuidado! ¡Tened cuidado con el ángel!

Durante un segundo, Francesco sintió un ataque de envidia. Él había esculpido en piedra su querubín, pero jamás había aprendido, y menos aún dominado, la verdadera técnica de la escultura, esa arte por el que los personajes más poderosos de este mundo se dejaban conquistar. Y entonces, al mismo tiempo, se sintió muy orgulloso de sí mismo: él había conquistado al papa Inocencio sólo con la fuerza de sus ideas, sin ofrecerle a cambio ningún retrato en mármol.

—¡Enciende la antorcha, Luigi! ¡Aquí no se ve nada!

Una luz iluminó la estancia, y Francesco pudo ver la capilla: un único foco de colores y movimientos, coronados por una gloria cuyos rayos luminosos derrochaban una montaña de nubes que se expandían por el altar.

—¡Ah!, ¿no es maravilloso? —exclamó Bernini, que estaba situado frente al altar, de espaldas a Francesco, tapándole la vista—. Creo que es lo más bonito que he hecho en la vida. ¡Sí, sin duda lo es! —dijo, dirigiéndose a sus ayudantes—. Quiero que repitáis esto mismo, con las mismas palabras, por toda la ciudad. Decid a todos que el *cavaliere* Bernini acaba de realizar la mejor obra de su vida.

Francesco sacudió la cabeza. ¿Cómo era posible que un hombre que había sido considerado el primer artista de Roma fuese capaz de caer tan bajo? ¡Mira que divulgar de ese modo, sin ninguna vergüenza, su propia fama! ¿Es que no tenía orgullo? Asqueado, hizo ademán de darse la vuelta y salir de nuevo a la calle, donde los trabajadores empezaban a recoger sus utensilios, pero justo en ese momento Bernini se apartó para dejar paso a uno de sus ayudantes, y pudo ver el altar.

Al contemplar la escultura que lo presidía, Francesco se quedó allí clavado, paralizado, como la esposa de Lot al mirar hacia atrás para ver las ciudades de Sodoma y Gomorra.

5

Donna Olimpia estaba de pie frente a la ventana del palacio Pamphili y miraba hacia la plaza, en la que los romanos celebraban el tercer día del carnaval. La alegría de la gente le llegaba en verdaderas oleadas; pese al frío invernal de aquella mañana, todos parecían entusiasmados ante el maravilloso espectáculo que les ofrecía el verdugo, quien los llevaba a gritar cada vez más fuerte. Las primeras ejecuciones habían consistido en simples ahorcamientos, pero ahora deleitaba a su público decapitando a los condenados o bien descuartizándolos.

Donna Olimpia cerró la ventana y se alejó de ella. El espectáculo no logró provocar en ella ni la menor sonrisa: tenía una gran preocupación, un problema por resolver. Su hijo Camillo, a quien Inocencio ya había nombrado cardenal y segundo hombre más importante del Vaticano, se había encaprichado de la viuda del príncipe Rossano, y ni siquiera se esforzaba por ocultarlo. Desde el jueves anterior, sin ir más lejos, pasaba las noches en el palacio de la princesa. ¡Un escándalo! En su momento, se había considerado a Camillo inútil para el matrimonio; de hecho, su impotencia había sido muy destacada a la hora de justificar su ingreso en el cuerpo eclesial, e incluso se había dicho que era una señal divina, equivalente a la consagración sacerdotal, cuyos votos no había realizado. Por otra parte, los gastos que se derivarían de un enlace como aquél serían sin duda elevadísimos. Pero había algo más que preocupaba a *donna* Olimpia y no la dejaba dormir: si un hombre sucumbía a los encantos de una mujer tan joven y bella como la princesa Rossano —quien, además, y para colmo, se llamaba Olimpia como ella—, no tardaría demasiado en olvidar a su madre; de eso estaba segura. Pero Camillo era todo cuanto tenía, el único motor de su vida. Si lo perdía, ya nada tendría sentido.

¿Qué tal si se iba al Corso? Seguro que allí podría reírse un rato viendo a los lisiados y a los judíos corriendo desnudos —pese al frío— para salvar la vida. Las primeras carreras estaban previstas para el mediodía, de modo que llegaría justo a tiempo.

¿O sería mejor que fuese a la iglesia de Santa Maria della Vittoria? La cocinera le había comentado que Bernini había alzado allí una figura sorprendentemente bella, de la que se decía que era su mejor obra. Durante las ejecuciones, sin ir más lejos, no se hablaba de otra cosa.

—Ardo en deseos de verla —le dijo a Clarissa, que estaba inclinada frente a la chimenea ante un bordado de punto de cruz—. ¿Querrías acompañarme?

—¿Una figura de Bernini? —preguntó su prima, sin levantar los ojos de su trabajo—. No, no creo que me interese. No tengo humor para ver obras de arte.

—Qué extraño, antes nunca te cansabas de hacerlo; y ahora que el arte podría servirte de consuelo, resulta que no quieres saber nada de él. ¡Vamos, ven conmigo! ¡Así te distraerás! ¡No puedes enterrarte en tus penas!

—Sé que lo haces con buena intención, Olimpia, pero si no te molesta, preferiría quedarme a rezar el ángelus. —Dejó su bordado y se levantó, dispuesta a salir de la habitación.

—Pero ¿adónde vas? ¡Todavía es demasiado pronto para el rezo!

—Me he pinchado un dedo y no para de sangrar.

Como Clarissa se negaba a acompañarla, *donna* Olimpia decidió ir finalmente al Corso. Si no lograba olvidar sus problemas, al menos quería difuminarlos, y allí quizá lo lograra. Seguro que en el palco de honor se encontraría con el cardenal Barberini, quien no hacía mucho había vuelto del exilio francés. Ya iba siendo hora de que sus familias se reconciliaran. Si Camillo continuaba pasando las noches en casa de la princesa Rossano, ella necesitaría el apoyo de los Barberini bastante antes de lo que habría sido de desear.

Aunque las calles estaban llenas de gente, Olimpia alcanzó su destino sin problemas. El carruaje con el emblema papal iba acompañado por veinte jinetes, ni más ni menos, de modo que los transeúntes se apartaban inmediatamente al verlo. Pero al llegar a la altura del Corso empezó a disminuir su marcha y tuvo que detenerse en varias ocasiones. Luego, cuando ya tenían a la vista el palco de honor, el cochero se vio obligado a parar a los caballos definitivamente.

En la calle estaba librándose una verdadera batalla. Animados por los niños y las mujeres, varias docenas de hombres se abalanzaban unos contra otros. *Donna* Olimpia sabía que aquello podía durar un buen rato, así que cogió su rosario para distraerse rezando. Seguramente alguien habría olvidado detener su carroza frente a un superior y dedicarle el saludo militar; era algo que pasaba casi a diario y que convertía las calles de Roma en una guerra continua. De hecho, hasta la batalla contra Castro había comenzado por un asunto como aquél.

Cuando, al cabo de un cuarto de hora, su carruaje seguía sin poder moverse, *donna* Olimpia empezó a ponerse nerviosa. Se asomó a la ventana y gritó:

—¿Por qué no avanzamos? ¿Qué pasa?

—Disculpe, *eccellenza* —le respondió el cochero, también gritando—. Han visto a Cecca Buffona en el Corso, disfrazada con una máscara, y todos sus admiradores están enfrentándose entre sí.

Donna Olimpia tiró violentamente de su rosario, cuya cruz dentada se había quedado prendida en algún sitio. Cecca Buffona era una cortesana famosa en toda la ciudad que —según le había informado Camillo— hacía varias semanas se había entregado al cardenal Barberini. Teniendo en cuenta que a las cortesanas les estaba prohibido el uso de máscaras, así como su aparición por el Corso durante el carnaval, si era cierto que acababan de pillarla paseando por la calle, estaba claro que en aquel momento el anciano enamorado estaría de un humor de perros. *Donna* Olimpia pensó qué podía hacer: ¿podría sacar algún partido de su encuentro con el máximo representante de los Barberini, dadas las circunstancias?

Volvió a asomarse por la ventana y gritó:

—¡A la iglesia de Santa Maria della Vitoria!

La pequeña iglesia de la calle que iba a parar a Porta Pia estaba abarrotada de gente que había acudido a admirar la nueva escultura del famoso Bernini. La mayoría de los visitantes iban disfrazados: falsos doctores y abogados, chinos mandarines y grandes de España, califas árabes y marajás indios. Devotos, como si fueran a rezar, sostenían sus máscaras y gorros en la mano y rodeaban con la boca abierta la capilla de la izquierda. Eran tantos y estaban tan juntos que *donna* Olimpia tuvo verdaderos problemas para abrirse paso hasta allí.

Cuando los curiosos reunidos la reconocieron, un murmullo recorrió la iglesia y todos comenzaron a apartarse, respetuosos. Mientras ella avanzaba entre la multitud, observó atentamente los rostros que la rodeaban a derecha e izquierda, y se sorprendió al descubrir que, según parecía, los romanos ya le habían perdonado a Bernini su error con el campanario. ¿Se habrían precipitado al contratar a Borromini para la construcción de la fuente?

Cuando alcanzó a ver el altar, palideció. Perfectamente iluminado con multitud de antorchas expresamente dirigidas hacia la figura, vio a santa Teresa, recostada sobre un lecho de nubes marmóreas, extasiada en la contemplación de un ángel que parecía amenazarla con una flecha. *Donna* Olimpia no tardó ni un segundo en reconocer quién había hecho de modelo para la santa.

—¡Mala pécora! —susurró, cayendo de rodillas—. Bruja malvada...

Involuntariamente buscó el rosario que llevaba en la mano. Su preocupación por Camillo, la reconciliación con los Barberini, la gente que la rodeaba... De pronto nada parecía importante. Sólo tenía ojos para aquel altar. ¡Qué chapuza más vergonzosa! ¡Un ejemplo de los peores placeres carnales! Un vicio perverso, eternizado en piedra y camuflado tras una apariencia religiosa... Consumida por el más absoluto deseo, poseída por la pasión que sentía hacia el amante celeste, aquella mujer de cuerpo henchido se ofrecía al lujurioso y sonriente Cupido, ansiosa por la penetración de su flecha, mientras su vestido alborotado dejaba entrever —y resaltaba— la desnudez de su carne, y sus labios entreabiertos escondían una voluptuosidad tal que casi se podía oír el gemido de placer que salía de ellos sin la menor vergüenza.

—Una flecha me traspasa el corazón... y me llega a las entrañas —murmuró Olimpia, parafraseando las palabras de la santa. Las sabía de memoria; las había repetido en infinidad de ocasiones desde la primera vez que las leyera—. Es tan grande el dolor, y tan excesiva la suavidad que provoca...

Le resultaba imposible separar la vista de esa imagen de la perdición. Igual que los ojos de un náufrago a punto de ahogarse son incapaces de desviarse de la inalcanzable orilla, los de Olimpia no lograban apartarse de esa cabeza vencida por la pasión, de ese rostro de rasgos dichosos, y, entre tanto, los celos empezaron a hacer mella en su interior y a quemarla como un ácido. Toda esa pasión, toda esa felicidad..., ¡Clarissa tenía que haberla sentido en los brazos del *cavaliere*! Y mientras, ella, *donna* Olimpia, la mujer más poderosa de Roma, pasaba los días y las noches junto a un anciano siempre malhumorado cuya carne hacía años que se había marchitado y podrido. La invadió una rabia tan impresionante que casi perdió el sentido.

Para intentar dominarse apretó el rosario contra el pecho. Pensaba con tanta prisa y tanta intensidad que ni siquiera sintió los dientes de la cruz, que se le clavaban en la mano y le herían la piel. ¿Qué tenía que hacer? Sólo había una respuesta posible. ¡Echar a esa fulana de su casa! ¡Con el látigo, como si de una perra callejera se tratara! Aunque... ¿de verdad sería aquélla la solución? ¿Qué sucedía cuando se abandonaba a una perra en la calle? Que buscaba otro macho para aparearse. *Donna* Olimpia asió la cruz entre sus manos, como si quisiera aplastarla. No, los renegados que merecen un correctivo deben quedarse con sus verdugos, en su propia casa. Sólo entonces se tiene poder sobre ellos. Sólo entonces se puede impedir que se libren de su castigo.

En aquel momento *donna* Olimpia sintió un dolor intenso. Desvió la vista del altar y se miró la mano: la sangre le recorría la piel y goteaba sobre el suelo de mármol, donde, convertida en un círculo negro, una calavera le sonreía amargamente, como salida del infierno.

6

Lo único que quedaba del carnaval era la porquería que se acumulaba en las calles al cabo de tres días y tres noches, en los que no había hecho más que neutralizar cualquier posible tendencia al orden y la disciplina, a fin de que la gente pudiera descargar toda su pasión en una tormenta de placer y furor cuyos efectos tenían que durar todo un año. Pero el miércoles de ceniza la calma ya había vuelto a la ciudad y al corazón de sus habitantes. Los esperaban cuarenta días de reflexión y penitencia. Y mientras los sacerdotes utilizaban la ceniza consagrada en la quema de las palmas del año anterior para estampar la señal de la cruz en la frente de los fieles, éstos recordaban que provenían del polvo y en polvo acabarían convirtiéndose.

También Clarissa acudió a misa a primera hora de la mañana, aunque la cruz de ceniza que le trazaron en la frente no sirvió para acabar con el desasosiego que se había apoderado de ella desde el día anterior. Con el bordado en el regazo, era incapaz de concentrarse en aquellas filigranas, y no dejaba de hacerse una pregunta que la atormentaba sin descanso: ¿qué tendría la figura de Bernini para estar de pronto en boca de todos? Había oído decir que se trataba de una imagen de santa Teresa. ¿Se habría atrevido a utilizar su retrato para recuperar la fama, después de lo que habían compartido?

¿Por qué no se lo preguntaba directamente a *donna* Olimpia? No sabría decir el motivo, pero algo la disuadía de hacerlo: un cierto miedo o reparo en hablar de ello con su prima, a la que no había vuelto a ver desde la mañana anterior. Clarissa sabía que nadie podía reprocharle haber hecho de modelo para la figura de una santa, pero la idea de que Olimpia, u otra gente, pudiera reconocerla en la escultura le provocaba verdadera repugnancia. Intentando pensar en otra cosa, cogió de nuevo el bordado. En fin, quizá fuera sólo el hambre lo que la angustiaba así. Después de haber comido opíparamente durante los últimos días, no era de extrañar que el repentino ayuno le sentara mal.

—Tiene visita, Principessa.

Clarissa alzó la vista. ¿Visita? Sólo podía tratarse de una persona, y le pareció que, en aquel momento, era lo mejor que podía ocurrirle. ¿Acaso su amigo había intuido que necesitaba compañía?

—¡Por favor, dígale que pase! —dijo encantada, y se levantó.

Pero, para su enorme sorpresa, no fue Borromini quien entró en la sala, sino Bernini, seguido por un sirviente que llevaba un enorme macetero. Involuntariamente, Clarissa dio un paso hacia atrás. Era la primera vez que se veían después de aquella noche.

—*Cavaliere* —balbució—, yo... no lo esperaba...

Con la cabeza inclinada y los brazos abiertos, Lorenzo se acercó a ella. Tenía el rostro marcado por la melancolía y el dolor.

—Hace mucho tiempo que deseo venir a visitarla, pero no sabía cómo justificarme ante usted. Por favor, le ruego que acepte este regalo como un símbolo. —Hizo un gesto al sirviente para que dejara el macetero—. Son trompetas —añadió, al ver el desconcierto reflejado en los ojos de ella, que miraba aquella extraña planta cuyos tallos se elevaban del suelo como resecos—. Sus flores sólo se abren una noche; son un símbolo de la belleza perfecta... y al mismo tiempo de la fugacidad de la dicha humana.

—¡Qué amable al ocuparte de mi invitado, Clarissa! —*Donna* Olimpia apareció por la puerta y le dedicó una mirada fría y cortante.

—¿Tu invitado? —preguntó, desconcertada.

—Sí, yo he hecho llamar al *cavaliere*. Tenemos cosas muy importantes de que hablar.

Mientras Olimpia se acercaba a ellos, Clarissa se volvió hacia Lorenzo llena de curiosidad. Cuando él notó su mirada, comprendió que no era ella el motivo por el que lo habían convocado. Al menos no el motivo principal.

—Bueno, entonces me retiraré para no molestaros.

—¡No, por favor, querida! —le dijo su prima, cogiéndola fuerte de la mano—. ¿Qué pensará el *cavaliere* si te marchas ahora? ¡Se sentirá muy ofendido! ¿No es cierto, *signor* Bernini?

—Desde luego, *eccellenza* —tartamudeó él—, me ha leído usted el pensamiento.

—¿Lo ves? —dijo *donna* Olimpia. Y luego, en un tono que no admitía réplica, añadió—: ¡Quédate!

Sólo entonces le soltó la mano. Los sirvientes se retiraron, y *donna* Olimpia acompañó a su invitado hasta el centro de la habitación, donde se sentaron a una mesa. Clarissa dudó. ¿Debía sentarse con ellos? Estaba tan confundida que se sentía incapaz de pensar con claridad. Por puro instinto se dirigió a su silla, frente a la chimenea, y para no quedarse allí quieta cogió su bordado de punto de cruz. ¿Qué significaba aquel regalo tan extraño? Flores que sólo duraban una noche... Las manos le temblaban de tal modo que le resultaba completamente imposible trabajar.

Mientras fingía contar los puntos en el patrón, oyó que su prima decía:

—Ayer me desplacé a Santa Maria della Vitoria para admirar su imagen de santa Teresa. Estoy segura de que algún cardenal manifestará su descontento ante la obra, pero... debo admitir que es sencillamente maravillosa, *cavaliere*. Lleva usted mucho tiempo sorprendiéndonos con sus ideas, pero no cabe duda de que esta vez se ha superado a sí mismo. Mi asombro al verla fue infinito.

—El mérito no es mío —respondió Bernini, algo inseguro—, sino del motivo, que me facilitó enormemente el trabajo. Sólo tuve que buscar la inspiración en los escritos de santa Teresa. Supongo que conoce usted *Camino de perfección*, ¿verdad?

—No estoy segura. Es posible que en alguna ocasión haya tenido el libro en las manos, pero, aun así, le confieso que admiro su imaginación. ¿De dónde saca usted semejantes ideas? —Antes de que él pudiera responder, Olimpia se dirigió a Clarissa y le dijo—: Es una pena que no quisieras acompañarme. No sabes lo que te has perdido. Pero ¿qué te pasa? ¡Estás pálida! ¿Has vuelto a pincharte un dedo?

Clarissa se inclinó un poco más sobre su bordado para disimular su turbación. Hasta hacía unos segundos había albergado la esperanza de equivocarse, pero ahora estaba segura: Bernini había aprovechado su retrato para recuperar la fama. Con cada palabra que pronunciaban crecía su temor ante la posibilidad de que Olimpia dijese lo que —ahora sí— era evidente. Y justo en ese momento su prima dijo:

—¿Me permite que le pregunte, *cavaliere*, quién le ha hecho de modelo para esa obra?

Clarissa levantó la cabeza involuntariamente, y Olimpia le dirigió una mirada tensa, dura y escudriñadora.

—Sin duda se trata de una mujer muy atrevida —apostilló.

—Yo... pensaba que ya lo sabía —respondió Bernini, desconcertado, mientras miraba a Clarissa en busca de ayuda. Cuando sus ojos se encontraron, ella sintió que se ruborizaba más que nunca y volvió a bajar la cabeza—. Lo lamento, *eccellenza*, pero mi deber como artista es mantener en secreto esos detalles.

—Bueno, no era más que curiosidad. Pero tiene usted razón; al fin y al cabo, ese tipo de preguntas no hace más que desviar la atención de lo que es verdaderamente importante. Lo que cuenta no es el modelo vivo de la obra, sino la escultura en sí, y no cabe duda de que la suya es una verdadera maravilla. Pero en realidad lo he llamado para hablar con usted de algo muy distinto.

—Será un placer escucharla —dijo Bernini, visiblemente aliviado por el cambio de tema.

—Ah, no estoy tan segura de ello, *cavaliere* —respondió Olimpia con una sonrisa—. Se rumorea que está usted al borde de la ruina. ¿Es eso cierto? Incluso me han informado de que pretenden echarlo de su *palazzo*.

—Eso no es más que un rumor que ha propagado el *signor* Borromini. Según él, mi casa complica la construcción de Propaganda Fide, y está intentando por todos los medios conseguir un permiso de demolición. Pero no creo que deba preocuparme demasiado por ello.

—Seguro que no. Bastantes cosas tiene usted ya de las que preocuparse... Sí —dijo, moviendo la cabeza—, el desagradable asunto del campanario le hizo a usted mucho daño... ¿Acaso ya no encuentra ningún mecenas? Me niego a creerlo. Al fin y al cabo, durante la época de Urbano era usted el primer artista de Roma.

—Como quizá sepa ya, por desgracia, el papa Inocencio X no me profesa ninguna simpatía. Pero no me quejo de mi destino. El tiempo revelará la verdad, ya lo verá.

—Ya, el tiempo. ¿En serio cree que podemos confiar en él? A veces se toma las cosas con demasiada calma y la verdad tarda en revelarse. No olvidemos que el mundo es injusto y sólo se fija en las apariencias.

—No me importa. Yo seguiré dedicándome infatigablemente al trabajo.

—Una postura admirable, *cavaliere*. ¡Ah, si supiera a quién acudir para que lo ayudara!

Lo miró con un semblante cargado de compasión.

Bernini dudó unos segundos, y después empezó, suavemente y con cuidado, como si temiera decir algo incorrecto:

—Si me permite la desfachatez de manifestarme al respecto, *eccellenza*, yo creo que usted quizá podría interceder a mi favor ante el Papa...

271

—¿Yo, *cavaliere*? —le preguntó ella, fingiéndose sorprendida—. ¡En qué estará usted pensando! Creo que sobrevalora mis influencias; yo no soy más que una mujer insignificante...

—También Agripina pensaba eso de sí misma, pero sin ella Nerón jamás habría llegado a ser emperador de Roma.

—Bueno —dijo, sintiéndose halagada—, la verdad es que me aflije ver que un artista capaz de realizar obras de arte tan magníficas como las suyas deba pagar un precio tan alto por un juicio que quizá se cerró con una cierta precipitación. Es una vergüenza para toda la ciudad. —Hizo una pausa para reflexionar y luego añadió—: No puedo prometerle nada, pero veré lo que puedo hacer. Quizá encuentre el momento apropiado para hablar con el Papa y que él esté dispuesto a escucharme...

Dejó la frase en el aire. Clarissa los observó por el rabillo del ojo y vio a Bernini esforzándose por devolverle la sonrisa a *donna* Olimpia. Sin embargo, sus ojos castaños reflejaban una angustia terrible. ¿Qué le sucedía?

—Aun así —prosiguió Olimpia—, para interceder correctamente a su favor debo saber a qué atenerme con usted, *cavaliere*. ¿Cómo puedo estar segura de que merece mi ayuda?

Clarissa observó la lucha que Lorenzo estaba librando en su interior. Mientras Olimpia le hacía un gesto con la cabeza, él no dejaba de lanzarle miradas suplicantes, como si ella, Clarissa pudiera ayudarlo de algún modo.

—Un gesto, *cavaliere* —dijo Olimpia—, una muestra de su fiabilidad. Hay momentos en la vida en los que debemos tomar decisiones. ¿Conoce usted la palabra de la revelación? «¡Ah, ojalá fueras frío o caliente! Pero como no eres frío ni caliente, sino tibio, te escupiré de mi boca.» Por cierto —dijo de repente—, ¿qué planta es esa que ha traído? Trompetas, ¿no? ¿Son para mí?

En aquel momento Clarissa comprendió el significado de aquel regalo. Qué obsequio más sugerente...

Pero al mismo tiempo la expresión de Bernini se endureció. Parecía haber tomado una decisión; dándole la espalda a Clarissa como si quisiera evitar su mirada, sacó un objeto del bolsillo de su chaqueta. La Principessa no pudo soportarlo más; la habitación le resultaba de pronto demasiado pequeña para los tres. Dejó su bordado y se levantó.

—*Donna* Olimpia —oyó decir a Bernini como a lo lejos—, por desgracia no poseo nada digno de una mujer de su belleza e inteligen-

272

cia. Pero me sentiría muy honrado si tuviera la bondad de aceptar esta pequeñez de su más humilde servidor.

Con una sonrisa de felicidad, Olimpia tomó el cofrecillo que Bernini le ofrecía, lo abrió, y tras ver lo que contenía, tragó saliva y casi se ahogó al exclamar:

—¡Pero, *cavaliere*! ¡Qué sorpresa! ¡Es maravilloso! ¡No puedo creerlo! ¿Qué he hecho yo para merecer tanto? ¡Mira lo que me ha regalado el *signor* Bernini! —dijo entonces, encantada, dirigiéndose a Clarissa. Le mostró el cofre abierto, en cuyo fondo de terciopelo negro brillaba una esmeralda del tamaño de una nuez—. ¿No es el mismo anillo que le entregaste tú hace años en nombre del rey de Inglaterra?

—Yo... no estoy segura —contestó, incapaz de pronunciar bien las palabras, mientras miraba, incrédula, a Bernini, que seguía dándole la espalda—. Es posible..., ya ni me acuerdo.

—Sí, ya veo —dijo Olimpia, riendo—. Estas cosas te aburren; tú eres demasiado buena para este mundo.

—Me duele la cabeza. —Se sentía agotada, como si acabara de realizar un enorme esfuerzo—. Si no te importa, me gustaría retirarme.

—¡Pobrecilla! —respondió su prima, acariciándole la cabeza—. Será mejor que no te retengamos más. Sí, vete y descansa. Pero no te preocupes, seguro que es por el carnaval. Tantas seducciones debilitan las fuerzas.

Bernini se giró, pero siguió evitando encontrarse con su mirada. Sin decir una palabra se saludaron respetuosamente con una inclinación de cabeza.

Unos segundos después Clarissa dijo:

—No olvide llevarse otra vez su planta, *signor* Bernini. Yo... no sabría qué hacer con ella.

Mientras se dirigía a la puerta, oyó de nuevo la voz de Olimpia.

—Creo que tengo una idea para ayudarlo a ganar los favores del Papa, *cavaliere*. ¿Se le ha ocurrido pensar en algún modelo para la fuente de la *piazza*? A mí me encantaría poner un obelisco en el centro y rodearlo con los cuatro ríos del mundo, como una representación alegórica. ¿Qué le parece? Podemos hablar de ello durante la comida. Espero que no se tome el ayuno demasiado en serio...

A partir de aquel día no dejaron de llegar regularmente cestas con fruta al palacio Pamphili. Pero no eran para Clarissa McKinney, sino para *donna* Olimpia, la señora de la casa.

7

Las campanas de las iglesias romanas, decoradas con motivos negros, habían enmudecido. Los himnos habían sido relevados por los más tristes cánticos, y mientras la Semana Santa transcurría bajo el signo de la reflexión, los ciudadanos romanos casi olvidaron la hambruna que seguía azotándolos, pues durante aquellos días la privación no era resultado de la necesidad, sino un intento de alcanzar la salvación eterna.

El Viernes Santo, a partir del mediodía, se suspendía cualquier actividad en toda la ciudad. La mayoría de la gente acudía a alguna de las muchas iglesias a orar y recogerse, cayendo de rodillas frente a algún altar y golpeándose en el pecho en señal de arrepentimiento, o bien se quedaba en casa meditando durante la hora santa en la que Jesucristo se sacrificó por los hombres y murió en la cruz. El único que continuaba activo era Francesco Borromini, quien ni siquiera en aquel día era capaz de considerar el trabajo como una acción pecaminosa. Y es que su trabajo, el arte, era en su opinión la forma más sublime y rigurosa de servir a Dios.

Con un sonido oscuro y triste, la campana de San Giovani dei Fiorentini —esa parroquia situada no muy lejos de su pequeña e inclinada casa en Vicolo dell'Agnello— dio el toque de difuntos. Con un suspiro, Francesco levantó la cabeza. Aquélla era la hora en la que se rasgó la cortina del Viejo Templo; la hora en que murió el Señor. Se santiguó y rezó un padrenuestro, pero mientras sus labios moldeaban las palabras tantas veces repetidas, sus ojos miraban inquietos el pliego de papeles casi en blanco que tenía frente a la mesa, y sus pensamientos, que tendrían que estar concentrados en el Gólgota, el lugar en el que el Hijo de Dios había redimido los pecados de todos los hombres, estaban puestos en realidad en su propio e invisible monte del calvario interior, que llevaba ya muchos minutos intentando remontar sin éxito.

Realmente, aquel viernes no estaba siendo un buen día para Francesco. Una y mil veces había cogido el carboncillo que le había regalado la Principessa, para dejarlo segundos después, completamente derrotado, como si su cerebro y su capacidad creativa estuviesen paralizados; como si le faltase la inspiración y no pudiese avanzar un solo paso más allá de la brillante idea con la que había impresionado al papa Inocencio y se había adjudicado la construcción de la fuente.

¿Se habría vuelto inútil de pronto? ¿Dónde estaban ahora todas aquellas ideas maravillosas que le habían salido a borbotones en presencia de la Principessa? Cuanto más miraba el pliego vacío que tenía frente a sí, más se desesperaba. Un obelisco rodeado por cuatro figuras que representaban los cuatro ríos del mundo... y se acabó. Todas las formas que le acudían a la mente le recordaban sin remedio a las obras que otros artistas ya habían construido antes que él. Le faltaba dar un paso a lo inexplorado, a ese algo invisible que diferenciaba el arte de la artesanía. Él sólo veía lo que podía ver todo el mundo; dibujaba lo que cualquier arquitecto mediocre habría dibujado en su lugar, con la limitada visión y corrección de un pedante sin ninguna sensibilidad para lo misterioso y distinto.

Lleno de rabia, arrugó el papel y lo lanzó al fuego. ¿Por qué no se le ocurría nada, por el amor de Dios? ¡Tenía que pensar en algo! Si con el foro Pamphili Inocencio quería levantar su residencia privada por encima de todas las construcciones eclesiásticas de la ciudad, él, Francesco Borromini, debía ser capaz de servirse de su obra para elevarse por encima del resto de los arquitectos de la ciudad. La confección de la plaza Navona le ofrecía la posibilidad de hacer realidad su idea de una plaza ideal, sin preocuparse por los gastos o el esfuerzo que pudiera costar. ¡Cómo le habría gustado mostrar sus planos a la Principessa!

No podía dejar de pensar en ella: eterna, apresada en su propia alma, tal como la había creado Bernini. Éste la había visto, había accedido a su interior como ningún otro hombre. Mientras Francesco recordaba aquel rostro de mármol y lo estudiaba una y otra vez, analizando aquel éxtasis, aquel deseo infatigable, aquel anhelo incesante que parecía haber encontrado al fin su plenitud, sentía en el fondo de su ser esa misma impotencia que debió de haber sentido el Hijo de Dios en su última hora, cuando gritó inútilmente llamando a su padre; su corazón se llenó de rabia hacia todo el mundo, hacia Bernini, hacia sus rivales. ¿No había derrotado aún a Lorenzo? ¿No lo había aniquilado? No, estaba claro que, incluso ahora que había caído en desgracia ante el representante de Dios en la tierra, aquel hombre tenía el poder y la fuerza para arrebatarle a la mujer que el destino había previsto para él. Y su rabia fue creciendo progresivamente, sin que tuviera claro si se trataba de una rabia santa o ciega, o ambas cosas a la vez, aunque intuía que se trataba de aquella rabia que acaba por matar a la gente.

Lanzó el carboncillo con tanta brusquedad como si se hubiera quemado la mano con él. ¡No soportaba aquella situación ni un solo segundo más! Se levantó y decidió ir a la iglesia lateranense. Allí tenía mucho que hacer: en menos de dos años la obra debía estar acabada.

Con la esperanza de encontrar a *monsignore* Spada en San Juan, se puso un abrigo y subió a toda prisa la estrecha escalera. Tenía que hablar seriamente con el prior. No podía permitir que siguiera dando órdenes a los trabajadores como estaba haciendo últimamente. Aquello causaba que se perdiera el respeto por el arquitecto. Además, ya iba siendo hora de que Inocencio visitase personalmente las obras. ¡Al fin y al cabo, San Juan de Letrán era la iglesia pontificia del Papa! Spada debería encargarse de recordarle eso al Santo Padre, en lugar de entrometerse en los asuntos de sus trabajadores.

Al salir a la calle se dio cuenta de que estaba atardeciendo. Hacía frío, y se subió el cuello del abrigo. ¡Si al menos tuviera suficientes ideas para presentar el proyecto de la fuente! ¿Qué tal si realizaba un modelo de arcilla? ¿O sería mejor de madera lacada? Un modelo resultaba siempre más atractivo que un dibujo y, además, podía disimular ciertas posibles imperfecciones del proyecto. Claro que, según cómo, un modelo de ese tipo podía considerarse una estafa... No, no haría ninguna presentación hasta que pudiera mostrar un proyecto capaz de defenderse por sí solo, sin ningún tipo de artimaña.

En la casa de enfrente se encendió una luz. A Francesco le pareció sentir el calor que sin duda reinaba al otro lado de aquel muro, tras la ventana, donde posiblemente una familia se había reunido para cenar o un matrimonio preparaba la fiesta de Pascua. Él no tenía a nadie con quien compartir la vida y su rutina. Ni siquiera Bernardo, su sobrino, quien desde hacía un año trabajaba para él como aprendiz, había querido ir a vivir a su casa, y había preferido alquilar una habitación en *borgo vecchio*. En aquel instante Francesco sintió una gran melancolía. Habría dado cualquier cosa por tener a su lado a alguien dispuesto a escucharlo y a hablar con él, consciente de sus preocupaciones y presto a compartirlas. Debía de ser un consuelo tener esa sensación de protección que sólo un ser humano es capaz de proporcionar a otro. Aquel deseo le sobrevino con tal fuerza que al final cambió de opinión y, en lugar de dirigirse a la iglesia lateranense, cogió el camino hacia el Tíber, donde había muchas tabernas con habitaciones en las que vivían mujeres solitarias dispuestas a acoger a hombres también solitarios, como él, y, por unas pocas monedas, escucharlos, conversar con ellos y consolarlos. Ellas formaban parte de esa enorme minoría que también trabajaba en Viernes Santo. Otra cosa más que tenían en común.

Mientras avanzaba por los oscuros callejones, oyó cantar un gallo, y aceleró el paso, como si así pudiera escaparse de sí mismo.

8

—¡Aleluya! ¡Cristo ha resucitado! ¡Aleluya, aleluya!

Era la víspera de Pascua, el gran *sabbat* del año 1648. En toda Roma volvían a oírse los repiques de campanas y los cantos de júbilo, con los que los creyentes celebraban la resurrección del Señor en aquella noche de sábado que sucedía a la luna llena. Tras los días de vigilia, las calles y plazas estaban tan iluminadas como si fuese de día, para simbolizar la luz de Dios en el mundo, y todos los que habían permanecido encerrados en sus casas durante las últimas semanas, o habían salido sólo para hacer penitencia, corrían por la ciudad y se abrazaban y se besaban entre sí. Se había superado el valle de lágrimas y ahora llegaba la fiesta, el momento más feliz del año: en los juzgados se sobreseían los juicios, los criminales eran perdonados, y las despensas en las que aún quedaba alguna cosa se vaciaban sobre las mesas, que se llenaban de comida y bebida para celebrar el final del ayuno.

Una cabalgata de casi cien jinetes acompañaba a la carroza papal, que llevaba a Inocencio y a sus familiares más íntimos desde San Pedro, donde, debido a las obras en la basílica lateranense, se había celebrado la fiesta de la Pascua, hasta el palacio Pamphili. Clarissa, que iba en el interior del carruaje junto con el Santo Padre, su prima Olimpia y el cardenal Camillo, observó a la luz de las antorchas el rostro serio del Papa, que aún parecía poseído por la Santa Resurrección. Él mismo se había encargado de consagrar el nuevo fuego en la plaza de San Pedro, antes de cambiar su indumentaria violeta de la penitencia por la blanca de la festividad, alzando en sus manos la vela triangular y precediendo una larguísima procesión de fieles que acudieron a la catedral para celebrar allí la misa de Pascua.

En los oídos de Clarissa aún resonaba el espléndido *Lumen Christi* de los eunucos cuando el carruaje se detuvo en el patio del palacio Pamphili. Algo cansada tras el largo servicio divino, que había durado más de cuatro horas, fue la última en salir de la carroza para seguir a los suyos al interior de la casa. En el vestíbulo había ya varias docenas de protegidos del Papa que habían sido invitados a cenar. De pronto, y como salido de la nada, un monje descalzo, de ojos pequeños y penetrantes y labios sorprendentemente carnosos, se plantó ante Clarissa y su prima.

—Quisiera hablar un segundo con usted, *donna* Olimpia.

Clarissa notó que su prima se estremecía al ver a aquel hombre. Él la miraba directamente a los ojos, con tanta intensidad como si fuera a darle alguna orden, y de vez en cuando lanzaba algún vistazo a su alrededor, como si quisiera asegurarse de que no lo acechaba ningún peligro. Todo eso mientras se rascaba continuamente el cuerpo como si tuviera pulgas. La sorpresa de Clarissa fue, pues, enorme, al ver que su prima seguía a aquel hombre y desaparecía con él en una pequeña sala lateral; a toda prisa, como si quisiera evitar que la vieran en compañía de aquel personaje.

Desconcertada, Clarissa miró hacia los lados y decidió unirse a la comitiva papal que se hallaba en la sala de fiestas. Allí habían empezado a servirse los primeros platos. En la cara de los cardenales y obispos podía verse la necesidad imperiosa de dejar atrás el alimento del alma que acababan de recibir en San Pedro y dedicarse, de una vez por todas, a su bienestar corporal.

Pocos minutos después *donna* Olimpia entró en la sala y se sentó junto a su cuñado. Fue el momento de dar inicio al banquete. A Clarissa, sentada con su vestido de seda en un extremo de la mesa, entre los predilectos del Papa, le pareció que el rostro de su prima estaba algo sonrojado y su respiración, alterada al dar la orden a los sirvientes.

Y seguía pareciendo nerviosa cuando se retiró el primer plato, sopa de verduras, y se sirvió el segundo, pollo y cerdo asado.

—Primero sopa y después pollo y cerdo —dijo Inocencio de mal humor—. ¿Esto es lo que nos ofrece en el día más importante y feliz del año? ¿Pretende insultar a nuestros invitados?

—Su Santidad sólo ve lo que hay en los platos —le respondió Olimpia, irritada—. Yo, en cambio, tengo que vigilar los gastos. ¿Cómo pretende que alimente tantas bocas con el poco dinero que me pasa?

—¡Pero si le doy treinta mil escudos al mes sólo para los gastos de la casa!

—Pues necesitaría cincuenta mil. En lugar de reprenderme, debería usted estarme agradecido por evitar que pasemos hambre.

—Pues me gustaría saber en qué se gasta todo ese dinero —rugió Inocencio.

—Y a mí también, Santo Padre —se inmiscuyó Camillo, que sostenía una pata de pollo con ambas manos y la devoraba babeando y haciendo ruido—. A mí ayer me prohibió que comprara un carruaje nuevo, pese a que llevo semanas pidiéndoselo. Creo que mi madre sufre una avaricia enfermiza.

—¡Haz el favor de callarte! —le ordenó Olimpia a su hijo—. El ahorro es la principal virtud de la mujer. Pero ¿por qué interrumpe la comida Su Santidad?

Inocencio se había levantado de la mesa y se dirigía hacia una delicada mesita que había junto a una pared, entre dos ventanas.

—¿Qué es esto? —preguntó, cambiando su expresión malhumorada por una de absoluta admiración.

Clarissa alzó la vista del plato y observó lo que había llamado la atención del Papa. Sobre la mesita, iluminado con una corona de luz propia, se veía el modelo de una fuente hecho de plata pulida e increíblemente brillante. Un obelisco con cuatro figuras alegóricas a sus pies.

—¡Es una obra magnífica! —exclamó, incapaz de apartar la vista de la escultura—. Lo más bonito que hemos visto nunca.

—¿Verdad que sí? —dijo *donna* Olimpia, levantándose también—. He ordenado que pusieran aquí este modelo para Su Santidad. Pensaba que le gustaría.

Inocencio asintió encarecidamente.

—¿Qué os parece? Siempre he sabido que el *signor* Borromini es un arquitecto maravilloso. ¡El mejor que tenemos! —Alzó un dedo y, mirando a los allí presentes, que a esas alturas ya estaban todos levantados, añadió con una sonrisa que le dulcificó el rostro, por lo general serio y malhumorado—: ¡Y, además, se preocupa por los costes! *Monsignore* Spada nos ha informado de que en San Juan ya se ha levantado la armadura del edificio y se han acabado los trabajos de aprovisionamiento, sin que, al menos por ahora, se haya gastado un solo escudo más de lo presupuestado.

—Yo he oído —dijo Camillo, el único que seguía sentado a la mesa, comiendo— que hace poco le entregaron la Orden del rey de España.

280

—Nos alegra oír eso —dijo Inocencio—. El *signor* Borromini se merece todo tipo de distinciones.

Todos los cardenales asintieron unánimemente, y un murmullo de aprobación recorrió la sala. Clarissa sintió que el corazón se le aceleraba de alegría al oír las alabanzas y el reconocimiento que dedicaban a su amigo. Pero su dicha duró poco. No había hecho más que empezar a pensar en él cuando le entró un extraño sentimiento de culpa. Desde que estuvieron juntos en el observatorio no había vuelto a visitarla, pese a que ella le había insistido en que lo hiciera. ¿Habría visto él también la imagen de santa Teresa e intuido su falta?

Los malos presentimientos habían estado torturándola durante varios días, hasta que al fin, el Domingo de Ramos, había decidido ir a la iglesia de Santa Maria para ver la escultura con sus propios ojos en lugar de consultarlo con su prima. La imagen que encontró la horrorizó. Reconocía el conjunto, pero la estatua no tenía nada que ver con la que había visto la última vez. De los ojos de la santa, de su rostro, de los poros de su piel de mármol y de las arrugas de su vestido de piedra emanaba el placer, el éxtasis que la propia Clarissa había sentido en aquella terrible noche de pasión. Después de ver aquello se sintió absolutamente incapaz de comentar el asunto con nadie. Con nadie. Cualquiera que la viese de aquel modo y observara su expresión en aquel instante que Bernini había querido eternizar, tenía en verdad todo el derecho del mundo a maldecirla. Desde aquel momento, al miedo de que Borromini hubiera podido ver su retrato en Santa Maria se le sumó el temor de perder a su único amigo.

—Así pues, ¿os gusta la fuente? —le preguntó *donna* Olimpia a su cuñado.

—Me encanta —respondió el papa Inocencio—. Acaba de hacerme realmente feliz. Pero, vamos, vamos, regresemos a la mesa. La comida se enfriará y sería un pecado desperdiciar los bienes divinos.

Se dio media vuelta, pero su cuñada lo detuvo.

—Sólo una cosa más, Santo Padre.

—¿Sí?

—El modelo... —*Donna* Olimpia dudó antes de terminar—. No es de Borromini.

—¿Que no es de Borromini? —El rostro de Inocencio reflejó a un tiempo sorpresa y decepción.

—No, Su Santidad. Es del *cavaliere* Bernini.

—¿Bernini? —exclamó el Papa, como si estuviera pronunciando el nombre del Anticristo—. ¡Pero si le prohibimos expresamente que participara en el concurso! —La desilusión de su rostro empezó a dar paso a la ira—. ¿Qué se ha creído ese hombre? ¡No deja de provocarnos para que lo excomulguemos! Hace tan sólo unos días ofendió a la Iglesia presentando a santa Teresa como a una prostituta, y ahora tiene la desfachatez de...

—Permítame que lo interrumpa, Santo Padre —dijo *donna* Olimpia—, pero en el asunto de santa Teresa la culpa no es del artista, que se limita a reflejar fielmente la realidad, sino de la prostituta que tan depravadamente posó para él.

Clarissa quería morir. Temía que Olimpia fuese a señalarla con el dedo.

Pero su prima no la miraba a ella, sino al Papa, y en lugar de delatarla, dijo:

—Si no desea que Bernini construya la fuente, me encargaré de que su modelo no siga importunándolo más. —Dicho aquello, dio unas palmadas para llamar a dos de los sirvientes, que se acercaron en silencio—. ¡Llevaos inmediatamente esta escultura!

—¡Alto! —gritó Inocencio—. ¡No la toquéis! A saber por qué Dios ha permitido que un pecador como ése construyera una obra semejante.

Con el cuerpo girado, como si estuviera a punto de irse, mantuvo la vista clavada en la mesilla, incapaz de separarla del modelo de plata que brillaba bajo la luz como una custodia recién pulida en un altar.

—¿Ve Su Santidad a los dioses fluviales? —preguntó *donna* Olimpia en voz baja—. Se vuelven hacia el blasón papal para admirarlo a usted.

—Claro que lo veo —respondió Inocencio, de mala gana—. ¿Acaso cree que no tengo ojos en la cara?

—Los cuatro ríos no son sólo los ríos principales de las cuatro partes del mundo —continuó *donna* Olimpia—, sino que también recuerdan los cuatro ríos del paraíso. Porque usted, Santo Padre, ha acercado de nuevo el paraíso a los seres humanos.

—¿Ah, sí? ¿Eso hemos hecho?

—Sí —dijo Olimpia, asintiendo seriamente—. Tras treinta años de guerra, usted ha devuelto la paz a la humanidad. De eso da testimonio la paloma que se encuentra en la parte alta del obelisco, símbolo al mismo tiempo de la paz y el blasón de los Pamphili. Igual que la paloma de Noé, ésta lleva en su pico una ramita del olivo de la salvación. Es el triunfo del cristianismo bajo su dominio papal.

Donna Olimpia calló y se hizo el silencio. Todas las cabezas estaban dirigidas al Papa: ¿cómo reaccionaría? También Clarissa lo observaba con verdadera tensión. Luego, tras un buen rato, Inocencio carraspeó y, con un gesto más que malhumorado, como si cada palabra le costara un esfuerzo terrible, dijo:

—Será mejor que todo aquel que le guarde rencor a Bernini no mire sus obras. Dígale usted al *cavaliere* que le encargo la construcción de la fuente en nombre de Dios.

9

—¡Me niego a creerlo! ¡El Santo Padre jamás rompería su palabra! Francesco estaba petrificado. Aún con el cincel y el martillo en la mano —con los que acababa de enseñar a su sobrino Bernardo y a los demás canteros cómo quería que fuera el querubín de la capilla central de la basílica lateranense—, se quedó allí plantado, de pie entre los muros aún sin revocar, intentando asimilar la noticia que hacía unos minutos le habían dado *monsignore* Spada y el cardenal Camillo. Los picapedreros habían interrumpido su trabajo y lo miraban con curiosidad. Bernardo parecía enfadado.

—¡Por el amor de Dios! —les gritó—, ¿es que no tenéis nada que hacer? ¿Qué estáis mirando? ¡Haced el favor de continuar! ¡Vamos, manos a la obra! ¡Deprisa!

Todo su cuerpo temblaba de agitación. Y pensar en lo contento que se sintió cuando Inocencio le encargó la construcción de la iglesia lateranense... Pero desde entonces las decepciones no hacían más que sucederse, cada vez más humillantes. En lugar de comenzar la basílica de cero, tal como estaba previsto, tuvo que someterse a la presión de las reacciones y empezar a recortar sus proyectos, hasta que ya casi ni los reconocía como propios. ¿Y ahora resultaba que el Papa también quería quitarle la fuente para dársela a Bernini? ¡Precisamente a Bernini!

—No se trata de romper su palabra —dijo Spada, en tono conciliador—. El Santo Padre desea que usted concentre toda su capacidad creativa en la iglesia pontificia. Recuerde que cada vez falta menos para el Jubileo...

—Si quiere saber mi opinión —dijo Camillo, cogiendo una de las tortitas que un sirviente había puesto a su alcance en una bandeja—, la decisión no la ha tomado mi tío, sino mi madre. Le encanta meterse en los asuntos de los demás, es incapaz de dejar a nadie tranquilo. A mí, por ejemplo, pretende impedirme que me case con la princesa Rossano.

—¿Y a mí qué me importa su boda? —estalló Francesco. Asqueado, miró el gordo y lechoso rostro del joven cardenal, que se encogió de hombros y engulló una segunda tortita sin alterarse lo más mínimo—. ¡Venga! —dijo, cogiendo del brazo a Spada—. ¡Venga conmigo! Quiero enseñarle algo.

Haciendo verdaderos esfuerzos por no perder el control, llevó al *monsignore* hasta su mesa de trabajo, sobre la que había extendido varios pliegos de papel.

—¿Cómo? ¡Pero si éstos son los planos para la fuente de Bernini! ¿De dónde los ha sacado?

—Luigi Bernini me los trajo hace unos días. No aprecia demasiado a su hermano, que digamos. —Francesco no pudo reprimir una pequeña y maliciosa sonrisa—. En principio no concedí ninguna importancia al asunto, porque el *cavaliere* había sido expulsado del concurso, pero dada la situación...

—¿Por qué me los enseña?

—Porque de ellos se deduce que esta fuente no puede llegar a construirse. Los diseños de Bernini no tienen ningún valor, son inútiles. ¡Mírelo usted mismo! —Golpeó los papeles con el dedo—. Los ríos divinos se aprietan contra el obelisco como si fueran a congelarse. Ello se debe, seguramente, a que Bernini intuye, pero no se atreve a reconocer, que las figuras son demasiado grandes y ocupan demasiado espacio. ¡Se trata de construir una plaza, por el amor de Dios, no una fuente! La fuente no es más que un monumento con el que destacar el centro de la plaza. Caramba, pero qué estoy diciendo, ese arrogante pretencioso no tiene ni la más mínima sensibilidad para la armonía de conjunto, las medidas y proporciones; lo único que le preocupa es presumir de sus obras. En lugar de adecuar la fuente a la *piazza* y el *palazzo*, va y la pone por encima de todo. De ahí esa apretura insoportable, ese gesto de mal gusto, exagerado y teatral de las figuras, ese caos de extremidades, delfines y...

Francesco había ido elevando el tono de voz, pero de pronto, a mitad de la frase, se calló. Pues cuanto más alto hablaba, más comprendía lo mezquinas y miserables que resultaban sus objeciones en comparación con aquel maravilloso boceto. La crítica no era más que una expresión de su envidia. Aquél era el proyecto con el que él había soñado; el proyecto que, tanto en su conjunto como en los pequeños detalles, poseía aquel algo invisible que diferenciaba el arte de la artesanía.

—Creo... creo que ya hemos visto suficiente.

Intentó doblar el pliego de papeles, pero sus manos temblaban de tal modo que tuvo que dejarlo abierto sobre la mesa. Sintiendo la necesidad de agarrarse a algo, cogió un martillo.

—El Santo Padre me ha prometido que lo recompensaría por la decepción —dijo Spada en voz baja y suave, sin hacer la menor referencia a la salida de tono de Borromini—. Quiere encargarle la construcción de su palacio y también la de la iglesia de Santa Inés, que queda al lado. Tenga usted paciencia. ¡Con un poco de suerte no tardará en convertirse en el arquitecto de todo el foro Pamphili!

Francesco evitó cruzar su mirada con la de Spada y empezó a darse golpecitos con el martillo en la palma de la mano izquierda. ¿Comprendía aquel astuto y pequeño *monsignore* lo que le pasaba por la mente? La sensación de que Spada podía ver a través de él y convertirse en testigo de su derrota le resultó casi tan humillante como el descubrimiento de que su rival había sido capaz de realizar un boceto infinitamente mejor que el suyo.

—No creo ni una palabra de lo que dice —respondió, bruscamente.

—Yo respondo por ello. El único requisito es que se muestre usted razonable.

—Yo también estoy de su lado, se lo garantizo —dijo Camillo con la boca llena—. Mi madre me ha nombrado director de las obras del foro, y le aseguro que utilizaré todas mis influencias para favorecerlo a usted, si lo desea. *Donna* Olimpia quiere que se construya una galería entre las salas de recepción y las estancias privadas. ¿Le interesaría encargarse de ello?

Francesco ni siquiera lo escuchaba. Miró a sus trabajadores y comprendió que ellos también notaban la tensión que reinaba en el ambiente. Sin levantar siquiera la cabeza de su trabajo, se encargaban de dar forma al querubín como si en ello les fuese la vida. ¿Habrían oído la conversación? Si ellos también se habían enterado de su deshonra, le perderían el respeto para siempre.

—¡Maldición! —gritó—. ¿Os habéis vuelto locos? ¡Lo estáis aporreando como si quisierais destrozar la piedra! ¿Cuántas veces tengo que deciros que vayáis con cuidado?

Indignado, dio cuatro zancadas hasta donde estaban sus trabajadores para enseñarles cómo debían modelar el querubín. Todas las figuras eran únicas y valiosas, él las había diseñado con sus propias manos. ¿Acaso les parecían poco importantes porque no eran de Bernini?

Spada lo cogió del brazo.

—Aún hay algo más, *signor* Borromini.

—¿Qué?

—Las cañerías que conducen a la plaza Navona.

—Sí, ¿qué? ¿Qué pasa con ellas?

—El agua fluye con mucha dificultad, la presión del Acqua Vergine es mínima.

—Sí, lo sé. ¿Por qué me cuenta todo eso?

—La cantidad de agua que necesita la fuente, tal como está prevista en el plano, es muy superior a la real, y el *cavaliere* Bernini parece incapaz de solucionar el problema.

—¡No me diga! ¡Qué sorpresa! —Francesco se rió con sarcasmo—. ¡Pensaba que el señor era el director artístico de las fuentes y cañerías de la ciudad! Al menos eso es lo que ha ido diciendo por ahí.

Spada dudó, pero logró sostener la mirada de Francesco. Éste intuyó la pregunta que el *monsignore* tenía en la punta de la lengua. Pero... ¿tendría la desfachatez de realizarla?

La expresión de Spada parecía la de alguien que llevaba cinco días sin poder ir al baño, y no dejaba de desplazar el peso de su cuerpo de una pierna a otra.

—Según me han informado —dijo al fin—, ya ha calculado usted lo que costaría un nuevo sistema de cañerías. Sería muy amable por su parte que compartiera con nosotros sus documentos. ¿Estaría dispuesto a hacerlo?

¡Pues sí tenía la desfachatez!

—No... no... —tartamudeó Francesco— no estará hablando en serio, ¿verdad? ¿Cómo pueden pedirme algo así?

—No somos nosotros los que se lo pedimos —intervino Camillo, que a aquellas alturas ya se había acabado las tortas y se había reunido con ellos—, sino mi madre.

—Como muestra de su buena voluntad —añadió Spada—. ¡Piense usted en el foro Pamphili!

—Me he pasado medio año haciendo cálculos... —Francesco se esforzó por encontrar las palabras adecuadas, mientras sus pulmones parecían quedarse sin aire—. Y ahora... ¿me piden que entregue mis planos? ¿Así, sin más? ¿Sin obtener nada a cambio? ¿Para que el hombre que me ha robado el trabajo con premeditación y alevosía, sólo para herirme...? —Sintió que le faltaba el aliento y tuvo que hacer acopio de todas sus fuerzas y autodominio para reprimir un ataque de tos—. Por favor, discúlpenme —se limitó a decir—. Tengo mucho que hacer.

Y dicho aquello, les dio la espalda. No podía soportar su presencia más tiempo. Una vez más volvían a verlo sólo como artesano, como técnico, no como artista. Y eso que Bernini le había copiado la idea. Tenía que salir de allí. Tenía que irse lo más rápidamente posible o acabaría retorciéndole el pescuezo a alguien. Se marchó a toda prisa, sin saber adónde iba.

No había dado siquiera diez pasos cuando oyó un ruido terrible a sus espaldas: un estrépito como de piedras rotas. Se giró inmediatamente. Marcantonio, uno de sus picapedreros, el vecino de Bernardo, le sonreía avergonzado, con una cara de tonto que parecía irreal. A sus pies, bajo el zócalo elevado en el que había estado trabajando, estaban los restos de su querubín, destrozado y partido en dos mitades.

—¿Te has vuelto loco?

El tipo seguía sonriendo. Francesco no vio nada más que esa sonrisa: los ojos reducidos a dos líneas, los labios apretados y los hoyuelos en las mejillas. No, no era una sonrisa de vergüenza, sino más bien de descaro burlón, de impertinente arrogancia, de soberbio triunfo. Entonces se le cayó la venda de los ojos. Sí, él conocía aquella sonrisa, ¡vaya si la conocía! Era la sonrisa de Lorenzo, la sonrisa de su rival.

—¡Ésta me la pagas! —gritó, fuera de sí.

Alzó el martillo y se precipitó contra Marcantonio.

—¡Deténgase! —exclamó Spada—. ¡Por Dios, haga el favor de comportarse! ¡Estamos en una iglesia!

El *monsignore* intentó interponerse en su camino, pero llegó demasiado tarde. Francesco ya había alcanzado al picapedrero y estaba a punto de golpearlo. El hombre intentó en vano zafarse y lo miró presa del pánico. En aquel mismo momento Borromini descargó el martillo con todas sus fuerzas. Se oyó un sonido breve y seco, como si una madera vieja se astillara, y el pesado hierro de la herramienta se hundió en el cráneo de Marcantonio. Una masa gris brotó de su interior como una fuente y fue a parar justo al rostro de Francesco, quien, tras aquel velo de niebla, lo vio desplomarse en el suelo.

Se oyó un último y suave resuello, y después se hizo el silencio. Francesco dejó caer el martillo. Con el dorso de las manos se limpió los ojos y se dio media vuelta.

Camillo le sonrió y dijo:

—Me muero de curiosidad por saber lo que dirá mi madre al respecto.

10

El incidente acaecido en la obra de la capilla lateranense provocó un gran alboroto en el palacio Pamphili. Desde el regreso de Camillo no se hablaba de otra cosa.

—Que Borromini haya matado a golpes a uno de sus ayudantes es algo que puede perdonarse —dijo *donna* Olimpia—. Cosas así pasan a diario. Lo peor es que haya renunciado a su trabajo en la basílica.

—¿Cómo? ¿Que ha dejado el trabajo? —le preguntó su cuñado, sin dar crédito—. ¿Quién ha dicho eso?

—Él mismo —respondió Camillo adelantándose a su madre, mientras un criado le servía el tercer plato de carne—. Ha abandonado la obra y se niega a volver a tocar una sola piedra.

—¿Se atreve a rechazar el trabajo? —Inocencio estaba fuera de sí—. ¿Pretende que el obispo de Roma celebre el Año Santo en una iglesia a medio construir?

—Creo que está ofendido porque no fue a visitar su obra —dijo Camillo, masticando ruidosamente—. En cuestión de alabanzas y reconocimientos, es vanidoso como una mujer.

—¿Y qué se supone que haremos ahora? —inquirió Inocencio.

—Si me preguntas a mí, quiero decir, si Su Santidad me lo pregunta —dijo *donna* Olimpia—, se me ocurre una respuesta muy sencilla.

—¿Ah, sí? ¿Y cuál es, si puede saberse?

—Lleve a Borromini a los tribunales y acúselo de asesinato. Así nos libraremos de él.

—¡Imposible! ¿Quién acabará entonces San Juan?

—Pues Bernini. ¿Quién si no? El *cavaliere* es un artista acreditado.

Inocencio torció el gesto.

—Pese a haberle concedido el proyecto de la fuente, le recuerdo que mi opinión respecto a ese hombre es mucho menos entusiasta que la suya. Bernini es un artista, no un arquitecto. ¿Acaso ha olvidado el asunto del campanario?

—Si quiere tener finalizada la iglesia a tiempo, no hay ninguna otra opción. ¿A quién podría encargársela, sino a él? —*Donna* Olimpia levantó la mano y empezó a contar con los dedos—: El viejo Rainaldi es demasiado mayor; su hijo, demasiado joven, y los dos juntos, un desastre, porque se pasan el día peleándose; Algardi sabe aún menos de arquitectura que Bernini, y a Pietro da Cortona le falta empuje para enfrentarse a un proyecto semejante. Así que sólo nos queda el *cavaliere*. —Movió la cabeza—. Sí, dadas las prisas que tenemos, no nos queda ninguna otra opción. ¿O se le ocurre a usted alguna idea?

Clarissa, que estaba sentada con ellos a la mesa y seguía la conversación sin decir una palabra, estaba tan consternada que fue incapaz de probar bocado. ¡Francesco Borromini, el hombre al que ella consideraba su amigo, había golpeado a otro hasta matarlo! ¿Cómo podía haber caído tan bajo? Las manos le temblaban de tal modo que tuvo que soltar el tenedor, y mientras trataba de dominarse empezó a plantearse una pregunta que la dejó más afectada aún: ¿tenía ella alguna culpa en la catástrofe que se había producido en la iglesia?

—¿Y qué sucedería si el *signor* Borromini aceptara retomar su trabajo en San Juan de Letrán? —preguntó en voz alta.

Al día siguiente, Clarissa salió hacia el *palazzo* de Propaganda Fide. Estaba segura de que encontraría allí a Borromini, pues la academia, en la que estudiaban todos los misioneros de Roma, era su obra más importante después de la iglesia lateranense. Mientras atravesaba en su carruaje la plaza de España, sobre la que se elevaba el impresionante y ostentoso palacio, sintió que empezaba a ponerse nerviosa. El *palazzo* de Bernini estaba apenas a un tiro de piedra de allí.

Cuando bajó del vehículo, evitó mirar hacia la Vía della Mercede. No quería recordar el modo en que había cruzado esa calle aquella otra vez, de madrugada. Pero, aunque no miró hacia el palacio, el recuerdo del hombre al que trataba de eludir le llegaba por todas partes: Bernini había construido la fachada del *palazzo* Ferratini, que se elevaba justo delante de ella, y lo mismo sucedía con la capilla de los Tres Reyes Magos, que Clarissa debía atravesar para llegar a la zona habitada del claustro de la academia, donde, efectivamente, encontró a Borromini conversando con uno de los trabajadores.

—Tendríamos que construir un pasillo para separar las tiendas y las celdas de los alumnos. Si no, las mujeres que vengan a comprar por aquí podrían verlos rezar en el jardín —estaba diciendo justo en aquel momento. Cuando su mirada se cruzó con la de Clarissa, su semblante se endureció—. ¿Qué quiere? —le preguntó con brusquedad—. Aquí no se hacen retratos en mármol.

Ella entendió la indirecta inmediatamente.

—¿Ha estado en Santa Maria della Vittoria? —inquirió.

En lugar de responder, Borromini le dirigió una mirada silenciosa y cargada de reproches.

—Si espera que le diga que lo que ha visto es falso, se equivoca usted, señor Borromini. Pero no he venido aquí para hablar con usted de santa Teresa.

—¿Para qué entonces? Le agradecería que su visita no se alargara demasiado. Dispongo de muy poco tiempo.

Mientras el trabajador se retiraba, Clarissa reflexionó sobre cómo o por dónde empezar a hablar. Tenía claro que no podía amenazarlo de ningún modo, ni con la ira del Papa ni con las posibles consecuencias de su renuncia al trabajo, pues de ese modo sólo conseguiría lo contrario de lo que pretendía. Conocía bien a Borromini y sabía lo orgulloso que podía llegar a ser. Así pues, decidió no andarse con rodeos e ir directa al grano.

—No ponga en peligro lo que ha tardado tanto en conseguir.

—No sé de qué me habla. ¿Le importaría explicarse mejor?

—Me refiero a su decisión de abandonar su trabajo en San Juan. ¡Acéptelo de nuevo, se lo suplico! El Papa le ha confiado la construcción de su iglesia, le tiene a usted mucho aprecio, y creo que no es sólo porque sabe valorar su trabajo, sino porque le gusta como persona. Pero si ahora, dados los acontecimientos, decide usted convertirlo en su enemigo...

—Le agradezco mucho el consejo, pero sus esfuerzos son en vano. Me hago cargo de todas mis decisiones, y le ruego a usted que las respete.

Clarissa lo miró a los ojos. ¿Era aquél su viejo amigo? Tuvo que hacer un esfuerzo para contenerse y no perder los estribos.

—Puedo imaginarme —le dijo dulcemente— lo que ha supuesto para usted que le encargaran la construcción de la fuente y luego se desdijeran, pero no debe rendirse. Yo vi su boceto; vi las maravillosas ideas que contenía y sé que fue usted quien las ideó. Hablaré con *donna* Olimpia e intercederé también en su favor ante el Santo Padre, para que medite y se cuestione seriamente su decisión. Estoy segura de que si le entregara un borrador de su proyecto, el papa Inocencio cambiaría de opinión. Pero nadie podrá ayudarlo si no acepta de nuevo su trabajo en la iglesia lateranense.

Tuvo la sensación de estar hablando con una pared. Con los brazos cruzados, Francesco miraba por encima del hombro de Clarissa, hacia la ventana, como si buscara a alguien en la calle, y con el zapato golpeaba el suelo en una clara muestra de impaciencia.

—Ha matado usted a un hombre, *signor* Borromini —susurró—. ¿Pretende destrozar también su propia vida? Dígame por qué. ¿Por qué?

Por fin él se dignó mirarla. Dejó caer los brazos junto al cuerpo y, mientras los ojos se le llenaban de lágrimas, el rostro se le contrajo en una mueca de dolor, tan intenso que Clarissa creyó sentirlo en su propia piel.

—Una flecha me traspasa el corazón... y me llega a las entrañas. Es tan grande el dolor, y tan excesiva la suavidad que provoca...

No había acabado aún de pronunciar aquellas frases cuando se dio media vuelta y la dejó allí plantada. Sin intentar detenerlo, Clarissa observó cómo se alejaba y desaparecía tras una puerta. Sí, ella también tenía culpa en los pecados que él había cometido, y si Dios decidía maldecirlo por eso, parte de la maldición debía recaer en ella.

Ahora sólo quedaba una persona capaz de ayudarla.

11

—¡Su vida está en juego!

—Su vida y la salvación de su alma —añadió Virgilio Spada, asintiendo—. Y tendríamos que hacer cuanto estuviera en nuestras manos para remediar al menos una de las dos cuestiones. Lo mejor sería empezar por su vida; después ya nos ocuparemos de su alma.

—¡Hable usted con él, reverendo padre! Tiene que hacerle ver el peligro que lo acecha. A mí no quiere escucharme.

El *monsignore* había recibido a Clarissa en su lugar preferido, junto a la ilusoria figura del guerrero que tenía en el jardín, al final de la columnata que Borromini había construido en el palacio de su familia.

Mientras le hacía un gesto a Clarissa y la invitaba a sentarse junto a él en el banco, lanzó un suspiro y le respondió:

—¿Y por qué piensa que yo tendré más suerte que usted? No, por desgracia me temo que al *signor* Borromini el peligro no le impresiona lo más mínimo, independientemente de quién lo ponga sobre aviso. Cuando se le mete algo en la cabeza, es casi imposible lograr que cambie de opinión. Créame, sé muy bien de lo que hablo.

—En el *palazzo* Pamphili se baraja incluso la posibilidad de llevarlo a los tribunales.

—Aun así, no creo que retome el trabajo sólo para salvar el pellejo. Es tan orgulloso que ni siquiera quiere que le paguen por su trabajo y sólo acepta lo que le dan voluntariamente. Creo que la única amenaza que podría hacerlo reaccionar sería la de la condenación eterna. Al fin y al cabo, ha matado a un hombre.

—¿Está diciéndome que podrían proponerle una bula papal a cambio de que concluyera la iglesia?

—Al menos podríamos intentarlo, Principessa. Desde que el ser humano se atreve a desoír los mandamientos divinos, no hace sino anhelar la salvación de su alma con la manipulación de bienes terrenales. Un uso útil y correcto, sin duda. De todos modos —añadió, levantando los brazos—, no estoy seguro de que el *signor* Borromini sea como el resto de la gente. A veces pienso que está más que influido por las enseñanzas del hereje alemán Martín Lutero. Además, emplea todas sus horas libres en la lectura de ese tal Séneca, un pensador de lo más peligroso...

—¡Ah, ojalá hubiese escuchado a Séneca! —respondió Clarissa—. ¡De ser así, nada de esto habría sucedido!

Spada arqueó las cejas.

—¿Cómo dice?

—¿No fue Séneca quien dijo que no debíamos dejarnos llevar por nuestros sentimientos? ¡Pues el *signor* Borromini lo ha hecho, y de qué manera! Como si no temiera en absoluto el castigo o la muerte.

—Es que eso es exactamente lo que predica Séneca. *Exactissime!* —exclamó Spada, alterado, mientras se ponía en pie y comenzaba a deambular de un lado a otro del jardín—. Que no debemos tener ningún miedo a la muerte. No cabe la menor duda de que nuestro amigo Borromini está emulándolo. ¿Sabe usted qué dice Séneca de la muerte? —añadió, deteniéndose de pronto y mirando a Clarissa a los ojos.

Ella asintió.

—Que no temamos a la muerte, sino a lo que pensamos acerca de ella...

—¡Me duele terriblemente ver que sus labios pronuncian semejante sacrilegio! —dijo Spada, poniéndose de nuevo en movimiento con los ojos brillantes de ira—. Qué absurdo, como si alguno de nosotros no tuviera motivos para temer a la muerte... Al fin y al cabo, a todos nos espera irremediablemente el gran juicio final ¿no? Pero no, eso no le preocupa al filósofo. ¿Qué es lo que él dice? «En la vida debemos dejarnos guiar por los demás; en la muerte no.» Sí, así a cualquiera pueden entrarle ganas de morir. Así la vida que Dios nos ha regalado, con todos sus controles y obligaciones para poder acceder al Reino de Dios, no parece más que una pena terrible y fatigosa de la que todos deberíamos intentar zafarnos. ¡Por Dios bendito! Si hasta la muerte deja de atemorizarnos, ¿qué lo hará? ¿Y pretende que me sorprenda porque nuestro amigo no se arredra ante las amenazas? —Una vez más, se detuvo ante Clarissa y sacudió la cabeza—. Ni se imagina usted la de veces que le he aconsejado a Borromini que no toque los escritos de Séneca, pero nunca me ha hecho caso.

Clarissa casi no reconocía a su confesor, aquel hombre siempre tan comedido y sensato, que ahora, en cambio, parecía terriblemente alterado. En cualquier caso, no cabía duda de que aquel arrebato no era más que el resultado de la preocupación por su amigo Borromini, y aquello la sorprendió, si cabe, aún más.

—Así pues, ¿no hay nada que podamos hacer? —preguntó en voz baja—. *Donna* Olimpia propondrá al Papa que le encargue al *cavaliere* Bernini la continuación de las obras en la iglesia lateranense, y si eso sucede... ¡Ah, ni siquiera me atrevo a pensarlo! Estoy segura de que eso acabaría con el *signor* Borromini. Es lo único que en verdad le da miedo.

—Sí, yo también lo creo —dijo Spada, asintiendo—. Estoy convencido de que no lo soportaría, seguro, eso lo hundiría.

Se pasó varios segundos asintiendo, como si intentara hacerse a la idea de que aquello iba a ocurrir, pero de pronto se detuvo y miró a Clarissa.

—¿Qué es lo que ha dicho? —le preguntó—. ¿Ha dicho que eso es lo único que le da miedo?

—Sí. Si Bernini se encargara de San Juan después de haberle arrebatado la fuente..., ¡para él eso sería el colmo!

A Spada se le iluminó la cara.

—Quizá —dijo entonces, con una tímida sonrisa—, quizá, hija mía, aún quede algo que podamos hacer.

—¿De veras? —inquirió ella, con un tímido soplo de esperanza—. ¿Se le ha ocurrido alguna solución?

—No es exactamente una solución, pero sí tal vez un camino. Al fin y al cabo, las cosas pueden verse siempre de varias maneras, ¿no? Todo depende de la perspectiva. Eso es algo que nos ha enseñado el propio Borromini... —dijo el *monsignore*, señalando la columnata de su jardín—. Las cosas no tienen por qué ser como parecen. Y lo que ahora se nos antoja el final del *signor* Borromini puede acabar convirtiéndose en su misma salvación.

—Pero ¿qué puede haber de bueno en el hecho de que el Papa le encargue a Bernini la conclusión de la iglesia lateranense?

—No debemos temer el final, sino lo que pensamos acerca de él... —respondió Spada, modificando las palabras del filósofo—. No, quizá Séneca no fuera tan tonto como pensaba. Y si nuestro amigo no hace más que devorar sus escritos día y noche, acaso no sea sólo porque comparte sus opiniones, sino más bien porque en cierto modo intuye que las necesita para sobrevivir. Los dos sabemos, Principessa, que por mucho que el *signor* Borromini defienda la serenidad y el sentido común que Séneca predicaba, en el fondo no puede evitar dejarse llevar continuamente por sus sentimientos. Y en mi opinión, por mucho que la ira sea un pecado, en esta ocasión, y sin que sirva de precedente, deberíamos permitirnos el lujo de aprovecharnos de ella.

—Me temo, padre, que no lo entiendo.

—¡Pero si ha sido usted quien me ha dado la pista, hija mía! —exclamó él, con una sonrisa más que pícara—. Dios la ha enviado hasta mí para que pudiera abrirme los ojos y mostrarme el modo de ayudar a nuestro amigo.

—Así pues, ¿de verdad cree que hay alguna esperanza?

—Sí, desde luego; siempre hay fe, esperanza, amor —respondió, cogiéndole la mano—. Sí, hija mía, creo que he dado con la forma de lograr que el *signor* Borromini entre en razón. No me atrevo a asegurar que de ese modo podamos salvar también su alma, pero creo que sí le salvaremos la vida. Sí, estoy casi convencido de ello.

12

—Y cuando empieza un retrato, ¿se limita a guiarse por su primera idea? —le preguntó *donna* Olimpia, sentándose de modo que su perfil resultara lo más favorecido posible—. ¿Sea lo que sea lo que se le ocurra?

—Un genio, *eccellenza*—respondió Lorenzo Bernini, sin levantar la vista de su libreta—, siempre confía en su primera impresión. Si no es así, es que no es un genio.

Hacía mucho que no se sentía tan animado. ¿No había dicho siempre que el tiempo revelaba la verdad? Pues eso era lo que había sucedido: hasta el propio Inocencio el Ciego había tenido que aceptar la realidad y reconocer quién era el primer —y mejor— artista de Roma. De hecho, en aquellos días hasta el propio Spada parecía dispuesto a concederle la conclusión de la iglesia lateranense. ¡Todo un triunfo! Para disfrutar al máximo de aquella noticia, Lorenzo se había encargado de difundirla por toda la ciudad.

Con aquellos pensamientos rondándole por la cabeza, le costaba una barbaridad concentrarse en su trabajo. ¡Y eso que tenía motivos para hacerlo! De mala gana intentó apartar de su mente la imagen de Borromini al enterarse del rumor, y se esforzó por comparar el perfil de *donna* Olimpia con el de su dibujo. Aquella mujer era la verdadera reina de Roma. Ella decidía lo que el Papa debía hacer o no. Si conseguía volver a ganarse sus favores, las cosas no tardarían en recuperar su curso normal; como conocía bien su avaricia, no había dudado en regalarle el anillo de esmeralda y el modelo en plata de la fuente para acelerar el curso de las cosas. Ella, por su parte, había aceptado de buen grado los regalos y le había manifestado su deseo de que la eternizara en un bloque de mármol. ¡Nada le gustaría más! Ya la había irritado en una ocasión, y no estaba dispuesto a cometer el mismo error por segunda vez.

—Estoy segura de que es usted mucho mejor en lo suyo que ese tal Algardi. Para serle sincera, el busto que él me hizo nunca acabó de gustarme.

—No quisiera criticar a Algardi, *eccellenza*, pero en mi opinión su mayor fallo fue destacar la dignidad de su figura, de su aspecto, sin detenerse a reflejar su encanto interior y su gracia natural. Un error inconcebible al tiempo que imperdonable.

—¡Vamos, *cavaliere*! —dijo ella, lanzando un suspiro—. No irá a decirme que ve en mí alguna gracia...

—Admito que me cuesta lo suyo —respondió él, y luego añadió, tras una pausa perfectamente estudiada—: Pero sólo porque su encanto es tal y lo percibo con tanta fuerza que mis ojos amenazan con quedarse ciegos ante el brillo de su esplendor.

La expresión de sorpresa que durante unos segundos se había adueñado del rostro de *donna* Olimpia no tardó en dar paso a una radiante sonrisa.

—Creo, *signor* Bernini, que hay que ser un verdadero artista para poder bucear en el alma de una mujer con la intensidad con que usted lo hace. —Apenas podía disimular su alegría—. En cualquier caso, el embrujo de sus palabras no es ni mucho menos inferior al de sus obras.

Halagada como una adolescente, Olimpia echó la cabeza hacia atrás de tal modo que la tela del vestido se le escurrió ligeramente por un hombro y dejó a la vista el comienzo del pecho.

—¡Maravilloso, *eccellenza*, quédese como está! ¡Por favor, no se mueva!

No hacía ninguna falta que se lo pidiera con tanto afán, pues *donna* Olimpia no tenía ni la menor intención de recomponer su indumentaria. Más bien al contrario: sonrió a Lorenzo de un modo tan seductor que él tuvo que tragar saliva. Y de pronto comprendió —porque lo leyó en sus ojos— lo que ella quería: que la desnudara.

Y no vio nada que le impidiera concederle aquel deseo.

—Si pudiera bajarse un poco más el escote...

—¿No resultará demasiado atrevido? —preguntó Olimpia, mientras se apresuraba a hacer lo que él le había dicho—. El Santo Padre está considerando la posibilidad de prohibir que las mujeres lleven escote.

—Estoy seguro de que sabrá hacer excepciones. Fue Dios quien diseñó esos hombros que usted tiene, y sería un pecado impedir que el mundo entero los admirara.

Mientras trabajaba en los contornos de su cuerpo, Lorenzo la miró. ¿Cuántos años tendría? ¿Cincuenta? ¿Más? Su cabello era ya más plateado que negro, y las arrugas de su rostro no se veían ya sólo cuando sonreía. Pese a todo, era una mujer endiabladamente bonita, que sin duda haría disfrutar a cualquier hombre si se lo propusiese. No era de extrañar que el Papa hiciera todo lo que ella quería. Lo sorprendente, más bien, era qué hacía una mujer tan hermosa como ella con un hombre tan anciano y malhumorado como él. Y es que a Lorenzo no le cabía la menor duda de que Inocencio y ella compartían sus vidas como marido y mujer. De hecho, toda Roma se hacía eco de aquella historia y la criticaba sin perdón. ¿Era posible que la autoridad y el poder pudieran resultar tan atractivos para ella? ¿Mucho más de lo que eran en realidad?

—¿Está bien así, *signor* Bernini, o tengo que destaparme el hombro un poco más?

—Así está perfecto, *eccellenza* —murmuró él, mientras seguía pintando—. Perfecto.

—¡Qué emocionante, *cavaliere*! Al dibujarme es como si me creara usted de nuevo. Y eso es algo que no le permitiría a nadie más que a usted.

Lorenzo estaba a punto de agradecerle el comentario con una sonrisa, pero cuando alzó la vista, se le congeló el rostro. Olimpia se había descubierto casi todo el pecho y se había estirado sobre una otomana con la mano entre los muslos. Con la cabeza hacia atrás y el rostro marcado por un evidente y lujurioso deseo, parecía a punto de entregarse a un prometido invisible. Con los labios entreabiertos lo miró y parpadeó; era como una caricatura de su santa Teresa.

—*Eccellenza...*

—¿Qué sucede, *cavaliere*? Parece desconcertado. ¿No se encuentra bien?

Mientras se incorporaba, la expresión de su cara y de su cuerpo cambió tan radicalmente que Lorenzo llegó a dudar de lo que había visto. ¿Era posible que lo hubiese soñado? Estaba tan desconcertado que no supo qué contestar.

—Es... es usted increíble, *donna* Olimpia —tartamudeó—. Y tiene usted razón: acababa de tener un pensamiento algo desagradable.

—Lo mejor en esos casos es expresarlo en voz alta; sólo así podrá librarse de él. —Se levantó definitivamente de la otomana y se le acercó—. ¿O acaso no quiere compartirlo conmigo?

—Sí, sí, por supuesto, es sólo que... no es más que un asunto puramente técnico —dijo al fin, aliviado al haber dado con una excusa—. Estoy preocupado por la fuente. Mejor dicho, por la canalización —se corrigió, recuperando el habla poco a poco, entre otras cosas porque aquél era un problema que realmente le preocupaba—. Las tuberías no pueden transportar el agua suficiente, y no veo el modo de ampliar su capacidad.

—¿Está diciéndome que eso le supone un problema? ¿A usted, el primer artista de Roma?

Aliviado, Lorenzo observó cómo Olimpia recuperaba aquel tono objetivo y profesional que utilizaba en las audiencias. Sí, tenía que haberse equivocado.

—Bueno, en realidad sólo se requiere agua para una de las fuentes —dijo con un suspiro.

—Según tengo entendido, el *signor* Borromini hace tiempo que tiene el problema solucionado.

—Puede ser. Pero ¿de qué le sirve, si al final deja sus planos escondidos en un cajón? No me queda más remedio que encontrar una solución por mí mismo.

—No lo dirá en serio, ¿no? ¡Usted no debe malgastar su tiempo con esas cuestiones técnicas! Si el *signor* Borromini deja sus planos en un cajón, tendremos que ir y pedirle que los saque.

—Nada me gustaría más, *eccellenza*, pero me temo que nunca me los dará. No olvide que cuando *monsignore* Spada se lo planteó, acabó matando a un trabajador.

—Bueno, quizá sea un error esperar que nos los entregue directamente. Quizá deberíamos... pedírselos prestados durante un tiempo. —Le guiñó un ojo con complicidad—. Él no tiene por qué enterarse.

—¿Y cómo pretende hacerlo? —preguntó Lorenzo, intrigado.

—¡Ah, no cabe duda de que es usted un artista! —dijo ella, y se rió—. Hasta el más tonto de los secretarios del Vaticano sabría qué hacer en un caso como éste: el *signor* Borromini tiene una vecina que se encarga de ordenarle y limpiarle la casa, ¿no?

De pronto comprendió lo que *donna* Olimpia se proponía.

—¡Pero tiene más de sesenta años! —exclamó.

—¿Y cree que por eso será inmune a los halagos? Me decepciona, *cavaliere*, pensaba que usted conocía mejor a las mujeres.

—No, no me entiende —protestó Lorenzo a toda prisa, deseando no haber abierto la boca—; quiero decir que una mujer que lleva tantos años trabajando para Borromini no se dejará convencer tan fácilmente para robarle.

—¿Y quién habla de robos? —preguntó *donna* Olimpia, con calma—. Si se tratara de la idea artística, de la original, con el obelisco y los cuatro ríos de la tierra, pensaría lo mismo que usted; pero en este caso no se trata más que de unos pocos detalles técnicos que ese hombre tan terco se empeña en no compartir con nadie, oponiéndose incluso a los deseos del Papa. ¡Por el amor de Dios! ¿Qué problema hay en que uno de sus colaboradores pase algunas horas con la vecina del *signor* Borromini?

Sus ojos oscuros le dirigieron una mirada tan cargada de afecto que las dudas de Lorenzo se derritieron como si fueran mantequilla bajo el sol. En sentido estricto ella tenía razón: no consistía en un robo, sino en cumplir los deseos del Papa. Además, la idea de solucionar sus problemas de un modo tan sencillo era de lo más tentadora. Y él conocía a la persona más adecuada para ayudarlos con aquel asunto; alguien que en caso de necesidad sería capaz de vender a su propia madre.

—¿Cree que debemos hacerlo? Porque, de ser así, creo que mi hermano Luigi...

Donna Olimpia se encogió de hombros.

—La decisión es sólo suya, *cavaliere*. Pero ahora dígame de una vez —añadió, cambiando de tema— en qué ha pensado usted para mi retrato. O..., no, mejor no me lo diga; quiero descubrirlo yo sola.

Le quitó el dibujo de las manos y durante unos instantes observó la lámina con el entrecejo fruncido; después asintió y, moviendo sus grisáceos bucles de arriba abajo, dijo:

—Es maravilloso. ¡Maravilloso! La comunión entre categoría y encanto. Salta a la vista. ¿Es así? ¿Tengo razón?

—Si hubiera una cualidad que pudiera admirarse en usted aún más que las dos que acaba de mencionar, y que son, en efecto, el tema de mi retrato, sería sin duda la de su fuerza espiritual, *eccellenza*, que le permite comprender las cosas de un modo admirable.

—¡Usted y sus cumplidos! ¡Siempre encuentra las palabras adecuadas! —dijo ella, acercándose cada vez más—. Por cierto, había olvidado agradecerle sus cestas de fruta. Le aseguro que me llenan los días de alegría.

—Su alegría es el mejor agradecimiento. Ordenaré que le envíen dos cestas al día.

—¿Sólo a mí? —preguntó Olimpia, mientras su alegre gorjeo se convertía en un oscuro arrullo. Estaban tan cerca que Lorenzo podía sentir su aliento en la cara—. ¿Acaso ha olvidado usted a mi prima?

Antes de que él volviera a pensar que se había equivocado, ella le acarició la mejilla, y mientras le sostenía la barbilla, lo miró llena de esperanza. Lorenzo notó que el corazón empezaba a latirle con más fuerza. ¡Definitivamente, esa vez no era cosa de su imaginación! Muchas mujeres lo habían mirado ya de aquel modo y nunca se había equivocado. En aquel momento *donna* Olimpia sólo esperaba una cosa: que la besase.

—¿Y si entra la Principessa? —preguntó.

En lugar de responderle, ella cerró los ojos y abrió los labios. Lorenzo sintió una oleada de pánico. ¡Tenía que zafarse de aquel beso! Pero ¿cómo? Si la rechazaba, Olimpia se sentiría profundamente herida y lo odiaría a muerte durante el resto de su vida. Virgen Santa, ¿qué podía hacer? De pronto tuvo una idea, y, aunque fue lo primero que se le pasó por la mente, decidió arriesgarse y probar suerte.

—Yo... tengo que pedirle algo, *donna* Olimpia, pero... no sé si al hacerlo pecaré de mala educación.

—Chist —dijo ella, acercando más sus labios—. Estoy segura de que será un placer concederle el favor que desee, sea lo que sea.

—Quisiera pedirle que llevara usted la esmeralda.

—¿La esmeralda?

Para su sorpresa, y sobre todo para su alivio, Lorenzo observó que Olimpia se detenía y, en lugar de besarlo, abría los ojos.

—¿Se refiere al anillo del rey inglés?

Le soltó la barbilla y dio un paso atrás, como si acabara de advertir que tenía la lepra. Algo nerviosa, se recompuso el vestido y se subió el escote. Parecía haber perdido toda seguridad en sí misma... y de paso también la lujuria.

—Sí —dijo él, sin entender aquella reacción—. Estoy seguro de que la piedra dará un toque aún más perfecto a su retrato, pues en ella se unen categoría y gracia con la misma perfección que en usted.

—Quizá tenga razón, sí, seguro que la tiene —balbució—. Es sólo que..., bueno, no la tengo a mano. Yo... me temo que mi criada la ha cambiado de sitio, y no logro dar con ella...

No había acabado de pronunciar aquella frase cuando se abrió la puerta. Lorenzo se sobresaltó. Pero quien entró en la sala no fue la Principessa, sino uno de los criados, que se inclinó ante *donna* Olimpia, quien a su vez parecía extremadamente feliz con la interrupción.

—En la entrada hay un monje, *eccellenza,* que no quiere dar su nombre. Desea hablar con usted, y dice que tenían una cita.

13

Whetenham Manor,
Navidad del año 1648

Mi queridísima hija:
Te saludo en el nombre del Padre, del Hijo y del Espíritu
Santo.
A estas alturas de la vida, anciano ya y con un pie casi en la
tumba, mis ojos se han quedado prácticamente ciegos y mis oí-
dos, sordos, pero yo, niña mía, doy gracias a Dios Nuestro Se-
ñor por haberme robado los sentidos y ayudarme así a ignorar
lo que sucede en Inglaterra en estos tiempos horribles. El señor
Cromwell y sus tropas se han hecho definitivamente con el po-
der, y han ejecutado al rey con el argumento de que él llevó a
su pueblo a la guerra. Todo aquel que se niegue a bailar al son
que marca ese hereje despiadado ya puede ir despidiéndose de
la vida. Nuestros hermanos católicos ya ni se atreven a salir
a la calle, y a mí me han dejado en paz sólo por mi avanzada
edad.
Si no me moviera el deseo de abrazarte aún una vez más,
hija de mi alma, no esperaría ni un solo segundo en suplicar al
Todopoderoso que me concediera la gracia de reunirme con Él
en su reino. Pero tal como están las cosas, me veo obligado a
prohibirte que regreses, por mucho que eso sea lo que más de-
see...

Clarissa dejó de leer. ¿Es que Inglaterra no volvería a vivir nunca
en paz? No, estaba claro que no. Ni Inglaterra ni Roma. El mundo en-

tero estaba en guerra, los unos atentaban contra la vida de los otros, luchaban por el poder y la gloria, y casi siempre apelaban a su fe para justificar sus terribles actos, ya fuera en la batalla por el Dios verdadero como en la que se libraba por el arte verdadero.

Su único consuelo era que por aquel entonces Francesco Borromini había aceptado retomar su trabajo en la basílica lateranense. El plan de *monsignore* Spada había surtido efecto: la posibilidad de que su peor enemigo pudiera sustituirlo también en el proyecto de remodelación de la iglesia pontificia había empezado por ponerlo nervioso y después lo había hecho entrar en razón, hasta el punto que al final tuvo que retirar lo dicho y continuar con el proyecto.

Clarissa alzó la vista. En la habitación contigua se oían voces; una de hombre y otra de mujer. La de mujer pertenecía sin duda a *donna* Olimpia, pero ¿y la de hombre? Clarissa tenía bastante claro de quién podía tratarse: seguro que era Bernini, visitando a su prima una vez más. Desde que había aceptado hacerle un retrato no dejaba de entrar y salir de la casa, y de eso hacía ya más de un año.

Cogió la carta para leerla por segunda vez, pero no logró concentrarse en las palabras de su padre. El hombre que estaba separado de ella sólo por una puerta entreabierta la había confundido y le había complicado la vida como ningún otro. Al recordar el modo en que la había abrazado, volvió a sentir —en contra de su voluntad— ese deseo dulce y a un tiempo doloroso que en aquella otra ocasión acabaron por consumar. Pero ¡a qué precio! Clarissa había guardado en su corazón el recuerdo de aquel instante increíble e irreal como si se tratara de un perfume en un frasco, y lo había lacrado con esmero. Desde entonces había sido incapaz de volver a abrirlo, por miedo a que el maravilloso aroma se hubiera convertido, con el tiempo y las circunstancias, en un hedor terrible; en un veneno mortal.

En la estancia contigua las voces subieron de tono. Clarissa miró hacia la puerta sin poder evitarlo. ¿Estaría Bernini diciéndole a Olimpia las mismas palabras que le dijo a ella en aquella otra ocasión? ¿Haría con su prima lo mismo que hizo con ella? Se obligó a pensar en otra cosa. ¡No era asunto suyo! Pero ¿por qué Olimpia le había pedido un retrato? Ya tenía un busto de mármol hecho por Alessandro Algardi, además de un montón de dibujos y pinturas, a cual más bonito y lujoso. Además, ¿por qué Lorenzo tardaba tanto en acabar su trabajo? ¿Acaso era una excusa para pasar el mayor tiempo posible con *donna* Olimpia? En aquel momento le asaltó la memoria una imagen que hacía tiempo que había olvidado; una escena matinal ocurrida muchos, muchos años antes, en la capilla del *palazzo* Pamphili: dos figuras semiocultas en las sombras, inclinadas la una hacia la otra y susurrándose palabras al oído.

En la habitación de al lado las voces habían subido tanto de tono y parecían tan alteradas que Clarissa pudo entender algunas palabras aisladas y algún fragmento de la conversación.

—¡No debe saberlo nadie! ¡Tiene que ser un secreto!

—¡Por supuesto! Confíe en mí, *eccellenza*... Un bonito y pequeño secreto que sólo conoceremos usted y yo... Pero con una condición... Usted ya la sabe...

Clarissa se levantó para cerrar la puerta. Le horrorizaba ser testigo de semejantes confidencias.

Pero de pronto se paró en seco. Por la rendija pudo ver que el acompañante de Olimpia no era Lorenzo Bernini, sino un monje. Estaba a punto de cerrar la puerta cuando el hombre se dio la vuelta y ella pudo verle la cara: dos ojos pequeños y penetrantes y unos labios sorprendentemente carnosos. Era el mismo monje descalzo que estuvo en el *palazzo* la noche de Pascua. En lugar de cerrar, Clarissa se acercó un poco más y escuchó. ¿Qué estaba sucediendo?

—Ésta es la última vez —susurró *donna* Olimpia—. La última, se lo juro.

—No me moleste ahora —le respondió el monje—, o tendré que empezar desde el principio.

Clarissa miró por la rendija con sumo cuidado. ¿Qué significaba todo eso? Su prima estaba muy pálida y sus ojos transmitían una inseguridad, incluso un miedo, que ella jamás habría relacionado con Olimpia. Deambulaba de un lado a otro de la habitación mientras el monje se inclinaba sobre la mesa para contar un dinero que iba metiendo poco a poco en una bolsita.

—Cinco mil ochocientos, cinco mil novecientos, seis mil. —Metió la última moneda en la bolsa y se giró hacia *donna* Olimpia—. ¿Esto es todo? ¿Sólo esto por una piedra tan preciosa?

—Se lo advierto: ¡no me haga usted perder la paciencia!

—¿Usted me advierte algo a mí? —El monje le sonrió con desprecio—. Si me conformo con seis mil escudos miserables, es sólo porque tengo un gran corazón. Porque quiero tener un gesto de caridad. Pero si usted se cree en disposición de hacerme advertencias, yo puedo pensarlo tranquilamente y cambiar una y mil veces de opinión. —La sonrisa desapareció de sus abultados labios y sus ojos se clavaron como lanzas en el rostro de *donna* Olimpia, mientras se rascaba la entrepierna sin ningún decoro, como si tuviera pulgas—. ¡No olvide que la tengo bien cogida!

—Pues no olvide usted que puedo ordenar que lo encierren en cualquier momento.

—No, no puede —dijo el monje sin inmutarse, cerrando la bolsita con el dinero—. Me he encargado de enviar un sobre lacrado al cardenal Barberini, con la indicación de que lo abra en caso de que me sucediera algo. En su interior hay una carta en la que describo detalladamente la naturaleza de nuestro pequeño secreto. Le aseguro que se trata de una lectura de lo más interesante...

—¿Que ha hecho qué?

Clarissa vio que su prima comenzaba a perder la compostura. Estaba aún más pálida que antes y sus ojos eran la viva imagen del horror. Le dio tanta lástima que habría querido salir corriendo en su ayuda. Pero... ¿debía dejarse ver?

Sin darle tiempo a decidirse, el monje dijo:

—¿De verdad pensaba que iba a ponerme tan fácilmente en sus manos? ¿En las manos de una mujer que envenenó a su marido para poder irse a la cama con el Papa?

—Usted... usted... —dijo Olimpia, incapaz de articular palabra—. Está cavando su propia tumba. No olvide que fue usted quien me facilitó el veneno.

—Pues por eso mismo —replicó, mientras la bolsita desaparecía bajo su sotana—. Por eso sé lo astuta y peligrosa que puede llegar a ser.

Clarissa sintió que se quedaba sin aire y se le helaba la sangre en las venas. Absolutamente desconcertada, incapaz de pensar con claridad, intentó comprender las palabras que acababa de oír.

—Ya va siendo hora de que me marche —dijo el monje descalzo, ofreciendo la mano a *donna* Olimpia con una sonrisa torcida—. ¡Inclina la cabeza, hija mía, para que pueda darte la bendición!

Sin dar crédito a lo que veían sus ojos, Clarissa observó que *donna* Olimpia acataba la orden sin rechistar. «Su nombre es Olimpia, pues *olim* fue *pia*...» De pronto recordó aquellas palabras, pronunciadas por la gente ante *El Pasquino* el día que Pamphili fue nombrado Papa. En aquella ocasión se mostró indignada ante las escandalosas, inauditas y repulsivas acusaciones que vertieron sobre su prima, y ahora resultaba que aquel monje horrible...

Ni siquiera se atrevió a pensarlo. En aquel momento sintió que empezaba a temblar de arriba abajo, que los dientes comenzaban a castañetearle, y que la carta de su padre, que había tenido todo aquel tiempo en la mano, se le caía al suelo sin poder hacer nada por evitarlo.

Se dio media vuelta y huyó con tanta prisa que una de las anchas mangas de su vestido se enganchó en una jarra y la hizo caer al suelo con gran estrépito. ¡Tenía que salir de allí! ¡Irse lo más lejos posible! Mientras bajaba corriendo la escalera, le indicó a uno de los sirvientes que no contaran con ella para la cena. Tartamudeando, le dijo que no se encontraba bien y le pidió que le transmitiera el mensaje a *donna* Olimpia.

14

En el observatorio se dejó caer sobre un diván. ¿Era posible que fuese cierto lo que había oído? La idea era tan horrible, tan imposible de creer, que Clarissa pensó que su mente era demasiado pequeña para comprenderla. ¿*Donna* Olimpia, una asesina? ¿La mujer en cuya casa llevaba viviendo tantos años? ¿La que la había ayudado, protegido, defendido y aconsejado siempre que le había sido posible? ¿La persona que había actuado como amiga, hermana y madre? ¿La principal consejera del Papa? ¡No, no podía ser cierto! Sintió que su cerebro estaba a punto de estallar. Era evidente que su prima adoraba el poder y le encantaba dar órdenes y dominar a la gente. En el tiempo que llevaban viviendo juntas, Clarissa se había dado perfecta cuenta de ello. Pero de ahí a matar a su marido... ¡Era increíble! ¡Imposible!

Haciendo un esfuerzo ímprobo, como si todos sus músculos fueran de plomo, Clarissa se incorporó. Entre la infinidad de pensamientos que se agolpaban en su interior, hubo uno que fue haciéndose cada vez más claro e insistente; un pensamiento indecente, alevoso y pérfido que le provocaba verdadera repugnancia, pero que no lograba reprimir: si en realidad no era cierto, si todo aquello no era más que un terrible malentendido..., ¿por qué había hablado así el monje? ¿Qué había querido decir? ¿Cuál era el secreto que compartía con *donna* Olimpia? ¿Y por qué ella le daba dinero? ¿Por qué le tenía miedo?

Cuando se hizo de noche, Clarissa se levantó para mirar por el telescopio. Quizá así lograra tranquilizarse. Cuando menos, pensaría en otras cosas. Pero al mirar al cielo, las estrellas se difuminaron ante sus ojos, como si estuvieran bailando una tarantela en el espacio. En su interior escuchó el eco de una voz que parecía llegada de un mundo lejano y hacía tiempo olvidado: «Sin ti soy como un barco a la deriva en alta mar. Te escribiré todos los días.» Eran las palabras que *monsignore* Pamphili le había dicho a su prima en la capilla del *palazzo*, la mañana que se marchó a España. Aquel día se hablaron sin duda como dos enamorados...

De repente, Clarissa pensó en la jarra que había tirado al salir corriendo de la habitación, y sintió que el miedo se apoderaba de ella. Si lo que había oído era cierto; si lo que había dicho ese monje perverso no era más que la verdad, y Olimpia se daba cuenta de que alguien los había oído..., ¿qué sucedería? ¿Qué podría pasarle? Sin pararse a pensar en lo que hacía, se acercó a la puerta y corrió el pestillo. Y es que en medio del horror que sentía ante aquella terrible sospecha, comenzó a notar un nuevo y no menos espantoso sentimiento: miedo por su vida.

No sabría decir cuánto tiempo pasó meditando y tratando de enfrentarse a todas aquellas ideas, pero en algún momento de la noche, cuando las velas ya casi se habían consumido por completo, comprendió que ya no aguantaba más: tenía que conocer la verdad. Al menos eso.

Cogió el candelabro de la mesa y, sin hacer ruido, intentando que nadie la oyera, descorrió el pestillo y se adentró en el oscuro pasillo.

Mientras avanzaba a tientas por el *palazzo*, creyó que el corazón iba a estallarle en el pecho. Al bajar la escalera se detuvo unos segundos a escuchar, pues uno de los escalones crujió y rompió el silencio. Pero no sucedió nada; nadie apareció. Sólo se oía el tictac de un reloj a lo lejos.

Por fin llegó a donde quería. Cuando abrió la puerta de la pequeña estancia desde la que había escuchado la conversación de su prima, levantó el candelabro para ver mejor, con la esperanza de encontrar en el suelo los fragmentos de la jarra que había tirado. Pero el suelo de mármol estaba limpio como una patena, y la puerta que daba a la otra habitación, aquella que por la tarde había quedado entreabierta y le había permitido enterarse de todo, estaba ahora completamente cerrada. Alguien debía de haberla cerrado después de que ella saliera corriendo de allí.

—¿Qué haces aquí?

Asustada, Clarissa se dio media vuelta. Allí estaba Olimpia, también con un candelabro en la mano. Ya no se intuía ni rastro de angustia en su rostro, y parecía tan serena y confiada como siempre. Sólo su ceño daba muestras de que algo había cambiado.

—Pensaba que estabas enferma —añadió—. Me han dicho que no te encontrabas bien y que te habías retirado a tus aposentos. ¿Qué tienes? ¿Qué te pasa?

—Yo... no lo sé, creo que he cogido un empacho.

—¿Un empacho? ¡Pero si apenas comes! No, a mí no me engañas. —Olimpia sacudió la cabeza y se le acercó—. ¿Por qué me mientes? ¿Crees que entre nosotras puede haber secretos? Ya sé lo que tienes.

—En aquel momento dejó el candelabro sobre la mesa, la abrazó y la besó en la frente—. Son las noticias de Inglaterra, ¿no?

—¿Cómo... cómo lo sabes? —preguntó Clarissa, a quien los brazos de Olimpia le parecieron cuerdas que se ataban a su cuerpo.

—Bueno —dijo, sacando una carta de la manga de su vestido—, perdóname por haberla leído; no sabía que era para ti. Estaba en el suelo, junto a la puerta. ¿No te habías dado cuenta de que se te había caído?

Le dirigió una mirada penetrante y directa. ¿Qué significaba? Clarissa no pudo sostenérsela mucho tiempo y cerró los ojos.

—Por favor, te ruego que me perdones —dijo con un hilo de voz mientras se alejaba de su prima—. Ahora sólo quiero retirarme.

15

El 13 de mayo de 1649, día de la Ascensión, el papa Inocencio X, frente a las puertas tapiadas de San Pedro y tras haber celebrado la misa mayor en compañía de cardenales, príncipes y embajadores, leyó la bula con la que anunciaba el Año Santo de 1650. Pero no todos estaban contentos en aquella gran ciudad: mientras los cristianos se preparaban para la fiesta e infinidad de creyentes de todo el mundo emprendían el camino hacia Roma con la intención de participar en las fiestas y obtener así el perdón de sus pecados, Clarissa estaba pasando un momento malísimo, apresada en el purgatorio de la incertidumbre. ¿Sería cierto lo que había dicho el monje? ¿Habría envenenado Olimpia a su esposo? Y, de ser así, ¿sabía su prima que ella había oído su secreto?

Durante todo el verano Olimpia apenas se movió de su lado. La cuidaba con tal esmero que hasta Inocencio se quejó en alguna ocasión de que a él ya no le hacía caso. En realidad la trataba con la misma solicitud y entrega de siempre, se preocupaba por su salud, su estado de ánimo, sus necesidades y sus deseos, y hacía aparentemente todo cuanto estaba en sus manos para que ella estuviera y se sintiera bien. Lo único que resultaba inquietante de todo ello era que no la perdía de vista ni un segundo. En las comidas se sentaba a su lado, se reunía con ella durante las horas de costura y lectura, incluso la visitaba en el observatorio y le pedía que le enseñase las estrellas, pese a que nunca antes había demostrado el menor interés por la astronomía. Y no sólo la controlaba en el interior del *palazzo*: cada vez que Clarissa salía a la calle, podía estar segura de que *donna* Olimpia la acompañaría, sin importarle adónde fuera, y registraría todos sus movimientos, todas sus palabras.

Poco a poco, Clarissa empezó a comprender que la presencia continua de su prima no era más que una taimada amenaza. Aunque lo peor ocurría cuando los compromisos obligaban a *donna* Olimpia a mantenerse alejada de ella durante unas horas. Clarissa sentía entonces que tras cada puerta, tras cada cortina, la aguardaba un acechante y desconocido peligro. ¿Podía dejar de temer por su vida? Tenía los nervios tan a flor de piel que se sobresaltaba ante el más mínimo ruido, y si alguien se le acercaba por detrás y le dirigía la palabra, casi se moría del susto.

¡Habría dado lo que fuera por poder confiar a alguien su secreto! Pero allí no había nadie a quien pudiera abrir su corazón. Tras la escena de las flores, Lorenzo Bernini no había vuelto a hablarle, y hasta Francesco Borromini permanecía alejado de ella. ¿Sentiría vergüenza por haber matado a un hombre? Clarissa lo conocía bien e intuía lo mucho que debía de pesarle su crimen, aunque ya nadie hiciese referencia a ello. ¿O estaría evitándola porque le había herido su comportamiento? Quizá ya no quería volver a verla...

No lo sabía. Intentaba tranquilizarse diciéndose que la construcción de San Juan debía de acaparar todo su tiempo. En las conversaciones de sobremesa solía enterarse de los avances de su obra: en agosto, por ejemplo, se dieron por concluidos definitivamente los trabajos de estucado de la iglesia lateranense... Pero en el fondo de su corazón Clarissa intuía que el alejamiento de Borromini se debía a otros motivos, y aquello hacía que se sintiese tan sola en el mundo como un pajarillo caído del nido. Ni siquiera se atrevió a confiar aquella angustia a su confesor, a quien seguía visitando con regularidad. Al fin y al cabo, *monsignore* Spada era la persona más cercana al Papa después de Olimpia, y —a esas alturas todo podía ser— quizá Inocencio también hubiese participado activamente en el asesinato de su hermano.

Así pues, a Clarissa no le quedaba más consuelo que las estrellas y la oración. Se pasaba los días entre la capilla y el observatorio, el rezo y la contemplación del firmamento, y, aunque tenía ciertas obligaciones y realizaba varias actividades gracias a las que su vida parecía casi normal, lo cierto era que no tenía ningún sentido ni objetivo. Podría haber continuado así durante años, pero comenzó a pensar que lo mejor sería acabar con todo de una vez.

Porque no había nadie a quien pudiera enseñarle las estrellas. Nadie por quien hablar con Dios.

Mientras los vientos de otoño arrancaban las hojas de los árboles, sucedió algo que desvió la atención de *donna* Olimpia durante algún tiempo: la otra Olimpia, la bella princesa de Rossano, estaba encinta. Su abultado vientre disipó las últimas dudas acerca de la incapacidad reproductora del joven cardenal Pamphili, y *donna* Olimpia se enfureció tanto al conocer la evidente traición de su hijo, que movió cielo y tierra para que Inocencio desterrara de Roma a Camillo y a su ramera, y prohibió a todos los habitantes del palacio Pamphili que volvieran a pronunciar el nombre del cardenal. Aun así, cuando el segundo día de Adviento llegó a sus oídos la noticia de que su nieto había nacido sano y fuerte, se mostró sorprendentemente conciliadora: logró que Camillo pudiera regresar a la ciudad y renunciar a sus votos religiosos, e incluso accedió a que se celebrara el matrimonio de su hijo, para que su nieto pudiera considerarse descendiente legítimo de la familia Pamphili. La boda tuvo lugar en la cuarta semana de Adviento y fue festejada de tal modo que todos los invitados se preguntaron de dónde había sacado Olimpia el dinero para semejante celebración.

La respuesta no se hizo esperar, al menos para Clarissa.

—Me muero de ganas de que llegue el momento de abrir los regalos —dijo *donna* Olimpia con los ojos brillantes, la tarde del 24 de diciembre—. Ardo en deseos de que sea de noche.

—¿Regalos? —preguntó Clarissa, haciendo una vez más un esfuerzo por mostrar naturalidad ante su prima—. ¿A qué te refieres?

—Ya lo verás, ya lo verás.

Aquella Nochebuena, sentado sobre su trono, a la cabeza de una procesión formada por miles de personas y acompañado por los cantos de peregrinos y creyentes, el papa Inocencio se trasladó del palacio del Vaticano al templo lateranense. Cuando las campanas de la basílica sonaron seis veces, todos los cantos se interrumpieron. Inocencio bajó de su litera y subió a pie los escalones que conducían al portal de su iglesia. Con expresión seria, se arrodilló y llamó a la tapiada puerta con su cayado, esperando que le concedieran el paso. Mientras tanto, seis cardenales se dirigían a otras tantas iglesias de la ciudad, para hacer lo mismo en su nombre. En cuanto dio el primer golpe, varios trabajadores comenzaron a apartar las piedras que tapiaban la entrada, para que el Sumo Pontífice pudiera tomar posesión de la lujosa basílica. ¡Daba comienzo el Año Santo de 1650!

En la misa que se celebró a continuación, Clarissa estuvo sentada junto a su prima. En el momento en que un prelado se disponía a leer el fragmento del Evangelio de san Lucas en el que se anuncia la buena nueva del nacimiento del Salvador, uno de los trabajadores se acercó a *donna* Olimpia y se inclinó hacia ella para decirle entre susurros:

—Aquí tiene, tal como ordenó, *eccellenza.*

Dicho aquello, le tendió una cajita cubierta de polvo y restos de argamasa.

Clarissa miró a su prima, asombrada, pero Olimpia ni siquiera le devolvió la mirada. Con expresión eufórica, se apropió de la caja, que debía de pesar lo suyo, pues tuvo que hacer un evidente esfuerzo para sujetarla, y se la puso sobre el regazo, como si ya no quisiera separarse de ella. Después, mientras parecía estar escuchando la buena nueva del Evangelio, no dejó de lanzar a la caja miradas llenas de cariño y de pasar la mano por su tapa, como si la acariciara, sin soltarla ni un segundo hasta bien entrada la noche, cuando Clarissa y ella regresaron al palacio Pamphili.

—Son las medallas del último Año Santo —dijo *donna* Olimpia con la voz temblorosa por la emoción—. Estaban tapiadas en la Puerta Santa. Con ellas podré pagar sin problemas la boda de Camillo, y aún me sobrarán muchos escudos para hacer buenas obras.

Había abierto la caja, y mientras hablaba, iba jugando con las monedas de oro.

—Pero —dijo Clarissa— ¿no tendrían que ser para los pobres?

—¿Acaso yo no soy pobre? La divina Providencia me ha destinado este tesoro y nadie debe oponerse a ello; sería una arrogancia, un atentado contra el Espíritu Santo.

Cerró de golpe la tapa y metió la caja en un armario. Absolutamente perpleja, Clarissa vio cómo Olimpia la dejaba allí.

—¿Cómo puedes hacer algo así?

—Puedo hacer todo lo que desee —dijo, dándose la vuelta hacia ella—. ¡Todo! ¡Yo dirijo esta ciudad!

Su rostro se contrajo en una mueca triunfal, y a Clarissa se le secó la garganta. ¿Por qué lo hacía? ¿Por qué se jactaba de aquel modo de un comportamiento tan ruin? ¿Acaso pretendía intimidarla con aquella muestra de poder? Sí, no cabía duda, tenía que ser eso.

En aquel momento, Clarissa se preguntó hasta dónde sería capaz de llegar su prima y qué podría hacerle con semejante conciencia de poder.

16

Mientras el miedo perseguía a Clarissa como una sombra invisible, los días y las semanas fueron sucediéndose entre las ceremonias y celebraciones del Año Santo. Tal como exigía el ritual, Inocencio lavó y besó los pies de siete peregrinos, arrastró el crucifijo sagrado desde San Marcello hasta San Pedro, y regaló quinientos escudos de su propiedad a la hermandad de la Trinidad, encargada del bienestar de los peregrinos en la Ciudad Eterna. Pero cuando los romanos pensaban en el Papa, tal como estaba escrito en *El Pasquino*, pensaban en «Olimpia, Sumo Pontífice».

Y no era una exageración. *Donna* Olimpia no sólo estaba presente en todas y cada una de las ceremonias oficiales, como si se tratara de una reina consorte, sino que, con la excusa de preservar la salud de su cuñado, cada vez iba encargándose ella misma de más asuntos de Estado: decidía a quiénes conceder indulgencias, a quiénes adjudicar pensiones, y qué matrimonios eran válidos y cuáles no. No había un solo cargo en la ciudad que pudiese ser otorgado sin su consentimiento, y tampoco un solo prefecto u obispo que no dependiese de ella, de modo que llegó a poseer una riqueza con la que ni siquiera los Barberini se habrían atrevido a soñar. Además, sometió al tribunal de la Rota a un sistema de presiones y corrupción tan perfecto que en Roma cada vez se tomaban menos decisiones en función de la ley y más según su propio gusto y voluntad.

Fue ella, pues, quien aceleró el proceso contra Francesco Borromini por el asesinato de un trabajador, sin importarle que se produjera en época de ayuno. Mientras los demás pleitos de la ciudad se interrumpían durante ese tiempo, aquél seguía adelante, no en una sala ordinaria de justicia, sino durante la sobremesa en casa del Papa. El acusado era el constructor de la basílica lateranense, y su defensor, *monsignore* Spada. Pero ¿quién era el fiscal? ¿Y el juez?

—En mi opinión —dijo Virgilio Spada—, si el *signor* Borromini admite su culpa en público y se arrodilla ante el Santo Padre para suplicarle perdón, habría que librarlo de su culpa. Al fin y al cabo, es autor de obras muy importantes, y cabe preguntarse si la Iglesia puede renunciar a un hombre con un talento como el suyo.

Inocencio movió pensativamente la cabeza, pero antes de que pudiera responder, *donna* Olimpia tomó la palabra y dijo:

—¡Ay de la Iglesia cuyo máximo representante sea capaz de supeditar el derecho divino a los prejuicios terrenales! El *signor* Borromini ha cometido un pecado grave, y su crimen exige un duro castigo. ¿Cómo lograremos que el pueblo distinga entre el bien y el mal si dejamos impunes a quienes realizan ese tipo de actos?

—Discúlpeme si la contradigo, *eccellenza* —respondió Spada, pasándose un pañuelo por la boca—, pero fue el propio Jesucristo quien nos enseñó a perdonar los errores del prójimo. Además, teniendo en cuenta que estamos en Año Santo..., puedo asegurarle que el *signor* Borromini ha participado en todos los actos solemnes con el fin de obtener la bula papal.

—«Mía es la venganza», dijo el Señor —observó *donna* Olimpia sin inmutarse—. ¿Está de acuerdo conmigo, Santidad?

Con un gruñido involuntario, Inocencio secundó a su cuñada. Clarissa estaba tan nerviosa que derramó parte del vino que iba a beber. Mientras uno de los criados se apresuraba a limpiar la mancha, Olimpia puso una mano sobre la de ella y le dijo:

—Sí, mi niña, ya sé lo que sientes. —De su rostro había desaparecido todo rastro de dureza, y sólo quedaba una expresión marcada por la bondad y la compasión—. Sé lo que aprecias a ese picapedrero, y no cabe duda de que tu afecto es una muestra evidente de la benignidad de tu corazón, pero no debe manipularse la justicia.

Mientras sentía sobre la muñeca la presión cada vez mayor de la mano de Olimpia, una idea terrible se apoderó de Clarissa. ¿Por qué estaba su prima tan decidida a castigar a Borromini? Aquel año se había perdonado ya a cientos de criminales que habían cometido delitos mucho peores que el suyo: corruptores de menores, violadores, asesinos alevosos... ¿Era posible que Olimpia quisiese acabar con Francesco sólo para castigarla a ella? Cerró los ojos. No quería ni pensar que pudieran obligarlo a pagar con su vida... Pero ¿qué podía hacer para evitarlo?

Más tensa que nunca, y al mismo tiempo casi paralizada, dejó que fueran pasando los días hasta el Domingo de Ramos. Aquel día, el más importante del Año Santo, el Papa daría a conocer su sentencia tras la misa que celebraría en su iglesia pontificia. Sería durante la gran fiesta que tendría lugar en la plaza Navona.

17

Desde primera hora de la mañana la plaza estaba tan llena de gente, tan abarrotada de curiosos, como cuando iba a producirse alguna ejecución, y los gritos de la multitud resonaban en las ventanas del palacio Pamphili.

—Los romanos desean ver al Santo Padre —dijo *donna* Olimpia—. No debería defraudarlos.

—Ahora no tengo tiempo —respondió Inocencio, malhumorado—. Me gustaría orar un poco antes de la misa. Preséntese usted ante el pueblo en mi lugar.

Mientras Olimpia abría la puerta del balcón, Inocencio se arrodilló para rezar ante un altar de la Virgen. El corazón de Clarissa empezó a latir con más fuerza: estaba a solas con el Papa, en la misma habitación. ¿Sería una señal del cielo? Hasta entonces nunca se había atrevido a dirigirle la palabra, pero aquel día no tenía otra opción. Sin saberlo, ella misma le había mostrado a Spada el camino para rescatar a su amigo, pero dado que el *monsignore* parecía haber fracasado en su enfrentamiento con *donna* Olimpia, no le quedaba más remedio que interceder para que aquel camino se acabase de recorrer. Sintió un atisbo de esperanza. Tenía pensado utilizar un argumento que a Inocencio le costaría mucho menospreciar.

—De rodillas ruego a Su Santidad que me perdone —dijo, sintiendo que el corazón estaba a punto de estallarle—, pero mi espíritu está atormentado y necesito pedirle consejo.

Inocencio continuó susurrando sus oraciones, y al cabo de unos segundos la miró con su cara picada.

—Si Dios atormenta, es porque ama. —Le dijo aquellas palabras mientras se levantaba del banco, y, para alivio de Clarissa, su desagradable rostro adquirió una expresión cálida y suave—. ¿Qué es lo que te tortura?

—No dejo de pensar en el asunto de la indulgencia, Santo Padre. ¿Es cierto que si participamos en las fiestas del jubileo nos aseguramos el perdón de nuestros pecados?

—Así es, hija mía. Todo aquel que se arrepienta de corazón y realice sus peregrinaciones en el Año Santo puede estar seguro de la salvación de su alma.

—¿Y no cree Su Santidad que también debería concederse el indulto a todos aquellos que hayan trabajado en la gran obra que sintetiza el Año Santo y facilita el perdón a tantísimos fieles?

—¿Te refieres al señor Borromini, el arquitecto de mi iglesia? —Movió la cabeza de un lado a otro y su rostro se endureció—. La justicia divina puede perdonar; la humana debe ejercerse con más disciplina.

—¿Por eso se niega a mostrar su misericordia?

Inocencio alzó una mano como para dar una bendición.

—El Señor ya le ha concedido Su misericordia: en el patíbulo lo cubrirán con un escudo. —Suspirando, se arrodilló una vez más—. Ya está decidido: el pecador debe expiar sus pecados; Borromini debe morir. Y ahora, permite que siga rezando.

De la *piazza* les llegaron gritos de júbilo: «Borromini debe morir. Borromini debe morir...» Mientras su prima salía al balcón y saludaba al pueblo, Clarissa no lograba sacarse aquellas tres horribles y destructivas palabras de la cabeza. Su miedo se convirtió en desesperación. ¿Sería verdad que Olimpia tenía el poder absoluto? ¿Tanto como para decidir sobre la vida y la muerte?

Estaba a punto de lanzarse a los pies del Papa para suplicarle clemencia cuando lo miró a la cara y vio su expresión: mientras seguía recitando sus oraciones en voz baja, Inocencio no dejaba de mirar a su cuñada por el rabillo del ojo, y su disgusto al verla en el balcón era tan evidente que el rostro se le contraía casi en una mueca. De pronto, Clarissa se hizo una pregunta: ¿qué haría *donna* Olimpia en su lugar?

Y en aquel preciso momento se le ocurrió una idea. No era más que una remota posibilidad, una vaga esperanza con la que quizá sólo fuera a poner en peligro su propia vida, pero sintió que no podía dejar escapar aquella posibilidad, por muy remotas que fuesen sus opciones de éxito.

—El pueblo adora a *donna* Olimpia —dijo, sin prestar atención al gesto de desagrado de Inocencio—. La gente la aclama como si en realidad hubiese venido a verla a ella.

—El pueblo sólo debería adorar a Dios o a su representante en la tierra —respondió él, furioso—. Cuanto más celebren la presencia de una persona de carne y hueso, menos capacidad de celebración les quedará para el Año Santo.

—Pero *donna* Olimpia no es una persona normal —lo contradijo Clarissa, reuniendo todo su valor—. Puede hacer lo que desee. ¡Al fin y al cabo, ella es quien dirige Roma!

Inocencio empezó a ponerse rojo, y mientras se levantaba de un salto, el disgusto de su cara dio paso a la indignación. Parecía un enorme, viejo y rabioso perro guardián al que hubieran tendido una trampa y acosado en su propia caseta.

—¿Quién osa decir algo así? —preguntó con voz ronca.

18

Al atardecer, la *piazza* brillaba bajo la luz de mil seiscientas antorchas y el aire estaba de nuevo plagado del llanto y el crujir de dientes de todos aquellos que, emulando ese valle de lágrimas que es la tierra, al menos hasta que llegue el momento de la redención de Cristo, flagelaban sus torsos desnudos con látigos de crin.

Con las rodillas temblorosas, casi incapaz de mantenerse en pie, Clarissa subió a la tarima que se había erigido en mitad de la *piazza* y se sentó al lado de su prima. El día había pasado con una lentitud exasperante: los segundos le habían parecido minutos y los minutos, horas. ¿Habría logrado algo con su desesperado intento de convencer al Papa, o no habría servido para nada?

Sin poder calmarse, no dejaba de mirar hacia la plaza, que había sido adornada con mucho lujo. Los responsables de toda aquella ostentación eran los españoles, que habían accedido a semejante honor (organizar los festejos de la Gloria Pascual) por orden del Papa y en agradecimiento a su apoyo al Vaticano, en contra de los partidos franceses. En representación de los españoles, Carlo Rainaldi, hijo del arquitecto de la casa pontificia, había decorado la *piazza* como una plaza medieval: en sus extremos se elevaban dos atalayas, apostadas en columnas enormes y bajo cuyas cúpulas estaban representados Cristo Resucitado y la Virgen María, respectivamente, saludándose a través de la plaza.

«Aquí —pensó Clarissa con enorme inquietud—, entre estas dos columnas, va a decidirse el destino de Francesco Borromini.»

En semicírculo, los asientos de los potentados religiosos y seculares daban forma a la tribuna en la que se elevaba el trono del Papa, situado justo frente a la fuente de Bernini, aún inconclusa, pero, pese a todo, muestra pétrea y patente de la victoria sobre su gran rival. Faltaban las figuras que tenían que decorarla, pero el obelisco ya se erguía sobre la pila de mármol. Parecía un dedo gigante que señalara el cielo con aire amenazador.

—¿Te imaginas cómo quedará todo cuando los surtidores se llenen de agua y los dioses retocen en ella? ¡Será maravilloso! —dijo *donna* Olimpia, con una indumentaria estupenda (su vestido era una verdadera obra de arte confeccionada con oro, brillantes, seda, fruncidos y velos) y un humor aún más estupendo.

—Sí, claro, será maravilloso —le respondió Clarissa, abstraída.

—Tu Borromini jamás habría sido capaz de construir algo así. Por cierto —añadió, dirigiéndose de pronto a alguien que estaba sentado en la fila de atrás—, hoy sería el día perfecto para enviar a su hermano al Vicolo dell'Agnello, ¿no le parece?

—¿Hoy? ¿Eso cree?

Cuando Clarissa oyó aquella voz masculina a sus espaldas, se dio la vuelta a toda prisa. Sentado detrás de ella estaba el *cavaliere* Bernini, que la saludó con una sonrisa algo apocada. Ella le respondió con una muda inclinación de cabeza. ¿Por qué se había sentado justo allí?

Mientras miraba de nuevo hacia delante, oyó la respuesta de *donna* Olimpia.

—No sea tonto, *cavaliere*. Nos será imposible encontrar una ocasión mejor. Hoy su vecina podrá hacer y deshacer como le venga en gana. Además, quién sabe si encontraremos algún plano después de que se dé a conocer el fallo: él no piensa bajar la guardia y ha dado orden de que quemen todos sus proyectos si al final lo condenan.

Clarissa no entendió ni una palabra, pero observó que, apenas unos segundos después, Luigi Bernini, el hermano del *cavaliere*, se acercó a Lorenzo obedeciendo un gesto de *donna* Olimpia, se inclinó hacia él, habló unos segundos con su hermano y después se marchó de allí abriéndose paso entre la masa de flagelantes, con una expresión tan sombría y preocupada como si acabaran de ordenarle que volviera a empezar la época de ayuno desde el principio.

¿Qué significaba todo aquello? Clarissa no tuvo tiempo de darle más vueltas al asunto, pues en aquel mismo momento empezaron a sonar los clarines, enmudeció el llanto de los flagelantes y sólo pudo oírse el suave repicar de una campana. Montado en un asno blanco, como hiciera Jesús en otro Domingo de Ramos, el papa Inocencio hizo su aparición en la *piazza*. Descendió de su montura al llegar a la tribuna y subió al púlpito. En cuanto tomó asiento en su trono, los gritos de júbilo atravesaron la plaza de un lado a otro y las gargantas de cientos de personas se llenaron con cantos festivos que, acompañados por dos orquestas —una en cada una de las atalayas—, se entonaron para celebrar la resurrección del Señor. La alabanza de Dios y de su representante en la tierra iba elevándose cada vez más de tono y volviéndose más intensa, como si quisiera abarcar todo el universo. Con gran impaciencia, Clarissa no deseaba otra cosa que se terminaran de una vez los cantos. Y eso mismo era lo que más temía.

Cuando se acabó de entonar el último aleluya, cuando enmudeció la última nota de la orquesta, apareció un miembro de la guardia papal y golpeó tres veces el suelo con la punta de su alabarda.

—¡El Santo Padre llama a su trono al *signor* Francesco Borromini!

Clarissa se estremeció como si la hubiesen llamado a ella misma. Durante la mañana, mientras asistía a la misa pascual que Inocencio había celebrado en su iglesia pontificia, llena hasta los topes, aún había estado de buen humor. Pese a las increíbles prisas que habían acompañado y determinado los trabajos de construcción de la basílica desde sus inicios, al final habían logrado concluirla a tiempo. Francesco Borromini había conseguido acabar de un modo casi perfecto todo lo que le habían encargado: manteniendo la planta inicial, había convertido la basílica de cinco naves —la primera iglesia del cristianismo, encargada en su día por el emperador Constantino, que quiso decorarla con oro, plata y mosaicos— en una iglesia moderna y luminosa, con grandes ventanales por los que la luz solar se colaba en el santo vestíbulo como la propia luz divina. Todos los creyentes que tomaron parte en la celebración eucarística coincidieron en opinar que el trabajo realizado por Francesco era perfecto y sublime. Pero ¿bastaría para salvarle la vida?

Todas las miradas confluyeron en el arquitecto, que en aquel momento se abría paso entre la gente que abarrotaba la plaza Navona para dirigirse hacia el púlpito en el que se encontraba el Papa. Iba vestido de negro, como siempre, y tenía un porte orgulloso y digno y una expresión seria y concentrada. Cuando pasó junto a la tribuna, no respondió a la inclinación de cabeza de Clarissa y no movió ni un solo músculo de la cara, de modo que era imposible saber en qué estaba pensando al arrodillarse ante el Papa. ¿Intuía el peligro que lo acechaba? ¿Sabía que aquel día gozoso, aquel en el que debía celebrar su triunfo personal, podía acabar para él en catástrofe? Cabía decir que, el Jueves Santo, Francesco ya se había presentado ante el Papa para pedir clemencia por su crimen. Lo había convencido Virgilio Spada, y sólo éste y el propio Dios sabían lo mucho que le había costado persuadirlo para que lo hiciera. En la plaza reinaba un silencio sepulcral, sólo roto por el arrullo de las palomas sobre el tejado del palacio Pamphili.

—Has realizado un trabajo admirable, hijo mío —dijo Inocencio en voz alta—, y ha llegado el momento de darte las gracias y alabarte por ello. En reconocimiento por tus servicios a la Iglesia católica y a la ciudad de Roma, y sobre todo por la renovación de nuestra basílica, deseamos concederte, a partir de este mismo momento, el título de caballero, y por ello te nombramos *cavaliere di Gesù*.

Clarissa elevó una oración al cielo, deseando con todas sus fuerzas que el Papa concluyera así su discurso, pero, por lo visto, Dios no quiso escucharla.

Mientras un maestro de ceremonias cogía la espada de caballero de Inocencio y tocaba con ella a Francesco para simbolizar el acceso a su nuevo rango, el pontífice añadió, con voz ronca:

—Al mismo tiempo deseamos constatar que en un momento dado te dejaste llevar por la ira y acabaste con la vida de un hombre, lo cual es un pecado grave que sólo puede ser reparado con la muerte.

Un murmullo recorrió la multitud, y, de pronto, el brillo de la espada de Inocencio adquirió un aspecto sobrecogedoramente amenazador. El Papa hizo una pausa y miró hacia su cuñada. *Donna* Olimpia asintió varias veces en señal de complicidad mientras Clarissa, junto a ella, se llevaba la mano a la boca.

—Aun así —continuó, elevando la voz por tercera vez y mirando a Francesco Borromini—, y dado que gracias a ti ha podido ponerse a punto esta iglesia para celebrar como es debido el Año Santo, hemos decidido concederte un indulto por tus pecados y permitir que sigas viviendo. —Dicho aquello, levantó el brazo para bendecirlo y concluyó—: ¡Ve, pues, en paz!

—¡Que el Señor lo tenga en su gracia! —le respondió Francesco a modo de reconocimiento, y miles de fieles apoyaron sus palabras desde todos los puntos de la plaza.

Al ver que Inocencio alargaba la mano y Francesco le besaba el anillo, Clarissa se atrevió al fin a respirar. Tras los días que había pasado, con horas cargadas de verdadera angustia, por fin lograba librarse de la horrible tensión que la había atormentado. Sintió una alegría inmensa y unas ganas irrefrenables de ponerse a cantar y a bailar. Pero entonces vio el rostro de *donna* Olimpia: estaba tan marcado por la rabia y el odio que casi daba miedo.

324

En aquel momento vio que Francesco se acercaba con la espada en la mano. Se dirigía directamente hacia ella. Clarissa se levantó de su asiento y abrió los brazos hacia él.

—Lo felicito de todo corazón, *signor* Borromini. He rezado mucho por usted.

Sin responder a su saludo, él la miró. Los párpados le temblaron imperceptiblemente y tuvo que carraspear para poder hablar, pero al final, con sus oscuros ojos fijos en ella, pronunció unas palabras que le salieron de la boca para herirla como afilados cristales. Clarissa deseó que nunca le hubiese dicho nada.

—Muy amable por su parte, Principessa, pero no quisiera suponer una carga para su amistad. Ya le rogué en una ocasión que dejara de preocuparse por mí, y le estaría sumamente agradecido si, al menos a partir de ahora, fuera capaz de respetar mis deseos. —Dicho aquello se inclinó e hizo ademán de irse, no sin antes añadir—: Se lo pido en nombre de santa Teresa.

Y se marchó.

Clarissa se sintió como si acabasen de pegarle una bofetada. Se dio la vuelta, y entonces vio a Lorenzo Bernini, que la miraba con las cejas arqueadas por la sorpresa y una frágil sonrisa en la boca.

¿Sería aquél el castigo por su pecaminoso comportamiento?

19

Aquella noche no logró conciliar el sueño. Estaba demasiado nerviosa. Se quedó en su observatorio hasta la madrugada, recorriendo la estancia de arriba abajo mientras intentaba ordenar sus pensamientos y
poner en claro sus emociones. En la calle se oía aún el alboroto del
pueblo, que continuaba con la fiesta, y el estallido de los petardos que
iluminaban el cielo desde medianoche, cuando comenzaron los fue-
gos artificiales.

¿Cómo era posible que Borromini la hubiera ofendido de aquel
modo? ¡Con todo lo que había hecho por él! Clarissa se sentía al mismo tiempo indignada y triste. Nada le habría gustado más que cogerlo
y zarandearlo con todas sus fuerzas, hasta lograr que se le cayera el
maldito caparazón en el que siempre se escudaba, pero al mismo
tiempo, sabía perfectamente que Francesco ni siquiera podía imaginarse lo mucho que *monsignore* Spada y ella habían luchado para
salvarle la vida.

Pensar en eso la tranquilizó un poco. Su amigo vivía, y eso era lo
único que importaba. Se acercó al telescopio y miró el claro cielo
nocturno. Vio Júpiter y Saturno, que tenía un color plateado y opa-
co. Borromini había nacido bajo aquel signo. «Como una taza con
dos asas...»

El cielo seguía iluminándose con los petardos y oscureciéndose al
cabo de pocos minutos. Era como si los hombres lanzaran rayos contra las estrellas, que mantenían su ritmo sin prestar ninguna atención
a los humanos y sin tener en cuenta sus ataques. Aquello consoló a
Clarissa. Sí, en el universo había fuerzas superiores a las de las personas —aunque éstas se llamaran *donna* Olimpia—, y estaban muy por
encima de la voluntad y la mesura humanas.

¿Seguro? Había visto el rostro de su prima en el momento de la derrota: el odio y la rabia que se escondían en sus ojos. ¿Qué haría si se enterara de que había sido ella la que había logrado que el Papa se manifestara en su contra? ¿Qué sucedería si Inocencio la delataba y la señalaba como la culpable de la derrota de Olimpia?

Se separó del telescopio temblando de arriba abajo. Sí, sabía perfectamente lo que ocurriría si *donna* Olimpia se enterase de la verdad. No cabía duda.

¡No podía quedarse allí ni un día más! A toda prisa y en el más absoluto silencio, Clarissa corrió a su vestidor. Huiría de aquella casa esa misma noche, cuando todo estuviera en paz, al romper el alba. Cogió algunos vestidos, abrió los baúles con sus objetos personales, y lo puso todo patas arriba hasta que encontró su pasaporte y el dinero que hacía años que guardaba en el fondo de una de las arcas. Junto con la ropa, lo metió todo en una bolsa, que estaba a punto de cerrar cuando oyó el chirrido de una puerta tras ella.

Se quedó inmóvil. ¿Cómo explicaría lo que estaba haciendo? Sintió que los ojos que tenía a sus espaldas la quemaban como el fuego.

—Yo... estaba... —dijo tartamudeando, mientras se daba media vuelta.

Al ver quién estaba en la puerta, cerró los ojos.

—¿Se encuentra bien, Principessa?

—No, bueno, no es nada —respondió, mirando al sirviente que se le acercaba con un candelabro en una mano y una bandeja de plata en la otra.

La alegría que sintió al ver que no se trataba de su prima hizo que casi se lanzara a abrazarlo. Pero en lugar de eso le sonrió y dijo:

—Me he mareado un poco. Vaya, ¿tiene una carta para mí? —preguntó, alargando la mano hacia el sobre que el criado llevaba en la bandeja.

—La trajeron por la tarde.

Al reconocer la letra y la dirección, notó como si un alma caritativa la saludara desde la distancia. Abrió el sobre con impaciencia, desdobló la carta y devoró las líneas que contenía en su interior.

Sólo con leer las primeras palabras sintió que se quedaba sin aliento, y al cabo de unas frases tuvo que sentarse para no caer desplomada. Acababa de convertirse en otra persona; en alguien completamente distinta. Acababa de quedarse sin fuerzas, de perder hasta el último ápice de confianza y decisión. ¿Adónde iría ahora? ¿Dónde encontraría refugio? Ya nada tenía sentido...

—Yo..., gracias, se lo agradezco —dijo, y pasó junto al sirviente para salir al pasillo.

Sin prestar ninguna atención al ruido de sus pasos sobre el suelo de mármol, Clarissa volvió al observatorio y pasó el resto de la madrugada observando las estrellas, hasta que la luz de la mañana las difuminó. Era el inicio de un nuevo día, que llegaba sólo para incrementar su dolor.

El mundo le parecía tan vacío y absurdo como un firmamento sin estrellas.

20

La noticia que dejó a Clarissa sin fuerzas y absolutamente destrozada provenía de Inglaterra. William, su viejo tutor, le había escrito para comunicarle la muerte de sus padres. No habían caído víctimas del nuevo Gobierno, como hacía temer la última carta que le enviaron, sino de un brote de tifus que afectó a todo el condado y que se los llevó con pocos días de diferencia. ¿Fue casualidad que murieran casi al mismo tiempo? ¿O fue cosa del destino? En la posdata, William le informó de que su libro *Adentrarse en Italia...* iba ya por la séptima edición y lo había convertido en un hombre rico y famoso.

Cuando *donna* Olimpia le dio el pésame, Clarissa creyó reconocer una pequeña y perversa sonrisa escondida tras su gesto de compasión. ¿Se alegraría porque ahora se había quedado sin la posibilidad de marcharse de allí? Parecía que sí, la verdad; de hecho, a partir de aquel día dejó de controlarla con el celo de los últimos meses. Clarissa podía moverse con mucha más libertad, e incluso se le permitía abandonar el *palazzo* sin que su prima o alguno de sus sirvientes la siguiera de cerca.

Pero ¿de qué le servía tanta libertad? El día de su cumpleaños (pasado ya el Año Santo y casi un año después de la celebración pascual en la basílica lateranense) salió pronto de casa hacia la iglesia de Santa Maria della Vittoria con la excusa de rezar el ángelus. Fue como una necesidad: tenía que comenzar aquel día en aquel lugar, no podía ser en ningún otro; quería encontrarse consigo misma frente a su propio retrato.

Se arrodilló al llegar al altar lateral para observar el rostro de piedra de la santa. ¿Quién era aquella mujer? ¿Quién era ella misma? Una vez más, Clarissa observó admirada cuánto habían cambiado los trazos faciales de santa Teresa desde la primera vez que la vio en el taller de Bernini. Se trataba de una evolución casi imperceptible, pero al mismo tiempo inconfundible, como los rasgos de una persona real, que con el paso de los años y la carga de la alegría y el dolor, la risa y el llanto, van modificando el boceto original que Dios creó para ellos en el inicio de los tiempos.

Clarissa cerró los ojos. Su mente se llenó con imágenes de su infancia y de su patria, a la que ya nunca regresaría. La vida la había tratado muy bien, sobre todo en cuanto a sus padres, a los que ahora había perdido para siempre. Había sido la niña de los ojos de su padre, lo cual no era de extrañar, pues el hombre siempre había expresado su deseo de tener un hijo y tres hijas (una guapa, una virtuosa y una inteligente), y dado que al final Clarissa fue hija única, se convirtió ella sola en la más guapa, virtuosa e inteligente, y de paso en la primogénita y continuadora de la saga. De su madre había heredado la sed de conocimientos, la curiosidad por la vida, la nostalgia palpitante, la capacidad de percibir una armonía entre las emociones de su corazón y el pulso vital del mundo. Admiración, regalos, dulces, ramos de flores..., todas aquellas cosas con las que solían conformarse las chicas de su edad y condición social le parecían del todo insuficientes. Mientras sus amigas —con más o menos gracia y decoro— suspiraban por que llegase un hombre y les ofreciese un futuro, Clarissa hacía todo lo posible por ser ella misma quien forjase su propio destino. ¿Habría sido ése su error? ¿El gran error de su vida?

De pronto sintió una mano sobre el hombro y abrió los ojos. Frente a ella estaba Lorenzo Bernini.

—¿Qué es lo que le provoca tanto sufrimiento, Principessa? Intuyo que algo la aflige, y mucho. Hace tiempo que está así...

—¿De dónde sale? —preguntó Clarissa, levantándose—. ¿Me ha seguido?

—He ido al palacio Pamphili y me han dicho que podría encontrarla aquí. Iba a visitarla. Hacía mucho que deseaba hacerlo, pero no he logrado reunir el valor hasta...

—¿Valor, *cavaliere*?

—Sí, Principessa. Aunque posea el rango de caballero, le aseguro que no pertenezco al grupo de los héroes. Soy un hombre débil, y los pocos privilegios de los que he gozado en la vida se han visto eclipsados por la infinidad de errores que he cometido, y por las decisiones que tantas veces he tomado y luego lamentado con todo mi corazón. Pero a veces no podemos escoger nuestros propios actos, ¿no cree?

A veces la vida nos obliga a reaccionar de un modo que nosotros mismos consideramos vergonzoso. Por favor, Clarissa —dijo de pronto, cogiéndola de la mano—, concédeme la oportunidad de subsanar mis errores. ¡Déjame ayudarte!

Ella lo miró, desconcertada. Era fantástico tener a alguien en quien apoyarse; sentir su calor y su cercanía. ¡Cómo lo había echado de menos! Pero... ¿podía confiar en aquel hombre? Él la había despreciado, la había herido cruelmente ante *donna* Olimpia, sólo para ganarse la simpatía de ésta. Y, efectivamente, su prima no había hecho más que favorecerlo en todo lo posible; incluso había logrado que el Papa volviera a darle trabajo. Y todos los días pasaban un rato juntos. ¿Qué podía significar aquello? ¿Que tenía proyectos en común con *donna* Olimpia? Clarissa sintió la suave presión de su mano, su cariñosa sonrisa, su tierna mirada, que la envolvía como una caricia. Si no confiaba en aquel hombre, ¿quién más le quedaba en el mundo?

—Tengo miedo, Lorenzo —susurró—. *Donna* Olimpia está siendo chantajeada por un monje. Por él ha empeñado hasta el anillo de esmeralda.

—¿Chantajeada? Por el amor de Dios, ¿cómo es posible? Es la persona más poderosa de toda la ciudad; más que el propio Papa.

—Envenenó a su marido con ayuda de ese monje, que ahora puede hacer con ella lo que quiera.

Lorenzo lanzó un silbido.

—Sí, no me sorprendería que así fuera; una mujer como Olimpia es capaz de cualquier cosa. Pero dime, ¿cómo te has enterado?

—Oí sin querer una conversación que mantuvo con ese monje. Fue por casualidad; la puerta estaba abierta.

—¿Lo oíste tú misma? —preguntó él, asustado—. ¿Lo sabe *donna* Olimpia? ¿Te has delatado?

—Ése es el problema: que no lo sé. Cuando volví a la habitación, algo más tarde, la puerta estaba cerrada y Olimpia llevaba en la mano una carta que se me había caído allí. Desde entonces no me ha perdido de vista ni un solo segundo. A veces no sé qué hacer ni adónde ir.

—Y durante todo este tiempo has estado sola... —Lorenzo la atrajo y la abrazó. Lo hizo con tanta naturalidad que ella ni siquiera intentó resistirse—. Tiene que haber sido horrible, has pasado tanto... Pero créeme, esto se ha acabado; yo te ayudaré.

Mientras hablaba, iba acariciándole el pelo. Clarissa ni siquiera se detuvo a pensar si podía permitírselo. Lo único que sentía era un profundo agradecimiento. Desde los palcos que decoraban las paredes del altar en el que se encontraba santa Teresa, los retratos en piedra de los dos fundadores de la capilla se inclinaban para mirarla, como si quisieran darle su apoyo.

—¿De verdad crees que puedes ayudarme? ¿Adónde voy a ir?

—No podemos cometer ningún error. —La cogió por los hombros y la miró a los ojos—. ¿Te ves capaz de pasar unas semanas más en el palacio Pamphili? Mientras preparemos nuestra estrategia, *donna* Olimpia no debe sospechar nada. Su poder es enorme, y no sólo en la ciudad de Roma. Tenemos que planearlo todo hasta el más mínimo detalle.

—No sé cuánto tiempo podré resistir. —Se pasó la mano por los ojos—. Pero no, claro, esperaré lo que sea necesario. Los últimos días ha mejorado; Olimpia me controla menos desde que sabe que no puedo volver a Inglaterra.

—No tendrás que aguantar mucho. Sólo hasta que acabe la fuente. Me es imposible escaparme antes: llamaría demasiado la atención. Pero en cuanto la termine, te sacaré de aquí. Iremos a París. Enviaré un carruaje para recogerte, aquí, en esta iglesia, a ser posible temprano, como ahora, tras el ángelus. Así tendrás un motivo para salir de casa. El cardenal Mazarin es un admirador mío; seguro que estará encantado de acogerte en su corte...

No había acabado aún la frase cuando oyeron que alguien tosía. Asustados, se separaron rápidamente y se dieron la vuelta. Detrás de ellos había un hombre, y Lorenzo pareció sorprenderse tanto al verlo como Clarissa.

—¿Luigi? ¿Tú? ¿Qué... qué haces aquí?

Luigi les dedicó una amplia sonrisa; primero a Clarissa, después a su hermano. Parecían dos niños a los que hubiesen pillado cometiendo una travesura. O dos ratones en una trampa.

—Estaba pensando que tendríamos que revisar los planos de la canalización del agua, para que en la inspección todo salga bien.

21

El príncipe Camillo Pamphili, antiguamente cardenal y en la actualidad esposo de la bella Olimpia Rossano y jefe de obra del foro Pamphili, se opuso por segunda vez en su vida a los deseos de su madre
para mantener la palabra que le había dado a Francesco Borromini.
No lo nombró arquitecto oficial del foro, tal como él había deseado en
su fuero interno, pero sí fue concediéndole cada vez más responsabilidades a la hora de planear y construir aquel enorme proyecto.

Ahora le había encargado que trabajara en la iglesia familiar de
Santa Inés; una obra que a Francesco le resultaba especialmente atractiva. Su idea era levantar una fachada que estuviera flanqueada por
dos campanarios: una estructura que ya había diseñado en una ocasión —para la iglesia de San Pedro—, pero que había resultado un
fracaso al llevarla a la realidad, principalmente por la estulticia de su
principal enemigo. En la plaza Navona lograría que su proyecto viese
por fin la luz y se convirtiera en una muestra evidente e indiscutible
de quién era el mejor arquitecto de toda Roma.

Pese a todo, aquella mañana Francesco no estaba de buen humor.
Había prohibido terminantemente que alguien se acercara a sus planos,
pero al parecer su vecina lo había olvidado y había quitado el polvo de
su escritorio, revolviéndole de paso todo el trabajo. Un fallo que come-
tía por primera vez tras veinte años de servicio. Sin embargo, en el fondo sabía muy bien que su mal humor no se debía realmente a aquel
pequeño desacato a sus órdenes, sino al hecho de que faltaba sólo una
semana para inaugurar la fuente de Bernini, y esa mañana el Papa quería ver cómo iban las obras. Sólo con pensarlo sentía una rabia...

¡Esa maldita fuente! Ya sólo el transporte y la colocación del obelisco habían costado doce mil escudos. No era de extrañar, pues, que

para el resto de las obras, por importantes que fueran, apenas quedara presupuesto. El pueblo comenzaba a quejarse del gasto y desahogaba su rabia en *El Pasquino*: «*Non vogliamo fontane, ma pane, pane, pane!*» (¡No queremos fuentes, sino pan, pan, pan!) Francesco sonrió con amargura. ¡Qué mentirosa era la gente! En realidad, y pese a esos versos de denuncia, los romanos estaban encantados con la fuente, y la admiraban ya antes de que hubiese corrido la primera gota de agua por sus cañerías, como si la hubiese diseñado el propio Miguel Ángel.

Mientras Francesco controlaba el trabajo de los andamios que rodeaban la iglesia de Santa Inés, la mayoría de los días no podía evitarlo y, aunque al hacerlo se le revolvían las tripas, pasaba a observar cómo iba la construcción de la fuente. ¡Era maravilloso cómo estructuraba y dominaba! Los dioses fluviales en posición horizontal no eran algo nuevo en Roma —la ciudad tenía media docena de fuentes con esa decoración—, pero no cabía duda de que aquéllos eran especialmente perfectos, y su postura —tumbados alrededor del obelisco— resultaba mucho más intensa y verídica de lo normal. Parecía que fueran a salir andando en cualquier momento. El Nilo se tapaba los ojos desde el otro lado de la plaza, frente a la iglesia, como si no pudiera soportar aquella imagen, mientras el río de la Plata levantaba las manos para protegerse, como si temiese que el templo fuera a caerse en cualquier momento; sin duda, una burla de la fachada de Francesco, antes incluso de que hubiese comenzado a trabajar en ella. ¡Qué bajeza más insolente y premeditada!

De pronto oyó unos gritos, y del otro extremo de la plaza le llegó un gran alboroto: se acercaba una cabalgata de unos cincuenta jinetes. Tenía que ser el séquito papal. Mientras los caballos, inmersos en una nube de polvo, avanzaban hacia la fuente, Francesco miró hacia el palacio Pamphili y vio salir de él a *donna* Olimpia y a Lorenzo Bernini. Pero no estaban solos. Cuando reconoció a la persona que los acompañaba, se le hizo un nudo en el estómago: la mujer que ofrecía su brazo a Lorenzo Bernini con tanta naturalidad como si fuera su propia esposa, como si diera por hecho que Dios, el destino o los poderes del más allá los habían creado para estar juntos y avanzar por la vida fundidos en un abrazo..., era la Principessa.

Francesco sintió la imperiosa necesidad de protegerla; de abalanzarse sobre ella para rescatarla, como si se tratara de un niño que amenaza con ser pisoteado por el caballo con el que está jugando. Le habría encantado cogerla en sus brazos y arrancarla de los de aquel hombre que ya había destrozado la vida de otra mujer. Pero cuando sus miradas se cruzaron, durante apenas un segundo, la Principessa bajó los ojos y pasó a su lado sin saludarlo, como si no lo conociera. Aquello le dolió como si le hubiesen echado sal en una herida abierta. Durante las últimas semanas se había odiado a sí mismo por su orgullo y su soberbia. No era de sorprender que la Principessa, la única persona que siempre le había mostrado su afecto incondicional, ya no quisiera saber nada de él. «En nombre de santa Teresa.» Con esa ofensiva e insensata observación lo había estropeado todo. ¿Por qué no se había callado? En lugar de alegrarse de que aquella mujer le expresasa su aprecio e incluso lo considerase su amigo, había querido tenerla sólo para él y obligarla a renunciar a los demás. ¿Con qué derecho? ¿Acaso no podía dejarse retratar por Bernini? ¿Era culpa suya que él no supiera manejar tan bien el cincel y el martillo como su rival? ¡Ah, cómo se odiaba por haber respondido al cariño de la Principessa con aquellas palabras tan vulgares, hirientes y malvadas! Hubiese preferido aceptar cualquier otra cosa, cualquier ofensa o humillación, antes que perderla a ella. Porque hacía tiempo que no le quedaba duda: la amaba más que a nadie en el mundo; más incluso que a sí mismo.

—¡Qué injusticia! —dijo el sobrino y principal ayudante de Francesco, Bernardo Castelli, que había salido de la oscura iglesia para ver al Papa—. Apuesto a que en pocos minutos el *cavaliere* volverá a ganar varios miles de escudos.

—¡Tonterías! —respondió Francesco con dureza, mientras inclinaba la cabeza y una rodilla hacia Inocencio, que en ese momento bajaba de su litera—. Le darán tres mil escudos por la construcción de la fuente, que es lo mismo que yo obtuve por la confección del boceto. ¡Ni un escudo más!

Entonces se hizo el silencio, y el recinto quedó tan mudo como una iglesia. Todas las miradas se dirigieron al Papa, que, con pasos lentos, rostro impávido y las manos a la espalda, rodeó la fuente para observarla por la izquierda y la derecha, por delante y por detrás. Evidentemente, aquélla no era la primera vez que veía la montaña de mármol y granito, pues el palacio de su familia quedaba justo delante, pero sí era la primera vez que iba a dar su opinión sobre la misma. ¿Cuáles serían sus palabras?

Por fin Inocencio se detuvo y, dirigiéndose a Bernini con su voz ronca bien alta y clara, de modo que Francesco pudo entenderlo todo a la perfección, dijo:

—Muy bonita, muy bonita, *cavaliere*. Pero de hecho hemos venido a ver una fuente, no una construcción sin agua.

En la comitiva papal la gente comenzó a intercambiar miradas de consternación. Sí, claro, ¿dónde estaba el agua? ¿Dónde los surtidores en los que debían bañarse los dioses fluviales y los animales acuáticos? Bernini, que hasta hacía unos segundos había estado pavoneándose por toda la plaza, hizo una mueca, como si acabara de morder un limón, y balbució unas pocas frases inconexas en las que no dijo nada en concreto y se limitó a pedir algo de paciencia. Un reconocimiento claro —e indigno— de su fracaso.

Francesco tuvo que hacer un esfuerzo para no ponerse a aplaudir. La crítica del Papa no podía ser más fulminante: ¡una fuente sin agua! ¡Qué vergüenza! Estaba claro que Bernini no había dado aún con una solución para el problema de la canalización, ¡y mira que era fácil! Aquella mañana, sin ir más lejos, al ordenar el caos que había organizado su vecina, había tenido en sus manos los dibujos que contenían la solución al problema.

Mientras Inocencio se alejaba decepcionado y se disponía a subir de nuevo a su litera, Francesco vio que el hermano de Bernini, Luigi, conversaba acaloradamente con *donna* Olimpia. ¡Como si eso fuera a servir de algo! A aquellas alturas la cuñada del Papa parecía haber comprendido que aquello no tenía remedio, pues su rostro estaba aún más pálido de lo normal.

—Así aprenderá —dijo Bernardo.

—Eso espero —susurró Francesco—. Y ahora vámonos; no permitamos que ese charlatán nos distraiga de nuestro trabajo.

Dicho aquello se dio media vuelta, pero al abrir la puerta de la iglesia oyó a sus espaldas un intenso chasquido que recorría toda la plaza como una avalancha.

Atónito, se giró. Las fuentes escupían un poderoso chorro de agua que caía sobre el fondo de mármol, los rayos de sol se refractaban brillantes en los surtidores repentinamente plagados, y los peces y delfines de piedra parecían retozar de placer a los pies del obelisco, bajo la atenta mirada de los cuatro colosos dioses fluviales, que se desperezaban con el agua mientras Bernini lo observaba todo con aspecto triunfal y abría los brazos para presentar su obra. Hasta los niños que había en la plaza lo comprendieron: su derrota no había sido más que teatro; una comedia para que el efecto de su victoria fuese aún mayor.

Gimiendo como un animal herido, Francesco cerró los ojos. ¿Quién podía haber ayudado a Bernini? ¿Quién le había dado la solución? Estaba claro que no lo había conseguido solo, pues no tenía los conocimientos técnicos suficientes para construir un pozo. Cuando abrió los ojos de nuevo, vio a Luigi inclinado sobre el borde de la fuente —por lo visto, era él quien había puesto en marcha el mecanismo de canalización del agua—, y de pronto recordó a su vecina. Cuando él le pidió cuentas sobre el desorden de su despacho, ella se puso roja como un tomate y no hizo más que balbucir excusas absurdas. ¿Era posible que una cosa tuviese que ver con la otra?

Ahora sólo le quedaba esperar que el Papa ya hubiese abandonado la plaza y no se hubiese enterado de nada. Pero no. Inocencio, como él, se había vuelto al oír el ruido del agua, y en aquel momento su rostro picado y viejo, con aquella eterna expresión de mal humor, brillaba de felicidad.

—Con este logro, *cavaliere*, acabas de regalarnos diez años más de vida —le dijo a Bernini mientras el chasquido de los surtidores se convertía en un armónico y agradable murmullo acompañado de los «Oh» y «Ah» del público—. Por ello te liberamos de seguir pagando la deuda de treinta mil escudos que te había sido impuesta por el error cometido en la catedral, y, además, te concedemos el honor de hacernos un retrato. —Sin dejar de sonreír, Inocencio se dirigió a su cuñada y añadió—: *Donna* Olimpia, mande sacar mil monedas de plata de nuestro cofre privado y ordene que las repartan ahora mismo. Todos los aquí presentes deben compartir con nosotros este momento feliz.

La muchedumbre rompió en gritos de júbilo. Mientras el Papa desaparecía en su litera, Bernini empezó a hacer reverencias a diestro y siniestro, como si fuera un cantante de ópera que acabara de interpretar a la perfección una complicada aria. Francesco temblaba de pies a cabeza. Allí estaban todos, alabando a ese presumido *dilettante*, divinizando a ese payaso jactancioso que en aquel momento disfrutaba de un éxito para el que un verdadero artista tendría que invertir el trabajo de toda una vida. ¡Ésa era la justicia del mundo!

Mientras observaba cómo el pueblo vitoreaba y aplaudía a Bernini cada vez con más fuerza, absolutamente entregado, la envidia empezó a carcomerle el corazón y su rabia se llenó de desesperanza.

Fue entonces cuando su mirada recayó en la Principessa. Ella también aplaudía y sus ojos brillaban de felicidad. Aquélla era la mujer a la que él había querido conquistar, dedicándole una fuente cuya construcción celebraba ahora otro hombre. De pronto, Clarissa dejó de aplaudir, pero fue sólo para felicitar a Bernini estrechándole las manos. Fue un gesto tan íntimo y estuvo acompañado de una sonrisa tan cariñosa, que Francesco creyó sentirlo en su propia piel. De ahí que le provocara un dolor tan intenso comprender que no iba dirigido a él, sino a su mayor rival.

—¡Vamos! ¡Haz el favor de cerrar la boca y dejar de mirar! —le espetó a su sobrino.

Se dio la vuelta, en parte para no verse tentado a arrancarse los ojos. El triunfo de Bernini era tan flagrante como su propio fracaso. El Fénix había renacido de sus propias cenizas y él, Francesco Borromini, había sido testigo de aquella resurrección.

22

La campana de la iglesia de Santa Inés sonó doce veces. Era medianoche; la hora en que muere el viejo día y nace uno nuevo para acompañar la luz de la mañana.

Las velas de las dependencias del Papa se habían consumido y la luna iluminaba ya de blanco la mitra, que estaba sobre una cómoda, pero al otro lado de la espesa cortina de terciopelo seguían oyéndose unos ruidos débiles e inconfundibles. Sobre la almohada de seda, haciendo uso de todo su arte y destreza, *donna* Olimpia se esforzaba por despertar el mínimo soplo de vida que aún pudiera quedar en el marchito cuerpo de su cuñado. Pero sus deseos de que la fuente pudiera lograr que las cosas funcionaran mejor para todos no pudieron verse satisfechos.

Se tendió boca arriba y miró el brillante dosel de oro. A su lado, el pecho de Inocencio subía y bajaba con regularidad.

—¡Esa furcia debe marcharse! —dijo ella, rompiendo el silencio.

—¿A quién te refieres?

—A Clarissa McKinney. Tú mismo la llamaste así.

—¿Tu prima, una furcia? Oscuro es el sentido de tus palabras.

—Pues las iluminaré. —Olimpia se incorporó en la cama y miró el rostro de su cuñado—: Posó para Bernini y le sirvió de modelo para representar a santa Teresa. ¿No has reconocido sus rasgos?

—Pues, ahora que lo dices... ¡Dios mío, tienes razón! —Inocencio también se incorporó, no sin esfuerzo—. En alguna ocasión, arrodillado frente al altar de Santa Maria della Vittoria, me he preguntado a quién me recordaba ese rostro de mármol. ¡Ahora lo veo claro!

—Tenemos que echarla antes de que se vaya por su propio pie. Luigi Bernini me ha informado de que está preparando su huida con ayuda del *cavaliere* Bernini.

—¿Que quiere huir? ¿Con Bernini? —preguntó, sorprendido—. ¿Y por qué habría de hacerlo?

—¿Tanto te cuesta imaginarlo? ¡Para librarse del castigo! Supongo que debe de levantarse todos los días temiendo que alguien la reconozca como la puta del *cavaliere*. A estas alturas ya han admirado su lascivia miles de personas.

—¡Que Dios la perdone! —dijo Inocencio, haciendo la señal de la cruz.

—¡Que perdone a su alma, pero no a su cuerpo!

Durante un buen rato, mientras los dos guardaban silencio, las palabras de *donna* Olimpia resonaron duramente en la habitación. ¿Por qué Inocencio no le respondía? ¿Por qué no asentía al menos con la cabeza para demostrar su conformidad? Por su respiración, más pesada que de costumbre, Olimpia comprendió que algo le preocupaba. Por fin la miró con su feo rostro, y con mucho cuidado, como si temiese una respuesta que no fuera de su agrado, le preguntó:

—Así pues, ¿crees que mintió al hablarme de ti?

Olimpia se sobresaltó.

—¿Te habló de mí? ¿Y qué te dijo?

—Que te consideras la verdadera gobernanta de Roma, y que puedes permitirte todo lo que te propongas porque crees que estás por encima de todo el mundo; incluso del Papa.

—¡Maldita mentirosa! ¡Así me agradece todo lo que he hecho por ella! ¡Nunca debí acogerla en mi casa! —Pero inmediatamente recuperó la compostura—. Espero que Su Santidad comprenda que yo nunca he dicho eso.

—¿Seguro?

Mientras sentía que él la miraba con desconfianza en la oscuridad, Olimpia apretó los puños. ¡Estaba más que harta de asistir a aquel pobre estúpido que, sin su ayuda, sería incapaz de poner un pie delante del otro! Pero por mucho que lo despreciara, en el fondo lo tenía claro: ella no era más que una mujer y él era el Papa, y sin su poder, sus planes no eran más que polvo en el desierto. De ahí que estuviera atada a aquel hombre como en su día lo estuvo san Pedro a los peones romanos. Aquél era el precio que tenía que pagar: no podía hacer nada sin un hombre que no podía hacer nada sin ella.

—¿Cómo iba a decir algo así, Santidad? —susurró—. Sois el seguidor de san Pedro; el representante de Dios en la tierra.

—¡Pues júralo! —le ordenó con su voz ronca, poniéndole la mano sobre la cabeza—. ¡Júralo para que podamos creerte!

—Sí, sois el gobernante de Roma —dijo ella, acusando la suave presión de aquella mano e inclinándose hacia su vientre para realizar el juramento que le pedía—. ¡Sois el papa Inocencio X, Sumo Pontífice!

Dicho aquello, levantó el camisón de Inocencio por encima de sus caderas y palpó la carne de su regazo.

—*Hoc est corpus!* —dijo él, lanzando un gemido y arqueándose hacia ella.

¡Cómo odiaba aquel teatro! Pero al sentir que se intensificaba la presión de la mano sobre su cabeza, cerró los ojos y dijo:

—Amén.

Y se dispuso a acoger el cuerpo de su señor.

A la mañana siguiente, cuando Clarissa salió de la iglesia de Santa Maria della Vittoria, un carruaje estaba esperándola en la puerta. Al verlo sintió que se le aceleraba el corazón. Durante muchísimos años aquélla había sido su idea de la felicidad: una carroza con las cortinas echadas, avanzando por calles desconocidas a toda velocidad.

¡Y allí la tenía! Pero ¿dónde estaba Lorenzo? Lanzó un vistazo y vio que la portezuela se abría y una mano le hacía señas para que se acercase.

¡Gracias a Dios!

Se recogió la falda y bajó a toda prisa los escalones del portal.

LIBRO CUARTO

En la antesala del paraíso
(1655-1667)

1

Los maleantes y la peor gentuza habían tomado las calles y plazas de Roma. Los ciudadanos levantaban barricadas tras sus puertas y portales; los príncipes, cardenales y obispos apostaban guardias frente a sus palacios; si a alguien no le quedaba más remedio que salir a la calle, lo hacía tan armado como le era posible. En todas partes se saqueaban plazas, profanaban iglesias, destrozaban monumentos. Y mientras las reservas de grano y los almacenes ardían en llamas, un único grito resonaba en toda la ciudad: «¡El Papa ha muerto! ¡El Papa ha muerto!»

Ajeno al estrépito del mundo, Francesco Borromini se tomó un tiempo para despedirse de su pontífice, Inocencio X, sintiéndose profundamente conmovido y agradecido. Era el hombre más solitario de toda Roma. Después de que la única mujer que había significado algo para él desapareció de su vida, sentía que, a sus cincuenta y seis años, había perdido también a su «padre».

Pero ¡en qué lugar tan indigno tenía lugar aquella despedida! El cadáver del Papa se velaba en un cobertizo en el que los trabajadores de la *reverenda fabbrica* solían guardar sus herramientas, tras la sacristía de San Pedro, y era custodiado por un solo hombre que ahuyentaba con una pala a las ratas que corrían por allí. Y es que tras las *novemdiales*, las nueve misas de réquiem que se celebraron en su honor en la catedral, al décimo día de la muerte de Inocencio, cuando tenían que inhumarse sus restos mortales, la rica familia Pamphili se negó a pagar el modesto sarcófago de madera necesario para el sepelio, aunque, como mandaba la tradición, debía correr a cargo de ellos. Ni *donna* Olimpia, que apeló a su pobreza por viudedad, ni su hijo Camillo se mostraron dispuestos a gastar en ello un solo escudo, de modo que el cadáver del Papa llevaba días pudriéndose en el cobertizo sin poder gozar de una última y definitiva sepultura.

A la débil luz de una vela de sebo, Francesco rezaba sus oraciones. Era consciente de que aquél no era sólo el final de una época, sino algo más: la muerte de aquel hombre tan serio y estricto significaba también un punto de inflexión en su vida. Gracias a Inocencio había obtenido los grandes encargos de los últimos años. El fracaso con la fuente de los cuatro ríos no cambió nada al respecto. El viejo Papa le demostró su afecto hasta el último instante de su vida, y el encargo de levantar el foro Pamphili era su mayor demostración en ese sentido.

Francesco intentó aplastar una rata con el pie. ¿Qué sucedería ahora? Inocencio había sido un hombre muy parecido a él: no sería recordado por sus palabras, sino por sus gestos. La ambición, rasgo común a ambos, había hecho que no se conformaran con acabar y perfeccionar lo que empezaban, sino que quisieran siempre enfrentarse a nuevos proyectos. Con la plaza Navona y la iglesia de Santa Inés habían pretendido construir un equivalente a San Pedro y el Vaticano que superara incluso su modelo: la realización de la plaza ideal. Se trataba de que el mundo se quedara boquiabierto al observarla. ¡Y la idea de Francesco había sido maravillosa! Inocencio se había mostrado entusiasmado y había profetizado que nadie se quedaría indiferente al verla. Finalmente, Francesco decidió dedicar la plaza a aquel gran hombre, y crear un monumento en su honor para coronarla. Un monumento al Papa, y no a la Principessa.

Pese al rato que veló al Papa, en el camino de vuelta a casa se detuvo en Santa Maria della Vittoria, como hacía siempre que pasaba junto a aquella iglesia. No podía evitarlo, tenía que acudir a ese lugar que odiaba más que ningún otro en el mundo; era como una obligación. Quizá fuera porque su idea de la *piazza*, su mejor proyecto, se le había ocurrido en compañía de la Principessa... No podría decirlo. Lo único que sabía era que en aquel lugar podía conversar con ella.

Matizado tras los gruesos muros de la iglesia, el alboroto callejero de los maleantes sonaba tan irreal como si proviniera de otro mundo. Francesco encendió cuarenta y seis velas, una por cada mes de ausencia de Clarissa, y mientras el rostro de ella empezaba a emerger progresivamente de la oscuridad, iluminado por aquella luz temblorosa, él se arrodilló ante el altar. Le habían dicho que la Principessa había regresado a Inglaterra, donde se había casado por segunda vez. La propia *donna* Olimpia se lo había confirmado.

Habían pasado ya casi cuatro años. Se había marchado sin despedirse, y ni siquiera le había enviado una simple carta desde Inglaterra. Desde entonces, Francesco había consagrado al arte todos los días y horas de su vida. ¿No creía en nada más? Su trabajo en la Sapienza iba avanzando tan bien como el del palacio Pamphili, y la reorganización de Propaganda Fide estaba llegando a su fin. Sólo así, entregándose en cuerpo y alma a su obra, se sentía capaz de soportar el vacío que lo atenazaba desde la marcha de la Principessa. Aunque ella lo había traicionado, Francesco se sentía tan solo sin su compañía que al pasear por las calles de Roma, rodeado de extraños, temblaba de frío aun bajo el sol más radiante. Había perdido la esperanza de volver a mirarla a los ojos, de volver a oír su voz, y el futuro se le antojaba como un desierto sin fin. Sus días seguirían sucediéndose, monótonos y yermos, y la recordaría en la distancia, sufriendo con la idea de que ella continuaba viva en algún lugar, feliz, siendo amada y, quizá, amando a su vez.

Sus labios se movían de un modo casi imperceptible, como si compartiera sus planes con el retrato mudo de ella. En la soledad de su corazón pronunció las palabras de amor que emergían de su interior en una corriente continua, apenas interrumpida por los improperios contra su gran rival, el que creó aquella imagen, y la tos de sus cansados pulmones.

2

En cuanto la paloma de los Pamphili alzó el vuelo en busca de un lugar mejor en el otro mundo, el cielo de Roma se vio cubierto por una estrella sorprendentemente brillante: el blasón de la familia Chigi. De un modo más bien curioso, el santo cardenal Fabio Chigi fue escogido nuevo sucesor de san Pedro. Pero el día en que debía festejarse su coronación, el 18 de abril de 1655, cayó una fuerte tormenta de granizo que provocó enormes pérdidas y desperfectos en los viñedos de la ciudad, de modo que los romanos se preguntaron, conmovidos, si no sería aquélla una mala señal para el inicio de un pontificado.

No había despuntado aún el alba cuando Lorenzo Bernini, ataviado con su hábito de *cavaliere di Gesù*, avanzó por los largos pasillos del Vaticano, acompañado por un oficial de la Guardia Suiza que lo conducía a la sala de audiencias del Papa, donde lo esperaban prelados y embajadores. Igual que Urbano VIII, Alejandro VII lo hizo llamar el mismo día de su llegada a la Santa Sede. Pero ¿qué querría el nuevo Papa?

Lorenzo conocía a Fabio Chigi desde hacía mucho tiempo. El pontificado de Inocencio estaba llegando a su fin cuando ambos hombres coincidieron en la *anticamera* del palacio papal. Dos hombres que enseguida se sintieron a gusto y se reconocieron como semejantes. El *monsignore* acababa de regresar de Colonia como nuncio, y le comentó a Lorenzo la fama que tenía en Alemania como primer artista de Roma. Él se quedó encantado. Desde aquel momento, el cardenal Chigi le encargó multitud de trabajos, con los que Lorenzo descubrió, para su sorpresa, que ese ilustrado príncipe de la Iglesia no sólo amaba la arquitectura, sino que sabía incluso *dilettare* en ella. Chigi era capaz de dibujar a pulso las figuras geométricas más complicadas. Hacían falta muy pocas indicaciones para transmitirle una idea.

—¡Su Santidad!

En cuanto el guardia abrió la puerta corredera, Lorenzo se arrodilló para besar los pies de Chigi, pues aquel hombre al que conocía como comprensivo y generoso mecenas había dejado de ser una persona normal para convertirse en el representante de Dios. Estaba a punto de incorporarse cuando dio un respingo: junto al trono del pontífice, con la tapa abierta y forrado por dentro con un colchón de seda blanca, había un sarcófago oscuro y brillante hecho con madera de ébano pulida.

—¿Te incomoda esta imagen, *cavaliere*? —le preguntó Alejandro con una sonrisa—. ¿A ti, el hombre que fue capaz de alejar de un modo maravilloso el horror del sepulcro de Urbano?

—Debo admitir, Santo Padre, que no esperaba encontrarme con la muerte en este lugar, y menos en un día como hoy.

—Pues es precisamente aquí y ahora cuando debemos acordarnos de ella. Mi primera orden en calidad de Papa ha sido la de traer este ataúd, para recordar y señalar lo breve que es la vida. Hay tantas cosas por hacer... Por eso mismo —añadió, adoptando un tono profesional— no queremos andarnos por las ramas, sino ir directos al grano. Cuando era cardenal, te encargué trabajos que servían para rendir honores a mi familia, pero ahora queremos pedirte algo para glorificar el conjunto de la Santa Iglesia: el mayor y más complejo encargo de toda Roma. Creo que ya sabes a qué me refiero.

—¿Se refiere a la conclusión de la basílica lateranense, su iglesia pontificia? —preguntó Lorenzo con cuidado.

—Nos referimos a la conclusión de la plaza de San Pedro. Deseamos que la catedral cuente con la plaza más impresionante que la humanidad haya visto jamás. Que sea el digno vestíbulo del mayor templo divino de la tierra, monumento conmemorativo de la dignidad papal y máximo adorno de la ciudad de Roma.

Lorenzo sintió que en su interior crecía una inimaginable mezcla de alegría y estupor. Desde que aparecieron las grietas en el campanario, la basílica no había sido más que un torso que emergía en un desierto de ruinas y escombros; los restos de la vieja catedral. La fachada de Maderno, que había sido concebida para estar coronada por dos grandes torres, se vio privada de ellas para siempre, pues con la amenaza de derrumbe nadie se atrevió a someter los fundamentos a un lastre tan pesado. El encargo del papa Alejandro implicaba ahora una magnífica oportunidad, no sólo de corregir el enorme impacto de la fachada de Maderno sin la necesidad de construir las torres, sino también de convertir la organización de la plaza en algo positivo y una ventaja. ¡Qué idea más estupenda! ¡Y qué encargo tan increíble, incluso sobrehumano!

—Admiro el plan de Su Santidad —dijo Lorenzo, vacilante, para disimular su momentáneo desconcierto—. Las calles anchas y las plazas abiertas no sólo potencian el bienestar de los habitantes de una ciudad, sino que contribuyen a atraer a extranjeros de otros países...

—Somos conscientes de tu facilidad de comprensión, *cavaliere*.

—Para ampliar la plaza y ajustarnos a la idea del Santo Padre, tendremos que rectificar el paso de algunas calles y demoler no pocos edificios pequeños que impiden ver las construcciones más distinguidas y elegantes...

—Exacto —lo interrumpió Alejandro por segunda vez—. Y por eso hemos decidido darte carta blanca en tu trabajo. Derriba todo lo que quieras, y lo que consideres necesario para construir lo que Dios y tu talento dispongan. —Se mesó el bigote y lo miró con sus oscuros ojos, que parecían arder en sus cuencas, sobre su aguileña nariz—. ¿Tienes ya una idea, *cavaliere*?

Lorenzo dudó. ¿Cómo se lo imaginaría el Papa? ¿Cómo esperaba que tuviera ya una idea para un proyecto de semejantes dimensiones? Necesitaba tiempo para pensar, proyectar bocetos, hacer cálculos. Deseando que Alejandro no se percatara de su zozobra, resolvió pedirle que le concediera unos días o semanas para meditar.

—Con el amable e indulgente permiso de Su Santidad... —comenzó, pero las palabras se le congelaron en la garganta como placas de hielo.

Observó a Alejandro con la boca abierta. Fue como una aparición. Igual que un monumento, el pontífice se elevaba ante él sobre su trono, con el torso cubierto por una pesada capa y las extremidades superiores extendidas sobre los brazos de su asiento, como si abarcara con ellas toda la habitación. Lo decidió todo en un instante: aquel hombre significaba la fe, la santa Iglesia católica. Él era la Iglesia en persona.

Así que, casi sin pensar en lo que decía, Lorenzo comenzó a hablar:

—Me imagino el templo como el cuerpo de una persona, Santidad. La cabeza sostiene la cúpula, como una tiara; el ancho de los hombros está simbolizado en la fachada; los brazos, extendidos, serán dos poderosas arcadas que comenzarán en el centro de la misma; mientras las piernas estarán marcadas por las calles de acceso del *borgo*. Sí, Santidad —añadió, sin albergar ya ninguna duda sobre lo que estaba diciendo—, así es como imagino la *piazza*; tiene que ser así.

Alejandro arqueó las cejas, sorprendido.

—¿Nuestra iglesia como una figura humana?

—Eso mismo, Santo Padre —respondió, echando la cabeza hacia atrás—. Símbolo del Dios hecho hombre y, al mismo tiempo, imagen de su representante en la tierra.

—Veo que hemos escogido al hombre adecuado para nuestro proyecto —dijo, asintiendo. Después alzó un brazo como para bendecir a Lorenzo—. En este momento te nombramos arquitecto de la cámara apostólica y te ofrecemos un salario de doscientos sesenta escudos mensuales. ¡Y ahora vete! ¡A trabajar! Ardo en deseos de ver tus planos.

Lorenzo dio un paso adelante para inclinarse ante la mano de Alejandro. Mientras le besaba el anillo sintió que le recorría una oleada de felicidad. Arquitecto de la corte papal. Aquél era el único título que aún no le habían concedido. Urbano nunca se habría parado a considerar un título semejante, ni aunque hubiera vivido cien años. Ahora sólo quedaba una cosa que le importara.

—¿Sucede algo? —le preguntó Alejandro, al ver que titubeaba.

—Sí, Santo Padre. *Donna* Olimpia... ¿Se encargará ella también del proyecto de construcción del Vaticano durante la regencia de Su Santidad?

3

—¡Deseo ver al Papa!

—Lo siento, *eccellenza*, pero el Santo Padre está meditando.

—¿Otra vez? —preguntó *donna* Olimpia hecha una furia—. ¡Ya meditó ayer y anteayer y toda la semana pasada! ¡Como siga así, llegará al cielo antes de lo que espera!

Sí, el papa Alejandro no sólo era un esteta, sino también un hombre pío y austero, de estrictas costumbres morales. De ahí que toda la ciudad respirara aliviada al enterarse de su elección. Fabio Chigi, quien con su barba oscura y sus marcados rasgos faciales ya era bien conocido por los romanos cuando era cardenal, admirado y querido principalmente por su honradez, sabía que ahora que ostentaba todo el poder sobre la ciudad no podía decepcionar a su pueblo. Mientras su blasón, la colina coronada por una estrella, pasaba a ser tan omnipresente en Roma como hasta entonces lo fueron las abejas de los Barberini, el nuevo Papa hizo cuanto estuvo a su alcance para restablecer el bienestar de la moral pública, que por aquel entonces estaba muy maltrecha. Sin prestar atención a la cuestión de los privilegios, acabó con los favoritismos de su predecesor y despertó principalmente la indignación de su primera y más significativa víctima: *donna* Olimpia.

Tres días después del sepelio de Inocencio (con cuyos gastos acabó corriendo un canónigo de la catedral de San Pedro), la cuñada y persona de confianza del malogrado Papa recibió una carta marcada con el sello del tribunal de la Rota. En ella se le informaba brevemente de que se había abierto una comisión de investigación contra ella. Se la acusaba de los peores delitos: desde perjurio hasta corrupción, pasando por malversación de fondos del Estado. Desde aquel día, ella acudía todas las mañanas al Vaticano para solicitar una audiencia con

352

el Papa, pero siempre en vano. El lacayo personal de Alejandro, un tipo al que hasta hacía semanas podría haberse quitado de encima con un simple gesto, la miraba ahora con tanta arrogancia en su alargado rostro como si fuera el cocinero de un gran palacio y observara a una pordiosera que suplicara un plato de sopa a la puerta de su cocina. *Donna* Olimpia tuvo que hacer un verdadero esfuerzo para no propinarle una bofetada.

—¡Dígale, por favor, a Su Santidad que volveré mañana!

—No servirá de nada, *eccellenza*. El Santo Padre me ha ordenado que le diga que, dado lo mucho que vio usted al Papa anterior, le supondrá sin duda un alivio dejar de hacerlo en el futuro.

—Lo intentaré de todos modos.

—No se lo aconsejo. —La arrogancia del rostro del lacayo dio paso a la expresión fría e indiferente propia de las autoridades—. El Santo Padre le recomienda que se aloje en su lugar de nacimiento, Viterbo, y que se quede allí a la espera del resultado de su proceso.

Tuvo que pasar un tiempo antes de que *donna* Olimpia comprendiera el significado de aquellas palabras. Desconcertada, se dio media vuelta y bajó a toda prisa la escalera del palacio papal para meterse en su carruaje, donde, así lo esperaba, podría pensar con más claridad. Pero el camino hasta la plaza Navona era demasiado corto como para que, antes de llegar al palacio Pamphili, hubiera alcanzado a entender del todo lo inaudito de la situación que acababa de darse: Fabio Chigi la había echado de la ciudad. ¡A ella, a *donna* Olimpia, la reina de Roma!

—¿Que te marchas? —le preguntó Camillo, sorprendido, cuando aquella tarde, con ayuda de una docena de sirvientes, Olimpia se dedicó a recoger lo más imprescindible—. ¿Te da miedo la peste? Vamos, está localizada en Sicilia y nos han asegurado que las posibilidades de que cruce el mar son casi inexistentes...

—¡Ni siquiera he pensado en la peste! —lo interrumpió ella—. ¡Alejandro me ha echado!

—¿Echado? ¿Alejandro? ¿A ti? Pensaba que Fabio Chigi era amigo nuestro. ¡Tú misma apoyaste su elección! —Cogió una de las tortitas que siempre tenía al alcance, en una bandeja sostenida por un lacayo—. Si no hubieses sobornado al cardenal Sacchetti, el viejo lobo jamás habría renunciado a su candidatura y ahora sería él quien ocupara el trono papal en lugar de Alejandro.

—El mayor error de mi vida, sin duda —dijo Olimpia, suspirando.

—¡Qué hombre tan desagradecido! ¡Por favor! ¿Y se atreve a llamarse Santo Padre? ¡Qué vergüenza! ¡Hace que me entre dolor de barriga! —Y se llevó otra tortita a la boca—. Pero... ¿de verdad crees que tienes que abandonar la ciudad?

—¿No puedes dejar de comer ni un segundo? —le espetó ella—. ¿Cuántas veces tengo que decírtelo? ¡Estás gordo como una vaca!

Habló tan alto que hasta se atragantó, y los sirvientes agacharon la cabeza como si esperaran recibir una reprimenda. Pero al minuto siguiente Olimpia se arrepintió de aquel repentino ataque de cólera. ¿Qué culpa tenía Camillo de que Alejandro quisiera verla infeliz? Acarició la mejilla de su hijo y lo besó en la frente.

—Perdona, es que estoy muy preocupada. También por ti.

—¿Quieres decir que yo también debo marcharme de Roma? —preguntó Camillo, apenas con un hilo de voz.

—¡No, por Dios! Tú tienes que quedarte aquí y asegurarte de que nadie nos robe lo que es nuestro, mientras yo, desde Viterbo, intento que las aguas vuelvan a su cauce. —Dicho aquello le entregó una gruesa carpeta de cuero completamente llena de papeles—. Aquí tienes; en esta carpeta he apuntado todo lo que debes hacer y he guardado las autorizaciones que necesitas para sacar dinero de mis cuentas. Quién sabe, quizá los ánimos sólo tarden unas semanas en calmarse, así que nos mantendremos tranquilos y simularemos aceptar la voluntad papal.

De pronto tuvo la sensación de que aquello era demasiado para su hijo. Acababa de cumplir treinta años. ¡No era más que un crío! Lo cogió de la mano y, mientras se la apretaba, le dijo:

—¿Crees que lo conseguirás?

Camillo respondió con una sonrisa a su mirada de inquietud.

—Si me das todos tus poderes, ¿podré disponer de todo el dinero de la familia Pamphili?

Sus ojos brillaban de entusiasmo, como si acabaran de ofrecerle un pavo asado entero.

—¿Eso es lo único que te preocupa? —respondió, intentando reprimir un nuevo ataque de cólera.

Camillo frunció el entrecejo.

—No, no es todo —dijo—. ¿Qué pasará con la Principessa cuando te vayas?

—Buena pregunta —respondió Olimpia, dándole unos golpecitos en la mano—. Me alegro de que hayas pensado en eso, porque yo casi lo había olvidado. —Miró a su hijo directamente a los ojos—. Asegúrate de que esa furcia permanezca donde está. Me ocuparé de ella a mi vuelta. Pero ahora debo darme prisa. Antes de marcharme tengo que encargarme de un último asunto.

4

—¡Oh, Dios, ayúdame!

La recitadora pronunció el salmo de apertura con un bostezo en la voz, e inmediatamente fue respondida a coro por la comunidad:

—¡Señor, ven presto a ayudarme!

Como todas las tardes, las monjas se reunieron en la iglesia hacia la novena hora para cerrar el día con las completas, el último de los siete rezos con los que se santificaba el transcurso del día en la orden. Sin embargo, desde hacía una semana una de esas respetables mujeres había sido excluida del canto: se trataba de la hermana Chiara, cuyo nombre laico era lady McKinney. Sola, como si tuviese la lepra, la hermana debía quedarse fuera, en la oscuridad, pasando un frío terrible y llevando apenas unas sandalias en los pies. Desde allí se sumaba al rezo de las oraciones que le llegaban a través de la puerta de la cocina.

—¡Alabado sea el Padre, y el Hijo y el Espíritu Santo!

Mientras Clarissa iba encontrando poco a poco la paz espiritual que le aportaba la plegaria, en el interior de la iglesia sucedía más bien todo lo contrario: en lugar de sumergirse en la oración para renunciar a las tentaciones que habían tenido durante el día, las monjas parecían despertarse a la vida precisamente en ese momento. Sus ojos dejaban caer el velo de sueño que habían arrastrado consigo desde la cena, respondían a los salmos casi sin prestar atención, y se acercaban las unas a las otras, inclinando la cabeza para cuchichear y reírse en voz queda mientras el sacerdote iba leyendo el Evangelio. Ni siquiera se hizo el silencio durante los minutos que suceden al *Magnificat*, el momento más devoto de la oración, y parecía que todas estuvieran ansiosas por que les diesen la bendición de una vez por todas y poder disfrutar de las pocas horas que quedaban entre las completas y los maitines —aquel breve espacio de tiempo entre el último rezo del día y el primero del siguiente, en el que enmudece la voz del Señor— para hacer lo que les apeteciera.

—*Benedicat vos omnipotens Deus: Pater et Filius et Spiritus sanctus!*

—¡Amén!

La puerta de la iglesia se abrió con un chirrido. Como exigía la penitencia que el abad *don* Angelo le había impuesto, Clarissa se inclinó hasta el suelo. Todas las monjas pasaron por encima de ella, concentradas en llegar lo antes posible a sus celdas, y ni siquiera respondieron al saludo de Clarissa con un «*Benedicite*».

No le estaba permitido levantarse hasta que la última hermana hubiera desaparecido en el interior del convento. Cuando se incorporó, se quitó el polvo del vestido bajo la atenta mirada de Laetitia, una anciana monja a la que le estaba estrictamente prohibido intercambiar una sola palabra con ella so pena de recibir un castigo superior al suyo, y se retiró a su celda. Allí su guardiana se despidió de ella con una inclinación de cabeza y la encerró con llave para el resto de la noche.

Clarissa se dejó caer en el taburete, que junto con una mesa y una cama —más bien un catre, con un colchón de paja— constituía el único mobiliario de su celda. Sujetándose la cabeza con las manos, miró por la ventana enrejada y vio el riachuelo que serpenteaba por el bosque a la luz de la luna, y las copas de los árboles que se balanceaban, suavemente mecidos por el viento nocturno. Jamás veía a nadie. Sólo podía intuir algo de vida al otro lado del río, en la cabaña del pescador. No tenía ni la más remota idea del lugar en el que se encontraba el convento. En él convivían monjas de varias órdenes de descalzas, aunque casi ninguna de ellas había llegado hasta allí para dedicar su vida a Dios. La mayoría pasaba sus días en aquel lugar apartado del mundo porque eran un lastre para sus familias, o bien por algún otro motivo de ese tipo.

Clarissa encendió una vela. Ella también estaba allí porque se había convertido en un lastre para alguien. Habían pasado ya cuatro años desde que *donna* Olimpia ordenó raptarla a la puerta de Santa Maria della Vittoria. El mismo día que llegó al convento le quitaron la ropa y la obligaron a vestir el hábito gris de la orden, que se sujetaba con una cuerda en lugar de los familiares cinturones y hebillas de oro. Con un velo que le tapaba la cabeza hasta las cejas y le impedía mostrar un solo cabello, Clarissa hizo los votos de pobreza, castidad y obediencia. Si hubiese querido, podría haber sido sacristana y controlar las existencias de la despensa, o bien dedicarse a la contabilidad, pero prefirió desempeñar sus servicios en la biblioteca, y desde aquel día no volvió a poner los pies en el convento. La vigilaba el abad en persona, que era el garante de *donna* Olimpia, a la que había ayudado en otra ocasión, cuando se trataba de acabar con la vida de su marido. Olimpia iba a visitarlo una vez al mes para asegurarse de que su prima seguía estando controlada. En un par de ocasiones Clarissa pudo verla a lo lejos, pero nunca llegaron a cruzar una palabra.

En la cabaña del pescador se apagó la luz. Seguro que él y su mujer se habían dado las buenas noches y se disponían a entregarse a sus sueños. Clarissa los envidió. Ella ya no tenía sueños. Era una adulta de más de cincuenta años que pasaría el resto de sus días en un convento, olvidada por las pocas personas que la conocían.

Con un suspiro abrió el libro al que por la noche confiaba sus pensamientos. Aquel ejercicio era su único consuelo; la ayudaba a sobrevivir. Pasaba los días en la biblioteca del convento, leyendo todos los libros a los que podía acceder en aquel lugar, pero por las noches, cuando se quedaba en su celda después del rezo de las completas, se dedicaba a escribir, igual que había hecho aquella mujer a la que Clarissa le prestó el rostro en otra vida, y reconstruía los planos y bocetos arquitectónicos que también había visto en otra vida, y los plasmaba en papel para mantener vivo su espíritu.

Mientras ojeaba sus escritos solía oír ruido de puertas que se abrían con cuidado, pasos que avanzaban con sigilo, susurros quedos y risas a duras penas reprimidas, crujido de vestiduras, respiraciones, gemidos, jadeos, y, al fin, unos gritos breves e intensos. El convento se despertaba a la vida nocturna. Era la hora del pecado, que se repetía todas las noches tras la última oración, cuando las hermanas acogían a los hombres encapuchados que llegaban al convento haciéndose pasar por peregrinos, aunque en realidad se habían acercado desde la ciudad para satisfacer su deseo carnal.

¿Cuánto tiempo iba a durar aquel retiro? *Don* Angelo la había castigado con el aislamiento de la comunidad porque, el día que se enteró de que el abad había prohibido a las novicias el acceso a la biblioteca, Clarissa se atrevió a expresar su desacuerdo. Desde entonces se vio obligada a mantener en todo momento la cabeza gacha y se le prohibió hablar con nadie. Sólo le daban de comer una vez al día, tras las vísperas, en una mesa apartada del resto, y sólo le ofrecían la cantidad de legumbres, pan y bebida que *don* Angelo consideraba necesaria. Pero curiosamente, cuanto más la privaban de su libertad exterior, más se desarrollaba su libertad interior. Cuanto más se reducían todas aquellas exigencias que en el pasado le habían parecido imprescindibles y ahora eran impensables, más ligera y fuerte se sentía ella. Ninguna presión externa lograría mitigar su satisfacción interior. Sólo a veces, cuando los sonidos pecaminosos de la noche llegaban a su celda con excesiva nitidez, sentía la excitación de su cuerpo y se hacía una única pregunta: si lo que había logrado era sentirse libre de las necesidades de los sentidos, ¿de qué le servía su libertad?

Clarissa se tapó los oídos con sebo que había obtenido de los restos de cera de las velas de la iglesia, en el altar de María. Una falta que, de ser descubierta, le supondría un indudable endurecimiento de su castigo. Pero es que sin aquellos tapones no podía concentrarse. Cogió un lápiz y dibujó los contornos de una fuente: un obelisco que se elevaba sobre una pila, y junto a él cuatro figuras alegóricas. Después reprodujo una segunda fuente, pero esa vez con los cuatro dioses fluviales, que se estiraban a los pies de las columnas que decoraban los surtidores. Una idea básica y dos expresiones completamente diferentes; tan distintas entre sí como los hombres que las crearon.

¿Continuarían estando enfrentados?

De pronto oyó unas voces que hablaban en un tono sorprendentemente elevado. Se quedó quieta y escuchó. Provenían del hospital de enfermos incurables. ¿Estaría a punto de morir alguna monja? Cuando a una de las hermanas se le acercaba la hora, golpeaban la placa que había en el claustro, y todas, movidas por la fuerza de su fe, corrían hacia el lugar en el que se encontraban los enfermos. Clarissa se inclinó hacia la ventana y miró entre los barrotes. El hospital estaba ahora oscuro y en silencio. Se sacó los tapones y oyó en el pasillo una voz de hombre que conocía muy bien.

—¡Se lo prohíbo terminantemente! ¡Haga el favor de marcharse!

—¡No tiene ningún poder para darme órdenes! —respondió una segunda voz de hombre, más potente aún que la primera—. Por cierto, ¿quién demonios es usted?

—Soy el príncipe Pamphili. Este claustro está protegido por mi madre, *donna* Olimpia.

Fuera se oyó reír a varios hombres.

—¿*Donna* Olimpia? Todo aquel que esté bajo su protección necesita esto urgentemente.

Clarissa sintió un escalofrío. ¿Qué significaba aquello? Apagó la vela y fue corriendo a su catre, pero apenas había dado dos pasos cuando un grito sonó a sus espaldas:

—¡En nombre de Su Santidad!

En aquel momento se abrió la puerta. Clarissa se detuvo en seco. Fuera, en el pasillo, estaba Camillo Pamphili, alumbrándose con una antorcha y vestido sólo con una camisa. Un pecador empedernido, flanqueado por dos soldados con las espadas desenvainadas.

5

—¡Que el Señor bendiga los alimentos que vamos a tomar!

—¡Amén!

Ya era de noche; había concluido la jornada laboral. Satisfecho, Virgilio Spada miró a sus comensales mientras metía la cuchara en el plato de sopa. Compartía aquella larga mesa con dos docenas de mujeres, a las que conocía tan bien como si pertenecieran a su propia familia. Dos docenas de destinos capaces de ablandar no sólo un corazón tierno como el suyo, sino hasta uno de piedra.

«Per le donne mal maritate» (Por las mujeres mal casadas); así rezaba el cartel que había sobre la entrada de esa casa, que Spada había hecho construir con sus propios ahorros hacía dos años en la comunidad de Santa Maria Maddalena, y que desde entonces no dejaba de mostrar lo positivo y beneficioso de su existencia. En ella encontraban refugio todas las mujeres que —ya fuera por falta de interés de sus padres, ya por propia incapacidad de discernimiento— habían dedicado su vida al hombre equivocado: uno que les pegaba, maltrataba u obligaba a vender su cuerpo por unas miserables monedas.

—¿Desea usted otro cazo de sopa, *monsignore*? —le preguntó Gabriella, una joven preciosa de diecisiete años, pelo castaño y mejillas sonrosadas, que aquella noche se ocupaba de preparar la cena.

—Sí, por favor, encantado —dijo Spada acercándole el plato, pese a que ya había cenado en compañía del Papa—. No puedo resistirme a semejante tentación. ¿Qué especias le has puesto para que tenga un sabor tan delicioso?

El rostro de Gabriella se enrojeció de orgullo mientras explicaba los condimentos que había utilizado. Virgilio Spada estaba conmovido. Lo llenaba de alegría ver cómo convivían aquellas Magdalenas, y sobre todo cómo recuperaban la dignidad que habían perdido antes de llegar allí. Cuando pensaba en lo atemorizadas que solían estar cuando las encontraba, en las pocas esperanzas que tenían de volver a ser felices, y en que varias de ellas habían barajado incluso la posibilidad de cometer el peor de los errores, es decir, quitarse la vida antes de tiempo, robarse el destino que Dios les tenía preparado, Spada no dudaba de que aquella casa contaba con la bendición celestial. Sí, seguramente no había sido casualidad que, siendo apenas un chiquillo de doce años que jugaba con su tortuga en la plaza de la catedral, hubiese sido el primer ciudadano romano en ver la columna de humo blanco que anunciaba el nombramiento de Urbano VIII como nuevo Papa. Con una sonrisa recordó que aquella mañana se había escapado de casa y había intercambiado con otro muchacho sus costosas ropas por los andrajos de él... y la tortuga con la cuerda. Cuando aquella noche regresó a casa, su madre —que estaba fuera de sí— le dijo que le había dado un susto terrible, y su padre encargó a su preceptor, un hombre pacífico y bondadoso que le enseñaba griego y latín, que le diera siete azotes en el trasero desnudo. Todavía le dolía al recordarlo.

El ruido de unos golpes lo devolvió a la realidad. Todas las mujeres miraron hacia la puerta.

—¿Te importaría abrir, Gabriella? —preguntó Spada—. A todos nos gustaría saber a quién nos envía Dios esta noche.

Mientras él se dedicaba de nuevo a su plato de sopa —a ver si lo acababa de una vez—, Gabriella abrió la puerta. La mujer que entró iba descalza, llevaba un hábito sucio y arrugado y parecía que hubiese hecho un largo viaje para llegar hasta allí.

—Acércate, hija mía —la invitó Spada; pero en cuanto acabó de pronunciar aquella frase, gritó—: ¡Principessa! —Dejó caer la cuchara y se levantó de un salto—. ¿Me engañan mis cansados ojos o es usted de verdad?

6

—Eran soldados de la Guardia Suiza —explicó Clarissa—. Tenían una orden del Papa. Cerraron el convento y echaron al abad. Si no hubiesen aparecido, *donna* Olimpia se habría salido con la suya. Yo habría pasado allí el resto de mi vida, enterrada viva. Que Dios la perdone, porque yo no puedo.

—Sí, esa gente merece ser castigada —asintió Spada—. Le robaron su libertad para salvar el pellejo y convirtieron un lugar consagrado a Dios en un pozo de pecado. ¡Cuánto debe de haber sufrido! —Le cogió la mano y se la apretó—. Pero dígame: ¿cómo me encontró?

—Cuando llegué a la ciudad, me dirigí al hospital inglés. El doctor Morris, que trabaja allí, me dijo que se encargaba usted de esa casa en Santa Maria Maddalena. Se deshizo en halagos sobre usted y sobre su obra. Aseguró que se encargaba de arreglar lo que el Cielo había estropeado.

El *monsignore* no pudo evitar esbozar una sonrisa de orgullo.

—A veces debemos echar una mano a nuestro querido Dios y ayudarlo a que se cumpla Su voluntad. ¿Cómo si no iban a encontrar su lugar en el mundo todas estas pobres mujeres?

Clarissa le devolvió la sonrisa, agradecida y feliz. Había pasado la noche en el palacio Spada y había dormido más de diez horas seguidas. Ahora, recién bañada, fortalecida tras un generoso desayuno y vestida con ropa limpia, estaba sentada con Spada en su lugar preferido, el pequeño jardín que quedaba al final de la columnata ficticia, que en aquel momento estaba bellamente iluminada por la luz matinal. ¡Qué bonita podía ser la vida! El aire sedoso, el cálido sol..., todo le parecía tan puro, nuevo y bueno como si fuera el primer día de la creación.

—Pero ahora dígame —le preguntó el *monsignore*—: ¿qué planes de futuro tiene?

—Pienso volver a Inglaterra —dijo Clarissa, con un suspiro.

—Le aseguro que la echaré muchísimo de menos, Principessa, pero creo que es la mejor solución. Por lo que sabemos, parece que en su país las cosas se han calmado. El señor Cromwell y su Gobierno han declarado la guerra a España, que está muy lejos, y sus hombres no se moverán de allí. Un lugar en el que los señores son alabados como dioses. Si me lo permite, haré que dos o tres hombres buenos la acompañen en su viaje. Quizá podría coger un barco hasta Marsella y evitarse así cruzar los Alpes, que debe de ser algo agotador.

De pronto se dio cuenta de que seguía sosteniéndole la mano y se dispuso a soltarla, pero Clarissa no lo dejó.

—Qué bueno es usted, *monsignore*. Precisamente por ello no me avergüenzo de hacerle aún otra pregunta —Hizo una pausa antes de continuar—: No tengo dinero para el viaje. No tengo nada más que lo puesto, y eso sólo gracias a su bondad. ¿Cree que podría pedirle prestada una pequeña suma de dinero? En cuanto llegue a Inglaterra, se la devolveré...

El *monsignore* sonrió por segunda vez.

—¡Mire los pájaros del cielo! —la interrumpió, casi con placer—. Ni siembran ni cosechan ni recogen, y, sin embargo, el Padre celestial les da todo cuanto precisan.

—Comprendo la parábola —replicó Clarissa, algo molesta—, pero no acabo de comprender lo que pretende decirme.

—Muy sencillo —respondió Spada, radiante—: lo que digo es que es usted una mujer rica.

—¿Yo? ¿Rica yo? Es imposible, me han quitado todo lo que tenía.

—Sí, y le han devuelto más. Mes a mes, año tras año. El embajador británico se puso en contacto conmigo en numerosas ocasiones porque no sabía qué hacer con el dinero que le iba llegando de Inglaterra después de su repentina desaparición. Ninguno de los dos comprendía lo que estaba pasando, pues ambos creíamos que había vuelto usted a su país. Gracias a Dios, su banquero fue lo suficientemente discreto como para no decir nada al respecto a *donna* Olimpia, pese a la insistencia de ella.

Clarissa apenas podía dar crédito a lo que oía.

—¿Pretende decirme que lo único que tengo que hacer es ir a mi banco y solicitar el dinero?

—Exactamente. Cuando usted quiera. De hecho, podríamos salir ahora mismo para allá —le respondió Spada, saltando de su silla como para ponerse en camino.

—Sería estupendo, *monsignore*, me siento muy aliviada —dijo, levantándose también—; aunque aún hay otra cosa que me preocupa y me gustaría saber...

—Creo que ya sé lo que es. Le gustaría saber qué ha sido de nuestros dos amigos, ¿verdad?

Clarissa asintió.

—Como decía el profeta: «Los enemigos de los hombres son sus propios inquilinos.» Sí, esos dos cada día se odian más. ¿Recuerda que el *signor* Borromini tenía pensado construir encima del palacio del *cavaliere*? Pues bien, ahora ha renunciado a esa idea, pero sólo porque le interesa más echar abajo la capilla de los Tres Reyes Magos en Propaganda Fide, la primera iglesia construida por Bernini. ¡Una obra maravillosa!

Spada se apartó de su silla, incapaz de quedarse quieto. Gesticulando con las dos manos, anduvo de un lado a otro del pequeño jardín mientras le contaba con voz alterada su intento de reconciliar a los rivales, pidiéndoles que actuaran de examinadores en un comité encargado de investigar los desperfectos producidos en la construcción de una iglesia jesuítica. Los dos utilizaron la reunión como excusa para insultarse y ridiculizarse mutuamente.

—Como Caín y Abel. Dos hermanos que no soportan pertenecer a la misma familia.

Al tiempo que escuchaba a *monsignore*, Clarissa observó la columnata ilusoria con la estatua de aquel guerrero que desde la entrada parecía muy grande, pero que en realidad no era mayor que un chiquillo. Nada era lo que parecía, y nada parecía lo que era. Clarissa se sintió llena de dudas. ¿Estaría sucumbiendo ella también a una ilusión semejante? ¿Era cierto que Inglaterra seguía siendo su hogar? ¿No hacía ya más tiempo que vivía en Roma y ésa era ahora su verdadera patria? Recordó una expresión que Spada había utilizado al principio de su charla: «¿Cómo si no iban a encontrar su lugar en el mundo todas estas pobres mujeres?» Aquel comentario ¿no servía también para ella? ¿Cuál era su lugar en el mundo? ¿Qué tarea había previsto Dios para ella? De pronto tuvo la sensación de que su viaje a Inglaterra no era más que una huida, como si quisiera librarse de una responsabilidad que había adquirido hacía años, libremente y por cuenta propia.

—Disculpe, *monsignore*, ¿sabe usted por casualidad si en la embajada hay alguna carta de Inglaterra para mí? ¿De mi familia o algún conocido?

—¿Perdón? —Desconcertado, Spada detuvo su discurso—. ¿Cartas? No, que yo sepa no, y seguro que el embajador me lo habría comunicado. Pero me alegro de que me haya interrumpido —añadió con una sonrisa de culpabilidad—: estaba hablando con tanta rabia que hasta me había olvidado del tema que en verdad nos ocupa. Vamos, pongámonos en camino antes de que su banquero deje el trabajo para irse a comer.

Clarissa movió la cabeza en señal de negación.

—No, *monsignore*, creo que ahora eso ya no corre prisa. —Lo cogió del brazo y le indicó que se sentara de nuevo—. Prefiero seguir charlando un rato con usted. Se me ha ocurrido una idea y me gustaría conocer su opinión al respecto. Es posible que vuelva a necesitar su ayuda.

—Me temo —dijo el hombre, sentándose— que ahora soy yo el que no entiende una palabra.

—¿Acaso debemos entender siempre todo lo que sucede? ¿No cree que a veces es mejor obedecer los designios del Señor en lugar del propio entendimiento? Si mal no recuerdo, fue usted mismo quien me enseñó a pensar así.

—*Credo quia absurdum* —asintió Spada—. Creo porque es absurdo.

7

El palacio Bernini era un verdadero hervidero de actividad. Docenas de picapedreros, escultores y dibujantes, entre los que se encontraban también los hijos mayores del señor de la casa, trabajaban sin descanso, y muchos de los artesanos empleados en las numerosas construcciones del *cavaliere*, repartidas por toda la ciudad, no dejaban de entrar y salir del palacio continuamente, de modo que cada dos o tres minutos alguien tenía que acudir a abrir la puerta. Y es que, desde que Lorenzo Bernini volvía a gozar de los favores del Vaticano, básicamente desde que Fabio Chigi ocupaba la Santa Sede, estaba tan abrumado con infinidad de proyectos —más incluso que en época de Urbano— que su estudio había acabado convirtiéndose en una verdadera *fabbrica*, casi tan grande como la que se había edificado para la reconstrucción de la catedral.

Algo apartado del bullicio constructor, Lorenzo estaba sentado a una enorme mesa de mármol, meditando sobre los planos para el encargo más importante y significativo que jamás le habían hecho: la plaza de San Pedro. El tiempo apremiaba. Todas las tardes tenía que pasarse por el Vaticano para informar a Su Santidad sobre los avances del proyecto. Meterse en el bolsillo al papa Alejandro no había supuesto ningún problema: le había bastado con un segundo de inspiración. Pero ahora se trataba de elaborar una puesta en práctica adecuada.

Lorenzo no era ni mucho menos el primer arquitecto que se enfrentaba a aquel problema. El propio Miguel Ángel, sin ir más lejos, también trabajó en ello. Lorenzo conocía y admiraba el plan del maestro, pero estaba firmemente decidido a dejarse llevar sólo por su intuición. Tenía la oportunidad de ponerse a la altura, e incluso de superar, al hombre que estaba considerado el mayor arquitecto de todos los tiempos.

Alejándose del boceto de Miguel Ángel, optó por diseñar una base ovalada. Así lograría que las arcadas, con las que pretendía separar la *piazza* —como lugar sagrado— del resto de la ciudad, se acercaran al palacio apostólico. Alejandro concedía una gran importancia a la conexión visual entre el palacio y la plaza. Incluso había rechazado un proyecto anterior porque en él los peregrinos que se reunían en la plaza para asistir a las audiencias públicas quedaban demasiado lejos de la ventana desde la que el Papa bendecía al pueblo.

Lorenzo reflexionó. ¿Qué significaba la plaza? Alejandro se lo había explicado en una sola frase: aquél era el lugar desde el cual el representante de Dios en la tierra daría a conocer el sentido de la fe, *urbi et orbi*. Así pues, el criterio más decisivo para trabajar en ello era el tamaño. El de las partes y las proporciones. Lorenzo proyectó su dibujo de modo que todo condujera hacia la fachada de la catedral, verdadera pieza dominante del conjunto; formas sencillas que tendían a lo importante y sólo así lograban su efecto. Y también se mantuvo fiel a su idea de representar una figura humana gigante, con la basílica como cabeza, las escaleras como cuello y hombros y la continuación del pórtico como brazos abiertos. Pero ¿qué forma debía dar a las arcadas? ¿Cómo podría ordenarlas y clasificarlas? En ese sentido andaba aún muy perdido.

Un carraspeo lo sacó de su ensimismamiento. Levantó la cabeza y vio a Domenico, su primogénito, un atractivo joven que parecía tener un gran futuro como escultor.

—¿Sí? ¿Qué pasa?

—Tiene visita, padre. Lo esperan en el estudio.

—Ahora no tengo tiempo —rugió, mientras se inclinaba de nuevo sobre su trabajo—. ¿Quién es? —Cuando oyó el nombre que su hijo le decía, sintió un escalofrío—. ¿Le has dicho que estoy aquí?

—Sí, claro, ¿acaso no debía?

—¡Tonto!

Lorenzo lanzó el lápiz sobre la mesa, indignado, y se levantó. No tenía más remedio que resignarse ante lo inevitable.

—*Eccellenza* —exclamó poco después, al entrar en el estudio—. ¿A qué se debe este honor?

Donna Olimpia estaba de espaldas, mirando por la ventana hacia la calle. Al oírlo, se giró y le dijo:

—Nos conocemos hace ya mucho tiempo, *cavaliere*, así que no hace falta que nos andemos con rodeos. El papa Alejandro quiere comprar los favores del pueblo, y en ese sentido lo que más anhela es arruinar a la familia Pamphili. Por eso voy a irme de Roma, aunque no sin hacerle antes una pregunta.

—Por favor, no se prive —respondió Lorenzo, algo inseguro—. Usted dirá.

Donna Olimpia lo miró directamente a los ojos.

—La pregunta es muy sencilla: ¿quiere acompañarme?

—¿Yo? ¿Acompañarla? ¿Adónde?

—A París, a Londres... ¡A donde quiera!

—Disculpe, *eccellenza* —dijo Lorenzo, tartamudeando—, ¿está proponiéndome que me vaya de Roma? No... no lo dirá en serio, ¿verdad? ¿Por qué iba a querer hacer algo así?

—Por mi dinero, *cavaliere*—respondió ella, sin perder la calma—. Soy rica; muy rica, de hecho. Poseo dos millones de escudos. El dinero ya está fuera del país.

—¿Dos millones? Pero eso es más que... que... —La suma era tan impresionante que ni siquiera se le ocurrió con qué compararla.

—Más que los ingresos de todo un año de la ciudad del Vaticano —dijo, concluyendo la frase—. Nunca ningún romano ha tenido tanto dinero como yo. Y usted, *cavaliere*, podrá disfrutar de ello si lo desea. —Se le acercó y le cogió las manos—. Venga conmigo, como mi marido, y yo pondré toda mi riqueza a sus pies.

Lorenzo estaba tan aturdido que no se le ocurrió nada mejor que remitirse a la Biblia para zafarse de aquella incómoda situación:

—Quien ama el dinero no está libre de pecado.

Donna Olimpia lanzó una carcajada.

—¡Vamos, *cavaliere*, eso no se lo cree ni usted mismo! Mire cómo vive —dijo, señalando con la cabeza a su alrededor—. ¡Está rodeado de plata y oro, espejos de cristal en las paredes y alfombras chinas y persas en el suelo! —Volvió a ponerse seria—. Sí, usted da tanta importancia al dinero como yo. El dinero es poder, felicidad. ¡El dinero es el dios de nuestros tiempos! ¡Dos millones de escudos! Con eso podría construir obras maravillosas, impresionantes, diferentes de todo lo que existe.

—Pero... pero ya dirijo la obra más impresionante del mundo.

—¿Se refiere a la plaza de San Pedro? ¿Se conforma con eso? ¿Una plaza vacía y un par de columnas alrededor? ¿Usted, el mayor arquitecto de todos los tiempos? ¡Con dos millones de escudos podría construir ciudades enteras! Si quisiera, podríamos ir a Nápoles. Usted nació allí, ¿no?

—Sí, es cierto, pero he oído que hay allí un brote de peste... Además, tengo familia...

—Ya que se ha puesto a citar la Biblia, no olvide las palabras del Señor: «Quien viene hasta mí y no renuncia a su padre, a su madre, a su esposa o esposo, no puede ser discípulo mío.» —Le pasó la mano por la mejilla—. ¡Dos millones de escudos! Con eso podría convertir Nápoles en la mayor metrópoli del mundo. ¡Podría construir una segunda Atlántida, hacer con ella lo que quisiera! Dentro de mil años la gente seguiría hablando de usted: ¡Bernini el demiurgo, el constructor de la nueva era!

Estaba tan cerca de él que sus labios le rozaban las mejillas. Como si le hubiesen robado la voluntad, Lorenzo se quedó allí plantado, sin hacer nada, incapaz de rechazarla.

—Tú y yo —le susurró ella al oído— estamos hechos de la misma pasta. Los dos amamos lo que sentimos en nuestro interior: grandeza, fuerza, intensidad. ¡Estamos hechos el uno para el otro! ¡No queremos desperdiciar nuestra vida con pequeñeces!

En aquel momento, Lorenzo sintió que su sexo se despertaba. ¡Dos millones de escudos! Sí, al fin y al cabo, ella aún era una mujer hermosa. El deseo que vibraba en su voz, el calor de sus labios, la voluptuosidad de sus pechos..., tenían una incomparable mezcla de dignidad y gracia. Intuyó las brasas que todavía ardían en aquel cuerpo. Olimpia se acercó aún más; rozó su cuerpo con el suyo. Y allí estaba él para atizar el fuego y hacer que creciera la llama. Cerró los ojos y la besó.

—¡*Cavaliere!* Hay una carta para usted. Acaban de entregarla.

Lorenzo se dio media vuelta. En la puerta estaba Rustico, su ayudante, quien, con una mueca de disgusto, le enseñaba un sobre que llevaba en la mano.

—¡Fuera de aquí! ¿Cómo te atreves a molestarnos? —espetó *donna* Olimpia. Y dirigiéndose a Lorenzo, añadió—. ¡No la leas, marchémonos, no tenemos tiempo que perder!

Pero Lorenzo ya había abierto el sobre, pues había reconocido la letra al primer vistazo. La carta constaba sólo de unas líneas. Tras leerla a toda prisa, comenzó a temblar de tal modo que tuvo que sujetarla con las dos manos para que no se le cayera. El ayudante cerró la puerta sin hacer ruido.

—¿Qué sucede? —preguntó *donna* Olimpia—. ¿Malas noticias?

Lorenzo la miró. Sí, ella tenía razón: él sólo amaba lo que tenía en su interior. Pero es que al revés sucedía lo mismo: lo que odiaba de sí mismo lo odiaba también en los demás, y multiplicado por mil. Fue la propia Olimpia quien se lo hizo ver.

—¡Váyase de mi casa! —dijo entonces, con la voz temblorosa por la excitación—. ¡Ahora mismo! ¡Lárguese!

—Pero ¿qué estás diciendo? ¿Bromeas? —*Donna* Olimpia intentó sonreír—. ¿Es un chiste? ¿La escena de una de tus comedias?

—Fuera —repitió Lorenzo, esa vez con la mayor frialdad y dureza que le fue posible—. Márchese o pediré a mis ayudantes que la echen.

—¿Cómo? ¿Hablas en serio? —Palideció—. Pero ¿por qué? ¿Qué ha sucedido?

—¡Me da usted asco! ¡Es perversa, sucia, inmunda, lo peor de esta ciudad!

—¿Cómo te atreves a hablarme así? —estalló—. ¡Precisamente tú! ¡Un miserable farsante! —Apenas lograba articular palabra y su rostro parecía desfigurado por la rabia. Pero de pronto bajó el tono de voz y sus ojos se redujeron a dos simples líneas, desde las que le dirigió una mirada que parecía un proyectil—. Acaba de cometer un craso error, *cavaliere*. Todavía tengo poder para aniquilarlo. Y créame que lo haré.

—¿Que me aniquilará? ¿Usted? —Lorenzo alzó la carta—. Lady McKinney me ha escrito. Su prima no está en Inglaterra, como usted hizo creer a todo el mundo, sino en Roma. ¡Y acaba de invitarme a su casa!

—Clarissa... ¿está libre?

Donna Olimpia habló en voz tan baja que Lorenzo apenas pudo oírla, pero la miró a la cara y aquella imagen le provocó verdadero horror: ya no encontró ni rastro de su posible dignidad o gracia; sólo alcanzó a ver una mueca deforme y pálida que reflejaba el más puro desconcierto, y unos tirabuzones grises que bailaban a derecha e izquierda como si se tratara de la caricatura de una jovencita; como si quisieran burlarse de la anciana en la que se había convertido aquella mujer.

Aquella imagen duró apenas unos segundos, pues *donna* Olimpia no tardó en recuperarse. Se recompuso el vestido y, con una sorprendente serenidad, como si hubiesen estado hablando de un asunto de negocios, añadió:

—Así pues, *cavaliere*, rechaza usted mi oferta, ¿no? Está bien, usted mismo. *Addio!*

Dicho aquello se dio media vuelta para marcharse de allí, pero Lorenzo la cogió del brazo.

—Conozco su secreto, *eccellenza*. Envenenó usted a su marido. La Principessa fue testigo de su confesión. Así que se lo advierto: un paso en falso e informaré de ello al Papa.

8

¡Era el triunfo de la fe verdadera! ¡La victoria de la Iglesia católica sobre las falsas doctrinas y herejías! La reina Cristina de Suecia, hija de Gustavo Adolfo, el mayor estratega del protestantismo —que durante treinta años había promovido la contienda por la fe, y que con la libertad de Westfalia había humillado al Santo Reino Romano de la Nación Romana más que nadie en el mundo—, había renunciado a la confesión religiosa de su padre y se había declarado cristiana católica. ¡Sí!

La conversión de Cristina conmocionó a todo el mundo, y en la ciudad del Vaticano la alegría resultaba insuperable. Desde tiempos inmemoriales Roma destacó por acoger con verdadero mimo y alegría a cualquier persona buena que se acercara a sus puertas, como una madre haría con sus hijos, pero hasta el momento nunca había recibido a nadie como a la reina Cristina de Suecia. Ya en Mantua, el primer reino italiano al que llegó, la saludaron con cañonazos y repiques de campana, y cuando al caer la noche, cruzó el río Po, sus aguas le devolvieron el reflejo de una iluminación tan maravillosa que a su lado las estrellas palidecieron.

El día de su llegada a Roma se decretó fiesta nacional y todo el pueblo se concentró en la plaza del Popolo para asistir al evento. El *cavaliere* Bernini había decorado la puerta de entrada a la ciudad, y por ella pasó a caballo la reina Cristina, con su enorme séquito, hasta la plaza en la que la recibieron los cardenales Barberini y Sacchetti, a la cabeza de la Santa Academia. Para sorpresa de los romanos, la reina, que llevaba un sombrero altísimo en la cabeza y un látigo en la mano, montaba como un hombre y dirigía personalmente la enorme caravana de seguidores. Desde el castillo de Sant' Angelo se dispararon salvas de bienvenida sobre la ciudad, y mientras la caravana avanzaba hacia la catedral de San Pedro entre los pletóricos ciudadanos y las casas adornadas con banderas, la procesión fue aumentando en número: a los trompetistas, heraldos y coraceros se les sumaron los soldados de la guardia real con las insignias de la casa Wasa, así como doce burros de carga con el equipaje de la reina y los regalos para el Papa. A ellos se les unieron los tamborileros y representantes de las autoridades, el jefe de la Guardia Suiza y el director de ceremonias de la Santa Sede, seguidos de todos los cardenales, y por fin los enviados de la nobleza romana, entre los que —por supuesto— se encontraba Camillo Pamphili. Un año después de la muerte de Inocencio, Camillo seguía vistiendo de luto, aunque se rumoreaba que su oscura indumentaria de terciopelo estaba forrada con diamantes cuyo valor ascendía a cien mil escudos, y que las piedras que decoraban el vestido de su mujer, la bella princesa Rossano —que aquel día lo acompañaba en su camino a la catedral para presenciar la primera y santa comunión de la reina Cristina—, eran al menos siete veces más caras que las de él.

—Disculpe nuestro humilde recibimiento, Majestad —le dijo el papa Alejandro a la reina a modo de saludo en cuanto entró en la iglesia—. Pero su conversión será celebrada sin duda en el cielo, con unas fiestas que en la tierra no se podrían ni imaginar.

Francesco Borromini asistió a la misa en compañía de su viejo amigo Virgilio Spada. Juntos pronunciaron las palabras de la liturgia, se santiguaron y se arrodillaron una y otra vez, pero mientras el *monsignore* se concentraba en el servicio religioso, Francesco notó que lo asaltaba un cierto malestar. La amargura fue apoderándose de él como la bilis. Cuando el Papa, que celebró personalmente la misa mayor, alzó el cáliz para transformar el vino en la sangre de Cristo, se inclinó hacia Spada y le dijo:

—¿Podría decirme por qué me odia tanto este hombre? ¿Cree que soy una de las siete plagas?

Spada lo miró arqueando las cejas.

—No ha dejado de hacerme la vida imposible desde el día de su entronación —susurró Francesco—. Pone trabas a todos mis bocetos para San Juan y ahora incluso amenaza con encargar a otro arquitecto el altar mayor de su iglesia episcopal.

—Quizá —respondió, también susurrando— debería replantearse la destrucción de la capilla de los Tres Reyes Magos. Estoy seguro de que el Santo Padre se calmaría considerablemente si optara por dejarla como está.

—¿Ése es el precio que tengo que pagar para poder moverme a mis anchas con la lateranense? Si me veo obligado a destruir la capilla, no es por culpa mía, sino de Bernini.

—¿No fue usted quien me dijo en una ocasión que haría cuanto estuviera en su mano por salvar al hijo de un enemigo, independientemente del daño que ese enemigo le hubiera causado?

Francesco sacudió la cabeza.

—¡La capilla será derribada, aunque eso me obligue a renunciar a mi cargo en San Juan!

Los monaguillos hicieron sonar tres veces los cascabeles. Se había consumado la transustanciación. Los más de mil fieles de la comunidad dejaron de estar arrodillados y se pusieron de pie. Cristina avanzó hacia el altar con la cabeza inclinada, para recibir de manos de Alejandro el cuerpo de Cristo por primera vez en su vida. Vestía de un modo que no parecía corresponder a su rango ni a la importancia de aquel día: un cafetán de raso sencillo, sin adornos y largo hasta la rodilla.

—Admiro a esa mujer —dijo Francesco en voz baja—. Tiene el valor de seguir sólo la voz de su conciencia.

—Sí, Dios nos ha enviado a una mujer excepcional. —Spada hizo una pausa y añadió—: Por cierto, que aún hay otra mujer excepcional en la ciudad; alguien a quien usted conoce bien: lady McKinney.

—¿La Principessa? —respondió Francesco, en voz tan alta que varias personas se dieron la vuelta para mirarlo.

—¡Chist! Tenga, me ha dado esto para usted.

Dicho aquello le entregó una carta, y mientras los fieles iban abandonando los bancos que quedaban delante del suyo para recibir la comunión, Francesco leyó las líneas con las que, después de tantos años y de un modo tan inesperado, la Principessa volvía a aparecer en su vida. En cada palabra que le dedicaba, él creía oír su voz y sentir su afecto, su cariño, su corazón. Cerró los ojos y la vio frente a sí, su sonrisa, su mirada cálida y amistosa, y se sintió tan poderosamente atraído hacia ella que se vio tentado de salir corriendo a visitarla.

—*Hoc est corpus!*

—Amén.

Al abrir los ojos, Francesco vio a Lorenzo Bernini inclinándose para besar la mano de la reina Cristina, sentada junto al altar, como si no se hallasen en la casa del Señor, sino en un palacio en el que estuviera dándose una recepción, y de pronto lo atravesó un pensamiento terrible: seguro que la Principessa también le había escrito una carta a Bernini. ¡Quizá incluso la misma que a él!

—No puedo aceptar la invitación —le dijo a Spada—. De ningún modo. Me veo incapaz de encontrarme con ese hombre en una misma habitación.

—Deberías amar al prójimo como a ti mismo. De todos modos, ¿por qué me habla de él? ¡La Principessa lo ha invitado a usted! ¡Al *signor* Francesco Borromini, *cavaliere di Gesù*! —Señaló la dirección escrita en el sobre—. Ahí lo tiene, tan claro y evidente como en el Libro de Isaías: «Te llamé por tu nombre; ¡eres mío!» —Puso la mano sobre el brazo de Francesco—. No olvide que ella le salvó la vida.

9

Lorenzo Bernini estaba tan nervioso como cuando asistió a la primera audiencia ante el papa Urbano VIII. Después de cinco años, estaba a punto de volver a ver a la Principessa. Virgilio Spada le había explicado la terrible historia de su reclusión en un convento, y se había quedado tan afectado que tuvo que pasar un día entero en cama.

¿Qué aspecto tendría?

Desde primera hora de la mañana dedicó todo su tiempo a cuidar su imagen. Incapaz de decidirse, se probó más de dos docenas de camisas, pantalones y chaquetas. ¡Y el calzado! ¿Tenía que llevar botas o botines de terciopelo? Mientras se alisaba el pelo con aceite se puso a pensar con qué podría obsequiarla: no sabía si sería mejor llevar flores —trompetas— o una cesta de fruta. Por si acaso, encargó a su ayudante Rustico que comprara ambas cosas.

Lorenzo no acababa de tener claro qué lo esperaría en aquella casa. La Principessa le había escrito para decirle que tenía intención de fundar una sociedad de la que podría formar parte cualquiera, sin importar su nivel social, con tal de que tuviera algo que aportar, algún valor intelectual, ya fuera artístico, científico o filosófico. El círculo se llamaría Paradiso.

—¡Un lugar para la cultura y la educación! —le había dicho Spada, entusiasmado—. ¡No existía algo así desde los tiempos de Isabella d'Este!

¿A qué se referiría con Paradiso? Lorenzo decidió que lo mejor sería no dar demasiadas vueltas al asunto. Lo único que le importaba era gustar a la Principessa. Ése sería su verdadero paraíso. Le parecía increíble que ella se hubiese atrevido a promover una empresa semejante. En la sociedad romana, dirigida y dominada por los ancianos príncipes de la Iglesia, ninguna mujer —a excepción de *donna* Olimpia y unas pocas cortesanas— se había atrevido jamás a hacer algo así. Inocencio había prohibido incluso los escotes, y había ordenado a las lavanderas confiscar a tal efecto las camisas de las romanas. Quizá el ejemplo de la reina de Suecia había motivado a la Principessa...

Lorenzo se cambió de ropa una vez más. Ahora se había decidido por un traje especialmente sencillo: una chaqueta de terciopelo verde con las solapas blancas, unos pantalones de seda amarillos y botas marrones de cuero de ciervo con polainas acabadas en punta. Se empolvó la cara a toda prisa y se aplicó algo de colorete; se echó unas gotas de perfume tras las orejas y se puso un sobrero de ala ancha adornado con plumas. ¿Habría sido demasiado incauto con *donna* Olimpia? Estaba claro que amenazarla no era un gesto precisamente inteligente. Una última mirada al espejo disipó todas sus dudas.

—¡*Avanti, avanti*, Rustico! —dijo, dirigiéndose a su ayudante—. ¡Llama al coche! ¡Nos vamos!

La Principessa vivía ahora en el Campo dei Fiori, cerca de Virgilio Spada. Aunque la Vía della Mercede quedaba apenas a veinte minutos de allí, Lorenzo mandó preparar su mayor calesa, tirada por seis caballos blancos napolitanos; una verdadera carroza del estado con el escudo familiar de los Bernini plasmado en ella; más grande incluso que la carroza del Papa. ¿Con quién se encontraría en ese Paradiso? Lo único que esperaba era no tener que toparse con una cara en concreto: la de alguien terco como un mulo. Aunque eso le parecía improbable: ¿por qué iba a convocar la Principessa a un simple picapedrero?

A su llegada, Lorenzo comprobó con desencanto que la entrada del *palazzo* estaba custodiada por un único lacayo y que sólo él admiraría la magnificencia de su vehículo. Acompañado por Rustico, siguió al mayordomo al interior de la casa, en cuyo patio pudo oír un hermoso canto que fue sonando con más fuerza a medida que avanzaba por la sala de recepciones del palacio, decorada en blanco y dorado.

—¡*Cavaliere* Lorenzo Bernini, jefe de obras de San Pedro y arquitecto de Su Santidad el papa Alejandro VII!

La puerta se abrió, el canto se interrumpió y varias docenas de ojos se dirigieron a Lorenzo mientras éste entraba en la habitación con el sombrero bajo el brazo. Con verdadero placer, vio que el cantante enmudecía, como un Apolo ofendido. Pero ¿dónde estaba la Principessa?

—¡Bienvenido a mi casa, *cavaliere*!

Allí la tenía, acercándosele con los brazos extendidos y seguida por dos pequeños lebreles italianos que iban dando saltitos a su alrededor. Lorenzo se quedó embobado. Ella llevaba un vestido que le dejaba los hombros al descubierto y daba un efecto encantador a su hermoso cuello, sobre el que se asentaba, orgullosa y erguida, la cabeza. Se había trenzado el pelo con cintas de colores y luego se lo había recogido en un moño, y su rostro parecía contener en sí la madurez de aquel que ha experimentado en su propia piel todo el dolor y la felicidad del mundo. Era tan bella como la recordaba, o quizá incluso más. Parecía un maravilloso rosal que, inmune al paso del tiempo, iba dando cada vez mejores rosas, año tras año, sin cansarse jamás.

—Me siento extraordinariamente feliz de volver a verla, Principessa —dijo, inclinándose ante su mano para besarla—. Si hubiese tenido la más leve sospecha de su paradero real...

—¡Ah! ¡Hoy no queremos hablar de eso! Vaya, una cesta de fruta, ¿es para mí?

—Ya sabe usted que éste es el vicio de los napolitanos. ¡Eh! ¡Esto ni tocarlo!

Lorenzo ahuyentó con su sombrero a los dos perros, que empezaron a olisquear la cesta en cuanto Rustico la dejó en el suelo.

—Parece que estos dos comparten los mismos vicios que usted, *cavaliere*. ¿Quién sabe? ¡Quizá ellos también sean de Nápoles! —La Principessa le dedicó una sonrisa tan arrebatadora que Lorenzo tuvo que tragar saliva—. Pero, por favor, tome asiento. Estábamos a punto de empezar un juego.

—Sí, el *giuoco senese* —dijo uno de los invitados, mientras Lorenzo se sentaba en un diván—; ¡el de preguntas y respuestas!

—No —dijo la Principessa moviendo la cabeza—; vamos a intentar algo nuevo. ¿Qué les parece si cada uno de nosotros propone algo que jamás se haya realizado antes?

Los invitados se miraron sorprendidos durante unos segundos, pero enseguida se lanzaron a hacer propuestas.

—¡Que cada uno nombre las virtudes con las que le gustaría ver decorados sus iconos de adoración!

—Yo preferiría saber por qué las mujeres odian a los hombres, pero adoran a las serpientes.

—Dado que soy un extravagante, ¡me gustaría saber en qué se advierte mi extravagancia!

Esta última propuesta fue recibida con aplausos y risas. Provenía de un senador muy conocido en Roma, tanto por su obesidad como por su infructuoso y eterno cortejo a Cecca Buffona, primera cortesana de la ciudad.

Lorenzo echó un vistazo a su alrededor. En realidad conocía a casi todos los invitados, que estaban repartidos por la sala entre los globos terráqueos y las esculturas, los instrumentos musicales y los telescopios que había entre aquellas paredes llenas de libros: poetas y pintores, músicos y filósofos, teólogos y eruditos de la Sapienza. El único que faltaba era el mulo terco, gracias a Dios.

—A mí me gustaría saber qué es peor —exclamó lord Hilburry, el joven embajador inglés—: si engañar a alguien o dejarse engañar.

La Principessa recogía todas las propuestas con gracia y seguridad, como una perfecta *gentildonna*. Lorenzo no lograba quitarle los ojos de encima. La serena madurez que transmitía lo tenía absolutamente hechizado. Quizá aquél fuera el último brote de su belleza, máxima perfección de su feminidad. ¿Por qué lo habría invitado? ¿Sentiría aún algo por él?

De pronto no pudo aguantarse más y se levantó de su asiento para decir:

—¡Yo también tengo una pregunta!

—¿Y bien, *cavaliere*?

Lorenzo la miró directamente a los ojos:

—¿Qué es mejor, merecer la felicidad o poseerla?

—Una pregunta muy interesante, *signor* Bernini. Creo que vale la pena que la debatamos.

Mientras la Principessa pronunciaba aquellas palabras, se oyeron unos pasos que se acercaban. Su rostro se iluminó.

—Por favor —dijo, dirigiéndose a Lorenzo mientras se apresuraba hacia la puerta—, si le ofrece la mano, ¡no la rechace!

No hizo falta que pronunciara su nombre: él supo perfectamente quién estaba a punto de entrar en la habitación. En aquel instante lo comprendió todo. ¡Por eso lo había invitado! ¡Esperaba que hicieran las paces delante de ella! Se sintió de pronto como un idiota.

La puerta se abrió y entró Virgilio Spada.

—¡*Monsignore*! —La expresión de alegría de la Principessa dio paso a la decepción—. ¿Usted? ¿Solo? ¿Dónde está el *signor* Borromini?

—Lo siento, lady McKinney, he hecho cuanto he podido, pero, tal como dijo el gran escritor de su país: «*Love's labour's lost!*»

10

En el valle reinaba la paz de una agradable tarde de verano. El Arnione serpenteaba en infinitos meandros mientras el sol empezaba a ponerse sobre el enorme monte Cimino y Viterbo se cubría con unas sombras cada vez más intensas y alargadas. La casa de la familia Maidalchini quedaba apenas a un tiro de piedra del antiguo muro de la ciudad, a la entrada del bosque, en un claro que se elevaba por encima del valle, más alto incluso que la torre de la iglesia parroquial en cuya cripta se encontraban los restos de santa Rosa.

Donna Olimpia paseaba por el jardín de su infancia. Aquel sencillo huerto no tenía nada que ver con el fastuoso jardín de recreo del Vaticano, y menos aún con el parque centenario y minuciosamente cuidado que rodeaba la residencia veraniega del Papa, en el monte del Quirinal. Una docena de bancales de verduras, unas pocas flores y algunas plantas a lo largo del camino de grava que avanzaba entre los árboles: el jardín más humilde de la más humilde familia. Pese a todo, a *donna* Olimpia le gustaba aquel pedacito de tierra, pues allí fue donde creció; donde dio los primeros pasos de su vida.

¡Cuánto tiempo había pasado desde entonces! ¡Qué camino más largo y complicado había recorrido desde allí hasta los escalafones más altos de la sociedad! Mientras la grava crujía bajo sus pies, le pareció oír las risas de sus compañeras de juegos cuando ella, la más ambiciosa de todas, perdía una carrera o era encontrada en el escondite. Nada hacía prever que un día llegaría a ser la mujer más poderosa de Roma. Al contrario: a ella, como a todas las jóvenes de familia humilde que no podían permitirse una dote, también quisieron internarla en un convento. Pero Olimpia se negó con todas sus fuerzas. ¡Era imposible que la voluntad divina consistiera en encerrarla tras unos muros! Y cuando su confesor, por expreso deseo de sus padres, empezó a instigarla para que tomara los votos religiosos, el Espíritu Santo bajó hasta ella en forma de inspiración: lo acusó de haberle robado la virginidad, con lo que el hombre fue privado de sus privilegios y expulsado de la Iglesia, y ella se libró de entrar en el convento. En aquella ocasión aprendió a servirse de la ayuda divina para moverse en el mundo cruel y para defenderse, esquivar y vencer a sus enemigos... para siempre.

¿Había sido un error casarse con el príncipe Pamphili? Se conocieron durante un peregrinaje a Loreto y pasaron juntos una noche. Allí, con la pasión de los besos, él le prometió fidelidad eterna. Era un tonto y un cursi, y ella nunca lo amó. Pero gracias a él entabló contacto con su hermano: la primera persona que conocía con los mismos objetivos y prioridades que ella. ¡Qué suerte haber escuchado sus súplicas sin dejarse intimidar por su fealdad! Al final resultó ser incapaz de dar un solo paso sin contar con ella y se apoyó siempre en sus consejos, como un anciano cojo en un bastón, hasta el punto que el día en que lo nombraron Papa, y mientras él lloraba emocionado y feliz, Olimpia tuvo que hacer un esfuerzo para no ponerse a reír al pensar en lo absurdo que era tener que inclinarse ante él para besarle los pies. Sin embargo, pese a todo, valió la pena estar con él, pues juntos consiguieron lo que la Providencia les tenía preparado: grandeza, riqueza y poder.

Donna Olimpia se detuvo y miró el valle en el que las sombras, como colosos hambrientos, devoraban los últimos rayos de sol. Todo lo que era y poseía se lo debía a la Providencia y a su propia virtud. ¿Y ahora tenía que perderlo? ¿Sólo porque habían descubierto su secreto y podían denunciarla ante el Papa? ¡Aquello no podía ser la voluntad de Dios! Tenía que hacer lo posible por evitar aquel destino, no sólo por ella misma, sino por el futuro de toda la familia Pamphili. Su perpetuación estaba en juego, así como el porvenir de su hijo.

Con un suspiro, retomó su paseo por el jardín. No, no permitiría que echaran a perder el trabajo de toda su vida. La habían desterrado, pero no habían acabado con ella. Por suerte Bernini se había delatado. ¡Ese cursi orgulloso! No podía ni imaginarse lo que su atrevida amenaza podía llegar a provocar. ¡Lo dejaría de piedra para el resto de su vida! Olimpia sabía perfectamente lo que tenía que hacer para castigarlo, a él y a su fulana, esa víbora que durante tantos años había alimentado con su propio pecho.

—¡Ah! ¡Aquí estás!

Desde la casa le salió al encuentro *don* Angelo, con la cabeza cubierta por la capucha y las manos escondidas en las anchas mangas de su hábito marrón. A él —y no a su hijo— tenía pensado revelarle todos sus planes. Camillo confiaba en que la peste que estaba propagándose desde el sur llegaría en su ayuda, pues los jueces, ablandados por el peligro que los amenazaba, se mostrarían indulgentes y receptivos ante el más antiguo hechizo, ese por el que Simón accedió al puesto de san Pedro, y se dejarían comprar por un buen y ventajoso arreglillo. Pero Olimpia sabía cómo estaba el mundo, conocía bien a las personas, y no estaba dispuesta a edificar su hogar sobre los cimientos de una simple esperanza.

—Me ha llamado, ¿no, *eccellenza*? Pues aquí estoy.

El abad *don* Angelo la miró elevando la cabeza y girando el cuello hacia ella mientras se rascaba las axilas. ¡Qué criatura más repulsiva! Su hábito era un nido de pulgas y daba asco hasta estrecharle la mano, pero era fácil de sobornar y eso lo convertía en una herramienta de provecho enviada por Dios para ayudarla.

—Tendrías que hacerme el favor de ir a Roma —le dijo, tras saludarlo con una inclinación de cabeza—. Necesito que te ocupes de un asunto.

—¿A Roma? —preguntó él—. ¿Es que quiere matarme? La ciudad está tomada por la peste, que ya se ha cobrado su primera víctima. No creo que el Senado tarde mucho en cerrar las puertas de la muralla.

—¿Cuánto tendría que pagarte para que superaras tus reticencias?

—Es posible, *donna* Olimpia, que sea usted la mujer más rica *urbi et orbi*; pero ¿de veras cree que existe una cantidad de dinero lo suficientemente significativa como para poner en peligro la vida de un ser humano?

—¿Acaso has olvidado las palabras que aparecen en el Evangelio de san Juan? «Todo aquel que ame su vida la perderá.»

—Es cierto, *eccellenza*, pero también está escrito que: «El buen pastor está dispuesto a dar su vida por las ovejas.» Le repito: el pastor, por las ovejas; no al revés.

Mientras decía aquello, sus labios esbozaron una sonrisa irónica y sus ojos empezaron a brillar de pura codicia. Como era de esperar, comenzó a regatear como los mercaderes en el templo de Jerusalén. Entre citas al Antiguo y el Nuevo Testamento, fue elevando el precio por sus servicios; incluso tuvo la desfachatez de pedir el pago por adelantado. Pero a *donna* Olimpia no le quedaba ninguna otra opción. Necesitaba a aquella criatura.

—De acuerdo —cedió al fin—, recibirás lo que pides.

—«Deje a cada cual su dinero en un saco» —dijo *don* Angelo, asintiendo y rascándose el pecho con satisfacción—. Creo que es de Moisés. ¿O era Ezequiel?

—¿Y a quién le importa? ¡Mejor cállate de una vez! —Antes de continuar hablando, Olimpia echó un vistazo a su alrededor. Después se inclinó con desagrado ante él y dijo—: Esto es lo que espero que hagas por mí en la ciudad...

11

Corría el año 1656, y en ese verano el papa Alejandro tuvo un sueño: un ángel disfrazado de negro se elevaba sobre la cúspide del castillo de Sant' Angelo, y desenvainaba su espada para amenazar con ella la ciudad de Roma. Se despertó asustado. ¿No era ésa la misma visión que tuvo en su día el papa Gregorio, durante la época de la gran peste? ¿Estaría intentando prevenirlo su predecesor? Ese mismo día, el Santo Padre ordenó cerrar las puertas de la ciudad. A partir de aquel momento sólo podían entrar en ella los ciudadanos con el *bolletino di sanità* actualizado, y si se pillaba a alguien intentando colarse sin él, se le encerraba cuarenta días en un edificio aislado.

Dado el peligro, ¿tenía sentido reunirse en una sala con una docena de desconocidos? Lorenzo, a quien el Papa en persona había informado de su sueño, tenía sus dudas sobre si debía aceptar una vez más la invitación de la Principessa y, como todos los primeros viernes de mes, asistir a la reunión de Paradiso. Por otra parte, la última sesión había resultado tan prometedora... Su reconciliación con Borromini no era, como él había creído, la única intención de la anfitriona, y durante la comida debatieron la pregunta que Lorenzo había propuesto: si era mejor merecer la felicidad o poseerla. La Principessa reunió y resumió las conclusiones de aquella conversación de un modo encantador, y al hacerlo lo miró tan directamente a los ojos que a él todavía le parecía sentir el calor de aquella mirada. Ella dijo que no cabía duda de que ser feliz era bueno, como también merecer la felicidad, pero mucho mejor era tener la capacidad de conquistar la felicidad una y otra vez y, con el tiempo, hacerla tuya.

¿Era aquél su modo de darle esperanzas? Por fin, había que pensar también en el debate que estaba previsto para aquel viernes, cuyo tema había sido planteado por la propia Principessa: ¿son el amor y el odio las únicas pasiones verdaderas? Para responder a aquella pregunta sólo tenía que pensar en dos personas: la mujer que se la proponía y Francesco Borromini.

Así pues, se cubrió la boca con un pañuelo y salió hacia el *palazzo* de la Principessa. Y si en aquella ocasión mandó preparar de nuevo su carroza, no fue para alardear de ella, sino para protegerse lo más posible de los microbios de la calle.

Los dos lebreles italianos le salieron al encuentro agitando la cola de pura felicidad, aunque ésta no se debía tanto a su persona cuanto a la fruta de regalo que traía consigo.

—Si me recibiera usted como sus perros, Principessa, sería el hombre más feliz del mundo.

—Le aseguro que valoro su fruta tanto como ellos —dijo Clarissa, cogiendo un racimo de uvas de la cesta—. Con su atento obsequio diario me hace usted muy feliz.

—Así pues, no la importuno más con mis deseos y me preparo para abordar el tema de hoy.

—Muy bien, *cavaliere*—dijo ella con una sonrisa, que al fundirse con la palidez de su rostro dio lugar a una encantadora imagen de la melancolía—. Oigamos a modo de introducción lo que dicen los poetas sobre nuestro tema.

Todos los invitados enmudecieron y, mientras Lorenzo tomaba asiento entre ellos, el poeta puso los dedos en las cuerdas del laúd e improvisó un soneto. Con voz dulce y envolvente cantó al amor de una mujer y comparó sus sentimientos con una alcachofa: las duras hojas serían los sufrimientos del alma; su verde y tierno corazón, la esperanza de ser correspondido; y su sabor agridulce, los devaneos de la alegría y el dolor. Lorenzo tuvo que hacer un esfuerzo por no reírse. ¡Qué comparación más horrible! ¿El amor, una alcachofa? ¿Y qué tal una manzana o una ciruela?

Echó un vistazo a su alrededor esperando encontrarse con unos rostros muertos de risa, pero para su sorpresa resultó que todos estaban quietos y en silencio. Todos, excepto el del laúd. ¿Y la Principessa? Al verla se quedó de piedra: Clarissa escuchaba aquellas palabras con una expresión de dolor intenso, como si estuviera sufriendo en su propia carne el efecto que describía el poeta. ¿Cómo era posible? Lorenzo estaba tan cerca de ella que le habría bastado con alargar la mano para tocarla, pero lo que conmovía su corazón no era su cercanía, sino los murmullos de aquel penoso orador. ¡Un mamarracho, un ridículo bufón lograba conmoverla y llegar hasta el fondo de su alma, mientras que él, Lorenzo Bernini, el primer artista de Roma, ni siquiera provocaba un suspiro en su corazón!

Sonó la última nota y el cantante se inclinó para recibir los aplausos. La Principessa se levantó con movimientos lentos y pesados, como si le costase un gran esfuerzo superar la profunda emoción que la embargaba.

—Se lo agradezco mucho, maestro, ha cantado usted maravillosamente.

Eso era más de lo que Lorenzo podía soportar.

—Me alegra ver cuánto ama usted el arte, Principessa —dijo—, pero me sorprende que durante todo un mes no haya sido capaz de hallar un momento para ir a visitarme a mi estudio. ¿No recibió mis invitaciones? Le escribí en cuatro o cinco ocasiones.

—Sí, sí, *cavaliere*, las recibí; pero es que no me he encontrado demasiado bien y necesitaba descansar.

—Quizá se deba al exceso de música en su vida, ¿no cree? Mire, Principessa, la excusa no me convence en absoluto. La reina Cristina es una mujer tan ocupada como usted y, en cambio, no ha dudado en hacerme una visita.

Un murmullo de asombro recorrió la estancia.

—¿Cristina de Suecia?

—¿La reina?

—¿En persona?

Con indudable satisfacción, Lorenzo comprobó que ya nadie prestaba atención al cantante.

—Sí, Cristina, la reina de Suecia, con todo su séquito. Yo estaba trabajando en los bocetos para la plaza de San Pedro, pues el papa Alejandro me invita todas las noches a cenar para que vaya informándole de los avances. Entonces llamaron a la puerta de mi humilde *palazzo*. Mi mujer me instó a que me cambiara de ropa, pero yo me opuse y seguí con mi bata de trabajo. Cuando la reina Cristina entró en el estudio, me limité a decir: «Disculpe mi indumentaria, Majestad, pero creo que no habría podido ponerme nada mejor para recibir a una reina que desea conocer a un artista. La bata es el uniforme que más ayuda a un hombre a realizar y perfeccionar su trabajo.»

Todos los allí presentes se arremolinaron junto a Lorenzo y lo avasallaron a preguntas.

—¿Es la reina tan sorprendente como dicen? ¡Me han comentado que su voz parece la de un hombre!

—Incluso se comenta que no es una mujer, sino un hombre disfrazado de mujer. ¿Es eso cierto?

—Nada, no son más que rumores malintencionados —dijo Bernini—. Sí, es cierto que Cristina tiene una voz algo fuerte y que en ocasiones, al sentarse, alarga las piernas de un modo que nos puede resultar sorprendente. Pero cuando se la conoce bien, como yo...

Los aullidos de los perros lo interrumpieron. Lorenzo se dio la vuelta, molesto. ¿Por qué demonios tenían que ponerse a ladrar justo cuando él se había convertido en el centro de atención? Pero entonces se sobrecogió.

—¡Principessa! ¡Santo Dios!

Con una mano apoyada en una mesita y la otra sobre la frente, Clarissa parecía incapaz de mantenerse de pie.

—¿Quiere un vaso de agua? ¿Llamo a alguien?

Un grito atravesó la sala, y en ese momento cayó desmayada al suelo. Lorenzo se precipitó hacia ella y se inclinó para asistirla. Tenía la frente perlada de sudor y la piel llena de manchitas rojas.

—¡Dios mío! —chilló, comprendiendo de pronto.

Le entró pánico. Inmediatamente sacó un pañuelo del bolsillo y se lo puso sobre la boca, mientras apartaba la cara y se levantaba a toda prisa.

12

En aquel verano de calor inaguantable, las hogueras de la Santa Inquisición, en las que se acababa con la vida de herejes y magos, ardían con más fuerza que nunca, y los médicos, para justificar el contagio en Roma de la peste, que llegaba desde el sur del país, empezaron a hablar de humores y *qualitates occultae* que —se suponía— flotaban en el aire. En la orilla más cenagosa del Tíber, los sumideros de los *palazzi* y las letrinas, las ratas enfermas, infectadas por las pulgas que se les metían en el pelaje, perdían su tradicional miedo a la luz y salían en manadas de sus escondrijos, a millares, tambaleándose como borrachas por las calles y plazas y transmitiendo así la muerte negra.

Por supuesto, los trabajadores de la plaza Navona no salieron ilesos de los efectos de la plaga. Francesco Borromini concentró todos sus esfuerzos en la conclusión de Santa Inés, la iglesia de la familia Pamphili, que quedaba justo al lado del palacio. La propuesta de su predecesor, Rainaldo, nunca había gustado al papa Inocencio, y, mientras éste aún vivía, tuvo que cambiarla toda y poner los fundamentos para la nueva fachada. Sus planos preveían una entrada cóncava; con ella podría retrasar unos pasos la escalinata y hacer que el frontal de la iglesia quedara en armonía con la fuente de los cuatro ríos. Pero por ahora la plaza, el futuro centro del foro Pamphili, no era más que un montón de escombros, mezcla de los restos de la antigua fachada y los bloques de travertino de la nueva, que estaban construyéndose en la obra que quedaba junto a la plaza Madama.

—Los peones no quieren trabajar más —dijo Bernardo Castelli, sobrino y ayudante de Francesco—. Dos de los capataces ya lo han dejado.

—Todo aquel que rechace el trabajo ya puede marcharse —respondió Francesco con brusquedad.

—Y entonces ¿quién terminará la obra? —preguntó el príncipe Camillo Pamphili, que acababa de llegar en su litera.

—No se trata de simple rebeldía —dijo Bernardo—; es que la gente tiene miedo.

—Eso es indiferente. El papa Alejandro me ha pedido que me encargue personalmente de que aquí se trabaje sin descanso durante los siete días de la semana, festivos incluidos.

—¿Y a qué se deben esas prisas? —quiso saber Francesco—. Hace dos semanas fui a visitarlo a usted y le pedí que contratara a más gente, pero su mujer me dijo que...

—El Santo Padre desea contar con un símbolo de esperanza y optimismo —lo interrumpió Camillo—. Corren tiempos difíciles y el pueblo necesita estímulos. De ahí que Alejandro haya decidido celebrar las fiestas de agosto también este año.

—¿Pese a la epidemia?

—Exacto, y con más bombo que nunca. El *cavaliere* Bernini transformará la plaza en un lago, y creo que aquí desean realizar carreras de carros, de modo que todo tiene que estar limpio y ordenado.

—Así que Bernini planea un lago —dijo Francesco, y carraspeó—. ¿Y cómo pretende que yo limpie esta plaza si no tengo trabajadores?

—Llame usted a los esbirros, ellos les darán una buena paliza para hacer que cambien de opinión. Antes no era usted tan condescendiente con los empleados que renunciaban al trabajo, ¿no? ¿O me falla la memoria?

Francesco tuvo que hacer un esfuerzo para no responderle una impertinencia, aunque lo que más le hubiera gustado habría sido escupirle directamente en la cara. En lugar de aquello dijo:

—Permítame que le diga, *don* Camillo, que quien tiene miedo de la peste no teme pegarse con nadie.

—Vaya, vaya, ¿así que ésas tenemos? —El Príncipe lo miró provocadoramente—. ¿Le da miedo la peste? ¿Por eso es de repente tan comprensivo con sus trabajadores?

—¿Yo? ¿Miedo yo? —Francesco tomó aire—. Cómo se atreve...

No fue capaz de concluir la frase. Con un sonido ronco se le cerraron los pulmones, y dejó de respirar con normalidad. Tuvo la sensación de que el pecho iba a estallarle y al final acabó en un terrible ataque de tos.

389

—¿Se ha vuelto loco? ¡Como me contagie...! —Camillo se cubrió el rostro con un pañuelo, horrorizado, y salió corriendo de allí. Pero al llegar a su litera se dio media vuelta y añadió—: ¡Asegúrese de que sus hombres vuelvan al trabajo! ¡En caso contrario, *signor* Borromini, ya puede ir despidiéndose de ser mi arquitecto!

Tras el ataque de tos, Francesco se quedó tan agotado que se marchó de la obra, pese a que aún no era ni mediodía. Bernardo no dejaba de insistirle para que fuese a ver a un médico, pero él sabía perfectamente qué tenía que hacer en esos casos: irse a casa, sentarse en su escritorio y ponerse a trabajar. Aquélla era su mejor medicina.

Tan sólo con pensar en sus bocetos sintió que empezaba a relajarse. Veía la plaza del foro Pamphili tan claramente frente a sus ojos como aquella vez tuvo a Saturno en el telescopio. Su idea era tan fantástica que hasta Bernini se moriría de envidia al verla por fin terminada. Él era el único capaz de hacer algo así: la obra precisaba de una considerable imaginación y una gran fuerza creativa, pero su efecto dependía de cálculos matemáticos exactos. Dio gracias a Dios por ser capaz de ambas cosas.

Se detuvo al llegar al Campo dei Fiori. ¿Tenía que cruzar la plaza? A pesar de la peste, estaba allí el mercado de las flores, como todos los días de la semana, pero sólo quedaban unos pocos puestos y casi ningún visitante, pues casi nadie se atrevía a pasar por esa zona, que últimamente estaba sumida en un terrible silencio. Francesco decidió evitarla y se adentró en una callecita lateral. Tenía verdadero miedo a toparse con la Principessa. Sin dejar de mirarse la punta de las botas, continuó su camino. En toda Roma se decía que ella y Bernini eran un solo cuerpo y una sola alma. Él, Francesco, había declinado también su segunda invitación, y haría lo mismo con todas las que siguieran. Aquella mujer era la mayor decepción de su vida.

Cuando llegó a su humilde casa en Vicolo dell'Agnello, Virgilio Spada le salió al encuentro.

—¡*Monsignore*! ¿A qué se debe esta visita? ¿Ya le ha hablado mal de mí *don* Camillo?

—¡Ojalá sólo fuera eso! —le respondió Spada. En la pared, detrás de él, brilló la espada con la que Francesco fue nombrado caballero por el Papa anterior—. No, no, amigo mío, por desgracia tengo peores noticias que darle. Mucho peores.

13

Los romanos no querían ver lo que intuían ni saber lo que presentían. Habían sufrido demasiado por la hambruna que aquel año —de nuevo— había asolado la ciudad, y no estaban preparados para admitir ese otro peligro, invisible e inabarcable. Elaboraban el pan a partir de bellotas, hacían la sopa con raíces y ortigas, y se peleaban por la carne de los caballos que yacían muertos en la calle; mientras, cualquiera que se atreviese a mencionar la peste en alguna plaza, tienda o casa particular, era castigado con burlas o el mayor de los desprecios. Además, las ruedas de los llamados carros de la peste, que recorrían las calles recogiendo su triste carga, eran recubiertas con cuero para que su traqueteo sobre los adoquines de la ciudad no asustara a la gente.

—¡Alto en nombre del Senado!

Cuando Francesco intentó entrar en el palacio del Campo dei Fiori, dos esbirros le cerraron el paso cruzando sus alabardas por delante de él.

—Quiero hablar con lady McKinney.

—¡Imposible! Está prohibido entrar en esta casa.

—Soy el *cavaliere* Borromini, constructor de la basílica lateranense.

—¡Como si es el papa Alejandro! ¿Es que no tiene ojos en la cara?

El soldado señaló a un alguacil completamente vestido de negro, que en aquel momento estaba pintando con cal una enorme cruz blanca en el portal de la casa, frente a la que se acumulaba un montón de basura maloliente.

—¡Vaya por Dios! ¡Qué desgracia!

Francesco sacó una bolsa con dinero y puso a cada uno de los esbirros una moneda de plata en la mano.

—¡Ah, trae usted un permiso! —dijo el que llevaba la voz cantante, apartándose para dejarle paso—. ¿Por qué no lo ha dicho antes?

Francesco atravesó un patio de arcadas lleno de ratas y entró en el edificio. La puerta sólo estaba entornada. En el vestíbulo, pintado todo en dorado y azul, lo recibió un absoluto silencio.

—¿Hola? ¿Hay alguien en casa?

No obtuvo más respuesta que el eco de sus propios pasos en la alta cúpula, decorada con blasones. Tras el recibidor había una biblioteca, cuyas paredes estaban llenas de libros, y después un estudio con una chimenea y un techo con unos preciosos acabados de marquetería. Pero también esa habitación estaba vacía.

De pronto Francesco se detuvo. ¿Qué era eso? De algún lugar le llegó un débil lloriqueo y el sonido de alguien que se rascaba. Abrió una puerta que había a la derecha e inmediatamente le saltaron encima dos perros que se pusieron a lamerlo de arriba abajo.

—¿Principessa?

Lo que vio a continuación le destrozó el corazón. Ella estaba acostada sobre un diván; tenía el pelo suelto, empapado de sudor y pegado a las sienes, y su rostro, pálido y mucho más delgado, estaba plagado de manchas oscuras. Cuando lo reconoció, sus ojos reflejaron una débil sonrisa.

—Así que... al final ha venido... —dijo, haciendo un esfuerzo—. Después de todos estos años... Lo deseaba tanto...

—¿Por qué está sola? ¿Dónde están sus sirvientes?

—¡Alto! —Parecía no tener ni fuerzas para levantar la mano—. Quédese... donde está... Yo... tengo la peste. Le contagiaría.

—Ése sería un merecido castigo a mi comportamiento. —Se acercó a ella, se arrodilló junto a su diván y le cogió la mano—. Perdóneme por no haber venido antes. Por favor, ¡le ruego que me perdone!

Y mientras le pedía perdón por su comportamiento, se inclinó sobre la mano de ella para evitar que lo viera llorar.

Desde aquel momento él se encargó de cuidar a la Principessa, sin prestar ninguna atención al riesgo que aquello conllevaba. Lo primero que hizo fue contratar a nuevos sirvientes, pues los anteriores se habían marchado de allí en cuanto los esbirros se plantaron en la puerta del *palazzo*. Les prometió todo el dinero del mundo, y les aseguró que no importaba lo exageradas o vergonzosas que fueran sus exigencias para superar esa situación de emergencia, a condición de que la enferma estuviera acompañada día y noche. Después se dedicó a buscar a los médicos más conocidos de la ciudad y los amenazó con apalearlos personalmente si se negaban a cuidarla por miedo al contagio. Pero ¡qué poco se exponían! Cubiertos con abrigos impermeables que les llegaban hasta el suelo, los doctores en medicina se protegían de la peste llevando unas máscaras enormes con paños empapados en aceite, y todos se pavoneaban del mismo modo, recorriendo de esa guisa la habitación y ayudándose de una vara para indicar lo que había que hacer o lo que necesitaban sin necesidad de acercarse —y mucho menos tocar— a la paciente. Los unos aconsejaban beber mucha agua; los otros, seguir una dieta estricta para separar la sangre buena de la infectada... Pero al marcharse, lo único que acusaba recibo de sus visitas era la bolsa de dinero de Francesco, cada vez más vacía.

¿Y Clarissa? Estaba demasiado débil para hablar. Francesco a duras penas podía intuir lo que murmuraba. La mayor parte del tiempo parecía sufrir dolor, sobre todo en las articulaciones y los intestinos. Pese a que apenas comía, vomitaba cada dos horas. Pero ¡qué valiente era! Cada vez que sus miradas se cruzaban, ella intentaba regalarle una sonrisa para consolarlo. Francesco habría dado todo lo que tenía para cambiarse por ella. Pero sólo pareció aliviarse un poco cuando, al segundo día, le entró una fiebre muy alta. La pobre no dejaba de revolverse en su cama lanzando débiles gemidos, en un estado intermedio entre la vigilia y el sueño, murmurando a veces palabras sin sentido o incorporándose de golpe y mirando a Francesco con los ojos vacíos, evidentemente incapaz de reconocerlo.

Francesco empezó a dudar de todo, y en especial de aquello en lo que creía. ¿Cómo podía Dios permitir que aquella mujer sufriera un tormento semejante? ¿Qué pecado había cometido? La impotencia con la que tenía que observar su sufrimiento lo llenaba de tal desesperación que las oraciones se le pudrían en la garganta como flores en tierra infectada.

Dado que los médicos no conseguían ayudarla, él mismo se encargó de comprar todos los libros de medicina que encontró en las librerías de la plaza Navona. Con manos temblorosas fue pasando las hojas de aquellos complicados volúmenes. ¿Quedaba alguna esperanza? Quizá los libros supieran más que los doctores.

Pasó noches enteras sumergido en la lectura, que sólo interrumpía para secar el sudor de la frente de Clarissa o aplicarle una compresa. Girolamo Fracastoro diferenciaba la peste de las demás epidemias virulentas como el tifus exantemático o las intoxicaciones; hacía responsable a los llamados *saminaria morbis* del contagio de la enfermedad, y llamaba la atención sobre los peligros que conllevaba la desidia o la dejadez en los enfermos de peste. Geronimo Mercuriale prevenía contra los vapores miasmáticos que emanaban de las vestiduras y aconsejaba a las damas de la alta sociedad, que se cubrían el cuello con pieles y cuero para protegerse de las sabandijas, que sacudieran aquellos nidos de pulgas con una cierta asiduidad. El padre jesuita Athanasius Kircher, por su parte, opinaba que el miasma de la peste era una multitud de gusanillos que revoloteaban por el aire y entraban por la respiración en el cuerpo humano, donde estropeaban la sangre y descomponían las glándulas.

Francesco siguió leyendo. ¿De qué le servían tanta erudición y conocimientos sobre las posibles causas de la enfermedad? ¿De qué modo podía ayudar a la Principessa?

¡Ah, seguro que la cosa no era fácil! Aislar a los enfermos y someterlos a la mayor higiene; ésos eran los únicos consejos que encontró en los libros. Pero ¿serían suficientes esas lastimosas medidas para salvar a alguien?

No, el estado de Clarissa seguía empeorando día a día. La fiebre, que al principio la alivió, fue subiendo, mensajera de un final cada vez más cercano, y cuanto más se reducía la esperanza, más se desesperaba Francesco. ¡Qué iniquidad divina más terrible! ¡Era él, Francesco Borromini, quien merecía la muerte; no ella! Clarissa le había ofrecido su mano una y otra vez, y él siempre la había rechazado, ciego de orgullo y de celos. Jamás podría devolverle todo lo que le debía. Habría dado cualquier cosa por ella: su dinero, su trabajo, su arte..., lo que fuera con tal de mantenerla con vida.

No se dio por vencido, se empeñó en oponerse a un destino ciego y airado que en lugar de castigarlo a él se mostraba tan injusto con la Principessa. Supo por los libros que aún quedaba una esperanza: que los bubones de la piel de la Principessa se abrieran, dejaran salir el pus y bajara así la fiebre mortal. Pero ¿cuándo sucedería aquello? Cuando ella caía dormida, agotada, él palpaba sus pliegues inguinales con los ojos cerrados y pidiendo interiormente clemencia a la enfermedad; por favor, que los bubones de la peste, al menos, fueran tan pequeños que él ni siquiera pudiera sentirlos.

Los médicos recomendaban paciencia, pero hacía tiempo que él la había perdido. Para distraerse un poco se puso a trabajar sin descanso. En su desesperación también compró «agua contra la peste», una novedad con la que los farmacéuticos habían incrementado sus patéticos negocios, y que no era más que algo de vinagre mezclado con plantas medicinales y esencia de aromas, con la que Francesco rociaba la habitación de la enferma. Abría la ventana para airear la estancia, abanicaba a Clarissa con hojas de palmera para refrescarla y ordenaba que la lavaran regularmente y le dieran mucha fruta fresca para comer.

Eso, al menos, no le costaba ni un escudo, pues a diario llegaba al *palazzo* una enorme cesta cargada de fruta, obsequio del *cavaliere* Bernini.

14

Aquel año, la fiesta de agosto que se celebraba en la plaza Navona tuvo lugar frente a un buen número de tribunas vacías. Ningún noble ni príncipe quiso ver cómo se celebraba una carrera de carros junto al lago artificial de Bernini. Tan sólo la gente del pueblo, menos de quinientas personas en total, se acercó para ver el espectáculo y olvidar, al menos durante unas horas, el miedo.

Y es que la peste ya estaba más que asentada en Roma. Todos los hombres y las mujeres convivían con el miedo a contagiarse en cualquier momento. La muerte negra no se detenía ante palacios ni ante iglesias, y no hacía distinciones entre ricos y pobres, jóvenes o viejos. Grupos enteros de casas se pusieron en cuarentena, y numerosas familias fueron encerradas en el *lazaretto*, mientras que los hornos se llenaron con la ropa de los muertos. Y ya no sonaba ninguna campana en toda la ciudad; sólo se oían los cascabeles que los peones de la peste llevaban atados a las piernas para advertir de su presencia cuando sacaban a rastras los cuerpos desnudos e inertes de los afectados de las casas y los lanzaban a sus carros como si fueran sacos.

¿Quién habría dicho jamás que aquella desgracia podría caer sobre la Ciudad Eterna? Los rumores hablaban de propiciadores de la peste, sociedades ateas que habían vendido su alma al diablo. Se decía que en Palermo, Sicilia, el lugar desde el que la plaga había pasado al continente, primero a Nápoles y después a Roma, se habían infectado los pilares bautismales de las iglesias en nombre del rey del Averno. Pronto empezó a creerse —y a temerse— que aquellos desalmados estaban por todas partes y habían rociado con sus mortíferos ungüentos paredes, puertas, bancos de iglesia y cuerdas para tañer las campanas. Se difundió un manifiesto en el que se ofrecía una recompensa de doscientos escudos a todo aquel que acusara con nombre y apellido a alguno de aquellos culpables. Lo único que se consiguió de ese modo fue incrementar el terror de la población. Los vecinos evitaban toparse en el camino, las mujeres sospechaban de sus maridos, los hijos dudaban de sus padres, y cualquier persona que rozara un muro de manera más o menos sospechosa era acusada inmediatamente.

Al acabar el mes, el miedo había alcanzado unas cotas tan elevadas que los romanos solicitaron al Papa la organización de una procesión rogativa por toda la ciudad. Los dos patrones de la peste, los santos Sebastián y Roque, se habían mostrado hasta el momento sordos a los llantos y lamentos de los ciudadanos, que querían pedirles clemencia una vez más. Pero ¿no era acaso un peligro reunir a varios miles de personas en una procesión, o cuando menos un riesgo de propagar la enfermedad y fomentar los contagios? En la cátedra sagrada se discutieron los pros y contras del asunto, y no faltaron los sacerdotes que opinaron que cualquier medida de protección no era más que un sacrilegio: con la peste, Dios enviaba sus flechas a la población, y estaba claro que nunca se equivocaban de blanco, por mucho que las posibles víctimas intentaran esquivarlas dándose a la fuga.

Francesco Borromini permaneció al margen de todo aquello. ¿Qué le importaba a él que Dios lo tuviera o no en su lista? Él ya estaba sufriendo su castigo desde hacía tiempo, y era mucho peor que si le hubiese mandado la peste directamente.

Ya no se separaba de Clarissa ni un solo minuto. Quería que lo sintiera a su lado cada vez que abriese los ojos. Así, junto a su cama, con el rostro de ella entre las manos, se dio cuenta de lo mucho que había envejecido. Estaba cansado, sin fuerzas, pero sobre todo sin optimismo. Pese a todo, en el cuerpo de la Principessa seguían sin formarse los temidos bubones de la peste por los que habría podido salir el pus mortal.

—Por favor..., muéstreme sus planos...

Francesco levantó la cabeza, sorprendido. La Principessa había despertado de su sueño febril y lo miraba. Por primera vez en mucho tiempo, sus ojos estaban tan claros como dos esmeraldas. También habían desaparecido de su frente las gotas de sudor. ¿Le habría bajado la fiebre? Sintió que renacía en él la esperanza. ¿Sería aquél el primer síntoma de su mejoría? ¿O quizá la *euphoria* de la que tanto había leído; esa breve y potente reavivación del espíritu que tenía lugar justo antes del final definitivo?

—¡Chist! —le dijo—. ¡Tiene que cuidarse!

Con un gesto casi imperceptible, ella movió la cabeza.

—Los planos —repitió en voz baja—, los planos de la *piazza*... Quiero llevarlos en mi último viaje.

Pronunció aquellas palabras sin rasgo de melancolía o amargura en la voz, como si se limitase a comentar un hecho largamente decidido. Francesco le cogió la mano.

—No dejaré que se vaya, Principessa. ¡No puede irse!

—¿No tenemos que acudir a la llamada de Dios? Por favor..., muéstreme sus bocetos. Quién sabe cuándo... volveré a sentirme igual de fuerte que ahora.

Dicho aquello lo obsequió con una sonrisa. ¿Acaso podía negarse? No, quizá se tratara de la última vez que Clarissa le pedía algo, y él la había rechazado ya demasiadas veces. Con mucho cuidado la ayudó a incorporarse, le puso una almohada tras la espalda y le apartó el pelo de la frente. Después cogió su libreta y se sentó junto a ella, de modo que podría ver sus reacciones mientras dibujaba.

—¿Tiene... tiene todavía el lápiz? —preguntó, al verlo trazar los primeros rasgos sobre el papel.

—Desde que me lo regaló no he vuelto a utilizar ningún otro. Ya le he cambiado la mina varios cientos de veces.

—Bien —susurró ella.

Durante una hora las cosas volvieron a ser como en sus mejores tiempos. Francesco le mostró sus bocetos para el foro Pamphili y le explicó la ordenación y construcción de la plaza: una elipse rodeada de cuatro columnatas. Y mientras dibujaba y hablaba, volvió a sentir, por enésima vez, la fuerza que ella le transmitía, el hecho de que, sólo gracias a su presencia, él sentía que ciertas ideas, hasta el momento aún vagas, cobraban fuerza y claridad de pronto, como si las cosas no pudieran ser de otra manera, como si no hubiese ninguna otra posibilidad que aquella por la que acababa de decidirse en aquel momento, ante la atenta mirada de ella, más allá de toda duda.

—Es una maravilla —dijo Clarissa.

—¿Eso cree? Pues espérese; éste no es más que el efecto exterior. Lo mejor se ve realmente al entrar en la plaza. En ella se esconde un secreto que el observador sólo descubre desde un punto muy determinado.

—Francesco dudó brevemente. Era la primera vez que confiaba a alguien su secreto—. Aquí —dijo al fin, señalando un lugar con el lápiz—; desde aquí puede verse un efecto óptico que no se da en ninguna otra plaza del mundo.

Pese a lo débil que se encontraba, Clarissa lo escuchó atentamente, con los ojos brillantes de emoción y de fiebre, absorbiendo las palabras con las que él le explicaba aquel efecto, un milagro de la arquitectura, resultado de exactos cálculos matemáticos y una gran capacidad creativa, con los que esperaba completar y perfeccionar definitivamente la plaza Navona, eternizada en mármol, granito y travertino.

Francesco nunca se había sentido tan cercano a nadie en toda su vida. De los ojos de Clarissa emanaban sorpresa y comprensión, admiración y orgullo. No cabía duda de que comprendía todo lo que él le decía, «veía» inmediatamente sus palabras y las interiorizaba, en una comunión perfecta de sus almas. Era como si todo el interior de Francesco se reflejara en el rostro de Clarissa, y, curiosamente, él no sintió la menor vergüenza ante su sorprendente desnudez.

—Y fue usted quien me dio la idea —le dijo.

—¿Yo? —preguntó la Principessa, sin dar crédito—. ¡Pero si nunca hablamos del foro!

—Da igual, pensé en Saturno con sus anillos. Lo vi en su telescopio. Una taza con dos asas. Una elipse.

—Sí, lo recuerdo. —El rostro de Clarissa brilló con una sonrisa—. ¿Fue así como se le ocurrió la idea?

Francesco asintió.

—Qué bien. No se imagina lo orgullosa que me siento.

Él le devolvió la mirada, pero luego bajó los ojos.

—El proyecto presenta sólo un problema —dijo, con voz ronca—: que no me llamo Bernini.

—¿Por qué... por qué dice eso?

—Bueno, me temo que la *piazza* nunca dejará de ser un sueño. Construirla costaría una suma indecente de dinero, y seguro que nadie estará dispuesto a pagar tanto a un picapedrero.

Apartó la libreta y se guardó el lápiz. Clarissa negó con la cabeza.

—No —dijo en voz baja—. Esa plaza, esas columnatas, verán un día la luz, estoy segura. Lo presiento. Lo sé. —Asintió y luego lo miró con sus maravillosos ojos verdes—. Confíe en mí. No será sólo un sueño. Tiene que creer en ello. ¡Hágalo, con todos sus recursos y sus fuerzas! Así... así es como se hará realidad.

Asintió una vez más. Francesco tragó saliva, pues la fortaleza de ella lo hacía sentirse avergonzado. ¿De dónde sacaba tanta fuerza? En aquel instante comprendió que aquélla era quizá la última vez que hablaban de aquel modo, y se sintió de pronto terriblemente solo.

Como si le hubiera leído el pensamiento, Clarissa posó su mano sobre su brazo.

—No esté triste..., por favor... Yo estoy con usted... y... siempre lo estaré. —Su voz se ahogó de pronto de puro agotamiento, y tuvo que hacer un descanso antes de continuar hablando—. Estaré observándolo... desde arriba..., y si algún día nieva..., sí, en Roma también nieva alguna vez..., entonces sabrá... que lo estoy saludando desde las estrellas.

En aquel instante se oyó un aullido. Francesco se giró y vio a uno de los lebreles de Clarissa corriendo inquieto de un lado a otro, husmeándose el costado como si algo le picara o doliera, de tal modo que no hacía más que dar vueltas sobre sí mismo. Francesco se levantó para tranquilizar al animal, pero éste empezó a comportarse de un modo cada vez más extraño: se rascaba también con las patas e intentó esconderse debajo de un sillón.

—¿Qué te pasa? ¿Qué tienes?

La respiración del perro se convirtió en un angustioso jadeo. Francesco se inclinó para acariciarlo y entonces vio en el suelo un melocotón. Se había caído de la cesta de fruta que estaba junto a la cama. Lo cogió y lo observó atentamente. Estaba medio comido. ¿Había estado mordiéndolo el animal?

—¿De dónde ha sacado esta fruta, Principessa?

—Son del *cavaliere* Bernini —dijo Clarissa, con gran esfuerzo—. ¿Por qué... lo pregunta?

—¿Del *cavaliere* Bernini? —repitió sorprendido—. ¿Está segura?

De pronto empezó a crecer en él una sospecha. ¿Era posible que...? ¡Pero no! ¡La idea era absurda, grotesca! Aunque no del todo imposible, ¿no? Sea como fuere, tenía que asegurarse.

—¡Ven, ven aquí!

Llamó al otro lebrel de la Principessa, que se aproximó dando saltitos. Francesco le acercó el melocotón. El perro lo olisqueó, le dio un lametón y después se lo comió todo de un mordisco.

Él lo miró atentamente, conteniendo la respiración. Al cabo de un minuto el animal también empezó a gemir y lloriquear. Francesco lo observó con alivio y horror: ¡no, no se había equivocado!

—¿Por qué... haría... Bernini... algo así? —susurró Clarissa.

Hizo un gran esfuerzo para pronunciar aquellas palabras, y después cerró los ojos. ¡Había vuelto a leerle el pensamiento! Francesco se precipitó hacia su cama y, con las mejillas empapadas de lágrimas, le llenó la mano de besos.

—¡No tiene la peste! —exclamó—. ¡Es veneno! ¡Alabado sea Dios! Ahora todo saldrá bien, se pondrá buena, ya verá. Pronto...

Entonces enmudeció de golpe y le miró la mano. Yacía inerte sobre la suya.

15

—¿Ha recibido ya esa fulana el castigo que merece? —preguntó *donna* Olimpia.

—He hecho todo lo que me indicó —le respondió *don* Angelo en voz queda—, y tal como usted me dijo.

Echó un vistazo a su alrededor para cerciorarse de que estaban solos en la iglesia y se rascó el cuerpo con ambas manos.

—¿Y bien? ¿Te has asegurado de que haya surtido el efecto deseado?

—Estuve más de dos semanas en la ciudad, y todos los días me encargué personalmente de que su cesta de fruta...

—Quiero saber si la has visto muerta con tus propios ojos. ¡Y pon mucho cuidado en no mentirme!

—¿Con mis propios ojos? —preguntó, mirándola de soslayo bajo la capucha de su hábito marrón—. «No te dejes engañar por lo que ven tus ojos», dice el Señor. Es absolutamente imposible que la Principessa siga con vida. He utilizado el mejor veneno francés.

—O sea que no la has visto, ¿no? Has preferido poner pies en polvorosa, ¿verdad? —Le escupió—. ¡Para no contagiarte! ¡Cobarde como un chucho callejero!

—*Eccellenza!* —protestó él, limpiándose la mejilla—. ¡He arriesgado mi vida por usted! ¡No tiene ni la más remota idea de cómo está Roma! La muerte se esconde tras cada esquina, y todo el mundo teme por su vida. Su hijo Camillo hace tiempo que no va de visita a casa de nadie; ¡nunca sale de su palacio! Ni siquiera me abrió la puerta para dejarme pasar, y eso que iba de su parte...

—¿Así que lo admites? ¡Maldito desagradecido! —Agarró el rosario que llevaba colgado del brazo y empezó a pegarle con él como si fuera un látigo—. ¡Fuera de mi vista! ¡Largo! ¡No quiero volver a verte!

Don Angelo se cubrió la cabeza con las manos y salió a toda prisa de allí. Ella lo miró con asco mientras cruzaba el portal y desaparecía en la calle. ¿Qué había hecho para merecer que Dios la castigara con una criatura como aquélla?

Se giró y abrió una puerta que había en la nave lateral de la iglesia. Al bajar los escalones sintió en su cara el frío húmedo y cargado de moho que inundaba la cripta en la que se encontraba santa Rosa, la negra. La onomástica de la santa se celebraba el 3 de septiembre, día del cumpleaños de *donna* Olimpia. ¿Acaso no era ése un símbolo de que se encontraba bajo su protección?

En la estancia, cuya cúpula quedaba bajo tierra, reinaba un silencio sepulcral. Allí estaba el féretro, velado por una luz eterna. La sencilla espiritualidad de aquel lugar siempre templaba los ánimos de *donna* Olimpia, pero aquel día ni siquiera allí logró olvidar los problemas que arrastraba desde que fue desterrada de Roma.

Encendió un cirio y lo puso en un candelabro. Sus manos, por lo general tan firmes, temblaban de nervios. Si Clarissa seguía con vida y se decidía a hablar... Los esbirros de Alejandro podían aparecer por Viterbo en cualquier momento para detenerla, y eso que ella lo había planeado todo hasta el último detalle: en cuanto su prima falleciera, acusaría a Bernini de asesinato. Todos los sirvientes del Campo dei Fiori podrían dar testimonio de que las cestas de fruta que Clarissa recibía diariamente eran enviadas por el *cavaliere*, y ningún tribunal en toda Roma podría pasar por alto unas pruebas tan evidentes. Con su condena silenciaría también al cómplice de Clarissa, y ella se libraría para siempre del peligro de que alguien pudiera acusarla por su secreto. Pero para que su plan funcionara, la furcia tenía que morir. ¡Tenía que estar muerta!

Se arrodilló con un suspiro. ¿Cómo soportaría la incertidumbre? ¡Qué suplicio tener que esperar al destino en ese rincón aislado del mundo, sin la más remota idea de lo que sucedía en Roma! ¿Pero qué podía hacer? ¡Si hasta *don* Angelo, que sería capaz de dejarse castrar por dinero, ponía pies en polvorosa por miedo a la peste! ¿En quién podría confiar para que le pasara noticias frescas —y ciertas— de la ciudad?

No, sólo había una posibilidad de hacer las cosas bien.

Donna Olimpia hizo la señal de la cruz y rezó un padrenuestro para obtener la absolución por sus posibles pecados. Sabía que una petición surgida de un corazón impuro no sería escuchada en el cielo, así que tras el padrenuestro rezó todo un rosario. Y a medida que recitaba las palabras sagradas y pasaba las cuentas entre sus dedos, notó que recuperaba la calma y el optimismo. Cuenta a cuenta, rezo a rezo, su inseguridad fue convirtiéndose en esa certeza que sólo la gracia divina es capaz de procurar.

Santa Rosa escucharía su plegaria: la protegería en su viaje.

16

—No, no me avergüenza llorar —dijo Lorenzo Bernini, con la mano de ella entre las suyas—. ¡Cuando me paro a pensar que mi fruta podría haberla matado! No puedo soportar esa idea. Daría mi vida por evitar que sufriera. Creo que no volveré a tomar fruta nunca más.

Arrodillado junto al sillón de Clarissa con su elegante abrigo impermeable, largo hasta el suelo, Lorenzo tenía la cara empapada de lágrimas. Clarissa aspiró el sedoso aire otoñal que les llegaba por la ventana, igual que el sonido de los cascabeles que aún sonaban para dar cuenta del escalofriante trabajo de los peones de la peste. Su cuerpo aún estaba débil por los alevosos ataques que había estado sufriendo durante dos semanas enteras, y su pelo se había llenado de canas, pero los médicos habían dicho que sobreviviría. Tras el descubrimiento de Francesco, le habían administrado tanta leche tibia y le habían toqueteado tanto la laringe como les fue posible, hasta que le vaciaron el estómago, y después combatieron el veneno de la sangre con diferentes venenos opuestos: agua con calcio, clara de huevo, tiza y zumo de limón. Dios la había llamado por su nombre, pero todavía no le había ordenado que lo siguiera. Se sentía profundamente agradecida. Era como si le hubiesen regalado una segunda oportunidad.

—¡Y, además, fui testigo de su desvanecimiento! ¿Por qué no comprendí lo que estaba pasando? No, Principessa, no soy digno de ver lo que vi. ¿Sabe usted lo que pensé? Pensé que sufría una indisposición, algo inocuo y pasajero. ¡No se imagina cuánto lo lamento! ¿Por qué no habré venido antes a verla?

—¡Por favor, levántese, *cavaliere*! —dijo ella, intentando acabar con sus lamentaciones. Jamás lo había visto tan desesperado—. Díga-

405

me, ¿en qué está trabajando ahora? —añadió, para cambiar de tema—. ¿Tiene planos nuevos?

—¡Ah!, ¿para qué hablar de ello? ¡No tiene ninguna importancia! —Por fin se levantó y se secó los ojos con un pañuelo—. El rey Luis me ha invitado a París para que me encargue de su Louvre. ¡Imagínese: el monarca de Francia me llama a mí, un arquitecto italiano, para construir su palacio! —Se guardó el pañuelo y la miró con expresión de consternación—. Pero dígame, ¿cómo llegó a la conclusión de que se trataba de fruta envenenada y no de...? —No se atrevió a pronunciar la palabra—. Quiero decir, al ver aquellas manchas en su piel, ¿no pensó que se había contagiado?

—Sí, sí, pero dio la casualidad de que el *cavaliere* Borromini vio que uno de mis perros había mordido un melocotón que...

—¿Francesco Borromini? —exclamó, perplejo—. ¿Estuvo aquí? ¿En su casa? ¡Qué hombre más valiente! —Le soltó la mano y empezó a andar de un lado a otro de la habitación—. Por cierto, para su tranquilidad le diré que me he ocupado de todo lo necesario para su seguridad. Antes de venir me encargué de localizar al maldito frutero con la ayuda de dos esbirros. El tipo confesó y nos dijo que un monje lo había sobornado para envenenar la fruta. —Se detuvo y se volvió hacia ella—. ¿Por qué desean acabar con su vida, Principessa? Y lo más importante: ¿quién? Debo decirle que tengo una sospecha, pero prefiero no confesarla hasta no estar del todo seguro. Para empezar le regalaré otros dos perros; dos canes fuertes, de los de mi pueblo. Ellos la protegerán.

En aquel momento entró un sirviente.

—Disculpe, Principessa.

—Sí, ¿qué sucede?

Antes de que el hombre pudiera responder, una mujer vestida de negro entró en la habitación.

—Así que aún estás viva...

Al oír aquella voz Clarissa sintió que se quedaba sin respiración. Bernini miró a la recién llegada como si se tratara de una aparición.

—¿Lo admite? —preguntó, atónito.

—¡Cierre la boca! —dijo la desconocida a través del velo—. ¡Yo no admito nada!

—¿Y se atreve a venir aquí? Haga el favor de marcharse de inmediato o me encargaré personalmente de...

—¡No! —lo interrumpió Clarissa, levantando una mano—. Quiero que se quede. Por favor, déjenos solas, *cavaliere*.

—¡Ni lo sueñe! Me niego a dejarla sola con esta mujer. Ya sabe usted de lo que es capaz.

—Por favor. Haga lo que le pido.

¿Por qué decía aquello? En realidad, Clarissa sólo tenía una idea relativamente remota de lo que pretendía hacer, y, sin embargo, habló con tanto énfasis y miró a Bernini con tanta determinación como si supiera perfectamente lo que estaba haciendo. Como si tuviera un plan o un propósito determinado. Él se dio la vuelta, vacilante, para obedecer su orden.

—Estaré al otro lado de la puerta —dijo. Y después, dirigiéndose a la mujer del velo, añadió—: Y se lo advierto: no se atreva a hacer nada. La habitación sólo tiene una salida.

Se sacó de la manga un pañuelo rociado con vinagre, se cubrió con él la boca, como si quisiera librarse de los malos espíritus, y salió tosiendo de la estancia.

Y las dos mujeres se quedaron solas.

—¡Maldigo el día que llegaste a mi casa! —dijo *donna* Olimpia, apartándose el velo.

Sus ojos oscuros brillaban de ira, pero Clarissa le sostuvo la mirada, abarcando con ella todo su rostro, sus hermosos rasgos enmarcados por tirabuzones de pelo gris. ¡Cómo había admirado a aquella mujer la primera vez que se vieron! Cómo había envidiado su madurez, su seguridad en sí misma, su aspecto majestuoso, que la hacía parecer sencillamente superior a todo aquel que se le acercara... Sí, desde aquel día Olimpia no había perdido ni un ápice de su porte y dignidad.

—Así que en verdad has sido tú. Esperaba que se tratara de un error.

—El error fue llevarte al monasterio —le contestó *donna* Olimpia—. Tendría que haberte matado inmediatamente.

Clarissa sintió de pronto un miedo terrible. ¿Por qué le habría dicho a Bernini que se fuera? Notó que el miedo le subía por la espalda como un animal frío, húmedo y resbaladizo, mientras los dientes empezaban a castañetearle. Quiso llamar a Bernini, o a un criado, pero sus labios se quedaron inmóviles.

—¿A qué estás esperando? —le preguntó Olimpia—. ¿Por qué no llamas a los esbirros de Alejandro? ¿No quieres humillarme, furcia? ¿Disfrutar de tu triunfo unos segundos más?

Clarissa tuvo que hacer acopio de toda su fuerza para levantarse del sillón. Con pasos inseguros se acercó a su prima. No sabía por qué; sólo sabía que tenía que hacerlo. Tenía que ser así.

—¿Cómo te enteraste de que conocía tu secreto?

—¿Y eso qué importa? —replicó Olimpia—. Dios quiso que Pamphili fuera su representante en la tierra, y mi misión consistió en ayudarlo a cumplir Su voluntad. Hice lo que la Providencia esperaba de mí.

—Mataste a tu marido.

—No creas que me has vencido. Aunque lograras que me encerrasen, Dios acudiría en mi ayuda, como ha hecho siempre. Y a ti te castigará por tus pecados. Tendrás que pagar por haberte opuesto a la voluntad de Dios; por haber intentado contradecir su Providencia.

Estaban las dos de pie, muy cerca la una de la otra. Clarissa se obligó a mirar a Olimpia a los ojos. Esa mujer, cuya mirada y cuyas palabras le dirigían todo el odio que un ser humano era capaz de sentir, era la misma que en otra ocasión, hacía mucho tiempo, le prometió ser su mejor amiga. Ahora era su enemiga; la peor; hasta la muerte.

—Estoy segura —dijo *donna* Olimpia, con toda su rabia— de que arderás en el infierno. No importa dónde te escondas: el Todopoderoso te encontrará y te castigará.

Clarissa dio un paso atrás involuntariamente. Pero ¿qué era eso? De pronto vio que a Olimpia le temblaban las rodillas, y que en su rostro, distorsionado por el odio, empezaba a movérsele la barbilla como si le castañetearan los dientes. Incluso parecía tener dificultades para respirar y su pálida piel comenzó a cubrirse de manchas rojas. Hubo de apoyarse en el respaldo de una silla, como si no tuviera siquiera fuerzas para mantenerse en pie.

Clarissa no podía dar crédito, pero la cosa estaba muy clara.

—Tienes... tienes miedo —susurró.

¿Dónde estaba ahora el orgullo de *donna* Olimpia? ¿Dónde había quedado su porte? En aquel momento parecía tan pequeña, tan débil y frágil... Era como si se hubiese reducido, del mismo modo que se reducen los años de la infancia cuando, siendo ya adultos, volvemos la mirada hacia atrás. Clarissa sintió una extraña excitación, como si acabara de tomarse una copa de vino con el estómago vacío. Era como el humo; algo completamente nuevo y al mismo tiempo perfectamente conocido desde el inicio de los tiempos. Tenía poder. ¡Poder sobre otra persona! Sólo había de chasquear los dedos para acabar con su prima. Era un sentimiento tan embriagador, tan impresionante, que casi la mareó.

—Sí, vas a matarme —dijo Olimpia, con los ojos llenos de terror—. Tú eres mi hermana, mi familia, tienes mi misma sangre...

Entonces Clarissa sintió que se tranquilizaba. Sí, tenía un plan. Ahora lo veía claro. Sabía perfectamente para qué le serviría su poder. ¿Sería aquél el motivo por el que había hecho salir a Bernini? ¿Sería aquél el plan que había tenido en mente antes incluso de saberlo?

—¿A cuánto asciende tu fortuna? —preguntó.

—¡Vaya, así que por ahí van los tiros! —exclamó Olimpia, aliviada—. Por fin has comprendido el valor del dinero, ¿no es así?

—¿Cuánto tienes? —repitió—. ¿Es cierto que dispones de dos millones de escudos, tal como se comenta?

—Sí —respondió, y en su rostro lleno de manchas pudo verse un atisbo de orgullo—. Más aún. ¿Quieres chantajearme?

—¿Quién tiene acceso a tu dinero? ¿Sólo tú o también tu hijo?

—¿Y a ti qué te importa? ¿Por qué habría de decírtelo?

—Para salvar tu vida. De ti depende si quieres salir viva de esta casa o si prefieres que llame a los esbirros de Alejandro. —Hizo una pausa antes de continuar—. Estoy dispuesta a olvidar todo lo que sé de ti, y me encargaré de que el *cavaliere* Bernini haga lo mismo. Estoy segura de que no dirá nada si yo se lo pido.

Olimpia parecía más pálida que antes. En su rostro se observaba al mismo tiempo una sorpresa incrédula y una incipiente esperanza.

—¿Cuál es la condición?

—Sólo una —respondió Clarissa con voz fuerte y clara—: que le des al *signor* Borromini todo el dinero que necesite para construir la plaza Navona en función de sus planos.

17

Oculta tras el velo, tal como entró, *donna* Olimpia salió del *palazzo* del Campo dei Fiori. Su carruaje la esperaba a la puerta. Se sentía extraña, como si tuviera fiebre. El mundo le parecía irreal, los sonidos le llegaban sordos y los perfiles, desdibujados. En la *piazza*, un grupo de creyentes se arremolinaba junto a un sacerdote para confiarle sus deseos y peticiones; polluelos aterrorizados tras una gallina negra. Con cantos y salmos lentos y contenidos, enviaban al cielo sus peticiones, mientras los mozos de la peste lanzaban piedras contra las ventanas de las casas para ver si aún quedaba alguien con vida en el interior.

—¡Sacad vuestros muertos de casa! ¡Sacad vuestros muertos!

Olimpia estaba tan débil que casi no tenía energía ni para subir al carruaje. Cuando al fin se sentó en su interior, tenía la ropa pegada al cuerpo por el esfuerzo. ¿Qué le pasaba? Ya frente a Clarissa se había sentido casi incapaz de sostenerse en pie. Por el tragaluz de un *palazzo* vio salir muebles y ropa de cama que cayeron en medio de la calle. Las plumas parecían copos de nieve revoloteando por el aire. Echó la cortina de su carroza. No quería que nadie la viera. Si el Papa llegaba a enterarse de que había vuelto a Roma desoyendo sus órdenes..., ¡que Dios la protegiera! Se inclinó hacia delante y golpeó en la pared que la separaba del cochero.

—¡A la plaza del Popolo!

Cuando los caballos se pusieron en marcha, sintió las sacudidas por todo el cuerpo. Cada golpe, cada empujón, le provocaba dolor, pero más le dolía la idea de tener que abandonar la ciudad sin haber visto a su hijo. ¿Cómo sobreviviría Camillo sin ella en medio de aquel horror? Pero no le quedaba más remedio. Era demasiado peligroso. En la plaza del Popolo, según habían convenido, la esperaba un oficial de aduanas. En cuanto se hiciera de noche, le abriría la Puerta Flaminia y la dejaría salir de la ciudad, como había hecho la noche anterior para que entrara en ella.

Utilizó el velo para secarse el sudor de la frente, mientras la cabeza no dejaba de darle vueltas y sus pensamientos volaban de un lado a otro como las plumas de antes salidas del tragaluz. ¿Es que ahora Clarissa era la furcia de Borromini? La muy cretina la había obligado a firmar un contrato, aunque Olimpia no estaba dispuesta a aceptarlo. Borromini quería demoler una docena de casas para construir su plaza, y estaba claro que ella jamás gastaría su fortuna en una locura semejante. Ya se le ocurriría un modo de burlar el contrato. Lo importante por ahora era asegurarse de que Clarissa ya no le suponía un peligro.

¡Qué calor más insoportable! Se concentraba bajo el techo de la carroza como el aire bajo una nube antes de convertirse en tormenta. No aguantaba más. ¡Si al menos pudiera abrir la ventana! El aire era tan denso que apenas podía respirar y, además, el corpiño la apretaba demasiado; casi la ahogaba. Se desabrochó un par de botones del vestido, pero la cosa no mejoró. El calor se cebaba en su cuerpo como durante aquellos años en los que sus pérdidas mensuales de sangre empezaron a desaparecer. ¿Era posible que aquello aún coléase? Se soltó el corpiño y respiró lo más profundamente que pudo. Se sintió un poco mejor. Pero con cada bache, con cada sacudida que sufrían, le dolía el cuerpo un poco más.

De pronto se estremeció:

—¡Virgen Santísima!

Se palpó la ingle y descubrió que tenía un bulto del tamaño de un huevo. Cerró los ojos y apretó los dientes con tanta fuerza que rechinaron. ¿Ella también? ¡Imposible! ¡Había estado todo ese tiempo en Viterbo! Desde la oscuridad vio que *don* Angelo le sonreía. Sus penetrantes ojos la miraban por debajo de su capucha mientras que sus abultados labios se torcían en una sonrisa burlona. ¿De qué demonios se reía? De pronto sintió que empezaba a picarle todo el cuerpo: las axilas, los muslos, todo. ¿Le habría pasado sus pulgas?

Horrorizada, se frotó los ojos, y entonces vio que estaba sola en el carro. ¡Gracias a Dios! Se santiguó, aliviada. La imagen de *don* Angelo no había sido más que una alucinación, un espejismo, igual que el bulto de la ingle. ¿Cómo podía haber tenido tan poca fe? Dios Todopoderoso la protegía. Santa Rosa había escuchado sus oraciones.

Temblando, como si temiera volver a sentir una vez más lo mismo, se llevó la mano a la ingle.

No, no se había equivocado: un huevo grande y duro.

—¡Da la vuelta! —le gritó al cochero—. ¡Llévame al palacio de mi hijo!

¡Tenía que ver a Camillo! Él era su hijo, la ayudaría, llamaría a los mejores médicos de toda Roma, convocaría a los profesores de la Sapienza. Era rica, podía permitirse todas las ayudas del mundo, todos los doctores de la ciudad. Pero no, ¡alto! ¿Era sensato ir a ver a Camillo? ¿Y si tenían su casa vigilada? Alejandro no era tonto, y seguramente imaginaba que no podría quedarse mucho tiempo en Viterbo... Por Dios, ¿por qué habría ido a Roma?

Ahora ya sudaba a mares. Por tercera vez volvió a comprobar si la hinchazón era real y..., sí, ahí estaba. ¿Era ése el sitio? El bulto le pareció de pronto algo menor, apenas del tamaño de una nuez. De hecho había oído que muchas mujeres, durante la menopausia, se quejaban de unos bultitos que les salían en el bajo vientre. Sería eso. Al fin y al cabo, era imposible que se hubiese contagiado, completamente imposible. En Viterbo no había peste.

Qué calor más agobiante... Se abanicó con el velo. No, pese a todo no se quedaba tranquila. Tenía que verla un médico y confirmarle que estaba sana.

Cogió el rosario y empezó a rezar. ¡Qué bien le sentaron las finas y frías cuentas de marfil escurriéndose entre sus dedos! Aquel orden tan sencillo la ayudó a recuperar la serenidad; a cada padrenuestro le seguían diez avemarías, y todos juntos formaban un misterio de los quince que había en total: cinco de gozo, cinco de dolor y cinco de gloria, por ese orden. Una y otra vez.

—¡Ooooh! ¡Aaaah! ¡Brrrrr!

¿Ya habían llegado? Olimpia soltó el rosario. Con mucho cuidado descorrió la cortina y miró por la ventana. No, no había guardias a la puerta, podía atreverse a salir. Los sofocos habían remitido y el dolor de sus articulaciones casi había desaparecido del todo. Agradecida, besó la pequeña cruz de plata de su rosario y bajó.

En cuanto puso los pies en el suelo, le temblaron tanto las rodillas que tuvo que apoyarse en la pared del *palazzo*.

—¡Eh! ¿Qué hace usted?

—¡Ayuda! ¡Está pintando la pared!

—¡Con el ungüento de la peste! ¡Llamad a los esbirros!

Las voces empezaron a oírse por todas partes. Nerviosas, enfadadas, amenazadoras. Olimpia se dio la vuelta. La rodeaba una docena de personas, cada vez eran más; habían llegado de todos los la-

412

dos como ratas salidas de sus agujeros y la miraban con los ojos abiertos, como si acabara de llegar del infierno.

—¡Anda, mirad quién es!

—¡*Donna* Olimpia!

—¡La fulana del papa Inocencio!

¿Qué le pasaba a toda esa gente? ¿Se habían vuelto locos? En aquel momento sintió que volvía a dolerle todo el cuerpo, la atravesó una nueva oleada de calor y empezó a temblarle todo el cuerpo. La gente se le acercaba como si se tratara de un ejército enemigo. Entonces uno de ellos, un hombre anciano y harapiento, se agachó y cogió una piedra. ¡Jesús! ¿Qué pretendía? Muerta de miedo, Olimpia se giró y golpeó la puerta insistentemente, con las manos, con los puños. ¿Era posible que no la oyeran? ¿Dónde estaban los sirvientes de Camillo? ¡Tenía que conseguir cruzar aquella puerta!

—¡Socorro! ¡Abrid!

La puerta se abrió entonces con un gran chirrido y un sirviente echó un vistazo por la rendija. Cuando la vio, dio un paso atrás.

—¡Deprisa, déjame entrar! ¿Acaso no me reconoces?

El hombre puso cara de tonto y *donna* Olimpia tuvo ganas de darle un puñetazo. ¿Es que no se había dado cuenta de lo que pasaba? Se abalanzó contra la puerta para intentar pasar por la abertura, pero en lugar de ayudarla, el hombre le bloqueó el paso y empujó con todas sus fuerzas hasta que consiguió cerrar. ¿Dónde estaba Camillo, su hijo? Un segundo después oyó que al otro lado corrían un pestillo.

—¡Esa sanguijuela explotadora ahora viene a traernos la peste!

—¿Se atreve a entrar en la ciudad? ¡Merece la muerte y la perdición!

—¡Los esbirros, que vengan los esbirros!

—¡No los necesitamos! ¡Hagámoslo nosotros mismos!

Una piedra voló por el aire y le pasó muy cerca de la cabeza. Olimpia la esquivó. ¡Tenía que regresar corriendo al coche! Cerró los ojos un segundo para inspirar hondo y coger fuerzas, pero cuando volvió a abrirlos, era ya demasiado tarde: su carruaje se había puesto en marcha y estaba saliendo a toda prisa de allí.

—¡Ahorquémosla!

—¡Una soga, necesitamos una soga!

De pronto todas las voces enmudecieron. Tambaleándose de debilidad, Olimpia dio un paso atrás y alzó la vista hacia la fachada del palacio. En la parte de arriba se movía algo. En el primer piso. Alguien corrió una cortina e inmediatamente apareció la figura de un corpulento hombre de Estado que vestía ropa muy lujosa. ¡Por fin! A *donna* Olimpia se le llenaron los ojos de lágrimas. ¡Qué alegría volver a ver aquel rostro!

—Camillo... —dijo, haciendo acopio de sus últimas fuerzas—. Camillo, soy yo..., tu madre...

Él abrió la ventana. Cubriéndose la boca con un pañuelo, se inclinó sobre el alféizar.

—¿De verdad? ¿Eres tú?

¡Gracias a Dios, la había reconocido!

La miraba estupefacto, como si no pudiese dar crédito a lo que veían sus ojos.

—¿Qué estás haciendo aquí? ¿Por qué no estás en Viterbo?

—¿Qué quiere que hagamos, príncipe Pamphili? —dijo uno de los esbirros, que a esas alturas ya habían llegado al *palazzo*.

—¿Cómo? ¿Qué? —preguntó, desconcertado.

—¡Abre la puerta, Camillo! ¡Vamos! ¡Date prisa...!

Olimpia se quedó sin voz. Su hijo la observó aturdido. ¿Por qué no le decía nada? ¿Es que no la había oído? Desesperada, elevó al cielo una oración.

—¡Ángeles del Señor, protegedme!

En aquel instante apareció alguien más en la ventana: la princesa Rossano. Cuando Olimpia vio a su nuera, sintió que la cabeza empezaba a darle vueltas.

La falsa Olimpia, sorprendida, apartó a su marido y le preguntó:

—¿Qué pasa aquí?

—¡La bruja ha pintado la casa!

—¡Con el ungüento de la peste!

La princesa miró a su esposo, asustada.

—¡Dios bendito! ¿Qué está diciendo toda esa gente?

—¡Esperamos sus órdenes, príncipe! —lo apremiaron los esbirros.

—¡No puede dejarla entrar, *don* Camillo! —le espetó la princesa Rossano—. ¡El papa Alejandro la ha desterrado!

—¡Por el amor de Dios, es mi madre!

—¿Y qué será de nosotros? ¡Contagiará a todo el palacio!

Camillo alzó los brazos al cielo, desamparado como un niño y al mismo tiempo indignado por su indefensión. Olimpia juntó las manos y murmuró un avemaría. No le quedaban fuerzas para más.

—Santa María, madre de Dios, ruega por nosotros pecadores...

Mientras rezaba, miró la cara de su hijo; esa cara redonda e infantil que tantas veces había acariciado y cubierto de besos y de cariño... Todo lo que había hecho en su vida, lo había hecho por él.

—¡Esperamos sus órdenes, príncipe!

Camillo estaba paralizado. No dejaba de abrir y cerrar la boca, pero no acertaba a pronunciar ningún sonido.

—Camillo... —le susurró—, ¿qué... qué haces...?

Él seguía en la ventana, con los brazos alzados, mientras su mujer ya había desaparecido en la habitación. Desesperada, Olimpia alargó sus manos hacia él. ¿Qué estaba pasando? ¡No podía hacerle algo así! ¡Era su hijo! ¡Y qué hijo! ¡El mejor del mundo!

Una vez más volvieron a cruzarse sus miradas. Entonces Camillo cerró los ojos.

—¡En nombre del Senado! —gritaron los esbirros, cogiendo a Olimpia por las axilas y sacándola de allí.

Camillo movió su pesado cuerpo y se alejó de la ventana.

—Pero ¿qué hacéis? Yo soy... Soy... *donna* Olimpia..., Olimpia Pamphili..., gobernadora de Roma...

Entonces perdió el conocimiento, y los esbirros la lanzaron a su carro.

18

Cuando recuperó el conocimiento, Olimpia creyó reconocer el palacio Spada. ¿O era el palacio Farnese? Se sentía incapaz de diferenciarlo; todo le parecía extraño y al mismo tiempo conocido. Completamente agotada, desorientada, ni siquiera era capaz de sentir el traqueteo de las ruedas bajo su dolorido cuerpo, en el que la fiebre iba subiendo sin parar.

—Dios te salve María, llena eres de gracia...

En algún lugar, no muy lejos de allí, oyó el sonido de una campana, clara, dulce y suave, y le llegó un cierto aroma a incienso. Penitentes semidesnudos subían de rodillas una escalera, flagelándose, mientras dos mozos de la peste bajaban esa misma escalera con un cadáver que llevaban cogido por los pies, de modo que la cabeza iba golpeando los peldaños, como si el muerto quisiera dar repetida muestra de su conformidad.

—... el Señor es contigo...

Mientras el olor a incienso iba mezclándose cada vez más con el hedor a descomposición, Olimpia sentía en su mano las lisas y frías cuentas del rosario. El carro cruzaba ahora el puente Sisto, por encima del Tíber. Delante de cada casa, frente a cada portal, se acumulaban los muertos, casi siempre desnudos, pues su ropa se echaba al fuego mientras que sus familiares les cavaban hoyos para enterrarlos.

—... bendita tú eres entre todas las mujeres...

De pronto vio el rostro de Camillo. ¡Al final había acudido! ¡La quería, sí, no iba a dejarla en la estacada! Ella le dedicó una tierna sonrisa, plagada de felicidad. ¡Qué listo era! Sabía que ella tenía dinero, y que el dinero significa poder, grandeza, felicidad... Sabía que el dinero es más intenso que el miedo y más fuerte que la muerte.

—... y bendito es el fruto de tu vientre, Jesús.

¿Qué era eso? Tras Camillo aparecieron dos mujeres, dos furcias muy maquilladas y vestidas con trajes de colores. La princesa Rossano y Clarissa. Se reían y acariciaban los brazos de Camillo. Querían bailar con él.

—Santa María, madre de Dios...

En algún lugar se oyó una orquesta. Olimpia miró a su alrededor y vio que la calle estaba llena de gente bailando. Hombres y mujeres, unos vestidos con andrajos y otros con trajes lujosos y caros. Se cogían del brazo y daban vueltas en círculo, cada vez más rápido, mientras su ropa iba haciéndose jirones y cayendo al suelo. Todo caía: su vestimenta, su piel y su carne, hasta que al final no eran más que esqueletos danzantes.

—... ruega por nosotros pecadores...

¡Qué fiesta más increíble! Ahora Camillo y sus furcias se unían al baile, y reían, danzaban y giraban en círculo, mientras varias santas de piel negra huían al galope de allí, y a lo lejos, un dragón emergía de las aguas espumosas de un lago y elevaba sus cabezas hacia un cielo de color rojo en el que una mujer negra con el cabello al viento movía con destreza infinita su guadaña.

—... ahora y en la hora de nuestra muerte, amén.

La música se detuvo de pronto. Los esbirros sacaron del carro a *donna* Olimpia, y delante de ella se abrió una puerta. Estaban en la casa de la peste.

—¡Santo Dios! —chilló, recuperando la conciencia y haciendo la señal de la cruz.

Era como si acabase de ver el infierno. Infinidad de cuerpos desnudos y apilados unos sobre otros, formando una montaña de cuya base surgía un gemido propio de mil gargantas. Se sintió observada por multitud de ojos que se perdían en enormes cuencas negras, y muchas manos se alargaron para tocarla, como si no pudiesen esperar más para tenerla allí.

—Señor, ten piedad...

Los esbirros la soltaron de golpe. Un empujón en la espalda, un paso torpe e inválido, y después se cerró para siempre la puerta que la separaba de la vida.

19

La peste acabó con la vida de más de diez mil romanos. Después, durante el tiempo de Adviento del año 1656, el Papa volvió a soñar con el ángel: una figura blanca como la nieve que se elevaba por encima del castillo de Sant' Angelo y envainaba su espada llameante. Ya no parecía furioso. Menos de una semana después volvieron a abrirse las puertas de la ciudad: la epidemia había desaparecido.

Mientras el Santo Padre encargaba a Bernini que esculpiera su rostro en mármol, como monumento conmemorativo y portal de la esperanza en esos tiempos de sufrimiento, los trabajos de la plaza Navona tuvieron que interrumpirse: muchos canteros y albañiles habían muerto víctimas de la peste, y los pocos que seguían con vida cada vez se negaban más a acatar las órdenes de su jefe de obra, excesivamente estricto y desmesurado. Y no se podía reprochárselo: los proyectos de Borromini, con sus curvaturas y sus recovecos, exigían un verdadero virtuosismo (tanto que hasta los mejores trabajadores acababan desesperados), y, además, en febrero de 1657 dejaron de pagarles el salario que les correspondía por contrato.

¿Qué estaba pasando? Ya durante la época de la peste, *don* Camillo Pamphili le había echado en cara a su arquitecto principal que estuviera retrasándose premeditadamente en su trabajo y que sólo apareciera por la plaza Navona para visitar una de las librerías de la zona. No sabía que la única preocupación de Francesco era la salud de Clarissa McKinney, aunque si lo hubiera sabido, tampoco le habría importado demasiado. Al hijo de *donna* Olimpia sólo le interesaba la seguridad de su patrimonio. En ese sentido le iba de perlas cualquier pretexto que sirviera para reducir los gastos del foro Pamphili. Además, todo sea dicho, desde que accedió a los insistentes ruegos de su mujer y se

418

fue a vivir al nuevo *palazzo* familiar en el Corso, había perdido todo interés en la *piazza*. Para acabar con la construcción de la iglesia de Santa Inés sólo faltaba la linterna, y, sin embargo, el trabajo estuvo detenido varios meses. Cuando dos maestros albañiles intentaron imponer sus propias ideas en el proceso, Francesco le recordó a Camillo la promesa que su madre le hizo a la Principessa, y como prueba le entregó el contrato firmado por *donna* Olimpia. Pero él rompió el papel ante sus ojos, y, en lugar de pagarle lo convenido, lo despidió y le prohibió que en adelante pusiera un solo pie en la plaza Navona. La versión que dio en público para justificar esa decisión fue que había cometido grandes defectos en la construcción de Santa Inés, que por lo visto motivaban que la colocación de la linterna supusiera un verdadero riesgo, y que el carácter terco y obstinado de Francesco Borromini hacía imposible prever un final para su trabajo.

—¡Vaya usted a París! —le dijo Clarissa un día que, ya repuesta del todo, fue a visitar a su amigo a Vicolo dell'Agnello—. Con su talento podría realizar perfectamente el encargo del Louvre.

Francesco movió la cabeza.

—No tengo ninguna intención de viajar hasta París para competir con un hombre que se ha pasado la vida intentando desprestigiar mi trabajo en Roma. De un modo u otro se las arreglaría para que mi proyecto fracasase.

—¡Pero tiene que intentarlo, *signor* Borromini! ¡Piense en las oportunidades que se le presentarían! El rey de Francia en persona lo ha animado a participar en el concurso, igual que a Bernini.

—Puede ser, Principessa, pero mis proyectos son como mis hijos, y yo no tengo ninguna intención de salir a pedir limosna para que el mundo los alabe y correr el riesgo de que no acaben en nada.

—¡Ah, si *monsignore* Spada aún estuviera vivo! —dijo Clarissa suspirando.

Tras pronunciar aquel nombre los dos se sumieron en un largo y profundo silencio, pues Virgilio Spada había muerto. Aquel hombre menudo y astuto había sido capaz de enfrentarse a la peste, pero después, en invierno, sufrió una inflamación intestinal que fue complicándose y contra la que nada pudieron el aceite de ricino ni los enemas abiertos. Pese a que tuvo que soportar unos dolores terribles, se despidió de este mundo tranquilo y en paz.

—Ha llegado la hora de que los dos nos pongamos en camino —le había dicho a Francesco, que estaba sentado junto a su cama después de que le hubiesen dado la extremaunción—. Yo me dirijo hacia el otro mundo, y usted debe seguir adelante. Ya veremos a cuál de los dos nos espera una meta mejor. —Entonces lo miró por última vez y con una sonrisa añadió—: ¿Recuerda lo que decía Séneca? «No tememos la muerte, sino lo que pensamos acerca de ella...» ¡Cuántas veces lo reprendí por esas palabras! Y ahora resulta que me aportan tanto consuelo como las del Redentor...

¿Habría podido evitar Virgilio Spada lo que acababa de suceder? El despido de Francesco por parte de Camillo Pamphili fue una deshonra que tuvo consecuencias evidentes. El primero en reaccionar fue el secretario de la Academia: no dudó en tildar de peligrosamente confuso el estilo arquitectónico de Borromini y recomendó que sus obras no se tuvieran en cuenta a la hora de instruir y educar a futuros arquitectos. Los conservadores de la ciudad de Roma le exigieron que firmara una garantía afirmando que la cúpula de San Ivo no caería por la fuerza de su propio peso, y, en caso de que así fuera, comprometiéndose a pagar de su propio bolsillo cualquier posible desperfecto. Poco a poco, el que fuera arquitecto del foro Pamphili fue viendo reducidos sus encargos, y pocas semanas después de la muerte de Spada, la congregación de San Felipe decidió demoler la cara oeste del oratorio, una de las primeras y más significativas obras de Borromini, que había sido propuesto para el trabajo por el propio *monsignore*.

¿Y ahora le sugerían que se fuera a París para enfrentarse a Bernini en un concurso? ¡No, no quería ni oír hablar de eso! Él mismo había sido muy crítico con su trabajo y nunca se conformaba con los resultados obtenidos, pero las detracciones de su oponente habían sido siempre más duras si cabe y lo habían hecho sufrir sobremanera, incluso durante el breve espacio de tiempo en que pudo disfrutar de algún éxito y los homenajes superaron a las críticas. Pero ahora, tras su expulsión de la Academia, se sentía incapaz de admitir los ataques, que le parecían un desprecio a toda su carrera vital.

Aceptaba el oscuro poder de Saturno con abulia y sin la menor emoción. Jamás se había sentido tan derrotado, tan desesperado, y al mismo tiempo jamás había sido tan angustiosamente consciente de estar llegando al final de su existencia. Se sentía como si lo hubiesen llamado al Olimpo, pero sólo para comunicarle que no les quedaba sitio para él. Se pasaba horas enteras frente a la chimenea, hasta bien entrada la noche, mirando las llamas en silencio y sin fuerzas para moverse de allí o realizar alguna actividad. Y, pese a que en su fuero interno anhelaba profundamente que lo consolaran o se interesaran por él, que le ofrecieran una mano amiga para sacarlo de su ensimismamiento, él mismo no era capaz de reaccionar ante nada, ni siquiera en presencia de la Principessa.

—¿Sabe usted cómo debió de sentirse Abraham cuando Dios lo condenó a sacrificar a su hijo? —le preguntó una vez, cuando estaban juntos frente a la chimenea—. Yo creo que lo sé. La *piazza* es mi idea más atrevida, la mejor que he tenido nunca; la plaza perfecta. Lo tengo todo aquí, en la cabeza, sólo falta colocar las piedras. Pero llegará el día del juicio final y mi plaza no estará ahí; no habrá existido. Esa idea es peor que cualquier otra cosa. —Miró hacia el fuego y añadió—: Si Dios tuviera a bien llamarme a su lado en el paraíso, le aseguro que cuando llegue allí, seguiré llorando.

Dijo aquello con la voz muy queda, sin emoción, y, sin embargo, Clarissa percibió una tristeza infinita en sus palabras. Podía comprender perfectamente cómo se sentía: ella también había perdido a un hijo que había llevado en su vientre, y sabía que su vida, que Francesco había salvado, habría sido completamente diferente si aquel niño hubiese llegado a nacer. ¿Qué podía hacer para consolarlo por su pérdida?

Se arrodilló frente a la chimenea y echó unas ramitas más.

—Es posible que tenga una idea —dijo, mientras avivaba el fuego.

Él no respondió.

—¿Ha pensado alguna vez en escribir un libro?

—¿Un libro?

—Sí, para conservar sus recuerdos para siempre. Un libro con todos sus planos y dibujos; con todas las obras realizadas y las que no ha llegado a realizar. Para las futuras generaciones. —Se levantó y se dio la vuelta para mirarlo—. ¿Qué opina, *signor* Borromini? ¿No cree que valdría la pena?

20

¡Primavera! ¡Primavera en Roma!

Mientras los días empezaban a alargarse por fin, el mundo fue llenándose de colores, de miles de tonos pastel, como si un pintor divino hubiese pasado su pincel por los campos y los bosques. El suelo y los árboles se cubrieron de un color verde suave, de la noche a la mañana comenzaron a brotar narcisos y tulipanes, y las lilas florecieron con un esplendor blanco y violeta. El aire se plagó con el aroma dulce y conocido de la fertilidad, y el zumbido de las abejas se confundió con el gorjeo de los pájaros.

Junto con la naturaleza, los hombres también despertaron a la nueva vida. Tras aquel año de peste recibieron a la primavera como una liberación. Puertas y ventanas se abrieron de par en par para despedirse no sólo del invierno, sino también de los malos olores y transpiraciones de las casas, y las calles se llenaron de comerciantes y tenderos que abrían sus puestos ambulantes. Los campesinos salieron a los campos y los viñedos, y cuando también las tardes comenzaron a ser más calurosas, en los rincones y recovecos que quedaban a orillas del Tíber empezaron a oírse susurros y cuchicheos que hacían olvidar todo el dolor y la angustia pasados.

¿Y cómo estaba Francesco Borromini? Clarissa observó con alivio que durante aquellos días también comenzó a cambiar. Su propuesta de escribir juntos un libro había actuado como un elixir de vida para él. Para preparar bien su proyecto, visitaron juntos todas las obras que había realizado: San Carlo alle Quattro Fontane, San Ivo alla Sapienza, San Juan de Letrán..., todas las fastuosas iglesias y palacios que había ideado, construido o modificado durante todos aquellos años. Mientras él iba explicándole el sentido y la composición de aquellas obras, su voz recuperó parte de su antiguo orgullo, y la terrible expresión de tristeza que lo había acompañado en los últimos tiempos fue dando paso a un cierto brillo de emoción; aquel que enamoró a Clarissa en su primer encuentro en la catedral de San Pedro.

—Yo fui el primero —dijo, mientras le enseñaba la fachada de San Carlos— que sustituyó el ángulo recto por curvas y líneas cóncavas.

—¿No hubo momentos en los que se sintió terriblemente solo? —preguntó ella—. Todos estaban en su contra.

—Todos los arquitectos que se han atrevido a recorrer nuevos caminos lo han hecho en solitario. Ninguno de ellos ha intentado adecuarse a los demás, sino que se ha limitado a hacer aquello en lo que creía y de lo que estaba convencido. Y al final casi siempre han acabado siendo ellos, los solitarios, los marginados, quienes han resultado vencedores.

—¿Cómo fue encontrando a sus mecenas?

—Yo no los encontré —dijo él con orgullo—. Ellos me encontraron a mí.

Durante aquellas salidas se sentían muy cerca el uno del otro, y su buen humor les atemperaba el corazón como la primavera el cuerpo. Era como si vivieran juntos en un hogar invisible, el de la complicidad, y compartieran las cosas más importantes que poseían: sus pensamientos, opiniones, sentimientos. En ese hogar transparente se sabían tan próximos que ni siquiera necesitaban estar físicamente cerca, y de un modo instintivo evitaban el contacto, como si temieran acabar con algo maravilloso, pero a la vez extraordinariamente frágil.

—¿De verdad quiere derribar la capilla de los Tres Reyes Magos? —preguntó Clarissa cuando visitaron el colegio de Propaganda Fide, una de las últimas grandes construcciones de Francesco que aún quedaban en pie.

—Ya sé lo que piensa —le respondió él—. Cree que lo único que busco es acabar de algún modo con Bernini, pero eso no es cierto. La capilla está en ruinas, y ya ha sufrido varias inundaciones. Además, los padres desean tener una iglesia más grande: el número de discípulos misioneros aumenta cada año.

—No obstante, ¿está seguro de que no hay otra solución?

—¿Cree que de ser así el papa Alejandro habría autorizado su derribo? No, Principessa, la arquitectura es como la vida: creación y destrucción. Lo viejo debe morir para que lo nuevo ocupe su lugar.

—Pero la capilla es la mejor obra de juventud de Bernini, la más hermosa. En ella puede percibirse todo el entusiasmo de sus primeros años. ¿No cree que deberíamos hacer lo posible por conservarla, por respeto al artista y creador? Piense usted en su oratorio, que también desean derruir.

Francesco sacudió la cabeza.

—No, por mucho que le duela al arquitecto en cuestión, no le debemos semejante respeto. Lo impide la propia arquitectura, que sólo respeta las obras. ¿Tiene esa construcción derecho a sobrevivir o debe ser sustituida por una nueva?

—Así pues, ¿cree usted que una obra vale más que un ser humano?

—En la arquitectura sí, sin duda. Es algo que subyace a su propia esencia, porque no es un arte como las demás, sino la suma de todas las artes. Ninguna iglesia, ningún palacio es en realidad la obra de un solo creador. Para que surja un edificio deben trabajar en él multitud de personas, a cual más diferente. Arquitectos y dibujantes, picapedreros y carpinteros, escultores y pintores, tejadores y albañiles... Todos ellos colaboran en su creación, en una admirable labor de conjunto. Y con esa colaboración no sólo acaba surgiendo un nuevo edificio, sino que se produce un renacer de la arquitectura. Con cada construcción se perfecciona y al mismo tiempo se renueva.

Clarissa se quedó pensativa durante unos instantes, reflexionando sobre el sentido de aquellas palabras, y por fin respondió:

—¿Quiere decir que es como la propia creación, en la que nosotros, los seres humanos, vamos renovándonos y perfeccionándonos?

—Nunca lo había considerado de ese modo —dijo Francesco, ruborizándose ligeramente—, pero sí, tiene razón, podría expresarse así. Un renacimiento de la creación. En todos los edificios dignos de llamarse así, la Naturaleza reina con sus leyes eternas: el saber adquirido a lo largo de siglos y milenios de humanidad; la Antigüedad con su infalible olfato para lo sublime y las proporciones, así como los descubrimientos de la época contemporánea; la arquitectura de todos los países y tiempos, desde los creadores de las siete maravillas del mundo hasta Miguel Ángel. Todos ellos son los maestros del arquitecto y todos perviven de algún modo en él. No, Principessa —repitió—, aquí no se trata de Bernini ni de mí, ni de sus sentimientos o los míos, sino de la propia arquitectura. Pero discúlpeme —dijo, interrumpiéndose de golpe—, no paro de hablar como un maestro de la Sapienza, y en realidad habíamos venido a mirar los planos.

Estaba a punto de coger los bocetos que había extendido sobre la mesa, pero Clarissa le puso la mano en el brazo.

—¿Se ha dado cuenta de lo afortunado que es, *signor* Borromini?

Cuando se fueron de Propaganda Fide, el cielo se había teñido del suave rojo del atardecer. En la plaza había varios niños jugando bajo la atenta mirada de sus madres y abuelas, quienes, tras la jornada laboral, disfrutaban de aquella agradable tarde de primavera.

—¿Le importa si nos despedimos aquí? —preguntó Francesco—. Aún tengo que dar algunas instrucciones a mis colaboradores para el trabajo de mañana.

Cuando Clarissa subió a la carroza, su mirada se posó en la casa de Bernini, al otro lado de la plaza. Sobre la puerta había un resalte que debían de haber colocado hacía poco. Era un tubo de la altura de un hombre, dirigido amenazadoramente hacia Propaganda Fide, la obra de Borromini. Debajo de él había dos trabajadores retorciéndose de risa y señalando alternativamente al monstruo que tenían sobre su cabeza y a Propaganda Fide, objeto de su escarnio. Turbada y dolida por aquella imagen, Clarissa cerró los ojos, pero cuando su carruaje pasó junto al *palazzo* de Bernini, no pudo evitar abrirlos y mirar una vez más.

El tubo que salía del muro de ese modo tan amenazador no era sino un enorme falo de mármol.

21

La noche había caído sobre la Ciudad Eterna envolviéndola con su oscuro silencio. Sola, bajo la débil luz de una lámpara de aceite, Clarissa estaba sentada frente a su escritorio y leía una vez más los apuntes que había tomado. Llevaba varios meses dedicando las tardes a escribir las ideas y los pensamientos que durante el día intercambiaba con Francesco, y a copiar los bocetos y planos que él había realizado a lo largo de su vida. Tenía la intención de añadir sus propios comentarios y de publicarlo todo en un libro que se titularía *Opera del Cav. F. B., cavata da suoi originali*.

Dedicaba especial atención a los dibujos de aquellas obras que Francesco no había llegado a realizar. Deseaba que alcanzasen la inmortalidad, al menos en el libro: la iglesia Sant' Agostino, la tumba de los Marchesi di Castel Rodriguez, el convento de los capuchinos de Roma, la fuente de la plaza Navona y, sobre todo, por supuesto, el foro Pamphili, sin duda su mayor y más ambicioso proyecto. ¡Qué terrible desgracia pensar que la plaza jamás vería la luz! El monstruo que salía del portal de Bernini le volvió de pronto a la mente, como tantas otras veces en aquellos días. Si Francesco y Lorenzo no se hubiesen enemistado, quizá la *piazza* se habría materializado...

Cuando las campanas de Sant' Andrea della Valle le informaron de que ya era medianoche, Clarissa recogió sus dibujos, los metió en una carpeta y los guardó en un armario. Después se acercó a la ventana y miró hacia la ciudad dormida. La noche era clara y estrellada. ¿Podría verse la niebla de la Vía Láctea? Aunque estaba muy cansada, abrió la ventana y ajustó el telescopio.

Cuarenta y cinco grados. Ése tenía que ser un buen ángulo para la observación. Se acercó al objetivo y enfocó el cielo. Aquella imagen seguía llenándola de un respeto y una veneración superior al que sentía en cualquier iglesia. Ni la catedral más impresionante ni la más poderosa basílica podían igualarse a la majestuosidad del cielo. Ésa era la morada de Dios, el palacio del Todopoderoso. Las estrellas parecían perderse en el espacio infinito, y, sin embargo, siempre acababan volviendo al mismo sitio, fieles a la pauta que tenían marcada, tras semanas, meses o incluso años de viaje...

¿La pauta de los hombres estaría también marcada allí arriba, igual que la de las estrellas?

Aquel día Clarissa había visitado la catedral para hacer un dibujo del altar mayor. Frente a la basílica había visto a cientos de trabajadores, ocupados en recoger los escombros que se amontonaban en la plaza desde el abandono del campanario. Eran los trabajos preparatorios para la *piazza* que Lorenzo Bernini tenía que construir por encargo del Papa. Clarisa suspiró. Sí, Lorenzo construiría su plaza; Francesco no.

Ajustó el objetivo de su telescopio y lo movió de un lado a otro. No tardó en localizar la Vía Láctea, y, ¡sí, allí estaba la niebla! Increíblemente lejos de ella y al mismo tiempo perfectamente reconocible: un brillo misterioso y azulado, un ejército de manchas desperdigadas y una infinidad de puntitos luminosos. ¿Eran cometas o estrellas que acababan de nacer?

De pronto la asaltó una pregunta, tan repentina e inesperadamente como si le acabara de caer del cielo. Quizá aún había una posibilidad de que la idea de Francesco viera la luz y su boceto se hiciera realidad. ¿O no?

La pregunta la emocionó tanto que las estrellas comenzaron a bailar ante sus ojos. Soltó el telescopio y corrió hacia la ventana, con las rodillas tan temblorosas que tuvo que sujetarse en el marco. Sí, había una posibilidad, en realidad era muy sencillo. Y ella, Clarissa McKinney, tenía la capacidad de cambiar el destino; de hacer que el arquitecto Borromini encontrase para siempre un lugar en el Olimpo. ¡Qué idea más maravillosa! Pero ¿qué precio tendría que pagar por ello? ¿Qué pasaría si hacía caso a su inspiración? No podía saberlo, pero lo intuía vagamente: debía escoger entre el arte y la vida.

«Así pues, ¿cree usted que una obra vale más que un ser humano?»

La pregunta empezó a resonar en su cabeza de un modo obsesivo mientras deambulaba arriba y abajo de su habitación. Francesco le había respondido que sí sin vacilar un segundo, pero ahora la pregunta le afectaba directamente y Clarissa tenía que escoger en su lugar. Las dudas se apoderaron de su persona y le quemaron como ácido en el alma. ¿Quién era ella para decidir algo así? ¿Acaso podía manipular el destino? ¿No era una excesiva arrogancia, una intromisión en los designios del cielo? Miró por la ventana. Inmutables, como si no hubiese sucedido nada, las estrellas del firmamento refulgían en la noche, exactamente igual que antes. ¿Se había inmiscuido en su pauta? ¿Había alterado las órdenes eternas y secretas que las hacían desplazarse desde el inicio de los tiempos? Se cubrió el rostro con las manos. Nunca se había sentido tan sola como aquella noche.

«No sé si está permitido utilizar esos instrumentos. Es como si quisiera penetrar en los secretos más secretos de Dios, pero sin su permiso.»

Ahora ella también sabía cómo debió de sentirse Abraham el día antes del sacrificio de su hijo. ¿Podía ser el arte tan cruel como Dios? La decisión le partió el corazón. Si se negaba a oír la llamada del destino, que se dirigía a ella por su nombre, ¿no sería cómplice del fracaso artístico de Francesco? Si el Cielo le concedía la oportunidad de eternizar la mejor obra de su amigo, esa idea única y escandalosa que hacía sombra al resto de sus creaciones, ¿no era su obligación aceptar esa ocasión y asumir su deber ante Dios y el arte? Pero si intervenía, ¿cómo afectaría eso a Francesco? ¿Qué dolor le provocaría? ¿Sería ella capaz de cargar con la responsabilidad de las consecuencias? Si Lorenzo triunfaba una vez más, la última y definitiva, si lo ganaba a ojos del mundo, ¿podría soportarlo Francesco? Clarissa sabía lo orgulloso que era, los celos que sentía, la envidia que lo corroía por culpa de su rival, que le había hecho la vida imposible, como Abel a Caín.

«Lo tengo todo aquí, en la cabeza, sólo falta colocar las piedras. Pero llegará el día del juicio final y mi plaza no estará ahí; no habrá existido. Esta idea es peor que cualquier otra cosa.»

Sí, el arte era tan cruel como el Dios de Abraham, y el sacrificio que pedía, desmesurado. Si salvaba la idea de Francesco, perdería a su amigo para siempre. Clarissa intentó pensar, rezar, pero no pudo hacer ninguna de las dos cosas. En su cabeza no cabía más que aquella pregunta que se le había clavado en lo más hondo, impuesta de un modo ineludible. Se imaginó el rostro de Francesco, aquellos ojos oscuros en los que ella intuía una terrible y abismal melancolía, y decidió que eso era lo peor que podía ver: los ojos de Francesco eran los de un náufrago que se ahogaba.

«Si Dios tuviera a bien llamarme a su lado en el paraíso, le aseguro que cuando llegue allí, seguiré llorando.»

Para no pensar más en los ojos de Francesco, Clarissa volvió a dirigirse a su telescopio. En el cielo pudo ver claramente a Spica, la estrella principal de Virgo, y también a Antares con su brillo rojizo. En aquel momento contuvo el aliento: entre las dos estrellas descubrió también a Saturno, que estaba rebasando los límites de Virgo. De color amarillo pálido, rodeado de sus anillos, la miraba directamente a los ojos, sorprendentemente lejano y cercano a la vez. «Una taza con dos asas.» Aquella imagen le había dado a Francesco la idea para su proyecto de la *piazza*. En los oídos de Clarissa aún resonaban las palabras que él había pronunciado al ver por primera vez la estrella bajo cuyo signo había nacido.

«Dios nos ha hecho capaces de crear el arte para que lleguemos más allá de lo que nos permite nuestra efímera vida [...] por eso cada obra de arte vale mil veces más que su creador.»

Su rostro había manifestado un gran asombro al pronunciar aquellas palabras, y sus ojos habían brillado como Spica y Antares en el firmamento. Como si se trataran de los ojos de una persona feliz.

Clarissa se alejó del telescopio. Por fin sabía lo que tenía que hacer.

22

—¡Empaqueta también el abrigo de pieles, Rustico! —le gritó Lorenzo a su ayudante, que estaba junto a la puerta a la espera de sus órdenes—. En París hace frío.

—Muy bien, *cavaliere*. Ya lo he cepillado y le he quitado las pulgas.

—¡Y tampoco olvides el abrigo de seda! Vamos a estar instalados en los edificios reales.

Después volvió a ocuparse de sus papeles. Se marchaba al cabo de dos días: el propio Luis XIV en persona había escrito dos cartas, una al Papa y otra a él, alentándolo a salir de viaje y tomarse unas merecidas vacaciones alejándose del Vaticano. El rey de Francia no estaba satisfecho con los planos que los arquitectos franceses habían realizado para la construcción del Louvre, y, dado que ni siquiera los concursos (convocó varios) sirvieron para dar con un proyecto adecuado, había dirigido su mirada a Roma. El papa Alejandro, con la idea de mejorar las por entonces tensas relaciones entre Francia y el Vaticano, se decidió por fin a conceder a Bernini la licencia de viaje, con gran dolor de su corazón.

Lorenzo aceptó el *passaporto* con un suspiro. ¿Era la llamada del monarca lo que lo movía a hacer aquel viaje? ¿Qué podría ofrecerle París que no tuviera ya en Roma? Desde la subida al trono del papa Alejandro, su posición social y su trabajo habían vuelto a subir como la espuma. Volvía a ser —él y sólo él— el primer artista de Roma. El nuevo Papa lo apreciaba más incluso que el propio Urbano, lo invitaba a diario a su mesa y no tomaba ninguna decisión sin consultarla previamente con él.

No, lo que lo impulsaba a salir de Roma era algo muy diferente, y, aunque en principio se negaba a admitirlo, en el fondo de su corazón lo sabía perfectamente: era el miedo a envejecer; el miedo a la muerte. Cada vez que se miraba en el espejo, cada vez que observaba los ojos de una mujer joven, comprendía que sus días estaban llegando a su fin. Todas las cosas que hacían que la vida fuera bella y tuviera sentido estaban empezando a difuminarse y palidecer, porque su piel, ese miserable abrigo de los huesos, iba marchitándose progresivamente, como la funda de un sillón viejo y gastado. Por otra parte, no obstante, sentía que su corazón seguía latiendo con tanta fuerza como antes y que él continuaba teniendo las mismas ganas de ser feliz y la misma necesidad de amar y ser amado. Con polvos y ungüentos se enfrentaba al invisible enemigo que, inclemente, iba dejándole sus huellas en la piel, y bebía esencias y aceites que olían a mil demonios y que no lo ayudaban lo más mínimo a superar el punzante sentimiento de inutilidad que lo atenazaba, como cuando intentaba servirse de su arte para capturar el miedo a la muerte en un bloque de mármol. Aunque París no le devolvería la juventud, quizá sí podría aplazar uno o dos años su ruina y desmoronamiento vital.

—Me han dicho que va a dejarnos, *cavaliere*.

—¡Principessa! ¡Qué alegría verla!

Lorenzo estaba tan concentrado en sus pensamientos que ni siquiera la había oído entrar en su estudio. Estaba muy pálida y los ojos le brillaban como si tuviese fiebre. Aquella imagen le dio remordimientos de conciencia. Dejó lo que estaba haciendo y se inclinó ante ella para besarle la mano.

—Le aseguro que no me habría marchado sin despedirme, pero usted sabe mejor que nadie cuántos preparativos exige un viaje como éste. ¡Oh! ¿Qué es esto? ¿Un regalo? —preguntó sorprendido cuando ella, en lugar de sentarse, le entregó un pergamino enrollado—. ¡Qué detalle! ¡Qué vergüenza!

Clarissa movió la cabeza.

—No es mío —dijo con voz temblorosa—. Yo... yo soy sólo la portadora.

Él soltó la cuerda con curiosidad y desplegó el pergamino. Cuando vio lo que contenía, se quedó muy sorprendido.

—¿Me trae usted un dibujo?

Era el boceto de una plaza ovalada, de cuyo centro salían cuatro hileras de columnas que la envolvían.

—Sí, *cavaliere* —respondió, casi en un susurro.

Bernini observó el plano con el entrecejo fruncido: todo un sistema de círculos y ejes superpuestos. ¿Por qué cuatro hileras de columnas? ¿Y qué significaban aquellas líneas? Todo parecía sencillo y claro, pero al mismo tiempo misterioso... De pronto se le cayó la venda de los ojos y contuvo el aliento. ¡Qué genialidad! ¡Qué idea más increíblemente maravillosa!

—¿De quién es este dibujo? —preguntó con voz ronca.

—Eso no importa.

—Es un plano genial: el boceto de la plaza ideal. Pero ¿por qué me lo enseña? ¿Necesita que recomiende a alguien para que le consigan trabajo? —Cogió una pluma que tenía en el escritorio—. Lo haré encantado. ¡Es fantástico!

Clarissa movió la cabeza por segunda vez.

—El plano es para usted, *cavaliere*. ¡Cójalo y construya la *piazza*!

—¿Cómo? ¿Se burla de mí?

—En absoluto. Hágalo en el lugar del hombre que la diseñó. A él le faltan los medios y las oportunidades para construirla.

Lorenzo le devolvió el pergamino.

—Lo siento, pero no puedo hacerlo.

—¿Y si yo se lo pido?

—¿Por qué?

—Por el arte.

—¡Imposible! Mi honor no me lo permite.

—¿El honor o la ambición?

—Las dos cosas. —Carraspeó, y luego añadió—: Creo que sé a quién pertenece. Yo... conozco su estilo.

—Entonces créame cuando le digo que se lo entrego en su nombre.

Volvió a ofrecerle el pliego y lo miró. Estaba ruborizada por los nervios. ¿Podía haber tentación más grande? Lo que le ofrecía la Principessa era el boceto de una obra que inmortalizaría a su creador, que lo haría entrar en los anales de la historia y que perviviría mientras quedara gente con ojos capaces de ver tanta perfección. Era la idea, la inspiración que tanto tiempo había buscado.

Entonces vio que a ella le temblaban las manos.

—No —dijo, haciendo un verdadero esfuerzo—. Imposible.

—¿Es su última palabra?

Él asintió en silencio.

—Bueno, no puedo obligarlo. —Dejó el plano en su escritorio. Después se giró y fue hacia la puerta. Puso la mano en el pomo, lo miró una vez más y dijo—: Ah, por cierto, *cavaliere*.

—¿Sí?

—Hágame el favor de retirar ese monstruo de su casa. ¡Es lo más absurdo que he visto en mi vida! —Parecía que iba a añadir algo más, pero al final se limitó a asentir y abrió la puerta—. Que tenga usted un buen viaje.

Y dicho aquello abandonó la estancia, antes de que Lorenzo saliera de su estupefacción. Cuando él se recuperó, oyó que fuera, en la calle, una carroza se alejaba de allí.

Aturdido, se acercó a la ventana. ¿Había sido una despedida para siempre? No, no, no se quedaría en Francia para el resto de su vida. Además, aún podía visitar una vez más a la Principessa antes de partir. Sí, eso haría. Pasaría a verla aquella misma tarde. ¡Qué buena idea! Entonces le devolvería el plano.

Tenía que demostrarle que no sucumbiría a la tentación.

23

Lorenzo se alejó de la ventana. Allí estaba el pergamino, encima de la mesa, junto a su bolsa de viaje. Una hoja de papel. Y en ella, unas líneas y unos trazos. Nada más.

¿Por qué le había temblado tanto la mano?

Durante unos minutos no hizo más que mirar el plano como si fuera un animal extraño y peligroso que acabara de colarse en su estudio para acecharlo, dispuesto a abalanzarse en cualquier momento sobre él. Con las manos a la espalda empezó a dar vueltas alrededor de la mesa, una y otra vez, observando el pliego desde todos los puntos de vista, como si le tuviera miedo... o como si temiera que pudiese desaparecer de allí si lo perdía de vista.

—¡Por favor! ¿Qué estoy haciendo?

Se detuvo bruscamente y se sentó frente a su escritorio. Con la punta de los dedos, como si pudiera envenenarse, cogió el pergamino y lo dejó sobre una silla. Se marchaba al cabo de dos días y todavía tenía mucho que hacer. Pero mientras ordenaba sus papeles no pudo evitar que los ojos se le fueran hacia la silla.

¿Era posible que hubiese visto lo que había visto? ¿No se lo habría imaginado?

Al cabo de diez minutos no pudo soportarlo más, cogió la hoja y la desdobló de nuevo. Tenía que verlo una vez más, sólo una; no podía evitarlo.

Lo estudió con un profundo respeto. No, no se había equivocado. ¡Qué grandeza! ¡Qué fuerza! Con el plano en la mano se dejó caer en una silla. Mientras su mirada recorría cada una de las líneas, tomó una manzana y la mordió. La idea era tan sencilla pero al mismo tiempo tan genial... Lorenzo se imaginó la plaza acabada y se situó mentalmente en el centro de la elipsis, en su punto focal. Su corazón latía a toda prisa por la emoción. Un paso más para llegar al punto en cuestión... Él intuía..., no, sabía lo que vería desde allí. ¡Qué maravilla!

Soltó el dibujo. ¿Era posible que aquella idea fuera del mismo hombre del que había querido burlarse con un falo de mármol? ¿El que había despertado su sed de venganza por la amenaza de destrucción de su capilla? ¿Aquel del que se había reído y al que había humillado durante toda su vida por ser un simple picapedrero? Pese a que estaba solo en la habitación, sintió una vergüenza que hasta entonces nunca había sentido.

Al volver a dejar el papel sobre el escritorio sus manos temblaron tanto como las de la Principessa. Sólo había visto el juego óptico de la plaza con la imaginación, pero aun así estaba tan impresionado como si hubiese podido echar una ojeada al plano de la creación. Era tan fácil relacionar aquel dibujo con su propio proyecto para la catedral de San Pedro... Sólo tenía que alargar un poco la explanada del óvalo hacia la ciudad, y las dos plazas presentarían la forma de un tabernáculo.

¿No era eso una señal?

Lorenzo cerró los ojos. De pronto lo asaltó el recuerdo de un suceso de su infancia, algo que aconteció en la iglesia de San Pedro. Él había acudido a misa con su padre, Pietro Bernini, y en un momento dado éste se dio la vuelta y le dijo:

—Un día, hijo mío, llegará alguien, un hombre con una mente prodigiosa, que creará dos obras geniales en consonancia con este templo maravilloso.

Y él, por entonces un muchacho de diez años, le respondió:

—¡Ojalá sea yo ese hombre!

Se levantó de un salto, consumido por la misma emoción que lo había poseído en aquella otra ocasión, en aquel instante definitivo. Una de las dos obras a las que se refería su padre era sin duda el altar mayor, y ya la había construido hacía muchos años. Pero ¿cuál era la segunda?

Esa misma tarde decidió aplazar su viaje a París. Que esperara el monarca francés. Él, Lorenzo, todavía tenía mucha vida por delante. Se sentía joven y dinámico.

A Francia iría después, mucho después...

El 22 de mayo de 1667, el papa Alejandro VII, *vulgo* Fabio Chigi, cerró los ojos para siempre, después de doce años de pontificado en los que no reparó en gastos a la hora de remodelar la plaza de la catedral. No importaba lo que su arquitecto le pidiera: él siempre se lo concedía. Para obtener el espacio que necesitaba, mandó destruir calles enteras y demoler la Spina, el barrio que quedaba en el centro de la plaza. Se contrató a centenares de obreros, adoquinadores y empedradores, además de docenas de picapedreros y escultores, pues estaba previsto que las columnatas cubrieran un verdadero ejército de estatuas: ciento cincuenta en total. Gracias a esa increíble cantidad y disponibilidad de medios, los trabajos en la obra más grande del mundo fueron avanzando a tan buen ritmo que en 1665, su constructor, Lorenzo Bernini, pudo irse a París tranquilamente, acompañado por su segundo hijo, Paolo, un mayordomo y tres criados más, para responder por fin a la invitación del rey francés.

El papa Alejandro vivió lo suficiente para ver la construcción de las noventa y seis columnas que envolvían la plaza en cuatro hileras, pero se perdió la inauguración, un honor del que disfrutó su sucesor, Clemente IX, que en julio de 1667 fue elegido por la Santa Academia como representante de Cristo en la tierra. Para dar cuenta de la importancia de aquella inauguración, el nuevo gobernador de la Iglesia decidió celebrarla el mismo día de su subida al trono.

Creyentes de todo el mundo se acercaron a Roma para festejar la toma de posesión del nuevo pontífice, y por fin, el día en que Clemente debía aparecer en público por primera vez, acudieron en masa a la catedral de San Pedro desde primeras horas de la mañana. El palacio del Capitolio estaba decorado con damascos con incrustaciones de oro; en las plazas los esbirros del Papa repartían pan entre los más pobres, y en muchas de las fuentes de la ciudad desapareció el agua durante veinticuatro horas y en su lugar brotó vino tinto.

Sólo un hombre en toda la ciudad se negó a participar en aquel increíble espectáculo: Francesco Borromini. Solo, en su pequeña y espartana vivienda de Vicolo dell'Agnello, dedicó el día a ordenar sus papeles y sus ideas; una actividad tranquila y comedida que sólo interrumpía cuando le entraba un ataque de tos, cada pocos minutos. En los últimos años su salud había ido empeorando con la misma rapidez con la que su fama de arquitecto había ido cayendo en el olvido.

«Tos del corazón», le habían diagnosticado los médicos. ¡Qué nombre más hermoso! Pero tras él no se escondía nada más que asma, la típica enfermedad de los picapedreros, la maldición de sus primeros años. A veces los ataques eran tan fuertes que tenía convulsiones en todo el cuerpo y se arrancaba la ropa entre gemidos, buscando aire como un animal herido. En aquellas ocasiones podía suceder que el agotamiento lo sumiera en un sueño profundo del que no emergía hasta unas horas después. Pero el despertar era peor aún, pues los días que seguían a esos ataques los pasaba en un estado de absoluto abatimiento al que los doctores se referían con el nombre de *hypochondria*. Lo único que podían recetarle en aquellos casos eran paseos al aire libre y mucha calma. Sobre todo mucha calma y ningún sobresalto.

Pero ¿cómo iba a seguir aquel consejo? Sus oponentes, los pocos que aún se acordaban de él, lo ridiculizaban más que nunca y no dejaban de reírse y burlarse de él. Lo llamaban «el pulidor de esquinas». Eso sí, en cuanto su rival Bernini lo imitaba y en alguna de sus obras sustituía el ángulo recto por un trazo cóncavo o curvo, esos mismos tipos lo celebraban y admiraban como a un genio; como si acabara de reinventar la arquitectura. El *cavaliere* iba de triunfo en triunfo, avanzando tan rápido en su carrera como un ladrón con su botín a la espalda. De un modo cada vez más insolente, más desvergonzado, fue aprovechándose de las ideas de Francesco, que, anonadado, iba descubriendo sus propios proyectos en todas las obras de Bernini. Estaban por toda la ciudad; las iglesias y los palacios lo observaban desde todas las esquinas y le lanzaban miradas cargadas de reproches, como niños a los que su padre hubiera traicionado y abandonado. La Scala Regia era un plagio de su columnata para el palacio Spada. San Andrea del Quirinal, una esperpéntica caricatura de su San Carlos. ¡Todas las obras del *cavaliere* eran malas copias de las suyas! Últimamente, cada vez que se sentaba a esbozar algún dibujo, tenía la sensación de que

Bernini lo espiaba por encima del hombro. Sentía en la espalda los ojos de su rival, notaba su mirada codiciosa y mezquina absorbiéndolo todo: sus formas, sus ideas, su espíritu. ¡Pero no lo permitiría, no dejaría que le robara nada más! Por la tarde guardaba todos sus dibujos, hasta el más simple de sus bocetos, en un armario que tenía en el desván, y por la noche se los llevaba a la cama y los apretujaba contra su cuerpo, como haría un padre con sus hijos si éstos necesitaran protección. ¡Sí! ¡A ver qué hacía aquel genio sin las ideas que le robaba! ¡Se quedaría seco! ¡Ojalá muriera de hambre!

Realmente, mientras la fama y la riqueza de Lorenzo Bernini no dejaban de aumentar, él, Francesco Borromini, iba perdiendo casi todo lo que le importaba: no tenía acceso a ninguna de las obras relevantes de la ciudad, y, ahora que había acabado la fachada de San Carlos, ni siquiera tenía algo en que ocupar su tiempo. Sus mejores planos, como el proyecto para la sacristía de San Pedro, quedaron, pues, en el aire. Meros sueños; aportaciones para el libro que estaba escribiendo con la Principessa y que quería publicar ese mismo año. Hasta se vio obligado a presenciar la conclusión de Santa Inés como un simple espectador. Los dos campanarios de la iglesia, su respuesta al desastre que provocó Bernini con el campanil de la basílica, lo realizó Giovanni Maria Baratta, uno de sus antiguos colaboradores.

Su vecina, que aún trabajaba para él y le limpiaba la casa, lo despertó de su ensimismamiento.

—La cena está lista, *signor*.

Con la espalda encorvada, se arrastró hasta la cocina para tomar su sopa de verduras.

25

Sonaron los tambores y las charangas, y las más de doscientas mil personas que aquel mediodía llenaron la plaza ovalada de la basílica de San Pedro se pusieron de puntillas para ver mejor. Repique de campanas y gritos de júbilo, y la cabalgata del Sumo Pontífice hizo su entrada por la mayor puerta del mundo, la abertura de las columnatas, mientras que la muchedumbre que inundaba la *piazza* se abría en dos como en su día hicieran las aguas del Mar Rojo a instancias de Moisés. La cabalgata parecía una interminable serpiente compuesta por infinidad de dignatarios de la Iglesia y el Estado, que avanzaban lentamente, precedidos por una división de la Guardia Suiza, así como barberos, sastres, panaderos, jardineros y todo tipo de ayudantes de las tareas domésticas del Papa, todos a caballo y vestidos con lujosas libreas, sólo superadas por las que llevaban los miembros del conservatorio de la ciudad de Roma, cuyos abrigos de lamé plateado les llegaban hasta el suelo. Y detrás de todos ellos, por fin, el Papa, en una carroza sencilla y abierta, tirada por dos mulas. En su séquito, los cardenales, con sus vestimentas de color púrpura y sus sombreros bajos con borlas, montados en mulas, seguidos a pie por obispos y prelados, monseñores y sacerdotes, y por último, numerosos embajadores de otros países.

Tardaron más de una hora en llegar todos a sus puestos y tomar asiento en las tribunas que rodeaban la basílica. Las charangas sonaron por segunda vez, y un oficial de la Guardia Suiza llamó a Lorenzo Bernini, *cavaliere di Gesù* y arquitecto de la catedral de San Pedro. En la plaza se hizo un silencio tan sepulcral que hasta pudieron oírse los pasos de Bernini mientras subía las escaleras exteriores de la catedral, sombrero en mano, para acercarse al trono papal. Clarissa, que ocupaba uno de los asientos principales en la tribuna de invitados de honor, contuvo el aliento.

—Dios Nuestro Señor —dijo el Papa, elevando la voz— dijo a su primer apóstol: «Tú eres Pedro, y sobre esta piedra edificaré mi Iglesia.» Con tu trabajo, Lorenzo Bernini, has obedecido la llamada del Señor. Esta plaza abrazará para siempre al cristianismo, lo protegerá y será su refugio de hoy en adelante, como la Santa Madre Iglesia, y no se doblegará jamás a las puertas del infierno.

Con la frente bien alta, Lorenzo estaba allí erguido como si fuera un emperador. No sonreía, pero en su rostro podía leerse la importancia de aquel momento. Orgullo, poder, triunfo.

Cuando Clarissa observó aquella expresión, sintió una punzada de remordimientos, tan duros como la ira divina. El corazón se le quedó en un puño. ¿Cómo podía haber hecho aquello? Se arrepintió con toda su alma de haber acudido a presenciar el triunfo de Lorenzo en lugar de quedarse a acompañar a Francesco. ¿Qué estaría haciendo en aquel instante? ¿Por dónde estaría arrastrando su enfermo corazón? ¿Era posible que hubiese acudido a la *piazza*? Quizá estaba allí perdido, oculto entre aquellos miles de personas, mientras el Papa felicitaba a su mayor rival ante todo el mundo y lo elevaba por encima de cualquier otro artista del planeta, gracias a una obra que en realidad había ideado él... Clarissa se estremeció. ¿Por qué no se abría el cielo y le lanzaba un rayo para castigarla?

Lorenzo se inclinó sobre la mano del Papa para despedirse. El silencio seguía siendo tan absoluto que Clarissa pudo oír el arrullo de las palomas. Sin embargo, en cuanto Lorenzo se alejó del trono papal, todos los allí presentes rompieron en gritos de júbilo, que se elevaron por toda la plaza, como si los romanos pretendieran parecerse a los ejércitos divinos. El bramido hizo temblar el suelo y los muros de la catedral, y toda la ciudad, toda la tierra, resonó con las voces que alababan al constructor de San Pedro.

A Clarissa se le puso la piel de gallina al verse arrastrada por aquella gigantesca ola que abarcaba a todos los presentes y que a ella parecía querer sacarla de dudas. ¿Acaso no era ésa una señal? Hacía muchos años Borromini le había mostrado el cielo en la cúpula de la catedral. Ahora, en cambio, envuelto entre los gritos de toda esa gente que estaba reunida en la plaza de la misma catedral, Dios le ofrecía un adelanto de lo que podría esperarle en el cielo, cuando estuviera rodeada de los ejércitos divinos y enfrentada al rostro del Creador.

Superada por sus sentimientos, Clarissa cerró los ojos. Si la plaza hacía feliz a tanta gente, ¿era posible que no hubiese actuado bien?

Cuando volvió a abrir los ojos, tenía a Bernini delante.

—Le he traído algo de mi viaje —le dijo, antes de que ella pudiera reponerse de su sorpresa, y le tendió un cofrecito—. Tenga, para usted.

Sorprendida, ella lo cogió.

—¿A qué espera, Principessa? ¿No quiere verlo?

Al abrir la tapa, sintió que se le paraba el corazón.

—Pero... esto es...

Sobre un lecho de terciopelo negro brillaba una esmeralda del tamaño de una nuez: la misma piedra preciosa que ella le entregara en una ocasión de parte del rey de Inglaterra.

—Me he pasado años enteros buscándola sin éxito por toda Roma, y por fin la encontré en París, por casualidad, en una joyería que queda cerca de Notre Dame.

—¿Por qué... por qué me la regala?

—¿Acaso no lo sabe? —Dicho aquello, se arrodilló delante de ella, delante de toda esa gente, delante del Papa y de la Santa Academia, le cogió la mano y se la besó—. Usted es la única mujer a la que he amado en toda mi vida. Principessa, le ruego que acepte mi regalo. Es mi manera de darle las gracias por todo lo que ha hecho por mí... y por todo lo que me ha dado.

—¿Por todo lo que le he dado? —Clarissa apartó la mano—. No —dijo, devolviéndole el cofrecito—. Créame, me encantaría aceptar la esmeralda; quizá no debería haberla rechazado la primera vez que me la ofreció, pero... aquí, en este lugar y este día..., no, me resulta imposible. Sería... —Dudó unos segundos antes de continuar la frase, con la mirada gacha—. Sí, sería una traición.

26

El canto de un gallo anunció la llegada de un nuevo día en el momento que Francesco Borromini salió de su casa. No había podido dormir en toda la noche y se había pasado horas y horas dando vueltas en la cama, atormentado por terribles pesadillas. Y al alba ya no aguantó más: tenía que asegurarse.

A la pálida luz del amanecer fue arrastrándose por las calles de Roma, con el sombrero bien calado, como si temiera ser reconocido. ¿Estaría mirándolo Dios? Entre las viejas e inclinadas casas de aquella zona se acumulaba el calor del día anterior. La noche apenas había refrescado algo el ambiente. La mayor parte de las puertas y ventanas estaban cerradas, y sólo le llegaron voces de una de las panaderías de la zona. Olía a pan fresco.

Habría pasado quizá un cuarto de hora cuando divisó al fin su objetivo. La catedral de San Pedro se elevaba en el cielo gris como una colina nevada. Un fresco viento matinal, apenas un soplo de aire, recorría el suelo de la plaza, que estaba completamente vacía. Sólo la infinidad de basura que cubría el pavimento daba cuenta de la concurrida fiesta de inauguración que se había celebrado el día anterior.

Cuando Francesco atravesó la amplia entrada, se caló el sombrero un poco más. ¿Tenía miedo de ver lo que había ido a ver? Sabía que la esencia de una plaza sólo podía deducirse desde un lugar: su centro; su interior. Durante diez años, desde que empezara a construirse, había evitado ir allí, pero todos, todos los días de aquellos diez años, se había martirizado con la misma y definitiva pregunta: ¿cómo la habría organizado Bernini?

Y ahora, tras diez años de incertidumbre, tenía claro que no iba a convertirse en un esclavo de su impaciencia.

Le costó un verdadero esfuerzo contener sus ganas de mirar. Con los ojos clavados en el suelo, cruzó la plaza siguiendo las blancas líneas de mármol incrustadas en el adoquinado. Sus pasos rompían el silencio matinal mientras iba apoderándose de él la imposible sensación de estar pisando un suelo conocido. Era como si anduviese por un sueño que ya hubiera soñado infinidad de veces.

Se detuvo en el centro de aquel óvalo enorme, no muy lejos del obelisco. Era la más pura imagen de la soledad. Cerró los ojos, temblando, cogió aire, y por fin se dio la vuelta y miró.

Fue como una revelación. Los ojos se le abrieron como platos al ver la maravilla que tenía frente a sí. Bajo un cielo de color rosa pálido que anunciaba la incipiente salida del sol, las columnatas se alzaban oscuras y grandes como dos brazos fuertes y poderosos que rodeaban toda la tierra. Coronados por los ejércitos celestes, que hacían guardia sobre las columnas, los patrones de la fe eterna, representados en piedra, defendían la plaza con sorprendente fuerza, y parecía que jamás podría sobrevenirle ningún mal.

Francesco bebió de aquella escena que le ofrecían sus ojos con tragos cortos y voraces, como si fuera la primera vez que veía la luz del sol. Se le paró el corazón. Así era como él había imaginado siempre la plaza: la más maravillosa que jamás hubiese existido, una obra de arte, resultado del cálculo matemático más exacto y de la más artística imaginación. Todo tenía un significado; cada piedra, cada pilar eran como la letra de un alfabeto gigante.

¡Ésa era su plaza! ¡Su sueño hecho de piedra y mármol!

El hallazgo lo atravesó como un rayo divino. ¿Qué había sucedido? ¿Cómo era posible? Aturdido, recorrió aquel espacio con la mirada para ver toda la planta y descubrió sus propias ideas en todas las piedras que había allí. Lo miró todo varias veces, como si no pudiera dar crédito a lo que tenía frente a los ojos. Pero no había ninguna duda: aquélla era su idea, su mejor idea. Una taza con dos asas, la imagen de Saturno que se le había aparecido en el telescopio de la Principessa. Lo único que se diferenciaba algo de su idea era la plaza trapezoidal que estaba dirigida hacia la fachada de la catedral. Juntas, ambas tomaban la forma de un tabernáculo. Pero ¿era eso significativo? Él había creado también la planta de la plaza Navona, y podían haber adaptado su boceto...

Estaba petrificado. Habría querido salir corriendo de allí, pero se sintió incapaz de dar un solo paso. El óvalo abierto, las cuatro hileras de columnas... ¡No podía ser una coincidencia! Pero ¿cómo podía haber sucedido? Bernini nunca había visto sus planos. ¿Era posible que algún demonio le hubiese inspirado exactamente la misma idea para burlarse de él?

Francesco se sintió estúpido, como un mono que se desespera tocando un espejo porque cree que al otro lado hay un cuerpo de verdad. Aunque ¿cómo iba a comprender la verdad, si no era tocándolo? Por lo que alcanzaba a contemplar, aquella obra era la representación exacta de su dibujo. Y si había alguna diferencia, debía de quedar más allá de las cosas; tras ellas.

Suspiró. Todavía no conocía la verdad, pero tenía la llave para descubrirla. Si se trataba realmente de su plaza, escondía un secreto en su interior: el secreto de la perfección. ¿Era perfecta aquélla? Ya no esperaba nada, ya no temía nada. Pero... ¿tendría la fuerza suficiente como para soportar la respuesta a esa pregunta? Comprobarlo era tan fácil... Sólo tenía que dar un par de pasos para ir de la intuición a la certeza. Y, sin embargo, le parecía lo más difícil que había hecho en su vida.

Dio un paso alejándose del obelisco, luego otro, y otro, lenta y trabajosamente, como si tuviera que oponer resistencia a ciertas fuerzas ocultas, pero al mismo tiempo irremediablemente atraído por un punto determinado. Conocía el lugar exacto. Llegaría hasta él incluso con los ojos cerrados, pues lo había estudiado y dibujado cientos de veces en sus bocetos.

Sólo le faltaba un paso. Se detuvo, temblando de emoción y con los ojos fijos en ese punto concreto. Sentía verdadero pánico y, a la vez, una cierta esperanza. Era una persona desesperada acercándose al oráculo en busca de respuestas. Allí estaba, el punto central de la elipse, el centro del conocimiento. Francesco dudó, dudó un buen rato, mucho más que Adán antes de aceptar la manzana de Eva. ¿Tenía que hacerlo? ¿Tenía que dar ese paso último y definitivo? Se sentía tan solo como si fuera el único ser humano de la tierra. Era una mota de polvo en medio del cosmos divino.

Un rayo de sol le rozó la cara, cálido y claro, y en aquel momento dejó de pensar y de dudar. Sucedió de pronto, sin más. Dio un último paso... y la *piazza* le mostró su gran secreto.

Sí, era perfecta.

Francesco cayó de rodillas, abatido. Allí, ante sus ojos, acababa de producirse el milagro que él tantas veces había soñado en la soledad de su corazón. Su plano era factible; sus cálculos, acertados. Todo era tal como él suponía. Como si unos ángeles invisibles hubiesen descorrido la cortina de un telón gigante, las columnatas se abrieron al mundo, a la verdad, a la luz. Mientras los pilares se escondían uno detrás de otro, las paredes parecieron separarse, y las enormes piedras perdieron toda su gravidez para ofrecer una maravillosa impresión de ligereza. Era como si la plaza no estuviera rodeada por cuatro hileras de columnas, sino por una sola, tras la cual brillaba el sol matinal, que emergía del mar de casas de la Ciudad Eterna como si del mar del tiempo se tratara.

Con las manos unidas, atónito, Francesco se sentía incapaz de apartar la vista de aquella imagen. En su interior se agolpaban violentamente todos los sentimientos que pueden afectar a un ser humano. Mientras su alma se elevaba al cielo, jubilosa, como si acabara de ser liberada tras una larga temporada de arresto, por sus mejillas corrían lágrimas de alegría. El espectáculo divino que tenía lugar ante sus ojos era su obra. El resumen de su vida, el sentido de su existencia. Todo era tal como lo había soñado, deseado y esperado. Allí estaban plasmadas toda la ligereza y la hermosura que tantas veces había sentido en su interior pero jamás le habían dejado representar. Había entendido a Dios. Allí, en aquella obra, el Espíritu Santo hablaba directamente a los hombres. Con la ayuda del Creador, él, Francesco Borromini, había escogido el punto de vista adecuado, el punto de vista de Dios y de la fe, detrás del cual se escondía la realidad de las cosas, más allá de cualquier frontera. Allí, en aquella plaza, se abría para siempre el secreto de la fe. Dios lo amaba, él era el escogido. Gracias a él podía aportar la salvación al mundo, la liberación de las cadenas que mantenían preso al ser humano...

¡Todo un triunfo! Él, Francesco Borromini, había creado aquella plaza. Él era el único capaz de dar cuerpo a aquel espacio increíble e inmenso, y de llenarlo de significados. ¡Él era el primer artista de Roma! En aquel momento sonaron las campanas de la torre, como si el mismo cielo quisiera compartir su júbilo. Fue entonces cuando notó el sabor salado de las lágrimas sobre los labios.

Sí, aquélla era su obra, la perfección del arte, el mayor jeroglífico de la fe que jamás se hubiese construido. Pero nadie llegaría a saberlo jamás. Para el mundo, aquélla era la obra de otro, la de su mayor rival. Era Lorenzo Bernini, ese pavo real vanidoso y narcisista, quien le había dado cuerpo, y ahora paladeaba las mieles del éxito. Ese maldito protegido de los dioses había contado desde un principio con todas las facilidades y había disfrutado de toda la belleza sin realizar el menor esfuerzo, como si la vida y el arte no fueran más que un juego.

Francesco elevó las manos al cielo. ¿Cómo podía haber sucedido? ¿Quién lo había traicionado?

Entonces sintió una punzada en el pecho y le pareció que no podía respirar. ¿Qué delito había cometido para que Dios lo castigase de aquel modo?

Se levantó haciendo un gran esfuerzo, como si tuviera que soportar un peso terrible sobre los hombros, y, cubriéndose la boca con un pañuelo, se dio media vuelta y se alejó tosiendo de la plaza.

27

La casita de Vicolo dell'Agnello estaba envuelta en la noche. La luna brillaba sobre el tejado inclinado y todo parecía tranquilo. Pero, de pronto, un grito de ira rasgó el silencio. Parecía el aullido de un animal.

—¡Tráeme una lámpara!

Antes incluso de abrir los ojos, Bernardo ya estaba completamente despierto. ¡Allí estaba otra vez! Se levantó de un salto del sillón en el que había estado durmiendo vestido, a la espera de un nuevo ataque de su tío, y se acercó a la puerta de madera que separaba su habitación del dormitorio de Borromini.

—¡No, *signor*! —dijo, a través de la puerta—. ¡El médico ha dicho que necesita usted reposo!

—¡Te digo que me traigas una lámpara, maldito!

—Por favor, *signor*, no puedo... El médico...

—¡Al infierno con ese farsante! ¿Cómo quieres que escriba sin luz?

—Puede seguir escribiendo mañana. Si lo desea, yo podría...

—¡No me contradigas! ¡Obedece de una vez y tráeme esa maldita lámpara!

Bernardo se tapó las orejas. Cuando su tío caía en ese estado, resultaba apenas irreconocible. Pero aquella vez parecía aún peor de lo normal. Desde que había vuelto de un largo paseo que empezó antes de romper el alba del día anterior, Borromini no hacía más que gritar y alborotar como un loco. Parecía estar fuera de sí, temblaba de pies a cabeza y tenía una expresión terrible de mal humor, y luego, de pronto, caía en un sueño profundo, como en un coma, del que se levantaba más enfadado aún, si es que eso era posible, a veces apenas unos minutos después. No quería hablar ni ver a nadie. Ni siquiera dejaba entrar en casa a la Principessa, que ya había ido a verlo más de una docena de veces.

—¡Fuera de aquí! ¡Te mataré!

—¡Intente dormir, *signor*, por favor! Ésa es la mejor medicina.

—¿Dormir? ¡Ya te gustaría a ti! ¡Traidor! —Dicho aquello bajó la voz y añadió con desconfianza, escrutadoramente, con suspicacia—: ¿Cuánto te pagó para que me torturaras? ¡Dímelo! ¿Vino aquí y te ofreció dinero?

—¿A quién se refiere, *signor*? No sé de quién me habla.

—¡Mentiroso! —rugió Borrromini—. ¡Te sobornó! ¡Eres un judas, lo sé bien! ¡Pero ésta me la pagarás!

Al otro lado de la puerta se oyó el ruido de algún objeto al caer al suelo. Una silla o una caja. Al parecer, su tío estaba intentando levantarse en la oscuridad. Bernardo cerró los ojos. ¿Por qué se habría ofrecido para trasladarse a vivir con aquel hombre y cuidarlo? ¡Cómo echaba de menos su habitación en el *borgo vecchio*!

Se apostó contra la puerta para protegerse de un posible ataque de su tío, pero éste se calló a media frase. Empezó a toser, le entraron arcadas y ladró como un perro, tan fuerte y angustiosamente que Bernardo se santiguó, desesperado. Ya había asistido a muchas de aquellas crisis, pero, por suerte, seguía estremeciéndose cada vez que las presenciaba. Pegó la oreja a la puerta con mucho cuidado y escuchó.

Su tío estaba diciendo palabras sueltas e inconexas:

—La luz..., tráeme la luz..., por favor... Me lo prometiste... Tengo que escribir...

Bernardo apartó lentamente el cerrojo al notar que de pronto se hacía el silencio. Abrió la puerta conteniendo el aliento y comprobó que sólo se oía un ligero ronquido. Echó un vistazo por el resquicio de la puerta. Su tío dormía estirado sobre la cama.

—¡Gracias a Dios! —Aliviado, cerró la puerta y volvió a correr el pestillo. Luego bajó la escalera.

En la cocina parecía que se hubiese librado una batalla campal. La mesa y las sillas estaban patas arriba, y el suelo, cubierto de manuscritos chamuscados y pergaminos destrozados, mientras que en el horno crepitaba un poderoso fuego. Al anochecer, su tío había estado buscando sus papeles por toda la casa. Notas, dibujos, bocetos... Lo llevó todo a la cocina y creó una especie de montaña del fracaso que después fue lanzando al horno entre juramentos y maldiciones, con la mirada perdida, como si hablara con el diablo.

Bernardo cogió de un estante una botella de vino que parecía haberse salvado de la quema por casualidad. Quizá ya no fuera a pasar nada más aquella noche. Se llevó la botella a los labios, pero mientras bebía, empezaron a asaltarlo las dudas. ¿Y si su tío se despertaba de nuevo y tenía otro ataque? Quizá lo que sufría no eran ataques de tos, como había dicho el médico, sino algo peor. Quizá estaba poseído por el demonio. Eso era, al menos, lo que había dicho la vecina, y el sacerdote que estaba a su lado no la contradijo.

Bernardo sintió que un escalofrío le recorría la nuca. ¡Si al menos hubiera agua bendita en casa! Tomó otro trago de vino, pero no le sirvió de nada. Necesitaba ayuda; tenía que ir en busca de alguien.

De puntillas para no hacer ruido, salió de la casa.

28

Cuando se despertó, Francesco lo vio todo oscuro. Su esqueleto, todo su cuerpo, estaban lentos de reflejos, como anestesiados. ¿Qué día era? ¿Cuánto había dormido? Poco a poco fue recordando los oscuros secretos que escondía su alma. En principio sólo tenía una idea vaga: algo debía de haberlo molestado; algún asunto urgente e importante.

Se dio la vuelta en la cama, no sin esfuerzo. En algún lugar trinó un pájaro y por la ventana apareció el primer y pálido rayo de luz de la mañana. Era el comienzo de un nuevo día. Una cierta intuición lo llevó a levantar la cabeza. Olía a quemado.

De repente lo recordó todo y volvió a desesperarse.

—¡Bernardo! —gritó.

Escuchó atentamente, pero no obtuvo respuesta. ¿Dónde se había metido ese idiota? Estaba en casa, así que ¿por qué no respondía? Carraspeó y buscó a tientas la escupidera que había junto a la cama.

—¡Bernardo! —gritó por segunda vez—. ¡Tráeme una lámpara!

Se inclinó sobre la escupidera y la utilizó. ¿Dónde podía estar? ¡Necesitaba luz para escribir su testamento, y necesitaba hacerlo en ese preciso instante! ¡No podía perder el tiempo! Fuera, los pájaros intensificaron sus cantos. ¿Habría bebido Bernardo demasiado vino y estaría durmiendo la borrachera? En cuanto lo tuviera a mano, le daría una buena paliza. Indignado, Francesco se levantó de la cama casi sin aliento, y arrastró su pesado cuerpo, esa maldita e inútil montaña de carne y huesos que durante toda su vida no había hecho más que limitarlo y frenarlo. Avanzó a tientas hasta la puerta, tropezó con una caja y se golpeó la cadera con la puerta.

—¡Bernardo, idiota! ¿Dónde te has metido?

El dolor en el costado era tan fuerte que vio las estrellas. Había empezado a redactar su testamento la tarde anterior, pero sólo le había dado tiempo de escribir algunas frases. Aún le quedaba un buen rato de trabajo. Mientras en la oscuridad de la habitación los muebles parecían seres extraños y amenazadores, en el tejado los gorriones intensificaban sus trinos. Daban ganas de matarlos, estrangularlos, sacarlos como fuera de allí. ¡Había llegado el momento de rendir cuentas! Él había hecho lo que debía: quemar todos sus planos y sus bocetos, tal como se lo exigían el honor, el orgullo y la justicia. Ahora sólo faltaba el testamento. En él llamaría a todos por su nombre: ladrones, mentirosos, traidores... Todos, unos desalmados. Pero para ello necesitaba una lámpara. ¡Maldición! ¿Cómo iba a escribir sin luz? Por fin dio con el pomo de la puerta. Lo giró, pero estaba cerrado con llave.

—¡Bernardo! ¡Haz el favor de venir inmediatamente!

Sus pulmones hacían un extraño ruido metálico, como el de una cadena. Agotado, se apoyó contra la puerta. Las paredes de su habitación lo tenían apresado como los muros de una cárcel, incluso parecía que estuvieran a punto de caer sobre él; que lo envolvieran como los oscuros brazos de la noche. Le entró pánico. ¡Lo habían encerrado como a un animal! Forcejeó con el pomo y golpeó la puerta con los puños, pero fue en vano: seguía cerrada. Tenía que ser cosa de Bernini. Seguro que él había sobornado a Bernardo.

Bajo la luz del amanecer, los lomos de sus libros se le aparecieron como los contornos de un relieve sobre la pared encalada. Séneca, la Biblia..., los únicos amigos que le quedaban. Desesperado, alargó los brazos hacia ellos, que le dieron la espalda en silencio. Mientras, fuera, el canto de los pájaros subió tanto de tono que pareció que estuvieran burlándose de él. Con un ataque de rabia tiró los libros de la estantería con gran estrépito, y después empezó a pisotearlos con sus pies descalzos. Eso les pasaba por dejarlo en la estacada, por desentenderse de sus problemas y unirse a las risas de los demás.

Un nuevo ataque de tos lo obligó a detenerse. El pecho se le contrajo como si estuviera siendo aplastado por dos platillos. ¡Una lámpara! ¡Necesitaba una lámpara! Se rasgó la camisa de dormir y fue dando tumbos hasta la ventana, pero allí estaba otra vez la caja; tropezó, se cogió a la cortina, y la arrastró consigo hasta el suelo.

—Bernardo... —dijo, casi sin voz—. Ayúdame..., por favor... Bernardo..., ¿dónde estás...?

El canto de los pájaros resonó en su cabeza, cada vez más irónico, más sarcástico, con más fuerza, como si toda la ciudad estuviera rién-

451

dose de él. Lo habían ridiculizado durante toda su vida, siempre, se habían opuesto a sus ideas y opiniones, hasta los niños se daban la vuelta para mirarlo y lo señalaban muertos de risa. Francesco se tapó los oídos. Ya no podía soportarlo. Se apretó las manos contra la cara y cerró los párpados.

Entonces vio a la Principessa frente a sí, recordó su hermoso rostro en la noche, y los ojos se le llenaron de lágrimas. La había añorado todo el día, toda la noche, todos los minutos y segundos que estaba despierto, con una intensidad que hasta entonces no había sentido por nadie. Pero la había rechazado más de una docena de veces. Siempre que Bernardo se le acercaba para decirle que ella estaba allí, le ordenaba que la echase de casa, que le dijera que no quería verla..., aunque aquello le rompiera el corazón.

Pues la Principessa lo había traicionado.

—¿Por qué lo hiciste? —susurró.

Las lágrimas le caían por las mejillas como ríos de calor. Ella era la única persona que había visto sus planos, y se había aprovechado de su confianza. Había revelado su idea, su maravillosa idea, a Bernini. En aquel momento Francesco sintió la necesidad de sentir en su cuerpo el dolor que sentía en el alma. Su cuerpo debía pagar por todo lo que le habían hecho. Tenía que hacerse daño. Pero ¿con qué? No había un solo cuchillo en toda la habitación con el que cortarse las venas, ni una pistola con la que abrirse el cerebro. Desesperado, se llevó la mano a la entrepierna y se cogió el miembro, ese apéndice alevoso y maldito que anidaba en su cuerpo y no dejaba de levantarse en busca de placer y perversión. ¡Se lo arrancaría, lo destrozaría para siempre, y así no volvería a hacerlo caer en la tentación!

Gritó de dolor y después perdió el conocimiento.

Cuando volvió en sí, los pájaros trinaban tan alto que creyó que la cabeza iba a estallarle. Sorprendido y asqueado, tomó conciencia de sí mismo: un saco de carne, flemas y dolor encorvado sobre sí mismo, encogido, gimiente, apresado en su propia mazmorra. ¡Maldito fuera el día en que nació!

De pronto vio algo que brillaba. Alzó la cabeza y entornó los ojos. Sí, allá arriba, a la cabecera de su cama, junto al estante, su espada colgaba de la pared: símbolo orgulloso y visible de su rango, aquel objeto suponía el mayor reconocimiento que le hubiesen hecho jamás. Con ella el papa Inocencio lo había nombrado caballero.

Le pareció que su antiguo mecenas le sonreía desde el cielo. Francesco sintió un escalofrío de cariño. El Santo Padre fue el único que lo entendió. Inocencio siempre creyó en él, en los buenos tiempos y en los malos, y se puso de su parte, preocupándose por él como un padre se preocupa por sus hijos. Incluso en ese momento en que todos le daban la espalda como si tuviera la peste, el Papa estaba a su lado y le ofrecía la mano para ayudarlo una última vez.

Con los ojos fijos en la espada, Francesco se levantó en la oscuridad, cruzó a tientas la habitación apoyándose en la mesa, y llegó hasta la pared.

Cuando tuvo el arma entre las manos, dejó de sentir dolor. Volvió a oír el canto de los pájaros, pero ya no le pareció que estuvieran burlándose de él, sino más bien saludándolo amistosamente y deseándole un buen día.

Cerró los ojos y dirigió la espada hacia sí. Le pareció que el arma era como un ángel que hubiera bajado del cielo para ayudarlo, sonriente y con rizos dorados; ni siquiera Miguel Ángel podría haberlo hecho mejor. Tenía un rostro tan dulce y gracioso que no podía ser de este mundo...

Sintió la punta del metal frío en el pecho.

—¿Por qué lo hiciste? —susurró.

Con una decepción que era tan grande y negra como el universo, Francesco se hundió la espada en el corazón.

29

¿Valía la pena sacrificar una vida como la suya por una obra de arte, aunque fuera la más perfecta del mundo?

Estaba anocheciendo, y el cielo se teñía de gris al otro lado de la ventana. Clarissa estaba sentada sobre la cama de Francesco y le sostenía la mano, que de vez en cuando, pasados muchos y largos minutos, le transmitía con una ligera presión que él seguía vivo. ¡Cómo le había gustado aquella mano a la vez suave y fuerte durante todos aquellos años! En su regazo tenía el informe que Francesco había dictado aquella tarde al comisario del gobernador. En él explicaba su acto con palabras tímidas pero claras, justo antes de recibir la extremaunción. Clarissa había leído aquellas líneas una y otra vez, pero seguía sintiéndose incapaz de comprender.

¿De dónde había sacado la fuerza para escribir ese informe? ¿De dónde sacaba la fuerza, simplemente, para vivir? Suspiró y le apretó la mano. Aquella habitación no era más que una acusación contra ella, y cada objeto, un testimonio del intento de Francesco de quitarse la vida. El suelo estaba manchado con su sangre, cuyo color rojo oscuro se había colado entre los maderos. La cortina estaba caída, en una esquina había un montón de vendas ensangrentadas que el doctor había cambiado, y junto a la cama brillaba la espada. En el aire flotaba aún el olor del fuego en el que Francesco había quemado todos sus escritos, los planos de todas sus obras, las que llegaron a existir y las que no, para que nunca nadie volviera a robarle una idea.

—No llore..., por favor...

Clarissa levantó la cara. Sólo entonces se dio cuenta de que estaba empapada de lágrimas. ¿Era posible que hubiese hablado? Se inclinó hacia delante. El perfil de Francesco se dibujaba duro y anguloso sobre la almohada. Tenía las mejillas tan hundidas que los huesos le sobresalían de un modo grotesco. Pero los ojos, perdidos en sus cuencas, estaban cerrados.

—¿Cómo sabe que estoy llorando?

—Lo noto... en su mano. —Hubo una pausa. Le costaba tanto hablar que necesitaba detenerse a coger fuerzas. Apenas le quedaba un hilo de voz—. ¿Lo hizo? —Lo preguntó sin ninguna emoción, con los ojos aún cerrados y el rostro hacia el techo—. ¿Le dio... mi boceto?

Clarissa sintió una angustia y un dolor indescriptibles, pero hizo un esfuerzo sobrehumano por reponerse y dejar de llorar.

—Era su mejor proyecto, el más atrevido —respondió—. El mundo tenía que ver esa plaza al precio que fuera. —Volvió a apretarle la mano con cariño—. ¿Podrá perdonarme?

—Mi vida... podría haber sido tan bella... Hasta podría haber sido feliz... si ese hombre... no hubiese existido. —Intentó sonreír mientras respondía a la suave caricia de la mano de ella, pero su sonrisa se congeló en el aire y se convirtió en una expresión horrible—. La envidia me ha acompañado siempre..., toda mi vida.

—¡Chist! ¡No hable! El médico volverá pronto, viene a visitarlo cada hora.

—No... no aguantaré... mucho más —susurró Francesco—. El dolor... es demasiado intenso... Me queda muy poco tiempo... Pero tenemos que hablar... Aún tengo una pregunta... Necesito conocer la respuesta...

Se quedó sin aliento y fue incapaz de seguir hablando. Su rostro empezó a temblar y se desfiguró entre espasmos, mientras la tos se volvía cada vez más intensa, hasta que pronto todo su cuerpo se estremeció y agarrotó. Absolutamente desesperada, aterrorizada, Clarissa observó la lucha que Francesco estaba librando en su interior: con cada respiración parecía estar enfrentándose al enemigo; jadeó y resolló, trató por todos los medios de conseguir aire para sus pulmones, carraspeó, y por fin, con unos sonidos largos y sibilantes, consiguió alejarlo de su cuerpo. Era como si tuviese dentro un demonio que intentara salir inútilmente. Pero Francesco no se rindió. Había querido abandonar su vida como si de un abrigo usado se tratara, uno que le hubiera ido siempre demasiado estrecho, demasiado pequeño, pero ahora se aferraba a él con toda sus fuerzas, como si fuera su única posesión.

¿Qué lo mantenía con vida? ¿Cuál era la pregunta que quería hacerle?

Por fin pasó el ataque. Francesco se quedó hundido en la almohada, respirando pesadamente y con dificultad, con la cabeza ligeramente torcida sobre el pecho. Cada movimiento le costaba una barbaridad. Clarissa vio en su rostro que debía de estar sufriendo un dolor indescriptible. Se levantó, se inclinó sobre él y le colocó la cabeza en el centro de la almohada para que estuviera más cómodo. Él ni siquiera se inmutó.

¿Sabía que ella seguía allí?

Encendió una lámpara y volvió a sentarse junto a su cama; esperó a que su respiración se tranquilizara y recuperara algo de fuerza. Allí estaba él, con la cara blanca como el papel, como si no tuviera sangre, irreal como un fantasma a la temblorosa luz de las velas, con los ojos cerrados. ¡Cómo deseaba que volviera a abrirlos!

De pronto sus labios se movieron.

—¿Por qué...? —susurró—. ¿Por qué lo hizo?

Así que ésa era la pregunta. Clarissa respiró hondo. Sabía que le debía una respuesta, pero... ¿qué podía decirle? ¿Que había querido rescatar sus planos del olvido para que sus ideas y su arte resultaran inmortales? ¿Que su obra era más valiosa que su vida? ¿Que no quería verlo llorar en el paraíso? Las palabras se agolpaban en su cabeza; ideó frases y recordó conversaciones que habían mantenido hacía años, en una vida lejana y distinta, pero todos los motivos que podía darle le parecieron de pronto tan miserables, tan insignificantes en comparación con la vida de él...

—Porque te amo —dijo de pronto, sin pensarlo, pero al mismo tiempo sabiendo que ésa era la respuesta correcta—. Por eso.

—¿Qué... qué ha dicho? —Él abrió los ojos y la miró, con expresión de absoluta sorpresa.

—Sí, Francesco —dijo Clarissa, cogiéndolo de la mano—, te amo desde hace ya muchos años.

Sus ojos oscuros la miraron, acariciándola, y esbozaron una sonrisa como la de aquel día en la cúpula de la catedral. En un silencio largo y profundo, ambos se miraron con cariño y complicidad, y sus almas se unieron complacidas.

—Mi querido Francesco —susurró.

Sintió que lo único que necesitaba era estar cerca de él, más de lo que había estado nunca. Se inclinó hacia delante y, con mucho cuidado, como si temiera hacerle daño, lo besó en la boca.

Aquel instante quedó más allá del tiempo en el que sus labios se fundieron. Fue un despido a la soledad; no había barreras que pudieran separarlos. Él estaba en ella y ella, en él, en un único y definitivo amén.

—Tú... me has tuteado —dijo Francesco, cuando sus labios se separaron al fin, sorprendido y feliz como un niño.

—Era mi corazón el que hablaba.

Clarissa le acarició la frente, las mejillas. Le habría gustado besarlo por todo el tiempo que habían perdido, habría querido cuidarlo, mimarlo sin descanso, para compensar todas las caricias, todo el contacto que durante aquellos años habían evitado. Pero hizo un esfuerzo por contenerse; tenía la sensación de que sólo merecía aquel beso que acababa de darle, y en lugar de cubrirle la cara, los ojos, los labios con más besos, tal como habría deseado, tal como anhelaba, se conformó con volver a cogerle la mano.

—¿Has... has visto la *piazza*? —le preguntó él.

Clarissa asintió en silencio. Una vez más se miraron, unidos sólo por el roce de sus manos.

—¿Y... te... gusta?

—Es maravillosa, Francesco. Lo más hermoso que he visto en la vida.

—Entonces..., ¿estás orgullosa de mí?

—Sí, Francesco, mi amor...

Se le quebró la voz. Volvía a tener las mejillas empapadas de lágrimas, pero no lo notó.

—Gracias...

Cuando oyó aquello, Clarissa no pudo reprimir un sollozo. Apartó la cara y la escondió tras la mano de él para que no la viera. Tardó un buen rato en reunir fuerzas para volver a mirarlo.

—No... no llores —le dijo. Su respiración era tan pesada que le costaba un esfuerzo enorme pronunciar cada palabra—. Piensa que... pronto sabré... de dónde procede la nieve... Quizá..., quién sabe..., quizá provenga realmente de las estrellas... Siempre me ha gustado la nieve... En mi hogar..., en las montañas..., nevaba muy a menudo...

Se calló, agotado. Ella le apretó la mano con dulzura, y él le respondió cerrando lentamente los dedos. Pese a que no dijeron nada, ambos sabían todo lo que sentían sus corazones. Cada presión, cada gesto, por pequeño que fuera, significaba algo diferente: preguntas y respuestas secretas, señales que apelaban a las estancias más privadas de los recuerdos, promesas de una esperanza aparcada ya hacía tiempo, pero que en aquel momento se hacía real... Su única hora de amor.

—Aquella vez también nevaba... —susurró él con una voz que era apenas un aliento—. Por la noche..., la primera vez que te vi..., tu imagen...

Con un suspiro cerró los ojos, y sus labios enmudecieron. ¿De qué noche hablaba? ¿De qué imagen? Clarissa lo miró desconcertada. En la boca de Francesco se dibujó una sonrisa, como si estuviera viendo algo precioso, y mientras mantuvo aquella expresión, recuperó su aspecto de muchacho.

Pero entonces desapareció la sonrisa de su rostro y él dejó de moverse. La barbilla se le cayó y la boca le quedó semiabierta, como si hubiese perdido toda voluntad, mientras su respiración, en una oposición absurda al resto de su cuerpo, se convertía en un jadeo intenso y apresurado. Clarissa se quedó horrorizada. Estaba junto a él, pero de pronto le parecía terriblemente lejano. Los dedos de Francesco seguían oprimiéndole de vez en cuando las manos, pero ella descubrió con horror que ya no se trataba de señales de su corazón, sino más bien de los últimos e involuntarios movimientos de la carne, muestra del intenso dolor que él, ya infinitamente lejos de ella, sentía en lo más profundo de su ser, en una soledad inconsolable a la que no podía acceder ni el más querido de los familiares.

En la calle sonó el ruido de un carro que se acercaba. Se paró frente a la puerta de la casa, y Clarissa oyó unos pasos y después voces en la escalera.

—¿Quiere que vuelva a comprobar los vendajes?

Clarissa se dio la vuelta: en la puerta estaba el médico, y tras él apareció Bernardo.

Ella cerró los ojos y movió la cabeza en señal de negación.

30

La sencilla tumba estaba cubierta de hojas de todos los colores. De un agujero en la tierra aún reciente salía una única cruz negra de madera. Ya habían pasado varios meses desde la muerte de Francesco. En su testamento había mostrado su deseo de descansar en el cementerio de San Giovanni dei Fiorentini, junto a su maestro Carlo Maderno. Quería que lo relacionaran con él para siempre, más allá de la muerte.

Tras un humilde sepelio (la mayor parte de su vida estuvo alejada de toda pompa), Clarissa se encargó de que se cumpliera su voluntad. Mientras ella unía las manos, en la parroquia sonó una campana solitaria para anunciar la hora del ángelus. El camposanto olía a otoño: hojas marchitas y tierra revuelta.

—Lo amaba, ¿verdad?

Clarissa se dio la vuelta. Frente a ella estaba Lorenzo Bernini, con el sombrero en la mano.

—No lo sé, quizá. —Dudó—. Seguramente... Sí, creo que sí. Aunque durante mucho tiempo yo misma no lo supe, o no quise saberlo.

—Yo siempre lo supe, Principessa. —Se acercó y la miró seriamente, con una expresión que ella nunca le había visto—. No sé si tengo derecho a decirle esto, pero... lo amó más que a ningún otro hombre en el mundo. De no ser así no habría sido capaz de hacer lo que hizo. —Se detuvo unos segundos y, al ver su expresión de sorpresa, añadió—: El boceto de la *piazza*... Era suyo, ¿no?

—Sí —respondió Clarissa con firmeza—. Era su mejor proyecto. Tenía que hacerlo.

—¿Aunque con ello me concediera a mí el triunfo?

—No tenía otra opción. Sin usted, la plaza jamás habría podido realizarse.

—Dios mío, ojalá alguien me hubiese amado así. —Lorenzo asintió, pensativo—. Bueno, quizá sea preciso envejecer para amar realmente. Hay que tener una edad para que el amor se combine con la desesperación.

Sus palabras le atravesaron el corazón. Sí, ella había estado desesperada. Pero eso era lo único de lo que estaba segura. Se inclinó para retocar las flores que había sobre la tumba. No había ni una lápida que recordara al muerto. ¿Cuánto tiempo pasaría antes de que el mundo olvidara a Francesco? Se levantó con un suspiro. A lo lejos, empapada por los rayos dorados del sol del atardecer, la torre de San Ivo alla Sapienza se elevaba en el cielo azul oscuro, sublime y solemne como una oración dirigida a Dios. Aquella imagen la consoló ligeramente, como si alguien le hubiese puesto la mano en el hombro. No, mientras sus obras continuasen existiendo, el mundo no olvidaría a Francesco. Sin lápidas ni placas honoríficas, él seguiría vivo en el recuerdo... para siempre.

—Sufrió durante toda su vida —dijo—, como un querubín frente al trono de Dios.

—Sí, aspiró siempre a lo más alto. Ni siquiera se conformaba con la perfección. —Lorenzo se acercó a la tumba—. Quería superar a Dios y a la naturaleza. Ahí radicaba su grandeza... y ésa fue su perdición. Rechazó todas las viejas y acreditadas doctrinas: quiso reinventar la arquitectura, como un hereje lo suficientemente audaz para redefinir las pautas de la fe basándose sólo en sus propias opiniones y prescindiendo de las de los demás. Yo nunca pretendí llegar a tanto, me conformé con ser un mal católico. Mi osadía alcanzaba apenas unos pocos pecados veniales.

Clarissa lo miró. Había envejecido, como ella, pero sus ojos seguían tan vivos como siempre.

—Siempre deseé que se hicieran amigos —le dijo—. Que construyeran juntos la nueva Roma. ¿No era ése su destino? ¿El motivo por el que se conocieron? —Sacudió la cabeza—. ¿Por qué no pudo ser así?

—¿Me lo pregunta usted? ¿Usted precisamente?

Los ojos de Lorenzo brillaban de emoción.

—Quiero una respuesta sincera —dijo ella, en voz baja.

La emoción desapareció de sus ojos, y la miró pensativamente durante unos segundos.

—Creo —dijo al fin— que no podía soportar que fuera mi hermano; que perteneciera a mi misma raza y, en cambio, estuviera tan cerca del cielo. Tenía el valor de escoger su camino, se atrevía a hacer cosas que nadie había hecho antes que él. No se imagina la de veces que me burlé de su seriedad, de su atormentado espíritu, su dureza y melancolía. Y todo eso, ¿por qué? —La miró con una expresión tan atribulada que Clarissa casi se asustó—. ¡Porque lo envidiaba! —exclamó, y las palabras le salieron disparadas, como si llevara mucho tiempo, demasiado, reprimiéndolas—. Él poseía lo que yo más deseaba en el mundo, y era precisamente eso: su profundidad, su personalidad, incluso su soledad y su desesperación. Él tenía todo un destino; yo, sólo el éxito. Él quería saber y comprender lo que era cierto y lo que no, lo que estaba bien y lo que estaba mal. Le importaban las cosas que a mí nunca me preocuparon. En sus obras las piedras se convertían en lenguas, gracias a él aprendían a hablar y nos daban a conocer los misterios de Dios y de la naturaleza. Para él todo tenía sentido: cada pilar, cada curva, cada minúsculo pormenor. Era un siervo del Señor. Y yo no era más que un prestidigitador que se quedaba en el aspecto externo de las cosas. La belleza ha sido siempre mi maldición, porque era lo único de lo que entendía.

Clarissa le cogió la mano.

—Usted también lo quiso, ¿verdad?

—¿Quererlo? Sí, puede ser. Pero sobre todo lo odié, porque me obligó a admirarlo durante toda mi vida. Los arquitectos de todo el mundo seguirán hablando de sus obras dentro de muchos cientos de años, mientras que mis ideas no se considerarán más que hermosos guiños y juegos ópticos.

Lorenzo bajó la vista.

Clarissa le apretó la mano.

—No se torture —le susurró—. Yo soy la única culpable de su muerte.

Él movió la cabeza y apartó la mano.

—Fui yo quien construyó la *piazza*, Principessa, no usted. —La miró con ojos llorosos—. Siempre he considerado a la muerte mi enemiga personal, y me he aferrado a la vida, más incluso que al arte, con todas mis fuerzas, porque creía que la belleza significaba vida. En realidad, me temo que sólo quería gustar a la gente. ¿Cómo he podido equivocarme tanto?

—No se equivocó; la plaza es la prueba: es el triunfo de la belleza.

—De la belleza, sí. Pero ¿también de la vida? —Alzó los brazos con impotencia—. Me gustaría creerlo, Clarissa. Pero Francesco tuvo que morir para que su plaza viviera. No, al final la muerte es quien nos dirige a todos; ésa es la dura verdad. Y quien no cree en ella es castigado incluso en la hora del triunfo.

Lorenzo se arrodilló y se santiguó con movimientos amplios y claros, como los de un obispo que expresa con ellos toda su emoción, y así, rezando en silencio frente a la tumba de su enemigo de toda la vida, sus ojos se inundaron de lágrimas.

Pese a que la tristeza la cubría como un velo negro, la Principessa no pudo reprimir una sonrisa: hasta el desamparo tenía Bernini que expresarlo con gestos grandilocuentes.

—Usted ha tenido el valor que yo nunca tuve —dijo un rato después, al levantarse—. El destino le tenía preparado un encargo dificilísimo, Principessa; la mayoría de la gente se habría asustado o echado atrás, pero usted no; usted hizo lo que debía. Sin usted jamás habría existido la *piazza*, y Roma habría tenido un aspecto muy diferente. La ciudad y el arte le estarán eternamente agradecidos. Pero eso sólo lo sabemos nosotros dos. Es nuestro secreto.

—Que el mundo lo sepa depende de usted, *cavaliere*. ¿No quiere decir quién es el verdadero creador de la plaza?

Lorenzo sacudió la cabeza.

—No creo que lo consiga. Recibí demasiadas alabanzas cuando era joven, y ahora no me veo capaz de renunciar a ellas.

Clarissa tuvo que sonreír una vez más.

—Es usted un vanidoso, Lorenzo, el hombre más vanidoso que conozco, pero al menos nunca me ha mentido. Y se lo agradezco.

Lo besó en la mejilla. Él le devolvió la sonrisa con timidez, y su rostro se sonrojó ligeramente por primera vez en todos aquellos años.

Se quedaron un buen rato quietos, mirándose sin hablar. Eran dos personas que no necesitaban decirse nada porque sus almas se conocían bien.

—¿Y qué piensa hacer ahora? —preguntó él, al fin.

—Me marcharé en cuanto organice mis cosas. Es curioso, pero ahora que Francesco ya no está, tengo la sensación de que mi etapa en Roma ha concluido. Me siento una extraña, como si hubiese perdido mi patria por segunda vez.

—Así pues, ¿vuelve a Inglaterra?

Ella se encogió de hombros.

—Quizá. O quizá vaya a Alemania o Francia. Aún no lo sé. —Le ofreció la mano—. Que le vaya todo muy bien, *cavaliere*. Que Dios lo proteja.

31

La licencia de viaje y el certificado médico ya estaban firmados, y las maletas, metidas en el carruaje. Clarissa quería ir primero a Pisa, Florencia y Padua para conocer las ciudades en las que había vivido el famoso Galileo, y después ya pensaría adónde ir. Había contratado a dos *vetturini*, dos acompañantes cuya misión era reservar alojamientos y protejerla de posibles contratiempos durante el viaje. Y es que las calles eran mucho más inseguras que la primera vez que llegó a Roma. Y los muchos extranjeros que viajaban en masa hasta Italia atraían irremisiblemente a los bandidos.

Enfundada en un abrigo de pieles, Clarissa subió hasta el Aventino, el monte más meridional de los siete sobre los que se había construido la ciudad. Había llegado el momento de la despedida. El aliento se le escapaba de la boca formando pequeñas nubes blancas. Aquel invierno había sido tan frío como los que solían darse en su primera patria. Atravesada por la melancolía, recorrió con la mirada el mar de casas de color ocre y los innumerables palacios e iglesias. Casi podía nombrarlos a todos. Sí, aquella ciudad era su vida. Y tanto la ciudad como la vida le habían dado muchísimo, pero también le habían robado una barbaridad.

Clarissa asintió. ¡Cómo había cambiado Roma en aquellas más de cuatro décadas! La primera vez que la vio, la ciudad no era más que una fortaleza medieval que crecía sin orden ni concierto a orillas del Tíber, rodeada por la vieja muralla aureliana que encerraba una amplia corona de ruinas en medio de una zona desértica y solitaria. Lo que más sobresalía en ella por aquel entonces eran las torres vigía, desde las que se controlaba a los ciudadanos de aspecto más amenazador. Y las iglesias, que aún eran pocas, no disponían de las graciosas y elegantes cúpulas que ahora las diferenciaban y les daban su personalidad. En aquella ciudad subsistir costaba lo suyo, pues estaba llena de contrastes: esplendor y miseria, caos y grandeza, lujuria y rectitud, amabilidad y picardía.

Pero, sobre todo, en aquella ciudad Clarissa había conocido el amor. Y el arte.

En ese momento le volvieron a la cabeza las palabras de William, su viejo tutor, cuando le advertía de las tentaciones de este mundo. El dulce veneno de la belleza... Sonrió al recordar aquellas palabras. ¡De joven había sido una fierecilla! Ni siquiera sabía lo que era un cubierto, y mucho menos cómo se utilizaba.

Se dio la vuelta y fue hacia el otro lado del monte. Desde ese lado del río se veía, majestuosa como la eternidad, la cúpula de San Pedro. La iglesia parecía esconder en ella toda su historia: empezó con el altar mayor y concluyó con la construcción de la plaza.

Dos enormes pájaros negros se elevaron sobre la catedral y volaron hacia el grisáceo cielo invernal, cada vez más alto, como si estuvieran compitiendo para ver quién llegaba más lejos. Aquella imagen hizo que se le encogiera el corazón. Pensó en los maravillosos planes que Lorenzo y Francesco compartieron durante una época. Hasta se habían propuesto superar a Miguel Ángel, y seguro que lo habrían logrado de no ser por... ¿Por qué se habían enfadado? ¿Fue por su culpa o fue el destino?

Los pájaros siguieron elevándose en círculos. Parecía que no fuesen a detenerse jamás. Entonces pensó en algo (era una idea insegura, dubitativa, como una pregunta): quizá Lorenzo y Francesco, como aquellos dos pájaros, lograrían encontrar la perfección al final de aquella carrera hacia el cielo con la que los dos habían soñado. Quizá ella había sido la culpable de que los amigos se convirtieran en rivales, pero quizá la moneda tenía también su cara positiva, pues, mientras se peleaban, ambos habían construido sin saberlo la nueva Roma, la antesala del paraíso. La Roma que ahora yacía a sus pies.

Le entró un escalofrío. ¿Estaba intentando librarse del peso de la culpa? Quizá. No estaba segura.

Lanzó una última mirada a la catedral, y en aquel preciso instante sucedió algo que la desconcertó. El cielo brilló de un modo especial; tenía un resplandor sorprendente y misterioso, centelleante y deslumbrante, delicado como el polen y al mismo tiempo vivo como una infinidad de mariposas. En Roma nunca había visto nada igual. Como si un hada hubiera tocado las nubes con su varita mágica, el aire empezó a llenarse de copos blancos que fueron cayendo como un velo sobre la ciudad.

Clarissa tuvo que tragar saliva, y su corazón se llenó de una mezcla de añoranza y felicidad. Era como si Francesco hubiese querido ir a despedirla.

Se quedó quieta, con los ojos muy abiertos, mirando ese mundo encantado y sintiéndose profundamente agradecida mientras los dos pájaros se perdían entre los copos de nieve por detrás de la catedral.

Y entonces cesó el milagro. En la arrugada y envejecida mano de Clarissa quedaron apenas unos pocos cristales de hielo.

Se giró con un suspiro y se encaminó hacia su carruaje. Dentro la esperaban una manta y unos manguitos que la ayudarían a entrar en calor. Se cubrió las piernas, y estaba a punto de abrigarse las manos cuando vio que los cristales se habían convertido en agua. Dejó los manguitos a un lado y esperó. No quería secarse las gotas; quería que las absorbiera su piel. Quizá, quién sabe, acabaran confundiéndose con aquel perfume que llevaba años transportando de un lado a otro en una botella invisible: el recuerdo de un instante único y perfecto que en una ocasión compartió con otra persona.

Clarissa echó las cortinas y dio unos golpecitos en la pared para indicar al cochero que ya podían partir.

—¡Arre!

El hombre sacudió su látigo y los caballos se pusieron en movimiento. El carruaje bajó al trote por el monte, y al llegar al llano, los animales siguieron avanzando a paso ligero y acompasado, cruzando la ciudad y pasando junto al Corso en dirección a la Puerta Flaminia. Un oficial de aduanas los obligó a detenerse y comprobó sus papeles. Dos soldados les abrieron las puertas de la muralla, y el coche volvió a ponerse en marcha. Se alejaron de la ciudad, atravesaron campos oscuros y fueron hacia el horizonte, volviéndose cada vez más pequeños, apenas un punto en el espacio, adentrándose en el infinito mar del tiempo.

Realidad y ficción

Esta novela se mueve a caballo entre la realidad y la ficción. Basada en hechos reales de la vida de Lorenzo Bernini y Francesco Borromini, algunos de los acontecimientos que en ella aparecen se han modificado cronológicamente, y otros han visto alterados sus detalles de un modo más o menos significativo. La finalidad era conseguir un círculo narrativo cerrado en sí mismo y proporcionar un contexto unitario a la hora de presentar los acontecimientos históricos que modelaron la vida de los dos máximos arquitectos de la Roma barroca. Al fin y al cabo, la verdad absoluta —tanto de una persona como de una época— es no sólo una pura representación de los hechos reales, sino el modo en que se narran los sucesos que acontecieron y las leyendas que los acompañaron, momentos y opiniones, esperanzas, miedos y pasiones.

Los siguientes sucesos, todos ellos presentes en la novela, son considerados reales por los historiadores:

1623: El día en que es nombrado Papa, Urbano VIII hace llamar a Bernini y le encarga la construcción del altar mayor de San Pedro. De ese modo, el anciano arquitecto Carlo Maderno, entre cuyos colaboradores se encuentra el picapedrero Francesco Castelli, pasa a trabajar bajo las órdenes de Bernini.

1624: Comienzan las obras en el altar mayor. Durante nueve años, una décima parte de los ingresos anuales del Vaticano se invierte en la financiación del proyecto.

467

1625: Para obtener algo más de material, se opta por retirar las vigas de bronce que se encuentran en el atrio del Panteón. Protestas coléricas de los romanos: «*Quod non fecerunt barbari, fecerunt Barberini.*» Durante la fundición de las columnas del altar, se produce un acercamiento entre Bernini y Castelli. Este último empieza a dibujar para el primero.

1626: Maderno está tan débil que necesita que lo transporten en litera hasta su trabajo, tanto en San Pedro como en el palacio Barberini. En ambos lugares, no obstante, su colaborador Castelli va adquiriendo cada vez más responsabilidades.

1628: Bernini firma el contrato para la construcción del baldaquino del altar. Los trabajos deben concluir en tres años y cuatro meses. Si se produjera algún retraso en el plazo de entrega, Bernini tendría que correr con los gastos de toda la construcción.

1629: El 31 de enero muere Maderno. Seis días después se nombra a Bernini arquitecto «de por vida», y poco después se le encarga también el palacio Barberini. En ambos proyectos Castelli será su mano derecha. Juntos realizan el primer boceto para el campanario de San Pedro.

1630: El 25 de febrero muere Carlo, hermano de Urbano. Bernini es el encargado de coordinar las honras fúnebres para el *generale della Chiesa*. Ayudado por Castelli, realiza el catafalco del general. A cambio le conceden la condición de *uomo universale* de Roma. Castelli, que por aquel entonces ya es arquitecto, se queda sin reconocimiento. A partir de entonces se cambia de nombre y comienza a utilizar el de Borromini.

1631: Bernini dispone que Borromini reciba veinticinco escudos mensuales por su trabajo en el altar mayor; es más de lo que recibe el propio Bernini como arquitecto de la catedral (algo más de dieciséis escudos), pero apenas una décima parte de sus honorarios mensuales por la construcción del baldaquino. En primavera, Borromini renuncia a seguir colaborando en el palacio.

1632: Crece la tensión entre el arquitecto de la catedral y su colaborador. Por recomendación de Bernini, Borromini es nombrado arquitecto de la Sapienza. Debido a la falta de dinero, el emplazamiento de la obra se conoce durante muchos años con el nombre de *piazza morta*.

1633: En enero, Borromini concluye su trabajo en la catedral. El día de la celebración de san Pedro y san Pablo se descubre el baldaquino. Coste total del altar: ciento ochenta mil escudos, de los cuales diez mil acaban siendo para Bernini, pese a no haber cumplido con el plazo de entrega y haberse retrasado casi dos años.

1634: Bernini proyecta la capilla de los Tres Reyes Magos en Propaganda Fide, su primer trabajo en una iglesia. Borromini empieza con los planos para San Carlo alle Quattro Fontane.

1637: Urbano VIII encarga a Bernini la construcción de los campanarios de San Pedro. Ese mismo año concluye un retrato de Carlos I de Inglaterra. Como paga recibe una piedra preciosa valorada en seis mil escudos. La orden de San Felipe Neri nombra a Borromini arquitecto de la casa y el oratorio de los filipinos. Comienza la amistad de Francesco con Virgilio Spada. Bernini inicia los trabajos de construcción de los campanarios. Voces críticas expresan su escepticismo desde el punto de vista de la estática. Bernini retrata a Costanza Bonarelli, esposa de su ayudante Matteo, y empieza una relación amorosa con ella.

1638: Bernini descubre que Costanza lo engaña con su hermano Luigi. Ambos se enfrentan espada en mano en Santa María la Mayor. La contienda casi acaba con la vida de Luigi. Bernini contrata a uno de sus trabajadores para que desfigure el rostro de Costanza. Gracias a la intervención de la madre de Bernini, Urbano accede a ser clemente y lo perdona.

1640: La congregación de cardenales decide invertir en la construcción de los campanarios todos los medios destinados a la catedral. A instancias del Papa, Bernini se casa con Caterina Tezio. Juntos se instalan en el palacio que queda al lado de Propaganda Fide.

1641: La conclusión provisoria del primer campanario se celebra con la colocación de un cimborrio de medidas reales. Surgen grietas en la fachada de San Pedro. En agosto, Urbano VIII ordena retirar el capitel de madera y detener los trabajos. Conclusión de San Carlos; Borromini se hace famoso de la noche a la mañana.

1642: Borromini comienza a construir la Sapienza. Luis XIII de Francia invita a Bernini a París por primera vez.

1644: Muere el papa Urbano VIII. El 15 de septiembre lo sucede Giambattista Pamphili, que adopta el nombre de Inocencio X. La principal consejera del nuevo Papa es su cuñada, *donna* Olimpia, de la que se sospecha que envenenó a su marido. Bernini cae en desgracia, como todos los demás protegidos de Urbano. Su solicitud para realizar un busto de Inocencio es denegada. Spada es llamado por el Papa y se le confía la supervisión general de todos los proyectos de construcción del Vaticano. El nuevo rey de Francia, Luis XIV, reitera a Bernini su invitación a París. Éste la rechazará varias veces. Se forma una comisión de investigación del campanario de San Pedro bajo la dirección de Spada. Se solicita a Borromini que valore la obra de Bernini.

1645: Se convoca un concurso para realizar los campanarios de la catedral. Borromini hace varios bocetos, pero no participa en el mismo. Empieza con los planos para el palacio Pamphili de la plaza Navona. En ese lugar deberá construirse un foro para los príncipes de la Iglesia y sus familiares.

1646: Inocencio ordena a su arquitecto, Rainaldi, que ayude a Borromini con las obras del palacio Pamphili. Para la fuente de la *piazza* se convoca otro concurso en el que se veda explícitamente la participación de Bernini. Durante las fiestas de carnaval, y pese a la prohibición de realizar representaciones teatrales, *donna* Olimpia reúne en su casa a un grupo de amigos para ver una comedia de Bernini. Borromini ataca a Bernini en el comité de investigación. Aparecen nuevas grietas en la fachada de San Pedro y se descubre que la cúpula está en peligro. El Papa ordena la destrucción del campanario construido por Bernini. El embajador británico informa de que Bernini debe pagar una multa de treinta mil escudos y aceptar la confiscación de sus bienes. Inocencio encarga a Borromini que restaure la basílica lateranense para el año del jubileo, 1650.

1647: Haciendo caso omiso del concurso, Inocencio encarga a Borromini la construcción de la fuente. Toma la decisión tras conocer su idea de levantar sobre la fuente un obelisco rodeado por los cuatro ríos del mundo. Borromini amenaza con destrozar el jardín del *palazzo* privado de Bernini para la construcción de Propaganda Fide. Con la intención de levantar el castigo que le impusieron por el tema del campanario, Bernini le regala a *donna* Olimpia la piedra preciosa que en su día le entregó el rey de Inglaterra. Con la escultura de santa Teresa vuelve a meterse de lleno —y de un modo fulminante— en el mundo del arte.

1648: Pese a estar excluido del concurso, Bernini parte de la idea de Borromini y dibuja un boceto para la fuente. Crea entonces una maqueta de plata, que, con ayuda de *donna* Olimpia, llega a manos del Papa. Pasando por encima de Borromini, Bernini consigue el trabajo. El primero abandona la construcción de la basílica lateranense y se niega a compartir sus estudios sobre las cañerías de la plaza Navona.

1649: En la obra de la iglesia lateranense, Borromini se abalanza sobre el picapedrero Marcantonio y lo muele a palos. El hombre muere ese mismo día a consecuencia de la agresión.

1650: Concluyen las obras de la iglesia lateranense. Borromini suplica al Papa que le perdone por el asesinato de su trabajador. Inocencio le concede la absolución.

1651: Inauguración de la fuente de los cuatro ríos de Bernini en la plaza Navona. Inocencio adopta una postura de indulgencia para con Lorenzo y le encarga un retrato en mármol.

1652: Inocencio eleva a Borromini a la categoría de noble como reconocimiento por sus logros artísticos. Borromini pasa a ser, pues, *cavaliere di Gesù*, igual que Bernini. Ese mismo año construye la columnata de falsas dimensiones del palacio Spada.

1653: Inocencio confía a Borromini la construcción de Santa Inés, en la plaza Navona.

1655: El 7 de enero muere el papa Inocencio. Lo sucede Alejandro VII. El día de su nombramiento, el nuevo pontífice hace llamar a Bernini, le encarga la construcción de la plaza de San Pedro y lo nombra arquitecto oficial de la casa papal. Borromini se ve obligado a firmar una garantía de quince años por la cúpula de la biblioteca de San Ivo alla Sapienza. Alejandro destierra a *donna* Olimpia a Viterbo. La reina Cristina de Suecia se convierte al catolicismo y visita Roma.

1656: Plaga de peste en Roma. Camillo Pamphili, hijo de *donna* Olimpia y director del foro Pamphili, echa en cara a Borromini el retraso en sus trabajos de construcción. *Donna* Olimpia muere de peste.

1660: Para la reconstrucción de Propaganda Fide, Borromini manda derribar la capilla de los Tres Reyes Magos de Bernini. Inauguración de San Ivo alla Sapienza.

1662: Muere Virgilio Spada.

1663: Comienza la construcción de la Scala Regia. Bernini recurre a los trucos de perspectivas y falsas dimensiones que Borromini utilizó en la columnata del palacio Spada.

1664: El secretario de la Academia condena el estilo constructor de Borromini, al que considera irracional y destructivo. Sus obras dejarán de ser tomadas en consideración para la enseñanza y educación de los futuros arquitectos.

1665: La congregación de San Felipe decide derribar toda el ala oeste del oratorio, construida por Borromini, debido a la aparición de grietas en la cúpula. Sólo quedan en pie los muros que la rodean. Bernini accede a la petición del rey de Francia y viaja a París para crear una nueva fachada para el Louvre. Empieza la confección de las noventa y seis columnas previstas para la columnata de San Pedro.

1667:   Borromini da los últimos toques a la fachada de San Carlos, su primera obra significativa. El papa Alejandro VII muere el 22 de mayo. Concluyen los trabajos de construcción en la plaza de San Pedro. Clemente IX ocupa el trono papal en julio. Francesco Borromini quema todos sus trabajos y dibujos y se quita la vida el 2 de agosto de 1667. Es enterrado en el panteón de Maderno, en la iglesia de San Giovanni dei Fiorentini.

Clarissa McKinney, de soltera Clarissa Whetenham, conocida como la Principessa, es un personaje de ficción inventado por el autor.

Agradecimientos

«Cuanto mejor sea la ocasión —escribe Plinio—, mayor es la vergüenza de no ser agradecido.» ¿Y qué oportunidad podría ser mejor que la que ofrece la conclusión de un libro? No se trata, pues, de un pesado deber, sino de un extremo placer, mostrar aquí mi agradecimiento a todos los que me ayudaron a escribir esta novela. Especialmente a:

Serpil Prange: Se involucró tanto en la creación de esta historia, que no son pocos los que piensan que fue ella quien la escribió, bajo el seudónimo de su marido.

Roman Hocke: La mejor comadrona desde Sócrates; la agente ideal. Siempre ofrece un ciento cincuenta por ciento, y sólo se queda con un quince para sí.

Doctora Sabine Burbaum: Sus fantásticos estudios e investigaciones sobre Bernini y Borromini me aportaron no sólo la información necesaria para remitirme a la verdad histórica, sino una infinidad de estímulos que inspiraron la ficción.

Stephan Triller: Él es el culpable de que la Principessa sea una dama inglesa.

Brigitte Dörr: La Principessa ha aprendido y se ha aprovechado mucho de ella, no tanto por sus críticas cuanto por su manera de ser.

Doctor Franz Lebsanft: Reconocido experto en la tradición e historia del saludo, no puso ningún inconveniente en revisar la corrección de las fórmulas expresadas en el libro.

Nicole Lambert: Sin sus investigaciones me habría perdido en el laberinto de la información.

Angerer d. Ä.: Magnífico arquitecto y artista, me ayudó a resolver ciertas dudas estéticas.

475

Cornelia Langenbruch: Como consejera de la parroquia de San Matthäus zu Altena, se encargó de que la información litúrgica de la novela fuese correcta.

Ernst Hüsmert: Pese a ser un ferviente protestante, me ha demostrado que posee unos sorprendentes conocimientos sobre el papado.

Doctora Barbara Korte: Me ayudó a observar la Roma del Barroco con los ojos de un viajero inglés.

Joachim Lehrer: Dibujante de mundos fantásticos (algo en lo que es un verdadero maestro), se ofreció a ilustrarme sobre el firmamento.

Coco Lina Prange: Con su rechazo a los libros y su aversión a la lectura, despertó mi ambición... y la esperanza de que al final de su vida haya leído al menos esta novela.

Son los lectores quienes deciden si un libro vale la pena o no. Yo entregué mi manuscrito (a veces completo, a veces sólo una parte) a las siguientes personas, para que me dieran su opinión: Veronica Ferres, Martin J. Krug, Inga Pudenz, Klaus Rauser, doctora Anne Reichenmiller, Detlef Rönfeldt, Michael Schwelien y Jürgen Veiel. Todos ellos me animaron a seguir escribiendo, de modo que las posibles quejas y malas críticas deberían estar dirigidas a ellos.

Que un libro encuentre a sus lectores depende principalmente de la editorial. De ahí que mi último agradecimiento esté dirigido al inestimable apoyo que he recibido por parte de la editorial Droemer, y especialmente de Iris Geyer, Iris Haas, Klaus Kluge, Beate Kuckertz, Herbert Neumaier y Hans-Peter Übleis.

476

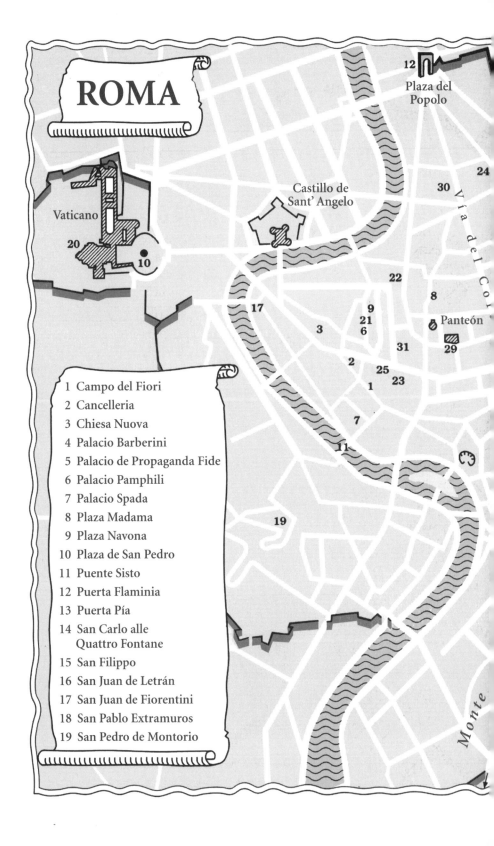

ROMA

12 Plaza del Popolo

24

30

Vía del Co

Castillo de Sant' Angelo

20 Vaticano

10

17

22

8

3

9
21
6

Panteón

31

29

2

25

1

23

7

11

19

Monte

1 Campo del Fiori
2 Cancelleria
3 Chiesa Nuova
4 Palacio Barberini
5 Palacio de Propaganda Fide
6 Palacio Pamphili
7 Palacio Spada
8 Plaza Madama
9 Plaza Navona
10 Plaza de San Pedro
11 Puente Sisto
12 Puerta Flaminia
13 Puerta Pía
14 San Carlo alle
   Quattro Fontane
15 San Filippo
16 San Juan de Letrán
17 San Juan de Fiorentini
18 San Pablo Extramuros
19 San Pedro de Montorio